新潮文庫

聖者のかけら

川添 愛著

新潮社版

11823

目次

聖フランチェスコの死から四半世紀が経《た》ち、アッシジに聖フランチェスコ大聖堂が完成しつつあった一二五二年、新興の托鉢《たくはつ》修道会であるフランチェスコ会とドミニコ会への風当たりが強まっていた。

―主な登場人物―

【ベネディクト会】


ベネディクト……ベネディクト会モンテ＝ファビオ修道院の若き修道士。

マッシミリアーノ院長…ベネディクト会モンテ＝ファビオ修道院の院長。

バルトロメオ……ベネディクト会モンテ＝ファビオ修道院の修道士で、ベネディクトの友人。


【セッテラーネ村】


ピエトロ……ローマ近郊、セッテラーネ村の教区教会の若き助祭。

アンドレア……ピエトロの「弟」。セッテラーネ村教会で読師《どくし》と祓魔師《ふつまし》をつとめる。

大ジョヴァンニ……セッテラーネ村教会で食事の世話や雑事をつとめる。

エンツォ……セッテラーネ村教会の司祭。通称「おっさん」。


【ドミニコ会】

聖ドミニコ……………ドミニコ会の開祖。一二二一年の死後、聖人に列せられた。

カルロ……………………モンテ＝ファビオ修道院に聖遺物を届けに来た、ドミニコ会の修道士を名乗る男。


【フランチェスコ会／アッシジ】


聖フランチェスコ……フランチェスコ会の開祖。一二二六年の死後、聖人に列せられた。

セバスティアーノ……フランチェスコ会の現状を糾弾するフランチェスコ会士。

アレッサンドロ………フランチェスコ会ウンブリア管区の修道士。

イルミナート管区長……フランチェスコ会ウンブリア管区の長。

シモン……………………フランチェスコ会フランス管区の修道士で、絵の専門家。

ジャコマおばさん……フランチェスコの在俗の弟子で、ピエトロとテオドラを養育した。

テオドラ…………………アッシジの宿の女主人。

レオーネ…………………フランチェスコの「兄弟」のひとりで、各地を托鉢してまわっている隠修士《いんしゅうし》。

キアラ……………………フランチェスコの最初の「女の弟子」で、サン＝ダミアーノ教会でキアラ会を率いる。

エリア・ボンバローネ…フランチェスコの旧友で、フランチェスコ会の元総長。

今、わたしはあなた方を遣わそうとしている。
それは、狼《おおかみ》の中に羊を送り込むようなものだ。
だから、蛇のように賢く、鳩《はと》のように素直でありなさい。

マタイによる福音書十章十六節

【13世紀イタリア】

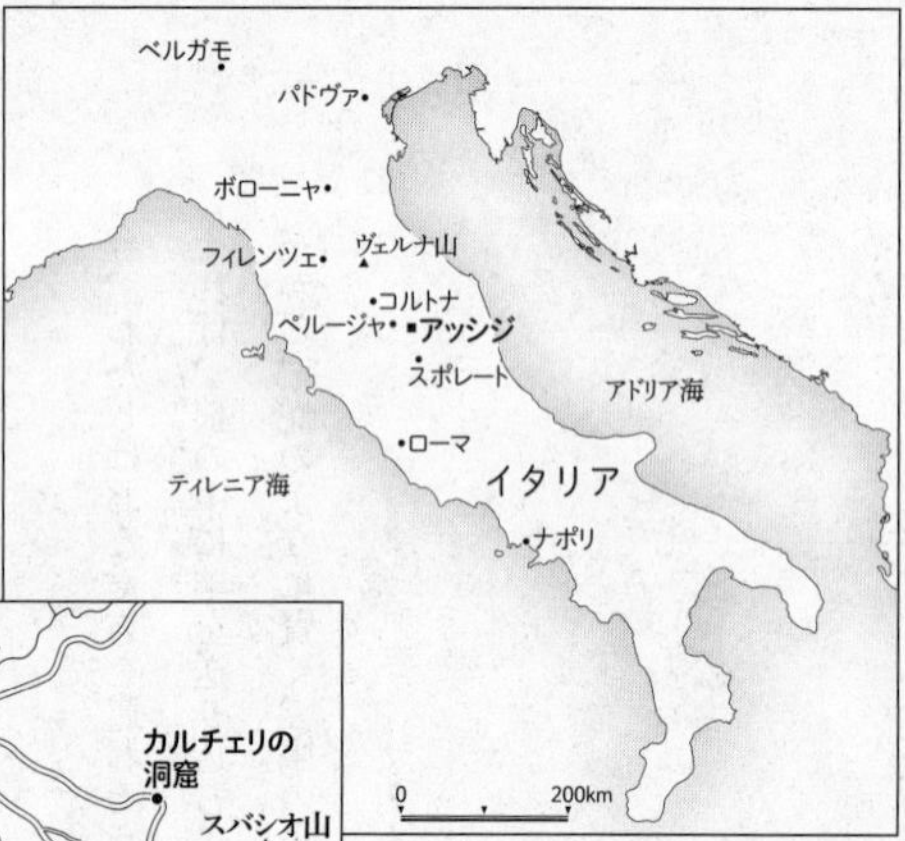

【アッシジ近郊】

【13世紀アッシジ】

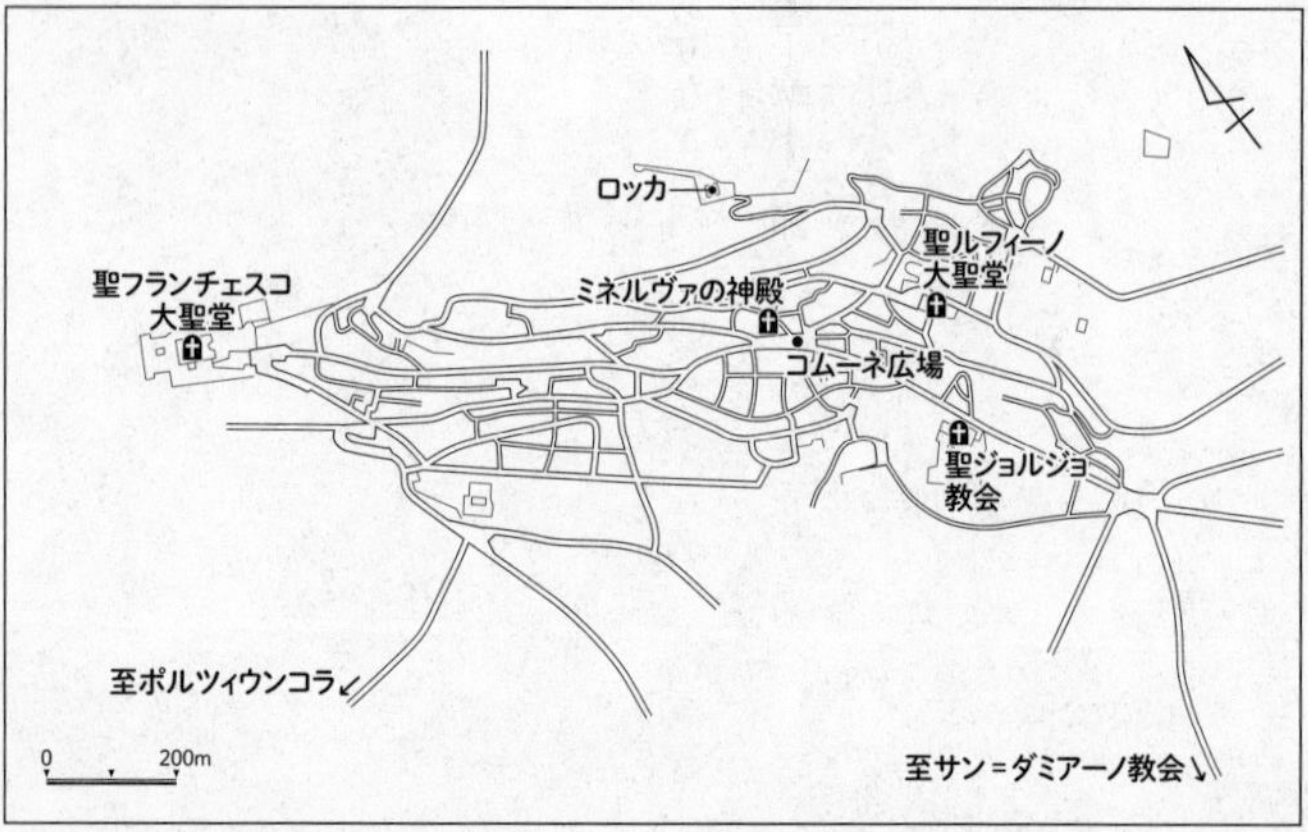

地図製作／アトリエ・プラン

聖者のかけら

第一章　偽《にせ》ベネディクト

「この御方《おかた》が誰なのか、調べて参れ」

朦朧《もうろう》とした意識の中に、修道院長の言葉が浮かぶ。命令とはつくづく簡潔なものだと、ベネディクトは思う。そう思ったとたん、空腹を通り越して感覚のなくなりかけていた彼の腹は、一瞬心許《こころもと》なく、しかし確かに痙攣《けいれん》し、ベネディクトの意識を引きつける。そしてそれはひどい飢餓感へと変わっていく。今思えば、修道院長の喉《のど》から発せられたこの短い音の連鎖の中に、この日の苦労が凝縮されて詰め込まれていたのだ。この命令を受けた者が、どれほど大変な思いをしているか。命令を発した人物は、そのほんの一部ですら想像できていないに違いない。

なぜ、私が。ベネディクトは心の中でそう繰り返す。この任務を課されたときから、ずっとそう言い続けてきた。そして、生まれて初めて山中で野宿をせざるを得なくなった今、彼はやっと見つけた洞窟《どうくつ》の壁に向かって同じことを問うが、無論答える者はない。

ベネディクトにとって、この任務は最初から貧乏くじでしかなかった。彼は二十七になるこの歳《とし》まで、ほとんどの時間を山の上の修道院で過ごしてきた。修道院の壁の外になどめったに出たことがない。長旅の経験は、五歳のときに生家からベネディクト会系のモンテ＝カッシーノ修道院に移ったときと、十四歳のときにモンテ＝カッシーノから現在所属しているモンテ＝ファビオ修道院に移ったときだけだ。少年の頃のことなので、どちらも大人に付き添われての移動だった。そしてベネディクトは覚えているかぎり、修道院から出たいと思ったことがない。そんな彼が突然、一人での外出を命じられたのだ。

仲間の修道士の一人、バルトロメオはベネディクトのことを心配し、自分が代わりに外出をすると修道院長に申し出てくれた。バルトロメオはこれまでにもあちこち旅をしているので、彼の方がこのような任務に向いているのは明らかだった。ベネディクトはバルトロメオの申し出に一縷《いちる》の望みをかけていたが、院長はそれを却下した。

「ベネディクトが行かねばならぬ」。わざとらしく重々しい口調で語られた決定に、ベネディクトは絶望した。そもそも、修道院から外に出て旅をしながら、どうやって戒律を守ればいいのだ。自分と同じ名を持つ聖人——偉大なる聖ベネディクトが遺《のこ》した戒律を！

そして修道院を出たこの日、すでにいくつもの時課を省いてしまった。長い間、何があろうと時課の祈りを怠ったことはなかったのに、その積み重ねが今ここで崩れ去るとは。

時課の鐘の音の届かない場所に来てしまったのも、生まれて初めてのことだ。ベネディクトにとって修道院とそこでの生活から離れることは、完徳《かんとく》への道から大きく外れることでしかない。山では清冽《せいれつ》だった空気も、道を下るごとに濁り、べとつき、ざらついた感じを与えるようになる。神々《こうごう》しい景色は見えなくなり、くだらない、汚れたものばかりが目に入る。途中で出会う動物、木々のざわめきも、すべて彼の心をかき乱す。心の安らぎを得られない時間がほんの数時間続いただけで、彼の心には焦《あせ》りと苛立《いらだ》ちと不安が渦巻き、叫び出しそうになる。

——ああ、駄目だ！　このような生活をしていては、聖ベネディクトが書いておられる最悪の修道士——放浪者に成り下がってしまう！

ベネディクトは思う。これは絶対に、修道院長の嫌がらせなのだ。ベネディクトの、あまりにも融通のきかない戒律の解釈。それが、モンテ＝ファビオ修道院のマッシミリアーノ院長はじめ、他の修道士たちにとっては鬱陶《うっとう》しいのだ。

昔は違った。前の院長の代までは、モンテ＝ファビオでは戒律が厳格に守られていた。しかし、五年前に今のマッシミリアーノ院長が来てからというもの、すっかり変わってしまった。聖ベネディクトの戒律はもともと、修道士たちが規律正しく静かな祈りの生活をし、その精神をつねに神へと向かわせるためのものだ。それなのに、当の院長はやたらとおしゃべり好きの騒がしい人間で、ひどいときには食事中に声を出すことすらある。そればかりか、何かと外の世界に首を突っ込んでは、修道院に世俗的で厄介な仕事を持ち込んでくる。さらにベネディクトにとって我慢ならないのは、他の修道士たちも、院長の方針にあっという間に順応してしまったことだ。今や、戒律に固執しているのはベネディクト一人となった。そんな彼に対し、あろうことか院長は、ことあるごとに柔軟な態度を取るよう言ってくるのだ。

そんなことを、聞き入れられるはずがない。そもそも、聖ベネディクトの戒律に従って祈りの生活に身を捧《ささ》げる場――それが、七百年の歴史を持つベネディクト会、そしてそれに属する我が修道院の存在理由であるはずだ。戒律を忠実に守らないのならば、何の意味がある？　それがベネディクトの言い分だ。

しかし今回マッシミリアーノ院長は、ベネディクトが堅く守っている戒律を逆手にとって、彼を外に出すことに成功した。「上長《じょうちょう》の命令には絶対に逆らってはならない」。上長に対しては、「自ら喜びをもって」「迅速に」「神への愛から」服従しなくてはならない。そして、命令の実行に際して、たとえ嫌悪《けんお》を抱いたとしても、忠実に行わなくてはならないのである。よってベネディクトは、不安と嫌悪に心を乱されながらも、外に出なければならなかったのだ。

——ああ、何が、「この御方が誰なのか、調べて参れ」だ。そんなこと、分かるはずがなかろう。私にそんな無駄な探索をさせるのは、院長自身が騙《だま》されたことを認めたくないからだ。そうに違いない。

「この御方」——いつものように眉間《みけん》に皺《しわ》を寄せ、さも深刻そうな表情を作りながら院長が示したのは、自らはけっして口をきくことがない存在。つまり聖遺物《せいいぶつ》だ。より具体的には、「今は亡《な》き聖者のものとされる、いくつかの小さな骨の欠片《かけら》」である。そのうち一番大きなものは、少しつぶれた葡萄《ぶどう》の実のような大きさと形の黄ばんだ骨片だった。その他は、砕けた貝殻や大きめの塩粒に似た、微小なかけらだ。

これらがモンテ＝ファビオ修道院にもたらされたのは、三週間ほど前、聖霊降臨祭《ペンテコステ》も近い五月のある日のことだった。それより少し前、マッシミリアーノ院長のもとに、説教者兄弟会――つまりドミニコ会のカルロなる修道士から手紙が届いた。その内容は、ボローニャで前年に執り行われた聖ドミニコ聖堂の献堂式を記念して、開祖ドミニコの聖遺物を贈りたいというものだった。かの聖ドミニコは、今から三十一年前――一二二一年にボローニャで天に召されたが、その直前まで近郊のベネディクト会系の修道院で療養していた。そのとき聖ドミニコの世話をしたベネディクト会士の中に、若き日のマッシミリアーノ院長がいた。手紙の主であるカルロ修道士は、往時の開祖への献身に対する感謝の意を示すため、ドミニコ会を代表してマッシミリアーノ院長に遺骨の一部を贈ると言ってきたのだ。そして程なくして、聖遺物を携えたカルロ修道士ら五人のドミニコ会士がモンテ＝ファビオ修道院を訪れた。院長は大いに喜び、派手な式典を催して聖ドミニコの聖遺物を修道院に迎え入れたのだった。

その聖遺物がモンテ＝ファビオ修道院の所有になってからというもの、良いことばかりが続いた。まず、聖遺物が到着したその日、長いこと病に伏していた老齢の修道士が奇蹟《きせき》的な回復を見せた。三日後、領地の権利をめぐって修道院と長年争っていた某領主が、係争中の土地を手放した。五日後、地下納骨堂の奥に隠し部屋が発見され、百年以上前に紛失したとされていた貴重な古写本や、何代も前の教皇から寄贈された象牙《ぞうげ》の十字架などが見つかった。十日後には、盗賊団が現れてファビオ山の中腹にある村の一つを襲い、その勢いで山頂の修道院まで襲おうとしたが、ほとんどの者が門に近づいたところで突然倒れた。倒れなかった者は恐れをなして逃げ、崖《がけ》から落ちた。結局、修道院は一人の犠牲も出すことなく難を逃れた。

聖遺物の起こす奇蹟は早くも評判となり、それまで閑散としていたモンテ＝ファビオ修道院に、ローマを始めとする近郊の都市から訳知りの巡礼者が押しかけてくるようになった。寄進も目に見えて増え始め、院長は大いに喜んだ。しかしそんな矢先、ドミニコ会から使者がやってきた。ボローニャからやってきたというその修道士は、とんでもない情報をもたらした。なんと、ドミニコ会がモンテ＝ファビオに聖ドミニコの遺骨の一部を寄贈したという事実も、そのような約束をする手紙を出したという事実も存在しないというのだ。聖ドミニコの遺骨は、ほんの一部も損なわれることなくボローニャの聖ドミニコ聖堂に安置されており、なおかつモンテ＝ファビオに聖遺物を持ってきたカルロなる修道士も存在しないという。

その情報は、みなを仰天させた。院長は「何かの間違いではないか」と訴えたが、使者のドミニコ会士はドミニコ会総長の署名入りの書面をもって、例の聖遺物が聖ドミニコのものではないと主張した。そして院長にこう告げた。

「院長殿。ここモンテ＝ファビオ修道院に届けられた聖遺物が、我らが聖ドミニコのものではないことは明白です。ですからどうか、公《おおやけ》にも、そのように称するのをおやめいただけますよう」

「し、しかし、かの聖遺物に聖なる力《ウィルトゥス》が宿っていることは確かです。しかも、くわしい者の見立てでは、骨はさほど古いものではない、と。そうであれば、やはり聖ドミニコのものである可能性が高いのでは……」

「数々の奇蹟の話は承知しております。しかし、我らが聖者の遺体は、その死の直後から厳重に保管されており、盗みに入られたような形跡もありません。よって、別のどなたかの遺骨であると思われます」

「しかし、もっとよくお調べになったら、どこかの骨がなくなっていたりするのでは？」

「もちろん調べました。先ほども申し上げたとおり、ありとあらゆる部分をくまなく調べましたが、少しも欠けておりません。先ほど、こちらの聖遺物を見せていただきましたが、一番大きいものは熟れた葡萄の実一粒分ぐらいの大きさがある。我らが聖者の遺体にあれほどの欠損があれば、すぐに分かります」

「しかし、聖なる遺骨が『奇蹟的に複製される』ことは、よく聞くことではありませんか。今回もそれが起こったのでは……？」

「お言葉ですが、我々はそのような奇蹟を認めておりません」

「認めようと認めまいと、奇蹟である可能性は否定できないでしょう？」

しつこく食い下がる院長に、使者のドミニコ会士は苛立ちを露《あら》わにする。

「院長殿。先ほども申し上げたように、我々はあなた方との関係を大切に考えております。聖人の遺体の所有をめぐって、あちこちの修道院や教会で醜い争いが行われているのはご存じでしょう。我々は、そのようなことに巻き込まれたくはないのです。しかしすでに、その種は蒔《ま》かれている。民衆の中には、『聖ドミニコは、ボローニャの豪勢な墓所よりも、モンテ＝ファビオの方が居心地がよろしいようだ』などと噂《うわさ》している者もいると聞きます。軋轢《あつれき》が生じないうちに、どうか早めのご対応を。あまりに事が大きくなると、会議の開催にも影響しかねない」

「会議」というのは、今からおよそ一ヶ月後に予定されている、ドミニコ会とフランチェスコ会という二つの新興の修道会による会議のことで、ローマにほど近いモンテ＝ファビオ修道院はその場所に指定されている。世事に疎《うと》いベネディクトは、なぜよその修道会どうしの会合をベネディクト会が支援しなくてはならないのかと疑問に思っている。しかし、この会議をつつがなく成功させるのが重要らしいということは、マッシミリアーノ院長の態度を見てよく分かった。ただでさえ見栄っ張りな性格の院長は、この会議の成功に全身全霊をかけており、修道院の面々は総動員で準備をさせられている。

それなのに、もしこんな時期にドミニコ会との間でいざこざを起こしてしまったら、会議の開催そのものが危うくなってしまう。ドミニコ会士にそれを指摘された院長はようやく折れて、あの聖遺物を「聖ドミニコのもの」と主張するのを諦《あきら》めたのだった。

その日から、マッシミリアーノ院長始め、モンテ＝ファビオの修道士たちはみな事態の収拾に追われた。そんな中、院長はなぜかベネディクトに聖遺物の身元調査を命じた。ただし、ただ当てもなく調査するのではなく、院長は具体的な目的をベネディクトに与えていた。それは、「ローマ近郊のセッテラーネという村へ行き、村の教会の助祭、ピエトロなる人物に会う」というものだった。モンテ＝ファビオからセッテラーネ村へはそれほど遠くなく、早朝に出れば夕方には着く距離なので、ほとんど外に出たことのないベネディクトでも十分にこなせる任務だと考えたのだ。事実、この任務を旅だと思っていたのはベネディクト一人だけで、院長も他の者たちもただの外出としか思っていなかった。

しかし蓋《ふた》を開けてみると、ベネディクトは目的地にたどり着けなかった。ベネディクトは、院長から与えられた道順が間違っていたのだと恨めしく思ったが、実際のところ道順は正しく、それを読み間違えたのはベネディクトの方だった。修道院から出て、少し下ったところにある集落を過ぎてすぐに、ベネディクトは道順から大きく外れてしまった。進むにつれて道が道の体をなさなくなってきても、彼はそれが正しい道であることを疑うことなく進んだ。陽が傾いても山から出られる気配がなく、そこでようやくおかしいと気づいた。それから山中を迷い、渓谷を横切っていると陽が暮れた。ベネディクトは怯《おび》えながら、この洞窟を見つけたのだ。

ベネディクトは恐怖のあまり、夜通し眠ることができなかった。火を起こす道具すら持っていなかったので、獣に襲われることなく朝を迎えることができたのは幸運だと言ってよかった。しかし、手持ちの食料もなく、空腹と疲れに襲われていたベネディクトは、神に感謝するどころではなかった。

黒い修道服はひどく汚れた上、朝露に湿って冷たい。ベネディクトはどちらの方向へ進んでいいか分からなかったが、せめて服が乾くように明るい方へと進んでいく。

ふと、斜面の下の方から話し声が聞こえてきた。

人がいる！　ベネディクトは急いで斜面を下りる。するとそこには細い道があり、三人ほどの男が荷物を載せた馬を一頭引いて、連れ立って来るのが見えた。

ベネディクトの背に緊張が走る。彼らの身なりはよく、盗賊などではなさそうだ。しかしベネディクトの懸念《けねん》は、それではなかった。彼は道を尋ねるべきか、どうするかを迷っていたのだ。

——「下界の者たち」……あのような者たちと話をするのは、許されることなのか？

ベネディクトはそういった民衆と、ほとんど言葉を交わしたことがない。巡礼に来る連中は、バルトロメオのような世慣れた修道士が相手をする。ベネディクトはむしろ、そういった者たちと関わることを避けていた。ベネディクトが迷っている間に、一人がこちらに気づいた。彼はこちらに駆け寄ってきて、ベネディクトを見ると、仲間たちに向かって叫ぶ。

「おおい、こちらに『小さき兄弟会』の方がおられるぞ！」

男たちはわらわらと寄ってきて、ベネディクトを囲む。彼らは懐《ふところ》からパンやチーズを出し、ベネディクトに差し出す。ベネディクトは戸惑いのあまり、うまく言葉を発することができない。

「あの……」

「どうぞ、お納めください。我らは商人で、ローマでの商いを終えてリエーティまで帰るところです。どうか、我らの残りの道中の安全を、神に祈ってください」

「し、しかし……」

「遠慮なさいますな。私の母はかつて、フォリーニョであなた方の祖である聖フランチェスコ様にお会いし、病を癒《い》やしていただいたのです。あなたも聖フランチェスコ様と同じく、使徒の生活を実践しておられるのでしょう？　このところ、小さき兄弟会の方々を街で見かけなくなり、心配しておりました。教会の神父たちがあなた方に嫉妬《しっと》しているからだと聞いています。我々は、強欲で堕落した神父たちよりも、あなた方のことを信頼しております。そのことをどうか、お忘れなきよう」

他の者が口を挟む。

「なあ、せっかく、小さき兄弟会の方にお会いしたのだ。我らのために、説教をしていただいては？」

「そうだな。しかし、見ればお疲れのご様子。そこまでしていただくのは申し訳ない。我らにとっては、あの聖フランチェスコ様に倣《なら》い清貧《せいひん》を体現されているお姿を見るだけで十分だろう？」

明らかに、誤解を受けているようだ。口を開こうとしたベネディクトの懐から紙きれが落ちた。商人の一人がそれを拾い上げる。

「おや？　これは、セッテラーネ村への道順ですな？　しかし、ここはずいぶん外れていますぞ」

ベネディクトはようやくまともに言葉を発する。

「そ……そうなのですか？」

信心深い商人たちは親切にも、そこからどう行けば元の道順に復帰できるかを細かく教えてくれた。そしてベネディクトに恭《うやうや》しく頭を下げ、別れを告げたのだった。

商人たちの姿が見えなくなると、ベネディクトはもらった食べ物に目を落とした。これは、いわゆる「施《ほどこ》し」というやつではないか？　つまり、乞食《こじき》が手にするものだ。彼らは、自分を「小さき兄弟」だと勘違いした。つまり、聖フランチェスコが創設した「小さき兄弟会」――フランチェスコ会の修道士だと思われたのだ。

ベネディクトは眉《まゆ》をひそめながら、モンテ＝ファビオ修道院の仲間バルトロメオの話を思い出す。バルトロメオは院長に付き従って旅をすることが多いためか、ドミニコ会士やフランチェスコ会士が民衆にいかに強い影響を与えているかを知っており、ベネディクトによく話していた。ベネディクトは、戒律の中の「旅先で見聞きしたことを兄弟に話してはならない」という戒めを理由に、バルトロメオのおしゃべりをたびたび咎《とが》めた。それでもバルトロメオが勝手に話すので、どうしても耳に入ってしまう。

ドミニコ会とフランチェスコ会は「托鉢修道会《たくはつ》」と呼ばれ、その名のとおり、両会に属する修道士たちは托鉢をして回る。彼らはそれで、主イエス・キリストの使徒たちと同じ清貧を体現しているつもりらしい。人里離れた修道院の中に閉じこもって祈りと観想《かんそう》の生活を送るベネディクト会とは対照的に、二つの托鉢修道会は民衆の中へ入っていき、説教によって彼らを導くことを重視していた。托鉢修道会の歴史は浅く、どちらも創設されてから四十年ほどだが、ここ二、三十年で急速に大きくなり、着実に民衆の心を摑《つか》んでいた。バルトロメオは明らかに、フランチェスコ会やドミニコ会の修道士たちに憧《あこが》れを抱いていたが、同時に脅威を感じているようにも見えた。もしかすると、それらの感情の出所はまったく同じなのかもしれない。

他方ベネディクトはバルトロメオとは違い、それらの修道士たちに関しては「自分とは関係のない者たち」という認識しか持っていない。彼らのようになりたいとも思わないし、なるべきだとも思わない。むしろ、いくら「清貧の実践」を民衆に印象づけるためだとはいえ、乞食のように托鉢をして回るというところには激しい嫌悪を感じた。そもそもベネディクトは貴族の生まれだった。もちろん修道士であるから、自分自身の財産は持たない。しかし他人に食べ物を施されるなど、考えただけで心と体が拒否反応を起こす。

だが、たった今、自分は施しを受けてしまった。もらった食料はどれも粗末だが、空《から》の胃袋はそれに反応して激しく動き出している。

これを食べてしまったら、私も乞食になってしまうのではないか？　しかし、投げ捨てることもできない。ベネディクトは迷いに迷った挙げ句、パンのかけらを口に入れた。修道院で食べるパンよりもずいぶん硬い、ぼそぼそしたパンだ。にもかかわらず彼はあっという間に、もらった食料をすべて食べてしまった。

――ああ、なんたる屈辱！　それもこれも、すべてマッシミリアーノ院長のせいだ。院長が私にこんなことを命じるからだ。その任務のために、こんなことをせねばならぬのだ！

空腹は治まったが、心は罪深さでいっぱいだった。もう、救いへの道から完全に脱落してしまったという実感があった。彼は落胆しながらも、商人たちに教えられた道を歩き、どうにか正しい道順に復帰した。そしてその間、またすれ違った別の旅人にフランチェスコ会士と間違えられた。今度はベネディクトははっきりと否定することができたが、それはそれで、相手の落胆ぶりを目《ま》の当たりにすることになった。「モンテ＝ファビオ修道院のベネディクト会士」と言ってもよく分からない顔をされ、また説教を求められて「できない」と断ると、あからさまにがっかりされたのだ。なぜ、説教など求めてくるのだ。聖ベネディクトの戒律に従って完徳を目指す私に、そんなものを求められても困る。ああ、しかし……すでに私は、道を外れてしまった。胸中に嘆きと苛立ちを抱えたまま、ベネディクトは進んだ。そしてようやく、修道院を出てから二日目の夕方、セッテラーネ村に到着したのだった。

◇

セッテラーネ村。そこは、粗末な家々と細長い耕作地が並ぶ、閑散とした場所だった。空腹と疲れの中でも、ベネディクトはそこが本当に目的地なのかと疑った。会わなければならないのは助祭のピエトロなる人物だが、助祭がいるということは司祭がいるということで、それはつまり、教会があるということだ。だが、こんな場所に本当にそんなものがあるのか？

あたりを歩き回ってもそれらしき建物は見つからず、ベネディクトは結局、村人に尋ねなければならなかった。貧しそうな見た目に反して、村人たちはなぜか陽気だった。そして会う村人はみな、ベネディクトをフランチェスコ会士と勘違いし、教会に施しをもらいに行くのだと早合点し、自らもパンのかけらをこちらに渡してきた。すでに否定する元気もなく、また投げやりな気持ちになっていたベネディクトは、もらったそれをすぐに食べた。ひどく不味《まず》いパンだが、空腹のため吐き出すこともできない。

「ここだよ。司祭館の扉はこっち」

案内されたのは村の外れの建物だった。石造りでそれなりの大きさがあるが、相当古いのだろう。まるで廃墟《はいきょ》のようだ。案内してくれた村人は野良《のら》仕事に戻ると言って去り、ベネディクトは一人残された。こんなところに司祭や助祭がいるのか？　こんなところで、本当にミサが行われているのか？　ベネディクトは疑わしく思いながらも、目の前の木の扉をドンドンと叩《たた》いた。しかし応答がない。

やはり、誰もいないのではないか？　そう思ったとき、鈍い音を立てて扉が開いた。扉の向こうの薄暗い空間が、少しずつ大きくなってくる。そこに仏頂面《ぶっちょうづら》をした、背の低い男が現れた。長身のベネディクトから見るとたいていの人間は小さく見えるのだが、それでもこの男は小柄と言っていいだろう。年齢は自分と同じくらいだろうか。髪は赤っぽく、緑がかった青い目は妙に据わっていて、無表情にベネディクトの姿を捉《とら》える。ベネディクトが口を開く前に、男が言う。

「托鉢か？ あんた、見たことない顔だが、新顔だな？ さっき、あんたの『兄弟たち』が来てな。そのおかげで今日はもう、何も残ってないんだ。悪いが、今日は他の家を当たってくれないか」

ベネディクトは苛立つ。またここでも、フランチェスコ会士に間違えられるとは！

「わ、私は……フランチェスコ会士では、ない」

疲れのせいか、声がうわずってしまう。相手は怪訝《けげん》な顔をする。

「違うのか？ ああ、確かによく見れば、腰に締めてるのは縄じゃないし、杖《つえ》以外にもいろいろ持っているようだな」

男はこちらをじろじろと見る。ベネディクトはその視線を不快に感じた。こいつはこの教会の関係者なのだろうが、人を食ったようなこの態度は何だ？ 聖職者ではありえないと、ベネディクトは直感した。おそらく下働きの者だろう。

「托鉢じゃないんなら、いったい何の用だ？」

そのぞんざいな尋ね方に、ベネディクトはますます苛立つ。そんな口のきき方しかできないのか？ きっと卑《いや》しい生まれの、教養も何もない人間に違いない。ベネディクトは、今度は怒りで声をうわずらせながら言う。

「き、君に、用件を話すつもりは、ない。その、助祭のピエトロという人を、呼んで、くれ」

「助祭のピエトロ？　それは、俺だが」

「えっ？」

ベネディクトは言葉を失った。こいつが、助祭だと？

「俺に何の用だ？　こっちも忙しいんだから、早く言ってくれ」

男──ピエトロは片手で頭をぼりぼり掻《か》きながら、変わらず据わった目でこちらを見ている。ベネディクトは混乱のあまり、何を言えばいいのか分からなくなる。ピエトロは、何も言わないベネディクトをしばらく眺めていたが、やがて軽くため息をついた。

「あんた、用事を思い出せないようだな。今忙しいから、思い出したらまた来てくれ。じゃあな」

そう言って扉を閉めようとするピエトロを、ベネディクトは慌《あわ》てて引き留める。

「あっ、いや、その……私、は、モンテ＝ファビオの……」

「モンテ＝ファビオ？　あんた、モンテ＝ファビオ修道院から来たのか？　ああ、そうか！」

終始無表情だったピエトロの口元に、かすかな笑みが浮かぶ。ベネディクトは、なんだか小馬鹿《こばか》にされているように感じた。そしてその直後、ピエトロは信じられない言葉を口にした。

「あんた、『偽《にせ》ベネディクト』だな？」

ベネディクトの頭の中は、完全に真っ白になった。

「偽ベネディクト」。仲間の修道士の一部が、自分のことを陰でそう呼んでいるのは知っていた。そのあだ名は、ベネディクトの心をひどく傷つけた。親切なバルトロメオなどは、いつも気休めを言って彼を慰めようとしたものだ。「なあ、ベネディクト。聖人や偉人と同じ名につく『偽《プセウド》』というのは、『偽者』とか『まがいもの』という意味ではないぞ。君も当然、知っているだろう。本家と見分けがつかないほど立派だから、きちんと見分けがつくように、あえてそういう言葉を使うのだ」と。

しかしベネディクトは、それが自分をあだ名で呼ぶ仲間たちの本心でないことを知っていた。明らかに彼らは、ベネディクトを揶揄《やゆ》してそう呼んでいるのだ。その屈辱的なあだ名を、なぜこの男が知っているのか。目の前の男、ピエトロは平然と続ける。

「あんたとこの院長からは、手紙をもらってるよ。あんたをこっちに寄越すってな。勘違いして悪かったが、あんたの方こそ、予定ではもっと早く来るはずじゃなかったのか？」

ピエトロの言葉は、ほとんどベネディクトの耳に入ってこない。だが、少なくともこれだけは理解した。おそらくマッシミリアーノ院長がベネディクトのことを、この男に「偽ベネディクト」と伝えているのだ。ベネディクトの体はわなわなと震え、居ても立ってもいられなくなった。彼はピエトロに背を向けて走り出す。

「おい、どこへ行くんだ！」

ベネディクトは走った。とにかく、この男の声の届かない場所、その視界に入らない場所へ行きたい。ベネディクトは息を切らせながら走り、よく分からないままに村を出て、見たことのない道を進む。

――ひどい場所だ、ここは！

なんという、腐った世界だろうか。あのような下品な男が助祭だとは！　教区教会の聖職者の堕落ぶりは耳にしていたが、あれほどとは思わなかった。しかも自分は、その堕落した助祭に、ひどい侮辱を受けたのだ。

――なぜ、私が、こんな目に……。

その思いは、やがて底知れぬ恐怖に変わり始める。

――ああ、まずい。このままでは、また……。

心臓の鼓動が速くなり、体中に緊張が走る。つい最近経験した、強烈な悪寒と苦痛の記憶が、生々しく蘇《よみがえ》る。またあの状態を味わう羽目になるのか？　そして今度こそ、自分は死ぬのだろうか？

——ああ、神は、そして聖ベネディクトは、私をお赦《ゆる》しになっていないのだ！　二十年近く戒律に従って生きてきても、あの罪は消えていないのか？　その上私は昨日と今日で、長年守ってきた戒律を破ってしまった。これなら、いつ天罰が下ってもおかしくはない！

考えるほどに、恐怖感は強くなっていく。

——このままでは、駄目だ。どこか、どこかで祈らなくてはならない。神よ、どうかお赦しを！　我が命を今すぐ奪うことなく、今一度、償《つぐな》いの機会を！　そして、心の安らぐ場所を！

ベネディクトはそのように願いながら、必死で走った。走れなくなると、前のめりに歩き続けた。とにかく、前に進むことしかできない。

どれほど歩いたか、そして自分がどこにいるのか、すでに分からなくなっていた。ふと立ち止まると、陽が沈みかけている。夕闇《ゆうやみ》の中に、家々の影が浮かび上がる。どこか別の村に来たらしい。木立の向こうには、大きな建物が見える。その形、造りから、教会だと直感した。しかも、さっきのセッテラーネ村の粗末なそれとは比べものにならないほど、立派な教会だ。夕空に荘厳に浮かび上がる建物に、ベネディクトはふらふらと吸い寄せられていく。神は、私の願いを聞き入れてくださったのだ。これこそ、立派な「神の家」だ。ここで祈れば、きっと神も、私を赦してくださる……。

少し心が落ち着くと、すぐに体の疲労感が襲ってくる。ベネディクトは杖にすがるようにしながら、教会の周囲を歩いて入り口を探した。精緻《せいち》な彫刻の施された巨大な壁。その重厚なたたずまいから、中に素晴らしい聖職者がいることは疑いようがなかった。壁に沿って進むと、傍らに、勝手口らしき木の扉が付いているのが見えた。あそこから入れてもらえるだろうか。近寄ろうとしたとき、その扉が突然、無造作に開いた。

中から聞こえてきたのは、甲高い女の声だった。やがて、二人の女がキャアキャアと笑いながら飛び出してきて、扉の中に向かって何やらからかうように悪態をつく。すると、長く立派な衣を身につけた初老の男が、女たちを追うように姿を現し、背中を丸めて前のめりになりながら、女の一人に抱きつこうとする。女は「もう、神父様ったらあ」と言いながらそれをかわす。もう一人の女が男の手を取って、「ねえ、ここ、お墓なんでしょ？　あたしたち、暗いお墓に長くいたくないの。早く行きましょう」と急《せ》かす。初老の男——神父は顔中にいやらしい笑みを浮かべて言う。

「いやいや、ここはかつては墓だったが、今は違うぞよ。心配せずとも、死者の霊などおらぬ。わしはむしろ、この暗いところの方がいいのだが……」

「んもう、何言ってるの！　あたしたちはイヤなの！　一緒に来ないなら、あたしたちだけで行くわよ！」

二人の女が服をひらひらさせながら去ろうとすると、男は慌ててその後をついていく。

その様子を、ベネディクトは唖然《あぜん》として見ていた。そして彼らの姿が見えなくなると、数歩後ずさりし、その場にへなへなと座り込んだ。この巨大な教会は、祈りの家などではなかった。神は、願いを聞き入れてくれたのではなかったのだ。

ベネディクトには、もう立ち上がる気力がなかった。再び、恐怖が近づいてくる。自分の心と生命が何者からも守られず、弱いまま剝《む》き出しになってしまうような激しい不安感。一度その状態に陥ると、木々であれ鳥であれ、何か動くものが視界に入るたび、ベネディクトは飛び上がらんばかりに怯える。重い体が何度もびくりと震え、そのたびに彼の喉からは声にならない悲鳴が漏れる。そうなると、もう満足に呼吸をすることもままならない。

――ああ、神よ……どうか、お助けを……。

ベネディクトは祈ろうとするが、「もう無駄だ」という思いが邪魔をする。私はもう、神から見捨てられたのだ。罪の贖《あがな》いに、失敗してしまったのだ。その証拠に例の聖遺物は、私にだけ悪夢をもたらしたではないか。他の兄弟たち、そして巡礼者たちですら、みな「近づくだけで弱った体に力がみなぎるようだ」「心が美しい霊感で満たされる」などと言うのに、私だけ、私だけは……。ああ、やはり私の魂は、幼き日に永遠に穢《けが》れ、呪《のろ》われてしまったのだ！

恐怖が頂点に達し、ベネディクトは土の上に倒れた。

◇

土埃《つちぼこり》が風に舞って顔にかかり、咳《せ》き込んだ拍子にベネディクトは目を開けた。いつのまにか眠っていたらしい。あたりはすっかり暗くなっている。そして少し離れたところに、二つの人影が見えた。彼らが持っているランプの灯りが、ゆらゆらと揺れながら近づいてくる。

――まさか……悪魔が私を連れ去りに来たのか？

ベネディクトは横になったまま、体を縮こめる。動いてはならない、動いたら気づかれる。そう思いながらも、震えが止まらない。しかし二人は、すぐ近くまで来たものの、ベネディクトに気づくことなく足を止めた。薄目を開けて見ると、彼らはランプを置き、地面を指さしながら何やら話し合っている。顔はよく見えないが、どうやら人間の男のようだ。

悪魔ではない。ベネディクトは胸をなで下ろしたが、だからといって安心はできない。こんな夜中に、何をしに来ているのだ？ 二人の男は大きな鍬《くわ》を持っており、その場を掘り始める。その土が時折こちらまで飛んできて、ベネディクトの顔にかかる。彼は目を閉じ、動かないように努める。二人の男はしばらく作業に没頭していたが、やがて一人が言う。

「ここじゃあねえようだな」

「そうだな。もう少し、違うところを掘ってみるか。あの女好きの司祭殿は、今晩は帰ってこない。だから、時間はたっぷりある」

「だが、本当にここで見つかるのか？ 聖ベアトリクスの頭蓋骨《ずがいこつ》が？」

「俺が得た情報は、かなり信頼できるものだ。だが、噂はすでにあちこちに流れている。とにかく早く見つけねば、他の奴《やつ》らに先を越されるぞ」

そう言って彼らは少し掘る場所を変え、作業を再開する。ベネディクトは悟った。

こいつらは、墓荒らしだ。聖者の遺体を掘り起こしにやってきたのだ。なんという、罪深い行いを！　憤《いきどお》りのあまり大きく見開いたベネディクトの目に、掘り起こされた土の塊が飛び込んできた。その痛みに耐えきれず、ベネディクトは思わず手で目頭を押さえた。その気配に、男の一人が気づく。

「おい、そこにいるのは誰だ！」

しまった！　男二人は鍬を握りしめたまま、こちらへ近づいてくる。そして土の上に横になったまま動けないベネディクトを見つける。

「貴様！　いつからそこにいた！」

怒鳴りつけられたベネディクトは、ヒィッという小さな悲鳴を上げて、両手で頭を抱え込む。二人の男は相談をし始める。

「こいつ、始めっからここにいたのだろうか？」

「そうだろうな。つまり、ずっと見られていたということだ。どうする？」

「殺すしかないだろう。生かしておいたら、俺たちが危ない」

「そうだな。俺が殺《や》るから、お前はこいつが暴れないように押さえろ」

殺される！　ベネディクトはとっさに逃げようとしたが、それよりも先に二人の男たちに手足の自由を奪われ、押さえつけられた。ベネディクトは仰向けにされ、男の一人が彼の胸に馬乗りになる。ベネディクトは必死で抵抗したが、男は強い力でベネディクトの首を絞める。激しい苦しみの中で、ベネディクトは思った。

ああ、やはり、こいつらは悪魔だ。私の魂を連れていくために、人の姿でやってきたのだ。私はここで死に、地獄へ連れて行かれるのか？　そして、永遠の罰を科されることになるのか？　その思いは、ベネディクトの苦しみをさらに増幅させた。嫌だ！　ああ、誰か……！

ついに頭に霧がかかったようになり、突然体が軽くなった。死が訪れたのかと思った直後、ベネディクトは激しく咳き込んだ。彼は咳き込みながら体を曲げてのたうち回ったが、体の上には、もう二人の男はいなかった。そのかわり、何やら周囲が騒がしい。ベネディクトが目を開けると、涙でぼやける暗い視界の中で、男たちが争っているのが見えた。いつのまにか男たちの数が、二人から五人に増えている。

――何だ？　何が起こったんだ……？

男たちの中に、ひときわ大きい人影が見える。そいつは、さっきまでベネディクトの首を絞めていた男の胸ぐらを片手でつかみ、高く持ち上げている。男はなす術《すべ》なくただ手足をじたばたさせていたが、やがて大男がその顔をバチンと張り倒すと、男は横に吹っ飛び、地面に倒れて動かなくなった。大男以外に、別の二人の比較的小さな人影もあった。彼らは、さっきベネディクトを襲ったもう一人の男を、二人がかりで殴りつけている。

「おい、気を失ったぞ。この辺でやめておこう」

「いいじゃないか、兄さん、もう一発ぐらい殴らせてよ」

「駄目だ。不必要に傷つけるな。おい、大ジョヴァンニ。そっちはどうだ？」

小柄な二人のうちの一人が、大男にそう問いかける。大男は、さっき張り飛ばした男の様子を見ながら、二人に答える。

「こっちも大丈夫です。気絶しているだけです」

「そうか、うまく片付いたな。じゃ、大ジョヴァンニ、そいつらを縄で縛って、礼拝堂の入り口に置いてくれるか？　ここの好色な神父さんが朝帰りしたときに、すぐに目に入るようにしてくれ。さあ、アンドレア、俺たちは仕事にかかろう。まずはこのあたりから掘るぞ」

ベネディクトは、その声に聞き覚えがあるような気がした。しかしそれが誰の声かを思い出す前に、もう一人の小柄な人影がベネディクトを指さして言う。

「で、兄さん。こいつらに殺されかけてた、こっちのかわいそうな人はどうするの？」

「そうだな……どういう事情か知らんが、商売敵《がたき》ではなさそうだし、命を救った恩と引き替えに黙っておいてもらおう」

「そんなぁ。兄さん、甘すぎない？　この人に告げ口されたら、僕ら、死罪だよ？　ちょっとは脅しとかないと」

「心配すんな、アンドレア。どれ、俺が話をしてみよう」

ベネディクトは理解した。こいつらも、墓荒らしだ。新手《あらて》の三人組の墓荒らしが、さっきの二人組の先客を倒して、獲物を奪おうとしているのだ。男がランプを持って近づいてくる。ベネディクトは警戒して半身を起こし、教会の外壁の方へ少し後ずさりした。そのときだった。ベネディクトは激しい悪寒を感じ、また吐き気のために、口元を押さえた。

ベネディクトは混乱する。これは、さっきまでの感覚と違う。さっきまでも苦しかったが、それはあのときのあの感覚が訪れるのではないかという、恐怖によるものだった。しかし今感じているこれは……間違いなく、あの感覚そのものではないか！

「おい、あんた、大丈夫か？」

ベネディクトの視界に、男の顔が入る。ゆらめく灯りに照らされたその顔を見て、ベネディクトは絶句した。

「あ……!」

男の方も驚く。

「あんた、なぜ、こんなところに!」

それはこっちの台詞《せりふ》だ。ベネディクトは混乱のあまり、また少し後ずさる。すると

さらに、あの感覚がひどく、耐えがたい激しさでベネディクトを襲う。すでに考える

力もないベネディクトは、その場で意識を失った。

第二章　清貧の実践者

――ベネディクトぉ、いやだ、いやだよぉ、死んじゃいやだよぉ……ああ、神様！　ベネディクトを、僕の、友達を、たいせつな友達を、どうかお助けください。

記憶の中の幼い友は、泣きじゃくりながら、そしてときおり言葉を詰まらせながらも、しっかりとした口調で祈り始める。子供のしっとりとした熱い手のひらが、同じくらいの大きさのベネディクトの手に触れる。まるで、力を与えようとしているかのように。幼いベネディクトは、力なく横たわったまま思う。なんという、美しく、強い心の持ち主だろう。僕とは違う。僕はもう、呪《のろ》われてしまった。僕は、地獄に落ちて、火に焼かれるんだ。しかし、友はベネディクトの思いを悟ったのか、首を振って否定する。

——違うよ、ベネディクト。君は、呪われてなんかいない。

——いいや、呪われてる。先生が、そうおっしゃったんだ。それに、こんなに苦しいもの。

——苦しいのは、君が神様に向かおうとしているからだ。だからきっと、神様が救ってくださる。絶対に。

ベネディクトは友の顔を見ようとして、目を開けた。しかしそこは薄暗い部屋だった。

——また、あの夢を見ていたのか。

ベネディクトは半身を起こしたが、頭に割れるような痛みを覚えた。彼は頭を押さえながら、しばらく荒い呼吸を続け、耐えられる程度に痛みが治まると再び顔を上げる。

彼は寝台の上にいた。何やらごちゃごちゃと物が置いてある、狭苦しい部屋だ。部屋の扉は少し開いており、その奥から光が漏れている。ランプではなく、白っぽい陽の光だ。

朝なのか。ベネディクトは寝る前のことを思い出そうとしたが、頭はまだ朦朧《もうろう》としている。ただはっきりしているのは、ここが知らない場所だということだ。次の瞬間、ベネディクトの体に緊張が走った。そうだ、私は確か、ひどい目に遭って……。忌《い》まわしい記憶が蘇《よみがえ》る。

私は、どこかの教会の外にいて……三人組の墓荒らしに殺されそうになったところを、別の三人組の墓荒らしに助けられたのだ。

そして、その三人組の首領らしき男の顔を思い出す。

――そうだ、あいつだった！

ベネディクトの頭はついにはっきりとし、彼が長年慣れ親しんできた感情――他者の堕落に対する怒りを募らせる。

確かに夕べ、信じられないものを見た。あいつは下劣な男には違いないが、仮にも聖職者だ。聖職者が墓荒らしをするとは、いったいどこまで堕落しているのか！

しかし、その後の記憶がない。思い出そうとしていると、扉の向こうから話し声が聞こえてきた。

「ねえ、兄さん。夕べの収穫は大きかったねえ。でも、あの人が気絶した場所のすぐ下に骨が埋まってたなんてねえ」

「そうだな。とにかく、見つかって良かった。聖ベアトリクスの頭蓋骨《ずがいこつ》と聞いたら、手ぶらで帰るわけにはいかなかったからな。喉《のど》から手が出るほど欲しがってる奴《やつ》がいるから」

「ああ、ジョヴァンニ＝ガエタノさんのことでしょ？　また、高く売りつけるの？」

「何言ってんだ、アンドレア。俺は一度も、彼に高く売りつけたことはないぞ。いつだって友人価格だ」

「えー？　あれでー？」

間違いなく、これは奴らの声だ。墓荒らしの首領であるあいつと、彼を「兄さん」と呼ぶ誰かの甲高い声。彼らは話を続ける。

「けど、夕べは兄さんがあの人を連れて帰るって言ったせいで、荷物がすごく増えたのは参ったなあ。今日は体中が痛いよ」

彼らのいう「あの人」は自分のことだろうか。ベネディクトは会話をもっとよく聞こうと、扉に近寄る。

「何を言っているんだ。彼を運んだのは大ジョヴァンニだろ？　お前は、骨と石板しか運んでないじゃないか」

「それでも、僕には重いんだよ！　兄さん、僕の体がか弱いの、忘れてるんじゃないだろうね？」

「普段、重い物を全然持たないから悪いんだ。ここで暮らすなら、少しは鍛えておかないと」

「もー、うるさいな。それにしても、あの人、ずいぶんきれいな顔をしてるよねえ。近くで見て、びっくりしちゃった。修道士にも、ああいう人がいるんだねえ。で、兄さんはあの人のこと、どうするつもりなの？」

「彼はもともと、俺に用があってやって来た。だから、しばらく置いておく」

「でも、僕らの仕事、見られちゃったよ？」

「それは大丈夫だ。そのあたり、彼の上長もおおよそ知っているからな。だからこそ、彼をここに寄越したんだ」

「あの人のジョウチョウって、山の上の修道院の院長のこと？　マッシモさんだっけ？」

「マッシミリアーノ院長だよ。うちに来たこともあるだろう。覚えてないか？」

ベネディクトは耳を疑う。何だと？　自分の上長――つまり、モンテ＝ファビオ修道院のマッシミリアーノ院長が、こいつらの仕事を知っているということなのか？

ベネディクトは扉を開ける。そこには日光が差し込む部屋《サーラ》があり、食卓を挟んで座っている二人がこちらを向く。右側の男は、あのセッテラーネ村教会の助祭――ピエトロだ。

「あんた、起きたのか。どうだ、体調は？」

「そんなことより、どういうことだ？　君たちの悪行を、うちの院長が知っているとは！」

「悪行？」

「君たちが夕べ、やっていたことだ！」

「その話か。それは後にしよう。まずは弟を紹介させてくれ。こいつはアンドレア。ここで読師《どくし》をしてる」

「祓魔師《ふつまし》もやらされてるよ！　他にもいろいろ」

アンドレアはそう口を挟みながらも、ベネディクトの方を見ず、長椅子《ながいす》の下で足をぶらぶらさせている。彼はピエトロよりもさらに小柄で、まだ少年だ。十二、三歳ぐらいだろうか？　ピエトロには似ておらず、まるで少女のような顔をしている。こんなやつも、一応聖職者だというのか？

「それから、昨日いた大男は大ジョヴァンニという。大きいからそう呼ばれているのではなくて、弟の小ジョヴァンニと区別するためなんだが。おお、ちょうど来た」

見ると左手の入り口から、コップやパンの載った盆を手にした大男が入ってきた。

背が高いだけでなく横幅もあり、髭《ひげ》の生えた顔は熊《くま》のようだが、目は優しげで、ベネディクトの方を見てにこやかに会釈《えしゃく》した。

「大ジョヴァンニは、俺たちの食事の世話やその他の雑事を担当している。ここの使用人たちの長《おさ》ってところだ。あんたの首の傷の手当ても、彼がしたんだ」

ベネディクトは首に手をやり、やわらかい布が巻き付いていることに初めて気がついた。大ジョヴァンニは食卓に食事を並べ始める。

「それから、ここの司祭だが……」

説明を続けようとするピエトロを、アンドレアが遮る。

「兄さん、そんなことよりも、早く食べようよぉ！　ねえ！」

食卓はほぼ準備ができかけており、アンドレアは我慢ができないようだ。だがピエトロはアンドレアを窘《たしな》める。

「そんなこと言ったって、おっさんが起きてこないのに、食べ始められないだろう」

「おっさんが起きてこないのは、いつものことじゃないか」

「だが、今日はこのベネディクトが来て最初の食事だ。いくらなんでも、おっさん抜きでは始められない」

食事を並べ終えた大ジョヴァンニが穏やかな口調で言う。

「あの、エンツォ神父様は頭痛がするとかで、もう少しお休みになるそうです。先に食べるようにおっしゃってましたので、食事も四人分しか用意しておりません」

アンドレアが「ほらね！　どうせまた、二日酔いだよ！」と言う。ピエトロも了解したようで、ベネディクトを食卓に誘う。ベネディクトは迷った。こいつらは、墓荒らしだ。堕落した者たちだ。そんな奴らと一緒に食事など、できるわけがない。

――なぜ、いつも、こうなのだ。私は自らの罪をぬぐい去って魂を高いところへ引き上げたいのに、周囲の者たちが堕落しているために、それができない。どんなに努めても、周囲の罪深い者たちのために、ずるずると引きずり下ろされる。修道院の中ですら、そうだった。そして今回は院長の命令のせいで、さらに低いところまで落ちてしまった。挙げ句の果てに、こんな盗人《ぬすっと》たちと共に食卓を囲むことになるとは！

「なんだ、食べないのか？　あんた」

ピエトロに声をかけられても、ベネディクトはしかめっ面《つら》のまま突っ立っていた。しかしすぐに大ジョヴァンニが、少し背を曲げて気遣わしげに寄ってくる。

「ベネディクト様。どうか、少しでもお召し上がりください。その方が、お怪我《けが》の回復も早くなります」

大ジョヴァンニはそう言って、にっこりと微笑《ほほえ》みかける。大きな顔に浮かぶ優しい笑みに、ベネディクトは一瞬我を忘れて、反射的にこくりとうなずいた。

「ああ、よかった。さあ、こちらのお席へ」

◇

「堕落した者たち」との食事は、修道院のそれとかなり違っていた。まず、食前の祈りが短い。ピエトロが早口で祈りの言葉を唱えている間、隣に座ったアンドレアがそわそわと動く。それに合わせて、粗末な長椅子がぎしぎしとうるさく軋《きし》む。ベネディクトは苛立《いらだ》ったが、ピエトロのラテン語が正確であるのには驚いた。

さらに驚いたのは、食事の内容だ。硬くてぼそぼそした黒っぽいパンが数個。ほんの少しの豆の入った、ひどく味の薄い麦の粥《かゆ》。一人あたり、ひとかけらのチーズ。ベネディクトは同席者たちへの不満を露《あら》わにしながらも、空腹のためにそれらをあっという間に食べてしまった。ベネディクトは、きっとこれは前菜で、この後に新しい料理が運ばれてくるのだろうと思った。モンテ＝ファビオ修道院では四旬節でもない限り、チーズやパンの他に、毎日少なくとも肉や卵、野菜のスープ、果物か焼き菓子ぐらいは出るものだ。しかしいくら待っても、給仕係であるはずの大ジョヴァンニが席を立つ気配はない。やがて他の三人は粥とチーズを食べ終えると、パンを数個残して席を立った。ベネディクトは思わずピエトロに尋ねる。

「……これで、終わりなのか？」

「何がだ？」

「いや……食事が」

「そうだが？」

ベネディクトは理解に苦しんだが、ふと、断食中《だんじき》なのではないかという可能性に思い当たった。ベネディクトも修道院で、仲間たちとたびたび断食をしていたからだ。しかし断食中にしても、この食事の量は少なすぎる。ピエトロが怪訝《けげん》そうに尋ねる。

「あんた、まだ腹が減ってるのか？　だったら、残っているパンを食べるといい。だが、全部は駄目だ。施しのために少し残しておかないといけないからな」

そう言われて、ベネディクトはパンに手を伸ばすのをこらえた。悪に染まったこいつらに、貪欲《どんよく》な奴だと思われてなるものか。アンドレアがピエトロに言う。

「じゃ、僕、出かけるからね。水車小屋の隣の家に呼ばれてるから。娘さんに、また悪魔が憑《つ》いたんだってさ」

「ちょっと待て。一人で行くな。小ジョヴァンニと一緒に行くんだ。彼と離れず、暗くなる前に戻ってくるんだぞ。知らない人に付いていくなよ」

「分かってるって！　毎日同じこと言わないでよ！」

アンドレアは部屋を出て行き、大ジョヴァンニも食卓を片付け終えるとベネディクトとピエトロに会釈し、部屋を後にする。二人だけになり、ピエトロはベネディクトに再び腰掛けるように言い、自分も椅子に腰を下ろした。

「で、あんたの用件についてだが……」

ベネディクトは改めて、自分がここにいる理由を思い出した。ピエトロは懐《ふところ》から手紙を出す。

「これが、モンテ＝ファビオ修道院のマッシミリアーノ院長から事前にもらっていた手紙だ。例の聖遺物の正体を調べてほしい、という内容だ。そしてそのために、あんたを俺の助手として使うことも許可してくれている」

「助手だと！」

ベネディクトは耳を疑った。私を、こんな奴の助手に？　マッシミリアーノ院長は、私を本気で地獄に落とそうとしているのか？　ベネディクトのこわばった表情を冷ややかに眺めながら、ピエトロは続ける。

「おたくの院長からは、すでに金をもらっている。あんたをしばらくここに置いておくための費用と、報酬の一部だ。だから、もう断るわけにはいかないのだが」

ベネディクトはピエトロの言葉を遮り、震え声で尋ねた。

「君は……うちの修道院長とは、どういう関係なんだ！」

「院長は、俺の顧客の一人だ」

ピエトロはあっさりと答える。

「おたくの院長とは、以前から頻繁に取引させてもらっている。いわゆるお得意様だな」

「そ、その取引って、まさか……」

「あんたの想像どおりだ。俺は聖遺物を売っている。夕べ、あんたが見たのは、商品の仕入れだよ」

ベネディクトは頭から血の気が引き、椅子からずり落ちそうになった。すんでのところで我に返り、椅子にしがみつく。

「商品……？　き、君のしていることは……聖人たち、そして、神に対する冒瀆《ぼうとく》だ！」

なんと罪深い！　これほどの罪を犯して、どのような罰が下るか、分かっているのか？　そして、このような罪深い人間と話をしている自分にもその罰が及ぶかもしれないと思うと、ベネディクトの体は震え始めた。ピエトロは、ベネディクトの様子をじっと見ながら口を開く。

「あんたがどんな人間かは、院長から聞いてるよ。あんたにしてみれば、俺は地獄に落ちて当然なんだろうな」

「あ、当たり前だ！　私は帰る！　君なんかと、一緒にいられない！」

「それはあんたの自由だが、院長の言いつけを破ることになるぞ。上長の命令に従わないのは、『聖ベネディクトの戒律』に違反するんじゃないのか？」

ベネディクトは言葉を詰まらせた。自分の弱点である「戒律の違反」を持ち出されたこと、そして、この粗野で無学に見える男が「戒律」に言及したことに驚いたのだ。

「ベネディクト。さらに脅すようなことを言ってしまって悪いが、手紙の中で院長はこうも言っている。あんたが俺に協力して聖遺物の正体を突き止めないかぎり、モンテ＝ファビオ修道院に戻ってきても受け入れるつもりはない、とな。どうしても逆らうのであれば、モンテ＝ファビオから……いや、ベネディクト会から出て行ってもらうつもりだ、と」

ベネディクトは思わず、テーブルを叩《たた》いて立ち上がった。

「馬鹿《ばか》な！　そんなことが、できるわけがない！」

「なぜだ？」

「そんなことをしたら、私の生家が……」

言いかけて、ベネディクトは言葉を飲み込んだ。そこから先は、他人に言いたくないことだった。しかし、ピエトロは上目遣いにベネディクトを見ながら、容赦なく続きを言う。

「あんたが言いかけたのは、こうだな。あんたを追い出すようなことをしたら、あんたの生家からモンテ＝ファビオへ定期的に贈られている、多大な寄進が途絶えることになる。違うか？」

ベネディクトは啞然《あぜん》とした。そのことは、ベネディクト自身、見て見ぬふりをしてきたことだ。自分の修道院内での立場が、生家によって守られている――もっと嫌な言い方をすれば、「生家の金で買われている」。ベネディクトがそれを内心後ろめたく思っていることは、彼が戒律を人一倍厳しく守ってきた理由の一つでもある。しかし彼は今、自分が生家の財力に精神的に依存していたことに気づいてひどく動揺し、またピエトロにそれを知られていたことに驚いた。

「ベネディクト。これから言うことは、初対面の俺の口から言うべきことではないかもしれない。だが、あんたがこれからどうするかを決めるために重要だから、あえて言わせてもらう。院長の話では、あんたの実家からの寄進は、三年ほど前から減っており、今年になってからは途絶えているそうだ」

ベネディクトにとって、それは初耳だった。なぜなのだろうか。ベネディクトの両親は、将来彼がベネディクト会で高い地位を得ることを望んでいた。少なくとも、モンテ＝ファビオかどこかの修道院の院長になることを期待していたはずだ。それが一族の魂の救済につながることを、幼いベネディクトは両親から繰り返し教えられてきた。

「まさか……寄進が、途絶えているだなんて」

「知らなかったのか」

ベネディクトは動揺のあまり、ピエトロの問いかけに素直にうなずいた。

「院長の手紙に理由は書かれていないが、あんたの実家に何か事情があるのだろうな」

ベネディクトは考える。三年ほど前から生家の寄進が減っていることと、修道院内での彼の扱いとの間に、関係があるのではないか？　すると、いろいろと思い当たるふしがある。修道士たちが自分を「偽《にせ》ベネディクト」などと揶揄《やゆ》し始めたのも、その頃からではなかったか？　そして今までほとんど外に出さなかったベネディクトを、今回院長が突然外に出したのは、寄進が止まったことと関係があるのでは？　なんという、現金な連中だ！　ベネディクトは想像するだけで、怒りで体が震えてきた。そこに追い打ちをかけるように、ピエトロが言う。

「確かなのは、あんたが今すぐここを出てモンテ＝ファビオに帰ることはできない、ということだ。つまりあんたは、俺と一緒に仕事をするしかない。それが嫌なら、ベネディクト会を出て、ドミニコ会かフランチェスコ会に入るぐらいしかないだろうな」

ドミニコ会かフランチェスコ会に入るだと！　そんなこと、できるわけがない。ベネディクトの怒りは頂点に達し、彼は震え声で尋ねる。

「……院長は、私の立場が悪くなったのにつけ込んで……それで、私をこんなところに送ったのか？」

ベネディクトは眉間《みけん》に皺《しわ》を寄せてピエトロを見据え、答えを待つ。しかし、返答は意外なものだった。

「違う。あんたを寄越してほしいと言ったのは、この俺だ」

「えっ？」

「説明すると長くなるから、まずは座って、落ち着いて聞いてくれ」

ベネディクトは再び腰を下ろした。ピエトロはテーブルの上で手を組んで話し始める。

「さっき話したとおり、俺はここセッテラーネ村教会の助祭の仕事の他に、聖遺物の売買をしている。あんたは信じたくないかもしれないが、それを副業にしている聖職者はごまんといる。昨日あんたを殺そうとした連中もそうだ」

「まさか！」

あいつらは明らかに、殺しを何とも思っていなかった。そんな奴らが聖職者だと？

「本当だ。残念なことだが、教区教会の関係者――下級の聖職者や司祭だけでなく、司教、大司教の中にも、自分の利益や立場を守るために殺人や盗みを厭《いと》わない者たちがいる」

「まるで、人ごとみたいに言って……君らだって、同類じゃないか」

「勘違いするな。俺たちは、殺しはやらない。それに、聖遺物を手に入れるために、盗みに入ったりはしない。俺たちが目を付けるのは、あちこちに埋まったまま忘れ去られている聖遺物だ。昨日の教会の敷地から掘り出した聖遺物だって、あそこの司祭殿はその存在すら知らなかったんだ」

「そ、それでも、よその教会の敷地の中にあったんだから、立派な盗みじゃないのか？　それとも、世の中の恥知らずな連中のように、『盗まれるのが嫌だったら、当の聖人が奇蹟《きせき》を起こしてでも阻止したはず』とでも言い訳するのか？」

「確かにそれは、ただの盗みを聖なる盗みに正当化する常套句《じょうとうく》だな。まあ、俺たちも、多少はそんなふうに考えなくもない。だから、俺たちを恥知らずな連中と思っていただいても結構だ。ただ、俺たちは聖遺物を手に入れるために他人を傷つけたりはしない。昨日、先に墓地にいた商売敵を襲ったのは、奴らがあんたを殺そうとしていたからだ。

それに俺たちは、よそ様が所有を明言している聖遺物には手を出さない。かつてのフルーリー修道院の奴らのように、モンテ＝カッシーノ修道院から聖ベネディクトの遺体を盗み出すような真似《まね》はしないということだ。まあ、あの話は真実かどうか疑わしいがな」

ピエトロが「聖ベネディクトの遺体」に言及したとき、ベネディクトは心臓が飛び出さんばかりに動揺した。ピエトロはベネディクトの顔をちらりと見たが、構わず話を続ける。

「……それで、俺たちが商売のために重視しているのは、とにかく情報だ。過去にどんな聖人がいて、彼らがどこでどのように生活し、どこで死んだか。それを知ることで、聖遺物の在処《ありか》を突き止められることがある。ちょっと付いてきてくれ」

ピエトロは立ち上がり、隣の部屋へ移動する。ベネディクトが付いて行くと、そこには地下に続く階段があった。ピエトロはそこでランプに火を灯《とも》し、それを持って階段を降りていく。階段を下りきったところにある扉を開けると、そこは書斎だった。かなりの数の書物が、壁に備えつけられた本棚に収まっている。

「俺の情報源だ。長年かけて、苦労して集めた。これでも、まだ十分とは言えないが」

ベネディクトは目を見張る。個人――それも、こんな村の助祭が所有する蔵書としては、あまりにも多い。粗末な長椅子の隣にある広い机の上には、丸められた大きな紙がいくつも載っている。その一つが広げられているのを見て、ベネディクトはそれらがどこかの地図なのではないかと思った。蔵書の中には、ラテン語だけでなく、ベネディクトが知らない言語の書物もある。

「君……これを、全部読んだのか？」

「読んだ。おそらく今この時代に、どこに誰の聖遺物があるかを一番知っているのは俺だろうな。だからこそ、あんたの修道院の院長は聖遺物の身元探しを俺に依頼したんだ。だが、今回の依頼は、かなり無茶なものだ。何しろ、出所不明の聖遺物の身元を突き止めろと言うのだからな。普通に考えたら、できるわけがない」

ベネディクトも、それには同意した。聖遺物といっても、ただの物体として見れば、骨のかけらや毛の束などといったがらくたにすぎない。それらに聖人の名前が書いてあるわけでもない。それらが聖遺物であることを保証するのは、その出所だ。それがどこで見つかり、どうやって運ばれてきたかという情報が一番の手がかりだ。時折、高位の聖職者が聖遺物の正当性を保証したりもするが、それは補助的な手段にすぎない。今回の聖遺物に関しては、まずその出所が分からないのだ。

「俺自身、モンテ＝ファビオに届いた聖遺物の正体には興味を持っている。しかし、それを突き止めるには、あまりにも条件が悪い。だから俺はマッシミリアーノ院長に、ベネディクト修道士――つまりあんたをこちらに寄越すように言ったんだ」

ベネディクトには、さっぱり話が分からない。聖遺物の正体を突き止めることと、自分をここに呼び寄せたこととの間に、どういう関係があるというのか。尋ねようとすると、ピエトロの方が先に口を開く。

「マッシミリアーノ院長から聞いたよ。あんた、例の聖遺物を見て、倒れたそうだな」

ベネディクトは驚きのあまり、めまいがした。そして、モンテ＝ファビオ修道院に「例の聖遺物」が届いた日のことを思い出す。

◇

あの日、すでに夜を迎えていたモンテ＝ファビオ修道院内の礼拝堂で、その儀式は厳《おごそ》かに執り行われた。

祭壇には、馬小屋の形をした豪華な聖遺物箱が載っている。マッシミリアーノ院長が祈りの言葉を唱え、聖ドミニコを祝福する言葉を述べ終わると、修道士たちは一人一つずつ燭台《しょくだい》を持ち、順に聖遺物と対面した。修道士が祭壇に近づいて蠟燭《ろうそく》を献《ささ》げると、修道院長が聖遺物箱の下部の小窓にかけられた布を上げ、聖遺物——小さな骨のかけらを見せる。修道士は、聖遺物の前にひざまずいて祈る。聖遺物との対面を終えて戻ってくる修道士たちの顔は、みな一様に晴れ晴れと輝き、その目は感動のために大きく見開かれていた。

修道士たちの列に並ぶベネディクトは、胸を高鳴らせながら自分の順番を待っていた。順番が近づくにつれ、前方の祭壇で聖遺物に謁見《えっけん》中の仲間が感嘆の息を漏らすのが聞こえてくる。

ベネディクトのすぐ前には、寝台に寝かされたまま運ばれてきた老修道士がいた。数人の若い修道士が寝台を支え、祭壇の方へ近づけていく。彼はもう長いこと患《わずら》っており、寝台から起き上がれなくなってすでに半年が過ぎていた。春先からはとくに容態が悪くなっており、今は指一本すらまともに動かせなくなっていた。そしてつい三日ほど前に終油《しゅうゆ》の秘蹟を受けていた。つまりまもなく死ぬと思われていたのだ。

修道院長は聖遺物箱を手に取り、寝かされた老修道士の顔へ近づける。病人は弱々しく目玉を動かし、聖遺物箱を見やった。院長が箱の小窓の布を上げたとき、驚くべきことが起こった。老修道士が頭と両腕を動かしたのだ。彼は、起き上がろうとしていたのである。彼は荒い息をしながら、しばらくもがいた。周囲の修道士たちは、あまりのことに、手助けをするのも忘れて見守った。いや、むしろ、手が出せない、手を出してはならないと感じていたと言う方が正しい。そしてついに、病人はぶるぶると震えながらも自らの腕で、自らの力で半身を起こした。それだけでも驚きだったが、さらに彼は枯れ木のようになった両足で、寝台から立ち上がったのだ。

修道士たちは仰天した。起き上がった老修道士は改めて聖遺物と対面すると、堰《せき》を切ったように声を上げて泣いた。その声は、病人のものと思えないほど太く、力強いものだった。それにつられて、院長始め、他の者たちも涙を流した。

老修道士はひとしきり泣き、祈りを終えると、自らの足で祭壇を離れた。ふらふらして危なかったため、若い修道士が二人で彼を支えたが、それでも彼が霊的に蘇ったことは明らかだった。その場にいるすべての者の心が、神の力への驚きと畏怖《いふ》、そして感謝で満たされた。ベネディクトも例外ではなかった。

そして、ようやくベネディクトの番が回ってきた。皆の興奮が頂点に達する中、ベネディクトは聖遺物に向かって歩いて行く。ベネディクトは、自らの魂も聖なる霊で満たされるのを期待した。しかし、その期待は完全に裏切られてしまった。

今になって思うと、それは祭壇に近づいたときから少しずつ起こり始めていた。近づくにつれて、ベネディクトはなぜか寒気を感じ、体がぶるぶると震えだした。それでも彼は、どこからか風が入ってきているのだろうと考えた。しかし寒気はひどくなる一方で、彼は息を荒くしながら震える手で祭壇に蠟燭を献げ、院長が聖遺物箱の小窓を開けるのを待った。院長は、ベネディクトの様子に怪訝な顔をしながらも、聖遺物箱に手をかけて小窓の布を上げた。小さな、軽くつぶれた葡萄《ぶどう》の実のような骨一つと、大きめの塩粒ぐらいのいくつかの小片が目に入る。直後、ベネディクトの視界はぐるぐると回り出した。内臓が大きな手に握りしめられているような、激しい吐き気。

ベネディクトは耐えられず、その場で——尊い聖遺物の目の前で、嘔吐《おうと》してしまったのだ。

その後のことはよく覚えていない。仲間の修道士たちの話によれば、ベネディクトは意識を失って倒れ、その後高熱を出したという。彼が再び意識を取り戻したのは、数日後のことだった。目を覚ましたときには、聖霊降臨祭《ペンテコステ》が終わっていた。そしてすぐに、例の聖遺物が奇蹟を再び起こし、修道院が新たな領地を獲得したことを知った。例の老修道士がさらに回復して、日々の時課をこなすまでになったということも。

修道士たちは表面上はベネディクトを気遣っていたが、内心どう思っているかは明らかだった。他のすべての人間に奇蹟と歓喜をもたらす聖遺物が、彼にだけ災いをもたらしたのだ。

「偽ベネディクトの魂は呪われている」

仲間の一人が陰でそう言うのを、ベネディクトは耳にした。しかし、怒りは湧《わ》いてこなかった。彼はもう、自分自身に絶望していたからだ。

◇

ベネディクトはその日のことをはっきりと思い出して、両手の拳《こぶし》を握りしめた。涙が出そうになったが、ピエトロがこちらをじっと見ているのに気づいて、慌《あわ》てて下を向き、片手で顔を隠した。

「あんた、大丈夫か?」

ピエトロに声をかけられても、ベネディクトは声を出すことができず、もう片方の手をピエトロに向けて動かした。そうやってピエトロに「黙れ」と言ったつもりだったが、ピエトロは黙らない。

「なぜだ?」

なぜだ、だと? そんなこと、お前などに言う義務はない。しかしピエトロはおかまいなしに話す。

「あんた、もしかして、こう思っているのではないか? 自分の魂は呪われている、と。だとしたら、それは間違いだ。あんたは、たぶん呪われてなどいない」

それを聞いたベネディクトは、弾《はじ》かれたように顔を上げる。

「呪われて、いない……?」

自分がそうしようと思うよりも先に、ベネディクトはピエトロにそう問い返していた。嗄《か》れた自分の声によって、ベネディクトは我に返る。涙でぼやける視界の中のピエトロは、ベネディクトの問いかけによって、なぜかほんの少しだけ怯《ひる》んでいるように見えた。しかし彼はすぐに元の表情に戻る。

「俺は、あんたが倒れたことについて、呪い以外の理由を示すことができる。そこで一つ聞きたいのだが、あんたはそれ以前にも、何らかの聖遺物に近づいて異常を感じたことがあるんじゃないか？」

ベネディクトはピエトロを見つめたまま、唾《つば》をごくりと飲み込んだ。体が小刻みに震えてくる。ピエトロは、ベネディクトが冷や汗をかき始めたのに気づいた。

「ベネディクト。もし答えたくないなら、答えなくていい。あんたが俺に協力するかどうか、まだ決まったわけではないからな。さっき言ったように、あんたには、ベネディクト会をやめて他の修道会に入るという選択肢が残されているし、よく考えたら、修道士をやめて生家に戻り、貴族として暮らす道もあるよな。どれを選ぶかは、あんたの自由だ。

ただ、もし、あんたがモンテ＝ファビオの聖遺物の前で異常を感じたことについて、『自分の魂は呪われている』と思い込んで苦しんでいるのなら、俺は、そうではない可能性を示すことができる」

ピエトロは本棚の一つから古い写本を取り出し、開いたページをベネディクトに示す。

「五百年以上前に書かれた記録だ。読めるか？」

おそらくラテン語だろうが、ベネディクトには見慣れない書体で書かれていて、ほとんど読むことができない。ベネディクトは悔しく思いながらも、正直に「読めない」と告げた。ピエトロは馬鹿にするそぶりも見せず説明する。

「ここに書かれているのは、アンティオキアのフィリクスという司祭の話だ。フィリクスは若い頃に、とある聖人の聖遺物を見て気分が悪くなって倒れた。彼は自分が悪魔に取り憑かれていると思い、悩み続けたそうだ。しかしやがて、かの聖アントニウスと出会い、そうではないことを教えられた。そしてフィリクスは隠修士《いんしゅうし》として聖アントニウスに付き従い、砂漠で神に祈りながら、自らを徐々に理解していった。やがて彼は、聖遺物に近づくことで、それが誰の骨かを知るという奇蹟を起こすようになったそうだ」

ベネディクトは信じられない思いでその話を聞いていた。ピエトロはベネディクトの目をまっすぐに見て言う。

「それで、俺の考えはこうだ。俺は、あんたがここに書かれているフィリクスと同じなのではないかと思っている」

「私、が……」

ベネディクトは混乱する。彼を混乱させているのは、おそらくは希望のようなものだったが、心がそれを受け入れられない。彼は頭を抱えながら首を左右に激しく振り、それを否定してしまおうとする。

「いい加減なことを、言わないでくれ。君に、私の何が分かるというのだ」

「もちろん、断言はできない。もしかしたら、あんたが聖遺物に近づいて異常を示したのは、奇蹟の力の片鱗《へんりん》ではなくて、何か別の理由があるのかもしれない。だが、俺と一緒に調査をして、本当はどうなのか、真実を見きわめてみたいとは思わないか？」

ベネディクトは悩んだ。これは、神の助けなのか？ それとも、悪魔の誘惑なのか？ 私を誘おうとするこの男は、明らかに堕落した人間だ。しかし……。ベネディクトは頭を抱えたまま、くぐもった声でこう答えた。

「少し、考えさせてほしい」

◇

ベネディクトが一人になって祈りたいと言うと、ピエトロは教会内の聖堂を勧めてくれた。小さな村の教会ながら、聖堂はそれなりの広さがあった。そして、今は誰もいない。

ベネディクトは一人、薄暗い祭壇に向かってひざまずき、祈ろうとした。しかし、祈りに集中できない。さまざまな思いが渦を巻いて、心にわき上がってくる。その理由は明らかだ。

——迷っているのだ、私は。

これからどうすればいいか。ベネディクトはこのような問題について、ほとんど考えたことがなかった。なぜなら、「自分の意志で何かを決断する」ということは、修道院にいるかぎり、ほとんど必要がなかったからだ。修道院では「すべきこと」も、「考えるべきこと」も、すべて戒律によって定められている。ベネディクトは戒律に従うことで、罪深く不完全で無知な自分の意志ではなく、偉大なる聖ベネディクトの意志によってすべてを決めてもらっていた。しかし今、彼につきつけられている選択肢からどれを選ぶべきかを、戒律は教えてくれない。つまり彼は生まれて初めて、戒律にはない答えを出すことを求められている。

——私に何かを決めることなど、できるはずがない。そうするべきであるようにも思えない。ああ、こんなとき、神の声が聞こえたら……。

ベネディクトは神の声を聞いたことがない。修道院の仲間たちはしばしば、祈りの中で神の声を聞いたとか、主や聖母の姿を見たとか口にしていた。ベネディクトは長年それを羨《うらや》み、自分にもそれが起こることを切に願ってきた。戒律を堅く守る自分に神が姿を現し、その言葉をもって応《こた》えてくださることを。そして、自分の幼き日の罪を赦《ゆる》してくださることを。しかし、その願いは未《いま》だに叶《かな》わない。それはベネディクトの心を傷つけ、その傷からは信仰の喜びに満ちた仲間たちへの妬《ねた》みがあふれ出し、彼の中でつねに渦巻いている。そして今、何かを決めなくてはならないときになっても、神は応えてくれない。その辛《つら》さに、ベネディクトは顔をしかめながら目を開いた。説教台の上に載った、古びた聖書が目に入る。

そうだ、聖書に答えがあるのでは？　ベネディクトは説教台に近づき、聖書をめくった。開かれたページは、荒野で過ごす主イエスが悪魔の誘いを断る一節だった。ここを開いたということはやはり、ピエトロの誘いは断るべき、ということなのだろうか？　それでもすっきりしないまま、ベネディクトはまた別のページをめくる。そこには、湖で漁をしていたペトロとアンデレが主イエスに誘われ、魚網を捨てて主に従う一節が載っている。ここを開いたということは……。やっぱり分からない。ベネディクトはため息をつく。

背後でかすかな物音がした。振り返ると、開いた聖堂入り口の明るい光の中に人影が見える。その人物は中に入ってくる様子もなく、ただそこに立っている。

ベネディクトはあたりを見回し、自分以外に誰もいないことを改めて確認する。ピエトロとか、大ジョヴァンニとかを呼んだ方がいいのだろうか。それとも、先に用件を聞くべきだろうか。ベネディクトは迷ってしばらく動けずにいたが、ようやく立ち上がり、扉の方へ歩き始めた。扉の人物の姿がはっきりと見えてくる。

来訪者は、修道士だ。しかし、黒一色の長衣《トゥニカ》をまとったベネディクト会士ではないし、白の長衣に黒のマントをまとったドミニコ会士でもない。粗い布でできた灰色っぽい長衣、腰には縄のベルト。見るからに、みすぼらしい格好だ。

――フランチェスコ会士か。

ここへ来るまでの間に自分が何回か間違えられたフランチェスコ会士の、実物がそこにいる。ベネディクトにとって、フランチェスコ会の修道士を実際に見るのは初めてのことだった。当のフランチェスコ会士は、ベネディクトが近づくとにっこりと微笑んだが、何も言わない。自分より若いように見えるが、二十歳ぐらいだろうか？　髭はやや伸びているものの、色は白く、切れ長の目は優しげだ。着ているものとは裏腹に、本人にはどことなく清潔感がある。ベネディクトはおどおどしながら尋ねる。

「あの……何か、ご用ですか？」

「主である神が讃《たた》えられ、祝されますように。主である神の愛のために、施しをお願いします」

ああ、そうか。施しを受けに来たのだ。ベネディクトはフランチェスコ会士に少し待つように言うと、再び祭壇の方へ引き返し、司祭用の扉から裏手の司祭館へ入る。しかし食堂にも他の部屋にも、ピエトロは見当たらない。ベネディクトは勝手口の一つから外へ出て、ようやく裏で数人の男たちと畑仕事をしている大ジョヴァンニを見つけ、用件を話した。

「ああ、托鉢《たくはつ》の方が来られたのですか。今すぐ参ります」

大ジョヴァンニはすぐに農具を置き、教会の建物に隣接した小さな厨房《ちゅうぼう》に移動する。そこで汚れた手を清め、置いてあった小さなパンを数個取り、聖堂の方へ歩いて行く。ベネディクトも彼に付いて行く。聖堂の入り口ではフランチェスコ会士が、さっきとほとんど変わらない姿勢で待っていた。

「ああ、セバスティアーノさん。今日もお会いできて嬉《うれ》しいです」

大ジョヴァンニがそう声をかけてパンを渡すと、フランチェスコ会士は喜びに満ちた笑顔を返す。

「大ジョヴァンニさん、ありがとうございます。実は明日には移動しますので、今日はお別れを言いに来ました」

「なんと。ということは、兄弟レオーネの居場所が分かったのですか？」

セバスティアーノは首を振る。

「いいえ。ここ数日この近辺を歩きまわってみましたが、結局分からず仕舞いです。私としては、次はリエーティ谷の辺りを探したかったのですが、ウンブリア管区から戻ってくるように言われまして」

「そうですか。それは残念です」

「ええ、とても。私自身、兄弟レオーネと会うことを夢見ていたものですから。きっと彼に会えば、私自身の清貧を反省する良い機会になったでしょうに。とても残念です」

セバスティアーノはそう言って初めて、表情を曇らせた。大ジョヴァンニの傍らから彼を眺めていたベネディクトには、なぜかその表情が妙に気になった。大ジョヴァンニは、黒い髭で覆《おお》われた大きな顎《あご》にごつごつした指を当てて少し思案した様子を見せた後、口を開く。

「ピエトロ様から聞いたのですが……フランチェスコ会では最近、清貧を実践するのが難しくなっているそうですね」

セバスティアーノはため息をつく。

「ピエトロさんは事情をよくご存じですね。そのとおりなのです。我々はもはや、多くの人々に思われているほど、使徒的生活を実践できているわけではないのです。むしろ私のように、聖フランチェスコと初期の兄弟たちに忠実に倣《なら》い、清貧を求めようとする者たちは少数派になりつつあります。

聖フランチェスコが私たちのために残した戒律は、かなり前から大多数の兄弟たちによって都合よく緩められ、しかもその解釈が教皇によって権威づけられています。このようなことでは、聖フランチェスコのような霊的な高みに到達できるはずがありません。この状況をご覧になったら、きっと聖フランチェスコはお嘆きになることでしょう！」

話しながら、セバスティアーノは声を震わせた。そのことに自分で気づいたのか、彼は一度口をつぐみ、目を閉じた。心を落ち着かせようとしているようだ。

「申し訳ありません、取り乱してしまって。私の未熟さをさらけ出すようで、お恥ずかしいかぎりです」

「とんでもない。セバスティアーノさんの真摯《しんし》なお心が伝わってまいりましたよ。あ、そうだ。今、ピエトロ様を呼んで参りますね」

「いいえ、それには及びません。ピエトロさんはいずれ、アッシジに戻られることがあるでしょう。そのときにでもお会いできれば。今回お世話になったことについては、くれぐれもお礼をお伝えください」

「そうですか。お名残り惜しいですが、セバスティアーノさんと知り合えたこの数日は、たいへん楽しうございました」

大ジョヴァンニがそう言うと、セバスティアーノは晴れやかな笑顔に戻る。セバスティアーノは恭《うやうや》しく別れを告げ、村の出口に向かって歩いて行った。その姿を見ながら、大ジョヴァンニがつぶやく。

「フランチェスコ会も大変なようですね。セバスティアーノさんのように清貧を厳密に守りたい少数の方々が、より柔軟に解釈したい多数の方々との間で折り合いをつけるのは、大変なことでしょう。今は、内部でいざこざを起こしている場合ではないのに」

ベネディクトは疑問を口にする。

「内部でいざこざを起こしている場合ではない、とは？」

「最近フランチェスコ会やドミニコ会に対して、教区教会の関係者からの風当たりが強くなっていて」

「ああ、そのことなら、聞いたことがある。でも、教区教会の関係者って……ピエトロやアンドレアや君も、そうなのでは？」

「私たちは例外です。うちの教会は、フランチェスコ会やドミニコ会の方々とも、ずっと変わらず親しくしています。しかし、他の教会の司祭たちは違う。民衆がフランチェスコ会やドミニコ会の修道士に心を開いていることを、面白く思っていないのです。中には、『フランチェスコ会やドミニコ会が存在する意味などない』と言う者もいるとか。この近辺の教会もそんな感じで、信徒たちにも托鉢に応じないよう指示したり、説教を妨害したりするので、結局みんなうちに流れてくるのです」

ベネディクトは大ジョヴァンニの話を聞きながら、少し遠くなったセバスティアーノの後ろ姿を眺めた。そして衝動的に走り出す。

「ベネディクト様、どちらへ？」

「すぐに戻ります」

ベネディクトは走りながら大ジョヴァンニにそう答えると、セバスティアーノの灰色の背中を追いかけた。自分はなぜそうしているのか？　よく分からないが、彼に興味を持ったことは確かだ。追いかけてくる気配を感じたのか、セバスティアーノは立ち止まって振り返る。

「あなたは、さっきの……」

「あの、ベネディクト、と言います」

「私に何かご用ですか？」

そのように問われて、ベネディクトは言葉に詰まった。彼の話を聞きたいと思って追ってきたのだ。しかし、何を聞きたいのか？　さっきの会話で、自分の興味をとくに引いた言葉があったはずだ。そうだ、「戒律」！

「あ、あの、よかったら、フランチェスコ会の戒律の話を、もう少し聞かせてくれませんか？」

ベネディクトがそう言うと、セバスティアーノは「そういうことなら」と言って微笑み、彼を道の脇《わき》の木陰に誘う。涼しいそよ風の吹く木陰に並んで腰掛けると、セバスティアーノはベネディクトに尋ねた。

「なぜ、私たちの戒律の話をお聞きになりたいんですか？」

「それは……」

考えがまとまらない状態で話しているので、ベネディクトの話はしどろもどろだったが、自分がモンテ＝ファビオ修道院から来たベネディクト会士であることを告げると、セバスティアーノはわずかに眉《まゆ》を上げて反応した。さらにベネディクトが、「自分が聖ベネディクトの戒律を忠実に守ろうとしても周囲がそれを良しとしない」と話すと、セバスティアーノはベネディクトの意図を完全に理解したようだった。

「なるほど。私は聖ベネディクトの戒律についてはよく存じませんが、そちらでもそのようなことが起こっているのですね。ベネディクトさんのお気持ち、私にはよく分かります」

「気持ちが分かる」。その言葉を聞いて、ベネディクトは心の奥底が震えるような感動を覚えた。異なる修道会に属しているとはいえ、似たようなことで悩んでいる者がいるのだ。

「ベネディクトさんと同じように、私も悩んでいます。戒律を都合良く緩めようとする兄弟たちに対する怒りは、簡単には治まりません。彼らの堕落した魂のために、まるで自分までが堕落させられているように感じます」

ベネディクトは聞きながら、強くうなずいた。自分がモンテ＝ファビオ修道院で感じてきたことと、同じではないか。ベネディクトは周囲に対する怒りのあまり、今にベネディクト会を飛び出して、自分の理想の修道会を作ろうとまで考えたことがある。

もちろん、実行に移せるわけもなかったが。

「その……セバスティアーノさんは、その怒りを、どうすればいいと思いますか？」

「私もその答えをずっと追い求めています。最近ようやく希望のようなものが見えてきましたが、まだはっきりとはしていません。ただ、私にとっての確かな拠《よ》り所は、かの聖フランチェスコが生前、同じことでお悩みになっていたことです」

「聖フランチェスコが？」

セバスティアーノはうなずく。

「ご存じのことと思いますが、フランチェスコ会――我らの『小さき兄弟会』はもともと、聖フランチェスコが一人で使徒的生活を実践し、説教を始めたことを起源としています。説教を始めてまもなく、彼は数人の仲間――つまり兄弟《フラーテ》を得て、時の教皇から会の認可を得ました。それが今から四十二年前――一二一〇年のことです。その頃の彼らは、まさに理想の使徒的生活を送っていました。しかし、彼らの活動が評判となり、会員が増えるにつれて、会全体で理想を追求していくのが難しくなった。それで、聖フランチェスコは、戒律を書かざるを得なくなったのです」

「書かざるを得なくなった？　まるで、戒律が要らないもののようにおっしゃいますが？」

ベネディクトにとって――またベネディクト会にとって、聖ベネディクトの戒律は不可欠なものだ。戒律のない修道会など、とても想像することができない。しかしセバスティアーノは言う。

「聖フランチェスコにとって戒律は、必要に迫られてやむを得ず作ったものなのです。一二一〇年に会の認可を受けたとき、聖フランチェスコはごく簡単な『生活規定』を書いただけでした。彼と初期の兄弟たちには、それで事足りたのです。しかし、やがて多くの人間が仲間に加わり始めたために、詳細な規定が必要になりました。とはいえ聖フランチェスコ本人はあくまで、主イエスの使徒たちの振る舞い――そしてそれを忠実に実践する自身の振る舞いこそを重視し、それを会員たちが手本にすることを望んでいたのです」

「しかし、書かれたものがなければ、聖フランチェスコに会えない人や、後世の人々は困るでしょう」

「ベネディクトさんのおっしゃるとおりです。聖フランチェスコの死後に生まれた私も、戒律の言葉によって導かれるしかありません。しかし問題は、今ある戒律が、聖フランチェスコの意図を忠実に反映したものではない、ということです」

ベネディクトは、眉をぴくりと動かす。

「それは、本当ですか？」

「そうです。聖フランチェスコは戒律の原案に、会員の清貧に関する厳しい規定を盛り込んでいました。しかしそれらの規定は、当時の大多数の会員たちからすでに『厳しすぎて実践できない』と指摘されていた。そのため、改変されたり削除されたりする羽目になったそうです。また聖フランチェスコは、会員が戒律を文字どおりに実践しようとすることを上長から妨害された場合、上長の決定よりも戒律を優先できるという項目を盛り込もうとしていました。つまり、今の私のような者に、逃げ道を作ろうとしてくださっていたのです」

ベネディクトは感嘆の息を漏らす。聖フランチェスコはそこまで、未来に起こることを見据えていたのか。

「それはすばらしい」

「しかし、それは最終的な戒律には入れられませんでした。当時、戒律の執筆に協力していたウゴリーノ枢機卿《すうききょう》――後の教皇グレゴリウス九世が、『そんな文言を入れたら会が分裂する』と危惧《きぐ》して、その部分を改変してしまったのです」

「なんと！」

「聖フランチェスコの無念は、想像に難くありません。小さき兄弟会が名実ともに彼いいのものであった期間は、最初のほんの数年のみで、あとは完全に彼の手を離れてしまったのですから。そして私は最近、また新たな事実を知りました。それは、聖フランチェスコの手による『幻の戒律』の存在です」

「幻の戒律？　何ですか、それは？」

「現在の正式な戒律――一二二三年に教皇から認可された戒律とは別に、聖フランチェスコは二人の兄弟と共に『完全な戒律』を書いていたというのです。そのときの二人の兄弟のうち一人が、私がこの一ヶ月間探していた兄弟レオーネです。

兄弟レオーネが残した記録によれば、聖フランチェスコが新たな戒律を書いていることを知った会員たちが『自分たちに守れない戒律を書いているのではないか』と心配し、代表者を送ってきたそうです。代表者は、後にフランチェスコ会から追放されたエリア・ボンバローネという男です」

エリア・ボンバローネ。ベネディクトには聞いたこともない名前だったが、その名を口にするときのセバスティアーノの表情は、明らかに、それまでの穏やかさを欠いていた。彼の目は大きく見開かれ、その声もややうわずっている。

「かのエリアは不遜《ふそん》にも、聖フランチェスコに対し、自分たちに守れる範囲の戒律を書くよう要求したのです。しかし、聖フランチェスコはその要求に対して自分では応えず、主イエスに祈りました。『主よ、私のかわりに答えてください』と。すると、どうなったと思います？」

ベネディクトに尋ねながら、セバスティアーノはやや興奮しているように見えた。

ベネディクトは少し考えて答える。

「もしかして……主がその祈りに応えられたのですか？」

セバスティアーノは体を震わせながら、ベネディクトにうなずいてみせる。

「そうなのです！　兄弟レオーネの記録には、天からこのような声が聞こえた、とありました。『フランチェスコの戒律は、フランチェスコのものではなく、私のものだ。私はそれが、文字どおりに守られることを望む』！　それを聞いたエリア・ボンバローネは、恐れをなして逃げ帰った！」

ベネディクトは驚いた。主が、そのような形で戒律を認可されたとは。

「それは驚嘆すべき話です。それで、その戒律は、どうなったのですか？」

ベネディクトの問いに、セバスティアーノは、片方の拳をぐっと握りしめた。

「それが……今は存在しないのです」

「存在しない？　なぜ？」

「その戒律を手渡されたエリア・ボンバローネが、紛失してしまったからです！」

そう言って、セバスティアーノはきつく唇を噛《か》みしめた。彼は怒っていた。そのエリア・ボンバローネというフランチェスコ会士が、幻の戒律を——それも、主によって認可された戒律を「わざとなくした」と思って憤《いきどお》っているのだ。

ベネディクトは、セバスティアーノにかけるべき言葉を見つけられなかった。「残念なことです」などと言おうとするが、それはふさわしくないように思えた。ベネディクトが何か言うよりも先に、セバスティアーノの方が口を開いた。

「このように、エリアを始めとする大多数のフランチェスコ会士たちは、聖フランチェスコの生前から彼に逆らっていたのです。聖フランチェスコは亡《な》くなる数年前から、小さき兄弟会にはあまり寄りつかず、レオーネ、ルフィーノ、アンジェロといった古い兄弟たちと各地を放浪することを選びました。

自ら作り上げた『小さき兄弟の清らかなる集まり』の会則から、『真の清貧の追求』が削除されたとき、聖フランチェスコはどう思われたでしょう？　私はそれを思うと、苦しくて仕方がありません。この世界では、魂を清らかにすることなどできないのではないか？　そして、神はなぜ、そのような世界をお作りになったのか？　そう疑問に思わざるを得ません。しかし、聖フランチェスコは静かに耐え忍ばれた。ですから、私も耐え忍ばなくてはなりません」

セバスティアーノはそう言うと、苦しそうに胸を押さえながらも、努めて笑顔を見せた。ベネディクトはその姿勢に感動していた。そうだ、自分も、耐えなくてはならない。つられて涙ぐむベネディクトに気をよくしたのか、セバスティアーノは続けて言う。

「聖フランチェスコの死後、戒律はさらに何度も新たな解釈を経て、緩められ続けています。数年前にはとうとう、物品の所有だけでなく、金銭の利用まで許可されてしまいました。しかし、私とわずかな仲間はけっして、それをしないつもりです」

「え？」

金銭の利用をしない？　どういうことだ？

感動に打ち震えて高揚していたベネディクトは、突然現実に引き戻された。ベネディクトは考える。

――まさか……彼らは文字どおりに、「何も持たないこと」を理想としているのか？

ベネディクトにとって、それは信じがたいことだった。聖ベネディクトの戒律も清貧を重んじているし、ベネディクト本人もそれを実践してきたつもりだ。実際、彼を含め、修道院の修道士たちはみな、自分の財産を持たない。しかしそれは、「個々の修道士に財産を持つ権利がない」ということで、修道院そのものは財産を持っている。それも、王侯貴族からもたらされる寄進や、領地から上がってくる収穫物などによる莫大《ばくだい》な財産だ。それらは現に、ベネディクト会士たちの生活を支えている。よって、文字どおり「何も持たない」ということからはほど遠い。つまりベネディクトが考えている「清貧」と、セバスティアーノの言う聖フランチェスコの「清貧」は、異なる概念なのだ。

ベネディクトが言葉を失っているのを、セバスティアーノは気にかけず話し続ける。

「……私たちはいついかなるときも、聖フランチェスコが重んじた、『旅をするについて、何も持って行くな。杖《つえ》も袋も、パンも金も』という福音書の言葉を、そのまま実践するつもりです。今も、そしてこれからも」

ベネディクトはますます混乱した。フランチェスコ会士たちが托鉢をしているのは知っていたが、それは貴族からの寄進や領地からの収入が少ないのを補うため、あるいは民衆に清貧を印象付けるためとしか考えていなかった。つまり、自分たちベネディクト会士と同じ意味での清貧を土台にした上での托鉢だろう、と考えていたのだ。

しかし、それは違った。彼らは――少なくとも聖フランチェスコと、このセバスティアーノは、本当に「何も持たないこと」を実践しようとしているのだ。

——そんなことが、可能なのか？　いや、できるはずがない！

文字どおりに「何も持たない」こと。それが意味するのは「死」だ。普通に考えれば、そうだろう。ベネディクトの思いを知らないセバスティアーノは、両手を差し出し、ベネディクトの両手を握る。

「ベネディクトさん。今日はあなたと話ができて良かった。異なる修道会に属しているとはいえ、同じように悩んでおられる方と話ができて嬉しく思います。あなたや、ジョヴァンニさんや、ピエトロさんのように、小さき兄弟会の外に理解者を得られるのは嬉しいことです」

ベネディクトは複雑な思いで聞いていたが、ピエトロの名前が出て、思わず次のように聞き返した。

「ピエトロが？　良き理解者、ですか？」

「ええ。最近、我々やドミニコ会に対して、教区教会関係者の風当たりが強くなっていることをご存じですか？　悲しいことですが、ローマのような都市でも、他の村でも、教区教会の司教や司祭たちに我々の活動が妨害され始めています。私も今回の旅では、あちこちでひどい目に遭いました。施しを得られないばかりか、暴力まで

……」

セバスティアーノはそう言って、粗末な修道服の右袖《みぎそで》をまくってみせた。右腕には大きなあざや、擦り傷がいくつもあった。きっと、棒で打たれたり、踏みつけられたりしたのだろう。セバスティアーノは袖を戻し、絶句するベネディクトに微笑んでみせる。

「しかし、ここセッテラーネ村では、温かく迎えていただいた。すべて、ピエトロさんのおかげです」

「ピエトロの？」

「ええ。ピエトロさんはアッシジの出身ということもあって、我々にたいへん良くしてくださるのです。その上、あの兄弟レオーネとも古い知り合いだとか。つい最近まで、兄弟レオーネがセッテラーネ村教会にしばらく滞在していたそうで。今回私は、ウンブリア管区から兄弟レオーネを探して話を聞くように命じられ、ここに派遣されたのです。残念ながら、会えず仕舞いでしたが」

「そういうことだったのですか。でも、ピエトロは……」

堕落している、と言いかけるが、セバスティアーノの前でピエトロを悪く言うのは得策ではないような気がして、口をつぐんだ。セバスティアーノが次の言葉を待っているようなので、ベネディクトは慌てて別の話題を探した。

「……ええと、アッシジ……のことはくわしく知りませんが、聖フランチェスコの故郷ですね。聖フランチェスコの遺体を納めた素晴らしい聖堂があると聞いたことがあります」

ベネディクトがそう言うと、不意にセバスティアーノが表情をこわばらせた。

「どうかなさいましたか？」

「すみません、いや、あの……」

セバスティアーノの言葉が、しどろもどろになる。いったい、何だろう。セバスティアーノはしばらくの間目を泳がせていたが、やがて口を開いた。

「ここだけの話ですが……最近、アッシジで事件がありまして」

「事件？　それはどんな？」

セバスティアーノは一呼吸置いて、ベネディクトに告げる。

「実は、アッシジの大聖堂から、聖フランチェスコのご遺体が消えたのです」

「えっ！」

ベネディクトは驚く。

「それは、本当なのですか？」

セバスティアーノははっきりとうなずいた。ベネディクトは戸惑う。

「その、消えた、というのは……盗まれた、ということですか？」

「アッシジの管区長たちはそう考えていて、調査を始めています。しかし、盗まれているはずがない」

「どういうことです？」

ベネディクトがそう問うと、セバスティアーノは自分の背後をちらりと見やり、小声で言う。

「くわしいことは言えません。しかし、聖フランチェスコは、理想を追うことをやめて堕落の一途をたどる小さき兄弟会に見切りをつけて、どこかへ移動したのです。これは確かです」

どこかへ移動した？　聖フランチェスコの遺体が？

「なぜ、そんなことが分かるのですか？」

「私がこの目で見たからです。フランチェスコその人が、棺《ひつぎ》から出て行かれるのを！」

唖然とするベネディクトの前で、セバスティアーノは高らかにこう断言した。

「そう、つまり……、これは奇蹟なのです！」

第三章　奇妙な説教

翌朝、セッテラーネ村教会ではミサが行われていた。村人たちは床に襤褸《ぼろ》布や藁《わら》を敷いて座り、祭壇の方を向いている。祭壇では、この教会の司祭エンツォが、何やらむにゃむにゃと唱えている。聖堂の隅の方で聞いているベネディクトには、彼が何を言っているのか分からない。もう少し前に陣取っても、まともに聞き取れるとは思えないし、仮に聞き取れたとしても、意味のあることを言っているとは到底思えなかった。

——ひどいミサだ。

ベネディクトは呆《あき》れながら見ている。こんなミサは見たことがない。司祭エンツォについては、つい先ほど、ミサの直前にピエトロから紹介された。助祭のピエトロにとって、エンツォは上長にあたるはずだ。しかしピエトロはエンツォを「おっさん」呼ばわりし、ベネディクトに対しても「このおっさんが、うちの司祭だから」という簡単な紹介で済ませてしまった。

当のエンツォは、明らかに剃髪《トンスラ》によるものではないつるつるした頭頂部と、その縁から長く伸びた白髪、そしてどこを見ているか分からないうつろな目をした老人で、ベネディクトが挨拶しても「ああ、うう」とよく分からない返事をした。相当な高齢だろうと思われたが、ピエトロによれば四十代だという。今、目の前でミサを挙げているエンツォは祭服姿だが、着方がよれよれしすぎていて、祭服を着ているというよりも、服の方にまとわりつかれている印象だ。

エンツォがまともにラテン語を話せないことは明らかだった。司教、司祭を始めとする教区聖職者たちの無能さは噂《うわさ》に聞いていたが、ここまでとは思わなかった。子供の頃から修道院で「労働」の一環として書物を読み、また書くことを強いられてきたベネディクトにとっては、信じがたい無学ぶりだ。しかしベネディクト以外の者たちは、誰一人それを気にしている様子がない。信徒である村人たちはもちろんのこと、ピエトロは左脇《ひだりわき》の説教台の近くに立って平然としているし、アンドレアはその近くの机の前に座って、聖書を開いたまま足をぶらぶらさせている。大ジョヴァンニを始めとする教会の使用人たちは、村人たちの後ろの方に立ち、両手を組んで頭を下げ、神妙な様子で祈っている。

こんなミサに、何か意味があるのか？　村人たちはここに集うことで、何かを得ているのだろうか？　ベネディクトにはとてもそうは思えなかったが、ミサは進み、司祭エンツォは説教台へ移動する。どんな説教をするのだろう？　何も期待できないが……。

説教台に立ったエンツォは、ラテン語ではなく、普段の言葉で村人たちに話しかける。ベネディクトにとって、初めてまともに聞き取れたエンツォの言葉はこういうものだった。

「うー、あのー、みなさん。えー、せ、説教の、時間ですが、何か、ありますか？」

ベネディクトは耳を疑った。説教というのは、司祭が信徒に向かって話すものだ。それなのに、「何かありますか」とはどういうことか。しかし、誰もそれをおかしいと思っていないようだし、そればかりか、一人の体格のいい中年男性が立ち上がって話し始める。

「ええと、エンツォ神父様。その、俺は最近、年を取った気がするんだが……」

彼の発言に、まわりの村人たちがくすくす笑う。「ダリオ、お前さんは年取った気がするんじゃなくて、本当に年を取ったんだよ！」という野次も飛ぶ。男性は彼らの悪態にひとしきり付き合った後、話を続ける。

「その、神父様。なんていうかな、俺は今まで、丈夫なのが自慢だった。それで、前にみんなが流行《はや》り病で倒れたときも、食いもんが足りないときも、けっこう平気だったんだ。でも、最近、前より体が弱くなっちまったし、病気もしやすくなった。今までみたいに、動けないんだ。こないだも、ちっと無理をしたら、右膝《みぎひざ》が外れちまった。それで、それがものすごく……なんていうか……なんとなく……」

彼が言葉を選んでいる間、周囲の者たちも静まって耳を傾ける。

「怖いんだ」

彼はそう言って口をつぐむ。他の村人たちも何も言わない。神妙な様子で、何か考えているようだ。ベネディクトは混乱する。何なんだ？　村人にこんなことを言わせて、どうする気だ？　待っていると、エンツォが「あー、うー」という唸《うな》り声のようなものを発したあと、ぼそりと言った。

「わしも、怖い」

その一言に、聖堂は爆笑の渦に包まれた。発言をした男性も腹を抱えて笑っている。

そんな中、エンツォは「じゃ、ピエトロ、頼む」と言って、ピエトロの斜め後ろに退いて大儀そうに椅子《いす》に腰掛けた。ベネディクトの頭に、さらに疑問が浮かび上がる。なぜ、ここで司祭が助祭に交代するのか？「頼む」ってどういうことだ？何一つ分からないが、説教台に立ち、信徒たちを見るピエトロは、なぜか実際よりも大きく見えた。司祭のエンツォとは違い、助祭の服をしっかりと着込み、威厳のある様子で立っている。ピエトロが出てくると、信徒たちの顔がぱっと明るくなったように見えた。彼が何を言うかを楽しみにしているようだ。

「みなさん。ダリオさんがおっしゃった『なんとなく怖い』というのは、とても大切な問題です」

ピエトロは、これまでの不真面目《ふまじめ》で人を食ったような話し方ではなく、ごく丁寧に語り始めた。そして明らかに、声の通り具合を計算しながら話している。

「なぜかというと、怖いという気持ちは、誰もがつねに心の底に持っているからです」

「わたし、なんにも怖くないよ！」

一番前に座っている四歳ぐらいの少女が立ち上がってそう言うと、ピエトロは彼女に優しげな目を向ける。

「アンナちゃん。君がとても強い子だということは、私も知っているよ」

そう言うと、少女は満足そうな短い笑い声を発し、母親にもたれかかった。ピエトロは続ける。

「でも、怖いという気持ちを誰でも経験することは確かです。私たちはそれを忘れていることもありますが、何かのきっかけで——流行り病にかかったり、畑の実りが極端に少なかったり、ダリオさんのように年を取ったことを感じたりしたときに、突然思い出すことがあります。ここでみなさんに質問ですが、なぜ私たちは『怖い』という気持ちを持っているのでしょう？」

「そんなの、『怖いから怖い』としか言いようがないわ」

一人の女性が答えると、他の村人たちもうんうんとうなずく。ピエトロはこれに応《こた》えて言う。

「確かに、とくに理由が思いつかないという面はありますね。でも、もう少しだけ、考えてみましょう。もし、みなさんが死なないとしたら——病にかかっても、食べ物がなくても、年を取っても絶対に死ぬことがないとしたら、みなさんは怖いと感じるでしょうか？」

村人たちは考えながら、口々に意見を言い始める。

「うーん。死なねえなら、怖くねえかもなあ」

「でも、本当にそうかしら。死ななくても、痛かったり苦しかったりしたら、やっぱり怖いような気がするわ」

「そうかなあ。痛くても、死なないんだったら大丈夫じゃない？」

「いや、死なないなら、ずっと痛くて苦しいことになるかもしれないぞ？　それはやっぱり怖いことじゃないか？」

彼らがひと通り意見を言ったところで、ピエトロは口を開く。

「みなさん、いろんな意見がありますね。『もし死なないなら怖くないか』について、賛成の人も反対の人もいました。でも、みなさんの意見をまとめると、こうならないでしょうか。つまり、『思いどおりにならないこと』が、怖いという気持ちにつながっている、と。死ぬことも、痛みや苦しみを感じることも、どちらも思いどおりにならないことですね。私たちは、好きなだけ若いままでいることはできないし、好きなだけ生きることもできないし、好きなときに苦しみを止めることもできない。それを実感するとき、私たちは怖いと思うんじゃないんでしょうか」

そこまで説明すると、村人たちは「あー」という声を出してうなずく。

「それで、さっきのダリオさんのお話に戻りますけど、ダリオさんは、怖いという気持ちをどうにかしたいと考えていらっしゃるのですよね？」

　ダリオが答える。

「うん、そうだ。怖いのは、嫌だからな。どうすれば、怖くなくなるんだろうか？」

「それは、難しい問題です。さっき私が言ったように、『思いどおりにならないことがあるから怖い』ということが本当だとしたら、逆に、何もかも思いどおりになれば怖くなくなるかもしれませんね。でも、私たち人の子は、何もかも思いどおりにすることはできません。たとえ王様であっても、教皇様であっても同じです」

　若い女性が口を挟む。

「何もかも思いどおりにできるのは、神様だけですもの！」

「そのとおり。今、リリアーナさんが言われたとおり、何もかも思いどおりにできるのは神様だけです。ですから、私たちがすべきことは、怖いと感じたときに、素直に神様にお祈りすることです。つまり、怖いという気持ちは、私たちが神様に向かうための足場となる、大切なものなのです」

「そうかあー。でも、神様が俺たちの願いを聞き入れてくださるかどうか分からないから、やっぱり不安だよなあ」

　村人の一人がそうつぶやくと、他の者たちも同意する。ピエトロは彼に笑顔を見せて言う。

「パオロさん、実にいいことを言われましたね。確かにそのとおりです。では、神様に私たちの願いを聞き入れていただくには、どうすればいいと思いますか？　たとえば、もしみなさんが神様だったら、どういう人の願いを聞いてあげたいと思いますか？」

ベネディクトは直感的に、そのような考察は危険だと感じた。まるで、神が人間と同じように考える、またそれゆえに人間に神の気持ちが理解できると言っているようではないか。そんなことが許されるのか、と。しかし、村人たちはベネディクトの懸《け》念《ねん》をよそに、さまざまな意見を言う。

「うーん、そうねえ。あたしなら、正直で良い人の願いだったら、聞いてあげたいけど」

「俺は甘いから、たとえ相手が悪いやつでも、そいつが『もう二度と悪いことはしねえから、頼みを聞いてほしい』って言ってきたら、聞いてやるかもしれねえな」

「でも、こっちに頼むばっかりで、自分で何もしない人の頼みは聞きたくないわ。『ここまではなんとか自分で頑張ったけど、ここから先はできないから助けてほしい』なら分かるけど」

「僕は、親しい人の頼みであっても、それがよくない願いだったら絶対に聞かないな。無視するのが、その人のためだと思うよ」

村人たちの発言はまだ続き、ピエトロもそれらに対して意見を返し始める。ベネディクトはいつのまにか、さっきの懸念も忘れ、ピエトロと村人たちのやりとりに聞き入っていた。ピエトロは難しいことは何一つ言わないし、村人たちに好きなように考えさせ、意見を言わせている。それでも、彼が村人たちを「主の教え」の方へと巧みに誘導していることは明らかだった。ピエトロは彼らの意見をまとめながら、神に対してどう祈ればいいかという指針を明確にしていく。自分の頭で考え、しかも意見を尊重されたと感じている村人たちは、それらをすんなりと受け入れている。そしてピエトロは、次のように締めくくる。

「みなさん。今日みんなで考えたことを、家に帰ってお祈りをするときに思い出してください。そして、もし分からないことがあったら、いつでも教会にいらしてください。また、もし今、怖いとか不安に思っていることがあったら、神様にお祈りするのに加えて、親しい人にも相談してみましょう。何か助けてもらえるかもしれないし、いい知恵が浮かぶかもしれません。もし、身近な人に相談しにくければ、教会に来て、私たちに話してください。私たちに話すのが嫌なら、村に托鉢《たくはつ》にやってくるフランチエスコ会やドミニコ会の修道士に話してみてもいいと思います。とにかく、一人で怖がっているのはよくありません」

ピエトロの言葉に、村人たちは素直に返事をする。微笑《ほほえ》ましい光景だが、ベネディクトはピエトロの締めくくり方に疑問を感じた。そして次の瞬間には、ピエトロに向かって質問していた。

「一人で怖がるのは、よくないことなのか？　恐怖も、不安も、結局は自分でどうにかしなくてはならないのではないか？　イザヤ書にも、『恐れるな』と書かれているじゃないか」

村人たちがこちらを向いてざわつくのを見て、ベネディクトは場違いなことを言ってしまったと思った。しかし、ピエトロは丁寧に反応する。

「なるほど、あなたの言うことはよく分かります。『恐れるな』は確かに、重要な言葉です。しかしこの後には、『私はあなたと共にいる』という句が続いている。つまり、神がいつもそばについているから、恐れなくていい、恐れる必要はない、ということですね」

その句は、ベネディクトも当然知っている。だが、彼の疑問はこうだ。もし主である神が共にいてくださることを自分が実感あるいは確信できるのであれば、聖書の言葉どおり、自分は恐れたりしないだろう。しかし彼は今まで、それを実感することも、確信することもできないでいる。そして明らかに、自分は何かを怖がっている。それがベネディクトの懸念していることだった。しかしベネディクトがそれを口に出す前に、ピエトロは言う。

「ベネディクトさん。あなたの考えは、こうではないでしょうか。神が自分と共にいてくださっているか分からないのであれば、恐れも煩《わずら》いも、とりあえず自分でどうにかしなくてはならない、と。あるいは、自分で恐怖を克服できる程度にまで自分を高めなければ、主は自分のところへ来てくれないのではないか、と」

ベネディクトは、さらに何も言えなくなった。まるで、心を読まれているように感じる。

「ベネディクトさん。もちろんそれも、一つの考え方だとは思います。その考えを追求して、自分で自分を高めて、一人で恐怖に向き合えるように努めるのも、時には大切なことです。でも……」

「でも？」

「私からみると、自分一人で怖さをどうにかしようとするのは、山を登るときに急な崖《がけ》から登ろうとするのと似ているように思えます。もし、あなたがもともと強い心と体の持ち主なら、それを選んでもいいでしょう。でも、もしあなたがまだ心身を十分に鍛えていなかったり、何らかの原因で弱っていたりしたら、まわりを見回して、より登りやすい場所や方法を見つけるべきかもしれません。私がさっきお話しした『身近な人や、教会や、修道士に相談してみる』というのは、弱い人でも『山に登れる』手段の一つです」

ベネディクトは半分ぐらい納得したが、軽く反発も覚えた。なんとなく、自分のことを「弱い」と言われているような気がしたからだ。彼は何か言いたかったが、ピエトロの後ろで居眠りをしていたエンツォ神父が大きないびきをかき、聖堂全体が笑いに包まれたために、言うきっかけを失った。

◇

ミサが終わると、司祭エンツォとアンドレアはそそくさと退出した。大ジョヴァンニたちは聖堂の片付けを始める。ピエトロは、まだ説教台の近くに残っていた。というのも、彼のまわりに多くの村人が集まって来ていたからだ。中でも若い女性たちは、頬を赤らめ、目を輝かせながらピエトロを見ている。ベネディクトは、何か見てはならないものを見ている気になり、彼らから目を背け、祭壇奥の扉から裏の司祭館へ出た。そして食堂に入り、食卓前の長椅子に座って考える。

——さっきの、あいつの説教——説教と呼んでいいものか分からないが、信徒たちを導くという意味では成功していた。

ベネディクトは、自分がピエトロの手腕に感心していることを認めざるを得なかった。あの堕落した男を認めるのは耐えがたいことだったが、さっきの「恐怖」についてのやりとりには、ベネディクト自身にも考えさせられるところがあった。

彼は思う。私は、自分一人でどうにかしようと考えすぎているのだろうか？　だが、私は普通の信徒ではなく、ベネディクト会の修道士だ。修道士は、やはり自分で恐怖や欲望を克服していくべきではないのか？

モンテ＝ファビオ修道院でも他人と共同生活をしてきたが、祈りも、精神と肉体の修養も、すべて個人による、個人のためのものだ。日常生活においては他の修道士と助け合うが、少なくとも魂の問題においては、他人の手を借りず、また他人に手を貸すということは考えたことがなかったし、むしろ、そうすべきではないと考えてきた。

しかしピエトロはそれを、「急な崖から登ろうとするもの」と形容した。

私は、間違っているのだろうか？　しかし、「誰かに頼っていい」というのは、悪魔の誘惑かもしれない。その可能性があるかぎり、やはりピエトロの考えは受け入れ難い。神に向かう道は、険しいに決まっている。そこを回避して、より苦しみの少ない道を選んで神に向かおうとするのは、虫のいい考え方だ。そんなことを、神がお赦《ゆる》しになるはずがない。ベネディクトは、そうだ、そうだと心の中で繰り返し、一人うなずく。しかし同時に、ある人物の顔が心に浮かぶ。それは、昨日出会ったフランチェスコ会士、セバスティアーノだ。完全な清貧を実践している彼に対して、自分は「そこまでする必要はないのではないか」と思わなかったか？　つまり、彼が「急な崖を登ろうとしている」ように感じなかったか？

そこまで考えると、固まりかけていたベネディクトの心は、またぐずぐずと崩れ始める。もう、何が正しいのか分からない。ため息をつく彼の視界に、壁際《かべぎわ》の棚が入る。その一角に、片方の手のひらに乗るぐらいの大きさの木箱と、丸められた羊皮紙——手紙が置かれていた。その封蠟《ふうろう》には見覚えがあった。

——モンテ＝ファビオ修道院からの手紙か？

ベネディクトは立ち上がり、棚に近寄って手紙を手に取る。予想どおり、送り主はマッシミリアーノ院長で、宛先《あてさき》はピエトロだ。すでに手紙は開封されている。

セッテラーネ村教会助祭、ピエトロ殿
先日の君の要求に応えて、いくつかの品を入れて送る。すべて、使者が手紙とともに届ける箱に入っている。
一、「修道士カルロ」を名乗る者から届いた手紙の写し。
二、一番大きな骨片の複製品。素材は石。赤い布に包んである。
三、君が欲しがっていたものだ。紫色の布に包んである。
三を君に渡すのは、苦渋の決断だった。これを受け取ったからには、「聖遺物の身元は分からなかった」などということはいっさい通用しないと考えるように。

ところで、ベネディクト修道士は到着しただろうか？　もし来ていないようなら連絡をもらいたい。無事に着いているといいのだが。彼が今回の仕事の役に立つとは思えないが、君が狙《ねら》っているものを……


そこまで読んだところで突然、小さな手がベネディクトから手紙を引ったくった。

ピエトロの弟、アンドレアだ。

「何をする！」

ベネディクトはアンドレアに食ってかかるが、アンドレアは手紙を自分の背中に回して隠し、悪びれる様子もない。

「これは兄さんに送られた手紙だよ。勝手に読んじゃだめだよ！」

「これは、私の上長から送られたものだぞ。私には、読む権利がある」

「そんなこと言われたって、知らないよ。僕はただ、兄さんの言いつけを守ってるだけだから」

アンドレアは相変わらずベネディクトと目を合わせようともせず、体を不必要にゆらゆら揺らしながら答える。小馬鹿《こばか》にされている気がして、ベネディクトは腹が立ってきた。しかし同時に、さっきの手紙に書かれていたことが気になった。手紙には確かに、院長がピエトロに「欲しがっていたもの」を送ったと書いていた。それは、何だ？　そして、それを渡すことで、より強く――半ば脅迫めいた言葉で調査の完遂を要求していたのはなぜか？　ベネディクトは手紙と共に置かれていた木箱に目をやる。

――この中に入っているのか？

ベネディクトは箱に近づき、手を伸ばす。しかし指先が木箱の蓋《ふた》に触れそうになったところで、アンドレアが木箱をまるごと、横からかすめ取った。

「これも、触っちゃだめ！」

「なぜだ！　こっちに渡せ！」

「だめだよ！」

アンドレアの抵抗にかまわず、ベネディクトは彼の左側に素早く回り込んで、木箱を持っているその片腕を摑《つか》む。

「痛い！　やめてよ！」

「うるさい！」

アンドレアは一度ベネディクトの手を振り切ったが、ベネディクトは再度アンドレアを捕まえる。瘦《や》せて小柄な彼は、驚くほど非力だ。その手からもぎ取るようにして木箱を奪ったベネディクトは、隣にある自分用の寝室《カーメラ》に急いで入り、扉を閉める。

ベネディクトは扉が開かないよう、寄りかかって体重をかけた。外ではアンドレアが扉を叩《たた》き、その振動が背中に伝わる。「開けろ！　開けろよ！」と叫ぶアンドレアの声を扉越しに聞きながら、ベネディクトは立ったまま、木箱を開いた。中には、紙の束と、赤い布と紫の布が小さくたたまれて入っている。

これだ。紫の布の中に入っているものが、「ピエトロが欲しがっていたもの」だ。

ベネディクトは胸の高鳴りを感じながら、箱の中の紫の布を、そっと指先でつまんで開いていく。すると、何か小さな白いもの……吹けば飛びそうな、塩の粒のようなものが目に入った。それを見たベネディクトは、頭から血の気が引いていくのを感じた。

――ま、まずい！

両足ががくがくと震え出し、彼は立っていられなくなった。それでも彼は慎重にしゃがみ込み、震える手でどうにか布を元に戻し、箱の蓋を閉じる。ベネディクトは箱を床に置き、部屋の奥の方、ベッドの方へ移動しようとする。しかしたどり着く前に、彼は力尽きて床に伏した。

◇

誰かが扉を叩いている。

アンドレアの奴《やつ》が、まだ扉を叩いているのか？　馬鹿な子供だ。ベネディクトは目を閉じたまま、しばらく放っておこうと考えた。しかし、その意志とは裏腹に、彼の目は開き、明るい光を受け止める。気がつくと彼は昼間の屋外にいて、目の前には粗末な小屋の扉があった。立派な身なりをした二人の若い男が自分の前に立ち、一人が扉を叩いている。

彼の視界の中で、扉が少しずつ大きくなってくる。明らかに、彼は扉の方に近づいていた。

——何だ？　この感じは？

ベネディクトは確かに移動しているが、自分の意志で移動しているのではない。自分が近づいている小屋も、その扉も、見知らぬものだった。そして扉が少しずつ開いていく。

扉の向こう——薄暗い部屋の中には、数人の男たちがいた。みな、灰色っぽい継《つ》ぎ接《は》ぎだらけの修道服を身に纏《まと》い、腰に荒縄を締めている。ベネディクトの視線はすぐに、男たちが囲んでいる粗末な寝台と、その上に寝かされた、薄茶色の髪の男を捉《とら》える。その男も他の者たちと同じ修道服を着ているが、顔色は青白く、眼は落ちくぼみ、頰はこけ、喉仏《のどぼとけ》が飛び出して見えるほどにやせ細っていた。まだ老人というほどの年齢でもなさそうだが、死の淵《ふち》にあることは確かだ。

突然、ベネディクトの視界がぼやけた。なぜだ？　ベネディクトは戸惑ったが、すぐに「自分が泣いているから」だと分かった。いや、泣いているのは自分ではない。自分は悲しくもないし、苦しくもない。だとしたら、泣いているのは誰だ？

視界はぼやけたまま、さらに乱れる。それは、自分の視点が移動しているからだった。ベネディクトの視点は小屋に入り、寝かされた男の方へ向かって行く。やがて男の顔が、大きくはっきりと見え始める。彼の両のこめかみから眉《まゆ》の上にかけて、火傷《やけど》のような傷跡があった。彼は目を閉じていたが、こちらが近寄ると両目を開ける。美しく澄んだ二つの瞳《ひとみ》が、窓のない薄暗い室内に灯《とも》された明かりを映す。彼はゆっくりと顔をこちらに向けるが、目はまっすぐにこちらを見ているわけではなく、少し焦点がずれている。

――もしかして、見えていないのか？

どうやら、そのようだ。しかし彼は確かにこちらのことを認識した様子で、口を動かした。何か、言っている。ベネディクトの視界の下の方から、寝かされた男に向かって、白っぽい手が伸びる。これは、自分の手か？ いや、違う。しかし、この見え方は、まるで自分の手のようだ。手が彼の肩口に、いたわるように触れる。そしてその手の持ち主は――ベネディクトではない誰かは、何やら言葉を発する。その言葉は、ベネディクトにはよく聞こえない。

しかし、言葉のやりとりが始まってから、ベネディクトはただの傍観者ではなくなっていた。何を話しているかも分からないのに、ベネディクトはなぜか、強烈に心を動かされていた。彼は動揺し、ひどく怯《おび》えながらも、明らかに感動していた。心が建物だとすれば、その土台の、その下の地面の、さらにその下の層からぐらぐらと揺さぶられているかのようだ。その感覚は強烈になっていき、ついにベネディクトは耐えられなくなった。このままでは、心そのものが倒れ、壊れてしまうだろう。

——ああ、もう、限界だ！　頼む、やめてくれ！

ベネディクトの心が「言葉を交わす彼ら」に対してそう叫んだとき、目の前の寝かされた男が、ベネディクトに向かって左手を伸ばした。弱々しく震えるその手が、自分の——正確には、ベネディクトの視点を宿す誰かの額に近づいてくる。病人の手のひらが、ベネディクトにはっきりと見える。その手のひらの中央にあるものを見て、ベネディクトは驚愕《きょうがく》した。

——これは！

動揺するベネディクトの額に、病人の指先が軽く触れる。ベネディクトは突如白い光に包まれ、何も見えなくなった。意識が、遠のいていく。

——ああ、恐ろしい！

それは、今まで経験したことのない類《たぐ》いの恐怖だった。まるで、自分がいなくなってしまうような……自分というものが、跡形もなく消えてしまうかのような感覚の中で、ベネディクトは必死でもがく。

——私は、このまま死ぬのか？　嫌だ、誰か、誰か！

◇

「おい、しっかりしろ！」

声をかけられ、ベネディクトは目を開けた。薄暗い中に見える人影は、ピエトロのそれだった。ベネディクトは横になったまま、ほぼ無意識にピエトロの袖《そで》を強く摑んだ。心臓は速く、激しく鼓動し、体中に冷や汗が流れている。うまく呼吸することができない。いくら息を吸っても、いや、吸えば吸うほどに息苦しくなる。

「いいか、落ち着け。一度下腹に力を入れて、息を吐き出すんだ」

ピエトロがそう言うと、ベネディクトの腹には自然と力が入る。喉、そして鼻腔《びこう》を、息のかたまりがつっかえながら、ぎこちなく通っていく。

「よし、もう一回。そうだ、その調子だ」

ピエトロはベネディクトの耳元に頭を近づけ、手本を示すように、自身もゆっくりと呼吸する。ピエトロの呼吸音に合わせているうちに、ベネディクトは少しずつ落ち着いてきた。数分後、心臓の鼓動も、そして心の動揺も収まった。

「わたし、は……」

「おい、無理にしゃべるな」

「い、いや、平気だ……。その、私は、また……倒れたのか？」

ピエトロはうなずく。そして問う。

「ベネディクト。もし体が大丈夫なようなら、状況を教えてくれ。倒れる前、何をした？　もしかして、あの箱の中身を見たのか？　紫色の布の中身を？」

ベネディクトがうなずくと、ピエトロは驚きの表情を浮かべた。ベネディクトは尋ねる。

「あれは……あの小さい粒は……？」

「あれはモンテ＝ファビオの、例の聖遺物の一部だ。あんたの修道院の院長に無理を言って、骨片の一つを――ごくごく小さいかけらを送ってもらったんだ」

それを聞いて、ベネディクトは状況を理解した。ああ、そうか。また、同じことが起こったのか。彼はぼんやりと、自分に起こったことを考えていた。浮かんでくる疑問が、すぐに口をついて出る。

「なぜ……だ？　なぜ、私に、こんなことが起こるんだ？　これは……やはり呪《のろ》いなのか？」

「昨日言ったとおり、俺の知っている前例は、奇蹟《きせき》だと言い伝えられている」

しかし、そう言うピエトロの目は、なぜか自信なさそうに泳いでいた。昨日同じことを言ったときは、もっと確信がありそうだったのに。ベネディクトの心に、激しい不安が襲ってくる。ピエトロは、本心を語っていないのではないか。やはり、私のこれは呪いなのではないか？

「せ、聖者の遺物は、人々に恵みをもたらすものだ。それなのに、私にもたらされるのは、痛みと苦しみだけだ。それも、私にだけ……」

話しているうちにさらに悔しさがこみ上げ、声が詰まってくる。

「……だから、これはきっと、呪いなんだ。こんなに苦しいことが、神の恩寵《おんちょう》であるわけがない。そうだろう？　君だって、本当は、そう、思って……」

ベネディクトには、自分の声がかすれてくるのが分かった。涙が出てくる前に、言葉を切る。ピエトロが、気遣うように口を開く。

「……あんたが聖遺物を見て苦しむ理由については、俺も俺なりに考えていることがある。つまり、仮説だ」

「仮説？」

「そうだ。……あんたにとっては気休めにもならないかもしれないが、聞くか？」

ベネディクトはうなずく。ピエトロの仮説に意味があるかどうかは分からない。だが弱ったベネディクトにとって、他人が、つまり自分以外の誰かが、自分の苦しみについて「考えてくれている」ということは、素直に有り難く思えた。たとえそれが、聖遺物を売り買いするような堕落した人間であっても。

「あんたが聖遺物を見て倒れるのは、聖遺物の放出する聖なる力《ウィルトゥス》によるものだと思う。あんたが言うとおり、その力は通常、多くの人間に対しては治癒や回心をもたらす。それがあんたに対してだけ痛みと苦しみをもたらすのは、俺が考えるに、聖なる力に対するあんたの感受性が強すぎるからだ」

「感受性が？」

「そうだ。ほとんどの人間は――もちろん俺自身も含めてだが、無意識に自分の心を守っている。周囲の物事から自分の心が影響を受けすぎないように、何重にも鎧《よろい》を着せているんだ。だから、聖遺物と向き合ったときも、ほとんど影響を受けない。おそらく多くの場合、聖遺物が俺たちにもたらす治癒とか回心というのは、俺たち自身の心の高揚が生み出しているのだと思う」

ベネディクトは、思わず口を挟む。

「ちょっと待て。君は、聖遺物が見る者に影響を及ぼしているのではなくて、見る者が勝手に舞い上がって、恵みがもたらされたと思い込んでいるだけだと言いたいのか？　それは、聖者たちに対する冒瀆《ぼうとく》ではないのか？」

「いいや、それはちょっと違う。俺は、聖遺物そのものに力があることを否定していないし、実際、あると思っている。ただ、多くの人間にはその力を感じ取ることができないし、影響を受けることもできないのではないか、と言っているんだ。さっき言ったように、多くの人間は、心を何重にも守っているがために、聖遺物から直接影響を受けにくいのだ。だが、あんたはおそらく違う」

ピエトロの緑色の瞳が、ベネディクトの心臓のあたりに向けられる。

「俺の考えでは、あんたは自分の心を守れていない。きっとあんたの心は、ほとんど剝《む》き出しの、無防備な状態なのだろう。だからこそ、聖遺物の力をまともに受けてしまう。そしてそれが、あんたに苦しみをもたらすのだ」

ベネディクトは混乱してきた。

「駄目だ、やはり分からない。君の言うとおり、私が聖遺物の力に強く影響されるというのなら、それがなぜ安らぎや喜びではなく、苦しみをもたらすんだ？」

「それについては、俺はこう考えている。聖遺物の力――聖者たちの持つ聖なる力というのは、普通の人間に対しては、本来苦痛をもたらすものなのだ、と」

「何だって？」

聖なる力は本来、苦痛をもたらすものだと？　ますます混乱するベネディクトに、ピエトロは言う。

「俺が、一風変わったことを言っているのは承知している。普通は、聖なる力は救いをもたらすものであり、救いというのは一般には『心地よいもの』、『苦痛を和らげ、喜びをもたらすもの』と考えられているからな。

だが、こういうふうに考えることはできないか？　聖者たちは、普通の人間には到底できないようなことをやり遂げて死んだ者たちだ。彼らの人生はたいてい、俺たち普通の人間には耐えられない苦痛と重圧に満ちている。彼らは、そういった苦痛や重圧を撥《は》ね返すほどに激しい信仰の力をもって生き抜いた。その清冽《せいれつ》さと強さは、俺たちの想像を絶するだろうし、もし彼らの聖遺物からその強い力が放たれているとすれば、普通の人間にはまともに触れることができないかもしれない」

ベネディクトには、ピエトロの言わんとするところが分かってきた。だからこそ、反発を覚える。

「つまり君は、私が普通の平凡な人間だから、聖遺物の力に耐えられないと言いたいんだな？」

ベネディクトは寝たまま目を細めて、ピエトロの顔を睨《にら》みつける。

「気を悪くしたか。だったら申し訳ないが、あんたの指摘は正しい。俺はあんたのことを普通の人間だと言っている。もちろん、あんたは俺よりはだいぶましな方だと思うが、それでも聖者たちから見れば似たり寄ったりだろう。それは仕方のないことだ。この俺が言うのも何だが、俺たち普通の人間は、程度の差こそあれ、この不条理な世界に順応するために、自分を適度に堕落させながら生きている。ある意味、汚れた池に長年棲《す》み着いている魚のようなものだ。そういった者が突然、天上から湧《わ》き出る清流がごとき聖者の魂に触れたら、どうなると思う？　その清らかさに耐えられず、苦痛を覚えるのではないだろうか？」

「普通の人間」としてピエトロとひとくくりにされていることを不快に思いながらも、ベネディクトはピエトロの説明に聞き入っていた。どことなく、妙に納得させられるようなところがある。

「その……君の仮説が正しいとしたら、私は『聖遺物の力に対する感受性が強く、なおかつそれに耐えられない普通の人間』ということになるのか？」

「そうだ」

「だとしたら、私は別に、呪われていないのか？」

「俺は、そう思う」

さっきと違い、ピエトロははっきりと、確信をもってそう言った。他人にそう言ってもらえただけで、ベネディクトの心は安堵《あんど》のような、喜びのようなものを感じてしまう。まるでひどい渇きに苦しんでいた旅人が、水場を見つけたかのように。

——ベネディクト。君は、呪われてなんかいない。

脳裏に蘇《よみがえ》る、幼い友人の言葉。ベネディクトは反射的に、心の高揚を押さえつけようとする。まだ、安心すべきではない、ぬか喜びかもしれないではないか。そうだ、きっとそうだ。なぜなら……。

「……もし君の仮説が正しいとすれば、私は聖遺物を見るたびに倒れるはずだ。しかし私は、聖遺物を見たが倒れなかったこともある。モンテ＝ファビオ修道院には多くの聖遺物があるが、それらは私に苦しみをもたらしたことがない」

ベネディクトは話しながら、その事実を残念に思った。しかし、事実なので仕方がない。ピエトロは、やはり私が呪われていると思うだろうか？　しかし予想に反して、ピエトロはこう言い放つ。

「まあ、あんたの修道院には、偽物《にせもの》がたくさんあるからな」

「えっ！」

まさか。モンテ＝ファビオの修道士たちはみな、それらの聖遺物を崇敬しているのだ。

「信じたくないかもしれないが、本当だ。モンテ＝ファビオ修道院は長年、イングランドの大手の業者から聖遺物を入手してきたが、奴らは偽物を扱うことで有名だ。モンテ＝ファビオ修道院は、もう何世代も前から奴らのいいカモだ。つまり、どこの誰の骨かも分からない偽物に、高い金を払ってきたわけだ。今の院長に代わってからは、俺から買うようになったがな」

「それじゃあ、礼拝堂に飾られている、聖ピリポの頭骨も……？」

「ああ、あれは間違いなく偽物だ。本物は、イングランドのレディング修道院にある」

「聖女レウィンナは……？」

「それもおそらく偽物だ。たまに聞く名なので少し前に調べてみたんだが、そういう名の聖女は存在しないということが分かった。誰かが勝手にでっち上げたんだろう。偽の聖遺物を売る場合、実在の聖者のものだと称するより、新しく聖者をでっち上げる方が楽だ。そうすればよそから『それはうちにある』と言われる危険もないしな。

結局のところ、モンテ＝ファビオにある本物――つまり俺が売ったものは……」

ピエトロはすらすらと、いくつもの聖遺物の名を口に出す。ベネディクトは、それらが修道院にあること自体、聞いたことがなかった。そう言うとピエトロは、「あんたのとこのマッシミリアーノ院長は、俺から買った聖遺物を自分の部屋に隠しているんだ。あんたの目に入らないのも無理はない」と言う。ピエトロは、ベッドの脇に腰を下ろす。

「つまり世の中には、偽の聖遺物が多く出回っている。偽物を作るための手引き書まであるくらいだ。だから、あんたを苦しめない聖遺物があったとしても、それらがすべて偽物だったら、俺の仮説を否定することにはならない。問題は、本物の聖遺物を見たときに、あんたがどう反応するかだ。どうだ？　モンテ・ファビオの聖遺物以外にも、これまでに、本物だと分かっている聖遺物を見たことはないか？」

「本物だと分かっている聖遺物」。それはベネディクトにあることを思い出させた。暗闇《くらやみ》の中、古い棺《ひつぎ》に伸びる、自分の小さな手。背中に走る悪寒《おかん》。ベネディクトはその記憶を振り払おうとするが、ピエトロは黙って返答を待っている。ベネディクトは迷う。言わなければならないのだろうか。言いたくない。ここは、「そういう経験はない」と言うべきだろうか？　しかし、それは嘘《うそ》だ。私は、嘘をついてしまうのだろうか？　迷うベネディクトの真意を知ってか知らずか、ピエトロはこう言う。

「とくにそういう経験がないなら、別にそれでいい。とにかく俺は今のところ、自分の仮説が正しいと確信している。あんたには二日前に会ったばかりだが、もうすでに二回、あんたが本物の聖遺物によって倒れるところを見たからな」

「二回？」

どういうことだ？　一回は、今さっき倒れたことを言っているのだろうが、もう一回とは？

「あんた、覚えているか？　一昨日の夜、墓場で気を失ったのを」

それはもちろん記憶していた。二人組の墓荒らしから救われた後、ひどく気分が悪くなったのだ。

「あのことが、どう関係あるんだ？」

「あんたが倒れた後、あんたのすぐ下の地面を掘ってみたんだ。そしたら、俺たちが探していた聖遺物が埋まっていた。聖ベアトリクスの頭蓋骨《ずがいこつ》だ」

「本当か……？」

「そうだ。そして、それは紛れもなく本物だった。聖ベアトリクスは九百年ほど前の殉教者で、聖遺物の大部分はかなり前に掘り起こされて聖ビビアナ教会に移されたんだが、頭蓋骨だけが見つかっていなかったんだ。今回俺たちがそれを見つけた。ベアトリクスの名と殉教の日付の刻まれた石板と一緒にな」

「……そうなのか」

ベネディクトは今、はっきりと、自分の心がピエトロの仮説にしがみつき始めているのを感じた。自分は呪われていないのかもしれない。神は自分を、見捨てたのではなかったのかもしれない。しかし……。ベネディクトは半身を起こし、ピエトロと目線を合わせ、呼びかける。

「ピエトロ」

ベネディクトに初めてまともに名を呼ばれたピエトロは、左の眉をわずかに上げた。

ベネディクトは問う。

「私は君を、信頼していいのか……？」

ベネディクトは返事を待った。しかし、ピエトロは黙ったまま、何も言わない。しびれを切らしたベネディクトが再び何か言おうとすると、突然、ピエトロは大声で笑い出した。あまりの反応に、ベネディクトは憤《いきどお》る。

「おい、何が可笑《おか》しい！」

それでもピエトロは笑うのをやめない。ベネディクトは、ひどく侮辱された気になった。やはり、私はこんな奴の言うことに、ほんの少しでも耳を傾けるべきではなかった。ベネディクトは憤っていたが、傍《はた》から見ると、彼の顔は怒りを示してはおらず、むしろ泣き出しそうに見えた。それに気づいたピエトロは、すぐに笑うのをやめた。

そして、ぽつりと言う。

「すまない」

「え？」

「笑ってすまなかった。別に、あんたを馬鹿にして笑ったわけじゃない」

「では、なぜ笑ったのだ？」

「説明するのは難しい。そもそも、自分の感情がなぜ起こったかを自分で説明すること自体、不毛なことかもしれない。ただ、それを承知で言えば、驚いたからだ」

「驚いた？　私は君に、信頼していいのかと尋ねただけだぞ？　なぜ驚くんだ？」

「考えてもみろ。その問いは、問いとしての機能を持たない。あんたを助けようとしている人間も、あんたを騙《だま》そうとしている人間も、その問いには『もちろんだ』と答えるだろうからな」

ああ、そうか。ベネディクトは納得するが、同時に反発も覚える。

「つまり私の問いがあまりに愚かな問いだったから、君は驚いたんだな？　やはり、私を馬鹿にしているんじゃないか」

「そうじゃない。確かに、あんたが二十七っていう歳《とし》の割に世間慣れしていないのは分かる。でも、それは悪いことじゃないし、俺が馬鹿にするようなことでもない。俺が笑ったのは、あんたが自分の気持ちをあまりにも素直に、はっきり表明したからだ。つまり『信頼していいのか』という問いが表しているのは、あんたが俺を信頼したいと思っているということだ。そうだろう？」

確かに、そうだ。

「あんたがそういうことを言うのが、とても意外に思えたんだ。自分で言うのも何だが、俺は疑い深い。数日前に会ったばかりの人間を信用することはまずないし、信用したくなったとしても、それを口に出すことはない。あんたは俺には想像もつかないくらい、素直な人間らしいな」

素直。それは褒め言葉なのだろうが、ベネディクトはあまりいい気がしない。やはり、小馬鹿にされているような気がする。ベネディクトは不満を顔に出しながら尋ねる。

「それで……結局、『信頼していいか』という私の問いに対する君の答えは、『もちろんだ』ということなのか？」

「まあ、そう言いたいのはやまやまだが、あんたが俺を信頼するかどうかは、あんたの自由だ。つまり、あんたがそうしたければそうすればいい。それに、俺という人間をまるごと信頼する必要もない。俺の言ったことの中に、正しそうなことがあればそれを信用すればいい。そして、そのうちそれが間違っていることが分かったら、その時点で信用するのをやめればいい」

ピエトロの言うことには、一理あるように思える。しかし……。

「やっぱり、私には分からない。君が言っているのは、信用するかしないかを自分の意志で決めろ、ということだろう？　だが、私の意志による判断が、正しいとは限らない」

「それはそうだ」

「今までは……修道院にいる間は、戒律がすべて決めてくれた」

「そうだろうな。だが、聖ベネディクトの戒律も、今あんたが具体的にどうすればいいかの指針にはならないだろう。で、どうする？　神に祈って、お告げを待つか？」

「そんな……私は一度も……」

「神の声を聞いたことがない」という言葉を、ベネディクトは飲み込んだ。ベネディクトが黙り込んだのを見て、ピエトロは言葉を継ぐ。

「俺だって、神の声を聞いたことはない。こういうことは言うべきじゃないのだろうが、俺自身は、神が俺の祈りに応えてくれることをほとんど期待していない。だから俺は、正しそうだと思ったことは、一応信用してみることにしている。それに従って、とりあえず行動してみるんだ」

「正しいかどうかも分からないのに、か？　間違っていたらどうするんだ？」

「間違っていることが分かったら、信用するのをやめる。また、はっきり間違いだと分からなくても、違和感を感じたらやめる。そして、他に正しそうなことを探す。それだけだ」

ずいぶんと単純だ、とベネディクトは思う。なぜ自分は、そういうふうに考えられないのだろうか。少し考えると、理由が分かった。

「それだと、失敗してしまうかもしれない」

「当たり前だ。何度か失敗することは最初から織り込み済みだ。俺は、神でも聖者でもない、ただの弱い人間だからな。だが、失敗も含めて、自分で決めたことの結果を見ることは、自分の判断を磨く手がかりになる。神の声の聞こえない、奇蹟も起こせない、つまり何も持たないただの人間——牧者のいない子羊は、そうするしかないんじゃないのか？」

ピエトロの話を聞きながら、ベネディクトはあることに気がついた。この男の出発点は、自分が「何も持たないただの人間」であるということだ。神の声が聞こえるとか、奇蹟が起こせるとか、そういったことが「自分には存在しない」ことを前提にして、こいつは生きているのだ。もしかすると、聖遺物を売ったりしているのも、そういうことが関係しているのだろうか？

——私とは、ずいぶん違う。

ベネディクトが悩んできたのは、「誰にでも与えられるはずの神の恩寵が、自分には与えられない」ということだ。もらえるはずのものが、もらえない。そう思ってきたために、どれほど苦しんだことか。しかし、最初からそういったものが「ない」と思っていたら？ 神にも、自分にも期待しないとしたら？ だが、それは果たして、信仰と呼べるのだろうか？

「もしかして君は……神を信じていないのではないか？」

「そんなことはない。俺は神を信じているし、神が人間に働きかけることも信じている。ただ、俺に対して、いつどのように神が働きかけてくれるか、分からない。それは、予想もできないし、自分の力ではどうしようもないことだ。だから、神の働きかけが『ないもの』と仮定して、その範囲で俺がやるべきことを考える。それだけだ」

ベネディクトは、先ほどのミサでのピエトロの説教を思い出していた。彼は信徒たちに「自分の力の及ばない、予想のできないこと」については、人や神の助けを借りるよう勧めていたが、ピエトロ本人は、今言ったような対処法に従っているのだろう。「神の働きかけ」をいったん「ないもの」と考える。ベネディクトには、そのような考えは何やら恐ろしいことに思われた。しかし同時に、もし自分にもそういう考え方ができたら、心がもっと軽やかになるような気もする。

ベネディクトは今はっきりと、ピエトロに興味を抱き始めていた。このセッテラーネ村へ来てからというもの――フランチェスコ会士セバスティアーノ、そしてこのピエトロと、興味深い他人との出会いがたて続けに起こった。今まで、他人にも、いや、何に対しても、興味など持たなかったのに。ベネディクトは頭の中で考えをめぐらしながら、ゆっくりと言葉をつなぐ。

「ピエトロ。私は、その、君を……じゃなくて、君のいう仮説を、一応信用してみようと思う」

それを聞いたピエトロは、かすかにだが、嬉《うれ》しいような、困ったような顔をした。その表情の意味が分からず、ベネディクトが考えあぐねていると、部屋の外からけたたましい音がした。そして扉を壊さんばかりの勢いで、アンドレアが飛び込んできた。

「兄さん！　それからベネディクト！　早く来て！」

「何だ、アンドレア。騒々しいな」

「モンテ＝ファビオの修道院から、また使者が来たんだよ！ 院長さんから緊急の用だって！……二人に、すぐにアッシジに行って欲しいんだって！」

ベネディクトとピエトロは同時に眉をひそめて、顔を見合わせた。

第四章　アッシジの大聖堂

ぬかるんだ道の上でベネディクトは杖《つえ》に寄りかかり、大きく息を吐いて立ち止まる。両足の裏が、ずきずきと痛む。腰の辺りの骨も、動くたびに軋《きし》むようだ。彼の前方では、大ジョヴァンニの大きな背中と、ピエトロの小さめの背中が並んで遠ざかっていく。

「おーい！　おいったら！」

ベネディクトが叫ぶと、彼らは立ち止まって振り返る。荷物を運ぶ大ジョヴァンニが、心配そうにベネディクトの方に戻ってくる。

「ベネディクト様、お怪我《けが》でも？」

「いいや、その、ちょっと足が痛くて。そろそろ休憩しないか？」

前方に立ち止まっているピエトロが、冷ややかな目でベネディクトを見る。

「休憩なら、さっき取ったばかりだろう。早く行かないと、今晩は野宿することになるぞ」

「分かってる！　分かっているが、足が痛いんだ。仕方ないじゃないか」

ピエトロは大きくため息をついて、ベネディクトと大ジョヴァンニの方へ引き返してくる。何やらぶつぶつ言っているようだ。きっと「村を出てたった二日目で、もう疲れたとは、どれだけ貧弱なんだ」などと言っているのだろう。ベネディクトにとっては悔しいことだが、体の疲労がひどいのは事実だ。何せ、今までこれほど自分の足で遠出したことがないのだ。大ジョヴァンニがピエトロに言う。

「ちょっとお時間をください。ベネディクト様は手当が必要なようですので」

大ジョヴァンニはベネディクトを道の脇《わき》に座らせ、靴を脱がせる。靴の隙間《すきま》から入り込んだ泥を丁寧に拭《ふ》き取り、荷物から取り出した布でぐるぐると巻く。彼が言うには、足の裏のまめがつぶれてしまっているらしい。手当が終わると痛みは和らいだが、疲労感は変わらない。ベネディクトは少しでも長く座っていたかったが、ピエトロはすぐに歩き出す。仕方なく立ち上がったベネディクトは、ピエトロの歩みを少しでも遅らせようと、彼に話しかける。

「で、今、どの辺なんだ？」

「オトリーコリの手前だが、あんたに合わせて歩いていたら、夕方までに着けるかどうか分からない」

乱暴に言い放つピエトロに、ベネディクトは少々苛立《いらだ》つ。

「君はそう言うが、私と一緒に行かないと、院長の指示に従ったことにはならないんだぞ」

「院長は、とにかく早くアッシジに着けと言っているんだ。あんたと一緒だと、何日あっても足りない。そのくせあの院長は、馬を支給するつもりはないらしい。まったくケチにも程がある」

「まあまあ、お二人とも。言い争っても余計疲れるだけですよ。それに、向こうに早く着くことも大切ですけど、着いてからの用事はもっと大切なんでしょう？」

大ジョヴァンニに言われて、ピエトロは軽く息をつく。

「そうだな。到着したら、今よりも気が抜けないだろう」

二日前、突然現れた院長の使者は緊急の手紙を携えていた。手紙はピエトロ宛《あ》てで、走り書きの字で次のように書かれていた。

──例の聖遺物について、フランチェスコ会がウンブリア管区長名の手紙で「聖フランチェスコの遺体の一部に違いない」と伝えてきた。彼らはそれを直ちに返すように要求しており、返すならばローマにいる代理人から即座に三リラ支払う用意があると言っている。ローマの代理人には先ほど使いをやったが、これが本当の話なのかを確認しないと何もできない。よって君にはすぐにベネディクトとともにアッシジに向かい、くわしいことを調べて欲しい。フランチェスコ会からの手紙を同封する。ただし、くれぐれも、托鉢《たくはつ》修道会の会議の開催に影響がないよう、慎重に行動して欲しい。

乱れた筆跡は、あの神経質でせっかちなマッシミリアーノ院長の口調をそのまま伝えているように思え、ベネディクトはうんざりしたが、それ以上に聖フランチェスコの遺体の話には驚かされた。ベネディクトはすでにフランチェスコ会士セバスティアーノから、聖フランチェスコの遺体が消えたと聞いていた。フランチェスコ会の主流派は盗難だと考えているという話だったが、セバスティアーノ本人はあくまで「奇蹟《きせき》によってどこかへ移動した」と主張していた。そのことは、ピエトロにも伝えてある。フピエトロの「今よりも気が抜けない」という言葉も、おそらくそこから来ている。フランチェスコ会内部に、遺体が「消えた」と言う者と「盗まれた」と言う者の両方がいるということが、すでに事態が複雑化していることを示している。

「これから数日かけてアッシジに行って、現地で調査したとしても、何か成果が得られるとは思えない。モンテ＝ファビオ修道院も災難だな。例の会議も近いというのに、あの聖遺物を受け取ったばかりに、ドミニコ会とフランチェスコ会の両方との間で面倒ごとに巻き込まれるとは」

例の会議――フランチェスコ会とドミニコ会という、二つの托鉢修道会の代表が集う会合を成功させるために、院長は躍起になって準備してきた。その直前になってこのような問題が起こったことに、ひどく焦《あせ》りを感じているはずだ。ベネディクトはピエトロに尋ねる。

「もし、会議が成功しなかったら、どうなるんだ？　モンテ＝ファビオ修道院は何か損をするのだろうか？」

「くわしいことは分からないが、モンテ＝ファビオ修道院がどうの、というよりも、院長個人が困るのだろうな。おそらく教皇庁《クーリア》とか托鉢修道会からの評価に影響するのだろう。あの院長は、いずれ枢機卿《すうききょう》になるつもりでいるから」

「枢機卿に？　本当なのか？」

「ああ。一度ひどく酔っ払ってそう口走っていたから間違いない。だが、院長個人のことは所詮《しょせん》小さなことだ。会議が成功しなかった場合、一番困るのは当のフランチェスコ会とドミニコ会だろう。まあ、当然のことだが」

「そんなに大切な会議なのか？」

「あんた、会議で何が話し合われるか知らないのか？」

ベネディクトは正直にうなずいた。ピエトロはとくに呆《あき》れることもなく、淡々と説明する。

「主な議題は、教区教会の聖職者たちからの妨害に対する対策だ。托鉢修道会の活動が、各地の教区聖職者たちから目の敵にされているのは知っているだろう。昔からそういう傾向はあったが、最近はとくにひどくなっている。今回の会議は、二つの托鉢修道会がこの問題に対して協力関係を強化し、共同で対策を練り、明文化した要望書を教皇庁に提出する、という目的があるんだ」

「そうか。だが、それならなぜわざわざ、モンテ＝ファビオで開催するんだ？　ドミニコ会かフランチェスコ会か、どちらかの本拠地でやればいいのに」

「まあ、ローマから比較的近くて便利だというのが一つだが、一番の理由は、モンテ＝ファビオ修道院がベネディクト会系なので、両会から見て中立的な立場にあるのが好まれたのだろう。フランチェスコ会とドミニコ会は、『托鉢修道会』としてひとくくりにされがちだが、けっして一枚岩ではないんだ。実際、今回の会議についても、ドミニコ会側はフランチェスコ会側ほど乗り気ではないと聞く。フランチェスコ会側は内部にさまざまな問題を抱えていることもあって、できることなら対外的な問題だけでも早く解決したいと焦っているようだが」

ピエトロは一度言葉を切って、軽くため息をつく。

「いずれにしても俺は、フランチェスコ会のごたごたに首を突っ込むのは御免だな。今回は、マッシミリアーノ院長が金をたっぷり前払いしてくれたから引き受けたが、次に何か頼まれたら、よほど報酬が良くないかぎり、引き受けないからな」

ピエトロが金の話を始めたので、ベネディクトは不快に思った。

「なあ、ピエトロ。その、あからさまに金の話をするのはやめないか？　君だって一応聖職者だろう。清貧を重んじるべきだ」

ピエトロは歩きながら、横目でじろりとベネディクトを見る。

「そんなことを言われる筋合いはない。あんたにも、他の誰にもな」

「何だと？　どういうことだ？」

「理由は単純だ。金が大切なものだからだ。この世にいるかぎり、誰も彼も、金の流れの中で生きている。とくに、あんたみたいな大修道院の修道士は、大河のごとき金の流れの中にいる。それに比べたら俺なんかは、ささやかな流れを引き寄せようとしているにすぎない。だから、あんたが俺に清貧を説く道理はない。あんただって、本当は分かってるんだろう？」

ベネディクトは言葉に詰まった。悔しいことに、ピエトロは真実を語っていた。モンテ＝ファビオ修道院を出て以来、ベネディクトは自分の修道院がいかに富を蓄え、そして自分たちがいかにその恩恵にあずかっていたかを思い知った。それなのに、仲間の修道士たちは「清貧を実践している」と思い込んでいるのだ。何かというと「金」と口に出すピエトロですら、モンテ＝ファビオ修道院の水準からすると、貧しいと言わざるを得ない生活をしていた。ベネディクトは当初、彼らのつましい食事を見て「断食《だんじき》中なのだろう」と思ったが、あれが普段の食事だということを理解するのに時間はかからなかった。どうやら、ベネディクトがそれまでに知っていた清貧と、世の大多数の人間の「普通の生活」には、想像以上に大きな差があるらしかった。それでもベネディクトは、ピエトロにやり込められるのが悔しいので、苦し紛れに言い返す。

「君は、私がフランチェスコ会士たちのような清貧を実践していないから、私に清貧を説く権利はないと言っているのか？　つまり私にセバスティアーノ修道士のような生活ができないと高をくくって、軽く見ているのか？」

ピエトロはまた横目でベネディクトをちらりと見る。

「そんなことは言っていない。俺から見れば、セバスティアーノのようなフランチェスコ会士も、広い意味では金の流れの中にいる。それに、あの聖フランチェスコだって、聖ドミニコだって、金の流れが作り出している『物の流れ』の中にいたからこそ、使徒の清貧を実践しながら生き延びることができたし、自分の修道会を作ることだってできたんだ」

「いや、それはおかしい。君の言い方だと、まるで『真の清貧を実践するには、金の流れの中にいなければならない』と言っているように聞こえる」

「俺は実際、そう言ってるんだ。もし、この世の誰もが一斉に使徒の清貧を実践したら、どうなると思う？　誰も何も持たず、売り買いすらしなかったとしたら？　きっと、あっという間にほとんどの人間が死に絶えるぞ」

ベネディクトは黙り込んだ。反論が思いつかないのだ。

「俺が思うに、使徒の清貧というものは、実践したい者や、実践できる者がすればいいもので、誰もがしなければならないというものではない。実践したくない人間や、実践できない人間は、使徒の清貧を実践する者たちに施しをすればいい。それで、彼らから心の糧《かて》を得ればいいんだ」

ピエトロの意見にベネディクトは納得しかけたが、すぐに疑問が浮かぶ。

「それは……構造的には、私の修道会――つまりベネディクト会が、王侯貴族から寄進を得ているのと同じではないか？　王侯貴族がベネディクト会に寄進をしてきたのも、それによって彼らが魂の平和を得られると考えているからだ。もしフランチェスコ会士が魂の平和と引き替えに民衆から施しを受けているのであれば、構造的には我々と変わらない。それなのになぜ、君は我々ベネディクト会を責めて、フランチェスコ会は良しとするんだ？」

「それは大きな誤解だ。俺は、あんたら――ベネディクト会が大金持ちであることを責めてはいない。ただ、あんたがそのことを認識せず、そればかりか金を卑《いや》しいものと思い込んで、金を大切にする俺を責めるのがおかしいと言っているんだ。それに、俺はベネディクト会とフランチェスコ会を比較していないし、どちらが良いとも悪いとも言っていない。事実、今ではフランチェスコ会も、信じられないほど大きな金の流れを引き寄せている。もしかすると、すでにベネディクト会を超えているかもしれない」

「まさか。フランチェスコ会士たちは、托鉢で生活しているんだろう？　そんな者たちが大金を持つのは、おかしいんじゃないか？」

「あんたの言うことはもっともだが、現実は現実だ。アッシジに着いたら分かるさ」

そこでいったん会話は終わり、彼らは黙々と歩き続ける。

彼らは、ローマから北に向かう街道を歩いていた。街道と言っても、さほど道幅は広くない。ただ、ベネディクトがモンテ＝ファビオ修道院からセッテラーネ村に行くために通った山道と違うのは、さまざまな人間が頻繁に行き交うということだ。耳慣れない言葉を話す巡礼たちに、商人たち。当然、盗賊も出るらしい。しかしながらベネディクトたちは、それから先の道中でも、盗賊には遭わずに済んだ。それには運もあっただろうが、まずは大ジョヴァンニの存在が大きいと思われた。ピエトロは大ジョヴァンニに、荷物だけでなく、弓と剣を持たせていた。それらはセッテラーネ村教会の物置にあった粗末な代物《しろもの》だったが、大柄な大ジョヴァンニが持つと、あたかも立派な武器であるかのように見えた。ベネディクトは武器を手にした大ジョヴァンニを見て、幼い頃に読んだ騎士物語の戦士のようだと思った。ピエトロ曰《いわ》く、盗賊どもは襲う相手を慎重に選ぶらしい。ベネディクトも、もし自分が盗賊であったなら、大ジョヴァンニには近寄らないだろうと思う。

普段歩かないベネディクトにとって、今回のような遠出は体力的に辛《つら》く、しばしばピエトロと大ジョヴァンニの手を煩《わずら》わせることになった。しかし当のベネディクト本人は、どこか旅を楽しんでいるようなところがあった。セッテラーネ村を発《た》つ前日にあのように倒れてしまい、また出発直前にも少し気分が悪くなったことがあったので、出かける前から体調は不安だった。だがそれとはうらはらに、心は軽やかなのだ。

――なぜだろう。足は痛いし、腹も減っているのに。

歩いていると、いかがわしい連中にも出くわす。道案内をしてやると言いながら近寄ってきては、小金をせびろうとする者。手足の一部が欠けているように偽装して、施しを受けようとする者。仲間に珍しい歌や踊りや軽業を披露させ、夢中で見物する人々の背後から荷物をかすめ取ろうとする集団。

ベネディクトは、そういった者たちを見るたびに眉《まゆ》をひそめた。それは、長年の間に身についた自然な反応だった。でも、今までそれに必ずと言っていいほど伴っていた、激しい嫌悪感《けんお》――堕落した他者に対する、吐き気を催すようなあの感覚は、あまり意識に上ってこない。もちろん、まったくないわけではないが、前ほど強烈ではないのだ。それはなぜか。

――自分が呪《のろ》われていないかもしれないから、か？　私はもう、あのピエトロの仮説を、受け入れてしまっているのだろうか？

思い当たるとしたら、そのことぐらいしかない。自分が呪われていると思っている間は、いつ、誰に地獄に引きずりこまれるかと、つねに戦々恐々としていた。堕落した者たちは、みな地獄の使者に見えたものだ。しかし、そうでないとすると……。

――いや、でも、あれはあくまで仮説だ。気を抜いてはいけない。

それでもベネディクトの心は、解放感と安心感に支配されていた。モンテ＝ファビオからセッテラーネ村への道中であれほど気にしていた時課のことですら、今回の旅ではすでに忘れがちになっている。もっとも、覚えていたとして、この急ぎの旅では祈りの時間を取れるはずもなかったが。

ピエトロに対する印象は、この旅の間にまた大きく揺れ動いた。街道でいかがわしい連中に出会うたび、ピエトロは彼らをうまくあしらった。もともと抜け目のないピエトロが彼らの術中にはまるはずはなかったが、なぜかピエトロは自ら進んで、彼らに食べ物などを施した。それぞれの施しはわずかだったが、全部合わせるとかなりの量に上るのではないかとベネディクトは思う。ピエトロはけっして裕福ではないのに、なぜそのようなことをするのだろうか？

さらにベネディクトを驚かせたのは、ピエトロが一人のみすぼらしい少年に対して取った態度だ。アッシジも近くなってきたあたりで出会ったその少年は、偽《にせ》の聖遺物を売っていた。それも、「主イエスが磔《はりつけ》にされた十字架のかけら」だとか、「主イエスの手足に打ち込まれた釘《くぎ》」だとか、「聖母マリアのヴェールの切れ端」だとか、そういうものだ。ベネディクトはあまりの馬鹿馬鹿《ばかばか》しさに呆れたが、ピエトロは少年の手から聖十字架のかけらと聖釘《せいてい》を取り、それらを日光にかざすようにして眺めながらこう言った。

「出来が悪いな。こんなものでは、よほどの世間知らず以外は見向きもしないだろう。それに、聖十字架とか聖釘、聖母のヴェールはどこでも売られているから、すぐに偽物だとバレる」

その言葉に、少年は驚く。ピエトロは続ける。

「いいか？　ここはアッシジに近いんだから、そんなありふれたものではなく、聖フランチェスコにまつわるものを売るんだ。たとえばこの木片だが、これを『聖十字架のかけらだ』と言っても誰も信じないだろう。だが『聖フランチェスコの棺《ひつぎ》の一部だ』と言えば信じる奴《やつ》もいる。そのとき、どこからどうやって入手したかを話すのが重要だ」

「ど、どんなふうに？」

まるで餌《えさ》に食いつく魚のように尋ねる少年に、ピエトロは語って聞かせる。

「そうだな、たとえば俺だったら客にこう言う。

『旦那様《だんなさま》、今から二十二年前、一二三〇年五月二五日にアッシジで何があったかご存じですか？　その日、聖ジョルジョ教会から、完成したばかりの聖フランチェスコ大聖堂の下堂《かどう》へ、聖フランチェスコのご遺体が移されたのです。私の叔父の嫁の父親は、その移葬の行列を見物しておりました。叔父の嫁の父親の語るところでは、その行列は途中まで、あの厳格で知られた総長代理、エリア・ボンバローネの完璧《かんぺき》な指揮により、大勢の市民たちに見守られながら、アッシジの狭い通りを厳かに通り抜けていたのです。かのエリアは、生来の抜け目のなさと厳しさをもって、行列全体に目を光らせておりました。聖者の木の棺に民衆が近寄るそぶりを見せようものなら、エリアは修道士らしからぬ剣幕で怒鳴り散らし、容赦なく棒で打ったのです。

しかし大聖堂近くに来たところ、突然スバシオ山から強い風が吹いて来て、聖者の木の棺にかけられた美しい布の覆《おお》いが取れてしまいました。もうすでに四年の間、聖者の尊い身体《からだ》を収めていたその棺が露《あら》わになったのを見て、民衆は大興奮。こうなってはエリアの制止も功を奏さず、誰もが棺に触れようと行列になだれ込み、大騒ぎになってしまいました。私の叔父の嫁の父親もその一人で、他の市民たちにもみくちゃにされながら、どうにか聖者の棺に触れることができました。叔父の嫁の父親は、怒り狂ったエリアの手ですぐに棺から引き離されましたが、気がつくと手の中に棺の欠片《かけら》を握っておりました。そしてこれが、その小片です』

こういった感じだな」

話に聞き入っていた少年は、興奮して尋ねる。

「それ、本当の話なの？」

「え？　ああ。俺は実際に、行列を見ていたからな。叔父の嫁の父親とか、その辺りは創作だが、後はだいたい本当……いや……違うか……」

何か言いかけながら、ピエトロは黙り込む。

「ねえ、どうしたのさ？」

「ああ、ちょっと考えごとだ。うん、とにかく、聖遺物にまつわるこういう話をたくさん仕入れて、面白おかしく話すんだ。そうすれば売り物も本物らしく見えてくるし、偽物だろうと踏んでかかる客の中にも、話の方に金を払ってくれる人がいるはずだ。ところで、この聖十字架と聖釘はいくらで売ってるんだ？」

「何で聞くんだよ？　偽物だって分かってんだろ」

「いいから、教えてくれ」

少年はやや気まずそうに、もごもごと値段を言った。するとピエトロは、少年が言ったとおりの金額を彼に手渡す。戸惑う少年にピエトロは言う。

「君に一つだけ、言わせてくれ。君から聖遺物を買う人間は誰であろうと、神を信じているから買うのだ。偽物をうまくつかませたと思って、得意になってはいけない。君が得る金は、神からもたらされているということを忘れるなよ」

「う、うん、忘れない」

「ところで君は、どこの出身だ？」

少年は、とある地名を口にした。どうやらアッシジ近郊の村の名前らしい。

「そうか。もし、君がこういう商売をやめたくなって、もっとましな生き方をしたくなったら、アッシジに住んでいるジャコマという婦人を訪ねるといい。高貴な生まれの方だが、ためらう必要はない。きっと、親身に相談に乗ってくれるはずだ」

ピエトロはそう言って、少年の前から立ち去った。一部始終を見てただ驚いていたベネディクトも、慌《あわ》てて歩き出す。前方を歩くピエトロの背中を見ながら首をひねっているベネディクトに、大ジョヴァンニがそっと耳打ちをした。

「ピエトロ様は、子供の頃にずいぶん苦労されたそうです。生き延びるために、怪しい商売もしていたとか。きっと、さっきの少年みたいな感じだったのではないでしょうか」

「苦労？　それは、どういう……」

ベネディクトが尋ね終わらないうちに、前方から何やら話し声が聞こえてきた。見るとピエトロが、巡礼中と思《おぼ》しき老夫婦と話をしている。彼らは数人の従者と馬を連れており、身なりも金持ち風だ。

「……それで、私の祖父の友人はこの聖釘《せいてい》を手にしたおかげで、長年患《わずら》っていた重い皮膚病が治ったのです。彼は言っておりました。この聖釘を持つことは、エルサレムに巡礼することと同じ、いやそれ以上の効果がある、と。そもそも、この聖釘の出所が……」

ベネディクトは目と耳を疑った。ピエトロはなんと、さっき聖遺物売りの少年から入手した偽物の聖釘を、老夫婦に売りつけようとしているのだ！　老夫婦は神妙な顔で、ピエトロのよどみない説明に聞き入っている。ベネディクトはたまらなくなって、ピエトロの方へ向かっていく。

「おい、やめろ！」

ベネディクトがそう言って割り込むと、老夫婦は驚いた顔で彼を見た。しかしピエトロは平然と、しかも不可解なことを口走る。

「まあまあ、お前さん、俺が聖釘をこの方々に売ろうとしているのが気にくわないんだろ？　お前さんがこの聖なる釘を手放したくないのは分かるが、お前さんはすでにこの釘からたっぷりお恵みを受けたんだ。だから、いいじゃないか」

ベネディクトには、ピエトロが何を言っているのか分からない。ピエトロは、混乱しているベネディクトを指差しながら、老夫婦に向かって話す。

「この修道士をご覧ください。美しい顔をしているでしょう？　実は彼、かつては二目と見られない醜い男だったのですが、私がこの聖釘を貸したところ、三日のうちにこれほど美しい顔になったのです。主の御業《みわざ》は、なんと偉大なのでしょう！」

ピエトロがそう言うと、老婦人はうっとりしながらベネディクトを眺め、「まあ、なんと美しいお方」とつぶやいている。ベネディクトはそのときやっと、自分がピエトロの商談に利用されていることを悟った。

「おい、ピエトロ！」

「まあまあ、落ち着け。いいか、神のお恵みを独り占めするのはよくないぞ。自分が得た恵みを、他人にも惜しみなく分け与える。これぞ、真の清貧。アッシジの聖者様の言うとおりってことだ」

ベネディクトはどうにかして商談をやめさせようとするが、彼が介入すればするほど、ピエトロはそれを逆手にとって利用し、老夫婦はますますピエトロの法螺話《ほらばなし》に引き込まれていく。結局、老夫婦は大金を出して、ピエトロから偽の聖釘を買って行った。

嬉々《きき》として離れていく老夫婦の一行を見送りながら、ピエトロはつぶやいた。

「これで、この道中の出費は賄《まかな》えるな。少し儲《もう》けも出た。よし、先を急ごう」

ベネディクトは呆れてものが言えない。

――やはり、この男と一緒にいるのは、間違っているのではないか？

◇

セッテラーネ村を出て七日目の昼前、フォリーニョから続く街道をずっと北へ向かっていた彼らは、ピエトロの先導で街道を離れた。草の生い茂った野の中の小道に入った彼らの目に、ゆるやかな山の斜面、そしてそこに斜めにへばりつくようにして建つ薄桃色の城壁が見えてくる。ベネディクトは思わず足を止め、城壁の向こうにひしめき合うように建つ家々の赤い屋根や、山の上の方に見える石の砦《とりで》を仰ぎ見た。旅の間、ベネディクトが立ち止まるといつも文句を言っていたピエトロも、今はベネディクトと共に立ち止まり、目を細めて同じ方向を眺める。

「あれがアッシジだ。見れば分かると思うが、アッシジっていうのはもともと、スバシオ山の斜面に作られた城塞《じょうさい》都市なんだ。上の方に見える砦は、地元の者が『岩《ロッカ》』と呼んでいる古い砦だが、今は使われていない。それから、城壁の左の方……ここから見て奥の方なんだが……見えるか？」

石の砦に気を取られていたベネディクトは、ピエトロに言われて城壁の左端のあたりに目をやる。こちらから見ると奥の方に位置しているにもかかわらず、ベネディクトの目はそこにあるものに釘付けになった。斜面を切り崩して建てられた、巨大な要塞のごとき建造物。

「なんだ、あれは……」

「あれが、我々の目指す聖フランチェスコ大聖堂だ」

「大聖堂だって？　あんなに大きいのか？」

「ああ。あの中にはフランチェスコ会の修道院も入っているが、それでもまあ、馬鹿でかい建物であることには変わりない」

ベネディクトは、あれが清貧を標榜《ひょうぼう》するフランチェスコ会の建物だということを、にわかには信じられないでいた。いくら修道院が入っているといっても、あの建物はベネディクト会の大修道院であるモンテ＝ファビオより大きいのではないだろうか。

「まあ、近くに行けばもっとよく見られるから、まずは街に入ろう」

オリーブと杉の木の茂る緑豊かな勾配《こうばい》を登っていくと、薄赤い城壁が近くなり、アーチ型の門が見えてくる。その手前には小さな教会と広場がある。教会の中からは子供たちが詩篇を暗誦《あんしょう》する声が聞こえ、外の小広場でも数人の子供が追いかけっこをして遊んでいた。ピエトロは子供たちを眺めながら、ベネディクトに説明する。

「この教会は聖ジョルジョ教会といって、聖フランチェスコともゆかりの深い場所だ。子供時代のフランチェスコはここの付属学校でラテン語を学んだし、フランチェスコの死後四年の間、彼の遺体はここに納められていた。教会前の広場は、フランチェスコが初めて説教をした場所だ」

「そうなのか。こんなところで」

これまで聖フランチェスコにとくに思い入れのなかったベネディクトも、そういう話を聞くにつれ、フランチェスコその人に近づいたような気分になってくる。

「そして、この門の向こうがアッシジの街だ」

城壁の門をくぐったベネディクトは、街の様子に目を見張った。目に飛び込んでくるのは、建物が所狭しと立ち並ぶゆるやかな上り坂。街が遠目に薄桃色に見えたのは、建物に使われている石材のためだということが分かる。ピエトロによれば、このあたりの山で採れる石がこういう色をしているのだという。道に沿って歩くと、大きな荷を載せた馬やロバと頻繁にすれ違う。通りに面した小ぢんまりとした扉には、人がしょっちゅう出入りしているし、織物を台に広げて作業する職人たちの姿も見える。商店では客と店主が売り物の値段について丁々発止のやりとりを繰り広げ、その傍らでは裕福そうな身なりの男たちが談笑している。こんなに狭い場所にこれほど大勢の人々がいるところを、ベネディクトは見たことがないように思った。

「ずいぶん活気があるようだな。昔から、こうなのか？」

「アッシジは以前から商業が盛んで、裕福な商人が多く住んでいる。だが今のように人が往《ゆ》き交うようになったのは、聖フランチェスコが有名になってからだ。大勢の巡礼が来ては、金を落としていくからな」

実際、少し歩いたところにある広場は、巡礼風の人々と、彼らを相手にした物売りたちでごった返していた。派手な衣装に身を包んだ旅芸人たちは踊りと曲芸で、楽師たちは笛やヴィオーラの演奏で、巡礼者たちの気を引くのに必死だ。軽快なリズムと少し切なさを感じさせる調べが、芸人たちの動きと同期して広場じゅうに広がっていく。清貧を重んじた聖者の存在が、ここに富をもたらしているのは一目瞭然《りょうぜん》だった。

それは皮肉のように思えるが、裕福な街の賑《にぎ》わいが、ベネディクトの気分を高揚させていることは事実だった。

「ピエトロ、君はアッシジの出身なんだろう？　君の家はどの辺にあるんだ？」

「俺の家はもう、ない。そんなことより、あのミネルヴァの神殿は千年以上前に建てられた、古いものだぞ。せっかくアッシジに来たんだから、よく見ておいた方がいい」

「おお、これは……」

広場の中でひときわ目立つ切妻屋根と、それを支える堂々とした六本の円柱。それをしげしげと眺めるベネディクトは、この街の古い歴史に思いを馳《は》せずにはいられない。そんなベネディクトに、ピエトロはまた別の方を指差してみせる。

「それからな、あの右の方の道をずっと上っていけば、聖ルフィーノ大聖堂がある。完成したのは一二二八年だが、古くからある聖堂で、聖フランチェスコも、彼の最初の女の弟子であるキアラさんも、あそこで洗礼を受けたそうだ」

「そうなのか。なあ、君は、聖フランチェスコに会ったことはあるのか？」

「おそらく、ない」

「おそらく、というのは？」

「俺は一二二四年の生まれだが、聖フランチェスコは一二二六年に亡《な》くなっている。会っていたとしても、物心つく前のことだから覚えていない」

そうか。ベネディクトは納得するとともに、ピエトロが自分と同い年であることを知った。

広場を過ぎると、通りは狭くなっていき、人通りも少なくなる。両側から迫ってくるように立つ建物が、ひんやりとした冷気を放ち、昼の日差しの熱を和らげてくれる。ときおりすれ違う巡礼の人々も物静かで、神妙な面持ちに見える。ベネディクトは歩きながら、ピエトロが偽聖遺物売りの少年にしていた話を思い出した。ピエトロはあの少年に、聖フランチェスコの棺が運ばれていくのを見た、と言っていたが、そのとき彼は何歳だったのだろうか。ベネディクトが尋ねると、ピエトロは進行方向に顔を向けたまま、歩みを遅くすることなく、とうとうと語る。

「あれは、一二三〇年のことだから、俺は六歳だった。そのとき、聖フランチェスコ大聖堂の下層部分が完成して、聖フランチェスコの遺体がそこに移されたんだ。ちょうどこの狭い道を、大がかりな行列が上っていった。普段は穏やかな修道士たちが、その日だけは殺気のようなものを発していたのを覚えている。まあ、遺体が盗まれるのを警戒してのことだったが、とくに行列を指揮していたエリア・ボンバローネの緊張ぶりは、子供心にも異常だと感じたものだ。彼は、棺に近づこうとする民衆を怒鳴りつけ、棒で打ったりしたからな。エリアに関する話は、俺があの少年に話したとおりだ」

エリア・ボンバローネ。ベネディクトはその名をセバスティアーノからも聞いていた。大ジョヴァンニが言う。

「聖フランチェスコの聖遺物は、生前からすでに狙《ねら》われていたそうですね」

「実際はどうだか分からないが、アッシジと敵対しているペルージャの連中が狙っているという噂《うわさ》は、フランチェスコの生前からあったそうだ。そんなこともあって、エリア・ボンバローネは瀕死《ひんし》のフランチェスコをコルトナからアッシジに運ぶとき、ペルージャ付近を通る道を避けて、わざわざ遠回りさせたらしい。まあ、世の中には、聖遺物を手に入れるために聖者を殺す者たちもいるぐらいだからな」

ベネディクトは、聖者の遺物に対する人々の執着を思って、やや気分が悪くなった。彼らにとって、聖者とは何なのか？　もはや、「聖遺物の詰まった皮袋」にしか見えていないのではないか？　ベネディクトは憤《いきどお》りを感じたが、自分もかつてそのような執着を持っていたことを思い出し、愕然《がくぜん》とする。ベネディクトは頭を振って、その記憶を意識から追い出す。

「ああ、見えてきましたね」

大ジョヴァンニの言葉に顔を上げたベネディクトは、高い建物に挟まれた長い路地と、その奥の城壁の向こう側に、巨大な聖堂の姿を認めた。

「あれは……」

「前に見たときよりも、工事が進んでいるな。上層部分も、もうじき完成といったところか」

まるで要塞のようにそびえ立つそれが、彼らの目的地である聖フランチェスコ大聖堂だった。建物の壁には足場がめぐらされ、その上で石工《いしく》たちが作業をしているのが見える。近づくにつれて、その壮麗さがますます顕著になる。堂々たるその正面に作り付けられた薔薇《ばら》窓や扉口には、精緻《せいち》な装飾が施されている。

「すごい……」

ベネディクトはため息を漏らす。聖堂の規模の大きさと見事さは、先ほど市外から仰ぎ見たときに受けた印象をはるかに上回り、ベネディクトを圧倒する。しかし同時に、ベネディクトのため息には呆れのようなものも含まれていた。なぜなら、この建物全体が、あの聖フランチェスコの墓所でもあるのだ。何も持たない「小さき兄弟」として生きた彼が、帝王のような巨大な墓所を与えられている。これは、彼が望んでいたことなのだろうか？　そして誰が、彼にこのような墓所を与えたのか？　ベネディクトには、それが誰であれ、聖フランチェスコに対して尋常ならざる執着を持っているように思われた。その執着は、おそらく愛から出たものなのだろうが、その愛の中に、その対象たるフランチェスコの意向が含まれているようには思えない。誰だ？「小さきフランチェスコ」に、このような「大きすぎる愛」を押しつけたのは。いったい、どこの誰なのだ？　ベネディクトの隣で大聖堂を眺めていたピエトロが、つぶやくように言う。

「この聖堂の建設のために金を出したのは、当時の教皇、グレゴリウス九世だ。グレゴリウス九世は枢機卿だった時代から、フランチェスコの支援者だった。そして、実質的に建設を指揮したのは、エリア・ボンバローネ。エリアは聖堂の下層部分の完成後、一二三二年から一二三九年まで、フランチェスコ会の総長を務めている」

◇

城壁を抜けると、前方右側に大聖堂の全体像が見えた。城壁の手前から見えていた薔薇窓と正面の扉は、実のところ大聖堂上層の聖堂のもので、その下に別の聖堂があることが分かった。ベネディクトは、このような上下二層になった聖堂を見たことがない。

「上下に聖堂があるのか？　ずいぶん変わってるな。何か意味があるのか？」

「確かに、珍しい構造だと思う。だが、どういう意味があるのかは謎《なぞ》だ。設計したエリア・ボンバローネに聞いてみるしかないだろうな」

大聖堂手前の広場からは、眼下に広く、ウンブリアの野が見渡せる。さっき自分たちが歩いて来た場所だということが分かっていても、草の緑、森の木々の緑、そして点在する麦畑の緑が混じり合う光景に、ベネディクトは思わず目を細める。しかしやがてその素晴らしい眺めは、広場の奥に向かって乱立する大小さまざまな小屋に遮られてしまう。ピエトロによればそれらの小屋は、聖堂の建設に携わる職人たち――石工や石切工、大工、鍛冶《かじ》職人、ガラス職人、絵師たちなどが作業に使ったり、寝泊まりしたりするためのものだという。実際、いくつかの小屋の前では、切り出した石を曲尺《かねじゃく》で測る者たちや、モルタルを練る者たちの姿が見える。姿こそ見えないが、鑿《のみ》をハンマーで叩《たた》いている音も聞こえてくる。

職人たちの小屋と大聖堂の間には、大勢の巡礼者たちがいる。彼らは数人のフランチェスコ会士に導かれ、聖堂上層へ向かう階段を上っていく。ピエトロがぽつりとつぶやく。

「今日は、下堂は開放していないようだな。中で何か作業でもしているのだろうか？」

「いつもは、巡礼は下堂にも入れるのか？」

「ああ。下堂に入って、その後で上堂に入るのが順路だが、何と言ってもまだ建設中の聖堂だから、さまざまな都合で変わることがあるんだ。だが、とりあえず俺たちが用があるのは下堂だ。大ジョヴァンニ、とりあえず、ここまで送ってもらえればもう大丈夫だ。先におばさんの家へ行って、俺たちの到着を知らせてくれるか？」

「分かりました。では、後ほど」

去って行く大ジョヴァンニを見ながら、ベネディクトが尋ねる。

「おばさんの家というのは……？」

「俺の知り合いの家だ。俺たちも、用が終わったらそこへ行く。早く行ければいいが」

知り合いとは、誰だろうか？　ベネディクトは尋ねようとしたが、ピエトロはすでに、巡礼を導く修道士たちの方へ向かっていた。ピエトロはそのうちの一人、まだ少年のような若い修道士を呼び止める。

「イルミナート管区長にお会いしたいのですが」

「どのようなご用件でしょうか？」

「ベネディクト会モンテ＝ファビオ修道院、マッシミリアーノ院長の指示で参りました」

「左様で。紹介状はお持ちですか？」

ピエトロは懐《ふところ》から院長の紹介状を取り出す。それを確認した修道士は、ルイージという自らの名を名乗った。そしてピエトロとベネディクトの二人を、巡礼たちの向かった聖堂上層ではなく、鐘楼《しょうろう》のそばにある聖堂下層の入り口へと導く。入り口をくぐったベネディクトは、ひやりとした空気に全身が包まれるのを感じた。日の光に慣れていた目は、聖堂の内部をぼんやりとしか認識しないが、それでもベネディクトはそこが別世界であることを思い知った。

――まるで、地の底か、海の底のようだ。

騒がしい外とは違い、下層の聖堂は無人で、彼ら三人の足音しか聞こえない。やがて目が慣れると、何本もの木のアーチによって作られた、張り詰めた空間がはっきりと見え始める。時間がゆっくりと流れ出したかのように錯覚したベネディクトは、妙な懐《なつ》かしさを感じた。そうだ、ここは、モンテ＝ファビオ修道院に似ている。

そう認識した途端、ベネディクトは得も言われぬ不安に襲われた。あの山上の聖域を出てまだそれほど時間は経《た》っていないが、あまりにも多くのことが起こりすぎた。時課の祈禱《きとう》も満足にせず、戒律も守れていない。この静かな空間は、長年の彼の単調で単純な、天上のみに向けられた生活を思い起こさせた。ベネディクトは、罪に満ちた下界でピエトロのような人間と行動を共にし、煩雑《はんざつ》な俗事の数々に慌てふためいている今の自分を恥ずかしく思った。そして、ピエトロの仮説に安らぎを見いだし、そこにすがろうとしている自分を。この空間の静寂は、まるで自分を責めているかのようだ。私は、ここに入る資格がある人間だろうか？　ベネディクトの不安を増幅するように、何やら低い音が時折響いてきて、聖堂じゅうにこだまする。

しかし、とベネディクトは思う。山上の修道院で、ここと似た空気を吸いながら、下界のことを何も知らずに生き続けて、本当に良かったのだろうか？　山上で思っていたよりも、下界は――いや、世界ははるかに複雑だ。その複雑さを知ったことは、自分にとって、本当に悪いことだったのだろうか？　遅かれ早かれ、いつか、その複雑さに向き合わなくてはならなかったのではなかろうか？

その思いは、聖堂に響く音の正体が明らかになるにつれて確信に変わった。というのは、ルイージ修道士に導かれて聖堂の身廊《しんろう》を進むにつれ、その音がどこからか漏れてきた人の話し声であり、しかも言い争う声らしいということが分かったからだ。祭壇の脇《わき》を通り過ぎ、ルイージ修道士が祭室奥の壁に付いた小さな扉を開けると、その内容がはっきりと聞こえてくる。

「……何度言えば分かるのですか！　我らが聖フランチェスコは、清貧を忘れたこの『罪の家』を出ることを、御《おん》自ら選ばれたのです。なぜ、それが分からないのですか！」

扉の内部、石に囲まれた通路の奥――おそらく、隣接した修道院の内部から聞こえてくるその声には、聞き覚えがあった。もう一人の返事が、その正しさを裏付ける。

「いい加減にするのだ、セバスティアーノ！　それ以上、我らが兄弟会を侮辱することは許さんぞ！　総長がお前たちの行き過ぎた振る舞いを大目に見てくださっていることを忘れるな。そもそも、この修道院での共同生活を怠り、外の広場に勝手に小屋を建てて住むこと自体、本来ならば許されぬことだ！　にもかかわらず、総長は寛大にも、お前たちを許してくださっているのだ。それに恩義を感じこそすれ、逆につけあがるとは、なんという罪深い行いだ！」

争いの最中だというのに、ピエトロとベネディクトを先導する若いルイージ修道士は気が回らないのか、かまわず二人をその部屋へ連れて行こうとする。ピエトロは無言でルイージの袖《そで》を引き、彼を立ち止まらせた。どうやら、もう少しこのまま、黙って口論を聞いてやろうという心づもりらしい。奥の部屋から再び、セバスティアーノの声が聞こえる。

「は？　行き過ぎた振る舞い、ですと？　アレッサンドロ、あなたは我々の行いをそのように表現することによって、聖フランチェスコその人を侮辱していることにお気づきではないのですか？　我々こそ、フランチェスコの理想に忠実に従っているのです。それから、総長が我々を大目に見てくださっている、ですと？　馬鹿馬鹿しい。我々は、大目に見られたり、許されたりする必要などない。むしろ、大目に見られる必要があるのは、あなた方でしょう」

「黙れ、セバスティアーノ！　同じような議論が、これまでに何度繰り返され、何度危機を招いたと思っているのだ。よいか？　聖フランチェスコの理想の上に築かれた我らが兄弟会は、フランチェスコの聖性によって大きくなり、際限なく広がった。そして、当然の流れとして、増えた会員たちの混乱や迷走や分裂を避けるために、現在の方針を選んだのだ。これも、フランチェスコの偉業を世界に、そして後世に伝えるためなのだ。こんな簡単なことが、なぜお前たちには分からぬのだ！」

「アレッサンドロ。あなたが言う『現在の方針』は、あのエリア・ボンバローネが作り上げたものですよ？　あの罪に走った男、この会の総長まで務めながら追放され、現在はキリスト教徒でも何でもないあの男が作り上げた方針を、あなた方は守っている。もはや、『小さき兄弟会』は、フランチェスコのものではない。農夫たちにすら『兄弟エリアは迷子になった。そして悪の道に足を踏み入れた』と蔑《さげす》まれている、あの罪深い男のものだ！」

セバスティアーノの口論の相手――姿の見えぬアレッサンドロは何やら怒鳴ったが、興奮しているらしく、何を言っているのかよく聞き取れない。そしてそこへ、別の年老いた男の声が二人を止めに入った。「その話はやめて、遺体の話に戻ろう」と二人を窘《たしな》める。同じ声がセバスティアーノに問う。

「セバスティアーノよ。お前は我らの聖人が御自らの意志でどこかへ移られたと言うが、証拠がないではないか」

それに対し、セバスティアーノは強い口調で答える。

「管区長殿まで、何をおっしゃっているのです？　証拠は明白です！　すでに申し上げたように、あの夜私の目の前に聖フランチェスコその人が現れ、自らの墓所を示し、そこへ私を導いてくださいました。そしてフランチェスコがこの私に、ここから去ると告げたのです。私に起こったその奇蹟こそが、なによりの証拠です」

それまでただ注意深く会話の内容を追っていたベネディクトは、このセバスティアーノの発言に至って動揺した。セッテラーネ村で会ったとき、確かにセバスティアーノはそのようなことを話していたが、詳細は語らなかった。セバスティアーノの前に、聖フランチェスコその人が現れ、墓所に導いた、だと？　ベネディクトの心は反射的に、羨望《せんぼう》でかき乱される。長年、他人に起こった奇蹟に対して、そうであったように。しかし同時に、今はこういう思いも湧《わ》いてくる。いや、自分にだって、希望はある……。いや待て、まだピエトロの言う仮説の正しさが確かめられたわけではないのに、自分は何を期待しているのだ？　混乱するベネディクトの耳に、年老いた男——管区長の言葉が入ってくる。

「セバスティアーノよ。これも何度も言ったが、お前が見たのが我らの聖フランチェスコである証拠はどこにもないぞ」

「何を言うのです！　私が見間違えるわけがないでしょう。それに、フランチェスコの墓所を——あのエリアが巧妙に隠したために、今まで誰も見つけることのできなかった我らが聖者の墓所を見つけたのもこの私ですよ！　フランチェスコご本人の導きなしに、この事実をどう説明するのですか！」

セバスティアーノがそう言うと、管区長は言葉に詰まった。しかしすぐにはっきりとした声で問う。

「セバスティアーノ。もしお前の言うことが正しいとしたら、我らが聖者は、この聖堂を捨ててどこへ行かれたのだ？」

「それは分かりません。私個人は、フランチェスコが長いこと祈られ、また最期《さいご》を迎えられたポルツィウンコラの聖所に行かれたのではないかと予想していましたが、兄弟たちによれば、ポルツィウンコラにはそのような形跡はないそうです」

そこへ、もう一人の男――アレッサンドロが口を挟む。

「当たり前だ。ポルツィウンコラなどに行っておられるわけがない。我らが聖者の遺体は盗まれたに決まっている。盗んだ者の目星も付いているのだ。セバスティアーノ、お前が追ったフランチェスコの幻影は、差し詰めそいつらだったのだろうよ」

「アレッサンドロ、あなたは今まで、何を聞いていらっしゃったんですか？兄弟シモンが下堂であの者たちを見たとき、私はすでに地下の納骨堂にいたのですよ？あの者たちはきっと、フランチェスコに導かれて歩く私を見かけ、後を追って納骨堂に入ろうとしたに違いありません。しかし、彼らは納骨堂に入る前に、下堂でシモンに見つかって逃げ出した。そんな彼らがどうやって、フランチェスコの遺体を盗むことができると言うのです？

いいですか？　ただの盗人《ぬすっと》に我らの聖者がやすやすと盗まれると考えること自体、フランチェスコへの冒瀆《ぼうとく》です。フランチェスコが消えたのは、あくまでご本人のご意志です」

「また、そのような屁理屈《へりくつ》を！」

再び口論になりそうなところを、年老いた声が止める。

「アレッサンドロ、そしてセバスティアーノ。とりあえず、なぜ聖者のご遺体が消えたかという問題は脇に置いておこう。我々にとってより重要なのは、遺体を取り戻すことだ。アレッサンドロ、調査は進んでいるか？」

「いいえ。各地の兄弟たちから情報を集めていますが、今のところ有力な手がかりはありません」

その答えを聞いて、ルイージ修道士の袖を摑《つか》んだまま聞き耳を立てていたピエトロの眉がぴくりと動いた。ベネディクトも、違和感を覚えた。モンテ＝ファビオ修道院に届いた手紙の中で、フランチェスコ会は例の聖遺物について「聖フランチェスコの遺体の一部だから返せ」と言ってきている。しかし今、部屋の中のアレッサンドロ修道士ははっきりと、「有力な手がかりはない」と言った。ベネディクトはピエトロに「どういうことだろうか？」と尋ねたが、ピエトロはそれに答えるかわりに、ルイージ修道士に部屋の方へ進むよう促す。若いルイージは戸惑いながらも、ピエトロとベネディクトを連れて行く。

半開きの扉の向こうに、あの清貧の実践者、若きセバスティアーノの横顔が見えた。ルイージが形ばかりに扉を叩くと、扉がさらに動き、残り二人の姿も見えてくる。立派な一枚板の机の向こう側に、白髪で長い眉をした、老齢の修道士が座っている。おそらく彼が、ウンブリア管区のイルミナート管区長だろう。そして机の手前、セバスティアーノと対峙《たいじ》するように立っている中年の男が、アレッサンドロに違いない。太い眉と濃い髭《ひげ》をはやした彼は、恐ろしい形相でこちらを向き、ルイージを怒鳴りつける。

「ルイージ！　いったい何だ！　取り込み中だぞ！」

「あの、その……」

戸惑うルイージの脇をすり抜け、ピエトロが前に出る。

「ベネディクト会モンテ゠ファビオ修道院修道士、ベネディクトと、セッテラーネ村教会助祭、ピエトロです。モンテ゠ファビオ修道院院長マッシミリアーノの指示で参りました」

ピエトロがモンテ゠ファビオ修道院の名を出しても、アレッサンドロと、奥に座る管区長は怪訝《けげん》な顔をして見返すのみだ。セバスティアーノだけは、二人を見て笑顔を見せるが、思うところがあるのだろう、あえて無言を貫いている。管区長が口を開く。

「これは、遠いところをようこそ。ところで……モンテ＝ファビオ修道院のマッシミリアーノ院長は、どのようなご用件でお二人をここに遣わされたのですかな？　もしや、例の会議のことで？」

どのようなご用件で、だと？　イルミナート管区長は、院長に手紙を寄越してきた張本人のはずなのに。この反応はおかしい。ベネディクトは何か言おうとするが、すぐにピエトロの手が伸びてきて彼を止め、ベネディクトのかわりに口を開く。

「これを見てください」

ピエトロが取り出したのは、マッシミリアーノ院長から届いたイルミナート管区長の手紙だった。イルミナート管区長はそれを手に取り、難儀そうに目を細めながら眺めたが、やがて目を大きく見開いた。

「何だ、これは！」

アレッサンドロが管区長に尋ねる。

「何が書いてあるのですか？」

「モンテ＝ファビオ修道院の聖遺物について、その聖遺物は聖フランチェスコのものだと主張している。しかも、手紙の送り主が私の名前になっている」

アレッサンドロが管区長の方へ回り込み、脇から手紙を見る。

「……モンテ＝ファビオ修道院がドミニコ会から送られたという聖遺物は、聖フランチェスコの遺体の一部だから、直ちに返せ……と。返還するのであれば、ローマの代理人から即座に三リラ支払う用意がある……。しかもこの筆跡、管区長のそれにそっくりです！」

イルミナート管区長は薄い色の瞳《ひとみ》をピエトロとベネディクトに向ける。その表情は明らかに困惑している。

「知らん！　私は、こんな手紙を出した覚えはない」

「しかし、モンテ＝ファビオ修道院はこの手紙のために、混乱に陥っています。そして真実を知るために、我々を送ったのです」

「だが……」

「この手紙が偽物だとすると、誰がこのようなものをモンテ＝ファビオに送ってきたのでしょう？　筆跡まで管区長に似せているとのことですが、偽造した人物に心当たりは？」

管区長は、まったく分からないといった顔をする。そして助けを求めるようにアレッサンドロの方を見るが、アレッサンドロも首を振る。みながしんと静まったとき、ベネディクトとピエトロの背後に引っ込んでいた若いルイージ修道士が、部屋の外に顔を向けて「あっ」と声を発した。

「何だ、ルイージ」

「すみません。しかし、誰か来たようなので」

「またか？　いったい、誰なんだ？」

まもなく、別のフランチェスコ会士に導かれてやってきた者がいた。黒い修道服は、ベネディクトのよく知っているもの——つまりベネディクト会士のものだ。新参者の黒いフードの下から覗《のぞ》く明るい色の髪と、髭とも無骨さとも無縁のすっきりした顔を見て、ベネディクトは驚いた。

「バルトロメオ！」

男はベネディクトの友人、バルトロメオだった。モンテ＝ファビオ修道院を出てからそれほど経っていないのに、ベネディクトはひどく久しぶりに彼に会った気がした。バルトロメオは相変わらず、人の良さそうな目でベネディクトを見ると、挨拶《あいさつ》をするかのようにかすかに瞼《まぶた》を動かした。そして表情を引き締めてフードを外し、イルミナート管区長に挨拶をする。

「突然の訪問、失礼いたします。ベネディクト会モンテ＝ファアビオ修道院修道士、バルトロメオです。マッシミリアーノ院長の指示で参りました」

管区長のみならず、そこにいる全員が困惑した。

「あなたも、モンテ＝ファアビオから？」

「はい。すでにベネディクト修道士が訪問していることは知っておりましたが、新たにお知らせしなくてはならないことがいくつかありまして。まずは、ベネディクト修道士が持参した手紙の中にあった、ローマの代理人についてですが……」

バルトロメオによれば、ローマの代理人というのは、フィレンツェのとある商会の駐ローマ事務所であったという。そして実際にフランチェスコ会ウンブリア管区イルミナート管区長から、フィレンツェの新造金貨《フィオリーノ》建てで三リラを預かっているらしい。

そのイルミナート管区長との契約は、ほんの二週間前にフィレンツェで行われたばかりだという。話を聞きながら、当のイルミナート管区長は信じられないといった顔で首を振る。

「いったい、何の話だ……！　私は知らん！　知らんぞ！　だいたい、私の一存で三リラもの大金を動かせるわけがなかろう！」

「そのローマの代理人によれば、イルミナート管区長から提示された三リラの支払い条件は、二つあるとのことです。一つは、モンテ＝ファビオ修道院が、即座に聖遺物の実物をフランチェスコ会ウンブリア管区に送り返すこと。そしてもう一つは、モンテ＝ファビオ修道院が公《おおやけ》に『当修道院に贈られた聖遺物は聖フランチェスコの遺体の一部であり、それをアッシジの聖フランチェスコ大聖堂に返還した』と発表すること。この二つについても、お心当たりはないのでしょうか？」

イルミナート管区長はますます青ざめ、「誰が、そんな勝手なことを……」とつぶやく。傍らで聞いているアレッサンドロ修道士も、眉間《みけん》に皺《しわ》を寄せている。セバスティアーノは無表情なままだ。バルトロメオは深刻な面持ちで言う。

「さらに、もう一つご報告しなければならないことがあります。今、管区長がご覧になっていた手紙が届いた翌日、このような新たな手紙がモンテ＝ファビオ修道院に届きました」

バルトロメオは懐から手紙を取り出して管区長に渡した。管区長は不安げな面持ちで受け取ったが、開くなり、わなわなと震え始めた。しばらくは感情を抑えるようにして手紙に目を走らせていたが、ついに手紙を机に叩きつけた。

「これはいったい何だ！　誰の仕業だ！」

みなが、机に置かれた手紙に注目する。その手紙は――ピエトロとベネディクトが持参した手紙と同じように、イルミナート管区長の名で書かれていた。その内容は、次のようなものだった。

つい先日、罪深きドミニコ会士たちがアッシジの聖フランチェスコ大聖堂の地下納骨堂に侵入し、我らの聖者、フランチェスコの遺体を盗んだ。貴修道院にドミニコ会から贈られたという聖遺物は、聖フランチェスコの遺骨の一部である。つまりその聖遺物の正統な所有者は我々であるから、無条件に、かつ速やかに返却されたし。

小さき兄弟会ウンブリア管区長イルミナート

第五章　消えた聖者

モンテ＝ファビオ修道院にもたらされた二通の手紙に関して、イルミナート管区長は「まったく心当たりがない」と言い、またひどく動揺したようだった。ベネディクトもバルトロメオも途方に暮れたが、ピエトロが「まずは聖フランチェスコの遺体が消えたという事実を確認させてほしい」と申し出たので、セバスティアーノが地下納骨堂を案内することになった。アレッサンドロは、セバスティアーノが三人に自説を吹き込むことを恐れてか、自分が三人を案内すると言い張ったが、セバスティアーノは自分が突き止めた場所だからと言って断固として譲らなかった。結果的に、セバスティアーノがまず三人に納骨堂を見せ、しかる後にアレッサンドロが話をするということで落ち着いた。

セバスティアーノは、昼下がりの薄暗い聖堂――聖フランチェスコ大聖堂の下層部分、通称「下堂《かどう》」の左の袖廊《そでろう》付近に三人を連れて行くと、腰をかがめ、側壁近くに敷き詰められたいくつかの床石を手で探り始めた。三人は怪訝《けげん》な顔でその様子を見ていたが、やがてセバスティアーノの手が床石の一つでぴたりと止まった。彼がその床石の端の部分を強く押すと、大人の手の指三本分ぐらいの幅の四角い部分が切り取られたように傾いた。セバスティアーノはそこに手をかけ、力を込めて上に引く。すると、その床石全体が持ち上がる。床石は分厚いが、見た目ほど重量はなさそうだ。そして、床石があった場所の下には、豪華版祈禱書《きとうしょ》ぐらいの大きさの空洞があり、その底に空いた小さな穴から一本、太い鉄の棒が突き出ていた。鉄の棒はかすかに曲がっている。

ベネディクトはそれをセバスティアーノのすぐ背後から眺めていたが、振り向いたセバスティアーノにこう言われた。

「ベネディクトさん、もう少し下がっていただけます？　そう、もう少し、祭壇寄りに。ええと、もうちょっと……。あ、はい、そのあたりで結構です」

セバスティアーノはベネディクトの位置を確認した後、太い鉄の棒を手で強く押し下げた。すると、石がこすれるような音がして、その近くの床――さっきまでちょうどベネディクトが立っていたあたりの床がせり上がってきた。

「落とし戸、ですか」

「ええ。こちらの鉄の棒は床の下で丸まっていて、反対側の端が落とし戸の下に接しているんです。棒のこちら側を押し下げれば、戸がせり上がってくるという仕掛けです」

「戸が隠されていたなんて……全然分かりませんでした」

「ええ。戸の部分と他の床石の間に、ほとんど隙間《すきま》がありませんからね。下堂では、昼間の一番明るいときでも床はあまり見えませんし、ランプの光だとなおさら見づらい。その上ここは下堂ができて以来、ずっとそばに献灯台が置かれていましたから」

せり上がった落とし戸をセバスティアーノが上に引き上げると、地下へと続く階段が現れた。

「隠し階段……。ずいぶん巧妙に隠されたものだ」

「まったくです。我ら、小さき兄弟会の関係者にすら、長い間隠されてきたものです」

関係者にすら隠されていたとは、どういうことだ？　ベネディクトが疑問に思っていると、ピエトロが口を開く。

「あのエリア・ボンバローネが、地下納骨堂《クリュプタ》の場所を自分だけの秘密にしているという噂《うわさ》を聞いたことがありますが、本当だったのですか？」

「よくご存じで。そのとおりです。一二三〇年、聖ジョルジョ教会からこの聖堂に聖フランチェスコの遺体を移したとき、その混乱に乗じてエリアが遺体を隠したのです」

「そうだったのですか。私は子供でしたが、その日のことはよく覚えています。聖フランチェスコの棺《ひつぎ》を運ぶ行列に人々が殺到して、修道士たちはみな苛立《いらだ》っていた。聖堂近くに来たところでついに手に負えなくなり、市民も修道士も交えて大乱闘になりましたね」

「なんと、その場におられたとは。私は伝聞でしか知りませんが、多くの修道士は聖堂前で混乱の対応に追われたそうです。そしてその間にエリアが遺体を聖堂に運び込み、地下納骨堂に納めてしまったというのです。その上エリアは、納骨堂の場所を誰にも教えなかった。この聖堂はエリアが設計したので、最初からそうするつもりだったのでしょう。そうでなければ、このように巧妙に入り口を隠すはずがない」

バルトロメオが尋ねる。

「エリアがそうしたのは、遺体の盗難を恐れてのことですか？」

「もちろんそれは大きな理由の一つだと思います。エリアはとくに、敵対するペルージャの市民たちがアッシジを襲って遺体を奪うことを恐れていたそうです。しかし、あの聖ドミニコの棺ですら、ボローニャの大聖堂で人々の目に触れる形で置かれている。我々の誇る聖者で、聖フランチェスコの良き理解者でもあったパドヴァのアントニオの遺体もそうです。エリアがフランチェスコの遺体を納骨堂に隠すのみならず、兄弟会の者たちにすらその場所を教えなかったことには、何か良からぬ意図を感じずにはいられません」

隠し階段を下り始めたセバスティアーノは、他の三人に声をかける。

「私に付いて来てください。足下が見えにくいので、お気をつけて」

ベネディクトはセバスティアーノの後に続いて、階段に足を踏み入れる。階段はそれなりに横幅があるものの、見た目よりもかなり急だ。セバスティアーノの持つランプの灯りは心許《こころもと》なく、徐々に深まる闇《やみ》の中で、足下がおぼつかなくなる。ベネディクトは壁から手を離さないように気を配った。彼の背後から、ピエトロとバルトロメオがついて来る。二十段ほど下って、ようやく床らしきものが見えてきたが、セバスティアーノによればそこは地下納骨堂ではなく、階段の踊り場だという。ピエトロが後ろからベネディクトに囁《ささや》く。

「ベネディクト。聖フランチェスコの遺体はないという話だが、骨片なんかが少しでも残っていたら、あんたに影響を及ぼすかもしれない。気をつけた方がいい」

ああ、そうか。例のピエトロの仮説――聖遺物の放射する力にベネディクトが影響を受けてしまうという説が正しいならば、確かに気をつけるべきかもしれない。聖フランチェスコほどの聖者の遺体ならば、それが発する力《ウィルトゥス》はきわめて強力なものだろう。ベネディクトは考える。もしフランチェスコの遺体が残っているとしたら、自分はどうなりたいのだ？　ピエトロの仮説は、正しくあって欲しい。でも、ピエトロの仮説が正しいならば、自分はまた気分が悪くなって倒れるかもしれない。そう考えると、ベネディクトの体はわずかながら、あのときに似た悪寒《おかん》を感じてしまう。なんと情けないことだ。思い出すだけで、気分が悪くなるなんて。

気をしっかり持たなければ。そう思って顔をまっすぐに上げた矢先、ベネディクトの左足は、踊り場から折り返してさらに下る階段の一段目を踏み外した。さいわい、ピエトロが素早く後ろからベネディクトの右腕を取って支えたので、彼は転倒せずに済んだ。

「おい、大丈夫か！」

「少しぼんやりしてしまったんだ。気をつけるよ」

ベネディクトが振り返ってピエトロにそう答えると、最後尾のバルトロメオがいぶかしげな顔でピエトロを見ているのに気がついた。ベネディクトはやや動揺して、また階段を踏み外しそうになり、再びピエトロに支えられることになった。ベネディクトは意識して呼吸を整え、さらに続く階段を慎重に下る。三十段ほど下ったところで、ようやく地下納骨堂が見えた。

おおよそ正方形をなす広い床。その上に、柱がいくつも木立のように伸び、交差ヴォールト式の天井を支えている。柱の多さと床の広さに比して、天井はそれほど高くなく、そのせいか息の詰まるような閉塞《へいそく》感がある。そして中央に置かれた、簡素な石の棺。ベネディクトら三人にそれを示すセバスティアーノの顔は、神妙なようでいて、どこか誇らしげでもある。

棺は開いており、蓋《ふた》はその傍らに立てかけられていた。ベネディクトは警戒しながら近づいたが、開いた棺の中には何も見えなかった。それでも彼は微小な骨片があることを警戒したが、棺に触れるほど近づいても、少しも気分の悪さを感じない。彼は、そっと胸をなで下ろす。ベネディクトの横から、バルトロメオも石棺《せっかん》の中をのぞき込む。

「確かに、何もないようですね。ここに聖フランチェスコがいたという痕跡《こんせき》すらないようだ」

ピエトロは一人、遠巻きに石棺を眺め、おもむろにセバスティアーノに問う。

「この地下納骨堂を見つけたのは、セバスティアーノさんだという話でしたね？　そのときの話をくわしく教えていただけますか？」

その言葉に、セバスティアーノは満足げな笑みを返した。

「あれは、今から二ヶ月ほど前の四月二五日、つまり聖マルコの日の夜のことでした。私が独房――この大聖堂の外、職人たちの小屋の傍らにある私の小屋のことですが――そこで祈っていると、突然目の前が明るくなったのです。私は恐怖を覚えましたが、すぐに声が聞こえてきました。『セバスティアーノよ、恐れることはない。私だ』と。見ると、光の中に聖フランチェスコその人が立っていたのです。あまりのことに、私はその場にひれ伏して祈りました。フランチェスコの姿は清冽《せいれつ》そのもので、私は自分の罪深さを責められているように感じました。いくら管区長たちに『清貧を追求する』と言い張ったり、外に小屋を建て、罪深きエリアの作った修道院で寝起きすることを避けたりしたところで、私は真の清貧を体現していない。そのことを、フランチェスコがお叱《しか》りになると思ったのです。私は必死で、赦《ゆる》しを請《こ》いました。

しかしフランチェスコはこう言われた。『顔を上げ、私についてくるように』と。

フランチェスコが小屋の扉に近づくと、それはひとりでに開きました。私は慌《あわ》てて、フランチェスコの姿を追い、聖堂の下堂に入りました。

フランチェスコはそこで、この地下納骨堂への入り口を教えてくださったのです。あのエリアが巧妙に隠したために、今まで誰も見つけることのできなかったフランチェスコの墓所が、この私に示されたのです。フランチェスコは私に入り口を示すと、下へ下るように言って、一度姿を消しました。そして私が階段を下ってここへ至ると、この開いた石棺の隣でフランチェスコが私を待っていました。かの聖者は石棺を指し示し、私に言われました。『小さき兄弟よ。見てのとおり、私はここにはいない。私はこの罪の家を去るが、お前が私の家を建て直したら、そこに戻ってくることにしよう』と。そしてひときわ大きく輝き、姿を消したのです。私は大声で、フランチェスコを呼び止めました。しかし、聖者の姿は見えなくなり、闇だけが残りました」

セバスティアーノの語りに、ベネディクトはすっかり魅了されていた。まるで今ここで、その一部始終が行われているように感じた。聖フランチェスコの言葉を語るセバスティアーノが声を震わせると、ベネディクトの涙腺《るいせん》は緩み、自然と涙がこぼれ落ちた。隣のバルトロメオに目を向けると、彼も感激しているのが分かった。しかしその雰囲気に水を差すように、とぼけたようなピエトロの声がそっけない問いを発する。

「で、その後、どうなったのですか？」

語りの余韻に浸ってうっとりとしていたセバスティアーノは、一瞬顔をしかめた。しかし思い直したように答える。

「その後のことは、よく覚えていません。どうやら気を失っていたようです。気がついたとき、私はここで倒れており、兄弟の一人であるシモン修道士に起こされました。その夜、シモンは聖堂の周囲を歩いており、地の底から悲鳴のようなものが上がってくるのを聞いて下堂に入ったと言っていました。どうやら私がフランチェスコを呼ぶ声が、そのように聞こえたようなのです。そしてシモンはここへ下りてきて、倒れている私を発見したわけです」

「でも、さっきアレッサンドロ修道士は、そのシモン修道士が侵入者らしき者たちを目撃したと言っていませんでしたか？」

ピエトロがそう言うと、セバスティアーノはさらにはっきりと、不快感を露《あら》わにした。

「アレッサンドロには呆《あき》れたものです。そんな些細《ささい》なことに囚《とら》われているのですから」

「しかし、事実なのでしょう？　どうなのですか？」

「私には分かりません。何せ、ここで気を失っていたのですからね。くわしい話を聞きたければ、後でシモンに聞いてください。もっとも彼は最近パリから来たばかりで、このあたりの言葉は話せません。ラテン語もあまり上手ではないので、話をするのは苦労するでしょう。いずれにしても、シモンがあの夜下堂に入ったのは私の叫び声を聞いたからで、侵入者らしき者たちを見たのはその直後です。つまり侵入者たちがこまで下ってきたということはあり得ません。そうであれば、私が目撃しているはずですから」

「しかし、あなたは気を失っていたのでしょう？」

「それでも、侵入者たちがいればさすがに起きると思います。さあ、何か他に、質問は？」

セバスティアーノの声は、徐々に苛立ちを隠せなくなってきた。それを見て取ったのか、ピエトロは話題を変える。

「この石棺は、床に固定されているようですね。触ってみてもいいですか？」

「どうぞ」

ピエトロは石棺に触れ、棺と床の接合部分を確認する。

「棺と床の接着は、ずいぶん強いですね。おそらく、石灰と火山灰を混ぜたものを接合に使っている」

「そうですか。私は、そういった技術はよく知りませんが」

さらにピエトロは石棺に触りながら、その周囲をぐるりと回った。そしてベネディクトの近くへ来たとき、ピエトロはベネディクトの方を見上げた。ピエトロは、ベネディクトをじっと見る。何か言いたいのだろうか？　ベネディクトは小声で問う。

「どうした？」

「……いや」

ピエトロはそのような曖昧《あいまい》な返事をするだけで、ベネディクトをじろじろと見る。なぜここで、彼はこちらを見るのか。ベネディクトはやや気味悪さを感じて、もう一度尋ねる。

「何だ、言いたいことがあるなら言えばいい」

「……あんた、気分はどうだ？」

「は？　どういうことだ？」

「だから、今、気分が悪くなったりしていないか、ということだ」

「とくに何も感じないが……」

さっきも確認したとおり、石棺の中にフランチェスコの遺体は残っていない。だから、例の仮説に沿って考えれば、ベネディクトが何も感じないのは予想どおりだと言える。

「あんた、さっき、石棺を覗《のぞ》き込んだときも、平気だったんだよな？」

「ああ、そうだが」

「だったら、ちょっとやってみてほしいのだが……この石棺に触ってみてくれないか？」

ベネディクトはピエトロの意図が分からないまま、体をかがめて石棺に触ってみた。ひんやりとした感触。それ以外、とくに何も感じない。

「何も異変はないな？」

「ああ」

「そうか」

ピエトロはそう言って、もう一度石棺に向き合った。そして、セバスティアーノに問う。

「セバスティアーノさん。もう一つ、聞きたいことがあるんですが」

「はい、何でしょう？」

「この納骨堂の場所はエリア・ボンバローネによって長らく秘密にされていたという

話でしたね。エリアはこの場所のことを、誰にも話したことはないのですか？ たとえば、聖フランチェスコともエリアとも親しかった、今は亡《な》き教皇グレゴリウス九世にも？」

「私の知る限りでは、かの教皇にも知らされていなかったようです。噂では、エリアは教皇がフランチェスコの遺体をローマに持っていくことを警戒していたとか。とにかくエリアは、誰に問われようと納骨堂の場所を言おうとしなかったそうです。少なくとも、彼が権力を持っている間は、誰も彼を問い詰めることはできなかった。エリアは一二三九年の総会議で、それまでの強権ぶりに反発した各地の管区の代表たちから総長の座を追われましたが、その後一年ほどの間も、教皇や皇帝フェデリコ二世と近い間柄にあり、それなりの権力を保っていたのです。そして一二四〇年、皇帝の側に付いたことで教皇の怒りを買い、兄弟会を追放されました。その後、エリアは兄弟会との接触を完全に断ったので、秘密を聞き出すことはほぼ不可能になりました」

「しかし、一二三〇年の五月二五日――聖フランチェスコの移葬の日、エリアがここに遺体を運び込んだのは確かなのでしょう？ それは、一人ではできなかったはずです」

「ええ、そのとおりです。話によれば当時、エリアには側近の部下が二人いて、エリアと一緒にフランチェスコの棺をここに運び込んだということです」

この説明を聞いたピエトロは、少し考え込んだ様子を見せる。

「あの日……聖ジョルジョ教会からここへ運ばれていた棺は、木製だったと記憶しています。紫の布がかけられていましたが、熱狂して行列に乱入した市民が布を剝《は》がしたところを見ました。あれは確かに、木の棺だった。しかし、ここにあるのは石の棺だ。中に木の棺が入っているわけでもない。ということは、フランチェスコの遺体はここで、木の棺から、この石の棺に移されたということですね？」

「そうだと思います」

「エリアの側近の二人は、今もフランチェスコ会に？」

「いいえ。エリアと親しかった者たちは、イルミナート――今のウンブリア管区長を除いて、すべて兄弟会を去りました。エリアの秘書であったイルミナート管区長は、エリアと共にシリアに派遣されたこともある、正規の会員です。しかし、他の者は無学で不信心な者たちで、エリアが正規の手続きも経ずに会員にして、金を払って雇い、用心棒のようなことをさせていたそうです。エリアが兄弟会を追われたら、彼らも当然お払い箱です」

「なるほど、分かりました」

やりとりは終わり、もう新しい情報は出ないように思われた。しかしピエトロは、奇妙なことを口走った。

「セバスティアーノさん。この石棺の中に、もともと聖フランチェスコの遺体がなかった可能性は、考えられないでしょうか？」

「何ですと？」

セバスティアーノは眉間《みけん》に皺《しわ》を寄せる。バルトロメオの表情も「こいつは何を言っているんだ」と言わんばかりだ。ベネディクトにも、ピエトロの質問の意図が分からなかった。三人の疑わしい視線を受けながら、ピエトロは言葉を継ぐ。

「これまでの話だと、聖フランチェスコの遺体の移葬があった一二三〇年五月二五日から、セバスティアーノさんがここを見つけた二ヶ月前——一二五二年四月二五日までで、およそ二十二年もの間、この石棺の中身は確認できなかったことになります。つまり、エリアとその側近たち以外に、石棺の中に移された遺体を見た者はいない。だとしたら、エリアがこの石棺に聖フランチェスコの遺体を移さなかったとしても、つい二ヶ月前まではそのことに誰も気づかなかったことになる」

「馬鹿《ばか》な。そもそも、そんなことをして、エリアに何の得があると言うのだ」

呆れたようにそう言い放ったのは、バルトロメオだった。彼の声に明らかな侮蔑《ぶべつ》の念が含まれているのを、ベネディクトは感じ取った。しかしピエトロは動じない。

「エリアに何の得があるかは分かりません。私は可能性の一つとして言っているだけです」

「ピエトロさん、あなたは……あなたは、聖フランチェスコが私の目の前に現れたことを、疑っているのですか？」

セバスティアーノのうわずった声にも構わず、ピエトロは冷静に答える。

「そんなことはありません。ただ、あなたにも記憶違いや考え違いというものがあるかもしれない。聖フランチェスコはあなたに『私はこの罪の家から去る』と言ったそうですが、それは遺体がここから移動するという意味ではなく、『霊的に去る』ということかもしれないでしょう？　つまり、フランチェスコの遺体は最初からここになくとも、霊的にはしばらく留まっていて、二ヶ月前に去ったということも考えられます」

セバスティアーノは、今にも爆発しそうな怒りを抑えようとするかのように、努めて穏やかな口調で言う。

「ピエトロさん、あなたが理性をもって――つまり理詰めで物事を考えるのに長《た》けていることを、私はよく知っています。しかし、あなたがおっしゃるその可能性は、け

って　ないと断言できます。エリアは聖フランチェスコに執着していました。生前は本人に対して、そして死後はその遺体に対して、強い執着を持っていたのです。だからこそ、フランチェスコの墓所として、このような大聖堂を建設し、わざわざ納骨堂の場所を秘密にした。それほど大がかりなことをしていながら、遺体をここに移さなかったなどとは考えられません」

バルトロメオもその意見にうなずくが、ピエトロは言う。

「なるほど、そのご意見はまっとうなものに聞こえます。この大聖堂に対するエリアの思い入れを考えると、エリアがここに遺体を移さなかったということは考えにくい。そこは、私も認めましょう。しかし、もう一つ、別の可能性も考えられないでしょうか。それは、一度ここに納められた遺体を、あなたがここを発見するよりも前に、エリアがどこかへ持ち出したという可能性です」

それを聞いて、三人は静まった。ピエトロは続ける。

「私はフランチェスコ会の部外者なのでくわしくありませんが、エリアは一二三九年に総長を辞職させられ、その一年後に追放されたのですよね。そのときか、その少し前に、聖フランチェスコの遺体をここから持ち出したとは考えられませんか？」

その説は、さっきの「最初から石棺に移さなかった」とする説よりも説得力があった。自分を追放するフランチェスコ会への恨みから、彼らの聖人を奪ってやろうと思うのは自然なことかもしれない。バルトロメオは、同意する様子も反論する様子も見せず、ただ黙っている。セバスティアーノは一度後ろを向き、近くの柱に手をついて、何度か深く呼吸した。きっと、ひどく気分を害しているのだろう。やがて彼は目を閉じたままこちらを向き、口を開いた。

「その……理性のみによって考えれば、そのように考えることも可能かもしれません。兄弟会の内部におけるエリアの立場が危うくなり、ここを去ることが明確になったとき、彼が自分と共に聖フランチェスコを連れ去ろうと考えたとしても不思議ではありません。実際、エリアは総長に就任してから、兄弟会を完全に私物化していました。自分の国を追われることになった王侯が国の宝を手にして逃亡するのと同じような考えを、エリアが持った可能性は十分にあります。

しかし……しかし、です。たとえエリアがそのように望んだとしても、エリアが遺体の持ち出しに成功したとは思えません。なぜなら、聖フランチェスコご本人が、エリアの手によって去ることを受け入れられたとは思えないからです。きっと我らが聖者は、あの罪深い男とともに在ることを拒否なさったはずです。ああ、絶対に、そうだ」

説明しながら、セバスティアーノは自分に言い聞かせるように何度もうなずく。セバスティアーノがそう思いたがっていることは、ベネディクトの目にも明らかだった。しかし、だからといって、ピエトロの言った可能性を否定できたことになるだろうか？　バルトロメオも、胸の前で腕を組んだまま、考え込んでいる。ベネディクトはピエトロが反論するかと思ったが、予想に反してピエトロはあたりをきょろきょろと見回し、納骨堂の隅の方を指さした。

「セバスティアーノさん、あの扉は何ですか？」

突然の質問に、セバスティアーノは拍子抜けしたように見えたが、話題が変わったことにほっとしたのか、元の丁寧な口調に戻る。

「あれは、物置きの扉です」

「納骨堂に、物置き、ですか？」

「ええ。私たちも調べたのですが、そうとしか言いようがなくて」

「中を見ても？」

「ええ、どうぞこちらへ」

物置きの扉へ歩いて行くセバスティアーノに、他の三人も続く。セバスティアーノは木の扉を開け、中をランプで照らしてみせる。確かに「物置き」としか言いようがない。アーチの天井一つ分の広さの中に、こまごまとした工具、ロープや針金のようなものが放り込まれている。特筆すべきことと言えば、やや大きめの梯子《はしご》が無造作に立てかけてあるぐらいか。ベネディクトはすぐに興味をなくしたが、ピエトロは中をしげしげと眺めている。しかし、調査はすぐに中断された。納骨堂の階段の方から、セバスティアーノを呼ぶ声が聞こえてきたからだ。

声の主は、あの若いルイージ修道士だ。セバスティアーノは上に向かって返事をする。

「ルイージ、何ですか？」

「あのー、兄弟シモンと絵師たちが、下堂の南側の壁画について聞きたいことがあると言っているのですが」

「ああ！　そうだった、忘れていました」

セバスティアーノはベネディクトら三人に「ちょっと失礼」と言い、急ぎ階段へ向かう。セバスティアーノが灯りを持って行こうとしているので、ベネディクトら三人も彼の後に続かざるを得なかった。地下室の空気が薄かったためか、長い長い階段を上がる途中、ベネディクトは少しめまいがした。やっとのことで全員が下堂に出ると、セバスティアーノは床の落とし戸を閉じる。落とし戸はすぐに、床に馴染《なじ》むように見えなくなった。セバスティアーノはベネディクトら三人に、これで納骨堂の調査を切り上げなくてはならないことを詫《わ》びたが、バルトロメオもピエトロもとくに不満はないようだった。ベネディクト自身も、あれ以上棺を眺めても何か分かるわけではないだろうと思った。

さっきまで無人だった下堂には、聞き慣れない言葉が響き渡っていた。巡礼者たちを入れたのかと思ったが、そうではなかった。袖廊から祭壇側に進むと、身廊の壁際《かべぎわ》に四人の男たちがいた。聞き取れない言葉は、彼らが話しているのだった。四人のうち一人はフランチェスコ会士の格好をしていて、他の三人は職人風の服装だ。ピエトロがベネディクトに言う。

「彼ら、オイル語を話しているようだ」

「オイル語？　どこの言葉だ？」

「北フランス――パリとその周辺だな」

ベネディクトもパリという地名は知識としては知っているが、オイル語は聞いたことがなかった。セバスティアーノはすぐさま四人の男たちの方へ寄っていき、オイル語を話す修道士にラテン語で話しかけ、彼の注意をこちらに向ける。

「みなさん、ご紹介しましょう。彼が、フランス管区から来た兄弟シモンです。絵画の専門家で、下堂の装飾のためにアッシジに招かれたのです。他の者たちは彼が連れてきた絵師たちです」

シモン修道士はこちらに向かって挨拶《あいさつ》をしたが、あまりラテン語で話すのが得意ではないようだ。挨拶が済むと、シモンはすぐに、セバスティアーノにたどたどしく話しかけた。

「兄弟、の、セバスティアーノ、すみません。今、私と彼ら、『小鳥に説教』、絵の話、しています。意見、教えてください。管区長さまは、絵を決めろ、言いました。今日まで」

「ああ、そうでした。今日中に『小鳥への説教』の構図を決めるように言われていたのでしたね。シモン、予定を忘れていて申し訳ない」

ベネディクトは、そろそろアレッサンドロの話を聞きに行く頃合いだろうかと考えた。しかしセバスティアーノはベネディクトら三人にこう言う。

「実はみなさんにはもう一つ、見ていただきたいものがあるのです。申し訳ありませんが、私が兄弟シモンと話している間、待っていていただけないでしょうか？　ルイージ修道士に、作成途中の壁画を案内させますので」

三人はその提案に従うことにした。ルイージ修道士はやや困った顔をしながらも、

「では、こちらへ」と彼らを身廊の壁に案内する。壁に近づいてよく見ると、すでに下絵のようなものが描かれているのが分かった。しかし、ほとんどはまだ構図も明確ではなく、若いルイージ修道士もよく分からないのだろう、説明はしどろもどろだ。それでもベネディクトたちには、身廊南側の壁に聖フランチェスコの人生の各場面が描かれる予定だということは分かった。

「ええと……この下絵はおそらく、聖フランチェスコがお告げを聞いた場面ではないかと。それで、こっちはたぶん、フランチェスコが衣服を返すところだと思います」

聖フランチェスコの人生についてほとんど知らないベネディクトには、ルイージの説明は大雑把すぎて、よく分からない。ピエトロが補足する。

「お告げを聞いた場面というのは、若き日のフランチェスコがサン＝ダミアーノ教会で聖十字架のキリストに向かって祈り、『私の家を建て直せ』というお告げを聞いたときのことですね。そして衣服を返す場面というのは、清貧を貫き使徒として生きることを決めた二十五歳のフランチェスコが、アッシジ市民たちの目の前で、唯一《ゆいいつ》の持ち物となった衣服を父親に返すところでしょう。どちらもフランチェスコの生涯においては、重要な出来事だ」

「あ、はい。そうです」

自分よりもピエトロの方がくわしいことを知ったルイージは、顔を赤らめてもじもじしながらも、説明を続ける。

「ええと、それで、今あちらで兄弟セバスティアーノと兄弟シモンが相談している部分が、聖フランチェスコが小鳥に説教する場面です」

ベネディクトが尋ねる。

「小鳥に説教？　本当に、そういうことがあったのですか？」

「あっ、はい、本当だそうです。兄弟セバスティアーノはそのときのことを聞くために、当時フランチェスコと行動を共にしていた兄弟レオーネに会いに行ったのです。兄弟レオーネというのは、かなり前に兄弟会を離れて、あちこちで隠遁《いんとん》生活をしている人で……。セバスティアーノはその兄弟にくわしい話を聞いて、絵に反映するつもりだったのですが、一ヶ月探しても会えなかったそうで」

ピエトロが口を挟む。

「セバスティアーノさんは私の村にいらしたので、そのことは知っています。セバスティアーノさんが来るほんの少し前、うちに兄弟レオーネが来ていたのですが、入れ違いになったのです」

「あ、そうですか」

ルイージはまたも恐縮する。壁を眺めていたベネディクトは向こうに奇妙な絵があるのに気がつき、一人でそちらへ近寄って行った。まだ完成してはいないが、他の絵よりも作業が進んでいて、描かれているものが識別できる。最初に目に入ったのは、天空に浮かび上がる異形の者だ。丸っこく、羽毛に覆《おお》われた禽獣《きんじゅう》の胴体。上下左右に分かれた、四つの翼。頭部は人間のそれで、顔立ちは端整だ。異形の者はその体から五筋の光を放射し、地上にいる修道士を驚かせている。光は、修道士の手足と胴体に当たっている。

この絵は、何だ？　絵を眺め続けるベネディクトの方へ、ルイージとピエトロ、バルトロメオも近づいてくる。

「これは、聖フランチェスコが聖痕《スティグマ》を受ける場面です」

「聖痕？」

「はい。フランチェスコが天に召される二年前、ヴェルナ山で祈っているときに天使が現れて、十字架上で主イエスが受けたのと同じ傷をフランチェスコに授けたのです」

「主と同じ傷、ですか？」

「そうです。つまり、主が十字架に打たれたときにできた両手両足の傷、そして槍《やり》で突かれたときにできた、脇腹《わきばら》の傷です」

ルイージ修道士には珍しく、この絵についての説明はよどみなかった。しかしベネディクトにはそのことに気づく余裕がなかった。なぜなら、頭が混乱してきたからである。ベネディクトが目を閉じると、あるものが瞼《まぶた》の裏に見えた。それは、誰かの左手。自分の額に向かって伸びてくる、左の手のひら。そして、その中央には……。

「どうした？　気分が悪いのか？」

ピエトロに小声で尋ねられ、ベネディクトは我に返る。

「いや、大丈夫だ」

「そうは言うが、顔色が悪くなってるぞ。ここを出て、外の空気を吸ってきた方がいい」

ピエトロはルイージとバルトロメオに断って、ベネディクトを下堂の出口へ連れて行く。外に出ると、日の光に目がくらむ。

「やはり、少し顔色が悪いようだ」

「いや、平気だ。でも、頭が混乱して」

「混乱？」

「その、思い出したことがあるんだ。村を出発する前の日、私が倒れたことがあっただろう」

「ああ。モンテ＝ファビオから送られた聖遺物のかけらを見て、あんたが気を失ったときだな」

「あのとき……夢を見たんだ」

ベネディクトは少しずつ思い出しながら、ピエトロに話して聞かせる。粗末な小屋と扉の向こうにいる、灰色の衣の修道士たち。そして、寝台の上に寝かされた瀕死《ひんし》の男。その男に近づいたとき、得体の知れない苦しみにさいなまれたこと。

「その男も、フランチェスコ会士で……もう視力がほとんど失われているようだった。こめかみに火傷《やけど》の跡のようなものがあって、そして……」

ベネディクトは言葉を切る。あの光景を思い出すと、また息が乱れ、荒くなってくる。彼はうつむき、呼吸を整えて、かろうじて言葉を継いだ。

「手のひらに、傷があった」

ベネディクトは思い出す。夢の中で、彼の額に向かって伸ばされた手のひらの中央には、確かに傷があった。何かで穿《うが》たれたような傷で、中央には痛々しく小さな穴が空いており、その周囲は黒ずんでいた。自分はそれを、間近で見たのだ。

「私は、その夢を忘れていた。しかし、さっき、あの壁画を見て思い出したんだ」

ベネディクトはようやく顔を上げて、ピエトロの方を見る。ピエトロは無言でじっとしている。

「なぜ、黙っているんだ。何か言ってくれ」

ピエトロはなおも無言で、瞬《まばた》きすらしていない。しかしやがてゆっくりと瞬きをして、こう言った。

「……これは、驚くべきことだ」

「何が、どう、驚くべきことなんだ？」

「ベネディクト。あんたが見た『寝かされた男』は、聖フランチェスコだ」

「本当か？」

「間違いない。聖フランチェスコは、死の直前には視力をほとんど失っていたんだ。視力を取り戻すためにこめかみを焼く治療を受けていたというから、こめかみの傷はきっと、その跡だろう」

今度はベネディクトが驚く番だった。ピエトロは続ける。

「それから、手の傷は、紛れもなく聖痕だ。あんたは……おそらく例の聖遺物に宿る力の影響で、聖フランチェスコの夢を見たのだ」

「それは、いったい何を意味するんだ？」

「俺には分からない。だが、もしかすると……例の聖遺物は、本当に、聖フランチェスコの骨なのかもしれないな」

ベネディクトは息を呑《の》む。さっきまで聖痕の話を知らなかったベネディクトも、聖フランチェスコがどれほど偉大な聖者かは知っている。同時期にドミニコ会を創設した聖ドミニコ——最初にあの聖遺物の持ち主とされていた聖者と匹敵する偉大さだ。

「やはり、あんたの持つ力に関する俺の仮説は、当たっている。そして、あんたには、聖遺物の身元を特定する力が備わっているようだな」

そんな力が、自分に……。ベネディクトの体は、ひとりでに震えた。彼の心にわき上がる歓喜が、彼を震わせているのだ。

「あんたの夢が奇蹟《きせき》によるものかどうか、どうにかして確認できないだろうか。たとえば、だ。その夢が現実に起こったことなら——つまり、死の直前の聖フランチェスコをあんたが見たのなら、その場所はポルツィウンコラである可能性が高い。彼はそこで息を引き取ったからな。あんたが夢に見た場所がポルツィウンコラかどうか、確認しに行こう」

「ポルツィウンコラって、どこにあるんだ？」

「ここから近いが、訪問にはフランチェスコ会の許可が必要だ。早速、許可をもらってくる」

そう言ってピエトロは聖堂に戻り、相談中のセバスティアーノとシモンとの間に割り込んで話しかける。すぐに話がついて、祭室奥の扉から修道院の方へ入っていく。ベネディクトは聖堂の入り口付近で、熱に浮かされたようにぼんやりと佇《たたず》んでいた。

ふと、背後にかすかな音を感じて、ベネディクトは振り向いた。すると、鐘楼の向こうから、こちら側をのぞき込んでいる男がいた。職人風の服装、金の巻き毛。白い顔に、たくさんのそばかす。身体《からだ》が全体に細いので若く見えるが、目は落ちくぼみ、やつれている。そして、怯《おび》えたような表情。ベネディクトは、その男が自分を見ているのかと思ったが、すぐに彼の視線が自分を通り過ぎ、下堂の内部に向けられているのが分かった。ベネディクトが彼の視線をたどって下堂の方を向くと、中から年配の絵師――オイル語を話す三人の絵師のうちの一人が姿を現した。年配の絵師は鐘楼の向こうにいる巻き毛の男に気がつくと、こう呼びかけた。

「ジョフロワ！」

喉《のど》の奥でかすれるような、耳慣れない発音。ベネディクトはそれが、巻き毛の男の名前なのだろうと直感した。巻き毛の男は年配の絵師に、気まずそうに返事をした。年配の絵師は叱るような口調で何か言いながら、巻き毛の男――ジョフロワに近寄り、その細い腕をむんずと摑《つか》み、下堂へ連れて行こうとする。何を言っているか分からないものの、年配の絵師がジョフロワに「仕事に戻れ」と言っているのであろうことは、容易に想像できた。

きっとジョフロワも絵師なのだろう。しかし引っ張られていくジョフロワの顔には、明らかに恐怖の色があった。そして下堂に一歩踏み入れたところで、ジョフロワは激しく抵抗し、年配の絵師の手を振り払って外へ出た。彼は転びそうになりながらも、あっという間に聖堂前広場にひしめき合っている小屋の間に姿を消す。年配の絵師は追いかけようとしたがすぐに諦《あきら》め、首を左右に振りながら大きなため息をついて、下堂に戻っていく。

何なんだ、今のは？　ベネディクトが怪訝に思っていると、年配の絵師とすれ違いざまに、バルトロメオがこちらへ近づいてきた。そして同じ問いを、ベネディクトに向かって発する。

「何だったんだ？　今のは？」

「さあ。見ていたが、まったく分からない」

「そうか。まあ、いい。とにかくしばらくぶりだな、ベネディクト。心配していたが、元気そうでなによりだ」

バルトロメオは昔から、自分のことを弟のように心配してくれる。ベネディクトは素直に有り難く思った。しかしバルトロメオは、表情を曇らせてこう言った。

「だが……ベネディクト。あいつとずいぶん親しくしているようだが、大丈夫なのか？」

「あいつ？」

「ピエトロのことだ」

そう言うバルトロメオの顔には、不快感が見て取れた。

「私は別に、ピエトロと親しくしているつもりはない。院長の言いつけで、行動を共にしているだけだよ」

「本当か？　そうだったらいいのだが。とにかく奴《やつ》には気をつけた方がいい。私は、君をあいつのところへ行かせることには反対だった。君は、鳩《はと》のように素直な人間だ。そんな君をあんな奴のところへ行かせたら、いいように利用されるだけだ。院長にもそう進言したのだが、残念ながら聞き入れられなかった」

「気をつけた方がいいというのは、どういうことだ？」

「奴は金の亡者《もうじゃ》だ。金のために、聖遺物を売っているんだぞ」

「ああ、それは、知っている」

ベネディクトがそう言うと、バルトロメオは驚きを露わにした。

「知っている、だって？　じゃあ君は、奴の正体を知った上で親しくしているのか？」

「さっきも言ったが、私はピエトロと親しくしているつもりはないよ」

ベネディクトがそう言っても、バルトロメオは彼の顔をまじまじと眺め続ける。

「なんということだ。あれほど他人の堕落に厳しい君が、聖遺物売りの恥知らずと知った上で、あの男と行動を共にしているとは。いったい、何があったのだ？　何か、弱みにつけこまれているのではないか？」

そう言われて、ベネディクトは改めて自分に起こった変化を認識した。確かに、モンテ＝ファビオ修道院にいた頃の自分を思い返すと、ピエトロのような人間と共にいるというのは考えられないことだ。当初は、同じ空気を吸っているのも嫌だった。今でもピエトロに対する不信感は拭《ぬぐ》えないものの、それでもどこか、彼のことを受け入れている自覚がある。

その理由はやはり、ベネディクトの持つ力についての仮説だろう。それをバルトロメオに話すべきだろうか？　迷っていると、バルトロメオの方が先に言葉を継いだ。

「何があったか知らないが、奴には気をつけるべきだ。院長から、いろいろと気になることも聞いている」

「気になること？　聖遺物を売っていて、金に汚い以外に、まだ何かあるのか？」

「単に金に汚いだけなら、そういう奴らはたくさんいるし、何を考えているか分かりやすい。だが、あいつは異端者である疑いがあるそうだ」

異端者だと？　ベネディクトの身体に、緊張が走る。

異端者たちは、教会が認めた正当な教えとは異なる説を信じている。ベネディクトでも、アルビ派やヴァルド派など、主要な異端の教派のことは知っている。とくにアルビ派は、オクシタニアを中心に拡大した一派で、肉体や物質を悪と考え、完全な禁欲生活を送る「完徳者《ペルフェクティ》」という者たちが信徒たちを導いていたという。教皇庁はアルビ派に対抗するためたびたび十字軍を派遣し、八年前には彼らの砦であったモンセギュールを陥落させ、戦乱はほぼ終結した。

「異端者って……、まさか、アルビ派か？　しかし彼らは根絶やしにされたはずだが？」

「私もくわしいことは知らない。ただ、最近院長がひどく酔った日があってな。もともと酒に強い人ではないし、このところあの聖遺物の一件で疲れていたというのもあるのだろうが、晩餐《ばんさん》のワインを呑みすぎて、酔いつぶれてしまったんだ。そのときに、ピエトロについてそういうことを口走っていた。『奴の信仰は偽物《にせもの》の異端だが、売り物は本物だ』と」

ピエトロが、異端？　確かにピエトロは変わっているが、話に聞く異端者の印象と、ピエトロはいまひとつ合致しない。異端者というのは一般に、狂気に囚われた人ではないのだろうか？　ピエトロは罪深くこそあれ、狂気とは無縁であるように見える。

「ピエトロが異端だっていう証拠はあるのか？」

「いや、ない。院長がそう話していただけだ」

だとしたら、酔った院長のたわごとだろう。ベネディクトは安心したが、バルトロメオは続ける。

「もう一つ、君に話しておかねばならないことがある。同じ夜、私は院長に尋ねてみたのだ。なぜ君を、ピエトロのところへやったのかと」

ベネディクトはバルトロメオに「それなら知っている」と言おうとしたが、バルトロメオはこう言った。

「院長は高笑いしながらこう答えたよ。『ピエトロが望んだからだ。ピエトロは、ベネディクトの生家の聖遺物を狙《ねら》っているんだ。あいつは生来の詐欺師《さぎし》だ。ベネディクトの弱みにつけこんで、あることないこと吹き込んで信頼させて、いずれ実家から家宝を持ち出させる気だろうよ』と」

「え……」

ベネディクトは一瞬、何を言われたのか分からなかったが、次の瞬間、バルトロメオの言葉を理解した。

――生家の聖遺物？　あることないこと吹き込んで信頼させる？　まさか……。

動揺するベネディクトに、バルトロメオはさらに追い打ちをかける。

「確かに、院長がそう言ったんだ。だが、君がそれほど衝撃を受けているということは……すでに何か、吹き込まれているのか？」

ベネディクトは、声を出せなくなった。信じられない。信じたくない。でも、それが、院長が酔いにまかせて言ったでたらめだとも思えない。なぜなら、彼の生家に貴重な聖遺物があるのは事実だからだ。実物こそ見たことはないが、何代も前の当主が十字軍の遠征から持ち帰った聖遺物があることは、幼い頃から聞かされてきた。

「ベネディクト。院長の言ったことは、本当かどうか分からない。だがいずれにしても、ピエトロが蛇のようにずる賢い人間だということは間違いない。君のような素直な人間は、油断をすると、丸呑みにされてしまうぞ。とにかく気を抜かないようにな。どうか、これまで長年共に過ごしてきた私に、心配をさせないでくれ」

聖堂の奥で扉が開く音がして、ピエトロの声が聞こえてきた。管区長室から戻ってきたのだろう。バルトロメオはそれに気づき、下堂内の壁画の辺りへ戻っていく。しかしベネディクトは下堂入り口で佇んだまま、動けずにいた。

彼は考える。もしピエトロがベネディクトの家の家宝を狙っているとしたら……そのために、ベネディクトを手なずけようとしているのだとしたら……自分の「奇蹟の力」の話は、どうなるのだ？　自分は、呪《のろ》われていないと信じかけていたのに……。

ベネディクトは落胆した。いや、まだ何が正しくて、何が正しくないか、分からないではないか。しかし、頭ではそう思っていても、心はすでに、ひどく落ち込んでいる。こちらへ近づいてくるピエトロを見ると、落胆は徐々に怒りに変わっていく。さっきまであれほど高揚していたのに、今はこんなに落ち込んで、なおかつ怒っているとは。自分の感情の変化のめまぐるしさに、ベネディクトは動揺した。何も知らないピエトロは、そばに寄ってきて話しかける。

「ポルツィウンコラを訪問する許可をもらってきた。ただし、今日は駄目で、明日以降ならいつでもいいそうだ」

ベネディクトは何か言おうとしたが、言葉が出てこない。

「どうした？　何かあったのか？」

「何でもない」

ピエトロと目を合わせないようにしながら、かろうじてその一言だけ発することができた。そこへ、セバスティアーノが呼びかける声が聞こえた。

「みなさん、たいへんお待たせしました。これから、修道院の中へご案内します」

◇

ベネディクト、ピエトロ、バルトロメオの三人はセバスティアーノの後について、大聖堂に隣接した修道院の中を歩いていた。修道院は、下堂の祭壇奥の扉をくぐったところにある。薄暗いアーチ状の通路の長さ、そしてその脇にある扉の多さから、修道院の広大さがうかがい知れた。巨大な大聖堂の向こう側に、これほどの規模の修道院があるとは。もしかすると、モンテ＝ファビオ修道院よりも広いかもしれない。

セバスティアーノがこれから見せようとしているのが、聖フランチェスコの遺体の消失についての何らかの手がかりであることは間違いない。しかし、納骨堂ではなく修道院の方に何かあるのか？　もっとも、ベネディクトの頭の中では、その手がかりが何であるかということよりも、ピエトロに対する疑いと、自分はこれからどうすべきかという迷いが渦巻いている。

――ピエトロに付いてアッシジまでのこのこやってきたのは、やはり、間違いだったのか？　今からでも、バルトロメオと一緒にモンテ＝ファビオに帰るべきなのか？

しかし、院長は……。

上《うわ》の空で薄暗がりの廊下を進んでいたベネディクトは、陽光の射《さ》す中庭へ出たところで我に返った。緑の庭園をぐるりと取り囲む回廊の眺めは素晴らしい。ベネディクトもこのときばかりは、美しい中庭と見事な回廊に目を奪われた。完成してから間もないこともあるだろうが、モンテ＝ファビオ修道院のそれよりも立派に見える。

やがて四人は再び薄暗い廊下に入る。セバスティアーノは大きな扉の前で立ち止まり、なぜか他の三人に見せつけるように、その扉を思い切り開け放した。

「なんと……！」

最初に声を発したのは、バルトロメオだった。ベネディクトも目を丸くした。それは広い部屋だった。アーチ型に開いた窓がいくつもあり、そこから入る午後の光が、部屋を優しく照らしていた。窓の向こうには、ウンブリアの青い空、広大な緑の平野と陽光に輝く川、そして遠くの山々が見える。

室内にも、目を見張るものがあった。まず目につくのは、一枚板の大きなテーブルと、金襴《きんらん》の張られた豪華な椅子《いす》。壁に掛けられているのは、見たことのない模様の分厚い布。ピエトロがぼそりとつぶやく。

「アラビアの敷物だな。こんなにでかくて凝った織り物は初めて見た。これを一枚買う金があれば、セッテラーネ村の全員が十年は食っていける」

ピエトロの言葉に、ベネディクトは思わず唾《つば》を飲み込んだ。このほか、部屋に置いてある調度品の数々も、まるで大貴族のものと錯覚させんばかりの代物《しろもの》だ。

セバスティアーノはさらに、三人を奥の部屋にも案内する。そこは見事な寝室だった。巨人の寝台のような大きな天蓋《てんがい》付きベッドが、部屋の中央に堂々と置かれている。

しかし、なぜ修道院に――それも、使徒の清貧を指針とするフランチェスコ会の建物の中に、このような豪奢《ごうしゃ》な部屋があるのか。

「これは、いったい誰の部屋なのですか？」

みなの疑問を口にしたのは、バルトロメオだった。セバスティアーノは、待ち構えていたように答える。

「エリアです。エリアが総長時代、使っていた部屋です」

三人とも、その答えに絶句した。しばしの沈黙の後、ベネディクトは、思わずこうつぶやいた。

「……まるで、王の部屋だ」

これは、一国の王の私室だ。ベネディクトが生家の城を最後に見てから長い年月が経《た》つが、この部屋は明らかに、自分の城で最も贅《ぜい》を尽くした部屋――つまり城主である父の居室よりもはるかに豪華だ。

「総長の部屋とはいえ、いくらなんでもこれは豪華すぎる。なぜこのような部屋を作ったのですか？」

「もともとこの部屋は、エリアが『教皇を迎えるため』という名目で作らせたものです。しかし実際のところは、エリア本人が使い、他の誰にも使わせませんでした。彼は総長時代、ここで寝起きし、暮らしていたのです」

ベネディクトら三人は啞然《あぜん》とし、何も言えなかった。この他にも、セバスティアーノは総長時代のエリアの贅沢三昧《ざんまい》の暮らしぶりを次々に糾弾した。ペルージャなど近郊の都市だけでなく、徒歩でも大して時間のかからないサン＝ダミアーノ教会やポルツィウンコラにさえも、エリアはわざわざ馬を用意させて行った、等々。

「分かっていただけたでしょうか？　エリアの、罪深い生活を。彼が、小さき兄弟会の総長でありながら、いかに清貧を無視し、そしていかにフランチェスコを裏切ったかを。残念なことに、エリアが総長を辞してからも、彼がこの小さき兄弟会に植え付けた罪は消えていません。今のヨハネ総長は清貧を重んじる立派な方ですが、組織としての兄弟会は別物です。組織は、人間と同じで、いくら産みの親が素晴らしくとも、育ての親が悪ければ堕落します。小さき兄弟会は、フランチェスコによって生み出されたものの、エリアによって育てられてしまった。もう、兄弟会がフランチェスコの理想に還《かえ》ることは難しいでしょう。ですから、私は改めて声を大にして言いたいのです。フランチェスコは、ついに小さき兄弟会を見捨てて、ここを出て行ったのだと」

セバスティアーノはそこで言葉を切り、ピエトロをじっと見つめた。口にこそ出さなかったが、セバスティアーノの言いたいことは明らかだった。彼は、さっき納骨堂でピエトロが口にした可能性――エリア・ボンバローネが追放前に聖フランチェスコの骨を持ち出したという説を、改めて否定しているのだ。「聖フランチェスコが罪深きエリアと共に在るわけがない」。今はセバスティアーノのかわりに、この部屋そのものがそのことを雄弁に語っているように見えた。

◇

「やはり、案内されましたか。あの『エリアの部屋』に」

修道院内の部屋の一つで、アレッサンドロ修道士はベネディクト、ピエトロ、バルトロメオの三人に向かってこう言った。さきほど管区長の前でセバスティアーノと言い争っていた彼は、高圧的で不遜《ふそん》な人物に見えたが、今はさほど悪い印象を受けない。面と向かってみると、剃髪《トンスラ》の周囲に残った短い毛は細く頼りなく、両目の下瞼のたるみは老いと疲労を感じさせる。彼はため息まじりに言う。

「セバスティアーノの言い分は、すべてお聞きになられたとお見受けします。あなた方は、セバスティアーノと旧知の間柄のようですから、彼を信頼されているかもしれませんが、よろしければ私たちの言い分もお聞きいただきたく。ただ……」

そう言って、アレッサンドロは、ピエトロに目を向ける。

「ピエトロさん。あなたはベネディクト会の修道士ではなく、セッテラーネ村教会の助祭だとか。つまり、教区教会の聖職者だ。あなたがモンテ＝ファビオ修道院長の代理として来られた以上、こちらの事情をきちんとお話しすべきだとは思いますが、ここで話すことを不必要に口外しないことを約束していただけますか？」

「もちろんです。アレッサンドロさんが心配されているのは、托鉢《たくはつ》修道会──フランチェスコ会とドミニコ会に対して、教区聖職者たちが批判を強めていることですね。しかし、私に関しては心配無用です。私と、私の属するセッテラーネ村教会は、そのような対立とは無縁ですから」

ピエトロの言葉を聞いて、アレッサンドロは安心したようだ。

「そうですか。では、説明を始めましょう。まず、誤解をしないでほしいのですが、私はセバスティアーノを嫌っているわけではないのです。私は彼を少年の頃から知っており、彼の修練期には何かと面倒を見てきました。ですからむしろ、彼を心配しているがゆえに、苛立っていると言う方が正しいのです。彼も少し前までは、熱心に学問をし、将来を嘱望されていました。しかし、あるときから彼は、やたらと清貧を強調するようになり、兄弟会に対して批判的な言動をするようになりました。最近では修道院での共同生活を拒み、外の小屋で暮らしています。今のところ、大聖堂の壁画制作のために兄弟レオーネを探しに行ったり、兄弟シモンに協力したりなど、管区長に言いつけられた仕事はこなしていますが、私は彼が兄弟会の内部で自分の勢力を強めるために、追放されない程度に仕事をしているのではないかと疑っています。もっとも、管区長は楽観的で、『セバスティアーノにも少しは、こちらに歩み寄る気持ちがあるのだろう』などと言っていますが……。

いずれにしても、今、極端な清貧を持ち出すのは危険です。さっき言ったとおり、最近ではこのあたりの都市や村でも、教区聖職者たちによって我々の説教が邪魔されるようになりました。妨害されるのみならず、暴力を振るわれたという報告も増えています。しかし、それぐらいはまだましな方で、山脈より北――とくにパリなどでは、より深刻な状況が生じています。この状況を乗り越えるには、兄弟会が一丸となって対処する必要があるのです」

「教区教会の聖職者たちと托鉢修道会との対立も、もとはパリ大学の教授たちの対立が発端だそうですね」

「ええ、パリ大学には我が小さき兄弟会の学僧たちが多数在籍しておりますが、彼らは今たいへん厳しい状況下に置かれています。中でも、我々の期待を一身に背負っている兄弟ボナヴェントゥラは、教授職に就く条件を満たしているにもかかわらず、就任を先延ばしにされています。サンタムールのグリエルモという教授を筆頭に、教区聖職者である教授たちが托鉢修道会を目の敵にして、我らがボナヴェントゥラの教授就任を妨害しているのです。

あなた方はさっき、下堂の壁画制作を指揮している兄弟シモンに会われたそうですね。彼はここへ来る前にパリにいましたが、それはひどい有様だったそうです。ボナヴェントゥラたちが修道院から出ると、教区教会の手下たちが待ち構えていて、罵声《ばせい》を浴びせ、石を投げるのだとか」

ベネディクトは思わず眉《まゆ》をひそめた。アレッサンドロは再びため息をつく。

「とにかく今は、小さき兄弟会が一致団結して事態の改善に取り組むべきときです。兄弟会の内部で、ささいな主張の違いでいがみ合っている場合ではない。まして、セバスティアーノのように極端な清貧を掲げることは、別の意味でも危険……」

そこまで言って、アレッサンドロは口をつぐんだ。ベネディクトは不審に思う。いったい、何を言おうとしたのだろうか。わずかな沈黙の後、ピエトロが話に割り込んだ。

「違っていたら申し訳ありませんが、今、アレッサンドロさんがおっしゃろうとしたのは、こうではないですか？　今、極端な清貧を掲げることは、別の意味での危険――つまり異端として糾弾される危険をはらんでいる、ということでは？」

ベネディクトは驚く。清貧の実践が、異端として糾弾される？　まさか、そんなことはあるまい。しかし意外なことに、アレッサンドロは苦々しい顔を見せながらうなずいた。

「どうやら、ごまかすことはできないようですね。ピエトロさんの言われるとおり、私たちは、セバスティアーノの考え方が異端として糾弾されることを恐れています。みなさんも、十字軍に鎮圧されたアルビ派のことはご存じでしょう。彼らも極端な清貧を唱えていました。セバスティアーノの主張は、下手をすると、そのような教えと同一視されかねない。今、我々を敵視する教区教会の聖職者たちに対して、こちらの弱みになりそうなことは、見せるべきではないのです」

そう言われて、ベネディクトは半分は納得したが、半分は納得できないでいた。セバスティアーノは、聖フランチェスコの教えに還ろうとして「真の清貧の実践」を主張していたはずだ。そもそも聖フランチェスコ本人が生前、それを実践していた。ということは、フランチェスコ本人も、教会から異端として糾弾される危険を冒していたことになるのか？　ベネディクトの疑問を代弁するかのように、バルトロメオが問いを発する。

「私の聞いたところでは、聖フランチェスコ本人は使徒的な清貧を実践していたにもかかわらず、教皇庁《クーリア》とは良好な関係を保っていたとか。その教えに還ることが、どうして危険なのですか？」

「もっともなご指摘ですが、当時と今とでは状況が違います。聖フランチェスコが教皇に謁見《えっけん》して、小さき兄弟会の認可を得た一二一〇年当時は、まだ教皇庁が対話によって人々を異端から救う可能性を模索していた時期でした。異端——とくに、当時脅威であったアルビ派が人々を魅了していたのは、アルビ派の指導者たる完徳者《ペルフェクティ》たちが極端な清貧を実践していたからです。普段から教区教会の聖職者たちの堕落ぶりを目《ま》の当たりにしていた民衆が、教会を見限り、アルビ派に惹《ひ》かれるのは自然な成り行きだったと言えます。そして多くの人々が、アルビ派の教え――現世は悪であり、肉体は悪であるなどという、馬鹿げた主張を受け入れてしまったのです。

そのような中、教皇庁にとって、我らが聖フランチェスコの実践する使徒の清貧は、異端に対する有効な対抗手段に見えたのです。フランチェスコとその兄弟たちならば、その清貧をもって、異端に取り込まれた人々を主の道へ連れ戻すことができる。当時の教皇、インノケンティウス三世はそう考えて、小さき兄弟会を認可したのです」

ピエトロが口を挟む。

「そして、その数年後、聖ドミニコが興《おこ》したドミニコ会――説教者兄弟会も、同じ理由で認可されるのですよね」

それは、今の話に関係があるのだろうか？　ベネディクトには、ピエトロがアレッサンドロの話の腰を折ったように思えたが、アレッサンドロは、まさに今それを言おうとしていたと言わんばかりに、強くうなずいてみせる。

「そうです。それが、我々の今の状況を考える上で重要な点なのです。ドミニコ・デ・グスマン――聖ドミニコは、我々の聖フランチェスコと同様に、清貧を重視し、そして実践していました。ただ、フランチェスコと違ったのは、彼が修道会を興す前に、すでにオクシタニアの各地で何年もの間、異端アルビ派との対話、そして人々の教化に携わっていたことです。我らがフランチェスコは裕福な商人の家に生まれ、放蕩《ほうとう》の末に清貧に目覚めましたが、ドミニコはむしろ、異端への平和的な対抗のために清貧を重視したのです。

そういう経緯もあり、異端への対抗という役割は次第に、我が兄弟会よりもドミニコ会が担《にな》うようになりました。そして、教会と異端との対立が深まり、対話が不可能となると、ドミニコ会士たちは異端審問――つまり異端者の摘発に大きな役割を担うようになり、今に至ります。彼らが人々から神の犬《ドミニ・カネス》と揶揄《やゆ》され、同時に恐れられていることはご存じでしょう」

「つまり、こういうことでしょうか？　フランチェスコ会やドミニコ会が認可された頃、清貧の実践は異端に対抗するために重要だったが、今はそうではない、と」

ベネディクトの問いに、アレッサンドロはうなずく。

「そうです。教皇庁はすでに異端審問という、摘発と懲罰によって異端を撲滅する手段を持っている。つい先日、現教皇インノケンティウス四世は、異端審問の手段としての拷問《ごうもん》を正式に認めると発表しました。すでに、異端との戦いは霊的なものではなくなっているのです。それに、精神的な教化の基盤においても、清貧の実践はその一部に過ぎず、むしろ学問の重要性が高まっている。そのような時代の流れを無視して、今この状況で極端な清貧を説くことは、我が兄弟会を危険にさらすことにしかなりません」

ピエトロが言う。

「その点、ドミニコ会は完全に時代の波に乗ったと言えますね。彼らは早くから学問を重視し、異端を理論的に批判する基礎付けを得た上で活動していますし」

アレッサンドロは、苦虫をかみつぶしたような顔になった。

「……我が兄弟会はその点で、ドミニコ会に完全に遅れをとったことを認めざるを得ません。その理由には、聖フランチェスコ本人が学問を奨励しなかったということもありますが、フランチェスコ個人の聖性に兄弟会全体が依存しすぎていたという面もあったと思います。ですから、フランチェスコが亡《な》くなったときの、兄弟会の動揺と不安は想像するに余りあります。とくに、エリア・ボンバローネの不安は大きかったことでしょう。そしてエリアは総長だった時代、フランチェスコ会の維持と拡大に努め、管区を飛躍的に拡張しました。その根底には、ドミニコ会への対抗意識があったと聞いています」

ベネディクトは話を聞きながら、今日エリアの名を聞いたのは何度目だろうと考えた。しかし、エリアを完全に敵視していたセバスティアーノとは違い、アレッサンドロの口調には、エリアに対する同情と敬意のようなものが感じられる。ピエトロが尋ねる。

「セバスティアーノさんの主張は一貫して、『エリアが兄弟会を堕落させ、それゆえに聖フランチェスコは遺体もろとも、兄弟会を見捨てて去った』というものでした。しかしアレッサンドロさんは、そうは思われないのですよね？　あなたは、エリアをどのように評価されているのですか？」

アレッサンドロは、難しいことを尋ねられたと言わんばかりに眉間に皺を寄せたが、すぐに明確な言葉を口にする。

「私自身も、エリアに対しては複雑な思いを抱いています。私はエリアの総長時代を直接知っています。エリアは当時、兄弟会の中で文字どおり、帝王のように振る舞っていました。聖フランチェスコの理想とする清貧、謙虚とはほど遠かったにもかかわらず、当時はエリアに文句を言える者はいませんでした。少しでも彼に逆らうそぶりを見せれば、要職に就いている者でさえ、すぐに追放されたものです。私自身は何の役職もない若者でしたが、エリアに目を付けられないように、毎日怯えながら過ごしていました。

しかし、エリアは実務家としてはたいへん優れていました。彼は、教皇庁とのつながりを保ち、教皇の意見を受け入れながら、兄弟会が時代の波に取り残されないように尽力しました。同時に聖フランチェスコの聖性が世に広く知られるよう、彼の列聖やこの聖堂の建築を主導したのは言うまでもありません。エリアは信じられないほどの手腕で、兄弟会を拡大していきました。どんな問題が起こっても、エリアは素早く決断することができました。そして彼の決断は、ほとんどの場合、望ましい結果をもたらしたのです。

エリアが追放されて十二年になりますが、時が経つほどに、エリアの功績の大きさを認めざるを得ません。エリアが贅を尽くしたあの部屋――セバスティアーノが堕落の証拠としてみなさんに見せたあの部屋ですら、教皇や枢機卿《すうききょう》を迎えるときに役に立っているのです。いくら我々が清貧を重んじようとも、賓客をみすぼらしい部屋に泊めるわけにはいきませんから。

つまり、結論を言いますと……エリア本人の振る舞いは聖フランチェスコの理想からはほど遠かったと思いますが、フランチェスコの創設した兄弟会を世界に広げ、存続させるという点において、エリアの方針は正しかったと考えています。もしかするとフランチェスコも、そのことを見越してエリアを信頼していたのではないかとさえ、最近になって思うのです。フランチェスコほどの人が、エリアの本性を見抜けなかったはずがない。しかし彼はエリアを一度も責めなかった。フランチェスコは兄弟会の未来のことを思って、あえて清濁併せのむ判断をされたのではないかと、そう思うのです。

もしセバスティアーノが言うように、フランチェスコの遺体が兄弟会を見限って出て行ったというのなら、とっくの昔にそうなっていたはずです。ここへ運び込まれる以前に、彼の遺体は聖ジョルジョ教会を出なかったでしょう。ですから、セバスティアーノの主張は間違っています」

アレッサンドロが言葉を尽くして説明したので、ベネディクトにも、彼の言い分が理解できた。何より「聖フランチェスコの遺体が兄弟会を見限って出て行くつもりなら、とっくの昔にそうなっていたはず」という意見は、納得の行くものだ。やはり、セバスティアーノが間違っているのだろうか？　しかし、セバスティアーノの主張と同様に、アレッサンドロの主張にも明確な証拠がない。また、フランチェスコの遺体に何が起こったかについては、何も語っていない。

ベネディクトの思いを知ってか知らずか、アレッサンドロは続ける。

「さて、セバスティアーノの主張の間違いを指摘することに時間を取られてしまいましたが、そろそろ私たちの主張とその証拠を、明確にお話ししましょう。私たちの主張は、さきほど管区長室で言ったとおり、『聖フランチェスコの遺体は何者かによって盗まれた』というものです。フランチェスコの遺体を誰が盗んだかについては、ある程度目星がついています。おそらく、ドミニコ会の者たちです」

具体的な話を期待せずに聞いていたベネディクトは、驚いて問い返した。

「ドミニコ会の者たちが、フランチェスコの遺骨を盗んだ、と？　つまり、モンテ＝ファビオ修道院に届いた手紙のうち、一通に書かれていることが、本当に起こっていたのですか？」

「そうです。残念ながら、盗みそのものを目撃した者はいません。しかし、セバスティアーノが地下納骨堂を発見したあの日、フランチェスコ会は二人のドミニコ会士の訪問を受け、彼らを修道院に宿泊させていました。そして、聖堂外にいたシモン修道士が地下から響いてくる『悲鳴らしきもの』を聞いて下堂に入ったとき、ドミニコ会士たちは下堂の左の袖廊——つまり地下納骨堂の入り口にいて、すぐに逃げ出し、その後、消息を絶っています。彼らの仕業と考えずして、他に何があるでしょうか」

第六章　兄弟と背教者

アレッサンドロによれば、消えた修道士二人は「ドミニコ会所属のジャンとレンツォ」と名乗っており、ベルガモからローマに向かう途中でアッシジに立ち寄ったと話していたという。

「どちらがジャンでどちらがレンツォだったかは忘れましたが、片方は色白で小柄な、痩《や》せた男でした。もう片方は、肌が浅黒く、中背ながらがっしりした体格でした。修道士というより、剣闘士のような」

ベネディクトの隣で聞いていたバルトロメオは、ベネディクトだけに聞こえるように小声でつぶやいた。

「……浅黒くがっしりした男……剣闘士のような……」

「どうかしたのか、バルトロメオ」

「うちの修道院に例の聖遺物を届けに来た五人のドミニコ会士の中に、そんな感じの男がいたような気がするんだが」

あの日、バルトロメオはモンテ＝ファビオに来たドミニコ会士を案内する役の一人だった。彼らのうち、聖遺物をマッシミリアーノ院長に手渡したカルロという修道士はまさに、浅黒くがっしりした、剣闘士のような男だったという。

しかしベネディクトはよく思い出せない。ベネディクトはカルロ修道士の前に聖水の入った水盤を持っていっただけで、彼の顔をじっくり見る機会はなかった。ただ一つ覚えているのは、その修道士が聖水で指を濡《ぬ》らして十字を切ったとき、修道服の袖《そで》からチラリと見えた右腕に、獣に噛《か》みちぎられたかのような痛々しい古傷があったことだ。バルトロメオがアレッサンドロ修道士に尋ねる。

「その、浅黒くてがっしりした男というのは、目が大きくて、ちょっと飛び出ていませんでしたか？」

アレッサンドロ修道士は驚いた表情でうなずく。

「ええ、ええ。まさにそういう感じでした。あと、鼻が高くて。全体的に、かなり男前な方だったと思います」

ベネディクトも修道士について何か言おうとしたが、隣からバルトロメオに小突かれ耳元で囁《ささや》かれた。

「こちらが持っている情報は極力出すな。マッシミリアーノ院長の言いつけだ」

ベネディクトは慌《あわ》てて口を塞《ふさ》ぐ。アレッサンドロ修道士は怪訝《けげん》な視線を二人に向けたが、ピエトロに話しかけられ、そちらの方を向いた。

「ドミニコ会士たちを見かけたのは、パリから来たシモン修道士で、地下納骨堂で倒れているセバスティアーノさんを見つけたのも彼でしたよね。できればシモン修道士に直接話を聞きたいのですが、お許しはいただけますか？」

「ええ、もちろんです。ただ、今日は難しいでしょう。先日から何か絵師たちの間で問題が起こっているようで、今日は彼らと話し合いをすると言っていましたから。明日以降なら、時間が合えば大丈夫だと思いますが」

「そうですか、分かりました」

ベネディクトは、そろそろ大聖堂を出る頃合いだろうと思った。しかしピエトロはアレッサンドロに「最後にもう一つ、伺いたいことが」と言う。

「何でしょう？」

「私とベネディクト修道士は、モンテ＝ファビオ修道院から例の聖遺物に関する調査を依頼されています。これからしばらくアッシジで調査をすることになると思いますが、その過程でおそらく、聖フランチェスコの遺体の行方についての情報も得られると思います。もし、我々が何か有力な情報を手に入れたら……あなた方も当然、知りたいですよね？」

「ええ、もちろんです」

「その場合、あなた方は我々にいくらまで払えます？」

ベネディクトもバルトロメオも耳を疑った。

「おい、何を言ってるんだ！」

しかしピエトロはかまわず続ける。

「アレッサンドロ修道士。これはあなた方にとっても悪い話ではないと思いますよ。兄弟会の皆様は聖遺物の調査をしたくても、そういうことには慣れておられないでしょう？　その点、私なら……」

アレッサンドロは明らかに戸惑っていたが、何か思うところがあるらしく、ピエトロの話を遮ることなく聞いている。アレッサンドロが話を聞いている以上、ベネディクトも無闇《むやみ》に邪魔することはできない。しかし、ピエトロがとうとう具体的な金額を口にしたとき、ベネディクトは「ああ、もう！」と言って頭を抱えた。バルトロメオも、ついに我慢ができなくなったのだろう、大きな音を立てて立ち上がり、アレッサンドロに簡単に挨拶《あいさつ》しただけで部屋を出て行った。温和なバルトロメオがそのような態度を取ったことが信じられず、ベネディクトはしばらく呆然《ぼうぜん》としていたが、アレッサンドロ修道士とピエトロを残して、慌てて外へ出る。

ベネディクトは大聖堂の敷地を走り出て、城壁の門をくぐった。夕日を受けて茜《あかね》色に染まったアッシジの街の、細い路地の向こうにバルトロメオの背中を見つける。

「待ってくれ、バルトロメオ」

バルトロメオは立ち止まらず、早足で去ろうとする。ベネディクトは走って、彼の前に立つ。

「なあ、待ってくれ。どこへ行くんだ？　もうモンテ゠ファアビオに戻るのか？」

ベネディクトが息を切らして尋ねると、バルトロメオは立ち止まって「ああ」と言った。

「バルトロメオ、聞かせてくれ。私は、君と一緒にモンテ゠ファアビオに帰るべきなのだろうか？」

ベネディクトの目はせわしなく動き、バルトロメオの顔と、ピエトロのいる大聖堂の方を交互に見る。ずっと険しい顔をしていたバルトロメオは、ベネディクトの様子を見て体の力を抜き、深いため息をつく。

「私も本当は君を連れて帰りたいのだ。だが、無理だ」

「無理……？　どういうことだ？」

「もし君が今帰ったら、院長は君が務めを投げ出したと見なすだろう。それは上長に逆らうこと——つまり戒律違反になってしまう」

「……」

「君は辛《つら》いだろうが、あの堕落した男と行動を共にし、務めを果たすしかない。いいか、ベネディクト。信仰を強く持つのだ。そうすれば、君が奴《やつ》の堕落に汚染されるようなことはない。さっきも言ったように、奴にいいように利用されないよう、くれぐれも気をつけるのだ」

バルトロメオはそう言って歩き出し、すれ違いざまにベネディクトの右肩をぽんと叩《たた》いた。見慣れた黒衣の修道服が、夕方のアッシジの街の中に消えていく。

——利用されないように……。

立ちすくむベネディクトは、今度は背後から肩を叩かれて体をびくりとさせた。振り向くと、ピエトロが立っている。

「バルトロメオ修道士は、帰ったのか？」

ベネディクトは狼狽《ろうばい》した。言葉が出てこず、無言でうなずく。

「そうか。バルトロメオ修道士には、マッシミリアーノ院長への報告はくれぐれも慎重に、と言っておこうと思ったのだが」

ピエトロは、あのマッシミリアーノ院長は人におだてられたり、酒に酔ったりすると口が軽くなるし、追い詰められると突拍子もない行動に出るからな、と言った。院長がバルトロメオから聖フランチェスコの遺体の盗難疑惑を聞いて、部外者にうっかり漏らさないか、心配しているようだ。しかし、ベネディクトは途中からピエトロの話を上の空で聞いていた。頭の中では、昼間バルトロメオから聞いたさまざまな疑惑が、ぐるぐると渦巻いている。

——ピエトロは、救いようのない金の亡者《もうじゃ》だ。その上、異端者……？　私の生家の家宝を狙《ねら》っている……？　ああ、私は、どうすればいいのだ！　いったい、誰を、何を、信じれば……。

気がつくと、ピエトロは自分の話を終え、ベネディクトの顔をじっと見ていた。ベネディクトは慌てた。ピエトロは自分に、今何を考えていたか尋ねるはずだ。それに対して、自分は何と答えればいいのか？

しかしピエトロは、こう言っただけだった。

「もうじき暗くなる。早く、今夜の宿へ向かおう」

◇

ピエトロに連れて行かれた先は、アッシジの狭い路地に面した一軒家だった。家の前に大ジョヴァンニが立って待っていたので、遠目にもそこが今夜の宿だということが分かった。大ジョヴァンニは二人の姿を認めると、大きな顔に満面の笑みをたたえて迎える。

「ピエトロ様、ベネディクト様。ジャコマ様が中でお待ちかねですよ」

ベネディクトは大ジョヴァンニに導かれて扉をくぐる。するとその瞬間、体内にそよ風が吹いたような心地よさを感じた。何だろう、この感覚は。部屋の中に目を向けると、白いクロスのかけられたテーブルが見えた。部屋は広いとは言えなかったが、清潔で整理整頓《せいとん》され、置いてある調度品も品の良いものばかりだ。そして奥の開いた扉から、杖《つえ》をついた老婦人が姿を現した。老婦人は満面の笑みをたたえて、こちらへゆっくりと歩いてくる。

「ピエトロ！」

「おばさん、しばらく」

ピエトロは老婦人の方へ駆け寄っていき、彼女と抱擁を交わした。二人は互いに親しげに言葉をかける。

「元気だった？　前に会ったときより少し痩せたみたいだけど、ちゃんと食べているの？」

「ああ、食べてるし、元気だよ。おばさんも、思ってたより元気そうだ」

「前より動きづらくなったけど、仕方ないわ。こんな歳《とし》になっても、毎日生きていられることそのものが喜びです。そして今日はあなたに会えた。神様に感謝しなければ」

老婦人の顔には深い皺《しわ》が刻まれている。しかしベネディクトは彼女が笑顔になるのを見て、それらがすべて笑い皺なのだということを悟った。そして同時に、このように笑う人を今まで見たことがあるだろうかと考えた。彼女の笑顔は、何の迷いもなく、へつらったりおもねったりするところもなく、自分を良く見せようという意図などかけらもなく、ただ純粋な喜びを心の底から放出しているように見えた。彼女の前ではあの狡猾《こうかつ》で無愛想なピエトロですら、子供のように屈託のない表情を見せている。ピエトロは老婦人にベネディクトを紹介する。

「おばさん、こちらは、モンテ＝ファビオ修道院のベネディクト修道士。ベネディクト、この人は、ジャコマおばさんだ。俺は子供の頃から世話になってる」

横から大ジョヴァンニがにこやかに口を挟む。

「フランチェスコ会で有名な、兄弟《フラーテ》ジャコマさんですよ」

「兄弟、ですか？　女性なのに？」

怪訝に思ったベネディクトがそう言うと、老婦人は口に手を当ててフフフと笑った。

「今もそのように呼んでくれるのは、レオーネやアンジェロ、エジディオなどの古い人たちだけですよ。フランチェスコが私のことをそのように呼んでくださっていたものですから」

「フランチェスコって、まさか、聖フランチェスコのことですか？」

ベネディクトが驚いて尋ねると、ジャコマはうなずいた。

「私は昔ローマに住んでいて、フランチェスコがローマに来られた折には毎回、家にお招きしていたのです。フランチェスコは、私の人生を変えてくださった方です。彼は、男勝りで勝ち気だった私を兄弟《フラーテ》と呼んでくださり、たいへん親しくしてくださいました。そして……」

そこまで話して、ジャコマは気づいた。

「あら、私ったら、お客様を立たせたままで、長々お話しようとしていましたわ。みなさまお疲れでしょう。すぐに食事にしましょうね。お料理の用意は、もうほとんどできているのよ」

「だったら、運ぶのを手伝うよ」

「あ、手伝いでしたら私が」

ピエトロと大ジョヴァンニが次々に手伝いを申し出るが、ジャコマは首を振る。

「いいのよ。あなた方はお客様なんだから、とにかく座ってくださいな。支度なら大丈夫。子供たちも手伝ってくれますし、テオドラにも来てもらいましたから」

「テオドラに？」

ピエトロの表情がわずかに曇るのを、ベネディクトは見逃さなかった。その直後、奥の扉から女の声が聞こえた。

「ジャコマおばさん、鳩《はと》の仕上げには、こっちの木箱の塩を使っていいのかしら？それとも……」

声の主は、顔をこちらに向けると、言いかけた言葉を忘れたかのように黙った。ピエトロに向けられているその顔に、ベネディクトは釘付《くぎづ》けになった。

美しい女だ。長い髪は後ろでまとめられているが、それでもその艶《つや》やかさと豊かさははっきりと分かる。肌は透き通るように白いが、すらりと背が高いためか、弱々しさを感じさせない。長いまつげに縁取られた瞳《ひとみ》からピエトロに向かって鋭い視線が放たれている。

「久しぶりね」

素っ気ない挨拶に、ピエトロも「ああ、そうだな」と腑《ふ》抜《ぬ》けたような返事を返す。女はまるでそれを故意に無視するかのように、こちらに――ベネディクトに視線を向ける。

女にまっすぐに見つめられたベネディクトは、まるでメドゥーサの顔を見てしまったかのように動けなくなった。ベネディクトは慌てて視線をそらす。彼の動揺にもかかわらず、ジャコマは変わらず穏やかに、客に席につくことを勧める。

「さあ、みなさん、自分のお家《うち》だと思ってくつろいでくださいね」

部屋にはベネディクトら三人の客と、ジャコマ、テオドラ、さらに子供二人の七人が集まり、食卓を囲んだ。子供たちはジャコマが今世話をしている六、七歳ぐらいの男の子と女の子で、男の子の方はピエトロとは顔見知りらしく、ピエトロの隣に座った。女の子の方は、テオドラの隣に座る。そしてテオドラの正面が、ベネディクトの席だ。

ジャコマの心づくしの料理はたいへん美味だった。この日のために特別に顔なじみの猟師に分けてもらったという獣肉の料理はとくに見事で、野ウサギの丸焼きには香草が爽《さわ》やかに香り、鳩のローストには濃厚な肝のソースがかかっていた。どの料理にも、たいへんな手間がかかっている。大ジョヴァンニは一口食べるたびに感嘆の息を漏らし、ジャコマに作り方を尋ねた。ジャコマも喜んで質問に答える。ピエトロも口数こそ多くはないが、料理を楽しんでいるようだ。

しかしベネディクトは、食べ物の味やピエトロたちの様子よりも、正面のテオドラのことが気になって仕方がなかった。ジャコマからは先ほど彼女のことを、大聖堂近くで巡礼たちのための宿を経営している女主人だと紹介された。でもそれだけで、まだ他のことは何も分からない。ピエトロとは明らかに旧知の間柄のようだったが、どういう関係なのだろうか？　テオドラは隣の女の子と楽しそうにおしゃべりしながら、時折ベネディクトの方を見た。ベネディクトはその度に視線をそらすが、またいつの間にか彼女を凝視している自分に気がつく。

――なんということだ。私としたことが……。

ベネディクトは目を閉じて、自らを叱咤《しった》する。モンテ＝ファビオ修道院での厳格な生活の中で、世俗の欲望は克服したはずだ。それなのに、少しばかり美しい女が目の前にいるだけで、これほど動揺するとは。やはり、私はピエトロと一緒にいるせいで堕落しかけているのか？

そのとき、ピエトロと会話しているジャコマの言葉が耳に飛び込んできた。

「フランチェスコは、何があろうと他人を責めるような方ではありませんでしたよ。彼が批判するのは、つねに自分自身だけでした」

ベネディクトは自分の頰をぴしゃりと打たれたかのような思いがした。自分は今、何をしていた？　自分が一瞬でも女に気を取られたことを、ピエトロのせいにしようとしていたではないか。ベネディクトは自らを恥じ、心の中で神に赦《ゆる》しを請《こ》うた。ジャコマは会話を続ける。

「……ですから私には、フランチェスコが今の小さき兄弟会を責めるとは思えません。フランチェスコは、多様な生き方を認めておられました。だからこそ兄弟会の第三会を作って、私のように、世俗に生きながらフランチェスコの教えに従う者を許されたのです」

「それじゃあおばさんは、聖フランチェスコがエリア・ボンバローネを責めるとは思っていないんだな？」

「責めないでしょう。フランチェスコは、こうおっしゃっていました。『神はいかなる怒りの中にも住まない』と。彼は、生前もエリアを信頼し、彼との友情を大切にしていましたよ。そもそもエリアは、フランチェスコが神の道に入る前からの、古い友人だったのですから。きっと今でもフランチェスコはエリアを見守っているでしょう」

大ジョヴァンニが質問する。

「私の聞いた話では、エリア・ボンバローネは聖フランチェスコの目の前でも、平気で金銭を使っていたとか。それは本当なのでしょうか？」

「よくご存知ね。それは本当の話ですよ。あれは確か、エリアがフランチェスコの修道服を新調したときのことです」

ジャコマの話では、長年着古してすっかり擦り切れたフランチェスコの修道服を見かねたエリアが、新しい服を仕立て、フランチェスコに渡したという。フランチェスコはそれを受け取ったものの、身につけることなく、すぐに見知らぬ他人に施してしまった。それを知ったエリアは、慌ててその人を追いかけ、修道服を買い取ったのだという。

「それでも結局、フランチェスコは新しい服を着なかったのです。エリアはがっかりしたことでしょう。ピエトロは覚えているでしょうけど、エリアは黒い髪と黒い瞳で、見るからに抜け目ない風貌《ふうぼう》をしていました。その彼が、フランチェスコに関してはまったく自分の思いどおりにならず、何度も弱った顔をしていたのをよく覚えています」

エリアという男は、聖フランチェスコとそのような関係にあったのか。古い友人とはいえ、偉大な聖者に対してそこまで対等に振る舞えるものだろうかと、ベネディクトは疑問に思う。

「フランチェスコが亡《な》くなったときも、エリアは葬儀の段取りを完璧《かんぺき》にこなし、フランチェスコを失ったことで兄弟会が動揺しないよう——むしろ、天に上げられたフランチェスコの霊にみなが導かれるよう、最大限の配慮をしていました。私などはただ泣いて過ごすしかなかったものですから、エリアの行動力には驚いたものです。でもね、しばらく経《た》った後、エリアは一人でこの家に来て、何も言わずに、私の前で泣いたの」

ジャコマは「ちょうどそこに座っていたわ」と、今ピエトロが座っている席を指差した。

「私は彼に声をかけてあげられなくて、ただ、一緒に泣いただけ。でもそのとき、エリアの本心を初めて見たような気がしたの。もっとも、そのとき一回限りで、その後長い間、エリアと心が通じ合うように感じることはなかったのだけれど。とくに、エリアが総長に就任してからは、話す機会もなくなったわね」

総長でいる間、エリアはジャコマを含め、レオーネやアンジェロ、ルフィーノといったフランチェスコの古い兄弟たちを遠ざけているふしがあったという。アッシジの街でジャコマを見かけても、挨拶すら交わさない時期もあったそうだ。

「総長のときのエリアはいつも大勢の側近に囲まれていたし、立派な馬に乗って移動していたから、私なんかに気づかなかったんでしょうね。それに、エリアが街に出てくると商人たちが群がって、エリアに商品を買ってもらおうとしていたから。それはすごい有様だったわ」

「おばさんは、総長を辞めた後のエリアがどこにいて、何をしているか知っているのか？」

ピエトロは、今追っている謎《なぞ》――聖フランチェスコの遺骨の消失と、モンテ＝ファビオの聖遺物の件については、ジャコマに一切話していない。しかし、ジャコマへの質問がそれに関連するものであることは明らかだ。

「確か、エリアが兄弟会の総会議で総長を辞めさせられたのが、十三年前だったかしら。その後もエリアは一年ほど、兄弟会にいました。彼は教皇グレゴリウス九世と皇帝フェデリコ二世の間を取り持つことに力を注いでいたの」

二百年前の聖職者の叙任権闘争に端を発する教皇と皇帝の争いは断続的に続き、イタリアの各都市や地域を教皇派と皇帝派に二分し、今なお火種を残している。とくに一二二〇年から三十年間在位した皇帝フェデリコ二世は歴代の教皇との間で激しい争いを繰り広げ、二回も破門されている。ベネディクトが幼少期を過ごしたモンテ＝カッシーノ修道院を出なくてはならなくなったのも、教皇グレゴリウス九世から受けた二度目の破門に反発した皇帝が、ナポリに近いモンテ＝カッシーノを要塞《ようさい》として奪取したためだった。エリアが教皇と皇帝の和解のために奔走していた時期というのは、ちょうどその頃にあたる。

「エリアが兄弟会の発展のために、教皇グレゴリウス九世と長年協力してきたことは知っているでしょう。でもその一方でエリアは、教皇庁が世俗の権力に介入しようとして皇帝派といざこざを起こすのを憂《うれ》えていたそうよ。そういった争いに兄弟会が巻き込まれるのを防ぎたかったのでしょうね。エリアはフェデリコ二世とも親しくしていたから、どうにか教皇との仲を取り持とうとしたけど、その結果、エリアは皇帝側に肩入れしていると見なされ、教皇に破門されたのです」

破門されただと？　エリアが？　ベネディクトは驚いたが、そういえば昼間セバスティアーノがエリアのことを、「現在はキリスト教徒でも何でもないあの男」と話していたことを思い出した。あれは、そういう意味だったのか。

「破門された後のエリアについては、『皇帝のもとで軍人になった』と聞いていました」

ベネディクトはまた驚いて問い返す。

「軍人、ですか？」

「ええ。戦場に赴いて、皇帝のために戦っていたとか……」

ベネディクトは改めて、エリアという人物に思いを馳《は》せる。聖フランチェスコという大聖人と長い時間を共にし、フランチェスコ会の頂点まで上り詰め、魂の救済に努めるフランチェスコ会を長年率いた後で、殺戮《さつりく》と敵意の渦巻く戦場に身を投げ出してしまうとは。

そのような人生があるのか？　あって良いのか？

ベネディクトがあれこれ考えている間に、ピエトロがジャコマに尋ねる。

「でも、皇帝フェデリコ二世は確か、二年前に亡くなったんだろう？　その後、エリアはどうしているんだろうか」

「皇帝が亡くなったと聞いたとき、私もエリアのことが気になったわ。それでサン＝ダミアーノのキアラのところへ行ったの。キアラは兄弟会の関係者では唯一《ゆいいつ》、エリアが破門された後も、彼と手紙で定期的に連絡を取り合っていたから」

キアラという名は聞いたような気がするが、誰だったか思い出せない。ベネディクトの疑問に気づいたのか、ピエトロが説明をする。

「キアラさんというのは、聖フランチェスコの最初の女性の弟子で、今はサン＝ダミアーノ教会でフランチェスコ会の第二会――キアラ会を率いている人だ。もとは、アッシジの貴族の娘だったんだが」

ジャコマが彼の説明を継ぐように話を続ける。

「それで、私がキアラにエリアのことを尋ねると、彼女はエリアがフェデリコ二世の死と同時に軍人の職を解かれ、両親の故郷であるコルトナで暮らしていると教えてくれました。私の知っているエリアの消息は、これが最後。でも、キアラはきっと今でも連絡を取り合っているだろうから、彼女に聞けば最近のことが分かるかもしれないわね」

「そうか。でも、キアラさんのいる場所――サン＝ダミアーノって、男は入れないよな？　それにキアラさんは修道女だから、よっぽどのことがないかぎり、外に出てこないんだろう？」

「ええ、そうね。それなら近いうちに私が行って、聞いてきてあげましょう」

「いや、おばさんに遠出させるのは悪いよ」

「何が遠出なものですか。私のことなら大丈夫。足の痛まない、体調のいい日に行きますから。テオドラ、悪いけど、一緒にキアラのところへ行ってくれないかしら？」

「もちろんよ、おばさん。行くなら、晴れて天気の良い日がいいわね」

テオドラがそう答えるのに合わせて、ベネディクトは彼女の顔をちらりと見た。彼女はジャコマの方に注意を向けているから、こっちを見ていない——そのような推測を、ベネディクトは無意識に行い、またそれに基づいて無意識に視線を動かしていた。

テオドラは食卓を見渡して、ジャコマに言う。

「おばさん、食事もそろそろ終わりね。みなさんに、あれをお出ししていいかしら？」

「ああ、そうね。そうしましょう」

席を立ったテオドラは、奥の部屋から大きめの木の盆を持ってきた。その上には、丸く平たい小さな焼き菓子がたくさん載っている。それを見て、子供たちは喜びの声を上げる。

「ジャコマおばさんのお手製のお菓子よ。聖フランチェスコも大好きだったのよね、これ」

「ええ。ローマで初めてお会いしたときに食べていただいたの。そうしたら、とても気に入られて。亡くなる直前にも、『あれが食べたい』って言ってくださって。もう、他のものは何も食べられなくなっていたのに……だから、嬉《うれ》しいのか悲しいのか、分からなかったわ」

そう言いながら、ジャコマはしんみりとして、軽く目頭を押さえる。

「ああ、ごめんなさいね。あのときのことを思い出すと、今もこうなっちゃうの。さあ、みなさん、どうぞたくさん召し上がれ」

皆が焼き菓子に手を伸ばす。ピエトロも大ジョヴァンニも一口食べて、ジャコマに賛辞を送る。ベネディクトも、焼き菓子を手にとって眺めた。良い香りのする生地の上に、アーモンドが一粒載っている。口に入れると、アーモンドの香ばしさと生地の甘さが一つになって、得も言われぬ喜びが舌の上に広がる。清貧と禁欲を徹底した聖フランチェスコが所望した菓子だと知ると、なおさら美味に感じられる。ベネディクトは改めて、自分の、そして人間の、食べることに対する欲望の強さを知った気がした。いくら否定して、押さえつけて、なかったことにしようとしても、それは何度でも蘇《よみがえ》り、自分を打ちのめし続ける。ベネディクトの考えでは、それは堕落であり、魂の敗北だ。

しかし、だ。その欲望に打ちのめされているとき、自分はどんな顔をしている？ 考えなくても、今のベネディクトにとって、答えは明らかだった。負けたくないし、勝つことを望みながらも、どこかで負けることを望んでいる。

——ああ、だからこそ、より強い意志が必要なのだ。鋼《はがね》のような、強い意志を持たなければ。

ベネディクトは焼き菓子を飲み込みながら、心の中でそう決意していた。そして二つ目の菓子に手を伸ばす。ちょうどそのとき、自分が取ろうとした菓子を、白い指がかすめるように取っていった。顔を上げると、そこにはテオドラのはにかむような笑顔があった。「ごめんなさいね」と言わんばかりに少し肩をすくめてみせた彼女に、ベネディクトはどう反応していいか分からず、盆に手を伸ばしたままの姿勢で固まることになった。彼は、食べることとはまた別の欲望に自分が打ちのめされつつあることに、まったく気がついていなかった。

◇

食事が終わり、ベネディクトとピエトロは一つ上の階の寝室に案内された。大ジョヴァンニは食事の片付けを手伝っている。ジャコマは一人に一部屋ずつ、寝室を割り当ててくれていた。寝室は小さかったが、数日ぶりに一人になったベネディクトにとって、その空間は有り難かった。彼は一度大きなため息をつき、部屋を歩き回りながら、再びあれこれと考え始める。

――私は、どうすべきだったのだろう？　モンテ＝ファビオ修道院に帰ることはバルトロメオに断られてしまったが、もし彼が一緒に帰ることを承諾してくれていたとしても、私はピエトロと別れて帰っただろうか？

ベネディクトには、何となくではあるが、自分がピエトロともう少し共にいることを選んだのではないか、という気がした。その理由は、きっと……。

――希望のせいだ。ピエトロは、私が神に呪《のろ》われていない可能性を示してくれた。私はその可能性に、希望を見いだしているのだ。

問題は、その希望が自分を罪に導かないかということだ。救われたいと望み、苦しみから逃れようとするあまり、ピエトロに手を貸し、利用され、破滅しないかということだ。もしバルトロメオの言っていることが正しいなら、ピエトロに異端の道に引きずり込まれるかもしれないし、生家の家宝を取られてしまうかもしれない。

──私に、聖ベネディクトのごとき力が少しでもあれば。

聖ベネディクトは、その人生のいかなる瞬間においても、聖霊の導きによって物事を見きわめ、行動することができた。だからこそ、彼の力を試そうとしたトティラ王の偽装を見破ることができたのだ。ベネディクトは……「偽《にせ》ベネディクト」である自分は、その力を持たないことを残念に思う。

しかしいずれにしても、ピエトロのことをもっとよく知る必要がある。生家の家宝については、気をつけていればどうにかなる。ただ、彼が異端なのかどうかについては、早めに明らかにしなくてはならない。しかし、彼に直接聞くわけにもいくまい。

そのとき、部屋の扉を叩く音がした。ピエトロだろうか。ベネディクトが扉を開けると、テオドラが立っていた。

ベネディクトはその場に立ちすくんだ。テオドラは部屋に入ってきて、ベネディクトに話しかける。

「急にごめんなさい。ピエトロは？」

ベネディクトは置物のように固まっていたが、かろうじて返事をした。

「あの、え、ええと、ピエトロの寝室は、別で……」

「そう。じゃ、いないのね。良かった。ベネディクトさんとお話がしたくて」

「え？」

話がしたいって、何の話を？　まごつくベネディクトがそう尋ねるのを待たずに、テオドラは話し続ける。

「気になってたの。お食事のとき、私、ベネディクトさんに何か、失礼をしてしまったんじゃないかって」

彼女は何を言っているのだろう？　ベネディクトは困惑する。

「ど、どうして、そんなことを？」

「だって、ベネディクトさん、私の前に座っているのが嫌みたいだったから。私と目が合いそうになると、そっぽを向くし」

「ええっ！　いや、あれは……」

ベネディクトは次に何と続けていいか分からず、ただどぎまぎするだけだった。彼女のことが嫌だとか、そういうわけではないのだ。そう言いたかったが、では本心はどうだったかと訊《き》かれたら、何とも答えようがない。だが、とにかく誤解は解かなくてはならない。

「あの、あれはその、そういうことでは、なくて」

ベネディクトがそう言うと、テオドラは間髪を容《い》れず「本当？」と聞き返し、ベネディクトを上目遣いに見つめてくる。ベネディクトは完全にうろたえながら、こくりとうなずく。すると彼女はとても嬉しそうな表情を浮かべた。

「ああ、良かった！　私、ベネディクトさんに嫌われちゃったのかと思ってたから。ねえ、それなら、私の家まで送ってくれないかしら。お話したかったの、ベネディクトさんと」

ベネディクトは迷った。家族でもない女性と外を歩くなど、生まれてこの方、したことがない。いや、すべきではない。自分は、修道士なのだから。

「すみません、あの、それは、ちょっと……」

ベネディクトが断りの文句を発し始めると、テオドラは悲しそうな表情になった。

「やっぱり、私のこと、嫌っていらっしゃるのね。それならそうと、はっきりおっしゃればいいのに」

テオドラはそう言いながら、うつむきがちに部屋を出て行く。

「あ、いや、待って！」

ベネディクトは慌てて彼女の後を追い、部屋を出た。

第七章　蛇ににらまれた蛙《かえる》

ピエトロは目を閉じ、考えていた。蓋《ふた》の開いた、空《から》の石棺。聖堂に運ばれて以来、エリア・ボンバローネ以外の誰も目にしていない、聖フランチェスコの遺体。消えたドミニコ会士たち。それから、管区長の名をかたった、二通の手紙。手紙はどちらも、モンテ＝ファビオの聖遺物が聖フランチェスコの遺骨の一部だと主張していた。片方は穏便に「対価を払うから返してほしい」と言い、もう片方は強硬に「ドミニコ会士に盗まれたものだから返せ」と要求している。

この問題を構成しているさまざまな要素のうちやっかいなのは、聖フランチェスコの遺体が消えた理由がいくらでも考えられることだ。今日一日、見た限りでも、あの大聖堂は隙《すき》だらけだ。入り口を誰かが見張っているわけでもなく、大聖堂の建設や装飾にかり出されている職人たちや巡礼の者たちが自由に出入りしている。昼間はある意味、人の出入りの多いことが盗みを難しくしていると言えなくもない。夜になると下堂入り口に内側から閂《かんぬき》がかけられるが、夜間の見回りがあるわけではない。

——その気になれば、昼間に聖堂内に潜入してどこかに隠れ、夜になってから地下納骨堂に盗みに入ることができる。俺ならたぶん、そうする。

地下納骨堂の入り口さえ知っていれば、誰にでもそれができるだろう。

あのセバスティアーノは終始「聖フランチェスコが自ら外に出られた」と主張していたが、ピエトロ自身はその「奇蹟《きせき》による脱出説」をほとんど信じていない。アレッサンドロの言う「ドミニコ会士たちによる盗難説」の方がまだ信憑《しんぴょう》性がある。しかし、問題のドミニコ会士たちがシモン修道士によって下堂で目撃されたとき、セバスティアーノがすでに地下納骨堂にいた可能性が高い。このことには注意しなければならない。もしドミニコ会士たちが地下納骨堂へ行き、フランチェスコの遺体を盗んで出てきたのであれば、セバスティアーノと鉢合わせしたかもしれないからだ。だが実際、そのようなことはなかったとセバスティアーノは主張している。

もちろん、セバスティアーノが嘘《うそ》をついている可能性はある。たとえば彼がそのドミニコ会士たちと手を組んでいて、彼らと共に地下納骨堂に入り、彼らが遺体を盗むのを手伝ったとしたら？　しかし、もしそうだとしたら、セバスティアーノがわざわざ、外にいるシモン修道士に聞こえるほどの大声を上げた意味が分からない。

――だとすると……やはり、もうひとつの可能性を探らなくてはならない。

ピエトロの中には、一つの方向性が見え始めていた。もっとも、まだ多くの要素が欠けているし、何よりも証拠がない。しかしピエトロは自分の遠い記憶の中に、重要な要素の一つを見いだしていた。それに気づいたのは、アッシジ近辺の街道で出会った偽《にせ》聖遺物売りの少年に、自分の古い記憶を話して聞かせたときだった。

――移葬前の四年間、聖ジョルジョ教会に安置されていた聖フランチェスコの棺《ひつぎ》と、あの移葬の日に運ばれていた棺は、違うものだった。

移葬の日に見た棺は、明らかに新しいもので、白木が使われていた。しかし聖ジョルジョ教会に置かれていた木の棺は、もっと黒ずんでいた。一二二六年から一二三〇年の間に、多くの人が触ったからだ。

当時ピエトロは六歳だったが、記憶には自信があった。聖ジョルジョ教会にはよく忍び込んでいたし、そして何より、あの棺はピエトロにとって特別な意味を持っていた。あれのために、幼いピエトロはたった一人で生きていかざるを得なくなったのだ。

——あの棺の色と形……忘れるはずがない。俺の父親が触ったであろう、あの棺を。

そして、移葬の日に運ばれていたのがその棺ではなかったということは、移葬の直前に、誰かが聖フランチェスコの遺体を新しい棺に入れ替えたことを意味している。入れ替えたのは間違いなく、エリア・ボンバローネだろう。このことは、近いうちに確認しておかなくてはならない。

そこまで考えたピエトロは、思考の海から一度自分を引き戻す。そして改めて、思考の中に潜り始める。

すべきことはたくさんある。今日、アレッサンドロ修道士は、聖フランチェスコの遺体に関する情報に対価を支払う用意があることを示唆《しさ》してくれたが、所詮《しょせん》、口約束にすぎない。あくまで最優先すべきなのは、支払いが確実な方の依頼——モンテ＝ファビオの聖遺物の身元を突き止めることだ。

もっとも、ピエトロは最初から明確な成果を期待していたわけではない。聖遺物の身元を明らかにするには、その出所の情報が不可欠だ。だから、出所不明の聖遺物の身元など、本来ならば分かるはずがないのだ。だが、状況は変わった。

——まさか、俺がベネディクトを利用するためについた嘘の中に、真実があったとはな。

ピエトロが、ベネディクトの能力について立てた仮説。あれはもともと、ベネディクトに自分を信頼させるための方便でしかなかった。聖アントニウスの弟子であったフィリクスの存在と「聖遺物に近づくことで、それが誰の骨かを知るという奇蹟の能力」の話は、完全なでっち上げだ。この二つを思いついたのは、モンテ＝ファビオのマッシミリアーノ院長から「偽ベネディクト」のことを聞いたときだった。院長は酔っていて、修道院内外の愚痴をあれこれピエトロにこぼし、その中にベネディクトの話が出てきたのだ。

「とにかく、融通の利《き》かない男なのだ。生家からの寄進が多かったので前院長には大事にされたようだが、私がここへ来てからは寄進が減り、今は途絶えている。まあ、いろいろ事情があるのだろうが」

そう言いながら、マッシミリアーノ院長は何杯目かのワインを飲み干した。

「しかしあの家も、ベネディクトを将来どこかの修道院長にしたければ、寄進を途絶えさせるべきではないのだ。金がないなら、家宝の聖遺物でも差し出せば、こちらの心証も良くなるというのに」

「家宝の聖遺物？」

ピエトロは即座に聞き返した。院長は赤ら顔でにやにやしながら、わざとおどけた口調で言う。

「おや、ピエトロ殿ともあろうお人が、あの家の家宝の話をご存じないのか？ それは意外。その聖遺物が何であるかを知ったら、お前さんは絶対に欲しくなるぞ。教えてやろうか？」

ピエトロが院長を促すと、院長は得意げに明かした。

「司祭ヨハネの聖遺物だ」

「なっ……！」

ピエトロは言葉を失った。院長は笑う。

「ほら、やはりな。ああ、愉快だ。何事にも動じないことで知られるピエトロ殿の、そのような顔を見られるとは」

他人に本心を見せないよう、つねに注意を払っているピエトロにとって、院長に動揺を悟られたのは不覚だった。だが、無理もない。他の聖遺物ならばともかく、司祭ヨハネの聖遺物はピエトロにとって特別なのだ。

――院長は知るまい。俺がそれを、人生を賭《か》けて探していることを。

司祭ヨハネ。東方のどこかに強大なキリスト教国を建国したと言われる伝説の王。

ピエトロはその後、酔った院長から巧みに情報を引き出した。話によれば、ベネディクトの生家の数代前の当主が十字軍に参加し、エルサレム陥落後も戻らず、さらに東へと進んで「司祭ヨハネの国」へ至り、その建国者の聖遺物を得たという。

ベネディクト本人に関しては、「自分が呪《のろ》われているという妄想に陥っている」ということと、そしてつい最近「聖遺物を見て倒れた」という情報を得た。

あのときの院長はかなり酔っていたが、ピエトロに何を話したかはある程度覚えているようだ。その証拠に、身元不明の聖遺物の調査を依頼され、それを引き受ける条件としてベネディクトをこちらへ寄越すよう伝えたとき、院長から承諾の返事と共に「偽ベネディクトは世間知らずで騙《だま》されやすいが、お前さんのような人間を毛嫌いするだろう。とにかく健闘を祈る」という思わせぶりな言葉が返ってきた。ベネディクトの到着後に届いた手紙にも、「君が狙《ねら》っているものを手に入れることを祈る」などという、不用心なことが書かれていた。

院長の言ったとおり、ベネディクトは当初、ピエトロに対してあからさまな嫌悪《けんお》を示した。しかしそれは、驚くほど早く解消した。ピエトロが用意していた「奇蹟の能力の話」が、ベネディクトの心の琴線に触れたのだ。もう少し、疑っても良さそうなものなのに。もちろんベネディクトは疑念をあれこれ口にしてはいたが、彼が心の内ですぐにその話を信じてしまったことは、ピエトロの目には明らかだった。あまりにも簡単に、そして思いどおりに事が運んでしまい、逆にピエトロの方が驚いたほどだった。

しかし、ベネディクトと出会ってすぐに、ピエトロは自分の考えを修正しなければならないのではないかと思い始めた。ピエトロは、ベネディクトが苦痛を訴えて倒れることの本当の原因は、何らかの病のせいだろうと考えていた。だが出会ったその日に一回、そして翌々日にもう一回、ベネディクトが聖遺物のそばで倒れるところを見てしまった。これを、単なる偶然として片付けてよいのだろうか？ つまり、自分の仮説は元々でっち上げではあったものの、もしかすると何かしらの真実を含んでいたのではないか？

こういった経緯もあってピエトロは、ベネディクトが聖遺物の力に反応することについては、ほぼ確信を得ていた。そこへ、今日の夢の話だ。ベネディクトが夢に見たという、手のひらに傷のある男は、間違いなく聖フランチェスコだった。ピエトロは、ベネディクトの前で驚きを隠さなかった。正確には、隠せなかった。ただ、驚きのあまり手先が震えているのだけは、必死で隠した。あのときのピエトロは、自分の驚きそのものに、また驚いていた。

彼は思う。自分はやはり、奇蹟というものを心から信じられずにいたのだ。そこへ、奇蹟らしきものを突きつけられたものだから……。

聖職者という職務上、いや、それ以前に主イエス・キリストの僕《しもべ》として、そのような不信心を自分の中に認めるのは恐ろしいことだ。しかしピエトロはそういったことを、あえて自覚するよう努めていた。抑えつけたり、否定したり、無視したりしたところで、不信の念そのものが消えてなくなるわけではないからだ。ピエトロは一人になると必ず、自分の心の中へ飛び込み、中身を洗いざらい取り出して眺める作業をする。不安も、恐れも、怒りも、疑いも、悲哀も、すべて見つめるのだ。そして今、ピエトロの中に新たな不安の種が見つかった。彼はそれについて考え始める。

それが起こったのは、昼間――ベネディクトから夢の話を聞き、ポルツィウンコラを訪問する許可を得て、聖堂下堂に戻ってきたときのことだ。ベネディクト会士の様子が、明らかにおかしくなっていた。彼はその直前まで、同僚のベネディクト会士――バルトロメオ修道士と一緒にいたので、きっと何か言われたのだろう。バルトロメオには以前にも何度か会ったことがあり、彼が自分に良い印象を持っていないのは知っていた。差し詰め、バルトロメオ修道士から「ピエトロに気を許すな」と言われたとか、そんなところだろう。確かに、自分を警戒する理由はいくらでもある。

しかしピエトロはそれについては、いずれ説明すれば済むことと考えた。幸いなことに、ベネディクトは素直で、嘘のつけない人間だ。彼の考えていることは手に取るように分かる。彼は自分の気持ちを隠す術《すべ》を知らないのだ。実に、利用しやすい人間だ。しかし……。

——やはり利用……するのか？ あのような人間を、俺は。

もともと、自分の目的のためにベネディクトを呼んだことは間違いない。他人を利用することなど、ピエトロにとっては日常茶飯事だ。これまでの人生でも、そうやって生き延びてきた。こんな世の中だ。自分に限らず、多くの人間がそうしている。現に自分だって、何人もの他人に利用されているではないか。しかしベネディクトのように、剝《む》き出しの心を守ることができず、苦しんでいる人間は……。

——苦手だな、どうも。

なぜ、苦手なのか。それは、そういう人間に会うと、ピエトロは自分で自分の行動を予測できなくなってしまうからだ。自分の目的と自分の安全、自分の利益を優先して最大限に効率的に行動するという大原則から、大きく逸脱してしまうのだ。

ピエトロが自分の弱さと甘さを思い知ったのは、ボローニャでアンドレアに出会ったときのことだった。あのときは、自分の原則から大きく外れた判断と行動をしたために、危ない目に遭った。結果的にアンドレアを救ったことは自分のその後の進む道も変えてしまったが、それで良かったのか、ピエトロは今でも時々考える。どうも自分は、弱すぎる人間に心を乱されてしまうらしい。そしてベネディクトもアンドレアと同じく、自分には弱すぎる人間に見える。

さっきの夕食のとき、ベネディクトは明らかにテオドラに心を奪われていた。セッテラーネ村にいる頃から、ベネディクトが女たちにあからさまに目を向けていることには気づいていた。俗世間から隔離された環境で長く生活し、めったに修道院を出ることもない修道士が女性に目を奪われるのは無理もないことだ。しかし、それをあれほど分かりやすく表に出す人間はあまり見たことがない。

――本人は、うまく隠しているつもりなのだろう。だが、とても危うい。

客観的に見て、ベネディクトは美しい男だ。気弱さを反映してか姿勢はあまり良くないが、背は高く、黒髪と肌には清潔感があり、大きな鳶色《とびいろ》の瞳《ひとみ》は見るからに優しげで儚《はかな》げだ。大多数の女から好かれる外見であるのは間違いない。問題は、ベネディクト本人がそのことにまったく気づいていないことだ。手練《てだ》れの女に誘惑されでもしたら、蛇ににらまれた蛙同様、なす術もなく飲み込まれるだろう。そこら辺にごろごろしている好色な聖職者や修道士ならともかく、戒律を少し破った程度で本気で悩むベネディクトにそのようなことが起こったら、どうなるか。考えるまでもない。本人には言いにくいことだが、このことに関しては、いずれきちんと話をしなければならない。しかし、こういうことにどれほど踏み込んで良いものか？　いくら相手が危なっかしいからといって、おせっかいが過ぎるのは良くない。もしかすると、あのエリア・ボンバローネも、フランチェスコのことを危なっかしいと思って、あれこれ世話を焼いていたのではないだろうか？

なかなか良い案が思い浮ばないが、いずれにしても、明らかな危険は避けさせるべきだろう。

——少なくともここにいる間は、テオドラに注意するように言わなければな。

先ほど、寝室へ案内してくれたジャコマは、ピエトロに「ちょっと心配なことがあって」と言った。テオドラのことだった。

「酒場のマルコさんから聞いたんだけど、テオドラには最近、好きな人がいたみたいなの。そしてその人が急にいなくなったとかで、とても落ち込んでいて……。今はだいぶ元気になったけど、まだときどき様子がおかしいのよ」

ピエトロは、どう返事したらいいか分からなかった。ジャコマはおそらく知らないだろうが、テオドラの男好きは今に始まったことではない。彼女は自分が寝たいと思った男と、寝たいときに寝る女だ。ピエトロはそれを悪いことだと思っていないし、そもそも自分にはそのことでテオドラを諫《いさ》めたり咎《とが》めたりする権利はない。とにかく、自分が彼女にしてやれることは何もない。それはピエトロが何年もかけて出した結論だった。ただし、それにベネディクトが巻き込まれるようなことは避けるべきだ。

扉を叩《たた》く音がした。返事をすると、大ジョヴァンニが入ってきた。

「お待たせしました」

「片付けは終わったのか？」

「はい」

「そうか。それなら、少し仕事の話をしよう。早速だが明日、バルバのところへ行ってもらえないだろうか」

「おやすいご用です。例のお土産を持っていけばいいのですね？」

「ああ。その上でバルバに、いくつか調べものを頼んでほしい。一つは、現在のエリア・ボンバローネの消息。これはジャコマおばさんがサン＝ダミアーノのキアラさんに聞いてくれるとは言っていたが、こちらでも調べられるなら調べておきたい。二つ目は、かつてエリアの手下だった者たちを、一人でも見つけてくれたら有り難い」

「やはり、今回の件にはエリアが関与していると考えておられるのですね？」

「おそらくな。それから、もう一つある。おそらくこれがバルバたちの一番の得意分野だろうが……二ヶ月ほど前に、アッシジ周辺を訪れたドミニコ会士について調べてほしい」

「なるほど、きっとそれが一番早く分かるでしょうね。しかし、なぜドミニコ会士を？」

ピエトロは説明しようとしたが、その前に、ベネディクトも交えて三人で話した方がいいだろうと考えた。ピエトロは大ジョヴァンニと共にベネディクトの寝室へ行く。しかし、扉を叩いても反応がない。扉を開けると、中は無人だった。彼らは下の階に下りてベネディクトを探すが、どこにもいない。ピエトロはジャコマに尋ねる。

「おばさん、ベネディクトを見なかった？　部屋にいないんだが」

「ああ、ベネディクトさんなら、少し前にテオドラと一緒に出て行きましたよ」

「テオドラと？」

ピエトロの背中に戦慄《せんりつ》が走る。

「おばさん、それは、どれくらい前のことだ？」

「ええと……あなたを寝室に案内して、私がここへ下りてきて、すぐ後ぐらいだったかしら」

だとしたら、ずいぶん時間が経《た》っている。

——あの……女っ！

ピエトロは扉の方へ駆け出す。大ジョヴァンニが驚いて「ピエトロ様、どちらへ？」と声をかけるが、ピエトロは彼に家にいるよう短く伝え、暗い路地へと飛び出す。

——畜生、ちょっと目を離したら、このざまだ！

◇

ベネディクトは全身をこわばらせながら、長椅子《ながいす》の上に腰掛けていた。

なぜ、私はここに……？　テオドラを送っていくだけのはずが、なぜずるずると、こんなところまで来てしまったのだろうか。そもそも、彼女と夜の路地を歩いている間、どこをどのように歩き、何を話したかさえもよく覚えていない。記憶に残っているのは、急な坂道やごつごつした階段を、ひっきりなしに登り下りしたこと。狭い路地にかかったアーチに、何度も頭をぶつけそうになったこと。建物の隙間から聖フランチェスコ大聖堂の上堂が一瞬見え、見下ろされているような感じがしたこと。昼間の薄桃色の姿を忘れさせるような、深く青い闇《やみ》に沈んだアッシジの街。そして、テオドラが時々自分に向かって視線を投げかけた、その一瞬一瞬。彼女がこちらを見ると、ベネディクトはまるで魔法にかかったように、言葉を失ってしまうのだ。テオドラが営んでいる宿の裏口に着いたとき、彼女は中に入らず、立ち止まったまま黙り込んだ。ベネディクトはどうしていいか分からなくなった。とにかく、落ち着かなければ。ベネディクトは一度目を閉じ、頭の中に別れの挨拶《あいさつ》を綴《つづ》り始めた。挨拶さえすれば、彼女は宿の中に入るだろう。そして、自分はジャコマの家に帰る。「おやすみなさい、また今度」。そう言おうと心に決め、目を開けた瞬間、テオドラがこう切り出した。

「ねえ、ベネディクトさん、どうしてピエトロなんかと一緒にいるの？」

ベネディクトは口を開きかけたまま、動きを止めた。ええと、何と答えればいいのだろうか。

「ピエトロがどんな男か、ちゃんと知ってるの？　わたし、心配だわ」

「し、心配？」

ようやく言葉を発したベネディクトの顔を見つめながら、テオドラはうなずいた。

「もしよかったら、教えてあげましょうか？　ピエトロのこと。あいつがどんな奴《やつ》か知っておいた方が、きっとあなたのためになると思うの」

そう言われて、気がついたら宿の中のこの部屋に入っていた。暖炉の火が弱々しくちらちらと燃えている以外、ランプもなく、薄暗い部屋だ。テーブルの上に燭台《しょくだい》はあるが、一本の蠟燭《ろうそく》も差されていない。この部屋に入るまで、宿の使用人にも客にも、誰一人会わなかった。もしかすると、ここはテオドラの私室だろうか？

——だとしたら……。

ベネディクトは突然不安になる。修道士が若い女性の部屋に居座るなど、言語道断だ。早く帰らなくては！　しかし……。

——ピエトロの話を聞くという話は、どうなる？

そうだ、自分はそのためにここにいるのだ。だから、ピエトロの話を聞いたら、すぐに帰る。それでいい。ベネディクトは一人うなずく。しかし問題は当のテオドラが、ベネディクトをここに待たせたまま、どこかに消えてしまったことだ。

何か、用ができたのだろうか。宿の主人ともなれば、やはり忙しいのかもしれない。そんなことを考えていると、部屋の扉が開く音がした。弾《はじ》かれたようにそちらを見ると、テオドラが立っていた。彼女はベネディクトを見ながら、後ろ手に扉を閉める。

彼女は、髪を下ろしていた。暗い中でもその豊かな髪が、艶《つや》やかな光を放っているのが分かる。

それを見て、ベネディクトは危険を感じ取った。直感が訴える。この部屋を出なければ。今、すぐに。ベネディクトが立ち上がろうと膝《ひざ》に力を入れた瞬間、テオドラが声をかける。

「帰らないで」

その一言で、動き出そうとしていた体は石のように固まった。ベネディクトの思考は一瞬にして拡散してしまい、ただあてもなく目を泳がせることしかできない。その間にも、テオドラは長椅子に近づいてくる。

「ねえ、今、帰ろうとしたでしょ？　どうして？　あなたのためにピエトロの話をするって言ってたのに。やっぱり私のこと、嫌いなの？　だから、帰りたくなったの？」

「いや、そんなことは……」

「じゃあ、どうして？」

テオドラはベネディクトの隣にふわりと腰掛け、こちらを見つめる。ただよってくる彼女の香りにベネディクトの頭は麻痺《まひ》しそうになるが、彼は懸命に思考を続ける。

ええと、今、彼女に聞かれたのは、「なぜ自分が帰ろうとしたか」だ。「彼女を嫌いだから」ではない。だったら、なぜ？　それは……「罪に誘われる気がしたから」に違いない。

しかし、それを彼女に言うべきなのか？　いや、言えるはずがない。彼女は、ピエトロの話をするために、ここにいる。彼女は自分を罪に誘ってなどいないのだ。それなのに、自分が「罪に誘われている」と思っているのは、自分の中にやましい心があるからに違いない。

やましい心。その言葉に行き着いて、ベネディクトは顔から火が出るほどの恥ずかしさを覚えた。信じられない。自分は修道士だし、もう二十七だ。もう少し若い頃ならばともかく、すでに肉の欲望に振り回される歳《とし》でもない。きっと、気のせいだ。そうだ、私は、彼女が私に嫌われていると思い込んでいるのを申し訳ないと思ったから、彼女をここまで送って来たのだし、ピエトロの話を聞きたいから、この部屋にいるのだ。

「あの、ピエトロの、話を……」

ベネディクトはテオドラの方を努めて見ないようにしながら、そう言った。すると、テオドラは軽く息を吐いて、話し始めた。

「あいつに……ピエトロに初めて会ったのは、十五のとき。あたし、十歳のときに流行《はや》り病で父親と親類を亡《な》くして、母親があたしを養えないもんだから、ジャコマおばさんのところに預けられたの。父親が生きてるときにフランチェスコ会の第三会に入ってて、おばさんとは知り合いだったから。おばさんは、今はあんな小さな家で質素に暮らしてるけど、元は貴族なのよ」

「き、貴族？」

「そう。それも、そこら辺の領主とかじゃなくて、かなりすごい家でね、フランジパーニとか言ったかしら。あたしはあんまりくわしくないけど、偉い神父様とかをたくさん出してる家らしいわ。ローマに大きな家もあるの。でも、ジャコマおばさんはフランチェスコ様が亡くなるときにアッシジに来て、ここに住むことに決めたんだって。そして自分の財産を使って、修道士の人たちに食べ物をあげたり、困っている人たちを世話したりしてるの。

　それで、あたしもおばさんに二年ぐらいお世話になって、その後、母親がこの宿を経営してた男と再婚したから、ここへ引き取られたの。でも、その義父ってのが最低な奴でさ……。あたしを金持ちのじいさんと結婚させて遺産を取ろうとしたり、母親に乱暴したり、何ていうか、いろいろあったのよ。それでついに母親が病気になっちゃったもんで、母子一緒におばさんの家に避難したの」

　テオドラの話は、ベネディクトには情報が多すぎて、ほとんど飲み込めない。ずっと修道院で単調に暮らしていた自分の人生と、いかに違うことか。

「……それで、その頃おばさんの家に新しくやってきた子供の一人が、ピエトロだったの。あいつはあたしより二つ年下だから、十三とかそこらだったでしょうね。聞いた話では、あいつ、五歳ぐらいの頃からずっと、一人で生活してたみたい」

「五歳から？　一人で？」

ベネディクトは疑問を口にする。そんなことが可能なのか？

「どうやって生きてたか、あたしも知らない。でも、ろくなことをしてなかったことぐらいは想像できるわ。きっと、盗みとかして生き延びてたに違いないわね。

とにかく、初めて見たときはひどい格好だった。顔は汚れてて、着ているものもボロボロだったし。あたし、すっごく嫌だったことを覚えてる。ジャコマおばさんに『仲良くしてあげて』って言われたから、話しかけたりしてみたけど、あいつ、ぶすっとした顔で何も言わないのよ。この人は言葉が分からないのね、と思ったぐらいよ。でも、ジャコマおばさんとだけは普通に話してたから、そうじゃないんだって分かった。でも、おばさん以外の人間とは、あたしを含めて、話そうとしないのよ。そんな感じだから、初めてあいつがあたしに向かって口をきいたときは、本当に驚いたわ」

「初めてしゃべったとき……ピエトロは、何て言ったんです？」

ベネディクトは尋ねてすぐに、今の質問は必要だっただろうか、と思い直した。しかし思わず質問したということは、自分はそれに興味があるのかもしれない。テオドラは、ほんの少し目を細めて、こう言った。

「あいつが来て、何ヶ月か経った頃かしらね。おばさんのお使いで岩《ロッカ》の近くに行ったときに、あいつを見かけたの。あ、ロッカっていうのは、この町の上の方にある、砦《とりで》の一つよ。岩《ロッカ》は廃墟《はいきょ》だけど、いい景色が見えるから、そのうち行ってみるといいわ。どこまで話したかしら……そう、その砦の方を見たら、あいつがいたの。砦のまわりで、一人で、何かそわそわしてた。

その日は何とも思わなかったんだけど、それからまた何日か後にその辺に行くことがあったの。それで、ちょっと気になったから、岩《ロッカ》に上ってみたの。そしたら、あいつがまた一人でいて……。しばらくこっそり眺めてたら、下を見てうろうろしたり、地面に這《は》いつくばったりしてるのよね。そうかと思えば、いきなりこう、座って。ひどく落ち込んでるみたいだった」

そう言いながら、テオドラは長い両脚を長椅子の上に乗せ、両腕で抱え込み、頭を前に倒してみせる。彼女の髪が一束、するりと揺れて肘《ひじ》のあたりにかかり、暖炉の火に照らされる。ベネディクトは魅入られたようにそれを見ていたが、彼女が顔を上げるとすぐに目をそらした。

「あたし、あいつに声をかけたの。どうかしたの？　って。そしたらあいつ、驚いて顔を上げたわ。なんか、困ってるような、怒ってるような顔で。そして、逃げるように走っていってしまった。そのときあたし、なぜだか分かんないけど、こう思ったの。あいつはここで何か、探し物をしているのかも、って」

「それで、どうしたんですか？」

「なんとなく、その辺りをうろついてみたのよ。とくに、あいつが探しているものを見つけようって思ったわけでもないのよね。でも、たまたま下を見て歩いてたら、何か妙なものが目に留まったの。拾い上げてみたら……つるつるした、小さな石だった」

つるつるした石？　宝石か何かだろうか？　ベネディクトは尋ねてみたが、テオドラは、分からない、と言う。

「すごくきれいな色ってわけではなかった。白っぽくて、ちょっと緑色で、変わった色だったけど。形もちょっと変わってて。もしかすると、もともとは何かの形に彫られたものなのかもしれない。あたし直感的に、ピエトロが探してたのはこれなんじゃないかって思って、持ち帰ったの。ジャコマおばさんの家に帰って、あいつに石を見せてみたら……大当たりだったわ。それまで、あたしがいくら話しかけても無愛想に無視してたあいつが、ぽかんと口を開けて驚いているのを見たのは気分が良かった。なんていうか、ついに『あたし、こいつに勝った』って感じがしたのよね。でも、今思うと、そのときすでに、あたしはあいつに負けてたのかもしれない……」

そう言って、テオドラは軽くため息をつく。

「というのはね……あたしが勝ち誇った気分になったすぐ後、あいつ、泣き出したのよ。下を向いて、涙をぽろぽろこぼして。あたし、びっくりして、何て言ったらいいか分からなかったわ。そしたらあいつ、両手であたしの右手を握って、下を向いたまま、こう言ったの。『ありがとう』って。そのときからね、何かがおかしくなっちゃったのは」

「おかしくって……何がどう、おかしくなったんですか？」

「つまり、好きになっちゃったってことよ」

テオドラの答えに、ベネディクトの体はぴくりと反応した。頭が混乱する。ええと、どういうことだ？　ベネディクトはテオドラの話を――つまり当時の彼女の心情を理解しようとするが、まったく分からないし、想像もつかない。それもそのはず、ベネディクトが知っている女性といえば、修道院に入る以前のわずかな期間を共に過ごした母親や乳母や姉妹や召使いたちぐらいで、あとはすべて、書物の中の女性たちだ。

書物の中では、聖女だとか、奇蹟によって救われた女たちのことなどが語られているが、彼女たちがいつ何をどのように感じ、考えているのかといった心理や思考の描写はないに等しい。生身の女たちが何を考えているか、どういうことに心を動かされるのか、ベネディクトはほとんど知らない。だから、テオドラがなぜ、このときピエトロを好きになったのかも理解できない。

――なぜ、テオドラが、ピエトロを……テオドラ……ピエトロ……。

まったく理解できないにもかかわらず、なぜかベネディクトの胸の奥はじわじわと熱くなって、その熱が顔の方に上がってくる。

「……それで、そのときから少しずつ、ピエトロはあたしと話すようになったのよ。ジャコマおばさんを除けば、あたしとだけ。あたし、嬉《うれ》しくって、すっかり舞い上がっちゃった。そのうち、時間があるときにピエトロを誘って、二人で外でも会うようになったの。その頃からピエトロは、街の若い男たちとも打ち解けて仲良くなってね。酒場のマルコの従兄弟《いとこ》のマッテオがペルージャの奴らにさらわれたときなんか、ピエトロは頭に血が上ったマルコたちを落ち着かせて、一人でペルージャに潜入して、マッテオを無傷で取り返したのよ。それからずっと、あいつは若い奴らの英雄。そういうこともあったから、あたし、ピエトロはずっとアッシジにいるものだと思っていたの。ずっとピエトロと一緒にいられると思って疑わなかった。

でも、二年ぐらい経った頃かしら。ピエトロが突然、勉強したいから大学に行きたいって言いだしたの。あいつはジャコマおばさんの家に来た頃から、本をよく読んでたし、なぜだか分からないけど、よその国の言葉とかも知ってたのよ。そういうことが関係あったんだろうけど、とにかくあいつ、ジャコマおばさんと相談して、ボローニャの大学に行く準備を始めたのよ。あたし、それを聞いたとき、頭の中が真っ白になったわ。このままじゃ、ピエトロが離れて行ってしまうって思ったの。それであたし、考えたのよ。ピエトロと結婚しようって」

「け、結婚？」

「そんなに驚くことじゃないでしょ。だって、そのときはもう、あたしも十七ぐらいだったし、だいたいその前にもあたし、金持ちのじいさんと一回結婚させられてたんだから。

そのじいさんは結婚して一年も経たずに死んじゃったんだけど、意外といい人でさ。自分の遺産がきちんとあたしのものになって、がめつい義父に横取りされないように、しっかりと法的な手続きをしてくれたわ。それにあたしの将来も心配してくれて、いろいろと役に立つことを教えてくれた。だからそれ以来あたしは、自分がある程度気に入った男と、自分が納得できる条件でしか寝ないって決めて、そのためにも自分の力だけでずっと生きていこうって思ってたの。でも、ピエトロがいなくなると思うと、居ても立ってもいられなくなって……つい、結婚を決めちゃったのよ」

ベネディクトは話を聞きながら、ただただ混乱した。自分で結婚を決める？　自分の力だけで生きていく？　そんなことを考える女がいるのか？　いや、自分が全然知らなかっただけで、実は女というのは、こういう生き物なのか？

「あたし早速ピエトロに話したの。あいつはすっごく驚いてて、ずいぶん悩んでたけど、あたしは粘りに粘ってしつこく説得したわ。そしたらあいつもついに折れて、『二年間、ボローニャの大学で勉強したら、帰ってきて結婚する』って約束したの。ジャコマおばさんにもきっちり話を通したし、だからあたしは心の底から安心して、ピエトロをボローニャに送り出したわけ」

「それで、結婚……したんですか？」

そう問うと、テオドラはかすかに眉《まゆ》をひそめ、軽く下唇を噛《か》んだ。

「あいつ、あたしのこと、裏切ったのよ」

「裏切った、って？」

「あいつ……ボローニャから帰ってきたらあたしと結婚する約束だった。それなのに

「……」

「帰ってこなかったんですか？」

きっと苦々しい思い出なのだろう。テオドラの美しい顔が歪《ゆが》む。

「あいつはボローニャ大学での二年間が終わった後も、勉強をやめずにナポリに行ってしまったのよ。途中でここに寄って、あたしに会いに来たんだけど、『結婚はできない。すまない』って……。ひどいでしょう？　つまり、あいつはそうやって平気で人を裏切る人間だから、ベネディクトさんも注意した方がいいわよ」

そういう話だったのか。話にひと区切りついて、ベネディクトは安心したような、同時に肩すかしをくらったような気分になった。自分が彼女から聞きたかったのは、こういうことだろうか？　違う。知りたいのは、ピエトロが罪深い人間かどうかだ。いや、聖遺物を売ったりするぐらいだから、罪深いことはもう分かっている。だから、聞きたいのは、彼が自分を巻き込むほどに罪深いかどうかだ。とくに、彼が異端かもしれないという疑惑については、はっきりさせなくてはならない。

「あの……」

「何？」

「ピエトロは、異端者……なんでしょうか？」

テオドラは、怪訝《けげん》な顔でベネディクトを見る。

「異端って、あたしよく分かんないんだけど、ちょっと前にたくさんいたっていう、ペルフェクティがどうの、とか言う人たち？」

テオドラが言っているのは、オクシタニアを中心に活動していた異端の大勢力で、つい数年前まで教会を手こずらせていたアルビ派のことだろう。ベネディクトは異端については噂《うわさ》でしか聞いたことがなかったが、アルビ派の指導者層が完徳者《ペルフェクティ》と呼ばれているぐらいのことは知っている。

「そうです。でも異端者はアルビ派だけじゃなくて、ヴァルド派とかもいて、とにかく教会の正統な教えを信じていないなら異端なんですけど……ピエトロは、どうなんでしょうか？」

テオドラは、組んだ脚の上に肘をつき、手の上に顔を乗せて考えている。

「あたしが知るかぎりでは、ピエトロがそうだっていうことはないわね。あいつ、ジャコマおばさんと一緒にミサには欠かさず通ってたし。ただ、すごく信心深いかっていうと、そうでもないように思ってた。神様がどうのとか、そういう話はしたことないし」

「そうですか」

やはり、はっきりとは分からないか。しかし、彼女からピエトロについて聞けたのは良かったと、ベネディクトは思った。そろそろここを出る頃合いだ。もっと、何か他に聞くことがあったような気もするが、あまり長居すべきではないだろう。明日にでもまた聞けばいい。しかしそう思いつつも、ベネディクトはなんとなく思いついたことを、テオドラに尋ねてみる。

「その……今でも恨んでるんですか、ピエトロのことを」

その問いに、テオドラは少しだけ困惑したように見えたが、すぐに答える。

「そんなことないわよ。だって、昔の話だもの。あの頃はしばらく落ち込んだけど、結局、あたしは誰とも結婚なんかしないで、自分がしたいことをしながら生きることにしたの。今だって、そうよ」

突然、テオドラはこちらを向き、左手をベネディクトの右膝に置いた。驚くベネディクトに、テオドラは身体《からだ》をすり寄せてくる。

「ちょっと……やめ……」

「そんなこと言わないで。ねえ、ベネディクトさん。あなた、ジャコマおばさんの家で、あたしのこと、ずっと見てたでしょ？　あたしが気づかないと思ってたのね。ベネディクトさんって、かわいいわよね」

そう言いながらテオドラはベネディクトに顔と体を近づけ、ベネディクトの膝を撫《な》で始める。完全に不意を突かれてベネディクトは動けなくなった。

——離れなければ！

すでにベネディクトの胸は早鐘を打ち、身体は震え始めている。ベネディクトが彼女から離れようとするよりも一瞬早く、テオドラは身体をベネディクトに押しつけてきた。ベネディクトはすっかり混乱して、離れようとする決意を忘れてしまう。彼の感覚は、自分に触れているもの——細く柔らかく、しかし明らかに強くしなやかな芯《しん》をもっている温かな身体が、テオドラという名を持っていることも忘れかけた。それと同時に、自分のこと——ベネディクトという名前、そして修道士であるということすらも、自分の中から消え始める。

ベネディクトの身体から力が抜けたのを見計らって、テオドラは巧みに体重をかけ、彼を長椅子の上に押し倒す。ベネディクトはようやく我に返り、必死で自らの思考をたぐり寄せて、喉《のど》から絞り出すようにして彼女に訴える。

「頼む……やめて……くれ……」

しかしテオドラはベネディクトの腹の上にどっしりと乗り、動こうとしない。

「ねえ、ベネディクトさん。嫌なら、あたしのこと、押しのければいいのよ。あなたの方が、力が強いんだから」

そう言いながら、テオドラは勝ち誇ったようにベネディクトを見下ろす。ベネディクトにはそんなことはできない、できるはずがない、とでも言いたげに。実際、彼女を見上げるベネディクトは、巨大な女神の石像を見ているような錯覚を覚えていた。

「ほら、やっぱり、嫌じゃないんでしょ？　そりゃ、そうよね。あたし、女を本気で拒む男ってこれまで会ったことないのよね。ピエトロだって、今は聖職者ぶってるけど、本当はすごく女が好きなんだから。そしてベネディクトさん、あなただってきっと、おんなじよ」

自分を見失いかけていたベネディクトは、その言葉に弾かれたように反応する。

「ちが……う、わたし、は」

「そう？　違わないと思うわよ。それに、女が好きだっていうのは、そんなに悪いこと？」

悪いことに決まっているじゃないか。ベネディクトはそう言おうとして、荒くなった呼吸を整えようとするが、テオドラの方が先に口を開く。

「あたしには全然、そうは思えないのよね。それがそんなに悪いことなんだったら、神様はどうして、あたしたちをこんなふうに作ったのかしら？　だって、おかしいじゃない？　あたしたちが悪いことをしたがるように作っておいて、それであたしたちを罰するなんて。神様って、そんなに意地悪なの？」

違う、神が我々をそのように作ったのではないのだ。そもそも、原罪というものがあって……と考え始めたものの、胸が詰まって、何も言うことができない。とにかく、彼女から離れよう。冷静になって、きちんと反論するんだ。そうだ、私は今、神に試されているのだ。罪の危険から逃れ、そしてこの罪深い女性に、罪とは何かを教え諭す。それが修道士としての、私のなすべきことだ。

しかしベネディクトは、またもテオドラに先を越された。彼女はベネディクトに覆《おお》い被《かぶ》さり、両手で彼の頭をつかむようにして、彼の唇に自分の唇を押しつけたのだ。

「……！」

ベネディクトの頭の中は完全に真っ白になり、それまで考えていたことも、決意も、一瞬にして消えてしまった。そのかわりに、身体の芯の方からこみ上げてくる何かがあった。その感覚に、ベネディクトはむせかえるような息苦しさを覚える。しかし、逆らうことができないし、心からそれを忌《い》み嫌うこともできない。それは明らかな渇《かつ》望《ぼう》だったが、同時に、自分は生き物で、今確かに生きているという事実を有無を言わせず突きつけてくるような、堂々たる力強さに満ちていた。神、罪、戒律、呪い。自分がつねに気にしていたあらゆるものが、その力の中で溶けていく。

ベネディクトが抵抗しないのを見て取ったのか、テオドラは一度彼から唇を離し、胸元の編み上げひもを外し始める。ベネディクトは病人のように音を立てて荒く呼吸しながらも、彼女から目を離せずにいた。彼女の白い肩が露《あら》わになり、肌着がするりと胴体を滑り落ちる。

そのときだった。ベネディクトは突然、強い頭痛に襲われた。つづいて吐き気。激しい恐怖感。これは、間違いなく、ベネディクトがよく知っている感覚だった。

――この……感じは！

信じられない。だって、ここには、聖遺物などないではないか！　同時に、彼は悟った。

――ああ、やはり、私は……。

呪われている。ピエトロの仮説は、間違っていたのだ。私には奇蹟の力など、なかったのだ！

「ベネディクトさん！　どうしたの？」

ベネディクトの変化にテオドラは驚き、白い乳房を揺らしながら彼の頬を叩く。ベネディクトは、彼女の裸体と青ざめた顔をうつろに見ながら、自分に起こったことを改めて認識した。そして、ただただ絶望する。

そうか、これは、罰だ。私は、もともと呪われている上に、欲望に負けてしまった。自分の力を過信して、罪に誘われ、飲み込まれた。神の試しに応《こた》えられなかった。だから、罰を受けているのだ。ああ、ピエトロなんかを信じた自分は、馬鹿《ばか》だった。希望など、始めからなかったのだ。彼に付いて、こんなところまで来た自分は、愚かだった。修道院にとどまっていれば……あるいは、今日バルトロメオと帰っていれば、罪に誘われずに済んだのに。

もう自分には、ひとかけらの希望も、ない。

部屋の外の方から騒がしい声が聞こえ、扉が勢いよく開いた。しかしその音が耳に届く前に、ベネディクトは意識を失っていた。

◇

「ベネディクト！」

宿の使用人が止めようとするのを振り切って、ピエトロは勝手知ったる部屋まで走り、体当たりするような勢いで扉を開けた。薄暗い部屋の中で目に飛び込んできたのは、テオドラの白い上半身。ベネディクトの腹の上に乗っていた彼女は、ピエトロに気がつくと、目を大きく見開いて胸元を隠し、すぐに長椅子から立ち上がる。

「ちょっと、何よ、あんた！」

驚いて憤《いきどお》るテオドラにかまわず、ピエトロはベネディクトの方へ駆け寄る。ベネディクトは長椅子に横たわったまま、気を失っている。ピエトロは顔を上げて、テオドラを睨《にら》む。

「テオドラ！ ベネディクトに、何をしたんだ！」

テオドラは片手で胸元を押さえながら、もう片方の手で髪をかき上げ、軽く息を吐く。

「大したことはしてないわよ。いよいよこれからってときに、この人、勝手に気絶しちゃったのよ」

「勝手に？」

「そうよ。あたしが服を脱いだら、急に苦しみだして」

「お前、強引にベネディクトを誘ったんだろう」

ピエトロが立ち上がってそう言うと、テオドラは眉をひそめ、語気を強める。

「強引って、どういうことよ？ あたしには、大の男に言うことを聞かせるような腕力はないわよ。この人が、あたしが欲しくてここまで来たに決まってるじゃない」

「屁理屈《へりくつ》はいい。どうせ、うまいことを言って、ベネディクトを誘い出したんだろう。だが、なぜこんなことを？　お前のことは昔から知ってるが、昔は……少なくとも、こんな露骨で強引な真似《まね》はしなかったはずだ。どういうことだ？　まさか、俺への当てつけじゃないだろうな？」

ピエトロがそう言うと、テオドラの顔は、怒りで恐ろしい形相に変わった。彼女はテーブルの上に載っている燭台を手に取り、ピエトロに向かって思い切り投げつけた。

「……！」

ピエトロは両腕で顔を覆う。燭台は右手の肘の辺りに当たり、けたたましい音を立てて床に落ちる。

「自惚《うぬぼ》れてんじゃないわよ！　この裏切り者！」

絶叫にも近いテオドラの声に、ピエトロは肘の痛みも忘れる。

「あたしがこの人を誘ったのは、いい男だったからに決まってるじゃないの！　あんたなんかより、何倍もね！　勘違いしてるみたいだから言っとくけど、あんたなんか、今のあたしにとってはもう、何でもないのよ！　あんたなんか、虫けら！　そう、虫けら以下よ！」

テオドラはピエトロに罵詈雑言《ばりぞうごん》を浴びせ続ける。ピエトロはやや動揺したが、彼の意識は自動的に、聴覚を遮断する方向に舵《かじ》を切り始める。もちろん、聞こえていないわけではないが、話の内容を解釈することをやめるのだ。これは、ピエトロがまだアッシジで彼女と一緒にいた頃に習得した技術である。

——テオドラは、相変わらずだな。

こうやって罵《のの》しられるのは久しぶりだから少々面食らったものの、ピエトロは冷静さを取り戻しつつあった。彼はテオドラに気づかれないように、ベネディクトを横目で見下ろす。

なぜ、彼は気を失ったのだろうか？　まさか……。

ピエトロはテオドラの方に一歩、歩み寄る。髪を振り乱してピエトロを罵り続けていたテオドラは、ピエトロが動くと一瞬黙り、警戒した面持ちで少し後ずさる。

「な、何よ！　あたしのこと、宥《なだ》めすかそうとしても、その手にはのらないわよ」

「そんなことはしない。ただ、聞きたいことがある。この部屋に、聖遺物はないか？」

「聖遺物？」

「聖人の骨とか、髪の毛などの類《たぐ》いだ」

「何で、そんなこと聞くのよ」

「いいから、答えろ！　大事なことなんだ」

「何よ！　それが人にものを尋ねる態度？」

再び、テオドラの怒りに火が付く。ピエトロはさすがにうんざりする。ピエトロは再度ベネディクトの横にしゃがみ込んで周囲を見回すが、部屋には寝台と椅子くらいしかなく、聖遺物などありそうもない。だとしたら、彼が倒れた原因は……？　ピエトロの思考を邪魔するように、テオドラの言葉が割って入る。

「あんた、さっきから何よ？　その人のことばっかり心配して！　部屋に入ってくるなり、ベネディクト、ベネディクトって、そればっかりじゃない！　その人のことが、そんなに大切なの？　あたしとの約束はあんなに簡単に破ったくせに、その人は何なのよ？　すっかりあたしのこと、悪者扱いして……あたしはただの悪者ってこと？　ああ？　そうなの？　そうなのね？　そうなんでしょう！」

無視しようとしていたピエトロは、そう言われて思わず立ち上がり、テオドラを正面から見据える。

「そのとおりだ」

「なっ……！」

驚くテオドラが再び怒りをぶちまける前に、ピエトロは言葉を継ぐ。

「ベネディクトは不器用だが、必死に神に向かおうとしている。自分の欲のためにそれを妨げようとする者は、誰であろうと、悪人だ」

そう言われたテオドラはぶるぶると震え始めた。そして叫ぶ。

「出てって！」

彼女は長椅子のベネディクトの足もとからクッションを一つ無造作に摑《つか》み、ピエトロを殴り始める。

「出てって！　その間抜けな修道士も連れて、さっさと出て行くのよ！　あたしの前から消えろ！　早く！」

◇

翌朝、ピエトロは右肘の痛みで目を覚ました。気絶したベネディクトをジャコマの家へ連れて帰ること自体は、大ジョヴァンニが心配して宿まで来てくれていたのでどうにかなった。しかし、テオドラに燭台を投げつけられた肘はまだ痛む。

ベネディクトは、目を覚ましただろうか？　ピエトロは服を着ながら、ベネディクトにかける言葉を考える。きっと、ひどく傷ついているに違いない。しかし自分は、彼の精神の問題にどこまで踏み込むべきなのか？　考えても、明確な答えは出ない。

とりあえず、本人の顔を見てから考えるか。

そのとき、寝室の扉を叩く音と大ジョヴァンニの声がした。

「ピエトロ様！」

その声に尋常ではない様子を感じ取ったピエトロは、急いで扉を開けた。すると大ジョヴァンニが息を切らせて立っている。

「ああ、ピエトロ様！　たいへんなことが……」

「いったい、何なんだ？」

「ベネディクト様が、出て行ったんです」

「出て行った？　どういうことだ？」

「とにかく、下へ」

下の階に降りると、ジャコマが二人を待っていた。

「ジョヴァンニさんの言ったとおりよ。ベネディクトさんは今朝早くここを出て行ったわ」

「いったい、どこへ？」

「今朝、久しぶりにレオーネがやってきたの。私が彼に施すパンを準備していると、ベネディクトさんが寝室から降りてきて、レオーネと二人でしばらく話し込んでたわ。そして突然、レオーネと一緒に出て行くって言い出したの。私、ピエトロに相談しなくていいの？　って尋ねたんだけど、ベネディクトさんは、いや、いいんです、もう決めましたから、って……」

「ベネディクトが、レオーネと？」

レオーネは、聖フランチェスコの初期の弟子の一人だ。現在のフランチェスコ会とはほとんど接することなく、当時のフランチェスコの生活のとおりに清貧を実践し、托鉢《たくはつ》のみで各地を放浪して回っている。ベネディクトが、彼に付いて行ったというのか？

「ちょっとそこまで、付いて行っただけじゃないのか？」

ピエトロの言葉に、ジャコマは首を振る。

「ベネディクトさんは私に『お会いできて嬉しかったです』って言ってたわ。それから、ピエトロ、あなたにも伝言が」

「伝言？」

「何のことか分からないけど……『私は、君の期待しているような人間じゃなかった。

君は、間違っていた。だからもう、構わないでくれ』って……」

ピエトロは下唇を嚙む。どうすればいいのか。そう簡単に、答えは出そうにない。

第八章　移葬の記憶

「ピエトロ様、やはりベネディクト様を探しに行かれた方が良いのでは？　まだ、それほど遠くには行っていらっしゃらないと思いますし、今から探せば、きっと……」

大ジョヴァンニの言うことはもっともだ。レオーネ、そして彼に付いていったベネディクトがどこへ向かっているかは分からないが、今なら見つけられる可能性は高い。

しかし、ピエトロはためらう。

「ベネディクトは、思うところがあってレオーネに付いて行ったのだろう。だとしたら、俺にはそれを阻止する権利はない」

「しかし、モンテ＝ファビオ修道院から依頼された仕事はどうなるんです？」

「そっちの仕事は俺がやる。彼は——ベネディクトは修道士として、もっと大切なことに取り組めばいい」

「ピエトロ様がそうおっしゃるなら……でも、ベネディクト様は大丈夫なのでしょうか？」

大ジョヴァンニの心配は、ピエトロにもよく理解できる。レオーネ——あの聖フランチェスコの忠実な友であった兄弟レオーネは、本物だ。今のフランチェスコ会士たちのように、世情に合わせるために薄められた清貧に従っている者たちとは訳が違う。フランチェスコ亡《な》き今、レオーネはフランチェスコの精神を忠実に体現している数少ない者の一人である。財産も、定住する場所も持たず、神にすべてを献《ささ》げる真の隠修《いんしゅう》士《し》だ。その生活の厳しさ、信仰の激しさは、想像するに余りある。そのような生活に、あのベネディクトは耐えられるのだろうか？病に倒れるか、下手をすると、命を落とすのではないだろうか？

——俺の父親のように、ならないといいが。

ピエトロは、古い記憶を思い起こしかけるが、すぐに頭を切り換える。昔のことを今考えても、どうにもならない。とりあえず、ベネディクトに関してはちょっかいを出さず、できる範囲で見守ることにしよう。

「大ジョヴァンニ。これからバルバのところへ行くんだろう？　そのときに、レオーネとベネディクトの動向をそれとなく探るように頼んでもらえないだろうか。たとえば、どこかの街に現れたら報告する、とか」

大ジョヴァンニはそれを聞いて、安堵《あんど》した表情を見せた。ピエトロは、彼が自分と同じことを考えていたことに気づく。

「分かりました。確かに、そのようにバルバに伝えます。では、また後ほど」

大ジョヴァンニが出て行く。ピエトロもようやく、重い腰を上げる。

「さて、俺も動くとするか」

ピエトロは立ち上がりながら、これから向かう場所を決める。本来ならば、今日はベネディクトが見た夢を確認するためにポルツィウンコラに行く予定だったが、ベネディクトがいない今、行く目的は失われた。だとしたら、向かうべきはまず、あそこだ。

――それに、ベネディクトがいないなら、俺一人で少々危ない橋を渡ってもいいはずだ。

◇

「しかし、あの小僧が、立派になったものだなあ」

年老いた司祭は顔をくしゃくしゃにしながら、しげしげとピエトロを眺める。

「ありがとうございます。ラザル神父様には、昔ずいぶんご迷惑をおかけし……」

「いやいや、わしは気にしておらんよ。あの頃は、教会に忍び込まれようと、食い物をくすねられようと、お前さんがちゃんと生きとることをたまに確認できただけで安心したものよ。それが今は立派な助祭様だ。野良犬《のらいぬ》みたいだったお前さんをジャコマさんに引き合わせるには、ちと骨が折れたが、間違いではなかったのだな。わしは嬉《うれ》しい」

ピエトロは司祭に恭《うやうや》しく感謝を述べる。彼が今いるのは、アッシジの市壁の東南側——聖フランチェスコ大聖堂とは反対側にある聖ジョルジョ教会だ。司祭が尋ねる。

「それで今日は、ここに昔置かれていた聖フランチェスコの棺《ひつぎ》について聞きたい、というのだな？」

「ええ」

「それは……お前さんの父親に関係することか？」

司祭の問いに、ピエトロは首を振る。

「いえ、それは関係ありませんし、もう私の中では済んだことですので」

「そうか。それなら良かった。お前さんの父親の件では、わしも責任を感じとったのでなあ。わしはそれまで、奇蹟《きせき》というものは良いものと信じて疑わなかったが、お前さんに起こったことを考えると、手放しで喜べなくなってしもうて……」

「神父様、どうか、そのようなことは言わないでください。私は自分が不幸だったと思っていませんし、父も——あのような結果にはなってしまいましたが、ここで聖フランチェスコの棺から奇蹟を得て、彼なりに幸せな人生を送ったのだと思います」

「そうか」

「しかし、私の父の例にもあるように——フランチェスコの棺がここにある間は、訪れた人々から棺が見え、触れようと思えば触れられるようになっていたのですよね？」

「そのとおり。一二二六年から、一二三〇年までの間は、そうであった」

「その間、盗難の心配などはなかったのですか？　あのエリア・ボンバローネはフランチェスコの遺体が盗まれることを心配して、あのような大がかりな聖堂を建てて、遺体を隠したようですが」

司祭は目を細める。

「そうよなあ……確かに当時も、盗難には気をつけておった。警備の者も雇っておったしな。とくに、エリアはここにしょっちゅう通ってきて、ここの警備が薄いとか、あそこの出入り口を塞《ふさ》げとか、口を出してきたものだ。エリアの指摘は適切だったが、ここは古い教会だ。入ろうと思えば入れる。それはわしよりも、お前さんの方がよく知っておるだろう。よく忍び込んで来て寝ていたからな」

ピエトロは、やや気まずそうに苦笑いをする。

「それでも神父様は、遺体を人々の目から隠そうとは思わなかったのですよね？」

「そうだ。聖フランチェスコは、アッシジが誇る偉大な聖人だ。フランチェスコは間違いなく、主イエス・キリストの再来だ。人々にとって、彼を身近に感じられることがきわめて重要だからこそ、彼の棺を見えるように置いていたのだ」

「そのことに対して、エリアの反対はなかったのですか？　どこか、もっと目立たないところに隠すべきだ、とか」

「当時はとくに、なかったなあ。さっきも言ったように、エリアは警備にはうるさかったが、隠せとまでは言わなかった。エリアはフランチェスコの遺体が盗まれることは恐れていたが、それ以上に彼の聖性が世に広まることを強く望んでいたと思う。そもそも、フランチェスコの聖痕《スティグマ》のことを世に知らしめたのは、エリアだからな」

「そうだったのですか？　知りませんでした」

「そうか。フランチェスコは生前、聖痕のことはずっと隠していたのだ。聖痕のことを早くから知っていたのは、レオーネとか、アンジェロとか、ベルナルドとか、古い兄弟たちだけだった。レオーネたちも、聖痕のことを広めようとは思っていなかったはずだ。だが、フランチェスコが亡くなると、その日のうちにエリアが書簡で聖痕のことを広めたのだ」

「その日のうちに、ですか？　ずいぶん急いだのですね」

「そうだな。おそらくエリアは、聖痕のことを言いたくて仕方なかったのだろう。ただ、フランチェスコ本人に気を遣って、彼が生きている間は言わずにいたのだろうな。エリアはとくに、同時代の聖人――聖ドミニコのことを気にしておった。フランチェスコがドミニコの影に隠れないよう、必死だったのかもしれん」

ピエトロは、古い記憶の中のエリア・ボンバローネを思い起こす。あの頃アッシジやその近辺にいる者で、彼を知らない者はなかった。エリアはそれほど大柄でなく、どちらかというと瘦《や》せ型だった。くっきりと剃《そ》り込みを手入れした頭頂部と、年齢に似合わず黒くつやつやした髪、濃い髭《ひげ》。そして、やや落ちくぼんではいるが、ぎらぎらと光を放つ両目が印象に残っている。粗布で織られたフランチェスコ会の修道服が、あれほど似合わない人物もそういないだろう。聖フランチェスコは「清貧と結婚した」と言われているが、ピエトロの記憶にあるエリアはまさに、「野心と結婚した」と形容するのがふさわしい。そしてその野心が目指しているのは、フランチェスコの聖性を世に知らしめることに他ならなかった。

「一二三〇年にエリアが大聖堂にフランチェスコの遺体を隠したのは、その時点で、フランチェスコの聖性がもう十分に広まったと判断したからなのでしょうか?」

「そこらへんは、わしにもよう分からんのだ。確かに、当時フランチェスコのことは、彼の生前よりも広く知られるようになっていた。しかし、だからといって、それがいつまでも続くわけではないよなあ。むしろ、時が経《た》つにつれて、人々の記憶も薄れる。遺体を隠すよりも、見える場所に置いた方が、聖人の記憶を強める効果があるのは間違いない。あの聖ドミニコの棺も、見えるところに置かれているからな」

「ええ、確かに。ドミニコの棺は、私もボローニャにいる頃に見たことがあります。頑丈な鉄柵《てっさく》に囲まれていましたが、目立つ場所に置かれていました」

「目立つところに置くのは、奇蹟が起こるためにも重要だ。実際、ボローニャの聖ドミニコの棺からは、最近になってもたびたび奇蹟の報告がある。それなのに、こっちはどうだ。フランチェスコの遺体については、移葬以来、ほとんど奇蹟の話がない。ここに棺があったときは、毎日のように奇蹟が起こっておったのに」

「エリアは、そのこと――棺を隠したがゆえに、聖フランチェスコの奇蹟が起こらなくなったことを、気にしていなかったのでしょうか？」

「いや、明らかに、気にしていたぞ。あれは確か……そうだ、パドヴァのアントニオが亡くなってしばらく経った頃のことだ」

パドヴァのアントニオというのは、フランチェスコに信頼されていた兄弟の一人だ。フランチェスコは学問については「心のおごりを引き起こす」という理由で懐疑的であったが、その彼が神学教師に任命したのがアントニオだった。つまりフランチェスコは、アントニオの学問を、祈りと献身の精神の現れとして認めたということだ。さらにアントニオは死後、フランチェスコと同様に、聖人に列せられている。

「アントニオの遺体は、彼の死の直後からパドヴァで奇蹟を起こし続けていた。その評判はアッシジにまで聞こえてきて、アッシジからパドヴァに巡礼に行く者まで出てきた。そのとき、エリアはどうしたと思う？」

「まったく、想像がつきませんが」

「すぐにパドヴァに赴き、なんとアントニオの遺体に向かって、『これ以上奇蹟を起こさないでくれ、フランチェスコの印象が薄くなるから』と懇願したらしい」

　老司祭は「どうだ、呆《あき》れた話だろう」と付け加える。確かにこれは、呆れた話だ。しかし、これで明らかになったことがある。エリアは大聖堂の下堂完成後も、フランチェスコの聖性が世に定着しているかどうかを気にしていたのだ。そして、それでもなお、フランチェスコの遺体を隠し続けなくてはならない理由を持っていたということだ。

　ピエトロは本題に入ることにした。

「神父様。よろしければ、フランチェスコの遺体が移葬された日の前後のことを、教えていただけませんか？」

「とくに差し支えないが、移葬の日の前後となると、いくらでも話すことがあるぞ。お前さんは具体的に、何を知りたいのだ？」

　ピエトロは一瞬、言葉に詰まる。自分が気にしていることを言うべきか？　そうだ、ここは言うべきだ。

「私は、ここ聖ジョルジョ教会に置かれていた棺と、移葬の日に運ばれていた棺が別のものだったと記憶しています。つまり、移葬の前に、遺体が新しい棺に入れ替えら

れたということです。それがいつ誰によって行われたか、教えていただけません
か？」
「ああ、そのことか。それは、移葬の日の二日前のことだ」
一二三〇年五月二三日。老司祭の話では、その日の深夜、エリア・ボンバローネが
現れたという。
「突然夜中に来られて驚いたから、よく覚えておるよ。エリアは二人の修道士を連れ
てきたが、修道士には似つかわしくない、筋骨隆々とした大男だった。彼らは新しい
木の棺を持ってきていた。エリアは『移葬の当日はこっちの新しい棺に入れて運ぶの
で、今夜入れ替えをする』と言ってな」
「それで、神父様はその作業に立ち会ったのですか？」
「ああ。古い方の棺を開けて、入れ替えの作業を見守った。もっとも、私よりもエリ
アの方が遺体の扱いにうるさかったが」
「神父様は最後まで作業に立ち会われたのでしょうか？」
「いや、移し替えの手順や取り扱い方などを決めて、いざ作業に取りかかろうとした
ところでエリアが、後は我々でやるので神父様は休んでください、と言ってな。実は、
その時期は移葬の段取りやその相談で毎日せわしなくて、わしも疲れておった。それ

でエリアの言葉に甘えて、先に休ませてもらった。他の誰かならともかく、フランチェスコの身体《からだ》の扱いに一番うるさいエリアに任せておけば、何も心配は要らなかったからな」

「なるほど。それで、翌朝はどうなっていたんですか？」

「フランチェスコの遺体は元の場所に、新しい棺に入れられて置かれていたよ。やはり、新しい棺は良いなあと思ったものだ」

「古い棺は？」

「なかった。エリアが持って行ったのだろうな」

「そうですか。それで神父様は、新しい棺の中にフランチェスコの遺体が納まっているのをご覧になったのですか？」

「いいや、見とらん。新しい棺はしっかり閉じられて、運ばれるのを待つだけの状態だったからな。そんなことができる状態じゃなかった」

「ということは、新しい棺に遺体が入っているかどうかは、エリアとその二人の男以外、確認していないのですね？」

　老司祭はいぶかしげな視線をピエトロに投げる。

「そのとおりだが……なんだかお前さんの口ぶりだと、新しい棺に遺体が移されたことを疑っているように聞こえるな。もしや、そうなのか？」

ピエトロが返事をためらっていると、老司祭もためらいがちに訊《き》く。

「その、わしは……最近、聖フランチェスコの遺体について、よからぬ噂《うわさ》を耳にしたのだが……まさか、お前さんの疑問はそれと関係あるのか？」

「神父様、その噂とは？」

ピエトロが尋ねると、老司祭は慌《あわ》てた様子を見せる。

「いやその、わしもくわしいことは知らんし、信じておらんのだ。だから、口にするのもおこがましいと思うのだが……」

「とにかく、教えてください」

「ああ、分かった。その……聖フランチェスコの遺体が、大聖堂から消えたとか」

「そうですか……ご存じでしたか。私は行きがかり上、その調査に関わることになったのです」

ピエトロがそう言うと、老司祭は目を大きく見開いた。

「あれは、本当だったのか！　いや、うちの読師《どくし》が大聖堂に行ったときに、修道士たちがそのような話をしているのを偶然聞いたらしくてな。わしは、そんなことはあり得んと思ったし、そんな噂が街で広まればたいへんなことになると思ったので、固く口止めしておいたのだがな。

それで、フランチェスコの遺体は、なぜ消えたのだ？　盗まれたのか？　前から、ペルージャの者たちがフランチェスコの聖遺物を狙《ねら》っていると聞いていたが……」

確かに、そういう噂はつねにある。アッシジの人たちのペルージャへの敵対心は、今も昔も激しい。古代から両者にあった対抗意識に加え、十一世紀には皇帝派と教皇派に分かれたことで、幾度となく争いが繰り返されてきた。一二〇二年に起きた戦争には、血気盛んな若い商人であった頃のフランチェスコも参戦している。敗戦ののち、彼がペルージャの捕虜になったのは有名な話だ。

「フランチェスコ会では、諸説あるようです。しかし私は、できるかぎり多くの可能性を探りたいと考えています。それで、そういった可能性の一つが……」

ピエトロは意を決して、自分の考えを口に出す。

「移葬の日である一二三〇年五月二五日よりも前に、エリアがここから聖フランチェスコの遺体を持ち去った可能性です」

「何だと？　まさか……」

老司祭は顎《あご》に手を当ててしばらく思案していたが、やがて首を振ってみせる。

「いや……それはないだろう。もしそうだとしたら、フランチェスコの遺体は、大聖堂に到着すらしていないことになるぞ。そんなことがあるはずがない」

「しかし、移葬の日からつい最近まで、フランチェスコの棺の場所はエリア以外知りませんでした。ですから、フランチェスコの遺体が大聖堂に移されたことを確認した者はいません」

老司祭は、眉間《みけん》に皺《しわ》を寄せる。

「つまりお前さんは、こう考えているのだな。移葬の日の二日前、エリアが新しい棺を持って来たとき、彼はフランチェスコの遺体を新しい棺に移すふりをして、実際は盗んだのではないか、と」

「そのとおりです。そして移葬の日当日、ここから運ばれた新しい棺の中身は、空だったのではないかと考えています」

「まさか、そんなことはあり得ない！」

「私も、それが正しいと思っているわけではありません。あくまで、可能性の一つです。ただ、それが可能性の一つであるかぎり、あり得るかあり得ないか、確証が欲しいのです。もし神父様が新しい棺にフランチェスコの遺体が収まっていることをその目で確認なさっていれば、その可能性はあり得ないものとして消えたでしょう。しかし、神父様は新しい棺の中身をご覧になっていなかった。だから、今のところ可能性として残ってしまいます」

「なるほどなあ……。だが、あんな大がかりな行列に、空の棺を運ばせたのか？　そんな、フランチェスコ会とアッシジの民衆を欺《あざむ》くような……いや、神をも欺くような行いをするだろうか？」

「……」

「それになあ、ピエトロ。あのエリアが……あの大聖堂を建てた張本人が、せっかく建てた聖堂に聖フランチェスコの身体を迎え入れないということがあり得るだろうか？　やっぱり、それはあり得んと思う。確かにエリアは何かと問題の多い男だったが、フランチェスコに対する敬愛は本物だった。彼は彼なりに、フランチェスコとフランチェスコ会のことを考えていたのだ。そんな彼が、フランチェスコの遺体をぞんざいに扱うとは思えんし、フランチェスコの遺体を入れるつもりもないのにあのような大聖堂を建てたとは思えない」

老司祭の言葉にピエトロも深くうなずく。だが、「フランチェスコの遺体が最初から聖堂に運び込まれていない」という可能性が可能性として残る以上は、調べてみなくてはならない。ピエトロは老司祭に問う。

「神父様。ずいぶんとお時間を取ってしまって申し訳ありませんが、最後にもう一つだけ教えていただきたいことが」

「ほう、何かね？」

「フランチェスコの遺体についてです。神父様は、移葬の日の二日前に、少なくとも一度はフランチェスコの遺体を見ていらっしゃるのですよね。そのときの遺体は――神父様から見て、で結構ですが――完全なものだったでしょうか？」

「完全、というと、失われた部分がなかったか、ということか？」

「はい。それまでの時点で欠損したような部分がなかったかということです」

「わしが見る限り、欠けたところはなかったと思う。ひとつひとつ確かめたわけではないが、ここに置いてある間に盗難があったなら、わしがそれにまったく気づかなかったとは思えない」

「そうですか」

他に、何か聞いておくべきことはないだろうか。ああ、そうだ。

「神父様。エリアが連れてきた二人の修道士について、覚えていることはありませんか？」

「そう言われても、もう昔の話だからなあ。いかつい男たちだった、としか……。いや、待てよ。確か……片方の男のことを、エリアは『ブルーノ』と呼んでいた。わしの兄と同じ名だと思ったのを覚えている。それ以外は、記憶にないなあ」

「有り難うございます。名前が分かっただけでも、十分です」

ブルーノ、か。ピエトロは老司祭に礼を言って、聖ジョルジョ教会を出た。次に目指す場所は、もう決まっている。

◇

大ジョヴァンニはアッシジの城壁から離れ、丘を下り、アッシジの野――いわゆる「下のアッシジ」に降り立った。赤い芥子《けし》の花の混じった深い草を踏み分けながら、ある場所を目指す。やがてまばらなオリーブの木が、一ヶ所に固まって生えている場所が見えてくる。その陰に隠れるように、一軒の家がぽつんと立っている。大ジョヴァンニは家の前に立ち、一度汗をぬぐった。そして深呼吸をし、戸を三回叩《たた》く。

「誰だ？」

男の声が聞こえる。大ジョヴァンニは即座に答える。

「商人です」

扉の向こうの声が、少し時間をおいて問う。

「何の用だ？」

「絹の商いに」

「どこから来た？」

「リヨンから」

仲間であることを示す符丁はここまでだ。ここからは、こちらが誰かを具体的に聞いてくる。

「生まれはどこだ？」

「ジェノヴァの生まれで、同じ名前を持つ弟と共に、フィエスキ家に仕えておりました。摘発に遭った際には、主《あるじ》であったオットボーノ・フィエスキにかくまわれ、今は……」

大ジョヴァンニが言い終わらないうちに木の扉が開いた。

「セッテラーネ村からよく来たな、大ジョヴァンニ」

鷹《たか》のような鋭い目つきをした中年の男が扉から現れる。大ジョヴァンニは満面の笑みを見せ、両手を広げて男と抱きあう。

「お久しぶりです、サウルさん。お元気そうで」

「お前こそ。弟の、小ジョヴァンニも元気か？」

「ええ」

「バルバは下におられるよ。早く顔を見せてあげてくれ」

大ジョヴァンニはサウルに促されながら、勝手知ったる奥へと進む。巨大な壁掛け布をめくり、その裏にある扉を開き、薄暗い階段を下りていく。地下の空間は、粗末ながら、礼拝堂だ。ただし、ここで行われる礼拝は、教皇庁《クーリア》が目の敵にする異端の一派、ヴァルド派のそれだ。

ヴァルド派は、リヨンのヴァルドを創始者とする。ヴァルドは裕福であったが、ある日突然改心し、全財産を投げ打って、各地に主の教えを説いて回る説教者となった。やがて彼らの活動は異端の宣告を受けたが、その教えは民衆に広く浸透していった。異端に対する弾圧が激しくなると、ヴァルド派は存続のために地下活動を開始した。この家も、その拠点の一つだ。

蠟燭《ろうそく》の明かりの中、隅の方に置かれた机の向こうに、フードを目深《まぶか》にかぶった小柄な人影が見える。

「バルバ・カタリナ様」

声をかけると、女の声が静かに答える。

「大ジョヴァンニですか？　ああ、何年ぶりでしょう。どうか、近くへ」

大ジョヴァンニはバルバに近寄る。髭《バルバ》と言っても、女性で、大ジョヴァンニよりもだいぶ若い。フードから覗《のぞ》く顔も、袖《そで》から見える手も小さい。「バルバ」というのはあくまで、ヴァルド派の巡回説教者を指す言葉に過ぎない。

「お忙しい中、お時間を頂戴《ちょうだい》して申し訳ありません」

「何を言うのです。久しぶりに友に会えるのに、時間が惜しいことがありましょうか。それに、ちょうど数日前に巡回が終わって戻ってきたところなので、時間ならたっぷりあります」

「そうですか。それは、よろしゅうございました」

「ピエトロ殿は、お元気でいらっしゃいますか？」

「はい。ピエトロ様からバルバ・カタリナ様に、こちらを……」

大ジョヴァンニはバルバに布の包みを渡す。バルバはそれを小さな手で開ける。中から出てきたのは、粗末な木製のロザリオだった。バルバはそれを丁寧に手に取り、先端に付いた黒ずんだ十字架を眺める。彼女の手が、かすかに震える。

「ジョヴァンニ、このロザリオは、もしや……」

「ご想像のとおりです」

「これを、どこで……」

「昨年、ピエトロ様と北方へ行くことがあり、ピエモンテにしばらく滞在して、バルバ・ルチーア様のことを調べました。当時の支援者を探すのに苦労しましたが、ようやく一人、見つけました。たいへんな高齢の男性でしたが、彼がバルバ・ルチーア様を知る、最後の一人だったのです。彼によれば、ルチーア様は火刑に遭われる前に、供の者、そして潜伏先の支援者すべてに、こう言われたそうです。表向きには教会への信仰を復活させたふりをして、生き延びよ、と。その罪は、ご自分が一人でお引き受けになるから、と……」

大ジョヴァンニの声は徐々に涙声になり、途切れがちになる。バルバ・カタリナも涙をこらえていたが、ついに目頭をそっと押さえた。

「……このロザリオは、その老人が持っていた、ルチーア様の遺品です。老人によれば、村にいた他の支援者はみな亡くなっており、彼がルチーア様の遺品を受け継いだということです」

バルバ・カタリナは小さな両手を、大ジョヴァンニの大きな手に重ねあわせた。

「ジョヴァンニ、ありがとう」

「いいえ、お礼は、私にはふさわしくありません。ほとんど情報のない中から手がかりを集め、遺品の在処《ありか》を突き止めたのは、他ならぬピエトロ様です」

「ピエトロ殿には、いくら感謝してもしきれません。しかし、あなたの熱意がピエトロ殿を動かしたことは疑いありません。改めて、ジョヴァンニ、あなたにお礼を言わせてください。アッシジの仲間たちも、各地にいる者たちも、大喜びするはずです。さっそく、ペルージャやスポレートの仲間たちに知らせましょう」

「喜んでいただけて、私も嬉しく思います。ピエトロ様に伝えたら、きっと喜ばれるでしょう」

「ピエトロ殿は本当に、良き聖職者でいらっしゃいますね。彼のいる教区なら、ジョヴァンニも安心して暮らせるでしょう」

「ピエトロ様は特別な方です。元は我が主《あるじ》であったオットボーノ・フィエスキ卿《きょう》が、アンドレア様とエンツォ様を守るためにピエトロ様を選んだのですが、我ら兄弟にとっても正しい人選でした。ピエトロ様は、教会の信徒にも、異端とされている我々にも、分け隔てなく接してくださいます。

ピエトロ様はよく、こう言われます。『ジョヴァンニたちの祖ヴァルドは、教会の教えに背くようなことは説いていない。ヴァルドと聖フランチェスコの説いていることにはほとんど違いはないのに、教皇庁はヴァルドに説教を禁じ、フランチェスコには許した』と」

大ジョヴァンニがそう言うと、バルバはゆっくりとうなずいた。

「まったくもって、そのとおりです。ヴァルドは不運でした。きっと、世に出るのが早すぎたのでしょう。私は思うのです。もし我らのヴァルドが聖フランチェスコと同じ時期に世に出て、どこかで出会っていれば、二人は無二の親友になったかもしれない。私は生身のフランチェスコを知りませんが、彼の生き方と教えには感銘を受けています。

しかし、彼の死後のフランチェスコ会は、彼の生き様とは違う方向に行ってしまったようですね。噂では、大聖堂からフランチェスコの遺体が消えたとか。私たちの仲間は、清貧を捨ててしまったフランチェスコ会を、かのフランチェスコが見限ったのではないかと噂していますよ」

「さすがバルバ、お耳が早い。実はそのことで、ご相談があるのです。ピエトロ様からのお願いで、情報がいくつか欲しいのです」

「ピエトロ殿の願いなら、ぜひ聞き入れたいところです。しかし、私たちにとって、危険を伴うことではないでしょうね？」

「その点は、おそらく大丈夫です。ピエトロ様がご所望なのは、バルバ・カタリナ様始め、アッシジ近辺にいるヴァルド派の情報網で、安全に得られる範囲のことですから」

「そうですか。では、話を聞きましょう」

大ジョヴァンニは順を追って話す。まずは、エリア・ボンバローネの現在の居所。次に、過去にエリアの手下で、エリアと共にフランチェスコ会から追放された者たちの消息。

「それから二ヶ月ほど前に、アッシジを訪れたドミニコ会士について、何か情報があれば教えていただきたいのです」

「二ヶ月ほど前、ですか？　なぜ？」

「これも内密にしていただきたいのですが、大聖堂からフランチェスコの遺体が消えたとされる夜、大聖堂付属の修道院に、ベルガモから来たドミニコ会士が二名宿泊していたというのです。そして、夜中に大聖堂下堂の地下納骨堂入り口付近にいるところを目撃され、そのまま逃げて戻らなかった、と」

「そうですか。しかし、それは、奇妙な話ですね」

「と、言いますと？」

「ここ数ヶ月、ドミニコ会士がアッシジを訪れたという報告はいっさいなかったからです。ドミニコ会士がアッシジの街にいたのであれば、私に知らされないわけがありません。ペルージャのような近くの街はもちろん、アンコーナ辺りにいるドミニコ会士たちの動きも、即座に私に知らされます。それは、あなたもよくご存じでしょう」

「ええ、もちろん」

ヴァルド派を始め、教皇庁から異端とされている者たちにとって、「ドミニコ会士」という言葉は「異端審問官」と同義だ。最近になって、フランチェスコ会も異端審問の役割を担《にな》うようになったが、異端者の発見と摘発の経験と練度においてドミニコ会のそれにはほど遠い。今のところドミニコ会士たちの目は、アルビジョア十字軍とその後の戦闘によってほぼ壊滅させられたアルビ派の生き残りに向けられているが、それがいつヴァルド派に向けられてもおかしくない。よって、ヴァルド派は地下で活動しながら、各都市や村の間で情報交換を欠かさず、ドミニコ会士たちの動きを監視している。

にもかかわらず、ここアッシジのバルバは、ここ数ヶ月ドミニコ会士がアッシジで目撃されたという報告はないと言う。これは、何を意味しているのだろうか。

「とにかく、もう少し調べてみましょう。そのドミニコ会士たちが大聖堂にいたという日付の前後も含めて、仲間たちに情報を集めさせます。ピエトロ殿のご要望は、これで終わりですか？」

「もう一つあります。フランチェスコの古い弟子、レオーネが今アッシジの付近に来ているのですが、彼の消息を教えていただけないでしょうか」

「兄弟レオーネのことは、私たちの仲間もよく知っています。ですから、彼がどこかの都市に現れたら、こちらに知らせてもらうことは可能です。しかし、彼が都市や街道から離れた場所にいる場合は、足取りは摑《つか》めないかもしれません。それでもよろしいですか？」

「ええ、もちろん。お分かりになる範囲でお知らせいただければ」

「しかし、なぜレオーネを？」

「実は、私たちと一緒にアッシジに来たベネディクト会の修道士が、彼に付いて行ってしまったのです。突然のことだったので、ピエトロ様も私も心配しておりまして」

「そうですか、分かりました。しかし、その方は修道士なのでしょう？　あのレオーネに付いて行くということは、おそらく神に導かれてのことでしょう。他人が心配しなくてもいいのでは？」

「ええ、私たちもそう思うのですが、それでもやはり、心配でして……」

◇

陽がまだ高いうちに、ピエトロは一度ジャコマの家で大ジョヴァンニと合流し、情報を交換した。大ジョヴァンニはピエトロに「ヴァルド派の情報網によれば、ここ数ヶ月、ドミニコ会士がアッシジ付近を訪れたという報告はない」ことを伝えた。それを聞いたピエトロは、大ジョヴァンニに「後で、マルコの酒場で会おう。俺の荷物も運んでおいてくれ」と言い残し、外へ出て行く。目指すは、聖フランチェスコ大聖堂だ。

刺すような日差しにも負けることなく、大聖堂は冷ややかにそびえ立っている。聖堂前は、巡礼たちや石工たちで騒がしい。昨日と違って今日は下堂も開放されているようで、巡礼たちに混じったピエトロが何食わぬ顔をして通り過ぎても、誰も何も言わない。修道士たちに何か尋ねられたら、イルミナート管区長かアレッサンドロの名前を出すつもりだったが、そのような様子もないので、ピエトロはそのまま下堂に入る。

やはり、こういう環境なら、いつ誰が忍び込んでもおかしくはない。

聖堂下堂では昨日と同じく、壁画制作の絵師たちが作業をしていた。彼らを束ねるシモン修道士もいる。セバスティアーノら他のフランチェスコ会士たちの姿は見えない。

――好都合だ。

ピエトロは早足でシモン修道士の方へ歩み寄り、すかさずオイル語で挨拶《あいさつ》する。突然オイル語で話しかけられて、シモン修道士は戸惑っているように見えた。他の絵師たちも、驚いてピエトロを見る。

「お仕事中すみません。シモン修道士、ちょっと伺いたいことがあるのですが」

するとシモン修道士は、オイル語で返してきた。

「なんと、我々の言葉を、ずいぶんと流暢《りゅうちょう》に話されるものだ。このあたりでそれだけ話せる人に初めて会いました。どちらで学ばれたのですか？」

オイル語で話すシモンは早口で、たどたどしくラテン語を話すときとはずいぶん印象が違う。

「いえ、勉強したというほどのものでもないのです。ところで、聖フランチェスコの遺体が消えたという夜のことを、くわしく教えていただけませんか？」

「私が見たことは、すでに管区長や兄弟アレッサンドロに話しています。あなたも、彼らからすでにお聞きになったのでは？」

「ええ、聞きました。ただ、ご本人の口から改めて伺いたいと思いまして。私が聞いた話は、あなたが夜中に聖堂の周囲を歩いていて、何やら声が聞こえてきたために下堂に入り、二人のドミニコ会士を見たというものです」

ピエトロがそう言うと、シモンは怪訝《けげん》な表情になった。

「なんだか、ずいぶん話が簡単になって伝わっているようですね。きっと、私のラテン語が拙《つたな》いせいなのでしょうが」

「話が簡単になっている？　どういうことですか？」

「まず、『私が周囲を歩いていた』というのは、私が聖堂周辺の見回りでもしていたように聞こえますが、そうではないのです。私はそのような役割を担っていませんし、あの夜、聖堂の外に出ていたのは、絵師たちに呼び出されたからです。絵師の一人、ジョフロワの様子がおかしいから来て欲しいと言われ、外に出ました。

私はいつも修道院の中で寝ており、絵師たちは聖堂外の仮小屋に寝泊まりしているので、私は修道院から出てジョフロワのいる仮小屋へ様子を見に行ったのです」

「そのときは、下堂を通って外に出たのですか？」

「いいえ。下堂は夜間、内側から閂《かんぬき》で閉じられていますので、その日もそうだろうと思って修道院の勝手口から外に出ました。絵師たちの小屋へ行くと、問題の絵師――ジョフロワは何やらひどく怯《おび》えていて、布を頭からかぶって小屋の隅にうずくまっていました。仲間の絵師たちによれば、さっきまで皆で酒を飲んでいて、ジョフロワが用を足しに外へ出て、戻ってきたらこうなっていたということでした。

私はジョフロワに何があったのか尋ねましたが、彼は首を振り、取り乱した様子で『頼む、連れて行かないでくれ。私を彼らに引き渡さないでくれ。ああ、シモン修道士、あなたまでもが奴らの手先になってしまったのか？』と、涙ながらに訴えました。

私は直感的に、彼が悪魔に取り憑《つ》かれていると思いました。そういう悪魔憑きは、見たことがありましたから」

確かにそのような反応は、悪魔憑きにありがちなものではある。

「それで私はジョフロワの頭に手をやって、祈りの言葉を唱えました」

「悪魔を祓《はら》おうとしたんですね？」

「ええ。私は、きっとジョフロワの中の悪魔が苦しんで暴れ出すと思ったのですが、ジョフロワは抵抗しませんでした。彼の中から悪魔を引きずり出そうと思って、オイル語で『ジョフロワの中の悪魔よ。隠れても無駄だ。ジョフロワの中から出るがよい』と言うと、なぜかジョフロワは安心した顔をして、眠ってしまいました。普通悪魔が離れるときは大暴れするので、なんとなく拍子抜けしてしまったことを覚えています」

「そうですか。それで？」

「いったん落ち着いたので、小屋の外に出て、修道院に戻ろうとしたのです。そうしたら、地の底から湧《わ》き上がってくるような音が聞こえてきました」

「それが、セバスティアーノの悲鳴だったということですか？」

シモン修道士は困惑する。

「私自身は、『悲鳴』と話した覚えはないのですが、そのように伝わっているのですね。確かに、後から考えれば悲鳴のようにも思えるのですが、そのときは直感的に、話し合っている声だと思いました」

「話し合っている声？　ということは、複数の人間の声だったのですか？」

「複数いたかどうかまでは分かりません。ただ、音の上下する感じと言いますか、切れ切れに続いて聞こえてくるところなどが、会話しているように感じられたのです」

「それで、下堂に入ったわけですね。そのとき、下堂にはどうやって入ったのですか？」

シモンは聖堂の入り口を指さす。

「鐘楼脇《わき》の、あの入り口から入りました。さっきも言ったように、普段、夜間は入り口に門がかかっていますが、おかしな声につられて下堂入り口に近づくと、入り口が開いているのが分かったのです。

そして下堂に足を踏み入れたところ、左の袖廊《そでろう》のあたりが明るくなっており、人がいるのが見えました。私は思わず、オイル語で『誰だ』と声をかけながら、そちらに駆け寄りました。すると、そこに二人のドミニコ会士がいたわけです。うち一人は、袖廊の床から上半身だけを出していました。あとで知りましたが、そこが地下納骨堂の入り口だったのです」

「彼らは、納骨堂から出てくるところだったのでしょうか？」

「そこまでは分かりません。そのとき私は直感的に出てきたと思いましたが、正しいかどうかは分かりません。

とにかく彼らは私を見ると驚いた顔をして、すぐに一人がもう一人を床の穴から引き上げ、右の袖廊脇の扉から上堂への階段を走って上っていきました。私は反射的に、彼らを追いかけました。そのドミニコ会士二人は、その日の昼間アッシジに到着して、その日の晩餐《ばんさん》も祈りも私たちと共にしていたので、なぜ彼らが私を見て逃げたのか分かりませんでした。が、きっと何かやましいところがあるのだろうと思ったのです。

彼らは上堂に入り、正面の出入り口から出て外階段を降り、聖堂の敷地を出て行きました。アッシジの細い路地に入るまで追いかけたのですが、見失ってしまいました。

その後私は大聖堂に戻り、その袖廊の床の穴に入ってみたのです。そしてその下で、蓋《ふた》の開いた石棺と、その脇で倒れているセバスティアーノを見つけました」

「そのとき、セバスティアーノに怪我《けが》などはなかったのですか？」

「ありませんでした。本人も、私が声をかけると、すぐに目を覚ましました。そして恍惚《こうこつ》として、何か言ったのです。それはこのあたりの言葉だったので、私には意味が分かりませんでした。私が、ここはいったい何なのかとラテン語で尋ねると、セバスティアーノはようやく落ち着いたようで、ラテン語で答えました。『ここは、聖フランチェスコの墓所だった。でも、今は違う。フランチェスコはたった今、私にこの場所を示し、そして出て行かれた』と。私は彼に、ドミニコ会士を見なかったかと尋ねましたが、彼は何を尋ねられているのか分からないという顔をしました。そして、誰にも会っていない、ずっと自分一人だと言いました」

「あなたの話だと、あなたがドミニコ会士を追いかけてから、再び大聖堂に戻ってくるまで、しばらく間が開いていますよね。その間にセバスティアーノが納骨堂に入った可能性は？」

「ええ、もちろん、あると思います」

だとしたら、ドミニコ会士たちが遺体を盗んで出て行き、その後にセバスティアーノが納骨堂に入り、空の石棺を見つけたという可能性もある。

「そのドミニコ会士たちは、フランチェスコの遺体が入るような入れ物なり、袋なりを持っていましたか？」

「袋のようなものを持っていたと記憶していますが、一人の遺体が入るほどの大きさだったかまでは分かりません」

結局、決定的なことは分からないようだ。しかし、シモン修道士に直接オイル語で話を聞いたのは正解だった。人は、母語で話すときと外国語で話すときとでは、情報量が圧倒的に異なる。

ピエトロは、シモン修道士から聞けることは十分聞いたような気がした。彼は嘘《うそ》を言うような人間には見えないし、おそらく信用できるだろう。それでも一応、話の裏は取っておいた方がいい。ピエトロはシモンに尋ねる。

「その悪魔が憑いたかもしれないという絵師の人――ジョフロワさん、でしたっけ？その人は今、ここにいますか？」

「ジョフロワはあいにく、今日スポレートに向かって発《た》ちました。そこに住む知り合いの絵師から顔料を分けてもらうためです。彼は少しだけ、このあたりの言葉が分かるので、使いにやらせたのです。実を言えば、ジョフロワはあの日以来おかしくなってしまって、それぐらいしかさせられないのです。おそらく数日で戻ると思いますが」

「そうですか、分かりました。他の絵師の方々にも当日の話を聞きたいのですが、よろしいでしょうか。お仕事の邪魔になって申し訳ありませんが」

ピエトロが丁重に頼むと、シモン修道士は笑顔で、構いませんよ、どうぞと促してくれた。自分の話の裏を取られることを、後ろめたく思っている様子はないように見える。

身廊の壁に張り付くようにして作業をしていた絵師たちは、ピエトロがオイル語で話しかけると、喜んで質問に応じてくれた。みな口々に、お前はパリの出身だろうと尋ね、違うと答えると驚き、ピエトロのオイル語を賞賛した。中には、「ジョフロワのオイル語よりも、はるかに上手《うま》い」と言う者もいた。どういうことかと尋ねると、例のジョフロワという絵師はオクシタニアの都市トゥールーズの出身で、母語はオイル語ではなくオック語なのだという。

絵師たちの話は、シモン修道士の話と一致していた。全員で口裏を合わせたような気配もない。さらに絵師ジョフロワについて、くわしい話を聞くことができた。

「あの後、ジョフロワがちょっとおかしくなってな。怯えて、小屋を出ようとしないんだ。無理に引きずり出して仕事をさせていたんだが、ずっと震えていてさ。あれは困ったな」

「ジョフロワさんは、ずっとそんな感じなのですか？」

「いや、あの日から半月ぐらい経って、一度元に戻ったんだ。それから一ヶ月以上普通にしていたんだが、三日前からまたおかしくなってな。また小屋から引きずり出して仕事させたんだが、たびたび気分が悪くなって仕事にならないんだ。でも、何もさせずに置いておくわけにもいかないので、シモンさんが今朝、顔料の仕入れに行かせた。そしたら急にあいつ、元気になって出かけやがったよ。何が何だか、俺たちにもよく分からないんだ」

「そうですか」

悪魔憑きの人間にありがちな話だ。悪魔は一度憑いた人間には何度も憑くし、良くなったかと思った頃にまた憑く。そして憑かれた人間はたいてい、喜怒哀楽が激しくなる。

ピエトロは絵師たちとシモン修道士に礼を言い、下堂の身廊を引き返す。作業を再開した絵師たちから目を離して下堂の出入り口を見ると、人影がさっと隠れたのが見えた。

——誰だ？　俺を見ていたのか？

ピエトロは早足で外に出て周囲を見回したが、そこは相変わらず大勢の人間がおり、誰が自分を見ていたのか分からない。だがピエトロには、どうやら自分がすでに危ない橋を渡っているらしいという感触があった。こうなった以上はやはり、もうジャコマの家に世話になるわけにはいかない。今日のうちに移動することにして、正解だった。

◇

ピエトロは背後を確認しながら、丘の上の砦《とりで》——岩《ロッカ》に向かって坂道を上る。目指すは、砦にほど近い酒場だ。このあたりまで丘を登ると建物もまばらになり、山の草木が多くなってくる。ピエトロは酒場に入る前にもう一度、木の陰から誰も後をつけてきていないことを確かめ、その上で改めてアッシジの街を見下ろした。眼下に広がる家々の赤い屋根は、ピエトロにとっては見慣れたものだ。しかし視界の右手の聖フランチェスコ大聖堂は、以前ここから見たときはまだ下堂のみで、奥の修道院の工事もそれほど進んでいなかった。上堂も修道院もほぼ完成している今、それは異様な威圧感を持ってアッシジの街に対峙《たいじ》している。まるで、アッシジを城壁ごと飲み込もうとしている生き物のように。

ピエトロが酒場に入ると、薄暗い部屋の中で待っている大ジョヴァンニの姿があった。大ジョヴァンニは、すでに主人と話をつけたと言う。ピエトロは階段を上って大ジョヴァンニが手配した部屋に入り、僧服を脱いで着替えた。そして下の階に降り、テーブルにつく。給仕に「主人を呼んでくれ」と伝えると、一分もしないうちに、顔の下半分に濃い髭を蓄えた、恰幅《かっぷく》の良い男が顔を出す。

「ピエトロ！　しばらくだな！」

「やあ、マルコ。元気そうじゃないか」

マルコはピエトロの古い友人で、ここアッシジで一軒、酒場を営んでいる。コムーネ広場近くの大きな店、通称「下の店」は巡礼者相手に大繁盛《だいはんじょう》している。岩《ロッカ》に近いここ「上の店」は、マルコの住居も兼ねた小さい店だ。夜ともなれば地元の人間が大勢集まってくるが、まだ陽が高いせいか、今は彼らの他に客はいない。マルコは彼の前に腰掛け、給仕に酒を持ってくるように言いつける。酒が運ばれてくると、彼らは互いに向かって杯を掲げて見せる。

「昨日帰ってきたらしいな」

「ああ。ゆうべはジャコマおばさんの家に世話になったんだが、今夜からここで世話になる。よろしくな」

「ここよりもジャコマおばさんの家の方が快適だろうに、なぜわざわざ移動するんだ？　もしかして、テオドラと鉢合わせしないように、か？」

「心配してくれてありがとう。だが、昨日、すでに鉢合わせしてしまったよ」

そう言うと、マルコは杯を口に近づけたまま手を止めた。

「鉢合わせしたって……何もなかったか？」

「その場では何も、な。彼女も、ジャコマおばさんの前で俺をどうこうする気はないだろう」

「それは良かった。だが、このところ、様子がおかしかったからな。気になっていたんだ」

ピエトロは、ジャコマもテオドラを心配していたことを思い出し、マルコに尋ねる。

「テオドラは、最近付き合ってる男がいたのか？」

「誰から聞いたんだ？」

「おばさんが、そう言ってた。お前から、そう聞いたって」

「そうか。あれは……いつだったかな。二ヶ月ぐらい前だったと思うが、朝、夜明け前にテオドラが訪ねてきたんだ。扉を開けたら、いきなり俺に抱きついてきて、男がいなくなった、お願いだから探して、ってな。ひどい取り乱し方だったよ。その他にも何かしゃべってたんだが、泣きながらだったんで、要領を得なくてな」

「それで、お前は男を探してやったのか？」

「可哀想だったから、探してやろうとしたよ。あんなに取り乱すんだから、そんなに好きだったのかと思ってな。だが、無理だった。テオドラは『ルッカから来た織物商だ』って言ってたんだが、アッシジのめぼしい商人に聞いても、誰もそんな奴《やつ》とは取引してないと言うんだ。それをテオドラに言ったら、ものすごく腹を立ててたな。テオドラによれば、そいつはテオドラの宿の『あの部屋』に一ヶ月ほど滞在していたらしいんだ」

ピエトロも、その部屋のことは知っている。テオドラと契約——彼女を一定期間妾《コンクビーナ》にするという約束を、文書をもって交わした男が滞在する部屋で、宿の裏口から、他の客にも使用人にも会わずに出入りできる。昨晩ベネディクトが連れ込まれた部屋が、まさにそこだった。

「テオドラの話では、そいつの部屋には何人か仲間らしき奴らが出入りしていたらしいんだが、奴らが部屋にいる間はテオドラは入室禁止で、顔を見ることさえできなかったらしい。『仲間たちの声ははっきり覚えてる』って自信ありげだったんだが、そんなこと、本人を探す手がかりになるわけないだろう？　結局、何日か探しても、見つからず仕舞いってわけだ。テオドラのやつ、俺に対する感謝も何もありゃしねえ」

マルコは腹立たしげに頭をぼりぼりと掻《か》き、酒をあおる。

「だいたいな、テオドラは昔から、俺なんか眼中にも入ってねえんだよ。今だってそうだ。いくら俺が言い寄っても、『契約をしてくれるんなら』って言って、いつも法外な値段をふっかけてくる。俺にそんな金がないのを分かってて言ってるんだ」

「そりゃそうだろう。テオドラが契約をするのは、街の外から来て、短けりゃ数ヶ月、長くても数年で出て行く奴らだけだ。絶対に、アッシジの男には手を出さないと決めてる。アッシジの女たちを敵に回したくないからだろう。賢いと思うよ」

実際、テオドラは賢い女だ。昔からそうだった。出会った頃にはすでに自分の財産を持っていたし、母親と自分の生活を義父から守るために、よそから来る商人に「契約」を持ちかけては、金や物品を手に入れていた。義父が死んだ後は宿を自分のものにして、母親を世話する傍ら、身寄りのない男女をジャコマのところから引き取り、宿で働かせている。自分と彼女の関係はうまくいかなかったが、今まで出会った女の中で、彼女ほど自分に似ている者はいない。それは確かだ。

「あーあ。でも、お前は少なくとも一度は、あの女に惚《ほ》れられたんだよな」

舌打ちをするマルコに、ピエトロは苦笑をして返す。

「またその話か。それで俺がどんな目に遭ったか知ってるくせに」

「それはそれ、これはこれよ。持たざる者には、持つ者の苦労なんて、自慢話にしか聞こえねえ。しかし何だって、こんなチビの偏屈野郎にテオドラがなびいたのか、俺の人生で最大の謎《なぞ》だ」

「テオドラの話はもういいだろ？　今夜からここに世話になる理由だが、ちょっとき な臭い事件に足を突っ込んでいてな。万一ジャコマおばさんを巻き込んだら悪いからな」

マルコはそれを聞いてにやりと笑う。

「どうせそんなこったろうと思ったよ。うちの二階を使う理由なんて、他にねえからな。ところで、今度は誰を敵に回してるんだ？」

「分からない」

「はあ？　分からねえって、どういうことだよ？」

「敵がいるのかいないのかすら、まだはっきり分からないんだ」

「ふうん。しかし、そんなあやふやなことだと、誰かがお前を狙ってやってきたとき、知らせることはできないぜ」

「それはいい。用心は、こちらでするから」

「そうか？　まあ、若い頃からこういうのは日常茶飯事だったが、お前がよく喧嘩《けんか》してたペルージャの荒くれどもより質《たち》の悪い連中はいるからな。俺の方でも、用心はしておこう」

そう言って酒を飲むマルコの手の甲にひっかいたような傷があることに、ピエトロは気づいた。よく見ると、マルコの首の付け根あたりにも傷がある。

「マルコ、その傷、どうしたんだ？」

「ああ、これか」

マルコはコップを置き、少しばつが悪そうな顔をした。

「実は夕べ、下の店で客と喧嘩しちまってよ」

「喧嘩？　お前、腕っ節は強いが軽々しく喧嘩する人間じゃないだろ？　しかも客となんて」

「でもなあ、俺たちアッシジ市民の拠《よ》りどころを侮《あなど》られたんで、ついカッとなっちまってな」

「いったい何があったんだ？」

「シエナから商売に来た奴が、とんでもないことを言いやがるんだ。フランチェスコ様は、もうこのアッシジにはいないんだ、って」

コップを口に持って行こうとしていたピエトロは、ぴたりと動きを止めた。

「どういうことだ、それは？」

「ほらな。お前だってカチンとくるだろ。フランチェスコ様はアッシジの誇りで、ここから出て行かれるはずがない。それなのに、夕べの客と来たら、『ドミニコ会士たちが、聖フランチェスコの骨を持って行った』って言うんだよ。そいつ、ここに来る前にペルージャに寄って、そういう噂を聞いたんだと。俺は最初かなり冷静に、そんな噂はでまかせだって言ってやったんだが、そいつは本当だと言い張ってな。『俺はペルージャのお偉いさんたちと取引してる。その人たちが言ってたから、間違いない』って」

ピエトロは耳を疑った。

「ペルージャで……？」

「ああ。今、教皇様もペルージャにいるんだろう？　ペルージャの奴ら、それで得意になってんじゃねえか。いけ好かない連中だよ、まったく」

ピエトロは考えを巡らせる。聖フランチェスコの遺体が消えた話は、関係者以外には極秘のはずだ。しかも、「ドミニコ会士が盗んだ」という可能性については、フランチェスコ会内部でも秘密にされていたし、外部の人間でそれを特別に知り得たのは、自分とベネディクト、そしてバルトロメオだけだ。

「その客はまだこの辺りにいるのか？」

マルコは酒を口に含みながら、知らん、と言わんばかりに首を振る。ちょうどそのとき、酒場の扉が乱暴に開き、三人の男が入ってきた。そちらに目をやったマルコは、口の中の酒をごくりと飲み下し、笑みを浮かべる。

「なんと、向こうからわざわざお出ましくださったぞ、ピエトロ」

三人の先頭に立つ男は小柄で、額と頬に痛々しい擦り傷、そして左目のまわりに黒いあざができていた。マルコとやりあったときの傷だろうと容易に推測できた。他の二人は大柄で、小男を守るようにぴったりとくっついている。小男がマルコに向かって言う。

「おい、貴様！　昨日はよくもやってくれたな。今日は傷が痛んで商売にならなかった。弁償してもらおうか」

「なんだお前、もっとひどくやられたいのか？」

マルコが立ち上がるそぶりを見せると、二人の大男が小柄な男の前に進み出る。このままだと、乱闘になるだろう。ピエトロはマルコよりも先に立ち上がり、二人の大男の正面に素早く立ちはだかる。二人は面食らったようで、ピエトロに摑みかかろうとする。だが、その直前にピエトロは胸元から数枚の銀貨を取り出し、大男二人の間にいる小男の前に突き出す。

「おいっ、お前たち、ちょっと待て！」

銀貨に気がついた小男が、二人の大男を慌てて止めた。小男はピエトロに問う。

「なんだ、その金は？」

「あんたの損害を弁償するための金だ。友人マルコに代わって、俺が払う」

「何だと……？」

「どうだ？　これでは足りないか？　これが不服なら、俺とマルコ、そしてあんたたち三人で、もう一度やりあうしかないが、どうする？」

「それは、シエナ貨だな？」

「ああ。そこら辺の質の悪い小銀貨《ピッコロ》とは違う。そんなこと、あんたの方がよく知ってるだろ」

小男は、金に見入っている。根っからの商人らしい反応だ。こういった点で、商人ほど分かりやすい連中はいない。しかし、小男の顔にはまだ迷いが見える。自分の面目と、金銭的な損得を秤《はかり》にかけているのだろう。ピエトロはそこで、駄目押しをしてみることにした。

「もし、あんたが俺の質問に答えてくれるなら、もう一枚追加してもいいが、どうだ？」

その一言で、小男は取引に同意した。彼はピエトロに「先払いでお願いする」と言い、二人の大男に酒場の隅で待機するように命じた。ピエトロは、戸惑うマルコに許可を得て、小男と奥のテーブルに着く。

「で、何が聞きたいんだ？」

「あんたが昨日話していたという、聖フランチェスコの遺体の盗難の噂についてだ。あんたがそれをどこで聞いたか、くわしく知りたい」

「あんたは、この噂を信じるのか？　ここの石頭の主人は、信じようとしなかったがな。まあいい、金はもらったから、それに見合う分は答えよう。俺がその噂を聞いたのは、六日前だ。ペルージャの行きつけの酒場で、そういう話を耳にした。俺は最初信じてなくて、話半分に聞いていたんだが、その次の日に得意先の口から、よりくわしいことを聞いたんだ」

「その人は、正確には何と言っていたんだ？」

「『アッシジの聖フランチェスコ大聖堂から、フランチェスコの遺体が盗まれた。ドミニコ会が裏で糸を引いているらしい』とな。あと、こういうことも言っていた。ローマの近くにあるモンテなんとかっていう修道院が、その盗まれた遺体を持っている、と」

ピエトロは唇を噛《か》む。

「噂の出所、あるいは誰が言い出したか知ってるか？」

「知るわけないだろ」

「あんた、夕べこの酒場でそのことを話していたようだが、他の場所でも話したのか？」

「まあ、少なくとも、仲間の商人や、取引先には話すわな。だって、そういう情報は、俺たちの商売に影響するからな」

確かに、それはそうだ。しかし今、その噂が広まるのはまずい。ピエトロの懸念《けねん》を知ってか知らずか、小男は言う。

「俺自身は、アッシジでこの話をしたことを後悔してる。どうやら、ここの連中には受け入れがたいことのようだからな。だが、噂が広がらないようにしようとしても、もう手遅れだ。ペルージャでは多くの者が知ってるし、今日ペルージャからここに到着した連中もたくさんいるだろう」

人の口に戸は立てられない。ひどいことにならないといいが、それを避けるのは難しそうだ。

第九章　最も安全で、最も堅牢《けんろう》な場所

夜がこれほど暗いものだったことを、ベネディクトはこれまで知らなかった。実際には、彼はこれまでにも何度も暗く恐ろしい夜を経験していた。修道院にいるときも恐怖に打ちのめされながら、何度暗い夜を過ごしたか分からない。そしてあのセッテラーネ村へ向う日、初めて野宿し、彼は絶望と呪詛《じゅそ》で狂わんばかりになっていた。しかし、今夜ほど深い闇《やみ》の中で過ごすのは、初めてのことかもしれない。星の明りも届かず、ランプも蠟燭《ろうそく》もない洞窟《どうくつ》の中は、完全に闇に満たされていた。平たい石を積んだだけの寝台に横たわるベネディクトは、周囲の闇を見ないよう、固く目を閉じる。体にかける布の類《たぐ》いは何もない。暖かい季節とはいえ、夜は冷える。しかも、ベネディクトの体調は思わしくなかった。レオーネに付いてジャコマの家を出てからわずか数時間で、彼は体全体に寒気を感じ、発熱してしまった。レオーネはベネディクトに、ジャコマの家に戻るか、アッシジ近辺のどこかの家で手当てを受けることを勧めたが、ベネディクトは拒否した。結局レオーネは、アッシジの東にある山の洞窟でベネディクトを休ませることにし、手当てに必要なものと食べ物を求め、施しを受けに行ったのだった。ベネディクトには、外に出ないで待っているよう言い残して。

ベネディクトがいるのは、ヒイラギモチの木の茂る山の斜面に並んだ洞窟の一つで、レオーネとその仲間たちは時折寝泊まりに利用しているのだという。狭く、奥行きもあまりないが、壁の窪《くぼ》みには小さな十字架が刻みつけられている。その十字架と、小さな燭台《しょくだい》と、石の寝台以外、何もない。そして今のベネディクトにとっては、それらは存在しないも同然だった。目を開いたとしても、闇に沈んで見えないのだから。

ジャコマの家を出て以降、ベネディクトの持ち物は今身に纏《まと》っている黒い修道服一つとなった。その繊維の間から染《し》み渡ってくる冷気のために、体はずっと小刻みに震えている。しかしベネディクトは寒気に構ってなどいられなかった。彼の中で、言葉にならない感情が渦巻き、彼の精神を内側からきりきりと締め上げていたからだ。

ベネディクトは、自分が何を求めているのか分からない。それ以前に、自分にはもはや、何かを求める資格はないだろうと考えている。それでも、この苦しみから逃れたい。だからこそ衝動的に、レオーネに付いていくことを決めたのではなかったか。自分は、やはり生きたいのだ。でも、その欲望──生きることへの執着は、また自分を罪に誘うはずだ。すると、救いへの道は閉ざされる。いや、もうすでに、閉ざされてしまっている。なぜなら、自分はすでに、罪に誘われてしまったから。

彼の瞼《まぶた》の裏では、見えているはずのない外の暗闇がざわざわとうごめき、数体の悪魔の姿を取り始める。

──ついに、私を連れに来たのか！　ああ、頼む。やめてくれ！

目を閉じたまま体を縮こめるベネディクトに、一体の悪魔が近寄る。来るな！　心の中でそう叫ぶが、悪魔はこちらに手を伸ばす。横たわったまま後ずさろうとするベネディクトの前で、悪魔の姿が白く輝き始める。そしてそれはすぐに、美しい女の裸体に変わる。

ベネディクトは思わず、目を開けた。無限の闇が、両目から自分の中に飛び込んでくる。自分の喉《のど》から絞り出される悲鳴。獣のような叫びが、狭い洞窟に響き渡り、そして自分に返ってくる。彼はたまらず耳をふさぎ、起き上がって駆け出した。体がふらつき、よろけ、転倒する。ベネディクトはその衝撃でしばらく動けずにいたが、やがて這《は》うようにして、洞窟の外に出た。

草の匂《にお》いを運ぶ夜の風、満天の星。そして、少し先で途切れる地面。息を切らしながら地を這っていくと、途切れた地面の向こうから、かすかに土埃《つちぼこり》を含んだ風が吹き上げていた。そこは、切り立った崖《がけ》だ。ベネディクトは崖の下を覗《のぞ》き込む。

――もし、ここから落ちて死んだら……。

これまでは、どんなに苦しくとも、自ら命を絶つことなど考えたことはなかった。しかし……もし、この苦しみから、逃れられるのなら……。

――駄目だ。

そんなことをしたら、その先には終わりのない苦しみが待っている。地獄の業火《ごうか》に焼かれ、刑吏たる悪霊《あくりょう》どもに虐《しいた》げられ続けるのだ、永遠に。結局、どこにも逃げ場はない。生きることも、死ぬこともできない。

ベネディクトの火照《ほて》った頬に、熱い涙が流れる。彼の中で、誰かが語りかける声がする。

――違うよ、ベネディクト。君は、呪《のろ》われてなんかいない。

これは、モンテ＝カッシーノ修道院で共に過ごした、幼い友人の声。炎のごとき信仰と、聖母のごとき愛情と、智天使《ちてんし》のごとき頭脳を併せ持った、聖なる子供。

――あんたは、たぶん呪われてなどいない。

これは、ピエトロの声。自らに対する神の恩寵《おんちょう》を「ないもの」と切り捨て、その恐ろしい前提の上で狡猾《こうかつ》に立ち回ることのできる、大胆な男。

――違う。違うのだ。二人とも、間違っている。私はやはり、呪われているのだ。

ああ、私はただ……聖ベネディクトに……本物のベネディクトに、なりたかっただけなのに。

脳裏に蘇《よみがえ》る、夜の納骨堂。部屋の隅、割れた床から下に降りる梯子《はしご》。半分土に埋まった棺《ひつぎ》。棺の蓋《ふた》をずらそうとする、自分の小さな手。胸の動悸《どうき》と、上がってくる息。

そしてわずかにずれた蓋の下に……。

「ああっ!」

ベネディクトは頭を抱える。これまでに何度、そこで踏みとどまる自分を想像しただろう。しかしそれは、真実ではないのだ。そして真実は、変えることができない。

あのあと、先生の一人は目を光らせながら、自分と友人にこう言ったのだ。

――ベネディクトよ、よく聞きなさい。お前がしたことは、悪魔の所業です。お前は、呪われたのです。

――先生、違います。ベネディクトは、呪われてなどいません！

――トマスよ、黙りなさい！ いいですか、ベネディクト。お前の友人が何と言おうと、お前の魂は呪われてしまったのです。お前はもう、地獄に行くことが決まってしまいました。つまり未来永劫《えいごう》、お前は望むものにはなれないでしょう。

風がまた、崖の下から吹き上げる。ベネディクトは顔を上げた。今の自分はまさに、地獄にいるのと同じではないか。だったら、生きていても死んでいても変わらない。死ぬ瞬間、もし、ほんの一瞬でも解放されるなら……。ベネディクトは、腕と肩に力を入れ、崖の方に――風の吹いてくる方へ進もうとする。

「そちらへ行ってはなりません」

不意に、崖からの風が止《や》んだ。傷だらけの心を撫《な》でさするような、静かな声。ベネディクトが弾《はじ》かれたように声の主の方を向くと、痩《や》せた老人が立っていた。身に纏っている衣はつぎはぎだらけでみすぼらしいのに、ベネディクトには老人の周囲だけ、明るく光っているように見える。

「レオーネさん……」

「ベネディクトさん。中に戻りましょう。そんなところで風に当たっていては、体に悪いですから」

レオーネはベネディクトに近づき、膝《ひざ》をついて、ベネディクトの額に手を当てた。レオーネの温かい手を感じると、ベネディクトの身体《からだ》から急激に緊張が抜けていく。レオーネはベネディクトを支えて立たせ、元いた洞窟に連れて行く。レオーネは石の寝台に大きな布を敷き、ベネディクトを座らせる。そして短い蠟燭を小さな燭台に挿し、火をつける。

「布と蠟燭は、どこで……」

「兄弟ジャコマの家まで戻って、もらってきました。やはり、ここカルチェリの洞窟を仮の宿にしたのは正解でした。アッシジまで近いですし、山を少し下れば民家もある。この山をもう少し上の方まで行けば古い隠所《いんじょ》もあるのですが、今のあなたをそこまで登らせるわけにはいかない」

「私のために、またアッシジまで？」

尋ねながらベネディクトはうなだれる。ひどく申し訳なく思ったのだ。

「私が付いて来たばかりに、レオーネさんにご迷惑を……」

「何を言っているのです」

「いえ、本当に、足手まといになってしまって」

そう言いながら、ベネディクトはレオーネを見上げた。蠟燭の光に、レオーネの全身の影が浮かび上がっている。その体は枯れ木のように細いのに、腰も背中もまっすぐで、少しも曲がったところがなかった。地に足を着けて立つとはこのことかと思うほど、その立ち姿は美しい。地中深く根を張っている木のようにも見え、それでいて、その姿勢のまま天に昇って行きそうにも見える。ベネディクトは完全に圧倒されていた。

——この姿だ。この姿を見て、私はこの人に付いて行かざるを得なくなった。

さっきまで闇の底に沈んでいた冷たい洞窟が暖かく感じられるのは、蠟燭の火のせいだけではない。この人の存在が、自分を明るく照らすのだ。ベネディクトの思いを知ってか知らずか、レオーネは言う。

「あなたと過ごすことは、私にとって喜びです」

なんという言葉だろうか。ベネディクトの心に響き渡ったその言葉は、彼の全身全霊を震わせた。しかし同時に、罪の意識がむくむくと湧《わ》き上がってきて、胸の辺りでつかえる。私はこのような言葉をかけてもらえる人間ではないし、またそれに喜ぶ資格もないのだ。ベネディクトは苦しくなり、また下を向く。溜《た》まった涙が落ちる。

「レオーネさん、私は……」

言わなければ。自分は昔から呪われているのだと。その上、堕落して、神に見放されたのだと。でも、言葉が出ない。レオーネはしばらく黙っていたが、やさしく語りかける。

「ベネディクトさん。言いたくないことは、言わなくていいのです」

「……」

「私のような者に付いてこられたということは、何か事情がおありなのでしょう。もし言いたくなったら、いつでも言ってください。そして、私と共にいたければいつまでもいていいし、離れたくなったらいつ離れても良いのです。

ただ、兄弟ジャコマは、あなたのことを心配していましたよ。ジャコマによれば、ピエトロもひどく心配しているそうです」

ベネディクトは驚いて聞き返す。

「ピエトロが？　私を？」

レオーネはうなずく。ベネディクトは考える。昨夜の出来事——自分に決定的な絶望を与えたあの一件のすべてを、ピエトロは知っている。あのピエトロが、自分の仮説の間違いに——私に奇蹟《きせき》の力などなかったということに気づかないはずがない。だとしたら、彼にとって自分は価値のない存在だ。だから、心配など、するわけがない。だでも、レオーネが嘘《うそ》を言うはずがないし、ジャコマについては言わずもがなだ。少なくともジャコマには、ピエトロが自分を心配しているように見えたのだろう。でも……。

「おそらくピエトロは、あなたが自分の父親のようにならないか、心配しているのでしょう」

「え？　父親？」

「ええ。私は彼の父親グイドと、しばらく共に過ごしたことがあります。グイドはもともと裕福な商人だったのですが、すべてを捨てて小さき兄弟会に入りました。聖ジョルジョ教会に置かれていたフランチェスコの棺に触れ、奇蹟を得たのがそのきっかけです」

ベネディクトは驚く。ピエトロの父親が、フランチェスコ会の修道士だったとは。

「グイドはやがて、兄弟会の中でも清貧を徹底する集団の中に入り、私やアンジェロ、ルフィーノ、エジディオなど、古い兄弟たちを訪ねて来るようになりました。彼はとても純粋で、熱心な兄弟でした。しかし、体があまり強くなかった。数年後、旅先で病を得て、兄弟エジディオに看取《みと》られながら亡《な》くなりました」

レオーネが言うには、ピエトロの父親は、少しベネディクトに似たところがあるらしい。ベネディクトはふと思い出して、レオーネに尋ねる。

「その……ピエトロは子供の頃、一人で数年生きていたと聞いたのですが、それは、本当ですか？」

「彼の父グイドが小さき兄弟会に入ったのが、一二二八年。ピエトロは四歳ぐらいだったかと思います。グイドは修道士になる前に財産の整理をして、彼の妻と息子ピエトロが何不自由なく生きていけるようにしていました。でも、一年ほど経《た》ってグイドがアッシジに戻ってきたとき、妻は困窮の中で死に、ピエトロは行方不明になっていました。

後で分かったところによれば、グイドが財産の管理を依頼していた知人が裏切り、妻とピエトロからすべてを奪って逃げたのだそうです。グイドはそれからしばらくピエトロを探しましたが、見つからなかった。ピエトロが生きていたことが分かったのは、グイドが亡くなった後のことです。聖ジョルジョ教会の司祭が、教会に時折忍び込んでくる浮浪児がグイドの息子ピエトロであることを知り、兄弟ジャコマに託したのです」

「そうだったのですか……」

「私はその直後に、兄弟エジディオと共にジャコマの家を訪れ、ピエトロに会いました。エジディオが彼に父親の死を告げると、ピエトロは泣きました。ピエトロが言うには、各地を渡り歩いて暮らす者たちに拾われては捨てられることを繰り返しながら、あちこちを歩いて、何年も父親を探していたというのです。時々アッシジにも戻って、父親がいないか調べていたとか。あのフランチェスコの移葬の日も、群衆に混じって父親を探していたそうなのです。あの頃、ピエトロはまだ六歳ぐらいだったはずですが……」

ベネディクトはその話に驚いたが、同時に何か、腑《ふ》に落ちるものを感じた。ピエトロの信念である「自分に神の恩寵はないと考えて行動する」というのは、彼の生い立ちから来ているのかもしれない。でも、だからといって、彼は信仰を持っていないわけではないし、他人への情を欠いているわけでもない。

つまり、蛇のように冷たい人間ではないのだ。

そして、そう結論づけるまでもなく、自分にはそれが分かっていた。ベネディクトは改めてそう感じる。レオーネはベネディクトに、布にくるまるよう促す。

「さあ、そろそろ横になって休んだ方がいい。今夜は冷えるかもしれませんから、布を体から離さないように。兄弟ジャコマが、ぜひ使ってほしいと言って施してくれた布です」

ベネディクトはためらいながらも、言われたとおりにする。それを見たレオーネは顔に笑みを浮かべる。

「ベネディクトさん。体が弱っているときも、心を喜ばせることができます。むしろ、体が弱っているときほど、心を喜ばせることを考えなくてはなりません。たとえあなたが試練の最中にあっても、あるいは自らの罪深さに打ちのめされていても、同じことです」

「罪」と聞いて、ベネディクトはうろたえた。

「罪深さに、打ちのめされていても……？」

「そうです。たとえそうであっても、自分で自分の心を痛めつけてはなりません」

「でも、私は……」

罰せられるべきなのだ。そう言おうとして、ベネディクトは口をつぐむ。それを見たレオーネは言葉を継ぐ。

「あなたがどのような罪を抱えていらっしゃるのか、私は知りません。しかし、あなたの罪を裁くのは神です。罰するのも、赦《ゆる》すのも神です。あなた自身ではありません。あなたのすべきことは、自分を裁くのでも罰するのでもなく、自らの罪深い行いを見つめること。そして、それから目を逸《そ》らさずに、真剣に、心の底から悔やむこと。それだけです」

ベネディクトには、レオーネの言葉がゆらめく蠟燭の火と共に、心の中に流れ込んでくるように感じられた。

「さあ、横になって、心を喜ばせながらお休みなさい。私も今夜は、ここで過ごしますから」

レオーネが、ここにいてくれる。ベネディクトは気が緩んだのか、急に瞼が重くなってきた。やがて、レオーネは洞窟の壁に彫りつけられた小さな十字架に向かい、ひざまずいて祈りの言葉を唱え始めた。それを聞きながら、ベネディクトは深い眠りについた。

◇

朝日が昇る前に、ピエトロは目覚めた。粗末だが、広い寝室。窓は一つもないが、夜明けであることは気配で分かる。ここが故郷の町ならばなおさら、朝の匂いには慣れ親しんでいる。部屋の扉の前に座る大ジョヴァンニが、ピエトロが起きたのに気づく。

「お目覚めですか？　もう少しお休みになっては？」

「いいや、大丈夫だ。大ジョヴァンニこそ、夜半に交替してから寝ていないだろう。君は今日アッシジを発《た》つのだから、その前に少しでも休んでおいた方がいい」

「そうおっしゃるなら、遠慮なく」

大ジョヴァンニとこうして見張りを交替しながら睡眠を取ることは、普段からよくやっている。聖遺物の探索や今回のような調査には、敵がつきものだからだ。しかし今日、大ジョヴァンニはセッテラーネ村へ帰るので、今後は一人で用心しなくてはならない。

大ジョヴァンニを帰すことに決めたのは、セッテラーネ村教会にこちらの状況を知らせるためだ。大ジョヴァンニには口頭でも指示をしたが、念のため手紙も託すことにした。ピエトロは陽が高くなるまで、部屋でセッテラーネ村教会宛《あ》ての手紙を書いた。帰路で何か問題が起こる可能性も考えて、同じ内容の手紙を複数、それぞれ違う暗号で書き、大ジョヴァンニに託した。

「マルコが馬を貸してくれるから、早ければ三日ぐらいで戻れるだろうな」

「私一人でしたら、二日で戻れます。とにかく、こちらの状況とローマでの用事については、エンツォ神父様とアンドレア様にしっかり伝えますから」

「ああ、宜《よろ》しく頼む」

「ピエトロ様こそ、くれぐれもお気をつけて。近いうちに、お迎えに参ります」

そう言って、大ジョヴァンニは出て行った。ピエトロは彼を見送った後、大聖堂に向かう。

今日も誰にも止められることなく、すんなりと下堂に入り、昨日と同じように作業中の絵師たちとシモン修道士にオイル語で挨拶《あいさつ》をする。そのまま祭壇奥の入り口から修道院に入ることも可能だが、ここは一応、きちんと手続きを踏んだ方がいいだろう。

ピエトロはシモン修道士に頼んで、管区長に取り次いでもらった。すぐに祭壇奥の扉からアレッサンドロ修道士が現れる。

「ピエトロさん、今日は何のご用で？　何か有力な情報が得られたのでしょうか？」

「残念ながら、フランチェスコの遺体についてはまだ……。しかし、緊急にご報告しなければならないことが」

「報告？　何でしょう？」

「夕べ、ペルージャから来た商人から聞きました。ペルージャで『ドミニコ会士が聖フランチェスコの遺体を盗んだ』という噂《うわさ》が広まっていると」

それを聞いたアレッサンドロは青ざめた。ピエトロはさらに言う。

「人の移動を考えると、すでに他の地域にも広まっているはずです。早めに手を打っ必要があります」

アレッサンドロは「か、管区長に報告します」とだけ口にすると、奥の扉へと急ぐ。ピエトロはすぐに管区長室に呼ばれ、質問攻めに遭った。イルミナート管区長は明らかに動揺していた。

「いったい誰が、そのような噂を流したのだろうか？　消えたドミニコ会士たちの一件も、小さき兄弟会以外には知るものはない。今、部外者で知っているのは、あなたとベネディクト修道士、バルトロメオ修道士しかいない。まさか、モンテ＝ファアビオに帰ったバルトロメオ修道士が漏らしたのではないだろうな？」

「私が話を聞いた商人は、四日前にペルージャを出たそうです。その噂を最初に聞いたのは、ペルージャを発つ三日ほど前だったとか。つまり今から七日前ということになります。よって、噂が流れ始めたのは、遅くともそれ以前と考えて良いでしょう。ですから、万一バルトロメオ修道士が一昨日聞いたことを誰かに漏らしていたとしても、すでに流れている噂とは関係がないことになります。

それに、バルトロメオ修道士の立場から言って、ドミニコ会士たちの一件を世間に広める利点は考えられません。彼の所属するベネディクト会モンテ＝ファビオ修道院は、来月のフランチェスコ会とドミニコ会の会合場所です。この時期に両者の対立を煽《あお》るような噂を流せば、モンテ＝ファビオの立場が危うくなるだけです」

ピエトロの意見を聞いて、管区長は片方の眉《まゆ》を上げる。

「ピエトロ殿。それは逆に言えば、噂を流している者たちは、我が兄弟会とドミニコ会の対立を煽ろうとしていることになるな？」

「その可能性は大いにあります。もしかすると、モンテ＝ファビオでの会議そのものを潰《つぶ》そうとしているのかもしれません」

「何ということを！　今、この苦境から脱するには、我らが小さき兄弟会とドミニコ会は協力して、托鉢《たくはつ》修道会の存在意義を世に知らしめなくてはならないのに。モンテ＝ファビオでの会議は、その協力の礎《いしずえ》となる、重要な第一歩なのだ。それを……」

「だからこそ、開催を阻止しようとする者たちも存在するのでしょう」

管区長は目を大きく見開く。

「……そういうことか……。しかし、いったい誰が噂を流しているのだ？　我々やドミニコ会を疎《うと》ましく思っている聖職者たちがいるのは明らかだが……」

特定するのは困難だろう。それは、ピエトロも重々承知している。少なくとも、フランチェスコ会が短期間で敵を特定することは期待できない。それほどの調査力を持っているとは思えないからだ。とにかく今すべきことは、敵の特定よりも先に、すでに流れた噂への対処だ。つまり今回のことが、モンテ＝ファビオの会議に影響するのを防がなくてはならない。それについては一応手は打っているが、これからさらに事態が深刻にならないとも限らない。当然、自分一人が火消しにまわるだけでなく、フランチェスコ会からの働きかけも必要だ。

フランチェスコ会としては、どう対処するつもりなのか。ピエトロがそう尋ねると、イルミナート管区長はしばし黙考してから答えた。

「とりあえずドミニコ会に、わが会を代表してヨハネ総長名義で書簡を送ろう。ペルージャでの噂が事実無根であることを伝えて、修道士たちに混乱が起こらないようにしなくては」

「そうですね。しかしそれだけでなく、フランチェスコ会の他の管区の修道士たちにも周知を徹底する必要があるでしょう」

「おお、そうだ、確かに」

ピエトロは考える。それらは必要な措置だが、どれほどの効果が望めるだろうか。フランチェスコ会士たちからすれば、聖フランチェスコの遺体の行方が分からないこと、また遺体が消えたとされる日の夜にドミニコ会士と称する者たちがいたことが事実である以上、ドミニコ会への疑いは晴れないだろう。ドミニコ会はドミニコ会で、すでにモンテ＝ファビオ修道院に届いた聖遺物の件で言いがかりをつけられており、新たな嫌疑をかけられていると知れば、フランチェスコ会とモンテ＝ファビオ修道院に対する苛立《いらだ》ちが募るに違いない。いずれにしても、モンテ＝ファビオでの会議の開催は危うくなる。ピエトロは意を決して口を開く。

「管区長。ここは先手を打って、教皇庁《クーリア》に働きかけるべきです」

「教皇庁に？　教皇庁を通して、ドミニコ会に呼びかけろ、ということか？」

「ドミニコ会に直接言うことを聞かせるには、それしかありません。まずはフランチェスコ会の保護枢機卿《すうききょう》のリナルド・ディ・イェンネ枢機卿に事情を話して、枢機卿から教皇に話を通してもらうのです。幸い、教皇は今、ペルージャに滞在しておられる」

「確かにそうだが……しかし、それはかえって、事を荒立てることにならないだろうか？　教皇はもともと托鉢修道会の強力な支援者ではあったが、最近はなぜか、我々の訴えにあまり耳を貸さなくなってしまった。そんなときに我らが騒いだら、ますますこちらに対する心証が悪くなるのではないか？」

教皇インノケンティウス四世が托鉢修道会と距離を置き始めているということは、ピエトロの耳にも入っていた。ピエトロはマッシミリアーノ院長から今回の仕事を打診された時点で、各地にいる得意先と連絡を取り、托鉢修道会に関係する情報を集めていた。その中に、教皇が最近、托鉢修道会を敵視するパリ大学の聖職者教授たちに歩み寄るような言動を見せ始めている、というものがあった。どうやら枢機卿の中にパリ大学に味方する人間がいて、教皇に働きかけているらしい。しかし、そうであればなおのこと、托鉢修道会側からも強く働きかける必要がある。

「今はとにかく、会議を予定どおりに開催することの方が重要です。教皇庁に助けを求めるべきだと思います」

ピエトロがそう言うと、管区長は「……そうだな、その手も考えておこう」と返事をした。ピエトロは、管区長が今すぐ教皇庁に働きかけることはないだろう、と直感する。

やはり、また自分が動くしかなさそうだ。

◇

ピエトロがマルコの酒場に戻ると、昼間だというのに、中では大勢の男たちがひしめき合っていた。男たちは酒を飲みながら騒いでいる。

「ちくしょう、ペルージャの奴《やつ》ら、ただじゃおかねえ！」

「そうだそうだ！　おい、市政府の返事はまだ来ねえのか！」

「関係ないさ。執政長官《ポデスタ》が何と言おうと、俺たちは攻撃を決行する。これは、アッシジの名誉をかけた戦いになるぞ！」

「俺たちの手で、必ず我らが聖者を取り戻す！　アッシジ万歳！　聖フランチェスコ様万歳！」

男たちは口々にそう言って、酒の入った杯を高く上げ、一気に飲み干す。

――これは、まずいことになった。

どうやら、アッシジの男たちの間で早くも、「聖フランチェスコの遺体が消えた」という噂が一人歩きし始めたらしい。しかもよりによって、ペルージャの市民たちが遺体を奪ったということになっている。アッシジの人々は昔から、何か悪いことが起こると、とりあえずペルージャのせいにする。だから、これもある意味予想どおりの反応だといえる。ただ、これほど早くこのような事態になるというのは、やや予想外だった。どうにかして止めねば、本当にペルージャとの戦争に発展してしまう。

ピエトロは人ごみの中で目をこらし、ようやくマルコを探し当てた。マルコは男たちの集団の中央あたりで、すでに赤ら顔をしていた。

「マルコ！」

「おお、ピエトロか。お前もこの決起集会に加わってくれよ。おい、みんな、お待ちかねのピエトロが来たぞ！」

マルコが野太い声でそう叫ぶと、男たちは騒然となった。

「どこだ？　本当に、あのピエトロがいるのか？」

「ピエトロの野郎、俺達の先頭に立ってアッシジを率いてくれると期待していたのに、今はセッテなんとかっていうちっぽけな村で神父だと？　信じられねえ」

「本当に、あのピエトロさんがここに？　俺、一度会ってみたかったんっすよ！」

ため息をつくピエトロに、マルコが耳打ちする。

「な？　みんなお前に会いたがってんだよ。そんなところに突っ立ってても、背の低いお前さんはみんなから見えねえから、ほら、テーブルに上がれや」

ピエトロは気乗りしないが、深刻な事態に発展する前にこの連中を止めなければならないのは確かだ。ピエトロはマルコに促されるまま、テーブルに上がる。突然姿を現したピエトロに、みながどよめく。

「ピエトロだ！　本物だ！」

「何だよあいつ、気取った格好しやがって！　おい、俺のこと、忘れてねえだろうな！」

　あちこちから野次が飛ぶが、親しみを込めたものばかりだ。見れば、よく知っているなじみの顔が多い。マルコが下から、「ピエトロ、何か言ってやれ」と合図をする。

　ピエトロは目を閉じ、肺に息をため込む。教会で説教をするときの呼吸だ。しかしこれからするのは、説教ではない。ピエトロが精神を集中している間にも、男たちの勢いはますます高まっていく。

「おい、ピエトロ！　あのとき、たった一人でマッテオをペルージャの連中から取り戻したお前のことだ！　今回も俺たちと一緒にペルージャと戦ってくれるよな？」

「そうだ！　お前は戦士だ！　そんな胡散臭《うさんくさ》い神父さんの服なんか脱いじまって、俺たちと戦おうぜ！」

　男たちはピエトロの名を連呼し始める。それが最高潮に達したところで、ピエトロは一喝した。

「お前ら、いい加減に目を覚ませ！」

　その声は酒場じゅうに響き渡り、男たちを一瞬で黙らせた。そこに間髪《かんはつ》を容《い》れず、ピエトロは続ける。

「お前らは、勘違いしている。ペルージャは、フランチェスコ様の遺体を盗んでなどいない。だから今、ペルージャに戦いを仕掛ける理由はない」

ピエトロが一気にそう言うと、男たちはぽかんとしていたが、やがて口々に疑念を声に出し始めた。ピエトロは彼らを制する。

「お前らは、フランチェスコ様の遺体が消え、ペルージャの奴らが盗《と》ったという噂に踊らされている。その噂は真実ではない。ではなぜ、そんな噂が流れたか。誰か、分かるか？」

男たちは互いに顔を見合わせるが、誰も問いには答えず、ピエトロの方を向く。

「いいか？　噂を流したのは、フランチェスコ会とドミニコ会をよく思っていない連中だ。そいつらは、ドミニコ会がフランチェスコ様の遺体を盗んだという噂を流して、両者を仲違《なかたが》いさせようとしている。それが真相だ。俺はその調査を頼まれてアッシジに来たんだ」

男の一人が、ピエトロに尋ねる。

「本当か？じゃあ、フランチェスコ様は、今も大聖堂にいらっしゃるのか？」

ピエトロは迷わずうなずく。ここは、「そういうこと」にしておいた方がいい。

「噂を流した連中は、ドミニコ会士のふりをして、フランチェスコ様の遺体のある納骨堂に入ろうとした。しかし、入る前に見つかって逃げた。だが、それだけではない。

納骨堂にある棺には、最初から遺体は入っていなかったんだ」

男たちはざわつく。

「棺に遺体が入っていなかった、って？　どういうことだ？」

ピエトロは心を決める。ここはもう、このように言わなければならない。

「いいか、よく聞けよ。その納骨堂は、遺体を盗もうとする者を欺《あざむ》くための、見せかけにすぎなかったのだ。本当の納骨堂は、大聖堂の中の、別の場所にある。そして俺たちのフランチェスコ様は、今もそこにおられるんだ。大聖堂の内部でも、またこのアッシジの中でも、最も安全で、最も堅牢な場所に《イン・ロコ・トゥティッシモ・エ・フィルミッシモ》」

ピエトロがそう言うと、男たちは呪文《じゅもん》のように繰り返す。

「最も安全で、最も堅牢な場所に《イン・ロコ・トゥティッシモ・エ・フィルミッシモ》……」

そこでマルコが口を挟む。

「しかし、ピエトロ、いくらフランチェスコ様を盗られたくないからって、見せかけの納骨堂を作って本物を別の場所に隠すなんて、フランチェスコ会もちょっとやりすぎじゃねえか？　普通、そこまでやるかね？」

他の男たちも、マルコに同意する。しかし、ピエトロには皆を納得させられる自信があった。

「それをやったのは、エリア・ボンバローネだ」

男たちの目がいっせいに大きく開き、そして、みな一様に、何か憑《つ》きものが落ちたような顔をした。彼らの発する「ああー」というため息が、酒場を満たす。ピエトロから見れば、これは当然の反応だった。ピエトロの同世代とその上のアッシジの人間は、みなエリアの総長時代を知っている。彼がいかに、聖フランチェスコの聖性とフランチェスコ会を我が物にしていたかを、その目で見てきたのだ。当時のアッシジは、実質的にエリアのものだった。その時代を直接知らない若い世代にも、エリアの権勢や行いは語り継がれている。エリア・ボンバローネとは、アッシジにとってそういう存在なのだ。

「分かったか？　とにかく今、お前らがすべきことは、ペルージャを攻めることではない。フランチェスコ会を弱体化させようとする者たちに踊らされないことだ。そいつらがどんな噂を流そうと、信じないことだ。それが、俺たちのフランチェスコ様と、俺たちのアッシジを守るために必要なことなんだ」

ピエトロがそう言うと、男たちは「なるほど！」「さすが、ピエトロ！」「よし、俺たちは噂なんかに騙《だま》されねえぞ！　今聞いたことを、他のみんなにも早く教えねえと！」という声を上げた。ピエトロはさらに言う。

「俺は今、大聖堂の納骨堂に忍び込んだ奴らを探している。そいつらは、聖マルコの日にドミニコ会士のふりをして大聖堂に宿泊し、夜の間に消えた。誰か、そのような者たちを見なかったか？　もし心あたりがあったら、俺に知らせて欲しい」

ピエトロの問いかけに、酒場の男たちは静まりかえった。ピエトロはここで有用な情報を得ることはほとんど期待していなかったが、部屋の隅の方で、手を上げる男がいた。ピエトロもよく知っている商人、オッタヴィオだ。ピエトロよりも少し年長で、聖ルフィーノ大聖堂の近くに店を構えている。

「関係あるかどうか分からないんだが」

「オッタヴィオ、何か知ってるのか？」

「聖マルコの日だよな？　その日の夜、嫁とささいなことで喧嘩《けんか》してよ。嫁は夜中だっていうのに、かんしゃく起こして出て行ったんだ。でも、しばらくしたら怯《おび》えた様子で帰ってきてな。何があったのか聞いても、ぶるぶる震えて、なかなか言わないんだ。しつこく聞いたら、街の門を二人の男が走り抜けて行った、って」

「お前の家から一番近い門のことだな？　そこに二人の男がいただけで、奥さんはなぜそんなに怯えたんだ？」

「それが分からないんだ。ただ、『トロサにいた奴がいた』って、何度もうなされたようにつぶやくんだ。次の日も、外に出ようとしなくて困ったもんだった」

トロサ……。ピエトロはふと、あることに思い当たり、オッタヴィオに尋ねる。

「なあ、オッタヴィオ。あんたの奥さんは、オクシタニアの出身だったよな？　商売に行ったときに出会って、気に入ったんで結婚したんだったな？」

「さすがピエトロ、よく覚えているな。ああ、トゥールーズの近くのパミエって村の出身だ」

「トロサ」はオック語で、オクシタニア最大の都市であるトゥールーズを指す。トゥールーズは、ドミニコ会による異端審問が活発に行われてきた場所だ。オッタヴィオの妻が見た「トロサにいた奴」というのは、ドミニコ会士を指している可能性が高い。もしそうだとして――彼らがあの門を走り抜けて行ったのだとしたら、カルチェリの近くを通って、スポレート方面に逃げたのかもしれない。

◇

翌朝、洞窟で目覚めたベネディクトは、托鉢に行くレオーネに同行した。体はまだ少しふらふらするが、熱は下がっていた。レオーネはまだ休んでいた方が良いと言ったが、ベネディクトは一緒に行くと言い張った。すべてを捨てるつもりでレオーネに付いて来たのに、何から何までレオーネに与えられている自分が情けなく思えたからだ。

ベネディクトとレオーネは山を下り、オリーブの木があちこちに生えた緑の野に入る。そして、その辺りにまばらに建っている家々を回る。ベネディクトはあえて、レオーネと別れて一人で托鉢をすることにした。

——自分の食べる分ぐらいは、自分で……。

しかし、成果はかんばしくなかった。いくつかの家は若干すまなさそうに、今日は余分なパンがないので、と断ってきた。別の家では、ひどい目に遭った。ぽつんと建った廃屋のような家の戸を叩《たた》いたら、いかつい男が現れ、ベネディクトの顔を見るなり農具を振り回して襲ってきたのだ。ベネディクトが転がるようにして逃げる間、男は彼を汚い言葉で罵《のの》り、乞食《こじき》呼ばわりした。

ベネディクトは恐ろしくて、急いでその場を離れた。しかししばらくすると、怒りがむくむくと湧き上がってきた。私は貴族の生まれなのだ、私にこのようなことをしてどうなるか分かっているのか——今すぐ廃屋まで引き返し、男にそう言ってやりたい衝動に駆られた。そうしなかったのは、あの男が恐ろしかったのと、今の自分が

「何も持たない」ことを思い出したからだ。自ら選んだことなのに、その事実に鳥肌が立った。ベネディクトはその場にうずくまる。

――恐ろしい。

本当に、何もない。金も、食べ物も、帰る場所も。自分が生きるか死ぬかは、他人に施しをもらえるかどうかにかかっている。「持てる者たち」に拒否されたら、「持たざる自分」は死ぬしかない。

しかし、ベネディクトを本当に打ちのめしているのは、今の自分が「自分以外の何者でもない」という事実だった。ベネディクト会モンテ＝ファビオ修道院の修道士でもなく、貴族の家の次男でもない、ただのベネディクト。それを思うと、ベネディクトには自分が、羽根をすべてむしり取られた鳥のように思えてきた。飛ぶこともできず、身を守ることもできず、ただ好きなように料理されるのを待つだけの存在。今の自分は、まさにそれだ。気が遠くなりかけたとき、さっきの家の方からまた物音がしてきたので、ベネディクトは慌《あわ》てて逃げた。

その後も何軒か家を回ったが、施しはもらえず仕舞いだった。山への入り口で落ち合ったレオーネは、二個の小さなパンを持っていた。二人は山道に入り、中腹の洞窟へ向かって登っていく。ひどく気落ちした顔で歩くベネディクトを、レオーネは気遣った。それはあからさまな心配ではなく、無責任な励ましでもなく、ベネディクトの心のそばにただ黙って寄り添うような気遣い方だった。最初は口が重かったベネディクトも、先ほど自分に何が起こり、自分が何を思ったかを口に出していく。レオーネに聞いてもらうと、だんだんと心が軽くなるように感じた。そしてすべてを聞いたレオーネは、こう言った。

「ベネディクトさんは、私にそっくりです」

「え？　レオーネさんに？」

「ええ。私は昔、魂の問題を抱えていました。だからこそ、すべてを捨ててフランチェスコに従ったのです。しかし、生活の厳しさ、世間の厳しさに打ちのめされ、ずいぶん悩んだものです」

「本当ですか？」

泰然としている今のレオーネから、悩める姿を想像するのは難しい。しかしレオーネは言う。

「本当のことを言えば、私はいまだに魂の問題に悩まされていますし、生きることの厳しさに愕然《がくぜん》とすることがあります。しかしそのたびに、フランチェスコが私に語ってくれた言葉を思い出すのです」

「聖フランチェスコは、何と仰《おっしゃ》ったのでしょうか？」

ベネディクトが尋ねると、レオーネは立ち止まり、軽く笑みをたたえる。それだけで、鬱蒼《うっそう》とした山道が明るくなったように感じられるのが不思議だ。レオーネは一語一語を愛《いと》おしむように語る。

「『いいですか、レオーネ。雨に濡《ぬ》れ、道の泥にまみれ、寒さにかじかみ、飢えに苦しんでいるのに門番からはののしられ、中に入れてもらえない。そんなときに門番に怒ったり不平を言ったりせず、彼にそうさせたのは神であるとへりくだって愛情を思うとき、これこそ完全な喜びです』」

レオーネが語り終えると、木々がそよ風にざわめき、鳥たちがにわかにさえずり始めた。まるで、その言葉を讃《たた》えているかのように。

ベネディクトの目から、涙があふれ出す。彼は、心の底から感動していた。そのようなことを言える人間が、この世に存在していたということに。しかし同時に、絶望もしていた。自分には無理だ。そのような境地には、とても辿《たど》りつけない。

「私は……」

言いかけるが、言葉が続かず、ベネディクトは目を伏せる。

「ベネディクトさん。もしあなたが今感じているのが絶望であれば、それは私と同じですよ」

「えっ……！」

ベネディクトは顔を上げ、レオーネを見る。

「本当です。フランチェスコの言葉を聞いたとき、私は絶望しました。自分はけっして、そのようにはなれない、と思ったのです。そのような崇高な魂を持って生まれたフランチェスコが、うらやましくて仕方がなかった。そして、神はなぜ、自分にそのような魂を与えてくれなかったのかと、うらめしく思いました」

「レオーネさんが？ 信じられない……」

「本当です。私は、フランチェスコになりたかった。自分はなぜ、フランチェスコではないのかと思い続けました。きっと私だけでなく、当時フランチェスコと共に在った他の兄弟たちも、そう思っていたはずです。本当のことを言えば、私の中には今も、そういう思いが残っています。しかし、私が強くそう思っていた間は、フランチェスコの言葉の本当の意味が分からなかった。いや、むしろ、フランチェスコの言葉の本当の意味が分からなかったからこそ、そう思わざるを得なかった」

「本当の意味とは、何です？」

「彼の言う『完全な喜び』の意味です。先ほどのフランチェスコの言葉はあたかも、痛みや苦しみ、怒りや悲しみ、恨み辛《つら》み、後悔や罪の意識を一切持たない者の言葉に聞こえるかもしれません。あるいは、進んで自らを犠牲にすることに歓喜を覚えるほどの、揺るぎない信仰の表れに聞こえるでしょう。しかし、厳密には違うのです」

「どう違うのです？」

「私がそれに気づいたのは、フランチェスコと長く共に過ごしてからでした。彼は確かに、聖なる魂を持ち、神に導かれていた。しかし、痛みや苦しみを感じないわけではなかったのです。フランチェスコは私たちと同じように苦痛を感じ、ときには悲しみ、さまざまなことに悩んでいました。とくに、小さき兄弟会が大きくなってからは、彼の悩みは尽きなかった。彼の信仰はつねに強かったが、それでも、まったく迷わないということはなかった。そういう意味では、彼も私たちと同じだったのです。ただ、彼が明らかに違ったのは、苦しんだり、悩んだり、迷ったりしながらも、確実に喜びを感じていたことです」

ベネディクトには話が分からなくなった。苦しみながら喜びを感じるということが、あり得るのだろうか。レオーネは言う。

「私の言うことは、矛盾しているように聞こえるでしょう。もしフランチェスコの言う『喜び』が、世間の人々が普段使う意味での喜び――つまり、肉体あるいは精神の快さであれば、おそらく矛盾します。なぜなら、快さは、苦痛などの不快さが存在しないがゆえに起こるからです」

「つまり、快さとは違う喜びが、この世に存在するというのですか？」

レオーネはうなずく。

「それは、どのような……」

「言葉で説明することはできません。しかし、確かに存在するのです」

「そ、それは……その喜びを知るには、どうすればよいのですか？」

固唾《かたず》を呑《の》んで答えを待つベネディクトに、レオーネはこう答えた。

「あなた自身に真剣に向き合うことです」

「私自身に？」

「そうです。神があなただけに与えた、今取り組むべき問題に取り組むことです。苦しみや痛みのあるときは、それらと共に在ることです。悩みや迷いのあるときは、徹底的に悩み、心の底から迷うことです。迷う自分の心を、真剣に覗き込むことです。フランチェスコはいつも、そうしていました。私は彼の言う『完全な喜び』に、言葉の側から近づくことはできなかった。しかし、そこへ至る道は、言葉ではなく、彼の行いにあったのです。何年も彼と共に在って、私にはようやく少しだけ、それが分かりました」

それが、答えなのか？　ベネディクトは、さらに分からなくなった。

◇

マルコの酒場での騒動が収まり、ピエトロはようやくアッシジの男たちから解放された。二階の部屋に一人でいると、マルコが上がってきた。

「なあ、ピエトロ。さっき奴らに話していたことだが、本当なのか？」

ピエトロがアッシジの男たちを鎮《しず》めるためにした話は、セバスティアーノたちと話し合っているときに思いついたことの一つだった。石棺の中身は、最初から空だったのではないか――。その疑惑は、石棺を見たときに真っ先に生じたし、セバスティアーノとアレッサンドロの証言を聞いている間にますます膨らんでいき、聖ジョルジョ教会の司祭の話を聞いてからはほぼ確信に変わった。ただ、直接的な決め手となったのは、ベネディクトが石棺に触っても異変が生じなかったことだ。

ピエトロは、自分がでっち上げた奇蹟の話の中に真実があったことに気づいてから――つまり、ベネディクトが聖遺物の力に反応することを知ってから、彼に気づかれないよう、ひそかに彼を観察し、また実験をしていた。それというのも、この旅には必ず、三つの聖遺物を持って出なければならなかったからだ。一つは、ヴァルド派のバルバ・カタリナに渡すための「バルバ・ルチーアのロザリオ」。残り二つは、あの墓場で見つけた聖ベアトリクスの頭蓋骨《ずがいこつ》と、そのすぐ近くに埋まっていた石板だ。

これらを荷物に入れて運ぶことを考えると、少なくとも二つのこと──ベネディクトの体調に影響しないような聖遺物の扱い方はあるかということと、彼が聖者の遺体だけでなく、聖者の身体に長年触れていた持ち物の類いにも反応するのかということを確認しなくてはならなかった。出発前の慌ただしい時間の中ではあったが、ピエトロは、ベネディクトが寝ている間や、祈りに集中している間にこっそりと実験し、彼の反応を見た。

その結果分かったのは、ベネディクトは聖遺物に近寄ったとしても、それが何らかの布に覆《おお》われてさえいれば反応しないということだ。布の素材は麻であろうと、絹であろうと、毛であろうと関係がなかった。どうやら彼が一番強く反応するのは、布を隔てずに間近で聖遺物を見ることであり、また土などで隔てられていても、至近距離であれば影響を受けるようだった。さらにベネディクトは、聖者の持ち物や、聖者の遺骨に長年触れていた物体に対しても、触れるほどに近寄るとわずかながら反応した。

通常、聖者本人や聖遺物に長年触れていた物体にも聖なる力《ウィルトゥス》が移ると言われているが、ピエトロはそれが正しいことを確信したのだった。

それらを知っていたからこそ、ピエトロはベネディクトにフランチェスコの石棺を触らせてみたのだが、ベネディクトには何の異変も起きなかった。そこでピエトロは考えた。エリアは一二三〇年の移葬の日、あの納骨堂にフランチェスコの遺骨を納めるふりをして、実際はそうしなかったのではないか、と。

「だが、ピエトロよお。フランチェスコ会とドミニコ会を仲違いさせたい者たちが、ドミニコ会士のふりをして、聖フランチェスコの遺骨を盗んだふりをしたっていうのは、どういうことなんだ？　本当に、そんな奴らがいるのか？」

「それは俺の推測だ。証拠は何もない。だが、もし俺の推測が正しいとしたら、偽《にせ》のドミニコ会士たちはおそらく、パリ大学の聖職者教授らの息のかかった連中だろう」

「パリ大学？　ずいぶん遠いところに敵がいるもんだな」

「確かにパリ大学はここからは遠いが、そこの聖職者教授らはフランチェスコ会とドミニコ会を排斥しようとする勢力の急先鋒《きゅうせんぽう》だ。俺がパリ近辺の得意先から聞いたところによれば、彼らは大学内での托鉢修道会士たちの活動を妨害し、各地の教区教会の聖職者たちにも托鉢修道会を攻撃するよう呼びかけているらしい」

「そこまで托鉢修道会を目の敵にしてるのか？　ずいぶん狭量なものだな」

「ただ、彼らにも言い分はある。托鉢修道会の修道士たちがパリ大学に進出してきた背景には、教皇庁が自分たちの息のかかった托鉢修道会士を送りこみ、パリ大学への影響力を強めようとしたという事情がある。もとから大学にいた聖職者教授たちにとって、これは学問の独立と自由に対する侵害だと感じられたんだ。だからこそ彼らは抵抗を始めたのだが、最近ではその規模が大きくなり過ぎた上、教皇もこのところパリ大学側へ譲歩するようなそぶりを見せている。托鉢修道会側にとっては、実に分の悪い状況だ。パリ大学の教授たちは、ここで一気に畳み掛けたいところだろう」

「ふーん。じゃ、そいつら——パリの『反托鉢修道会派』とでも呼ぶか。そいつらが、ペルージャとかあちこちで、例の噂を流しているのか？」

「俺は、そう思う。彼らはもともと、偽のドミニコ会士たちに聖フランチェスコの遺体を盗ませるつもりだったのだろうが、俺の推測が正しければ、偽のドミニコ会士たちは結局遺体のありかを見つけられずに手ぶらで大聖堂を出たのだろう」

もしそうだとしたら、モンテ＝ファビオ修道院に聖遺物を贈ってきたのも反托鉢修道会派だろう。もっとも、あの聖遺物の身元はまだ分からないままだが。片や、聖フランチェスコの遺体の在処《ありか》も、今のところは闇の中だ。

ピエトロが今確信できるのは、「フランチェスコの遺体の在処は、エリアが知っている」ということだけだ。さっき男たちに言った「大聖堂の中に本物の棺が隠されている」というのは、可能性の一つに過ぎないが、あの場ではそのように言うしかなかった。大聖堂に――つまりアッシジに聖フランチェスコがとどまっているという安心感が、市民たちの行動に大きく影響するからだ。アッシジにないという可能性は、排除しなくてはならない。そうしなければ、いつのまにか「ペルージャにある」ということにされ、抗争の種になりかねない。しかしいずれはどうにかして、本当の在処を突き止めなくてはならないだろう。

ピエトロがさらに気にしているのは、ベネディクトの夢の内容だ。ベネディクトはモンテ＝ファビオに届いた聖遺物のかけらを見た後、聖フランチェスコの生前の姿をはっきりと夢に見た。もしあれが真に奇蹟なのであれば、モンテ＝ファビオの聖遺物とフランチェスコとの間には何らかの関係があることになる。

――俺は……ベネディクトの力を、今も信じているのだ。

自分がでっち上げた話を信じるというのもおかしな話だが、ベネディクトとしばらく過ごしてみて、確信らしきものを得たことは事実だ。その確信は、あのテオドラの一件があった後も変わっていない。

それにしても、ベネディクトは今頃、どこで、どうしているのだろうか――。

◇

薄闇に包まれた夕方の洞窟で、ベネディクトは一人、空腹と戦っていた。

目の前には、一個のパンがある。パンは、レオーネが今日の托鉢で得た二個のパンのうちの一個だ。レオーネは托鉢から戻ったあと、パンを二個ともベネディクトに譲ってくれた。「体を治すために、できるだけ食べなくては」と言って。その後レオーネはベネディクトを洞窟に休ませ、一人で山に入り、木の実を取ってきてくれた。ベネディクトはパン一個と木の実を有り難く食べた。しかし、もう一個のパンまで食べていいものかどうか悩んでいる。

このパンはレオーネが手に入れたものだし、木の実も彼が取ってきたものだ。自分がすべて独り占めするのは気が引ける。レオーネはさっきからずっと隣の洞窟にいて、一人で祈っている。彼は、さっき山で木の実をいくつか食べてきたから心配ない、と言っていたが、それだけで足りるはずがない。きっと空腹にさいなまれているはずだ。

――このパンは、レオーネさんに返すべきだ。

頭では、そうすべきだと思っている。しかし、いざ隣の洞窟に持っていこうとすると、できない。パンが手に触れたら最後、自分の口に持っていきそうだからだ。なんと、情けないことだ。結局自分は何も変わっていないのだ。あのテオドラに罪に誘われたときから、まったく変わっていない。レオーネという素晴らしい清貧の実践者の、すぐ近くにいるというのに。しかしその思考も、食べたいという欲望に浸食されていく。しっかりしていなければ、今にもパンに手を伸ばしそうになる。ベネディクトは、動き出そうとしている右腕のうずきを感じ取り、すんでのところで思いとどまる。

――ここで耐えることができるかどうかが、分かれ道だ。

そうだ、祈ろう。隣でレオーネが空腹をこらえながら祈っているように、自分も。

ベネディクトは、洞窟の壁に彫りつけられた小さな十字架に向かってひざまずき、口の中で小さく祈りの言葉を唱え始める。「我らを試みに引き給わざれ、我らを悪より救い給え」。弱い自分を誘惑に陥らせず、悪から救って欲しいと願う一節を、ベネディクトは幾度となく繰り返す。彼の思考は徐々に静まり、空腹感も気にならなくなってくる。この感覚は久しぶりだった。モンテ＝ファビオ修道院で祈っていたときにも、ごくまれにこのような静けさは感じていたが、今のこれはそれ以上かもしれない。

そうだ、忘れていた。これが、祈りの力だ。自分は今まで何度も、これに救われてきた。そしてすべてを捨てた今、自分が持っているのは、この祈りの力しかない。その純粋さが、自分の祈りを研ぎ澄ましている。ベネディクトにはそう思えた。

——ああ、やはり、無駄ではなかった！

すべてを捨てる決意をして、レオーネと共に過ごして、自分も少しは変わってきているのだ。この調子で祈り続ければ、神に届くかもしれない。神とつながることができ、魂の救いを得ることができるかもしれない。希望に背中を押されるように、ベネディクトはさらに強く祈る。目を閉じているのに、薄暗闇の中にいるのに、目の前が明るいように感じる。そして、自分の体が周囲の静寂に溶けて、際限なく広がっていく感覚がある。

——なんと、素晴らしい。ああ、このまま。ずっと、このままでいたい。

そう思ったとき、すぐ近くで、ひときわ大きく鳥の声がした。

ベネディクトは驚いて、目を開けた。振り向くと、洞窟の中に、一羽のカラスが入り込んでいた。なぜ、カラスが……？　ベネディクトはその答えを出す前に、置いておいたパンに飛びついた。

ほんの一瞬遅れていたら、パンをカラスにかすめ取られていただろう。しかしベネディクトの方が早かった。カラスは羽をせわしなく動かして飛び上がり、ベネディクトを威嚇《いかく》する。ベネディクトはパンを握った手で顔を覆いながら、もう片方の手でカラスに抵抗する。やがてカラスは諦《あきら》めたように、洞窟の外へ飛んでいく。油断も隙《すき》もない。ベネディクトはため息をつく。そして次の瞬間、ベネディクトはパンを口にしていた。

「……!」

気がついたときは、もう遅かった。固いパンの表面に彼の歯は食い込み、口の中は唾液《だえき》でいっぱいになっている。ベネディクトは絶望した。しかしその絶望とはうらはらに、彼の顎《あご》は動き、パンを嚙《か》み切る。

——そんな……。

ほんの数秒前まで、あれほどうまくいっていたのに。祈りの力で、自分を救うことができたかもしれないのに。今からでも、遅くない。さあ、今すぐ、食べるのをやめるのだ。やめろ!

しかし悲しいことに、いくら頭で命令しても、ベネディクトの体は食べるのをやめない。

隣の洞窟から、歌声が聞こえてきた。レオーネが、神を讃《たた》える歌を歌っている。その聖なる歌声に、ベネディクトは自らの罪深さを思い知らされたような気がした。自然と、彼の両目から涙が流れ始める。パンの味に、涙の味が加わる。それでも、彼は食べるのをやめられない。

ベネディクトは思う。自分は、無力だ。いくら祈っても、いくら素晴らしい先達の近くにいても、無駄なのだ。自分は結局、魂の救いが欲しいのではなく、肉体が欲するものが欲しいのだ。

レオーネの歌が聞こえる。彼の歌は、洞窟の中の空気を震わせ、聖なるものに変えていく。しかし自分が、罪深い体を持ったこの自分が、この聖なる空気に交わることはない。硬いパンを獣のように噛みちぎり、貪欲《どんよく》に胃の中に送り込みながら、ベネディクトは嘆く。

——なぜだ。私はなぜ、聖者に生まれつかなかったのか。私はなぜ、私でしかないのか。

同じような問いは、幼き日から、いつも彼を悩ませ続けてきた。自分はなぜ、友人トマスではないのか。自分はなぜ、聖ベネディクトではないのか。そして自分はなぜ、レオーネではないのか。

——自分はなぜ、フランチェスコではないのか。

レオーネのその言葉を思い出したとき、ベネディクトは動きを止めた。残りわずかになったパンが、自然と口から離れる。胃はまだ激しく動き、さっきよりも強く、食べ物を欲している。しかし、彼は貪《むさぼ》るのをやめた。

——あなた自身に真剣に向き合うことです。神があなただけに与えた、今取り組むべき問題に取り組むことです。

パンのかけらを持った腕が、だらりと垂れ下がる。貪ることに集中していた首と肩の緊張が、ゆるゆると解けていく。ああ、何ということだ。

——私は、私でしかない。しかしそれこそが——その事実こそが、神が私に与え給《たも》うた問題なのだ。

ベネディクトは目を閉じる。強い飢餓感は、今も確かに続いている。しかしそれでもなお、自分の中に再び、静寂が湧き上がってくる。そしてそれは、さっき祈っていたときに得たものよりも、ずっと強く、深い。洞窟に響いていたレオーネの歌が、今は自分の体内に鳴り響いている。ベネディクトは今確かに、何も求めず、何も欲さず、ただ静かに自らを見つめていた。

第十章　ローマの親類、ペルージャの得意先

それから、フランチェスコ会にとって事態は目に見えて悪化していった。ピエトロがマルコの酒場で「聖フランチェスコの遺体は、エリアによって大聖堂の奥深くに隠されている」と言い放った二日後、彼はイルミナート管区長に呼び出された。ピエトロは、自分が独断で勝手な噂《うわさ》を流したことに対して苦言を呈されるものと思っていたが、そうではなかった。管区長はそのことは当然知っていたが、それよりも深刻な問題が起こっていた。

「ドミニコ会から書面が届いた。ドミニコ会代表団は、モンテ＝ファビオ修道院の会議には出席しない、と言ってきた。同じ書面を、会議の場であるモンテ＝ファビオ修

道院にも送付しているそうだ」

ピエトロは眉《まゆ》をひそめて尋ねる。

「理由はやはり、モンテ＝ファビオの聖遺物に関する、例の噂ですか？」

管区長は片手で顔を覆《おお》い、力なくうなずく。

「私の名義でドミニコ会宛《あて》に、例の噂が事実無根であることを伝える書面を送ったのが今朝だ。しかし……すでに手遅れだった。ドミニコ会からの書面には、ローマやペルージャの近辺で、こちらの修道士とドミニコ会の修道士との間で何件もいさかいが起きていると書かれている。『フランチェスコ会の修道士から、我らの兄弟が暴行を受けた』と……。

また、モンテ＝ファビオのマッシミリアーノ院長の言動も、ドミニコ会の怒りを買っているようだ。院長はあろうことか、ドミニコ会ローマ管区宛てに『例の盗難の一件は会議の開催に影響しないと考えてよいか』という、確認の手紙を送ってしまったらしいのだ。ドミニコ会側は、それを『盗人《ぬすっと》呼ばわりされた』と受け止めてしまった」

心配していたことが現実になったか。ピエトロは苦々しく思う。あのバルトロメオ修道士は、こちらで見聞きしたことをそのままマッシミリアーノ院長に報告したのだろう。そして差し詰め、混乱した院長が早まって、深く考えずにそのような手紙を送ってしまったに違いない。

だが、起こってしまったことは悔やんでも仕方がない。ピエトロは管区長に尋ねる。

「数日前、私は管区長に、すぐに教皇庁《クーリア》に働きかけるよう進言しましたが、何か手は打たれましたか？　いざというとき、教皇庁からドミニコ会側を説得してもらうようにしてはどうか、と申し上げたはずですが」

「ああ、あのときすぐにでも、そのとおりにしていれば……」

やはり、何も手を打たなかったのか。しかし、イルミナート管区長の次の言葉は、さらに事態が複雑化していることをピエトロに知らしめた。

「さらに困ったことに、教皇からも、例の会議は中止するようにという要請が来たのだ」

「何ですと？」

ピエトロは耳を疑った。

「それは、ドミニコ会から届いた中止の通告とは別に、ですか？」

「そうだ」

「なぜ、教皇がそのようなことを？　教皇にも、今回の会議の重要性は分かっているはずです。それなのに、なぜ？　まさか、ドミニコ会と教皇が結託して、フランチェスコ会を糾弾しようとしているのではないでしょうね？」

「そんなことはないが……ただ、どうも枢機卿《すうききょう》の中にパリ大学寄りの者がいて、会議の中止を教皇に強く進言しているらしい。それが誰か、わしは知らんのだが」

それは、ピエトロが得意先から集めた情報と合致している。どの枢機卿がパリ大学に味方しているかは、いずれきちんと確かめた方がいいだろう。だが、とにかく今は、この管区長を動かさなくてはならない。

「管区長。このまま何もしなければ、会議は流れるだけです。とにかく、リナルド・ディ・イェンネ枢機卿に連絡をするべきです。イェンネ枢機卿の他にも、托鉢《たくはつ》修道会とつながりの深い枢機卿はいるはずです。彼らの支援が得られれば、教皇も考えを変えるかもしれません」

「他の枢機卿、なあ。あまり期待はできないが、確かに、何もしないよりは……」

ようやく決断するイルミナート管区長を横目に、ピエトロは考える。この数日でここまで事態が悪い方に転ぶとは予想していなかった。だが今頃セッテラーネ村では、おっさんとアンドレアが動いてくれているに違いない。このようなときに備え、早めに手を打っておいて正解だった。しかし、ローマの方がどうにかなったとしても、教皇を動かすにはまだ弱い。

――俺も動いた方がいいだろう。すぐにでも、ペルージャに行くべきだな。もともと、ペルージャには商売で行く予定だった。アッシジでの用が終わった後に寄るつもりだったが、こういう事態ならば、予定を早めた方がよさそうだ。ピエトロの頭に、枢機卿用の赤い肩衣《モゼッタ》を着心地悪そうに纏《まと》った、丸顔の若い男の姿が浮かぶ。

――あいつが欲しがりそうな品を入手しておいたのは良かった。だが、奴《やつ》に托鉢修道会の支援を願うとなると、代金は割り引かないといけないな。これは俺にとって、得なのかどうか。

そのとき、セバスティアーノ修道士が管区長室に入ってきた。セバスティアーノはピエトロの存在に気づくと、いきなり怒鳴りつけてきた。

「ピエトロさん！　あなたは、何ということをしてくれたんですか！」

突然の剣幕に、管区長は体をびくつかせた。ピエトロはわざと平穏を装《よそお》い、とぼけてみせる。

「何のことですか？」

もちろん、セバスティアーノの言いたいことは分かっている。ピエトロがマルコの酒場で流した噂のことだ。セバスティアーノは両拳《りょうこぶし》を握り、青ざめた顔を震わせて訴える。

「あなたがしたことは……我らが聖フランチェスコに対する、冒瀆《ぼうとく》です！ あのエリアが、この聖堂内の秘密の場所にフランチェスコを隠しているなど……そんなことが、あるわけがない！ 我らが聖フランチェスコが、悪に染まったエリアの作った墓所などに、留まっているわけがないでしょう！」

「セバスティアーノ！ 黙らないか！」

見かねた管区長が強く窘《たしな》めても、セバスティアーノはピエトロを責めるのをやめようとしない。

「ピエトロさん、あなたには失望しました。あなたほどの人に、フランチェスコが自ら出て行ったということが分からないとは！ この兄弟会の腐敗が、あなたの目に入らないのですか？」

「セバスティアーノ！ それ以上、我らが兄弟会を侮辱することは許さんぞ！」

管区長がそう言うと、セバスティアーノの大きな目が管区長の方を向いた。彼は管区長をしばらく睨《にら》みつけた後、身を翻《ひるがえ》して部屋を出て行った。管区長は頭を抱える。

「なぜ、こうも、ひどいことばかり起こるのか。これも、神の与えたもうた試練なのか……」

ピエトロは、去って行くセバスティアーノの足音を聞きながら考える。問題は山積みだ。しかしまずは、モンテ＝ファビオの会議の開催を確定させなくてはならない。それが先だ。

――おっさん、アンドレア、ローマの方は任せた。俺も、動くからな。

◇

「もう、おっさん！　ぐずぐずしてると、置いてくよ！」

アンドレアの甲高い声が、ローマの街角に響く。アンドレアが見据える先には、つるつるした頭頂部の周囲に長い白髪を生やした司祭が杖《つえ》にすがるようにして、ぜえぜえ言いながら息を整えている。彼の隣には、大ジョヴァンニが心配そうに付き添っている。

「アンドレア様、エンツォ神父様はもう少し、休憩が必要なようです」

「もう、大ジョヴァンニは、おっさんを甘やかし過ぎなんだよ！　おっさんは、見た目よりは若いんだから。しんどいのは、ただの運動不足だってば。あと、お酒の飲み過ぎ！」

エンツォ神父は「あー、うー」とうなり声を上げて、すがるような目でアンドレアを見る。アンドレアはため息をついて、「もう、これだと時間通りに着かないよぉ」とつぶやく。今日は、絶対にあの人に会わなくてはならないのに。

ピエトロが、ベネディクト、そして大ジョヴァンニと共にアッシジに出かけてから、数日は平穏な日々が続いた。だが二日ほど前から、アンドレアは急に忙しくなった。一つには、モンテ＝ファビオ修道院のマッシミリアーノ院長から、ピエトロ宛ての催促の手紙が来たことによる。聖遺物の身元はまだ分からないのか、途中経過を報告しろ、このままでは会議の開催が危うくなる、と言ってきたのだ。筆跡はかなり粗く、取り乱している様子が手に取るように分かった。そもそも、自分がピエトロにアッシジ行きを指示しておきながら、セッテラーネ村教会に手紙を送ってくるとは、よほど混乱しているに違いない。

しかしそのお陰で、アンドレアはモンテ＝ファビオ修道院の立たされている苦境を知ることができた。例の会議――ドミニコ会とフランチェスコ会の会合の開催が危ぶまれているのだ。どうやら、あの聖遺物のことが原因で、両者の関係が悪化しているらしい。具体的には、「ドミニコ会士が聖フランチェスコの遺体を盗んだ。モンテ＝ファビオの奇蹟《きせき》の聖遺物は、その一部だ」という噂が広まっているためだ。

アンドレアにとっては、ドミニコ会とフランチェスコ会がいくら仲違《なかたが》いしようが、またモンテ＝ファビオの院長がいくら困ろうが、知ったことではない。ただ無視できないのは、取り乱した院長が「もし会議の開催が中止になった場合、前払いした金は全額返していただく。ただし、会議が無事開催できた場合は、報酬を二倍にする」と言って来ていることだ。

——お金を取り上げられるのは、困るよ、絶対。でも、うまくいけば二倍になる。

ピエトロからの手紙を携えた大ジョヴァンニがセッテラーネ村に戻ってきたのは、院長からの手紙が到着した直後だった。大ジョヴァンニの話では、ピエトロはすでにこちらで何が起こっているかをほぼ承知しているとのことだった。手紙の中でピエトロは、エンツォとアンドレアに具体的な指示をしていた。アンドレアにとっては気の進まないことだったが、兄になってくれた人の願いだし、自分たちが暮らしていくためにも必要なことだ。それで、指示どおりにエンツォと大ジョヴァンニを伴い、ローマにやって来たのだった。

アンドレアはローマに足を踏み入れるたび、古い街だな、と思う。かつてここが実質的に世界の中心であったことを知らなくても、きっと同じ感想を持つだろう。街を取り囲む巨大な城壁は千年近く前に建てられたものだというし、あちこちにこれ見よがしに立てられた彫像群も風化するままに放置されている。街に点在する異教時代の大きな建物のほとんどは、石材を持ち去られて元の姿を留めていない。完全な形で残るごく少数の建築物には、主《しゅ》のナントカとか、聖母のナントカという名前が貼《は》りつけられている。

ここローマで新しい建物といえば、貴族たちの邸宅と、彼らが見張りと示威のために競って建てた高い塔だ。街を歩いていると、そんな塔がいくつも、嫌というほど目に入る。他の都市が皇帝派と教皇派に分かれて争っているのと同様に、ローマを拠点とする貴族たちはこの街の中で小競《こぜ》り合いを繰り返している。ローマにはオルシーニ家など、教皇庁と縁の深い貴族もいるが、ここしばらくは皇帝派の貴族たちが幅を利《き》かせているという。その世情を反映してか、サン・ジョヴァンニ・イン・ラテラノ大聖堂とその隣のラテラノ宮は、壮麗で重厚な見た目に似合わず、どこか居心地が悪そうに、うっすらと陰を帯びて建っている。

――まあ、本来ここにいるべき教皇様がいないんだから、しょうがないよね。

アンドレアは、古い方のローマにも、新しい方のローマにも馴染《なじ》める気がしない。どちらもなんとなく、空気が澱《よど》んでいる気がするのだ。アンドレアは、今住んでいるセッテラーネ村の、土と緑の匂《にお》いが好きだ。故郷ジェノヴァの潮風も捨てがたいが、やはり自分は街より野にいる方がいいのだと思う。ただ、この街にも好きな場所はある。ローマの七つの丘の一つ、カピトリーノから見下ろすローマは、古さと新しさが絶妙に混じり合い、一枚の絵のように見えるのだ。アンドレアはその丘に上るたびに、自分が猫だったらいいのに、と思う。猫になって、あっちの路地や、こっちの建物に潜り込んで、自由気ままに遊べたら――。街を上から見ていると、そういう悪戯《いたずら》心がむくむくと膨らんでくる。

でも実際は、自分は人間で、その上、非力だ。ローマのように、皇帝派の人間がうようよしている危険な街では、大ジョヴァンニのような強い人にぴったりくっついていないと危ない。だからやはり、ここは自分の街ではないのだと思う。アンドレアが目指す邸宅も、ラテラノ宮の近くにひっそりと、目立たないように建っている。

その邸宅を目にすると、アンドレアの気持ちは沈む。これから、あの人に会う。自分を愛してくれてはいるが、けっして理解してくれない、あの人に。今日もきっと「まだ女子修道院に入る気にならないのか」と聞いてくるのだろう。そして、自分のことを、あの名前で呼ぶ。生まれたときに与えられた、女の子の名前で。

――でも僕は、あの人の期待には応《こた》えられない。

そして、応えられない自分が、とても悲しい。アンドレアはため息をつき、フードを深くかぶり、顔を隠すようにする。

「あー、アンドレア」

不意に、エンツォが話しかけてきた。アンドレアは顔を上げもせずに短く応える。

「何？　おっさん」

「うー、えーと、大丈夫だ」

「は？　何のこと？」

「えー、あー、オットボーノが、その、お前の……ことについて、何か、言っても、お前は、黙っとればいい。わしが、話をするから」

エンツォにしては珍しく早口で、比較的よどみなく、そう言った。アンドレアは、はっとする。

——分かってるんだ、おっさんは。

たまにこういう、心を読まれるようなことがあるから、おっさんは侮《あなど》れない。大ジョヴァンニが二人に声をかける。

「そろそろですよ。では、裏門に回りましょう」

彼らは、塔を構えた邸宅の正面を横目にみながら、右回りに裏手へと回る。小さな裏口には若い衛兵が一人、退屈そうに立っている。彼ら三人が近づくと、衛兵は急に身構えた。

「こちらは、セッテラーネ村教会のエンツォ神父とアンドレア祓魔師《ふつまし》です。猊下《げいか》と面会のお約束があります」

衛兵はいぶかしげな顔で、彼らを品定めするように見つめている。エンツォとアンドレアは一応僧服ではあるが、所詮《しょせん》、小さな村の小さな教会の人間だ。みすぼらしいので、警戒しているのだろう。しかしすぐにその衛兵の後ろから、髭《ひげ》を整えた中年男が姿を現した。彼はエンツォとアンドレアの姿を認めると、衛兵を叱《しか》りつける。

「馬鹿者《ばかもの》！　なぜ、すぐにお通ししないのだ！」

「え？　あ、す、すみません！」

中年の男はエンツォとアンドレアに向かって姿勢を正し、恭《うやうや》しく挨拶《あいさつ》する。

「エンツォ様。アンドレア様。お久しぶりでございます。衛兵がご無礼を……」

「いいんだ、ステファノ」

ステファノが「アンドレア」と呼んでくれたことに、アンドレアは胸をなで下ろす。

「猊下がお待ちかねです。どうぞこちらへ」

二人は裏門に大ジョヴァンニを待機させ、ステファノの後について邸宅内に入る。

磨かれた石の廊下は、薄い靴の裏に冷たく感じる。やっぱり、来たくなかった。それでも、あの人の書斎はもうそこだ。開け放たれた大きな扉からは、木の匂いがした。また最近、新しい物に変えたのだろう。扉の奥では、赤い僧服姿の男が大きな机に向かい、何か書き物をしている。その横顔は、前に会ったときよりも、少しだけ老《ふ》けたかもしれない。

「お連れしました、猊下」

ステファノがそう言うと、男は弾《はじ》かれたようにこちらを向く。アンドレアとエンツォの姿を見ると、彼は目を大きく見開き、体を震わせながら立ち上がる。そして、アンドレアに駆け寄る。

「ああ、アラージャ！」

男はひざまずいて、アンドレアを抱きしめる。アンドレアは、何と言っていいか分からなかった。決まりどおりの挨拶を返そうとするが、相手は自分にしがみつきながら、すすり泣きを始めている。きっと今、他人行儀なことを言ったら逆効果だ。

男は、オットボーノ・フィエスキ枢機卿。ジェノヴァの名家フィエスキ家の出身で、現教皇であるインノケンティウス四世の甥《おい》だ。アンドレアにとって、彼は叔父にあたる。アンドレアは物心ついた頃から両親がいなかったので、実質的に、彼が親代わりだった。

フィエスキ枢機卿は顔をくしゃくしゃにして、アンドレアを見つめ、しばらく会えなくて辛《つら》かっただの、前より大きくなっただのと涙まじりに話した。アンドレアはただ、はい、はいとうなずく。やがて、エンツォが枢機卿に話しかけ、枢機卿は今度はそちらに目をやる。そして、アンドレアにしたのと同じように、エンツォを強く抱きしめる。

「兄者《あにじゃ》！　相変わらずお達者なようで！」

エンツォは「あー、うー」と言いながら、枢機卿の気持ちに応えるように、彼の背中をぽんぽんと叩《たた》く。それに対して、枢機卿も笑顔を見せる。

――いつも思うけど、この人、おっさんのことが大好きなんだよな。

枢機卿が自分に向ける愛情は、アンドレアにとってはあまり心地よいものではない。だが、おっさんとの仲の良さは、眩《まぶ》しく感じることがある。

エンツォは、フィエスキ枢機卿の腹違いの兄で、フィエスキ枢機卿の父親が使用人の女性との間に作った子だ。フィエスキ枢機卿の母親や他の嫡子《ちゃくし》たちはエンツォを嫌っていたそうだが、枢機卿だけは、子供の頃からエンツォとよく遊んでいたという。アンドレアの聞き知った限りでは、エンツォは子供の頃から今と同じで――勉学も剣術も苦手で、ろくに人と会話もできず、その上だらしない性格だったらしい。枢機卿はその正反対の性格にもかかわらず、エンツォを慕っている。

フィエスキ枢機卿は二人との再会の喜びを全身で表したあと、部屋の中央に彼らを招き入れ、笑顔で尋ねる。

「ピエトロは、どうしている？　相変わらずか？　ボローニャでアラージャを助けたときみたいな無茶を、今もやっているのか？」

アラージャ。やっぱり、そう呼ばれるのか。そんなことを考えながらアンドレアがもじもじしていると、エンツォが答える。

「ああ、うん。あい、かわらずだ」

「そうか。彼のことだから、セッテラーネ村教会のことはきっちりやってくれているだろうが……兄者、あまり彼の邪魔をしてはいかんぞ」

「じゃま、してない」

エンツォが首を振りながら答えると、枢機卿は愉快そうに笑った。早速、本題に入るべきだろう。アンドレアは心を決めて口を開く。

「ところで、今日は、猊下にお願いがあって参りました」

アンドレアが「猊下」と言うと、フィエスキ枢機卿は少し悲しそうな顔をした。しかし、すぐに思い出したように言う。

「そういえば今回の訪問の手紙に、頼みたいことがあると書いていたな。何なのだ、アラージャ」

「その、フランチェスコ会と、ドミニコ会の会議のことで……」

アンドレアがところどころつっかえながらする説明を、フィエスキ枢機卿は注意深く聞いていたが、やがてその顔から笑顔が消えた。そして説明が終わると、椅子《いす》の背にもたれかかり、片手で顔を覆った。

「よりによって、その話か……」

「どうでしょう。猊下から教皇にお話をしていただくわけにはいかないでしょうか？」

「協力したいのは、やまやまなんだが……」

「何が問題なんでしょう？」

「ここローマと近郊の情勢だ。モンテ＝ファビオ修道院で托鉢修道会の会議を開くことについては、教皇庁内でも不安の声があったんだ。ローマと近郊の教区聖職者たちは托鉢修道会を敵視しているから、反発を招くだろう、とな。それに今、教皇と皇帝の対立も、再び深刻になってきている。だから、ローマの教区聖職者たちをあまり刺激しすぎると、彼らは皇帝派の貴族とまた手を組んで、教皇庁のわれわれを攻撃しかねない。そうなると、教皇のローマへの帰還は、さらに遅れることになる。こんなふうに、なかなか事情は複雑なのだよ。

それに、アラージャ、お前も、リカルド・アンニバルディ枢機卿のことは知っているだろう？」

「ええと……」

リカルド・アンニバルディ。会ったことがあるかどうか憶《おぼ》えていないが、確か、フィエスキ枢機卿の友人だったはずだ。また、アンニバルディ家が、オルシーニ家やコロンナ家、フランジパーニ家と並ぶローマの名門貴族だということは、アンドレアも知っている。

「リカルド・アンニバルディ枢機卿は、教皇不在のラテラノ宮を長年仕切ってきたお方で、私の大切な友人でもある。私が兄者とお前のためにセッテラーネ村教会を買い、兄者を司祭に、ピエトロを助祭に仕立て上げることができたのも、アンニバルディ枢機卿のお力添えがあってのことだ。我がフィエスキ家は現教皇の一門とは言え、ローマやその近郊では確固たる足場を持っていないからな」

つまり、恩人だということを強調したいのだろう。アンドレアは、そう理解した。

「そのアンニバルディ枢機卿が、今、教皇庁とローマ市側との調整に奔走して、疲れ切っておられる。そこへ、今回の托鉢修道会の会議が中止になりそうだという知らせが入って、一つ重荷が減る、と安堵《あんど》しておられたところだ。そんな状況なのに、ここで私が会議の開催を教皇に進言しようものなら、アンニバルディ枢機卿は何と思われるか……」

アンドレアには、叔父の気持ちが痛いほど分かる。叔父は、義理堅い人だ。だからこそ、ボローニャで皇帝派のごろつきに捕まった姪《めい》——つまり自分を救ってくれたピエトロに、聖職を買ってやったのだ。ピエトロと一緒に自分を助けたオルシーニ家の御曹司については、教皇に口利きをしてやり、その結果、その御曹司は十九歳の若さで枢機卿に抜擢《ばってき》されたのだった。

——僕も、叔父上に似ている。受けた恩は、必ず返したい。返せなかったら、苦しいから。

そして自分が恩を返す相手は、間違いなく兄のピエトロだ。でもどうすれば、叔父を説得できるだろうか？

——もし、僕が……「女子修道院に入ってもいい」って言ったら？

そうしたら、きっと叔父は、自分の言うことを聞いてくれるだろう。でも……それは、絶対にできない。そんなことを言ったら、叔父は喜ぶだろうが、いずれ裏切ることになる。叔父は、大切な人だ。そんな人に嘘《うそ》をついて、ぬか喜びさせて、裏切るなんて……。

――でも、他に、方法が……？

思い詰めたアンドレアは、何も言えないままうつむく。それに気づいたフィエスキ枢機卿は、怪訝《けげん》な顔で問う。

「どうしたんだ、アラージャ？」

「えーと、うー、あの、オットボーノ」

答えられないアンドレアに代わって声を発したのは、おっさんだった。アンドレアが見上げると、エンツォはたどたどしく続ける。

「あの、その、わしには、難しいことは、わからん。だが……一つ、聞きたいんだが」

「何だ、兄者？」

「ええと、その、あんにばるでぃ？　そ、その人は、ふ、フランチェスコ会とか、ドミニコ会とかが、なくなっても、困らないのか？」

エンツォは単に、素朴な疑問として訊《き》いたのだろう。しかしアンドレアは、思い詰めていた自分に猶予《ゆうよ》が与えられたような心地がした。そうだ、思い詰めて、良いことはない。ピエトロが——兄さんがいつも、そう言ってるじゃないか。

——なかなか首を縦に振らない相手には、関係ありそうな話やなさそうな話を織り交ぜながら、だらだら長話するのが吉と出る場合がある。もちろん状況にもよるが、自分の切り札を安売りしたくないときは、そうするのも手だ。

そうだった。おっさんも、そういう風に考えているのだろうか。いや、そんな風には見えない。だがフィエスキ枢機卿は、エンツォの問いにすぐには答えず、やけに長く考え込んでいる。そして不意に椅子の肘掛《ひじか》けをぽんと叩いた。

「そうだ！　思い出した！」

「ど、どうしたのだ、オットボーノ」

「兄者のおかげで思い出した。アンニバルディ枢機卿の一族に、ドミニコ会の人間がいるんだ」

フィエスキ枢機卿によれば、アンニバルド・デッリ・アンニバルディという修道士がその人だという。かつてパリ大学で教鞭《きょうべん》を取っていたが、今はここローマで神学教師の役職に就いているという。

「私がそのアンニバルド修道士と一緒に、アンニバルディ枢機卿に話をすれば……」

アンドレアは、一筋の光明を見た気がした。しかしフィエスキ枢機卿は、話しながらひっかかるところを見つけたらしく、ぶつぶつとつぶやき始める。

「……いや、しかし、今回の聖遺物の一件で腹を立てているのは、もっぱらドミニコ会側なんだろう？　アンニバルド修道士も同じ考えかもしれない。だとしたら、彼は動いてくれないかもしれないな」

枢機卿の疑問に、アンドレアはひらめくものがあった。考えるよりも先に、言葉が口から出てくる。

「叔父様、そのドミニコ会士の人は、パリ大学の出身なんでしょう？　だとしたら、それは切り札になるかもしれません。これからお話しすることは、兄ピエトロの推測なんですが……」

アンドレアがそう切り出すと、枢機卿は身を乗り出すようにして耳を傾ける。アンドレアはこう説明する。今回の、モンテ＝ファビオ修道院の聖遺物から始まった陰謀には、パリ大学の聖職者教授陣、つまり托鉢修道会を大学から排斥しようとしている一派が関わっている可能性が高い。アンニバルド修道士がパリ大学出身であれば、かつての自分の学《まな》び舎《や》がそのような陰謀に手を染めていることを、嘆かないわけがない。きっと、彼らの陰謀が失敗に終わり、予定どおりに会議が開催されることを望むはずだ。そう話しながら、アンドレアは、きちんと筋が通っているかどうかを確認する。

兄ピエトロに、いつもそうするように言われているからだ。

——大丈夫だ、筋は通っている……たぶん。だから、叔父様も聞いてくれている。

しかし、枢機卿の心は別のところにあったようだ。なぜなら、アンドレアの説明が終わった後、彼はこう言ったからだ。

「アラージャ……アラージャが私を、久しぶりに『叔父様』と呼んでくれた！」

枢機卿はまた涙ぐんでいた。アンドレアはそれを聞いて、全身から力が抜けた。せっかく頑張って説明したのに、叔父はそんなことよりも、姪に久しぶりに「叔父様」と呼ばれたことに感激しているのだ。アンドレアはがっかりしたが、枢機卿はこう言った。

「分かった。アラージャの言う通りにしてみよう」

「え？」

「まずはアンニバルド修道士と話をして、彼の了解が取れたら、アンニバルディ枢機卿に話を持っていく。そこまで根回しができたら、叔父上——教皇に働きかける。それでいいかな？　アラージャ」

「あっ、はい」

「ならばさっそく、動かなければな」

枢機卿は椅子から立ち上がる。そして、大きな手でアンドレアの頭を撫《な》でる。アンドレアは黙って撫でられていたが、徐々に体がこわばっていく。こうやって叔父が自分の頭を撫でるのは、彼が「言いたいことを言う」前触れだからだ。予想どおり、叔父はこう語りかけてきた。

「なあ、アラージャ。まだ気は変わらないか？　女子修道院に入れば、お前が嫌がる結婚とか、そういうこともしなくて済むんだ。それに何より、安全だ。私はまた、ボローニャのときのようにお前が悪い奴らに捕まったりしないかと、気が気ではないのだ。セッテラーネ村は目立たなくて、人目を避けるには良い場所だ。だが、私は、いつも心配で心配で……。できれば、より安全な場所に、お前を……」

やっぱり。アンドレアはさらに身を固くする。答えあぐねるアンドレアに代って、エンツォが枢機卿に語りかける。

「あー、オットボーノ。ええと、心配は、いらん」

「兄者……」

「あの、ええと、ピエトロが、おるし、ジョヴァンニ兄弟とか、村の、人たちとかが、みんな、この子を守ってくれるから」

「なんで、兄者はその中に入っていないんだ？　兄者は、アラージャを守らないのか？」

「あー」

エンツォはそう言って、少し口を開いたまま考え込んだ。そしてようやく、こう答えた。

「忘れとった」

それを聞いた枢機卿は、大きな声で笑った。アンドレアも、思わず吹き出してしまった。ひとしきり笑った後、エンツォとアンドレアは和やかにその場を辞した。ステファノに案内されて出口へ移動しながら、アンドレアはエンツォのつるつるした頭に向かって、心の中でつぶやく。

——ありがとう、おっさん。

◇

アンドレアとエンツォがローマでフィエスキ枢機卿に面会した日、ピエトロはペルージャに向かった。アッシジの野を抜けてひたすら西へ歩き、かつて若きフランチェスコを含むアッシジ軍がペルージャと激戦を繰り広げたサン・ジョヴァンニ橋でテヴェレ川を渡る。さらに歩くと、道は徐々に山に入っていく。

城壁の北側にある重厚な門をくぐり、ピエトロはペルージャの街に入った。アッシジと同じく丘の上に建つ都市ながら、その規模はアッシジより大きい。それなのに、通りの多くがアッシジよりも狭く、窮屈に感じられるのは、建物の一つ一つがやたら大きいのと、通りの両側をつなぐアーチが多いからだ。何度も来ているピエトロも、狭く暗い通りから大通りに抜けると、にわかに体の緊張が解けるように感じる。

アッシジの人々には敵地として認識されているペルージャだが、ピエトロは子供時代にこの街でしばらく暮したこともあり、人々の気高い性格や、生活基盤の豊かさをよく知っている。今も耳をすますと、街の喧騒《けんそう》に混じって、どこからか石を打つ音が聞こえてくる。道ゆく人に何の音かと尋ねると、水道橋《すいどうきょう》を延長する工事の音だという。近くの山から水を引く送水路を街の広場まで延ばし、大きな噴水を作る計画があるのだそうだ。教皇を迎え、ペルージャはさらに活気づいているのだと、ピエトロは実感する。

広場に至ったピエトロは、そこに近い司教座聖堂と、参事会所有の大邸宅を眺める。ここが、現在は実質的な教皇庁《クーリア》の役割を果たしている。八年前の一二四四年、皇帝派の貴族たちから逃げるようにしてローマを離れ、長らくリヨンに滞在していた教皇が去年、ようやくここまで戻ってきたのだ。ピエトロが正面の門に向かっていくと、重装備の守衛たちが彼の前で槍《やり》を交差させ、行く手を止めた。衛兵の一人が言う。

「おい、手数料はどうした。支払わない者は、ここを通れんぞ。知らんわけはあるまい」

ピエトロは衛兵の顔を一瞥《いちべつ》したあと、わざとぞんざいに答える。

「それは知っているが、今日は教皇庁に訴えをしに来たのではなく、ここにいる友人に会いに来たのだ。そうであれば、あんたたちに手数料を支払う必要はないはずだ」

「友人に？　お前のような者の友人がこの中にいるとは思えんが」

「失礼だが、あんた、リヨンでは教皇庁の衛兵をしてなかったな？」

衛兵は不機嫌な顔になる。

「それがどうした」

「いや、リヨンのときにも何度か友人に会いに来たので、衛兵の人たちとはみな顔見知りだったんだ。あんた方は俺を知らないようだから、新入りなのかと」

「ええい、ごちゃごちゃとうるさい！　早く手数料を払うか、帰るかしろ！」

「だから、友人に会いに来たと言っているんだ。まずは取り次いでくれないか？　ジョヴァンニ＝ガエタノ・オルシーニ枢機卿に」

「オルシーニ枢機卿に？」

衛兵たちは驚き、顔を見合わせる。

「お前が枢機卿の友人だというのか？　出まかせだったらどうなるか、分かってるんだろうな」

「出まかせだなんて、まさか。賭《か》けるか？」

ピエトロがそう言うと、衛兵たちはそわそわし始めた。どうやら、賭け好きな連中らしい。

「勝った方に、デナロ銀貨三枚でどうだ？　もちろん、あんた方は協同で払ってもいいが」

「お前は一人で、三枚払うんだな？」

「もちろん」

「乗った！　おい、すぐに枢機卿に取り次げ」

「俺はセッテラーネ村教会のピエトロだ。ズルしないで、ちゃんと枢機卿に取り次げよ」

若い衛兵が一人、門の中に消える。衛兵たちは勝ちを確信しているらしく、ニヤニヤしていたが、やがて中に入った衛兵が慌《あわ》てた様子で戻ってきた。

「すぐにその人を、中へ！」

「どういうことだ？」

「いいから、早く！　もしその人に無礼を働いたら、衛兵全員、明日のパン抜きだって、オルシーニ枢機卿が……」

「何っ！」

慌てる衛兵たちに、ピエトロは丁重に言う。

「衛兵のみなさん、無礼な口のきき方をしてすみません。どうしても、すぐに取り次いで欲しかったものですから」

「え、ええと……」

「賭けの話はなしにしましょう。また、明日のパンを抜いたりしないように、オルシーニ枢機卿に言っておきます。ところで、枢機卿の部屋は？」

若い衛兵が、部屋の場所をしどろもどろに答える。ピエトロはそれを聞くと、戸惑う衛兵たちを後に、建物の中へ入っていく。教えられた部屋を目指して歩くと、廊下の先に、赤い服をまとった背の低い男の、丸くて血色のいい顔が見えてくる。わざわざ部屋の外に出て、ピエトロを待ち構えているのだ。彼はこちらに気づくと、息を切らせて走ってくる。

「ピエトロ！」

友人に強く抱きしめられて、ピエトロは一瞬息を詰まらせた。ピエトロが咳《せ》き込むと、友人は「悪い、悪い」と言って、ピエトロの背中を撫でさする。ピエトロは呼吸を整えたあと、挨拶をする。

「しばらくだな、ジョヴァンニ＝ガエタノ。二年ぶりか。元気そうだが、ちょっと大きくなったんじゃないか？　横に」

「うるさいな。お前と同じで、これ以上タテには成長しないんだから、ヨコに広がるしかないだろう」

ジョヴァンニ＝ガエタノ・オルシーニ枢機卿。ピエトロのボローニャ大学時代からの友人で、現在はピエトロの一番の得意先でもある。オルシーニ枢機卿はピエトロを部屋へ迎え入れると、金襴《きんらん》の張られた長椅子に座らせた。ピエトロが衛兵たちをわざとからかった話をすると、枢機卿は吹き出した。

「衛兵たちがお前を疑う気持ち、分かるよ。お前、ちっこいくせに愛想ねえし、妙にムカつく話し方しやがるからな。ボローニャで最初に会ったとき、俺もお前のこと嫌いだったもん」

「ちっこいのはお互い様だろ。学生時代はお前こそ、オルシーニの坊ちゃんだってことを利用して、『ローマ組の長《おさ》』を気取ってたじゃないか。俺を『ウンブリアの田舎者』呼ばわりしたこと、忘れてないからな」

「ああもう、悪かったよ！　だってお前、絶対に俺の言うこと、聞かなかったもんな。それに、フランジパーニ家の口利きで大学に来たって聞いちゃあ、オルシーニ家の代表としては気に入るわけがないじゃないか。まあでも、あの頃のことを思い出すと、今こうして二人で話していることが不思議に思えるよ。だいたい、お前のおかげで俺、枢機卿になれたんだからなあ」

「俺のおかげじゃなくて、オットボーノ・フィエスキと、今の教皇のおかげだろ？　それに、あの日あの廃墟《はいきょ》に忍び込もうって持ちかけたのは、お前じゃないか」

聖遺物に目がないジョヴァンニ＝ガエタノはあの頃、ボローニャ近郊でお宝がありそうな場所に目を付けては、ピエトロを連れ回した。ジョヴァンニ＝ガエタノが目を付ける場所はたいてい「はずれ」だったが、それでも彼は楽しそうだった。彼は聖遺物そのものも好きだが、探す過程はそれ以上に好きなようだった。ピエトロも最初こそ宝探しに嫌々付き合っていたが、次第にジョヴァンニ＝ガエタノの情熱が感染し、深くのめり込んでいった。

ある夜、二人はジョヴァンニ＝ガエタノの「お宝がありそう」というぼんやりした勘を頼りに、ボローニャ郊外の廃墟に忍び込んだ。その建物の崩れ方はひどく、教会跡なのか、小規模の修道院跡なのかもよく分からなかった。ピエトロは何も期待していなかったが、思いがけず、地下室への入り口を見つけることができた。階段を下るとそこは薄暗い墓所で、奥の方にいくつもの石棺がところ狭しと置かれていた。足下には幼きイエス像が転がり、壁際《かべぎわ》にもマリア像、洗礼者ヨハネ像など、石像が並んでいる。ジョヴァンニ＝ガエタノは「絶対にお宝がある」と興奮して、石棺の一つに目を付け、蓋《ふた》を力一杯押し開けようとする。しかし、ピエトロは警戒していた。なぜなら、石棺群の手前に、新しい焚《た》き火の跡があったからだ。

「誰かが、ここを使っている」

ピエトロがジョヴァンニ＝ガエタノに注意を促した直後、入り口のあたりが騒がしくなった。二人は灯りを消して、二人の身長より大きな彫像の陰に隠れた。やがて、三人の男の黒い影が入り口に現れた。そのうち二人は何か袋のようなものを抱えていた。階段を下った彼らは蠟燭《ろうそく》に火を灯《とも》し、地面に置くと、袋の口を開けた。そこから出てきたのは、口元に布を巻かれ、両腕と胴体をぐるぐるに縛られた五歳ぐらいの子供だった。子供の顔は涙に濡《ぬ》れていた。

「助けよう」

なぜかピエトロの心は、すんなり決まった。しかしジョヴァンニ＝ガエタノは難色を示した。

「どこの誰だか分からない子供のために、俺たちが身を危険にさらす意味があるのか？」

もっともだ。しかしピエトロは、ジョヴァンニ＝ガエタノの身は絶対に守ると約束し、作戦を告げた。ジョヴァンニ＝ガエタノはしぶしぶ承諾した。

男たち三人は、子供を石棺の一つの前に座らせたまま、焚き火の用意を始めた。ピエトロは床から小石をいくつか拾い、手持ちの水で濡らした。それを、置かれた蠟燭めがけて投げる。石は蠟燭の上に落ち、灯りが消えた。闇《やみ》が墓所を覆うとほぼ同時に、ピエトロは目の前にある彫像を押す。それは、けたたましい音と共に倒れた。

「何事だ！　地震か？」

男たちが取り乱している隙《すき》に、ジョヴァンニ＝ガエタノは子供に近づき、石棺群の隙間に引きずり込んだ。その間にも、ピエトロは彫像をもう一つ倒す。ジョヴァンニ＝ガエタノは、驚く子供を小声でなだめながら、石棺と石棺の間に隠れる。それを確認したピエトロは、彫像の陰から飛び出し、階段下に倒れていた幼きイエス像を抱え、わざと大きな足音を立てて階段を登った。

「だ、誰だ！」

「子供はもらったぞ！」

ピエトロは階段の上から大声で男たちに呼びかけ、身を翻して外へ飛び出した。彫像を抱えて走るピエトロの影を、男たちは慌てて追いかけた。

「畜生、人質を取られた！」「あいつを追え、捕まえろ！」

男たち三人は墓所から出て行った。ジョヴァンニ＝ガエタノは墓所が無人になったことを確認すると、子供を抱えて外に出た。ピエトロは、ボローニャの街とは反対側の森に駆け込んだ。月明かりの下、男たち三人がそちらへ向かって走って行くのが見えた。ジョヴァンニ＝ガエタノは、子供を連れてボローニャの街へ戻った。そしてすぐに、子供が当時のボローニャ司教代理、オットボーノ・フィエスキの姪だということが分かり、その足で直接大聖堂に送り届けたのだった。

オットボーノ・フィエスキにはいたく感謝されたが、ジョヴァンニ＝ガエタノは、助けたのは自分ではなく、友人ピエトロだと主張した。当のピエトロは翌日の朝になってもボローニャに戻らず、皆を心配させた。だがようやく昼過ぎになって、傷だらけ、泥まみれの姿で大聖堂に現れた。しかもピエトロは、とある皇帝派の貴族の紋章の付いた短剣を持っていた。子供をさらった三人の男のうち、一人が落としていったものだという。これが証拠となって、子供の誘拐が皇帝派の仕業だということが判明したのだった。

ひとしきり思い出話をした後、ジョヴァンニ＝ガエタノがつぶやく。

「あの子をお前が引き取るとはな。大きくなったんだろうな」

「もう十五だ」

「そうか……可愛《かわい》い娘だったから、美しい女性に育ったんだろうな。お前、嫁にでもするのか？」

「馬鹿を言え。彼にとって、俺は『兄』だ。十五になったとはいえ、まだやんちゃなガキだしな。だいぶ、賢くはなったが」

「彼、か……。あの子は相変わらず、男のふりをしているのか？」

「男のふりをしている、というよりも、自分を女だと思いたくないようだ。今のところはうちの教会でも、村でも、アンドレアは男で通している。まあ、村での生活の安全を考えると、男だってことにしておいた方が都合がいいが」

「でも、いずれ、そのままではいられなくなるだろう？　どうするんだ？」

「それはアンドレアが決めることだ。俺にできるのは、彼に安全な家と、十分な時間を与えること。それだけだな」

「ふーん」

ピエトロはその後も自分の近況について話し、徐々に本題に近づいていった。モンテ＝ファビオ修道院での托鉢修道会の会議について話し始めると、ジョヴァンニ＝ガエタノは複雑な表情になった。

「うーん、あの会議のことかあ」

「どうだ？ できればお前から教皇に働きかけてもらって、会議中止の要請を取り消してほしいと思ってるんだが」

「お前が俺に、そういう政治的な相談をする日がくるとはなあ。喜ぶべきか、悲しむべきか」

「こんなふうに具体的に何かして欲しいと頼むのは初めてだったな。しかし、どうにかならないか？」

「つまり俺から教皇に、会議を予定どおり開くように言えってか？ うーん、でもなあ」

「難しいか？」

「一人、怖《こえ》えおっさんがいるんだよ。お前と同じ名前の」

「俺と同じ名前の枢機卿と言えば……ピエトロ・ダ・コレメッツォ枢機卿か？」

「そうそう。あの人がさ、パリ大学とつながってて、サンタムールのなんとかってい
う教授の要望を通そうとしてんのよ」
「サンタムールのグリエルモ、だな？　今、先頭に立って、托鉢修道会を攻撃してい
る聖職者教授だろ？」
「そうそう。そいつとコレメッツォのおっさんがつながってんだわ。教皇はもともと
托鉢修道会のこと大好きだから、普段ならそういうのは無視するはずなんだ。ただ、
教皇はコレメッツォのおっさんのことも結構信頼しちゃってるんだ。だから、彼のお
願いを無下にできないってとこもあるわけよ」
「なるほどな。ところで、ピエトロ・ダ・コレメッツォ枢機卿が主張しているのは、
モンテ＝ファビオの会議の中止だけか？」
「いや、托鉢修道会の修道士がパリ大学の教授になれないってことを、正式に明文化
してほしいってことも訴えてる」
「コレメッツォ枢機卿は、本気で托鉢修道会を弱体化させようとしているんだろう
か？　今、ドミニコ会とフランチェスコ会の対立を煽《あお》るために暗躍している連中がい
るんだが、コレメッツォ枢機卿は、そいつらの黒幕なんじゃないか？」
ピエトロはかなりの確信を持って尋ねたが、ジョヴァンニ＝ガエタノはあっさりと

首を振る。

「いいや、コレメッツォのおっさんは、そこまでは考えてないと思うよ。例の会議を中止した方がいいんじゃないかっていう進言も、『自分は会議のことはよく分からないが、パリ大学の知り合いが開催を嫌がってるから』って、はっきり言ってるしね。あの人、顔はおっかないけど、陰謀とか、裏で糸を引くとか、そういうことをコソコソやるようには見えないんだよね。どう見ても、黒幕っていう柄じゃないんだ。ちょっと不器用っていうか、間が抜けたところもあってさ。あの人、昔ローマで皇帝派の奴らに捕まっちゃったことがあるらしいんだけど、それも本人がそそっかしいせいだったんじゃないかって、俺は思うんだよね」

このジョヴァンニ＝ガエタノ・オルシーニの人を見る目が侮れないことを、ピエトロは昔から知っている。彼が他人についてぼんやりと語る印象は、おおかた正しいのだ。

「なるほど、な。コレメッツォ枢機卿についてのお前の印象は、心に留めておくことにしよう。しかし、托鉢修道会を弱体化させようとしている首謀者が誰であれ、例の会議を中止すると、もう次はないかもしれないし、次があったとしても数ヶ月から数年先になるだろう。その間に、托鉢修道会にとって事態が悪化する可能性は高い。そこをお前に、どうにかして欲しいんだが」

「いや、だからさあ、俺みたいな若造があの怖えおっさんらに立ち向かうのは無理だって！　俺さ、この八年間、ローマから——俺の大事なオルシーニの一族から離れて、たった一人で、それも怖えおっさんたちに囲まれて、どうにかこうにかうまくやってきたのよ？　この俺が、ろくに遊び歩かずに、じっと大人しくしてたのよ？　それなのに、今になって強気に出ろってか？」

「何言ってるんだ。お前もそろそろ、頭角を現す時期だろうが。誇り高きオルシーニ家の御曹司が『まだ若いから』という理由で、埋もれたままでいいのか？　お前、いずれ教皇になるんだろう？　オルシーニ家のために、必ず頂点に立つと言っていたじゃないか」

ピエトロがそう言うと、ジョヴァンニ＝ガエタノは渋い表情になる。

「いやまあ、今もそのつもりだけどさ……でも今はまだ、その時期じゃないっていうか……。だってさ、俺、敵も多いのよ？　今ローマでラテラノ宮を取り仕切ってるリカルド・アンニバルディ枢機卿とか。あのおっさんも、どうやら今度の会議には否定的らしいんだ。今度の会議を予定どおり開くとなったら、あの人が一番、ローマの皇帝派とか、うるさい司教たちとかの矢面に立たされるからね。それなのに俺が『会議の開催を』ってゴリ押ししたら、自分への当てつけだって思うかも」

アンニバルディ家は、オルシーニ家と並ぶローマの名家だ。だからこそ、お互いへの対抗意識も強い。ジョヴァンニ＝ガエタノの気持ちが分かるぶん、ここはもう、切り札を出すしかないとピエトロは思った。

「ジョヴァンニ＝ガエタノ。もちろん、タダでやってくれとは言わん。俺の願いをかなえてくれるなら、その働きにふさわしい、とっておきの品があるんだが……」

「え？」

ジョヴァンニ＝ガエタノの顔が、ぱっと明るくなる。

「もしかして……聖遺物？」

「そうだ」

「だ、誰の？」

ジョヴァンニ＝ガエタノは身を乗り出すようにして、ピエトロに詰め寄る。相変わらず、聖遺物には目がないのだ。ピエトロは、わざとかしこまって答えてみせる。

「猊下が欲しがっておられたものです」

「え……うそ……まさか……」

「聖ベアトリクスの頭蓋骨《ずがいこつ》」

ジョヴァンニ＝ガエタノは眼を大きく見開いて息を呑《の》む。

「……持ってきてるの？　今、ここに」

「いいや、頭蓋骨はアッシジにある。ただ、ここにはこれを」

ピエトロは荷物の中から、細長い布の包みを取り出す。テーブルに置き、丁寧に布を開くと、中から文字の刻まれた石板が姿を現す。

「頭蓋骨と一緒に埋められていた石板だ。聖ベアトリクスの名と殉教の日付が、当時の書体で刻まれている」

「さ、触っても？」

「どうぞ、猊下」

ジョヴァンニ＝ガエタノは、小刻みに震える右手を石板に伸ばす。指先が石板に触れると、彼は目を閉じ、もう片方の手を胸に当てて、小さく息を吐く。

「これが……聖ベアトリクスと、ずっと一緒に……」

「そうだ。聖ベアトリクスが殉教してからずっと一緒に埋まっていたとすると、九百年以上になるな」

ピエトロがそう説明すると、ジョヴァンニ＝ガエタノはぶるっと大きく身震いした。

「どうだ？　これ、欲しいだろう。そして、頭蓋骨の方も」

ジョヴァンニ＝ガエタノは目を閉じたまま、眉間《みけん》に皺《しわ》を寄せてうなずく。

「ほ……欲しい。両方」

「本来の売値はグロッソ銀貨で四リラだが、俺に協力してくれたら、半額でお前に売ってやる」

「協力しなかったら、定価になるのか？」

「ああ。しかも、お前以外の奴に売る」

「そんな！」

ジョヴァンニ＝ガエタノは目を剝《む》いて、ピエトロをまっすぐに見る。

「そ、そんなこと、絶対に！　絶対に許さんぞ！　俺はなあ、聖シンプリチウスの大《だい》腿骨《たいこつ》と、聖ファウスティヌスのあばら骨を持ってんだ！　そしてずっと、彼らの妹――聖ベアトリクスの聖遺物が欲しかったんだ。これで、三人の兄妹が全員、揃《そろ》うんだ！　だから……だから、誰にも渡さん！」

「分かってるって。だから、俺に協力するんだな」

「うう……」

ジョヴァンニ＝ガエタノは、困り果てた顔で頭を搔《か》く。ここまで来れば、あと一押しだ。

「なあ、ジョヴァンニ＝ガエタノ。こうは思わないか？　お前が托鉢修道会――とくに、フランチェスコ会を助ければ、お父上が喜ぶのではないか？」

「父が？」

ジョヴァンニ＝ガエタノは頭を掻く手を止めて、ピエトロを見る。

「お前のお父上は、聖フランチェスコの善き友だったのだろう」

「ああ……うん」

ジョヴァンニ＝ガエタノの体から力が抜けたのが分かった。彼は大きなため息をつく。

「ピエトロ、お前さあ……」

「何だ？」

「本っ当に、俺の弱いところばっかり突いてくるよなあ」

ジョヴァンニ＝ガエタノの言葉に、ピエトロは苦笑する。この友人と自分は、互いの手の内を知り尽くしている。知った上で、あえてこうやって勝負するのだ。ジョヴァンニ＝ガエタノは天を仰ぎながら言う。

「ああもう、分かったよ！　今回は俺の負けだ！　お前の望みどおり、教皇に進言してやるよ！」

その言葉に、ピエトロは満足した。ジョヴァンニ＝ガエタノはピエトロの顔を見て、悔し紛れに言い放つ。

「ああー、その勝ち誇った顔！　悔しいよなあ！　悔しいから、お前を今晩、ここに引き留めるぞ！　いいな？　そして俺のために働かせる！」

「おい、まさか……また、あれか？」

「その、まさかだ！　フィレンツェ商人たちをも震え上がらせる教皇庁の経理書類をたっぷりと、お前に見てもらうからな！　そうでもしてもらわないと、気が済まねえ！」

「別にいいが……お前、前に教えた『ピサの算法』、使ってないのか？」

「そんなもん、もう、忘れちまったよ！　お前なら、あの算法を使えば、あっという間に計算できるんだろ？　早速やってもらうぞ！」

ピエトロはため息をついたが、いずれにしても、今日中にアッシジに戻るのは無理だ。ジョヴァンニ＝ガエタノには大仕事をしてもらうのだから、それぐらい手伝ってもいいだろう。ピエトロは承諾した。ジョヴァンニ＝ガエタノは「書類を持ってくる」と言って席を立ち、部屋を出ようとした。しかし、出る寸前で振り返り、ピエトロに尋ねた。

「あのさあ、ピエトロ。お前さあ……」

「何だ？」

「今、ふと思ったんだけど、今回お前の思いどおりに事が進んで、托鉢修道会が危機を回避できたとして……お前自身は、何か得るものがあるの？」

改めて尋ねられて、ピエトロは考える。モンテ＝ファアビオのマッシミリアーノ院長に前払いしてもらった報酬は悪い額ではなかったが、これまでの調査にかかっている時間と労力を考えると、すでに割に合わなくなっている。ジョヴァンニ＝ガエタノとの取引にしても、教皇への働きかけなど頼まず普通に聖遺物を売った方が、金銭的な利益は大きい。では自分はなぜ、こんなことをしているのか。

ピエトロは少し考えて、ジョヴァンニ＝ガエタノにこう答える。

「そうだな……結局俺も、アッシジの人間だってことなのかもな」

「どういうことだ？」

「何だかんだ言って、聖フランチェスコが始めたフランチェスコ会に、思い入れがあるのかもしれない」

「なるほどな。でも、今のフランチェスコ会は、聖フランチェスコの遺志に従っていないっていう批判もあるよな？　お前はそのあたり、どう考えてるんだ？」

そのあたりのことは、こうして改めて尋ねられるまで、きちんと考えたことがなかった。だが、たぶん、こういうことだろう。

「そういった批判も、確かに、分からなくはない。だが俺自身は、できることなら、フランチェスコ会が今後もずっと存続すればいいと思ってる。フランチェスコ様の名前が、遠い未来に生まれてくる誰かの耳にも届くように、な」

「ふうん。お前にも、そういう感情があるんだな」

ジョヴァンニ＝ガエタノは意外そうにつぶやきながら、部屋の外へ出て行った。

◇

ピエトロがペルージャからアッシジに戻った後、二日ほどは大きな動きはなかった。しかしその翌日になって、ピエトロは聖フランチェスコ大聖堂に呼び出された。イルミナート管区長の部屋に入ると、管区長とアレッサンドロ修道士が待ち構えていた。どことなく晴れ晴れした彼らの顔を見て、ピエトロは何が起こったかをおおよそ察した。

「我が兄弟会の保護枢機卿であるリナルド・ディ・イェンネ枢機卿から連絡があった。

まず、教皇が例の会議の中止要請を取り消した。そしてドミニコ会も、会議への出席を受け入れた。わが兄弟会とモンテ＝ファビオ修道院に対するわだかまりはまだ解消していないようだが、とりあえず、予定の日に代表団を派遣することは約束してくれた」

ピエトロは胸の内で、ジョヴァンニ＝ガエタノに感謝する。あいつ、やってくれたか。管区長は続ける。

「奇妙なのは、我々がイェンネ枢機卿に嘆願の書状を送る前に、事態が解決してしまったことだ。イェンネ枢機卿によれば、今回はジョヴァンニ＝ガエタノ・オルシーニ枢機卿から教皇に進言があったそうだ。さらに少し遅れてローマから、リカルド・アンニバルディ枢機卿と、教皇の甥のオットボーノ・フィエスキ枢機卿からも連名で同様の進言があったらしい」

なるほど。ピエトロは、エンツォとアンドレアに思いを馳《は》せる。

──おっさんとアンドレア、良い仕事をしてくれたようだな。

イルミナート管区長はピエトロをじっと見る。

「我々には、なぜ唐突に事態が好転したのか分からんのだが、ピエトロ殿、何か知っているか？」

「いえ、特には……」

横にいるアレッサンドロ修道士が上機嫌で言う。

「ピエトロさん！とぼけたって、分かっているんですよ。オルシーニ枢機卿を動かしてくれたんでしょう。あなたがペルージャに行っていたことは、私たちも知っていますから」

「ええ、まあ」

ピエトロとしてはあまり他人に自分の手の内を知られたくなかったが、今回は急を要するため、自分の動きを隠す手間がかけられなかった。

「いずれにしても、これで危機を回避する希望が見えたことは確かだ。もっとも、ドミニコ会は会議への出席に同意しただけで、会議の当日、実のある議論ができるかどうかは別の話だが」

その懸念《けねん》はもっともだが、それはこれから彼らが策を練ればいい。

ピエトロは大聖堂を辞して、アッシジの通りを歩きながら考えた。残るは、聖フランチェスコの遺体の行方と、例の聖遺物の身元だ。だが、それらの調査の進み具合はかんばしくない。エリア・ボンバローネの消息についても、まだ有力な情報は摑《つか》めていない。そろそろ、打てる手がなくなってきたような気がする。こうなったら、消えたドミニコ会士たちの足取りを、スポレートの方までたどってみるか？　しかし、何か摑めるだろうか……。

ふと背後に視線を感じて、ピエトロは振り向いた。通りには大勢の人々が行き交っており、別段変わったところはない。しかし、今確かに、誰かに見られていたような気がした。

――油断はできないな。

敵は、意外と近くにいるのか？　だとしたら、スポレートまで行く必要はないのかもしれない。

ピエトロはわざと人の多いところを歩き、誰も追ってきていないことを確認して、細い路地に入った。アッシジ生まれの人間しか知らない複雑な抜け道を思うままに登り、マルコの「上の店」の前に出る。見ると、マルコが通りに出ており、ピエトロを見るなり駆け寄ってくる。

「ピエトロ！　お前に客が来てるんだが……」

マルコによれば、どことなく怪しいのでピエトロの部屋には入れず、下の階で待たせているという。まさか、敵が堂々とやってきたのか？　ピエトロの背中に緊張が走る。と同時に、「もしや、ベネディクトでは？」という期待も湧《わ》く。しかし、マルコが「あいつだ」と指さす先を見ると、客人は敵でもベネディクトでもなかった。ヴァルド派のバルバ・カタリナの従者、サウルだ。アッシジ市民のような身なりをしているものの、眼光の鋭さは遠目に見ても分かる。マルコに怪しまれるのも無理はない。

ピエトロはマルコに「大丈夫、知り合いだ」と言って、サウルの方へ行く。

「お久しぶりです、サウルさん」

サウルは立ち上がり、ピエトロに挨拶する。バルバ・カタリナへの土産に対する謝辞を述べたあと、サウルは小声で言った。

「新しい情報が入りました。エリア・ボンバローネのかつての手下と、エリアの今の消息に関するものです」

◇

酒場の二階にあるピエトロの部屋に入ると、サウルは早速、切り出した。

「エリアが一二二五年頃から身近に置いていた男の情報を入手しました。エリアと同じくコルトナ出身のブルーノという男で、八年前に皇帝派の軍人として戦いに出て、戦死したようです」

ブルーノと言えば、先日聖ジョルジョ教会の老司祭に聞いた名と同じだ。きっと、移葬の際に何が起こったかを知っていた人物だろう。

「そうですか……すでに故人だとは」

「ええ、ただ、それで話は終わりではないのです。ブルーノはコルトナに妻と息子がいて、エリアに仕えている間に得た財で養っていたそうです。そして、息子のニコロは一時期、ドミニコ会に入っていたとのことです」

「ドミニコ会に？」

「ええ、だからこそ、我らがバルバのところにくわしい情報が入ってきたわけです。ニコロは数年でドミニコ会を抜けましたが、会にいる間はトゥールーズ近郊やパリの周辺で異端審問官の助手をしていたらしく、私たちの仲間に顔を覚えられていたのです。それで、ここからが本題なのですが……そのニコロが二ヶ月ほど前に、アッシジにいたことが分かりました」

ピエトロは眉をぴくりと動かす。

「二ヶ月前……」

「ええ。アッシジ市内で目撃されたときは商人の格好をしていたそうですが、もしかすると……」

「そいつが聖フランチェスコ大聖堂から消えたドミニコ会士の一人、という可能性もあるわけですね？」

サウルはうなずく。元ドミニコ会士であれば、それらしく振る舞うのは朝飯前だろう。またエリアの手下の息子であれば、地下納骨堂の入り口を知っていた可能性もある。そしてそれは聖フランチェスコの遺体を盗むにしても、盗難を偽装するにしても必要な情報だ。サウルが問う。

「ただ分からないのは、ニコロがこの件に関わっていたとして、その動機が何であるかということです」

もっともな疑問だ。ピエトロは少し考えて答える。

「普通に考えれば、金でしょうね。さっきのサウルさんの話だと、ニコロという男はパリにいたことがあるんですよね？　だとしたら、パリ大学の聖職者教授陣の誰かと知り合い、話を持ちかけられた可能性が考えられます。パリ大学は反托鉢修道会派の総本山ですから」

「なるほど。そういえば……今、聖フランチェスコ大聖堂には、壁画の制作のために、パリから専門の修道士と絵師たちが来ていますよね？」

「シモン修道士たちのことですね。よくご存じで」

「ええ、我々は人の動き――とくに北フランスとかオクシタニアからの人の流れにはつねに目を光らせていますから。それで、そのシモン修道士と絵師たちが怪しいということはありませんか？　聞けば、シモン修道士が例のドミニコ会士たちを目撃したというではありませんか。ドミニコ会士による盗難を印象づけたいのであれば、誰かフランチェスコ会側の人間に目撃させる必要があったはずです。その目撃者と、消えたドミニコ会士たちが協力関係にあったということは、考えられませんか？」

ピエトロも、その可能性をまったく考えないわけではなかった。しかし、シモン修道士と絵師たちの、どことなく人の良さそうな感じを思うと、そのような考えには無理があるように思う。だが、サウルの言うとおり、もし例のドミニコ会士たちが端《はな》から「盗難を目撃されること」を計画していたとすれば、「フランチェスコ会側にも協力者がいたと考える方が自然だ。シモン修道士たちのことも、一応は疑ってみる必要があるだろう。

「それから、エリアの今の消息についてですが」

サウルによれば、エリアはここ数年コルトナに住んでいたことが分かったが、一ヶ月半ほど前――五月中頃から留守にしているという。

「知り合いには『フィレンツェに行く』と言って出て行ったようです。親戚《しんせき》のところへ行くとかで。ただ、気になったのが、彼の体調に関することです」

「体調？　どこか悪いのですか？」

「ええ。少し前から重病を患《わずら》っていて、その知り合いの話では、エリアは『医者にも見放された』と話していたとか。だからその人は、死ぬ前に親戚に会いに行ったのではないか、と言っていました」

「そうですか……」

「今、入っている情報は、これだけです。あと、兄弟レオーネの足取りも、まだ摑めていません。ここ周辺の都市に現れたという話は聞かないので、どこかの山中に籠《こ》もっているのかもしれません。すべてのご要望に応えられず、申し訳ありません」

「いいえ、私にとっては大きな進展です。ありがとうございます」

サウルは、何か分かったらまた来ますと言って帰って行った。

一人になったピエトロは目を閉じ、エリアの姿を思い浮かべる。

——あのエリアが、死を前にしているというのか。

一二三〇年、鬼気迫る表情で移葬の行列を指揮していたエリア。その数年後、フランチェスコ会総長となって、立派な馬にまたがりアッシジの門を出入りしていたエリア。彼は今、あの頃よりもずっと年を取っているはずだが、年老いたエリアの姿を想像するのは難しい。

エリアは、今ここアッシジで何が起こっているか、知っているのだろうか？　もし今のエリアが昔のエリアのままだったら、きっと耳にしているだろう。驚いたり、慌てたりしていないだろうか。しかし、ピエトロはすぐに思い直す。

——いいや、もしエリアが昔のままだったら……あの噂が流れるよりもずっと前に、くわしい情報を入手しているだろう。

そして、もしそれが彼にとって好ましくない事態であれば、きっとすぐに何らかの行動に出るはずだ。しかし今のところ、彼が何かをした様子はない。今の事態は、彼にとってとくに不都合ではないのだろうか？

あるいは、エリアが反托鉢修道会派に加担しているという可能性はないか？　エリアの手下の息子、ニコロが盗みの実行者であれば、そいつがエリアの協力を得ていると考えるのは何ら不自然ではない。そもそも、フランチェスコ会からモンテ＝ファビオ修道院に届いた二通の手紙は、どちらもウンブリア管区イルミナート管区長の筆跡をまねて書かれていた。元総長で、イルミナート管区長と旧知のエリアが反托鉢修道会派に協力していれば、フランチェスコ会からの手紙を偽造するのはたやすい。

——いや……待て。

ピエトロは考え直す。モンテ＝ファビオ修道院に、イルミナート管区長名義で届いた二通の手紙。その一通は、「聖フランチェスコの遺骨を、ドミニコ会士が盗んだ」とはっきり書いてあった。そちらの手紙は、反托鉢修道会派によるものに違いない。

では、もう一通は？

もう一通には、ドミニコ会士の盗みに関することは何も書かれていなかった。単に「例の聖遺物はフランチェスコのものだから、大聖堂に返せ」とだけ書かれていた。

そこには、二つの托鉢修道会を対立させようという意図は読み取れない。むしろ、三リラもの大金を提示して、例の聖遺物をアッシジに返還させ、またそのことを公式に発表させようとまでしていた。

そっちの手紙は、いったい誰が書いたんだ？　ピエトロは突然、あることに思い至った。

――まさか……、エリアはすでに行動を起こしていたというのか？

ピエトロは立ち上がり、一階の酒場に駆け足で降りていく。客はおらず、マルコは暇そうにしている。

「おう、何だピエトロ。騒がしいな」

「マルコ、頼みがある。巡礼者っぽく見える服を貸してくれないか？」

「はあ？　まあ、いいけどよ。奥の部屋に、酒代払えない客が置いていった服が何着かある。それらを組み合わせれば、それっぽく見えるだろうよ」

ピエトロは言われた部屋に行き、急いで服を選び、身につける。奥から出てきたピエトロを見て、マルコは言う。

「うん、まるっきり巡礼者だな。しかし、そんな格好で何をする気だ？」

「大聖堂へ行く。帰りはどのみち遅くなるだろうから、気にしないでくれ」

「おい、遅くなるって、どれくらいだよ？」

マルコの問いを背中に聞きながら、ピエトロは酒場から飛び出す。眼下には、傾いた太陽に赤く染まりつつあるアッシジの街、そして巨大な生き物の如《ごと》き大聖堂。ピエトロには今、あの大聖堂が、エリアの聖フランチェスコに対する執念——時を経ても消えることなく、むしろ留まることなく肥大していく情念そのものであるように見える。

——あの手紙——「聖フランチェスコの聖遺物を返せ。それに対して対価を払う用意がある」と言ってきた方の手紙は、おそらくエリアによるものだ。

確証は何もない。しかし、他に誰がいる？　きっとエリアは、聖フランチェスコ大聖堂での遺体の盗難と、モンテ＝ファビオに届いた聖遺物に関する情報を、早い段階で入手したのだろう。そして「フランチェスコの遺体が盗まれ、一部がモンテ＝ファビオ修道院に贈られた」という噂が世に広がることを懸念し、それより早く、盗まれた聖遺物が大聖堂に返還されるように――いや、より正しく言えば、世の人々に「聖フランチェスコの聖遺物が大聖堂に戻った」と認識されるように画策した。その一環として、イルミナート管区長名義の手紙をモンテ＝ファビオ修道院に送ったのではないか？

――だとしたら、エリアの意図は何だ？はっきりと言えることが一つある。それは、「聖フランチェスコの遺体が聖フランチェスコ大聖堂にあること」、そして「世の人々が、そのように思っていること」を、エリアが望んでいるということだ。つまり、現実にも、また人々の心の中でも、聖フランチェスコの遺体と大聖堂が共にあることを望んでいるのだ。

つまり、エリアが大聖堂にフランチェスコの遺体を運び込まなかったなどということは、ありえない。

しかし、そうだとしたら、遺体は今、いったいどこにあるのだ？

とにかく、自分の目で確かめてみるしかない。

第十一章　彼の一部

ベネディクトが魂の静寂を得た日から数日、彼の精神は大きく揺れ動いた。その日の翌日、彼は得も言われぬ歓喜の中にいた。前日とは違う集落に托鉢《たくはつ》に行き、そこの家々で丁重な扱いを受けたことも、ベネディクトの心の高揚を強めた。しかし次の日には、まるで高く投げ上げた石が空中で止まるように、ベネディクトの歓喜に歯止めがかかり、その後は急速に気分が落ち込んだ。夜を迎える頃には、これまで彼の魂を蝕《むしば》んできたもの――あの罪の記憶と、それによって彼の内奥深く刻まれた呪《のろ》い、強烈な不安感、そして抗《あらが》いがたい欲望が、一団となって彼を襲った。彼は洞窟《どうくつ》で一人、十字架に向かって祈るが、それらは立ち去ろうとしない。

――あの静寂は――あのとき感じた喜びは、いったいどこに……。

ひざまずいているのも辛《つら》いほどの苦しみに、ベネディクトの祈りは途切れがちになる。なぜだ。私はやっと、魂の救いを得るための足がかり、神の赦《ゆる》しを受けるための道を見つけたのではなかったか。あれは、幻だったのか。

ベネディクトはひたすら祈り、神に訴える。しかし、あの静寂は訪れない。ベネディクトはとうとう姿勢を崩し、荒く呼吸をしながら寝台に這《は》い上がる。

寝台に横たわったとき、ベネディクトは何か、妙な感覚を得た。以前にも、同じ状況に陥ったような気がした。ようやく梯子《はしご》を見つけて登り始めたところで、梯子が消えてなくなるような状況。

――ああ、そうだ。

あれは、ピエトロの仮説の間違いが分かったときだ。あのときとそっくりだ。自分に奇蹟《きせき》の力があると思ったら、なかった。そして今、自分が喜びを手に入れたと思ったら、完全に失った。自分は同じことを繰り返している。そして、苦しんでいる。

――苦しんでいる？　本当に？

ベネディクトは、自分にそう問い返してみた。そして気がついた。今の自分は、確かに苦しみを感じている。しかし、さっきそこでひざまずいて祈っていたときとは、何かが違う。

――それは何だ？　分からない。いや、待て。

さっきは、苦しみを感じると同時に、「自分は苦しいはずだ、苦しんで当然だ」と思っていた。でも、今は違う。確かに、苦しい。心臓は高鳴っているし、息は体にきちんと入ってこない。しかし、「自分は苦しいはずだ」という思いに対しては、疑問を抱いている。

だからと言って、何が違うのか。ベネディクトには分からない。ただ、心の中に安心感が生じて、急速に眠くなってきた。そのうち、隣の洞窟からレオーネの歌が低く聞こえてきて、ベネディクトはそれに誘われるように眠りに落ちた。

その後もベネディクトの気分は揺れ動いたが、前ほどの振り幅ではなかった。ベネディクトは、自分がほんの少し注意深くなったように思った。祈りながら静寂が訪れても、手放しで喜ばなくなったし、苦しみがやってきても、どこか傍観している自分がいた。体の苦痛は確かにあり、心も苦しんでいる。心の苦しみが、体の苦痛を増幅する。しかし、心の苦しみには、心の内側から湧《わ》き上がる苦しみと、「自分は苦しんで当然だ」という、心の外側から来るものがある。前者が火種だとすると、後者は油のようなものだ。しかし後者は、本当に必要なものだろうか？

ベネディクトにはよく分からなかったが、そのように認識することで、明らかに楽になった気がした。それでもまだ不安なのは、それが良いことなのか、確信が持てないことだ。自分は正しい方向に——神が望む方向に進んでいるのだろうか？　今の自分は、自分をさらに罪深い方向に駆り立ててはいないだろうか？

この不安に答えを与えてくれたのは、レオーネだった。レオーネとはこの数日、ほとんど言葉を交わしていなかった。二人は共に托鉢に行き、連れだって山を歩いたが、ベネディクトは自らの精神に気を向けていて、多くを語らなかった。レオーネもそれに応《こた》えるように、言葉少なに、しかし温かい心遣いをもってベネディクトに接した。

ある夜、ベネディクトが自らの胸の内をレオーネに告げると、彼は洞窟群から少し登ったところにある見晴らしの良い場所にベネディクトを連れ出し、枯れ木を集めて火をつけた。焚《た》き火の炎を見つめながら、レオーネはおもむろに尋ねた。

「ベネディクトさん。もし私が『今のあなたは間違っている』と言ったら、どうしますか？」

ベネディクトは一瞬言葉を詰まらせた。そして、おずおずと問い返す。

「私は……間違っているのですか？」

「そうは言っていません。ただ、私がそう言ったら、あなたはこの数日間行ってきたことをやめてしまうでしょうか？」

ベネディクトは思い悩んだ。レオーネは信頼できる人だ。その彼が「間違っている」と言うのなら、きっと間違っているのだろう。ただ、そう言われたとして、素直に「そうか」と納得してしまえるだろうか。できないような気がする。だがそれでは、レオーネを疑ってしまうことになる。レオーネは自分にとって、聖フランチェスコ同然の聖者だ。主イエスと同じ傷を負ったフランチェスコ、そしてその彼に最も近いレオーネを、自分は疑うのか？ ベネディクトは時間をかけて考えるが、答えが出ない。

それを見て、レオーネは語りかける。

「私の質問は意地が悪すぎたかもしれませんね。あなたはとても純粋な人だし、私を信頼してくださっているから、たいへん悩まれ、答えを出せずにいるのでしょう」

心を見透かされたようで、ベネディクトは少し気恥ずかしい思いがした。

「ベネディクトさん。私には、あなたのその逡巡《しゅんじゅん》そのものが、答えであるように思えます」

「どういうことですか？」

「鳩《はと》のように素直なあなたが、そこまで思い悩んでいる。それはきっと、あなたが心の奥深くで、自分の向かっている方向は正しいと確信している証拠です。あなたはご自分の心に従順であれば良いのです」

ああ、レオーネは私を否定しているわけではないのか。それが分かってベネディクトは安堵《あんど》したが、同時に疑問も感じた。レオーネは自分のことを間違っていると言っているわけではないが、正しいと肯定してくれているわけでもない。レオーネは単に、ベネディクトが自分を正しいと思うなら、それでいいのではないか、と言っているだけだ。だが、それを突き詰めていくと、人が何を「神に向かう、正しい道」と思うかは、その人次第ということになってしまわないだろうか？　そして、それは危険で、恐ろしいことではないだろうか？　ベネディクトがそう問うと、レオーネは穏やかに答える。

「もし、あなたの思いが——この数日間あなたの追求した道が、あなた自身や他人の心身を傷つけるようなものであれば、私ははっきりと『間違っている』と言うでしょう。あなたがそれのために自分を偽らなくてはならない場合も、私はあなたに考え直すことを勧めると思います。しかし、そうではないかぎり、私は否定しません」

「でも……正しいという保証も、いただけないのでしょう？」

ベネディクトのすがるような目を見て、レオーネは問う。

「ベネディクトさん。あなたは、自分が正しいという保証を得たいと思いますか？

あなたの罪が赦され、主によって永遠の命を得るという、確かな保証が欲しいのでしょうか？　神から、そのような確証を得たいと思いますか？」

ベネディクトは一瞬、何を聞かれているか分からなかった。保証が得られるなら、当然、欲しいに決まっている。自分もそうだし、誰だって欲しいはずだ。そうすれば安心して、自信を持って生きられる。ベネディクトが正直にそう話すと、レオーネはこう言った。

「あなたの気持ちは痛いほど分かります。しかしそれは、本当に望むべきことなのでしょうか？」

「えっ？」

「神が人に対して、救いを保証することがあるでしょうか？　まるで公証人が証書を発行するように、神が『その人を確かに救う』と保証するようなことがあると思いますか？」

「いや、しかし……多くの聖人たちは……そうだ、聖フランチェスコだって、神の声を聞き、聖痕《スティグマ》を得たのでしょう？　それが救いの保証でなくて、いったい何であるのでしょうか？」

「私には、それらが救いの保証であったかどうかは分かりません。それが分かるのは神だけです。そして少なくとも、フランチェスコはそのように受け止めてはいなかったと思います」

「まさか！　聖フランチェスコは、自分が神に救われるという保証を得たからこそ、多くの人々を導くことができたのではないですか？」

　レオーネは首を振る。

「フランチェスコは、神が自分の罪を赦してくださることを確信はしていました。しかしそれは、神が自分に語りかけたという奇蹟によるものではない。また、自らが絶えず神に祈り、清貧を貫き、信仰に自らのすべてをささげたという自負によるものでもない」

「では、いったい何が、フランチェスコにそう確信させたのでしょう？」

「喜びです。彼の内なる喜びが、彼にそう確信させたのです。しかもその確信は、喜びに対する反応であったり、喜びに立脚して証明されるようなものではなく、喜びそのものだったのです」

　ベネディクトには、よく分からない。しかし、レオーネの言う「喜び」はきっと、数日前に彼が話していたのと同じものだろうと思った。レオーネは焚き火を木の切れ端で調節し、目を細める。

「ベネディクトさん。私がこのようなことをお話ししたのは、私もかつて、あなたと同じように考えていたからなのです。つまり、救いの保証を欲しがっていた時期が、私にもあるのです」

「レオーネさんにも？」

「ええ。もともと私が『小さき兄弟会』に入ったのも、そうすれば『救いが保証される』と考えたからです。私だけではなく、他の兄弟たちも、多かれ少なかれそう考えていたでしょう。そして何年もの間、私はその考えに囚《とら》われ続けました。フランチェスコの起こす奇蹟を目《ま》の当たりにし、神の御業《みわざ》の尊さ、我が兄弟の偉大さを思い知ればなおのこと、なぜ自分にはそれが起こらないのか、自分には何が足りないのかと思い悩みました。私はフランチェスコに従い、彼と同じように清貧を貫き、人々のために日々を過ごしている。それなのに……」

ベネディクトは息を止めんばかりにして、話に聞き入っていた。この聖者然とした人間の口から、このような生々しい悩みが語られるとは。

「しかしある日、私はようやく、自分の間違いに気づいたのです。私は間違っていた。なぜなら私は、神と取引をしようとしていたからです」

「取引、ですか？」

「そうです。私は清貧を貫くことと引き替えに、神から救いの保証を得ようとしていた。たとえるならば、フランチェスコのような聖者に従い、普通の市民としての人生を捨てることを、神に支払う金銭のように考えていた。つまり私は、神から『救い』を買おうとしていたのです」

「そんな……いや、それは……」

ベネディクトは何か言おうとする。できれば、反論したい。しかし、確かな言葉が出てこない。レオーネはそんなベネディクトに、まっすぐに目を向ける。

「私が犯していたその過《あやま》ちの原因は、天におられる神と地に住む人との関係を、地上における人と人との関係と同じように考えたことです。

この地上の世界は、人が人に何かを与え、その見返りに何かを与えられることで成り立っています。その中で、与え、与えられるものは、金銭や品物にとどまりません。たとえば人が他人を自分の意に従わせるとき、相手の働きを自分のものにする代わりに、金品や知識、身の安全の保障などを与えます。そして人が他人に従うのは、自らの行動と引き替えに、生きるために必要なものを相手から引き出すためです。こういった場合、どちらか一方だけが相手を支配しているということはありません。一見、支配されているように見える側も、自らの意志で相手に支配されるのであれば、ある意味で相手を支配していることになるのです。取引とは、そのような、相互に支配し合う関係の上に成り立つものです。

私が誤ったのは、人が神に従うことを、それと同じように考えたからです。神に従い、尽くすことで救いの保証を得ようとするのは、ある意味、神を自分の都合の良いように支配しようとすることと同じです。しかし神は、何者にも支配されません。ですからそれは、信仰の本質ではないのです」

ベネディクトは眉間《みけん》に皺《しわ》を寄せ、唇を噛《か》んだ。もし、それが真実なのだとしたら……。

「それに気づいてから私はさらに悩みました。気づく前よりも、むしろ深く。叱《しか》られたり捨てられたりするのが怖くて親に従う子供のような仕方ではなく、金品や衣服を得るために裕福な男の妾《めかけ》になる女のような仕方でもなく、評価や賞賛を得たいがために教師の前で賢《さか》しらに振る舞おうとする学生のような仕方でもなく、神と人との間にふさわしい関係を築くには、いったいどうすればよいのか、と。しかし、答えは目の前にありました。答えは、フランチェスコその人でした。悩むまでもなく、私は答えのすぐそばにいたのです」

焚き火の火がひときわ明るく、レオーネの顔を照らす。

「よく誤解されていることですが、フランチェスコの清貧は、神に認めてもらうための方便ではありません。フランチェスコは財を捨てることで、何者との間においても支配し合うことを避け、またそのことによって、神との直接的な関係を築いていました。彼は地にありながら、天にて行われる神の御旨《みむね》を実践していたのです」

ベネディクトはしばらく、口が利《き》けずにいた。このような話があるだろうか？　これが真実だとしたら、自分は今まで、何をしていた？　いや、自分だけではない。

「人々は……いや、フランチェスコ会は、聖フランチェスコの清貧をそのように考えているのですか？」

レオーネは首を振る。

「分かりません。ただし、私に直接確認できたのは、古い兄弟であるアンジェロやルフィーノが同じように考えていたということです。同じく古い兄弟であるベルナルド、エジディオ、ジネプロたちも、多かれ少なかれ同じような結論に至っていたと思います。また、パドヴァのアントニオ――学識豊かな兄弟で、私たちにとって偉大な神学教師であった彼は、知と行いの両方から、フランチェスコのことを私たちと同じように理解したと思います。

それ以外の者たちについては、分かりません。フランチェスコを直接知らない新しい兄弟たちには、なかなか理解しづらいでしょう。今の兄弟会にも、清貧を徹底することを重視する若い兄弟たちがいるそうですが、彼らが私と同じように考えているかどうかは分かりません」

若い兄弟たちというのは、セバスティアーノたちのことだろうか。ふと、ベネディクトの頭に、ある名前が浮かんだ。

「エリア・ボンバローネは……」

ベネディクトがそう口に出すと、レオーネはゆっくりと目を閉じる。

「兄弟エリア。彼は、フランチェスコに近すぎました。エリアは、若きフランチェスコがアッシジで放蕩《ほうとう》生活を送り、血気盛んに騎士を目指していた頃からの友人なのです。彼はある意味で、誰よりもフランチェスコを愛していたと言えるかもしれません。しかしそれゆえに、自らを苦しみの淵《ふち》に沈めてしまった」

レオーネの言葉には、痛みが伴っていた。まるで、自分の古傷に触れたかのような響きがある。

「私とエリアは、本質的にはほとんど変わりません。二人ともフランチェスコを愛し、それゆえに、彼に気にかけてもらいたかった。それこそが救いだと考えていたのです。ただ、私は最初からフランチェスコを師と仰いでいたので、その思いをフランチェスコに告げることができましたし、フランチェスコも私の気持ちにまっすぐに応え、教え諭してくれました。しかし古い友人であるエリアには、それがなかなかできなかった。

エリアのことを思うと、私は鏡を見ている気がします。エリアは、フランチェスコが神に近づくたびに、彼が自分から遠ざかっていくような寂しさを感じていたはずです。私も同じ寂しさを感じていましたから。しかし私は、それをそのままフランチェスコに告白することができた。エリアは違う方法で、それを埋め合わせようとした。それだけの違いです。

また、エリアは私たち——最後までフランチェスコと共に在った古い兄弟たちを明らかに妬《ねた》んでいましたが、その一人である私にも、他の兄弟たちを羨《うらや》む気持ちがありました。今でもまだあります。正直に告白すると、数年前に兄弟の一人がフランチェスコと同じ祝福を神から受けたとき、私はそのことをしばらく受け入れられずにいました。ようやく受け入れることができたのは、つい最近になってからです」

ベネディクトは、レオーネの言う「兄弟の一人」に思いを馳《は》せた。そしてすぐに、それが誰か思い当たった。おそらく、先ほども話に出てきたパドヴァのアントニオのことだろう。確か、フランチェスコが列聖されてから数年後、アントニオも列聖されたという話だった。つまりアントニオは教皇から、フランチェスコと同じ高みに上げられたことになる。同じフランチェスコの弟子として、レオーネには複雑な思いがあったのかもしれない。

ベネディクトは、レオーネが自分に心中を告白してくれたことに感動を覚えていた。そこには確かに、自分に通ずる弱さがあったが、同時に、それを乗り越えてきた者の深みがあった。

――レオーネさんは、自分の話をしながら、私を勇気づけてくれているのだ。

「しかし、あなたからエリア・ボンバローネの名を聞くとは思いませんでした。彼の名が、ベネディクト会の若い人にまで知られているとは」

「あの、それには、事情があるのです」

「どのような？」

アッシジで起こっていることを、レオーネは知らないのだろうか？　もしそうだとして、自分が話してよいものだろうか？　ベネディクトは迷ったが、あの事件についてのレオーネの意見を聞いてみたいという気持ちが勝り、話すことにした。聖フランチェスコの遺体が消えた話には、さすがのレオーネも驚くのではないかと思ったが、彼はほとんど動じず、一息ついてみせただけだった。

「そういうことがあったのですか。兄弟会は今、混乱していることでしょう」

「ええ。レオーネさんは、どう思われますか？」

「私には分かりません。しかし、フランチェスコが兄弟会を見捨てて出て行ったとは思えません。確かに兄弟会はすでにフランチェスコの生前から、彼の思いに応えなくなっていました。それでもフランチェスコはけっして、彼らを咎《とが》めませんでしたから」

「では、やはり盗まれたのでしょうか？」

「そう考えることにも違和感があります。あのフランチェスコが、誰かにやすやすと連れ去られるとは想像できません。つまり私には何も分かりませんが、兄弟会は——

またアッシジの人々は、拠《よ》り所を失って困っているでしょうね」

そう言うと、レオーネは焚き火を始末して立ち上がった。

「来てください。見せたいものがあります」

レオーネはヒイラギモチの茂る山道を下って、自分が祈りに使っていた洞窟に入っていく。ベネディクトも彼の後に付いて入る。レオーネの洞窟に入るのは初めてだったが、そこはベネディクトの洞窟よりも狭く、地面はごつごつしていて、ろくに眠れるような場所ではなかった。壁に彫りつけられた十字架と、その前に据えられた小さな燭台《しょくだい》以外、何もない。そんな場所なのに、ベネディクトはなぜか、胸の高鳴りを感じた。

レオーネは洞窟の奥まで歩いて、壁際《かべぎわ》にかがみ込んだ。彼の前の壁には、聖務日課書ぐらいの厚さと大きさのある、平たい石が立てかけられていた。彼がそれを横にずらすと、奥に小さな穴が見えた。

――何かの隠し場所なのか？

レオーネはそこから二枚の古い羊皮紙を取り出し、ベネディクトに見せる。何かが書かれている。字がもともと乱れている上に、かなり薄れていて読みづらいが、福音書の一節であることは分かる。

「ここに隠しているのは、私の最後の『持ち物』です。フランチェスコが特別に、私に持つことを許してくれたものです。フランチェスコがヴェルナ山で聖痕を受けたことはご存じでしょう。私はあのとき、彼と共にいました。彼が聖痕を受けたところを、この目で見ているのです」

「本当ですか？」

羊皮紙にそっと触れたベネディクトは、感激のせいか、軽くめまいを覚えた。レオーネはベネディクトに、そのときのことを語る。突如、赤い光と共に天空に現れた天使。荒れた岩山の山頂にひざまずくフランチェスコ。天使から放たれる、五つの光の線。聖者の体に穿《うが》たれる、五つの傷。話を聞きながら、ベネディクトは全身に鳥肌が立つような寒気と、顔の火照《ほて》りを感じる。

「レオーネさんが、その場を見ておられたとは……」

しかし、レオーネは目を伏せる。

「あのときのことを考えると、私は今も自分を恥ずかしく思います。私はフランチェスコの傷を手当てしながら、泣きました」

「それは、神の御業に感動して、ですか？」

「もちろん、それもあります。しかしそれ以上に、私は寂しかった。長く共に過ごしてきたフランチェスコが、また遠くに行ってしまったような気がして……彼はもう、私とは違う世界に行ってしまったのだと思いました。すると、涙が止まらなくなったのです」

レオーネは、はっきりと苦しみを顔に出した。

「その思いは、それまでにも私にたびたび訪れる病のようなものでした。フランチェスコには、それが分かっていました。彼は私の気持ちを察して、これを書いてくれたのです。聖痕を受けて、まだ血の止まっていないその手で、私だけのために、これを

「……」

「そうだったのですか……」

聖フランチェスコその人の温かさに触れたように思え、ベネディクトの体は感動にうち震える。

「しかし、これは私の、フランチェスコへの執着そのものです。ですから、いつかは手放さなくてはなりません。私にはそれが、今このときであるように思います」

「手放すって、どういうことですか？」

「小さき兄弟会に譲ろうと思うのです。もう一つ、あのときにフランチェスコが与えてくれた、彼の一部と共に。そうすればきっと、動揺している彼らの心の支えになるでしょう」

「彼の一部？」

何のことだ？　疑問を口にするベネディクトの前で、レオーネは再び壁際にかがみ込み、壁の隠し穴から何か小さなものを取り出す。そして、それを手のひらに載せ、ベネディクトに見せる。

「これです」

それを見た瞬間、ベネディクトは雷に打たれたかのような衝撃と、天と地が逆転したかのような激しいめまいを覚えた。

「これは……！」

少し黄ばんだ、小さな白い塊。軽くつぶれた、小さな葡萄《ぶどう》の実のような形。

——なぜ、これが、ここにあるのだ！　モンテ゠ファビオの聖遺物が、なぜここに！

いや、そんなことがあるはずがない。

しかし、目の前のそれは、彼がモンテ゠ファビオで見た聖遺物——あの一番大きな骨片と、同じ形をしていた。そして、全身の血が逆流するような、この感覚。自分の体は、モンテ゠ファビオ修道院でこれを見たときと、まったく同じ反応をしている。なぜなのだ！

ベネディクトは後ろの壁に向かってよろけ、倒れないよう、必死で自分を支える。しかし、立っていられない。足から力が抜け、壁に付けた背中が、ずるずると下がっていく。

「ベネディクトさん！」

異変に気づいたレオーネが駆け寄る。ベネディクトは座った姿勢で、どうにか呼吸を整えようとする。しかし、意識は急速に遠のく。ベネディクトは、自分の震える声がレオーネにこう尋ねるのを、かろうじて聞いた。

「これ、は、だれ、の……」

レオーネの答えは、すでに聞こえなかった。しかしベネディクトの目は、レオーネの口の動きを確かに読み取った。

——何ということだ。信じられない。

本当だとしたら、いったい何が起こっているのか？　レオーネに問いたい。しかしその前に、ベネディクトの意識は完全に失われた。

◇

——どこかに横たわっている。

最初にベネディクトが気づいたのは、そのことだった。やがて、視界が少しずつはっきりしてきて、今は夜で、屋外にいることが分かった。レオーネが自分を洞窟の外に運び出して、寝かせてくれたのだろうか？

すぐそばで、誰かのすすり泣く声がした。視線は自然と、そちらを向く。そこには、自分よりやや年長の男がいた。灰色のつぎはぎの修道服を着て、縄のベルトをしていることから、フランチェスコ会の修道士だと分かる。その端整な顔立ちからは、敬虔《けいけん》さと知性がにじみ出ている。ベネディクトは、その顔にどこか、見覚えがある気がした。そして、すぐに気がついた。

――レオーネさんだ！

間違いない。ずいぶん若いが、確かにレオーネだ。レオーネは、大きな目に涙をいっぱい溜《た》めてこちらを見た。彼の手の上には自分の手があり、それには布がぐるぐると巻かれている。布の上には、血が滲《にじ》んでいる。

自分が、レオーネに何か言った。ベネディクトは、そう思った。なぜかというと、まるで自分が話すときのように、頭の中に声が響いたからだ。しかし、話そうとする意志は、明らかにベネディクトのものではなかった。それに、自分が何を言ったのか、ベネディクトにはよく分からなかった。代わりに、レオーネの言葉がはっきりと聞こえる。

「ああ、私はまた、同じことを……」

そう言うレオーネの頬を、涙が伝って落ちる。ふと、自分が起き上がろうとするのを、ベネディクトは感じた。レオーネが慌《あわ》ててそれを制する。

「駄目です！　まだ、足の傷の手当てが……」

しかし、自分はかまわず起きる。途中で何度も、視界がぐらりと揺れる。どうも、起き上がるのに難儀しているようだ。レオーネはこちらを不安そうに見ている。視線がレオーネと同じ高さになると、頭の中に、また言葉らしきものが響く。

――羊皮紙……新しい会則を書くために、とっておいた紙を……。

どうにか聞き取れたのは、それだけだ。それを聞いたレオーネはどこかへ行き、羊皮紙とペンを手にして戻ってきた。自分はそれを手に取ると、震える手で何かを書き付け、レオーネに声をかける。

――レオーネよ。あなたの気持ちは分かっています。また、あのときと同じように感じているのでしょう……。

頭の中の声が、初めてはっきりと聞こえた。レオーネは、泣いて赤くなった目を大きく見開く。

――あのときも、あなたはそのように泣いていましたね。九年前にローマで、私がいい彼と共に神の祝福を受けたときも。

レオーネは口を固く閉じ、わなわなと震えながらうなずく。下を向いた彼の目から、涙がこぼれ落ちる。

「ああ、私は……私は、自分が恥ずかしい。あなたに起こった神の御業を共に喜び、誰よりも先に祝福すべきときに、私は二度までも、こうして悲しんでいる」

そう言って泣くレオーネに、震える自分の手が、二枚の羊皮紙を差し出す。

——これは、あなたのために書きました。受け取ってください。

「私の、ため……？」

レオーネが顔を上げて、驚きと共にこちらを見る。自分の手が、レオーネの額、そして涙に濡《ぬ》れた頬に触れる。

——私はいつも、あなたと共に在ります。あなたがこれから先、私が遠く離れたように感じたときは、これを見て、そのことを思い出してください。

羊皮紙を見ながらうち震えるレオーネに、声はさらに語りかけた。

——もう一つ、渡しておきましょう。私の右足のあたりをご覧なさい。落ちているものがあるはずです。さっき、はっきりと感じました。それは紛れもなく、私の一部です。

レオーネは、何を言われているのかが分からないようだった。しかし、言われたとおりに自分の足の辺りを見て、何かを拾い上げた。

——いいですか、レオーネ。この世の生を終えた後も、またこの肉体がどこに在ろうとも、私はつねにあなたと共に在ることを約束します。しかし、あなたがそのことを自分自身で、心の底から確信できるようになるまでには、少々時間がかかるかもしれない。そのときまでは、それを私の代わりだと思ってください……。

レオーネは、拾い上げたそれを見ながらむせび泣く。それは、血にまみれた、小さな白い塊。再び自分の頭に言葉が響いたが、ベネディクトはそれを聞き取ることができなかった。ベネディクト本人の驚きが、頭に響く声に勝ったからだ。

ベネディクトが混乱していると、自分の体が突然力尽きたように、ごつごつした地面の上に倒れた。レオーネが慌てて声をかける。レオーネが、自分の名を呼ぶ。聞こえてくるのは、二つの異なる名。それらが重なり合って、自分の中に響き渡る。一つは確かに、ベネディクトの名前。そして、もう一つは……。

フランチェスコ。

◇

「ベネディクトさん！」

目を開けると、レオーネの顔が見えた。その背後には、満天の星が広がっている。

「レオーネさん……私は……」

「無理に起き上がってはいけません。頭痛は？　吐き気は？」

ベネディクトは首を振る。どうやらレオーネが自分を洞窟の外に運び出して、柔らかい草の上に寝かせてくれたようだ。レオーネはベネディクトの手を取り、腕のあたりを撫《な》でさすっている。ベネディクトの意識はまだ朦朧《もうろう》としていたが、レオーネを見ると、言葉が口をついて出た。

「あなたを、見ました。あなたと、フランチェスコを」

レオーネは手を止め、ベネディクトを見る。

「レオーネさん……あなたは、三十代ぐらいで……夜空の下で、今私にしてくれているように、フランチェスコを介抱していました。あなたは、泣いていて……」

ベネディクトが話を続けると、ベネディクトの手に添えられたレオーネの両手が、徐々に震えてくるのが分かった。ベネディクトの話を聞き終えたとき、レオーネはおずおずと尋ねる。

「ベネディクトさん。あなたは、いったい……」

「レオーネさん、教えてください。私は……私は、聖フランチェスコの骨を見て、倒れたのですか？」

レオーネはうなずく。ベネディクトは混乱する。自分の奇蹟の能力の話――つまりピエトロが立てた仮説は、否定されたのではなかったか。彼女――あの美しいテオドラに罪に誘われた、あのときに。あのとき、周囲に聖遺物は何もなかった。だからこそ、自分があの状態になるのは、奇蹟ではなく、呪いによるものだと結論づけられたのではなかったか。

「ベネディクトさん、あなたが語ったことは、確かに真実です。神はあなたに、あの夜のことを見せた。これはきっと、神があなたに与えた恩寵《おんちょう》でしょう」

ベネディクトは返答に詰まる。自分が一番、そう思いたい。でも、確信がない。

「ピエトロも、同じようなことを言っていました。きっと、奇蹟の力だと。しかし私には、奇蹟なのか呪いなのか、区別ができないのです。私のこの状態は、聖遺物を見たときだけでなく、罪に誘われたときにも起こって……」

そこまで口にして、ベネディクトは口を閉《と》ざした。レオーネはベネディクトをじっと見つめている。言いたくなければ、言わなくていい。レオーネは前にも、そう言った。

そうだ、無理に、言わなくていいのだ。だが……。

私は、言いたい。きっと、話を聞いて欲しいのだ、レオーネさんに。

なぜそう思うのか、はっきりとは分からないが、一つ確かなことがある。自分の中にだけ、罪を――つまり魂の問題を留めておくのは、ひどく苦しいということだ。しかし、他人に罪を告白するのは、恐ろしいことだ。これまでずっと、その苦しみと恐怖との板挟みの中で自分は悩み、結局、一人で苦しむことを選んできた。

だが、さっき夢の中で見たレオーネは、フランチェスコを前に、自分の魂の問題をさらけ出していた。それだけでなく、出会って間もない自分にも、包み隠さず打ち明けてくれた。

——私の罪の重さは、レオーネさんのものとは比べものにならないかもしれない。

しかし、それでも……。

ベネディクトはレオーネに手を取られたまま、半身を起こした。レオーネと目線の高さが同じになる。さっきの夢の中では若木のように揺れ動いていたレオーネが、今、ここに大木のようにしっかりと存在している。この人になら……。

ベネディクトは語り始めた。

◇

私は、とある領主の家の次男として生まれました。長男である兄とは双子でした。母の胎内にいるときから、先に出てきた方が家の跡取りとなり、後に出てきた方がべネディクト会の修道士になることが決められていました。そして、後に出てきた方につける名前も、あらかじめ「ベネディクト」と決められていたのです。私は生まれた後、決められていたとおりの名を受け、決められていたとおりの運命に従いました。両親は、兄には騎士の訓練をさせ、私には早くから神学の教師を付けました。両親は、私がベネディクト会のどこかの修道院で院長となり、生家に神の恩寵をもたらすことを強く望んでいました。そして私も、それに応えることが自分の義務だと、強く思っていたのです。

そして五歳のとき、私はナポリの北にあるモンテ＝カッシーノ修道院に入れられました。そこには私と同じような境遇の、貴族の息子たちが数人いました。私は将来、修道院長になるために、彼らの誰よりも賢く、信心深くあろうとしました。そして実際、私は一番賢かったのです。彼が入ってくるまでは……。

彼はトマスという、私より一つ年下の子供でした。昔のことなので家名までは覚えていませんが、彼の生家は私の生家よりも地位が高かったらしく、先生たち――子供の教育を担当していた修道士たちも、トマスに一目置いていました。その上、彼は恐ろしく賢く、また誰よりも清い心を持っていました。賢くあろう、清らかであろうとして必死だった私とは違い、彼は最初からもう、完全だったのです。子供心にも、彼が神に選ばれた存在であることが分かりました。私は焦《あせ》りました。私が目指す修道院長の座が、彼に奪われてしまう。先生たちの中には、あからさまに「トマスこそベネディクト会の宝、未来の修道院長だ」と言う人もおり、私の目の前は真っ暗になりました。

しかし私は、トマスのことを嫌いだったわけではありません。危機感は覚えていましたが、彼に魅了されてもいました。トマスはおとなしくて、子供たちの遊びの輪になかなか加わろうとしませんでした。子供たちの中には、そんなトマスをいじめようとする者たちもいました。そのままトマスが泣いて生家に戻るようなことがあれば、私の将来への不安は消えたかもしれません。でも、私はトマスが仲間はずれにされるのを、黙って見ていられなかった。そんなことをしたら、神様は自分をお見捨てになると、はっきりと思ったのです。ですから私は、ひとりぼっちのトマスと共に過ごすようになり、いつしか仲の良い友人になりました。彼のことをよく知るほどに、私は彼を好きになった。でも同時に、彼には絶対に勝てないことを思い知らされました。私は悩みました。私はあの聖ベネディクトのようにならなくてはならないのに、また、そうなるように同じ名を付けられているのに、同じ年頃の友人にさえ勝てないのか、と。友情と、将来のこととの間で、私は板挟みになっていたのだと思います。

そんなある日、子供の一人がこう言うのを聞きました。修道院のどこかに、聖ベネディクトの骨が隠されている。地元の古い言い伝えでは、死んだ人の骨をひとかけら食べれば、その人そのものになれると言われている。だから、聖ベネディクトの骨を見つけて食べれば、きっと誰でも、聖ベネディクトになれる、と……。

ここまで言えば、私が何をしたか、もうお分かりでしょう。

その日から私は毎晩、夜にこっそり部屋を抜け出して、修道院のあちこちを探りました。そしてとうとう、修道院の地下の一角に、さらに下に降りる梯子があるのを見つけたのです。そしてそこで、土に埋まった、古い棺《ひつぎ》を見つけました。私は、それに手を伸ばして……。

実は、その後のことは、はっきりとは覚えていません。棺の中の、古い骨を見たのは確かです。しかしその後、私は自分がどうしたか、思い出すことができません。覚えているのは、さっきのようにひどいめまいがして、立っていることも座っていることもできなくなったことです。

気がついたら、私はベッドに寝かされていて、そばにはトマスがいました。トマスは泣いていました。トマスは、私が部屋にいないのに気づき、あちこち探し回って、棺のそばで倒れている私を見つけたと言っていました。彼が修道士たちを呼びに行って、彼らが私を運んだのです。

　翌日、私は先生の一人に呼び出されました。その先生は、私のしたことが悪魔の所業であること、そしてそのために……私が一生涯呪われ続けるであろう、と断言しました。私には、修道院長どころか、修道士になる資格もない、そのまま地獄に落ちるのだ、と……。先生は、もう私をモンテ＝カッシーノには置いておけないと言いました。私は、何もかもが終わってしまった、と思いました。

　しかしそれに対して、なんとトマスが反論したのです。トマスは言いました。ベネディクトは呪われてなんかいない、と。寡黙《かもく》なトマスがそう力説する姿に、先生は驚き、最初は怒りを露《あら》わにしました。しかしトマスは怯《ひる》まず、つづけて言いました。ベネディクトの苦しみは、神様に与えられたものだ。ベネディクトを家に帰すのは、神様の贈り物を送り返すようなもので、神様のご意志に反する、と。彼は、七歳にも満たない、ほんの子供でしたが、その言葉は大人である先生の意志をも動かしてしまいました。そのおかげで、私はどうにか追い出されることなく、修道院に留まることができたのです。

　その日から私は、神様に赦していただこうと、必死になりました。修道士たちが私に向ける目は冷たくなり、私は深く傷つきました。私の唯一《ゆいいつ》の心の支えは、トマスでした。トマスだけは、私のことを分かってくれて、いつも力づけてくれました。しかし私は、トマスに対する後ろめたい気持ちを捨てきれませんでした。私が罪を犯した原因は、彼の存在に対する嫉妬《しっと》と焦りだったからです。私は徐々に、トマスの友情にも、素直に心を開けなくなってしまいました。それでも、トマスは構わず、私に温かく接してくれました。

私がいかに、彼に救われていたか。それは、彼と離ればなれになってから、痛いほど分かりました。私が十四歳、トマスが十三歳のとき、モンテ＝カッシーノ修道院は戦乱に巻き込まれて、修道士たちのほとんどは余所《よそ》へ移り、子供たちも実家に返されました。私も自分の家に戻り、その後すぐに、ローマ近郊のモンテ＝ファビオ修道院に入れられました。トマスがその後どうなったかは、分からず仕舞いです。

トマスという友人を失った私は、前よりもさらに臆病《おくびょう》になりました。私の拠り所は、戒律でした。聖ベネディクトの定めた戒律の一言一句を、ひたすら忠実に守ることで、赦しを請《こ》おうとしたのです。しかし、自分が赦しを得られる保証は何もなかった。他の修道士たちはたびたび、神の声を聞いたとか、聖母の姿を見たとか言っていましたが、私にはそういうことが起こらなかった。自分はやはり呪われていると恐怖しました。

一ヶ月前、モンテ＝ファビオに届いた身元不明の聖遺物を見たとき、子供の頃に起こったひどい状態を再度経験し、何日も寝込みました。しかしその後、ピエトロと知り合い、彼の仮説を知ることになりました。彼は、私の示す状態が、呪いによるものではなく、奇蹟ではないかという仮説を立てていました。それは聖遺物の放つ聖なる力の影響で生じるものであり、聖遺物の身元を知ることができるのだ、と。私はそれを疑いましたが、心の中では、そうであってほしいと強く願っていました。いいえ、正直に言えば、ピエトロの仮説を聞いたときから、私はもうそれを信じてしまっていたのだと思います。自分は呪われていない、むしろ神の恩寵を受けているのだと思うと、心が軽やかに、解放された気持ちになりました。

しかしそれは、油断を生みました。油断から、私はある女性の誘惑を受けてしまいました。恥ずかしいことに……私はそれを、自分の意志で拒むことができなかった。欲望に流されそうになったとき、あの状態がやってきました。それは明らかに、私に対する罰でした。なぜならあのとき、近くに聖遺物などなかったのです。自らの罪が赦されたと思い違いをし、油断をして罪に誘われた私に対する罰。そうだとしか、思えませんでした。

しかし今、私は再度、聖遺物を見てあの状態を経験しました。そして、聖遺物の身元である聖フランチェスコと、あなたのことを夢に見ました。私はこれを、どう解釈すべきなのでしょうか？

◇

ベネディクトはレオーネに問いかけたものの、明確な答えを期待していたわけではない。むしろ、真実に対して誠実を貫くために、レオーネは明確な答えを避けるだろうと思っていた。ベネディクトにとって重要だったのは、自らの苦悩をレオーネに語ったことだ。レオーネはベネディクトを裁くことなく、重荷を下ろすのを手伝うかのようにたびたびうなずきながら、耳を傾けていた。話が終ると、レオーネはベネディクトにこう語りかけた。

「私に言えるのは、あなたがさきほど見た『フランチェスコと私の夢』は、実際に起こったことだということです。夢の中では、誰かから聞き知ったことが再現されるという説もあります。フランチェスコが聖痕を得た話は有名ですし、また私が彼から羊皮紙を得た話も、過去に兄弟会に報告したことがあります。ですから、どこからかあなたの耳に入っていたとしても不思議ではありません。

しかし、フランチェスコが私に足の骨の一部を渡したことは、フランチェスコと私以外、誰も知りません。また、あなたはさっき、こうも話していましたね？　フランチェスコが、『その九年前にローマで起こったこと』に言及していた、と」

「ええ」

確かにさっきの夢の中で、聖フランチェスコはレオーネにこう言っていた。

──あのときも、あなたはそのように泣いていましたね。九年前にローマで、私がいい彼と共に神の祝福を受けたときも。

「フランチェスコが言及した出来事は、主イエスと聖母マリア、私とフランチェスコ、そしてその場にいたもう一人の聖者しか知らないことです。そのことを、あなたが誰かから聞いたということはあり得ません。なぜなら、今この世に在ってそのことを知っているのは私一人で、その私がそれを誰にも明かしていないからです」

それはどんな出来事なのか。ベネディクトは知りたいと思いつつも、尋ねるのをためらう。なぜならさっきの夢の中で、レオーネがそのことに傷ついていることが、はっきりと分かったからだ。レオーネは一度目を閉じ、数回静かに呼吸したあとゆっくりと開き、再びベネディクトを見つめる。

「ベネディクトさん。先ほどあなたは私に、あなたの心の内を話してくださいましたね。よかったら、私の話も聞いていただけないでしょうか」

レオーネは、その出来事——聖フランチェスコが聖痕を受けた時点から見て九年前、つまり一二一五年にローマで起こったことを語り始めた。その話にベネディクトは、先ほどの聖痕の夢以上の衝撃を受けた。ベネディクトは聖フランチェスコともう一人の聖者に対して、さらなる畏敬《いけい》の念を抱かずにはいられなかった。同時に、そこに居合わせたレオーネの驚きと苦悩も、痛いほど分かった。それは、夢の中で泣いていたレオーネの苦悩と一致しているように思われ、あの夢が現実であることをベネディクトに強く確信させた。

ベネディクトは考える。自分は聖フランチェスコの聖遺物を見せられたことがきっかけで、先ほどの夢を見た。以前セッテラーネ村でも、モンテ＝ファビオの聖遺物のかけらを見て、同じようにフランチェスコの夢を見た。そしてさっき見たフランチェスコの聖遺物は、モンテ＝ファビオの聖遺物と酷似している。ベネディクトがそのことを伝えると、レオーネはこう言う。

「私は、人体や骨のことは分かりませんが、モンテ＝ファビオの聖遺物に対するあなたの反応を聞くと、それもフランチェスコの骨の一部であるように思えます。それが私の持っている足の骨に似ているとすれば、フランチェスコのもう片方の足の聖痕部分から取り出されたものかもしれません。フランチェスコが誰か別の人に渡したのか、死後に取り出されたのか分かりませんが」

ベネディクトも、レオーネと同じように考えていた。彼の中では、モンテ＝ファビオに届いた聖遺物が聖フランチェスコの骨だということは、確固たるものになりかけていた。レオーネは続ける。

「あるいは……」

そう言いかけて、レオーネはしばし口を閉じた。

「レオーネさん、どうなさいました？」

そう尋ねられて、レオーネは我に返ったように、ベネディクトの方を向く。

「少し考えをめぐらせてみたのです。モンテ＝ファビオに届いた聖遺物がフランチェスコの骨でない可能性はあるか、と」

「えっ？」

それは、自分が見た夢が聖遺物の身元とは関係ない、ということだろうか？　ベネディクトがそう尋ねると、レオーネはこう答える。

「いいえ。私はあくまで、あなたが見た夢が聖遺物の身元に関係していると考えています。それを踏まえた上で、モンテ＝ファビオに届いた聖遺物がフランチェスコではなく、別人のものである可能性を考えているのです。さっき焚き火をしているとき、私はあなたに、数年前にフランチェスコと同じ祝福を受けた兄弟がいる、とお話ししましたね？　私は、もしかするとモンテ＝ファビオの聖遺物が、その人の骨ではないかと考えています」

◇

レオーネは、聖フランチェスコと同じ祝福を受けた兄弟が誰であるかについて明言は避けたものの、例の聖遺物がその人のものであれば奇蹟を起こしても不思議ではない、と断言した。つまりその話は、モンテ＝ファビオに届いた聖遺物の出所について、これまで考えていなかった可能性を示唆《しさ》している。ベネディクトは咄嗟《とっさ》に思う。

――ピエトロに伝えなくては。

だが、ピエトロは今さら、自分の助けを必要としているだろうか？　彼は彼で、真実に近づいているのではないか？　自分はもはや、あの調査にも他の問題にも関わることなく、レオーネと共に自分の魂の問題だけを追求すべきではなかろうか？

ベネディクトは一晩、思い悩んだが、それは翌朝あっさりと解消した。レオーネがベネディクトに、自分と別れて一度アッシジに戻ることを勧めたからだ。

「私はこれから、ヴェルナ山へ行こうと思います。もう一度、フランチェスコが聖痕を受けたあの場所に立ってみようと思うのです。あなたには申し訳ありませんが、私は一人で行くつもりです。心の整理がついたらここに戻りますが、その後あなたがどうするかは、あなたの自由です。ただ、いずれにしても、一度アッシジに戻って、ピエトロに顔を見せてはどうでしょう？　きっと心配しているはずですし、あなたが知り得たことを、彼は必要としているはずです」

そう言われて、ベネディクトはすんなりと、アッシジに戻ることに決めたのだった。

穏やかな朝の光の中、ベネディクトはレオーネと二人、山道を下って野に降りた。緩やかな起伏の続く野を前にして、レオーネはベネディクトに祝福を捧《ささ》げる。

「すぐにまた会えるでしょうが、そのときまでしばしのお別れです。我が兄弟ベネディクト、神が私にあなたとの出会いをもたらしてくださったことに感謝します」

ベネディクトは感極まって、思わず涙ぐむ。レオーネはベネディクトを親しげに抱きしめると、背を向けて歩き出した。彼の足取りは軽く、肉体の重みをほとんど感じさせない。夕べ教えられたレオーネの魂の問題と、その重さ。それすらも、彼の足かせとはならないように見える。ああ、そうか、そうなのだ。神にまっすぐ向かっている限り、悩みも苦しみも、歩みを速めこそすれ、その妨げにはならないのだ。

——ありがとうございました、我が兄弟レオーネ。

朝靄《あさもや》の中に消えようとしているレオーネの背中に向かってベネディクトはそうつぶやき、体をアッシジの方角へ向ける。そして自分の腹の底に力を込める。レオーネと違い、こちらは重い足取りになる。アッシジは自分が罪に誘われた場所だし、そもそもテオドラに会ったら、どうすればいい？　レオーネと別れた瞬間、そんなつまらないことに悩み始める自分に、ベネディクトは早くも失望する。あたかもベネディクトの不安を増幅するかのように、空は徐々に暗く曇り、風は強くなっていく。

何にしても空腹なので、ベネディクトはパンの施しを受けることにした。ベネディクトが足を向けたのは、数日前に行った集落——初日に托鉢に出た集落だ。あの日と同じく、今朝もなかなか施しをもらえなかったが、ベネディクトはあまり気にならなかった。断られたり、迷惑そうな顔をされたりすることにもすっかり慣れた。ついに、ある家で小さなパンを二個と、汲《く》んだばかりの水も施してもらうことができた。

ベネディクトはパンをかじりながら歩いた。空腹が満たされて心地よかったが、すぐ近くにあの廃屋を目にし、肝が冷えるような思いがした。あの日、罵声《ばせい》を浴びせられ、農具で殴られそうになった、あの家。あそこには近寄るまい。ベネディクトは廃屋を避けるように、歩みを速める。だいたい、人の顔を見ただけで親の仇《かたき》のように襲ってくるとは、理解しがたい人もいるものだ。荒くれ者なのだろう、農具を振り上げたときに見えた男の右腕には、ひどい傷跡もあった。

——……待てよ？

ベネディクトは立ち止まる。あの傷——獣に食いちぎられたかのような古い傷の跡を、どこかで見たことがなかったか？　そして思い出す。聖霊降臨祭《ペンテコステ》の少し前、数名の仲間と共にモンテ＝ファビオ修道院に聖遺物を届けに来たドミニコ会士。その修道服の袖《そで》から覗《のぞ》いた右腕と、農具を持って自分を襲った男の右腕とが、ベネディクトの中でぴったりと一致する。

——カルロ修道士！

まさか、そんな偶然が？　ベネディクトは疑ったが、彼の頭には自然と、あの乱暴な男の姿が蘇《よみが》える。剣闘士のような、がっしりした体つき。浅黒い肌。少し前に飛び出た、大きな目。高い鼻梁《びりょう》。ベネディクトは驚愕《きょうがく》した。

信じられない。でも、施しを求めたとき、あの男が自分を乱暴に追い払ったのは、ここが彼の隠れ家だったからではないだろうか。

――もしかすると、私の顔を覚えていたのか？

その考えに思い至って、ベネディクトはとっさに近くの木の陰に隠れた。背筋に寒気が走る。自分の記憶と推測が正しいとしたら、これはフランチェスコの遺体の行方にかかわってくることに違いない。ピエトロに伝えるべきだろう。いや、でも、ここでもう少し、はっきりとした確証を得ておくべきでは？だが、もしあの男が出てきたら？怖い。怖いが……。

迷いながらも、ベネディクトは少しずつ木の陰から出て、じりじりと廃屋に近寄っていった。深まる霧が自分をうまく隠してくれること、またあの男がすぐに出てこないことを期待しつつ、廃屋に近づいていく。突然、廃屋の扉が大きく開き、ベネディクトは肝を潰《つぶ》した。しかし誰も出てこず、ただ扉が強い風に煽《あお》られただけだった。そして、開いた扉の向こうには、人の気配がなかった。風がベネディクトの方にも強く吹きつけてきたとき、彼は何か、勇敢さと無謀さの入り交じったような、妙な気分の高まりを覚えた。そして、風に背中を押されるように、廃屋の中に突入した。

中は無人だった。あるものと言えば、ぼろぼろの農具と、粗末な布の類《たぐ》いだけだ。ベネディクトは土の床にじかに敷かれた布の端に目を留めた。布の下に、何枚かの紙が挟まれている。ベネディクトはそれらを拾い上げてみた。どうやら手紙のようだ。

インクがすっかり滲んでほとんど判読不能だが、手紙の送り主の名が「S」、受取人が「N」と表記されていることがかろうじて分かった。そして一枚目の紙に「納骨堂」らしき文字を見つけると、ベネディクトの肩にはぐっと力が入った。さらにその次の紙切れには、「管区長が言うには」という言葉があった。

――この手紙の送り主のSというのは、フランチェスコ会の人間ではないか……？

もしそうだとすると、フランチェスコ会内部に、カルロ修道士らに手を貸している者がいることになる。ベネディクトはさらに紙を繰って、読み取れる言葉を必死に探す。「地下通路」……「教皇庁」……「新しい修道会」……「ピエトロ」。

ピエトロ？　まさか、あのピエトロのことではあるまい。そう思いつつも、ベネディクトはその周囲の滲んだ文字に目を凝らした。するとそこには、「セッテラーネ」と思《おぼ》しき単語がある。紙切れを持つベネディクトの手が震える。

――カルロ修道士たちが、ピエトロについて書いている！

なんということだ。ピエトロの身に危険が迫っているのかもしれない。早くピエトロに知らせなければ！　ベネディクトは大急ぎで紙の束を懐《ふところ》に入れ、外へ出る。そのとき、どこからか、うめき声のような音が聞こえた。

最初は風の音かと思った。しかし、風が止《や》んでも、音は消えない。それは、廃屋の裏側から聞こえてくる。

——まさか……カルロ修道士？

そうだったら、どうしよう？ しかし、ここまで来たのだ。様子を見るだけでも……。

ベネディクトはおそるおそる、廃屋の壁を伝って裏へ回る。裏には大きなオリーブの木が一本あり、その根元に、男が一人、縛り付けられていた。周囲には誰もいない。

縛られた男は口に布を巻かれている。

ベネディクトに気がついたのか、男がこちらを向く。

「あっ！」

その顔には見覚えがあった。男はしきりにベネディクトの方に向かって、うめいている。痩《や》せた青白い顔で、金色の巻き毛。そうだ！ ベネディクトは男の方に駆け寄り、口に巻かれた布を外してやる。

「あなたは聖フランチェスコ大聖堂にいた、絵師ですね？」

男はベネディクトの言葉の中の「大聖堂《バシリカ》」「フランチェスコ」という単語に反応してうなずいた。そして、たどたどしいが、この地方の言葉で言った。

「水《アクア》……」

ベネディクトは早速、先ほど施された水を飲ませる。水を口にした絵師は、少し落ち着いたようだった。

「この家の男に乱暴されたのですか？」

若い絵師は、意味がよく分かっていないものの、家の方を指したベネディクトを見て答えた。

「いない、今」

今、家の中には誰もいない、ということだろう。彼を見ているうちに、ベネディクトの記憶は鮮明になっていく。そうだ、この人は、自分がアッシジに着いたあの日、大聖堂の外から中を不安げに窺《うかが》っていた若い絵師だ。

「なぜ、こんなところに？」

絵師は「なぜ」という言葉を理解したようで、こう言った。

「私、スポレート、行った……。そして、アッシジへ……。そして、捕まった」

彼がこの後に付け足した言葉は、オイル語だったが、ベネディクトにも理解できた。彼は「ドミニコ会士《ル・ドミニカン》」と言ったのだ。

「ドミニコ会士《ル・ドミニカン》？」

ベネディクトがそのまま聞き返すと、絵師は「そう《オイル》、そう《オイル》」とうなずいてみせる。

ベネディクトは、それが「カルロ修道士」のことを指していると解釈した。この絵師はきっと、カルロ修道士に捕まったのだ。

若い絵師はベネディクトに向かって、オイル語でしきりに何かを訴える。言葉は分からないが、縄をほどいて欲しいということだろう。ベネディクトはきつい結び目を懸命にほどきながら尋ねる。

「あなたを捕まえた男は、カルロという修道士ですか？　それとも、Nで始まる名前の男ですか？　そして、手紙の差出人のSという人間に、心当たりはありませんか？」

しかし手紙の切れ端を見せても、彼にはまったく理解できないようだ。それどころか、縄をほどいたとたん、彼はばったりと地面に倒れ、気を失った。このまま、ここに置いていくわけにはいかない。アッシジまで連れて行くしかないだろう。

ベネディクトは絵師の頬を叩《たた》いて起き上がらせ、肩を貸して立たせた。ここ数日、托鉢で得たわずかな食料しか食べていないベネディクトの身体《からだ》は、他人の体重がかかると軋《きし》むように痛む。しかし、他にどうしようもない。それにこの絵師は、例の事件について重要なことを知っている可能性が高い。

――きっと……手紙の差出人のSは、絵師たちを率いていたシモン修道士だ。

この絵師は、シモン修道士とカルロ修道士の関係を知ったために、ここに拘束されていたのではないだろうか。きっと、そうだ。アッシジまで行けば、ピエトロが彼から上手《うま》く証言を引き出してくれるに違いない。そして何より、ピエトロ本人に危険を知らせなくてはならない。

——どうか、無事でいてくれ、ピエトロ。

ベネディクトは歯を食いしばりながら、強い向かい風の中をアッシジへと向かった。

第十二章　鍵《かぎ》を持つ使徒

ベネディクトがアッシジにたどり着いたとき、陽はもうだいぶ傾いていた。一人であれば大して時間のかからない距離であっても、衰弱した絵師を連れていたせいで、思うように進むことができなかった。雨にも降られたし、またアッシジが近くなると絵師がひどく怯《おび》え始め、時々身体《からだ》に残る力を振り絞って逃げようとした。ベネディクトは絵師をなだめ、悪天候の中、元の道へ戻るのに苦労した。結果、何時間もかかってしまった。

アッシジに戻ってすぐ、ジャコマの家を目指した。場所の記憶は曖昧《あいまい》だったが、街の人に聞くとすぐに見つかった。しかし、ジャコマもピエトロも不在だった。留守番に来ていた年配の女性によれば、ジャコマは数日前からサン＝ダミアーノに行っているという。ピエトロについては、「マルコさんの酒場にいるのではないかしら」と言い、コムーネ広場近くの酒場と、岩《ロッカ》近くの酒場の場所を教えてくれた。女性は絵師を見て言う。

「その方、ずいぶん弱ってるようね。うちで休ませましょうか？」

ベネディクトはその親切な申し出を受けることにした。絵師は重要な証人だから、安全なところに預けておいた方がいいだろう。ジャコマの家なら安心して預けられる。

ジャコマの家を後にしたベネディクトは、マルコの酒場のうち、コムーネ広場に近い方に向かった。大勢の酔った巡礼客と、むせ返るような酒の匂《にお》いが充満した店内の様子にベネディクトは戸惑ったが、髭面《ひげづら》の男性がこちらに気づいてすぐに声をかけてきた。その男性が、店主のマルコだった。マルコは最初ベネディクトのことを警戒していたようだが、ピエトロの知り合いだと言うと気さくに招じ入れてくれた。きっとピエトロが、ベネディクトのことをある程度話しておいてくれたのだろう。マルコによれば、ピエトロは彼が経営しているもう一軒の酒場――岩《ロッカ》近くの店に滞在していたが、昨日の夕方に一人で「大聖堂へ行く」と言って出て行ったきり、戻ってきていないという。

「ピエトロは、帰りは遅くなるから気にするな、と言っていたんだがな。あんた、何か気になることでもあるのか？」

マルコにそう問われて、ベネディクトは言葉に詰まった。このマルコはピエトロの友人だというが、どれほど事情を説明していいものか。ベネディクトは迷った挙げ句、とにかく大聖堂に行ってみますとだけ言って、酒場を出た。別れ際《ぎわ》、マルコは一応テオドラの宿にも立ち寄ってみることを勧めてくれたが、ベネディクトは行く気になれなかった。とにかく先に、大聖堂へ行くべきだとベネディクトは考えた。今はただ、ピエトロがカルロ修道士と、彼らと手を組んでいるSという人物に捕まっていないか確かめなくてはならない。まずはSがシモン修道士であるかどうかを突き止めるのが先決だ。

山の中で静かに暮らしていた身には、アッシジの街の賑《にぎ》やかさはひどくうるさく感じられる。大聖堂に近づくと、今日一日の仕事の片付けをする職人たちの作業の音や、宿に帰る巡礼たちの話し声が大きくなる。

ベネディクトは巡礼たちの流れに逆らうように、大聖堂の下堂に入った。下堂にまだ残っている巡礼たちの囁《ささや》き声がこだまする中、ベネディクトはピエトロとシモン修道士の姿を探した。しかしどこにも見当たらない。

――修道院に入るか？　もしかすると、ピエトロもそっちにいるかもしれないし。

祭壇奥の通用口に目をやると、扉が開いて、見知った顔が現れた。セバスティアーノだ。ベネディクトはすぐさま声をかけた。セバスティアーノはベネディクトを見て驚いている。

「ベネディクトさん。最近お見かけしないと思ったら、その格好は？」

驚くのも無理はないだろう。ベネディクト会士の象徴である黒の修道服は、レオーネと過ごした数日の生活ですっかり薄汚れてしまった。髭剃《ひげそ》りや剃髪《ていはつ》もしていないので、髭も髪も伸び放題だ。しかし今は、自分のことを話している暇はない。

「あの、セバスティアーノさん。ピエトロがどこにいるか、知りませんか？」

ベネディクトの切羽詰まった様子に、セバスティアーノは目を丸くした。

「ピエトロさん？　ここ数日、お会いしていませんが」

「それなら、シモン修道士はどこに……？」

「ベネディクトさん。声が大きすぎます。とりあえず、外に出て話しませんか？」

ベネディクトは、慌《あわ》てて取り乱したことを反省し、セバスティアーノと共に下堂の出入り口から外に出た。石工や絵師たちの簡素な小屋――彼らの仮住まい兼作業場が立ち並ぶそばを歩きながら、ベネディクトはセバスティアーノにアッシジの東、山を降りたところにある廃屋で見たことを話した。カルロ修道士がいたこと。その家のそばで、絵師が拘束されていたこと。家の中で、Nなる人物に宛《あ》てられたSの手紙があり、その中に、ピエトロの名前が書かれていたこと。

「つまり、彼らカルロ修道士たちは、ピエトロの動きを警戒し、危害を加えようとしているかもしれないんです。私が考えるに、手紙を出したSは彼らと組んでいて、フランチェスコ会の中にいる。そしてその正体は、シモン修道士だと思います」

「兄弟シモンが？　まさか！」

「でも、彼以外に考えられません。現に、彼の下で働いていた絵師が捕まっていたのですよ。きっと、何か秘密を知ってしまったからに違いありません。それで、シモン修道士は今どこに？」

「昨日から絵師たちとポルツィウンコラに行っていて、まだ戻ってきていません。絵の参考にするため、と言っていましたが」

ならば、ポルツィウンコラまで行くしかない。もしかすると、ピエトロもそっちにいるのではないか？

「セバスティアーノさん、どうか、私の言ったことをイルミナート管区長に報告していただけませんか？　私はこれからポルツィウンコラへ行って、シモン修道士に口を割らせます」

「ベネディクトの申し出に、セバスティアーノはこう言う。

「ベネディクトさん、慌ててはいけません。まずは落ち着いてください。管区長には今すぐ、私が報告しに行きます。でもポルツィウンコラへ行くにはフランチェスコ会の許可が必要です。私が許可をもらってきますから、待ってもらえますか？ もうまもなく陽が沈みますから、一緒に行きましょう」

「ああ、ありがとうございます！」

「山から戻ってこられたばかりなら、相当お疲れでしょう。私の小屋で休んでいてください」

セバスティアーノは、石工たちの小屋の並びの中でもひときわ粗末な小屋にベネディクトを招き入れ、すぐに戻ると言って出て行く。小屋にはほとんど何もなく、今朝までいた洞窟《どうくつ》を思わせた。セバスティアーノは清貧を守るため、ここで寝泊まりしているのか。ベネディクトは壁に描かれた十字架に向かってひざまずき、ピエトロの無事を祈る。

——悪い予感が当たっていなければいいのだが。

祈り始めてまもなく、小屋の扉が開いた。ベネディクトがそちらを見ると、セバスティアーノの姿があった。

「セバスティアーノさん、どうかなさったのですか?」

報告に行って戻ってくるにしては早すぎるので、きっと何か別の用があって戻ってきたのだろう。しかしセバスティアーノは答えない。彼の後ろには、職人の服装をした男が二人いる。

誰だ? ベネディクトが考える間もなく、二人の男たちは前に進み出て荒々しくベネディクトを突き飛ばし、うつぶせに寝かせて両腕を縛り始めた。

「なっ、何をするんですか!」

両腕を縛り終えると、男たちはベネディクトの修道服の襟首を摑《つか》み、彼をセバスティアーノに向かって座らせた。セバスティアーノは無表情で、ベネディクトを見下ろしている。

「ベネディクトさん。残念ですが、あなたをここから出すことはできません」

「どういうことですか? 私はポルツィウンコラに行って、ピエトロを……」

「ポルツィウンコラへ行っても、ピエトロさんはいませんよ。シモン修道士も、他の絵師たちも、彼の居所など知りません」

「なぜ、あなたにそんなことが分かるのです?」

セバスティアーノは軽くため息をついた。

「ベネディクトさん、まだ分からないのですか？　あなたが読んだという手紙を出したSは、私です。そしてピエトロさんは、あなたの言うカルロ修道士たちが拘束しています」

◇

こういうことに、なるとはな。

壁に背中を預けたまま、ピエトロはぼんやりと考える。目を開いていても何も見えないので、ピエトロはずっと目を閉じている。きつく縛られた両腕と両脚は、感覚がなくなってから久しい。

昨日、一人で地下納骨堂の探索に出たのは失敗だった。まさか、こんな目に遭わされるとは。

ピエトロは昨日のことを反芻《はんすう》する。巡礼の格好をしてマルコの酒場を出て、大聖堂に入ったのは夕方だった。知り合いの修道士に見られないよう、顔を隠しながら巡礼に紛れ込んだ。見慣れた下堂《かどう》を改めて見回し、隠れられそうな場所を探した。そして巡礼たちの流れに従って、袖廊脇《そでろうわき》の内階段から一度上堂《じょうどう》に出た。

　上堂は見事だった。外側はまだ足場が組まれている状態だが、内側はほぼ完成している。下堂と異なり、天井は高く、真新しいステンドグラスを通して差し込む夕日が神々《こうごう》しく聖堂内を照らしていた。まだ壁画は描かれておらず、下絵すらないが、この上堂が何を象徴しているかは明らかだった。

　——空、か。

　確かに、この上堂には浮遊するような開放感がある。下堂の暗く、息が詰まるような雰囲気とは対照的だ。下堂が「地」だとすれば、上堂は「天」だ。ピエトロは確信する。聖堂を設計したエリア・ボンバローネに、上堂と下堂の二層で天と地を象徴する意図があったことを。

　ピエトロは上堂を一巡し、正面の扉から外に出た。そして外階段を下り、まだやってくる巡礼たちに混じり、再び下堂に入る。巡礼たちを誘導する修道士——ルイージ修道士が、もうすぐ下堂を閉めると宣言する。下堂の入り口に内側から閂《かんぬき》がかけられ、ルイージ修道士が聖堂内に残った巡礼たちを上堂に連れて行ったとき、ピエトロは一人ひそかに離れ、下堂後陣の祭具室に入った。そして、夜が更《ふ》けるのを待った。

　——祭具室に隠れたとき、下堂をくまなく見渡したが、誰もいるようには思えなかった。しかしあのときすでに、俺の動きは把握されていたのかもしれない。フランチェスコ会の日課をおおよそ把握しているピエトロは、祭具室の外から聞こえてくるかすかな音や匂いを頼りに、外へ出る時機を窺《うかが》った。修道院の食堂に用意される晩餐《ばんさん》の香り、上堂からの祈りの声、回廊からのかすかな足音。すべてが静まったとき、彼は祭具室の外に出た。これから数時間、下堂は完全に無人になるはずだ。ピエトロは祭具室からランプを一つ持ち出し、火をつけ、袖廊左側の地下納骨堂入り口へと移動する。

地下へとつながる落とし戸を開くのに、あまり苦労はしなかった。表面の偽装が巧みなので発見しづらいが、場所と開く方法さえ知っていれば中に入るのは難しくない。ピエトロは慎重に落とし戸を上げ、ランプと共に階段を少し下り、また慎重に戸を閉じる。

暗闇《くらやみ》の中、一人で降りる階段は、この前ベネディクトたちと一緒に下ったときよりもさらに長く感じられた。まるで地の底へ下っていくようだ。踊り場で一息つき、また階段を下り、納骨堂に至る。夜中の納骨堂には、押しつぶされそうな閉塞《へいそく》感があった。交差ヴォールトの天井を支えるいくつもの柱の間に立っていると、まるで巨大な生き物の口の中にいるような気がしてくる。さまざまな時代の、さまざまな様式の納骨堂に忍び込んだことのあるピエトロにも、この圧迫感は異様に感じられる。

——この息苦しさ、もう少しどうにかならなかったのだろうか？

やはり、ピエトロが当初考えていたように、エリア・ボンバローネは単にここを「見せかけの墓所」としてしか考えていなかったのだろうか。しかし今では、ピエトロは少し違う可能性を考えていた。エリアの手によって、この納骨堂のどこか、石棺とは別の場所に聖フランチェスコの遺体が隠されている可能性を。

モンテ＝ファビオ修道院に届いた二通の手紙のうち、「聖フランチェスコの聖遺物を大聖堂に返却せよ。それに対して対価を支払う用意がある」と書かれていた方がエリアの手によるものだとしたら、エリアはここに——いや、少なくとも大聖堂のどこかに聖フランチェスコの遺体が存在することを望んでいることになる。それはつまり、エリアが一二三〇年の移葬の際、この大聖堂に聖フランチェスコの遺体を安置したことを意味する。たとえ、移葬の日に運ばれていた棺《ひつぎ》の中身が空だったとしても。

つまりエリアは、移葬の二日前に聖ジョルジョ教会から聖フランチェスコの遺体を持ち出し、大聖堂内のどこかに隠したのだ。

エリアはその隠し場所を、よほど知られたくなかったのだろう。だからこそ、兄弟たちを欺《あざむ》き、教皇すらも欺いたのだ。しかしそれでもエリアにとって、この大聖堂が聖フランチェスコの墓所であるということには変わりがない。あの手紙がエリアのものなら、フランチェスコ会総長を辞し、教会に破門された今でも、エリアは聖フランチェスコが「自分が造った大聖堂にいる」ことを望んでいるし、世の人々にそう思われることを望んでいる。そしてその場所は、祭壇下のどこか――やはり、この地下納骨堂のどこかであるに違いない。そう考えたからこそ、ピエトロは今ここにいるのだ。

探索は短く切り上げなくてはならない。ここに入るときよりも出るときの方が誰かに見つかる可能性が高い。遅くとも、修道士たちが目覚める時間よりも早めに出なくてはならない。ピエトロがまず目をつけたのは、納骨堂の右端にある木の扉――つまり物置きだ。この前は、すみずみまで見せてもらう前に外に出ることになってしまったが、納骨堂内にわざわざこういう場所を残しておくこと自体、おかしなことではないか。きっとここに何か、手がかりがある――ピエトロはそう推測した。

しかし、木の扉を開けて中を見てみても、目新しいものはない。この前も見たとおり、ロープや針金、梯子《はしご》、雑多な工具などが入れられているだけだ。

この納骨堂を作ったときに使われた道具が、そのまま残っているだけなのだろうか？

だが、周到なエリアのことだ。何の意味もなく、物置きを残しているとは思えない。

ピエトロはランプを掲げて、物置きの中に入っているものだけでなく、壁や天井も見る。天井のアーチの一部がやや丸く黒ずんでいるような気がするが、ランプの灯りだけではよく見えない。また、天井近くの壁に二ヶ所、水平に並んだかすかな窪《くぼ》みがあるのも見える。ランプを高く掲げて見てみたが、それらはただの窪みで、何か仕掛けがあるわけでもなさそうだ。結局、何の発見もないまま、ピエトロは物置きを出て、扉を閉じる。

——おや？

閉じた木の扉の周囲を自分の持つランプの光が無造作に照らしたとき、何かが見えたような気がした。ピエトロは壁に張り付くようにして、ランプを動かし、さまざまな方向から照らしてみる。ピエトロが手を止めたとき、光は確かに、壁にかすかな亀《き》裂《れつ》を浮かび上がらせた。それは、壁石の一つの周囲をぐるりと巡っており、その壁石はほんの少しだが、周囲の石よりも手前に飛び出して見えた。

ピエトロは懐《ふところ》からナイフを取り出し、亀裂に注意深く差し込む。壁石がわずかに動いた。

——もしかしたら、取り外せるのか？

ピエトロはナイフを使いながら慎重に壁石を手前に引いてみる。壁石は思いのほか簡単に外れた。壁石のあった場所の向こうには、何やら空間が見える。

ピエトロの心臓は高鳴る。確かに、奥には空洞がある。外れた壁石の隣の石に触れたとき、それもかすかに動いた。さらに、下の石も動く。

──他の石も外れる！

ピエトロははやる気持ちを抑えながら、一つ一つ、壁石を外していく。外れる壁石の数は増え、全部で九つになった。奥の空間が徐々に姿を現すにつれ、聖フランチェスコの遺体が隠されているのではないかという期待がピエトロの中で膨らんでいく。

しかし、期待は外れた。壁の向こうの空洞は期待していたほど大きくなく、たいした奥行きもなかった。そこにあったのは、小さな聖者の石像が一つ。鍵を手にしていることから、聖ペトロ像であることが分かる。十二使徒の長として主イエスから天国の鍵を受け取り、初代の教皇、つまり教会の礎《いしずえ》となった聖者。

ピエトロはペトロ像を取り出し、何か仕掛けがないかを調べてみた。しかしとくに変わったところはない。空洞の方もくまなく調べたが、何かを隠せるような空間も、さらなる隠し扉のようなものもない。何も見つからなかったので、ピエトロは落胆しながら、壁石をすべて元に戻した。

納骨堂の壁が完全に元どおりになったのを見たとき、ふとピエトロの頭に疑問が浮かんだ。

――なぜ、聖ペトロなのか？

ピエトロは首をひねる。聖フランチェスコの墓所に、なぜペトロ像を置くのか。たとえここが「見せかけの墓所」であるにしても、不可解だ。もしかすると、聖フランチェスコが使徒の清貧を体現して生きたことを、何も持たずに主イエスに従った聖ペトロになぞらえているのだろうか？　しかし今見たペトロ像は、鍵を片手に持ち、もう片方の手を天に向かって上げている。その顔も上を見上げている。

――この聖ペトロの姿は、むしろ……。

もう少し考えれば、何かが分かりそうな気がした。しかし、彼にその時間は与えられなかった。なぜなら、その後すぐに敵に捕らえられたからだ。

敵は五人いた。彼らがピエトロを捕らえる目的で来たのは明らかだった。ピエトロには、彼らが突然地下納骨堂に現れたように見えたが、その印象は正しかった。彼らが現れたのは、ピエトロが入ってきた下堂の袖廊左側の落とし戸ではなく、この納骨堂の横壁に空けられた穴からだった。ピエトロは、いつあの穴が空いたのか分からなかった。不意を突かれたピエトロは三人がかりで取り押さえられ、口に布を巻かれた。

男の一人が、声を低くして言う。

「こいつに話を聞くのは後だ。今ここで暴れられたら、この前みたいに外に聞こえてしまう。まずは地下通路から、小屋に連れて行け」

「分かりました、ニコロさん」

――ニコロ！

ピエトロは男の顔を見た。大きな、少し飛び出た目。高く、通った鼻筋。がっしりとした体つき。ニコロという名は、バルバ・カタリナの従者サウルが教えてくれた名と一致する。エリアの手下であったブルーノの息子で、元ドミニコ会士。そうか、こいつがニコロか。

ピエトロは何か言おうとしたが、布のために声が出ない。両腕を後ろ手に縛られ、二人の男に右肘《みぎひじ》と左肘を摑まれる。ピエトロが抵抗しようとすると、ニコロが言う。

「大人しく、言うとおりにしろ。そうすれば、命は保証する。だが、暴れたら今すぐに殺す」

彼は腰から短剣を抜いて、ピエトロに見せた。ピエトロはニコロの目を見る。なるほど、どうやら本気らしい。ここはいったん大人しくした方がよさそうだ。ピエトロが抵抗をやめると、ニコロは男の一人に「連れて行け」と指示を出した。そいつはピエトロを横壁の穴の方へ連れて行く。

その男が穴を通り抜けようと頭をかがめたとき、ピエトロの腕を摑む手が少し緩んだ。ピエトロは腹の底に力を入れて上半身を振り回し、その手を振り切る。

「あっ！　こいつ！」

男は慌ててピエトロを捕まえようとするが、すでにピエトロは階段を上っていた。すぐに背後から、二人の男が追ってくる。追っ手が自分に追いつく前に、ピエトロは踊り場で一度止まった。ピエトロは素早く振り返り、追っ手のうちの一人、前方の男の顔めがけて右足を突き出した。前方の男はピエトロを追ってきた勢いの反動で転んで後方にのけぞり、階段を落ちていく。その後ろのもう一人も前方の男の転落に巻き込まれ、階段を転がり落ちる。

その間にピエトロは階段を上がり、下堂につながる落とし戸を頭で押す。しかし、頭だけではなかなか開かない。それでもどうにか戸を押し上げ、下堂に這《は》い上がった。急いで立ち上がり、後陣の扉――修道院への通用口をめがけて走る。

修道院に入れば、逃げ切れる。しかしピエトロが駆け出すと新たな追っ手が現れた。修道院の扉に近づいたところで、ピエトロはそいつに飛びつかれ、床に倒された。ピエトロは前進しようとしたが、背中から押さえつけられて、動けない。

――ああ、修道院の扉は、すぐそこなのに。

そのとき、目指す扉が静かに開き、ランプを持った修道士が姿を現した。セバスティアーノだ。彼を見て、ピエトロは助かったと思った。しかし、期待は裏切られた。セバスティアーノは、ピエトロを押さえつけている男に向かって、こう言ったのだ。

「もう少し、静かにできないのですか？　この人一人を取り押さえるのにそんなに音を立てては、他の修道士たちが起きてしまいます」

ピエトロは瞬時に事態を理解した。

——そうか、そうだったのか。

セバスティアーノはピエトロの前にかがみ込んで言った。

「ピエトロさん。お気の毒ですが、こうするしかないのです。あなたの過《あやま》ちは、私と違う考えを持ったことです。それが、そもそもの間違いなのです」

彼はまだ何か言いたげだったが、その前に、もう一人の男——さっきピエトロが蹴《け》りを食らわした男が、顔を押さえてピエトロの前に現れた。彼はセバスティアーノを押しのけて、ピエトロの襟首を摑み、みぞおちを強く殴った。あまりの痛みに、ピエトロは気絶したのだった。

◇

「なぜ……なぜ、こんなことを？」

ベネディクトが問うても、セバスティアーノはかすかに微笑《ほほえ》んでいるだけで、何も答えようとしない。両腕を縛られ、自由を奪われたベネディクトは混乱しつつも、自分の頭を整理するように問い続ける。

「セバスティアーノさん……なぜ……？　あなたは聖フランチェスコに倣《なら》って、清貧を貫き、その魂を受け継ごうとしていたではないですか。私は、セッテラーネ村であなたに出会ったときから、あなたのことを尊敬していたのですよ？　それなのに……なぜあなたは、あのカルロ修道士のような連中と組んで、このような真似《まね》を？　これは、聖フランチェスコに対する裏切りではないですか！」

ベネディクトが「聖フランチェスコに対する裏切り」と口にしたとき、それまで穏やかに無言を貫いていたセバスティアーノの様子が一変した。彼の表情はこわばり、体は震え始める。

「あなたに……あなたに、何が分かるというのですかっ！」

セバスティアーノの剣幕に、ベネディクトを押さえている男たち二人も一瞬、身体をびくりとさせた。セバスティアーノは震える指でベネディクトを指さす。

「あなたは……あなたは所詮《しょせん》、ベネディクト会の人間だ。巨額の寄進を受けて、ぬくぬくと貴族同様の暮らしをしながら『清貧』を謳《うた》う、厚顔無恥な連中の一人だ！　結局あなたも、この奴《やつ》らと同類なのだ！　この奴らは、聖フランチェスコの志を忘れ、あの罪深きエリアの方針に従って肥え太り、ますますあなた方に近づこうとしている。そんな罪深い者たちに囲まれて、私がどんな思いをしてきたか……」

だから彼は、フランチェスコ会を弱体化させようとする連中と手を組んだのだろうか？　肥え太った、偽物《にせもの》の「小さき兄弟会」をこの世から消すために？　ベネディクトはまだ混乱していたものの、少しだけ、セバスティアーノの考えや気持ちが分かる気がした。ベネディクト自身、「戒律を忘れたベネディクト会など、いっそなくなった方がいいのではないか」と、怒りにまかせて考えたことがあるからだ。しかしベネディクトは具体的な行動を起こそうとしたことはなかった。正確に言えば、できなかった。なぜなら、ベネディクト会がなくなることは、自分の居場所を失うことと同じだからだ。

セバスティアーノは自分の居場所をなくしてまで、信念を貫きたいのだろうか？

だがそこまでの覚悟があるのなら、思い切ってフランチェスコ会を離れるという選択肢もあったはずだ。たとえば、あの心清らかなレオーネのように。なぜそれをせず、フランチェスコ会にこだわるのか。

ふと、ベネディクトは以前モンテ＝ファビオ修道院で交わしたバルトロメオとの会話を思い出した。ベネディクトはいつものように、修道院内で戒律が厳しく守られないことに苛立《いらだ》って、つい「自分がベネディクト会を辞めて、理想の修道会を作る」と勢いにまかせて口走ってしまった。するとバルトロメオはベネディクトを諫《いさ》めた。

「いいか、ベネディクト。君はそんなことを、本気で考えているわけではあるまい。だったら、軽々しく口にするな。考えてもみろ、新しい修道会を作るなんて、そうそうできることではない。教皇庁の認可が必要だし、それが得られなければ、ただの異端として排除されてしまう」

――ああ、そうか。そういうことなのか。

ベネディクトはセバスティアーノの顔を見上げて言う。

「セバスティアーノさん。私にはあなたの考えが、少し分かった気がします。あなたはきっと、今のフランチェスコ会を骨抜きにし、自分で新たな修道会を立ち上げ、自分と志を同じくする兄弟たちを取り込むつもりなのでしょう。そしてそれを、『聖フランチェスコの遺志を継いだ、真のフランチェスコ会』にする。そうではないのですか？」

セバスティアーノの左の瞼《まぶた》が小刻みに痙攣《けいれん》する。ベネディクトはそれを見ながら、あの廃屋で読んだ手紙の内容を思い出していた。あの中にも、そういったことが書かれていた。

「あなたは、カルロ修道士たちへの手紙にも、新しい修道会のことを書いていましたね。あなたはもしかして、新しい修道会を設立するため、カルロ修道士たちに協力を求めていたのではないですか？　そしてその見返りとして、あなたも彼らに協力していたのでは？」

セバスティアーノはベネディクトを睨《にら》んではいるが、ベネディクトの言ったことを否定しようとはしない。セバスティアーノは憎々しげに言う。

「もしそうだとしたら、どうするのですか？　あなたは、私の邪魔をしようというのですか？　いいですか？　あなたは知らないでしょうが、清貧に立ち返らない者たちは、神によって無用の者とされ、これから数年のうちにことごとく滅ぼされてしまうのですよ？　清貧を実践する者だけが神の手によって生き残り、次の時代を作るのです。その時は、すぐそこまで来ている。今こそ、偽物の小さき兄弟会をこの世から葬《ほうむ》り去って、聖フランチェスコの理想を文字通りに体現する真の兄弟会を復活させなくてはならない。私たちには、時間がないのです。それなのにあなたは、清貧を忘れた偽者たちの肩を持ち、フランチェスコの清貧を貶《おとし》めるのですか？」

そう言われてベネディクトはしばし考えてみた。自分は本当は、どう思っているのだ？　奇妙なことに、この窮地にあるのに、彼の心は徐々に静まっていく。彼は答えを口にする。

「私は、フランチェスコの清貧を貶めるつもりはありません。清貧は貴いものです。そしてあなたのように清貧を重んじることも、私は大切だと思います。しかし、清貧とは何でしょうか？」

「はあ？　今さら、何を聞くのです？　清貧とは『何も持たないこと』に決まっているでしょう。また、何者とも売買をしないこと」

「ええ、そうですね。そしてあなたは確かに、金銭を持たないし、使わないかもしれません。でも、あなたは自分の理想を実現するために、怪しげな連中と取引をしていますね？　あなたが彼らに支払ったのは金銭でこそありませんが、彼らにとって必要なもの――『フランチェスコ会士の協力』であったことは確かです。それは、形を変えた金銭ではありませんか？

そして彼らはあなたに、あなたの欲するもの——『新しい修道会を作るための手助け』を与えようとしている。これは、形を変えた売買では?」

ベネディクトが言葉を継ぐにつれ、セバスティアーノは目に見えて取り乱し始めた。

「ち、違う! 私は人々を——世界を救うために、あえてそうしているのだ。身勝手な個人の欲望を満たすためではなく、個人を超えた魂の理想を実現するためだ。それは売買ではないし、清貧の掟《おきて》を破ることでもない!」

必死に否定するセバスティアーノに対し、ベネディクトは静かに、しかし鋭い針で刺すような口調で返す。

「そうであるならば、先ほどあなたが口にした、我がベネディクト会を貶める発言を取り消していただきましょうか。我々は確かに、王侯貴族から莫大《ばくだい》な寄進を得ています。しかしそれは、修道士たちが理想的な観想生活をするためであり、またそれによって寄進をした者たちの魂に安らぎを与えるためです。けっして身勝手な欲望を満たすためではありません。この点で、我々はあなたがた小さき兄弟会と同じだということになりませんか?」

ベネディクトがそう迫ると、セバスティアーノは言葉に詰まった。何か言い返そうと彼が口を開きかけたところで、ベネディクトは畳みかける。

「また、大きな理想を実現するためなら何をしてもいいということにはなりません。神の意に沿うためであったとしても、人を傷つけるようなことをしていいはずがない。あなたは自分の理想を実現することに必死なあまり、私の友人ピエトロを怪しげな連中に売り渡した。ピエトロに何かあれば、あなたは消えない罪を背負うことになります。それは、分かっているのですか？」

ベネディクトが問い詰めると、セバスティアーノは目を大きく見開き、両方の拳《こぶし》を強く握りしめた。彼は動揺している。しかしセバスティアーノは反論する。

「違う……ピエトロさんは……私を否定したのだ！　この私に起こった奇蹟《きせき》を否定したのだ。そして、この大聖堂に――罪深いエリアの作った墓所に聖フランチェスコが留まっているなどという、おぞましい嘘《うそ》を広めた！　彼はその偽証の罪のために、裁かれるべきなのだ！　私はただ、神の裁きを実行したに過ぎない！」

興奮するセバスティアーノに、ベネディクトはあくまで冷ややかに反応する。

「セバスティアーノさん。もしピエトロに偽証の罪があるなら、それは裁かれるべきでしょう。しかし、それを実行するのは神ご自身であって、あなたではありません。それに、あなただって同じ偽証の罪を背負っているのではないですか？　カルロ修道士に協力していたあなたは、あの聖マルコの日の夜、彼と一緒に地下納骨堂に入ったはずです。聖フランチェスコその人に導かれて納骨堂を見つけたのではなく」

「でたらめを言うな！」

「本当にでたらめでしょうか？　私が推測するに、あなたは初めて入った納骨堂でフランチェスコの石棺を目にして、つい我を忘れてしまったのではないですか？　そして、自分に都合のいい自分だけの奇蹟の話を作り上げ、聖フランチェスコが目の前に現れたなどと偽証したのではないでしょうか？　私の推測は、間違っていますか？」

◇

ピエトロは暗闇に目を凝らす。夕べ殴られた腹はまだ痛むが、頭は思考を整理する方に動き出す。

――セバスティアーノが、奴らと手を組んでいたのか。

そのことに対しては、疑問がたくさんある。しかし、事実は事実だ。それに、一つ理解できたことがあった。それは、あのジョフロワという絵師のことだ。あの絵師のことは、ずっと悪魔憑《あくまつ》きだと思っていたが、それは間違っていた。ジョフロワは、悪魔憑きではなく、異端者なのだ、きっと。

シモン修道士と絵師たちから聞いた話を整理すると、ジョフロワは聖フランチェスコの遺体が盗まれたとされるあの夜に様子がおかしくなり、それは半月ほど続いた。しかし、その後一ヶ月ほど正常に戻り、ピエトロたちがアッシジに到着する少し前にまたおかしくなり、下堂での仕事が困難になったため、スポレートへの用事に出された。問題は、ジョフロワが一ヶ月ほど平静を取り戻したという、その期間だ。

その一ヶ月は、セバスティアーノが兄弟レオーネを探すため、アッシジを離れていた期間だ。

つまりジョフロワが恐れていたのは、セバスティアーノだったのだろう。そして、なぜセバスティアーノを恐れていたかというと……。

——あの夜、ドミニコ会士の格好をしたニコロと、セバスティアーノが一緒にいるところを見たからだ。

ニコロはドミニコ会に所属している間、トゥールーズ近郊やパリで異端審問官の助手をしていたという。ジョフロワはトゥールーズの生まれらしいので、彼が異端者であれば、ニコロを見知っていた可能性がある。きっとジョフロワはあの夜、ニコロが自分を捕らえに来たと思ったのだろう。そして、一緒にいたセバスティアーノもその一味だと思ったに違いない。だからこそ、必死でセバスティアーノを避けていたのではないか。

そして、あの夜セバスティアーノがニコロたちと一緒にいたのであれば、彼が聖フランチェスコの奇蹟によって地下納骨堂を見つけたのではなく、ニコロたちの手引きで納骨堂に入ったと考えるのが自然だ。ニコロらはセバスティアーノを仲間にすることで、彼に「ドミニコ会士が聖フランチェスコの遺体を盗んだ」という目撃証言をさせるつもりだったのだろう。だが、セバスティアーノはそのような証言をせず、偶然下堂を訪れたシモン修道士がニコロたちを目撃し、そのことが結果的にドミニコ会士たちによる盗難説を支えることになった。ここで生じる大きな疑問は、なぜセバスティアーノがニコロたちと口裏を合わせず、「聖フランチェスコが自分の前に現れた」などと証言したのかということだ。

その疑問に対する答えを出すのに、時間はほとんどかからなかった。ピエトロはその答えのあまりの馬鹿馬鹿《ばかばか》しさに呆《あき》れたが、それがおそらく真相であろうことを思うと、底なしの穴を覗《のぞ》き込んでいるかのような薄気味の悪さを感じた。

——俺は他人を平気で騙《だま》す人でなしだから、おそらく地獄に落ちるだろう。だが、自分で気づかずに自分を騙し、自分と他人を欺く人間は、どうなるのだろうな。

◇

「セバスティアーノさん。なぜあなたは、『聖フランチェスコに導かれて地下納骨堂を見つけた』などという嘘をついたのですか？」

「嘘ではない！」

セバスティアーノは全身から声を絞り出すように、そう叫んだ。

「私は確かに、聖フランチェスコに導かれたのだ！　そして地下納骨堂で、聖者が石棺から出て行かれるのを見た！　それが真実だ！」

ベネディクトは、ひどく悲しくなった。セッテラーネ村で彼に出会い、話を聞き、自らの清貧と信仰に疑問を持ったあの日以来、セバスティアーノは尊敬の対象だった。その彼の内面がこれほどの欺瞞《ぎまん》に充《み》ちていたとは。

「ああ、セバスティアーノさん。それがあなたにとっての真実だと言うのですか？　しかし、現実は違います。現実と矛盾する思いを、私は真実と呼びたくはありません」

ベネディクトは憐《あわ》れむような口調で語ったが、それはセバスティアーノを逆上させた。

「黙れ！　ああ、お前も、私のことを否定する！　私と違う考え方をする！　なぜ、分からないのか！　なんと愚かなことだ！」

セバスティアーノは天を仰ぎながら叫ぶ。

「聖フランチェスコは――我らが聖者は、主イエス・キリストの再来だ！　そして私――清貧を貫く者は、彼の使徒となるのだ！　私は近いうちに天から聖霊を受け、来る時代のために善き人々を救う。そして、私の真実を信じない者、私と違う考え方をする者は、みな地獄の業火《ごうか》に焼かれるのだ！　ベネディクトよ、私を否定するお前も、業火に焼かれてしまえばよい！」

セバスティアーノがベネディクトを指さしながらそう言い放つと、ベネディクトは立ち上がった。彼を押さえていた男たちは不意を突かれて、手を放してしまった。ベネディクトはセバスティアーノの前に立ち、たじろぐセバスティアーノと目を合わせる。

「そう言うあなた自身は、どうなのですか？　私には今、あなたが自分自身を、怒りと欺瞞の炎で焼き尽くしているように見えます。まるで、この世に在りながら、すでに地獄の業火に焼かれているかのように」

そう言った直後、ベネディクトは二人の男たちに後ろから引き倒された。彼らに押さえつけられながら、セバスティアーノを見やると、彼はまるで彫像のように固まっていた。しかしすぐに、子供のように地団駄を踏みながら、何か訳の分からないことをわめいた。セバスティアーノは完全に取り乱しながら、二人の男にこう言いつけて小屋を出て行った。

「ニコロのところへ報告に行く！　その男を絶対に放すな。いいな！」

◇

ピエトロは、逃げることを考えている。しかし、両手と両足首を縛られている以上、動くことはできないし、口に布を巻かれているので大声を出すことも不可能だ。そもそも壁の向こうには、例の男たちがいる。

――ニコロはいずれ、俺を殺す気だ。だとしたら、最悪の事態を想定しなくては。

こういうのは、人生で何度目だろうか。ここ数年、これほどの窮地はなかったが、対処の仕方――少なくとも自分の心を制御する術《すべ》は、しっかりと覚えていた。子供の頃から今までに何度も死の危機に瀕《ひん》した経験によって、現状の認識と恐怖心とを分離する方法が自然と身についたのだ。

死が目の前に迫ってくると、上腕部と肩に緊張が走る。ピエトロはこれを「原始的な反応」と考える。その場から逃がれようとして、体が準備をしているのだ。こういった肉体の反応は自然なものだが、厄介なのは、十分に注意していないとこれが恐怖を増幅し、心の方を蝕《むしば》んでしまうことだ。ピエトロは恐怖心が無闇に大きくならないよう気をつけながら、最悪の事態について考える。

最悪の事態とは何か。それは自分が死ぬことだが、自分が死んで、困ることはあまりない。セッテラーネ村の方は、自分がいなくてもどうにかなる。おっさん――エンツォはああ見えて意外と頼りになるし、ジョヴァンニ兄弟もいるから、アンドレアも大丈夫だろう。問題といえば、自分が人生を賭《か》けて追い求めてきた答えが分からないことぐらいだ。

――それを知らずに死ぬのは、無念だな。もう少しで、何か分かりそうだっただけに……。

ピエトロは、ベネディクトの顔を思い浮かべる。ベネディクトの能力。ベネディクトには確かに、聖遺物に反応する力があった。彼の力を借りれば、自分が追い求めてきた謎《なぞ》が、少し解けたかもしれない。しかし当のベネディクトは、自分にその能力がないと思い込んで失望し、レオーネと共に去ってしまった。

——だが、彼のためには、良かったのかもしれない。

ベネディクトは自分と違う。悩みながらも、まっすぐに神に向かっていこうとしている。いや、むしろ、悩むのは、神に向かっている証拠だ。そんな彼がレオーネのような本物に付いて行ったのは、良いことなのだろう。

ただ、たとえそうであっても、自分が彼をモンテ＝ファビオ修道院の静かな生活から引きずり出し、自分の利益のために振り回したことは正当化されない。彼を利用しようとして嘘をついたことも。テオドラのような危険な女に会わせて、彼を深く傷つけたことも。もう一度彼に会うことがあったら、本当のことを言って謝らなくてはならない。そして、そのためには生き延びなくてはならない。

手足の自由がない今、使えるのは頭のみだ。まずはあの男——ニコロの狙《ねら》いを探る必要がある。人間は、よほどの聖者か、よほどの変人でないかぎり、何らかの目的を持って生きている。目的を持たずに生きられる人間は、ごく少数だ。目的を持つことは、人に生きる力を与えるが、同時に弱みにもなりうる。

——ニコロの目的は何だ？　なぜ再び、大聖堂に現れた？

壁の向こう側が騒がしくなった。木と木がこすれる音——おそらく閂を外しているのだろう。目の前で扉が開き、誰かが入ってくる。ニコロと、もう一人。昨日ピエトロの腹を殴った若い男だ。

ニコロはランプをかざして、ピエトロの顔を照らした。ランプの光が容赦なく目に飛び込んでくるが、ピエトロは目を見開いたままニコロを見据える。ニコロが口を開く。

「おい、貴様。ずいぶん俺たちの邪魔をしてくれたじゃないか。托鉢《たくはつ》修道会の会議のことも、お前が教皇庁《クーリア》に根回しをして、予定どおりの開催にこぎつけたそうだな」

ピエトロは反応しない。ニコロはそれを気にするそぶりも見せずに続ける。

「だがな、会議が予定どおり開催されたとしても、今さら事態は好転しない。すでに、フランチェスコ会とドミニコ会の溝は深まっている。ローマでもペルージャでも他の場所でも、フランチェスコ会士とドミニコ会士が顔を合わせりゃ、互いに罵《のの》り合うようになってる。そんな状況では話し合いなど、ろくにできないだろうよ。お前にとっては残念だろうが」

ニコロはピエトロに目線を合わせるようにしゃがみ、ピエトロの口から布を外す。布が外れた途端、もう一人の男がピエトロにナイフを突き付け、「大声を出すな。出したら刺す」と脅す。ニコロは「落ち着け、ミケーレ」と男を制しつつ、話を続ける。

「ところで、貴様があの噂《うわさ》を流したことには、俺も驚かされたよ。『聖フランチェスコの遺体は、エリアが大聖堂の奥深くに隠して、今もそこにある』なんて、な。なあ、お前、それをどうやって知ったんだ？　フランチェスコの遺体の場所を、お前は知ってるのか？」

ピエトロは口を固く閉じ、ニコロの質問の意図について推測をめぐらす。ニコロはおそらく、エリアが聖フランチェスコの遺体をどこへ隠したかについて、ある程度見当がついているのだろう。しかし、正確な場所は知らないのだ。ニコロは正確な場所を知りたがっていて、ピエトロがそれを摑んでいるのではないかと疑っている。ニコロの言葉から推測するに、それは大聖堂の中のどこかだ。ピエトロが最近考えていたとおりに。

もし、ピエトロが正直に「あの噂はアッシジの男たちの暴走を阻止するためのでっち上げで、フランチェスコの遺体の正確な場所は知らない」と言えば、ニコロはすぐにピエトロを殺すだろう。生かしておく必要がないからだ。しかし逆に「場所の見当はついている」と言えば、口を割るまで痛めつけられる。どちらにしても、自分にとって良いことはない。自分が助かるには――いや、助かる可能性を高めるには、「まともに答えない」ことだ。ピエトロは口を開く。

「ニコロさんよ、あんた、今さら聖フランチェスコの遺体の場所を知って、どうしようっていうんだ。あんたの狙いは、フランチェスコ会とドミニコ会の弱体化だろう。それはもう、あんたたちがモンテ＝ファビオに贈った骨片のおかげで、達成されたんじゃないのか？ あんたがたった今言ったように、二つの修道会の溝は深まったんだろう？」

ニコロは答えない。ピエトロはさらに言う。

「もしかして、聖フランチェスコの遺体を丸ごと見つけて、売りさばこうっていうのか？ まあ、いくら少なめに見積もっても、ヴェネツィアの大型銀貨《グロッソ》で八十リラは堅いだろうな。新しい金貨《フィオリーノ》を作って勢いに乗っているフィレンツェに持ち込めば、もっと高い値がつくかもしれん」

ピエトロはわざと具体的な金額をちらつかせた。もし金が目的ならば、相手は値段――つまり数値に反応するはずなのだ。その数値が自分の見積もりと合っていたとしても、違っていたとしても、金を第一に考える人間ならば必ず何らかの反応を示す。それが、金の亡者《もうじゃ》というものだ。実際、ニコロの隣の男――若いミケーレは、ピエトロが「八十リラ」と言った瞬間に目を見開き、唾《つば》をごくりと飲み込んだ。一方、ニコロは一切表情を変えない。

──このニコロという男は、金が目的ではないのか。いや、もう少し試すべきだろう。

しかし、ピエトロが次の言葉を発する前に、ニコロはピエトロの襟を摑んで引き寄せる。その顔は不敵に笑っている。

「お前さあ……今、こう思っただろう。こいつは金が目的ではないのか、ってな」

ピエトロはあえて表情を変えないようにしたが、ニコロは笑みを浮かべながら、ピエトロの襟首から手を放す。

「俺には、お前のような奴の考えることがよく分かるんだ。お前は自分では、自分は他人を思いどおりに操れると思っているんだろう。他人の考えは手に取るように分かる、とかな。だがな、よく覚えとけ。上には上がいるってことをな。俺はな、ドミニコ会で異端審問の手伝いをしてたんだ。異端審問では、お偉い修道士さんたちは自分じゃあ手を汚さない。俺みたいな下っ端《ぱ》が、尋問したり、拷問《ごうもん》したり、汚い仕事をするんだよ」

だから、こういう傷を負っちまうんだ、とニコロは言い、自分の右腕を見せる。ピエトロはその傷跡を見て、ニコロに拷問を受けた異端者が苦しみのあまり嚙《か》みちぎったのだろうと想像する。

「それでな、異端審問やってると、いろんな奴に会う。お前みたいな奴もたくさん見てきた。そいつらは、異端の嫌疑をかけられると決まってこう言うんだ。『自分は悪人だから、どのみち地獄に落ちる。だからアルビ派だの、完徳者《ペルフェクティ》だの、救慰礼《コンソラメントゥム》だのは、自分には関係ないし、興味もない』ってな。そしてそのうち、金の話を始める。『自分は異端ではないが、面倒だからいくらか掴ませてやる。だからすぐに解放しろ』って言うんだ。つまり、俺たちが金で転ぶと思ってる。お前の魂胆もそんなところだろう。どうだ？　違うか？」

ピエトロは黙って聞いている。ピエトロの顔を指さしながら、ニコロは愉快そうに言う。

「そうそう、その顔だよ！　こっちが真意を探ろうとすると、そんなふうに無表情になるんだよな。まるで、自分は何も信じない、何に対しても執着はないし、自分も他人も生きようが死のうが構わない、とでも言いたげに。実際、ありとあらゆる手を使っても、心からそう思い込んでるみたいな答えや反応を繰り出してくる。だがな、そういう奴に限って、自分で自分のことが分かっちゃいないんだ」

ピエトロはわずかに反応する。ニコロはそれを見逃さない。

「俺の言うことが分かってきたようだな。だったらもっと教えてやろう。お前みたいな奴はな、自分は金の亡者だと言っておきながら、金では絶対に動かない。拷問にかけられたり、殺されそうになったりしても、なかなか音《ね》をあげない。だから、いくら痛めつけても、なかなか口を割らない。普段から『自分は殉教も厭《いと》わない』とか言って聖者ぶってる奴らの方が、ずっと楽だ。そういう奴に限って、軽く痛めつけただけで参っちまうからな。

で、お前のような奴に口を割らせるには、どうすればいいかっていうとな……まあ、具体的に、手本を見せてやる」

ピエトロは、嫌な予感がした。こいつは何か、切り札を持っているにちがいない。まさか、自分に関係のある人間を人質に取るつもりなのだろうか？　だとしたら……。

――マルコは簡単には捕まらないだろうが……ジャコマおばさんとか、テオドラに手を出されるとまずい。だが、アッシジでアッシジ市民に手を出すことなど、そう簡単にはできないはずだ。

しかし、ニコロの口から出たのは予想外の名前だった。

「ベネディクトっていう修道士のこと、知ってるよな？」

ピエトロは、胃の底が冷える思いがした。予想とは違ったが、その名前はピエトロを思いのほか動揺させた。ピエトロはそれを悟られまいとするが、ニコロの視線はベったりと貼《は》り付くように、ピエトロの表情の変化を窺っている。そこでピエトロは、あえて反応することにした。自分とベネディクトが一緒にアッシジに来たことは、すでに知られているからだ。

「ベネディクトが、どうしたと言うんだ」

「うん、ええっと、そいつのことなんだがな。もし俺たちがそいつを捕まえて痛めつけるって言ったら、お前はどうするかと思ってな」

ピエトロは無関心を装《よそお》って反応する。

「俺のことを引っかけようとしても、その手には乗らんぞ。ベネディクトはすでにアッシジから離れて、遠くに行っている。捕まえようとしたって時間の無駄だ」

ピエトロがそう言うと、ニコロは感心したような顔をして、うんうんとうなずく。

「なるほど、それはなかなかいい返答だな。お前がベネディクトの安否に興味がないってことをほのめかしている上に、俺たちにベネディクトを捕まえるのを思いとどまらせる効果もある。だがな、本当のことを言うと、俺たちはすでにベネディクトの身柄をおさえているんだ」

ピエトロは耳を疑った。

――いや、待て。そんなことはあり得ない！　絶対に嘘だ。

これに、どう反応すべきか。ピエトロの思考に水を差すように、ニコロは追い打ちをかける。

「お前、俺が嘘ついてると思ってんだろ？　だがな、本当なんだ。ベネディクト修道士は、アッシジに戻ってきたんだよ。どうしてだと思う？」

どうして、だと？　いや、話に乗ってはいけない。なぜなら、そんなことはあり得ないからだ。ベネディクトがここに戻ってくる理由など、何一つ存在しない。しかし

ニコロは薄ら笑いを浮かべながら、こう言った。

「ベネディクトはな、お前を助けるために戻ってきたんだよ」

ピエトロは一瞬、自分がどのような顔をしたのか分からなかった。だが、ニコロの表情の変化を見て、これだけは、はっきりと分かった。

――俺は、負けた。

自分の心は今、丸裸にされたのだ。こうなったら、ニコロはいくらでも、自分から欲しい情報を引き出せる。

ニコロは、ベネディクトがアッシジへ戻ってきた経緯を説明した。ベネディクトはカルチェリ近くの野でニコロが潜伏していた廃屋を見つけ、そこにあったセバスティ

アーノの手紙を読み、ピエトロの身に危険が迫っていることを知ったのだ、と。その話はにわかには信じがたかったが、妙な現実味があった。

しかし、なぜ……？　なぜベネディクトは、自分なんかを助けるために戻ってきたのか。自分はベネディクトに対して罪悪感を抱いている。自分には、彼に責められこそすれ、助けられる資格はないはずだ。それなのに、ベネディクトは……。

——ああ、結局、俺をここまで追い詰めたのは、他ならぬ俺自身だ。

そして今、それをニコロに利用されようとしている。ニコロはますます嬉《うれ》しそうに、まるで親しい仲間に対してするように、ピエトロの頭を小突く。

「ははっ。あの修道士のことで、お前をここまで追い込めるとは思わなかったよ。ああ、愉快だ。さて、どうだ？　お前、話す気になっただろ？　話さないと、お前を助けに来た修道士がどうなるか、分かってんだろ？　じゃあ話せ。聖フランチェスコの遺体は、どこにある？」

ピエトロは心を決めた。どうにかして、こいつらが信じるような答えを用意しなければ、自分もベネディクトもすぐに殺される。だが、それはどんな答えだ？　考えろ。しゃべりながら考えるんだ。ピエトロは一度長く息を吐き、できるだけ平静を装って言う。

「夕べ、もう少しではっきり分かりそうだったんだ。だが、そこへあんたらが現れた。つまり、あんたらに邪魔されたんだ」

「貴様なあ、はぐらかそうとしても無駄だぞ」

「はぐらかしてるんじゃなくて、本当なんだ。昨夜は、惜しいところまで行ったんだ。でもあんたたちのせいで中断されたし、そこにいる奴に腹を殴られてから、その痛みでろくに考えられない。もう少しで、エリア・ボンバローネの意図が分かったんだが」

ピエトロはわざと間を置かずにべらべらと話す。ニコロの顔から笑顔が消え、少しずつだが、苛立ちが見えてくる。そして一瞬、彼は眉《まゆ》をひそめた。それは、ピエトロがエリアの名を口にしたときだ。ピエトロは考える。

――こいつは、エリアのことをどう思っているんだ？

今のニコロの表情から読み取れたのは、エリアに対する憎悪《ぞうお》。あるいは、恨み。もしこの印象が正しいとしたら、こいつの目的がある程度説明できる。

ニコロはエリアを憎んでいる。だからこそ、エリアが築き上げたフランチェスコ会を弱体化させようとしているし、エリアが作り上げた大聖堂から聖フランチェスコの遺体を奪おうとしているのではないか。

そしてそれが本当なら——エリアがそれだけ、聖フランチェスコとこの大聖堂に執着しているということにならないだろうか。しかも、総長時代だけでなく、今でも。エリアにとって、フランチェスコとは何なのか？　そして、聖フランチェスコ大聖堂とはいかなる場所なのか？

口からでまかせに話し続けるピエトロに業を煮やしたのか、ニコロはついにピエトロの顔を殴りつけた。ピエトロは殴られた勢いで倒れる。口の中に広がる、血の味。一瞬真っ白になったピエトロの脳裏に、あの小さなペトロ像が浮かび上がる。聖ペトロ……主イエス・キリストに天国の鍵を託された弟子、十二使徒の長。あのペトロは、空を見上げて……。

——ああ、そうか！　そういうことだったのか！

ニコロはピエトロの髪を掴んで引っ張り上げ、もう一度殴る。頭の芯《しん》に走る痛み。荒くなる呼吸。ピエトロは痛みに耐えながら、床の上に倒れたまま、ニコロを見上げて言う。

「分かった。俺の知っていることを全部話す。それは間違いなく、あんたが欲しがっている情報だと保証する」

ニコロはしゃがんで、ピエトロの顔を見下ろす。

「本当か？」

「ああ。だがそのかわり、俺の目の前でベネディクトを解放しろ。それが条件だ。ベネディクトが自由になったことをこの目で確認できないかぎり、俺は死んでも話さない。絶対にな」

第十三章　聖者のとりなし

小屋の扉が再び開き、セバスティアーノが戻ってきた。セバスティアーノは二人の見張りの男に何か言いつけて、ベネディクトの手の縄を解かせた。しかし解放するわけではないようで、彼の横には二人の男がぴったりと張り付く。

「ベネディクトさん。これから外に出ますが、くれぐれも逃げ出そうなどと思わないように」

「なぜ、外に？」

「ピエトロさんに会わせます。でも、あなたが逃げようとしたら、ニコロ――あなたの言うカルロ修道士が彼に何をするか分かりませんよ」

ピエトロはこの近くにいるのか？　ベネディクトは二人の男に引っ張られながら立ち上がり、小屋の外に出る。外はすっかり暗くなっていて、石工たちの小屋ではすでに酒盛りが始まっているらしい。あちこちから、大きな話し声や笑い声が聞こえてくる。だが、外をうろついている者は少なく、また彼らがこちらに注意を向けることもない。たとえ腕に縄が巻かれたままだったとしても、ほとんど気づかれないだろうとベネディクトは思った。

ベネディクトは、広めの作業小屋の一つに連れ込まれた。外側こそ作業場であるように見えたものの、中は石材も道具もない、ただのがらんとした場所だった。奥の方に、扉が一つ。そして、部屋の隅の方の床土に、大きな穴があいている。

小屋の中で、一人の男が待っていた。顔を見て、すぐに分かった。カルロ修道士だ。こいつがセバスティアーノの言う「ニコロ」なのだろう。そいつはわざとらしい笑みを作って、ベネディクトに挨拶《あいさつ》する。

「ベネディクト修道士。あんたに会うのはこれで三回目だな。カルチェリでは荒っぽいことをして、すまなかった。あんたを傷つけるつもりはなかったんだ」

「そ、そんなことより、ピエトロはどこだ」

ベネディクトが問うと、別の男が奥の扉から出てきた。そいつに引っ張られて出てきたのは、他でもない、ピエトロだった。

「ピエトロ！」

ピエトロは出てくるなり、床土の上に強く押しつけられた。その両手は後ろ手に縛られている。襟首を摑《つか》んで起こされたピエトロは、ベネディクトの顔をちらりと見たが、とくに感慨はないようだった。いつものような仏頂面《ぶっちょうづら》だ。しかし、顔にはあざがあり、口の端からは血が流れている。それを見たベネディクトの腹の底は熱くなり、その熱が頭に昇ってくるのを感じた。彼は両側の男たちを振り切り、ピエトロの方に駆け寄ろうとしたが、すぐに男たちに押さえつけられた。

「ああ、放せ！」

叫ぶベネディクトに、ニコロは言う。

「おい、勘違いするな。俺はあんたたちを傷つけるためにここに呼んだんじゃない。取引をするためだ」

「取引？」

「ああ。あんたと、あっちのピエトロは、俺たちのことを知りすぎた。だが、すでに俺たちの狙《ねら》い──フランチェスコ会とドミニコ会の溝を深めることは、ほぼ達成されている。これから先、あんたらがいくら頑張ったとしても、両会の間を修復するのは難しいだろうよ。だから、痛くも痒《かゆ》くもない」

「それで、どうしようと言うんだ」

「だから、あんたたちを解放してやろうと言うんだよ。あんたたちが、俺たちの素性や計画のことを口外しないと約束するなら、二人とも自由にしてやる」

「つまり――私に、嘘《うそ》をつけと？　そんなこと……」

「できないのか？　だったら、今すぐ二人とも殺す」

ピエトロを押さえている男が短剣を取り出して、ピエトロの首に当てる。ベネディクトは慌《あわ》てて叫ぶ。

「や、やめろ！」

「やめて欲しいなら、俺たちと取引をするんだな。同意すれば、まずはあんたから解放してやる。条件はこうだ。セバスティアーノと、もう一人――そこにいるガスパーレと一緒に、今すぐにアッシジを出ろ。セバスティアーノとガスパーレに、あんたをカルチェリまで送らせる。その後はモンテ＝ファビオに帰るなり、好きにしろ。あんたをアッシジには戻るな。戻って来たら、その時点であんたを殺すし、ピエトロも殺す。だが、これから托鉢《たくはつ》修道会の会議が終わるまでの約二週間の間は、あんたが知り得たことを誰にも言うな。その間、このピエトロの身柄は俺たちが預かり、托鉢修道会の会議が終わったら解放する。もしあんたが誰かに秘密を漏らしたりしたら、すぐにピエトロを殺すし、あんたの命ももらいに行く。あんたがどこにいようと、こっちにしちゃ関係ないからな。よく覚えておけ」

ベネディクトは、苦々しい思いがこみ上げてくるのを感じた。命を危険にさらされているからと言って、こんな連中のこんな卑劣な要求を、呑《の》まなくてはならないのか？　ニコロはベネディクトの気持ちを読み取ったのか、彼の目をじっと見て言う。

「おい、ベネディクトさんよ。あんたはとくに信仰が深そうだからもう一度、念を押しておくが、俺は別にあんたに嘘をつけって言ってるわけじゃないんだ。ただ、何を聞かれても口をつぐんでいればいい。それだけだ。誰も、あんたを責めねえよ。神ですら、な」

そんな言葉は、ベネディクトには何の意味もなさない。彼は考える。そうだ、ピエトロは、どう考えているのだろう。ベネディクトは、ピエトロに問う。

「ピエトロ！　君は、この取引に同意したのか？」

男に押さえられたままうつむいていたピエトロは、顔を上げてベネディクトと目を合わせた。そして、こう言った。

「同意した。俺は、命が惜しいからな」

「そんな……」

ベネディクトは納得がいかない。

「ピエトロ……。君は托鉢修道会のために奔走してきたんだろう？　それなのに、ここへ来て折れるというのか？　こんな奴《やつ》らと取引をする、と？」

ベネディクトが問いただすと、ピエトロは無表情でこう言い放つ。

「勘違いするな。俺は托鉢修道会のために働いたつもりはない。モンテ＝ファビオの院長からの報酬のためだ。だがついさっき、こいつらからも金をもらうことになった。こいつらの言うことを聞けば、ほんの二週間、体の自由を奪われるだけで、院長から約束されている額のおよそ三倍はもらえるんだ。その上、こいつらは、俺がモンテ＝ファビオに例の聖遺物の身元を『フランチェスコのものだ』と報告する許可もくれた。そうしたら、院長からの報酬も俺の手元に残る。俺がこいつらと組まない理由はどこにもないんだ」

ベネディクトの目の前は真っ暗になった。「金」。やはり、ピエトロにとっては、金が一番大切なのか。ベネディクトの失望に追い打ちをかけるように、ピエトロはさらにこう言った。

「それからな。俺があんたについて立てた仮説だが、あれは俺のでっち上げだ。あんたを利用するための、な」

「……！」

ベネディクトは衝撃のあまり、声が出せなかった。ニコロがやや苛立《いらだ》ち気味に、ピエトロに「何の話だ。余計なことを言うな」と言ったが、ベネディクトの耳にはほとんど入らなかった。ただ、ピエトロが最後に自分に向けた言葉が、薄く印象に残った。

「これで、あんたにも分かっただろう？　俺はいつだって、自分の利益を考えて動いてる。今だってそうだ。だからあんたも、自分の利益を考えろ」

◇

ベネディクトはひどく悲しそうな顔でピエトロを見たあと、もう何も言わなかった。ただ、ニコロの「取引に同意するか？」という問いに、力なくうなずいた。ベネディクトは、はっきりと見て取れるほどに肩を落とし、セバスティアーノともう一人の細身の男――ガスパーレと共に小屋を出て行った。

彼らが出て行くなり、ピエトロはニコロに言う。

「ベネディクトは、安全にアッシジを出られるんだろうな？　途中で殺したりしたら、あんたは俺から聞きたいことを永遠に聞けなくなるぞ」

　ニコロはピエトロの方に寄ってきて、楽しそうに答える。

「分かってるから、そんな怖い顔すんなよ。あのセバスティアーノは腐っても修道士だし、高尚な理想をお持ちのようだから、教義に反するようなことはしないだろう。もう一人のガスパーレは、ただのお目付役だ。ただ、もしベネディクトが『やっぱりピエトロを助ける』とか言って暴れ出したら話は別だ。……だが、それはもうないだろうな。あいつはもう、お前なんかには一生、関わりたくないだろうよ。お前が自分で、あいつがそう思うように仕向けたんじゃないか。お前には感心させられたよ。たいした役者だよな。ベネディクトは、完全にお前に失望したようだ。お前が金の話をしたときのあいつの顔、見たか？」

「そうだ。すべて、ピエトロの思惑どおりに進んだ。ベネディクトが「こんな奴のために自分の身を危険にさらすなんて馬鹿《ばか》らしい」と思ってくれればいいと思った。そして、そのとおりになった。ニコロはしゃがみこんで、ピエトロの前髪を乱暴に摑む。

「さて、では早速、知ってることを話してもらおうか。まず、お前はなぜ、夕べ地下納骨堂に入ったんだ」

　ピエトロはため息をつく。とうとう、腹をくくるときだ。

「エリアの手紙、だ」

ピエトロは真っ先にエリアの名を出して、ニコロの反応を見る。その顔がこわばる。さっきと同じ反応だ。ピエトロはそれを見ながら説明を続ける。ニコロたちがモンテ＝ファビオ修道院にイルミナート管区長の名で出した手紙より少し前に、モンテ＝ファビオに似たような手紙が届いたこと。それには「モンテ＝ファビオの聖遺物は聖フランチェスコのものだから返せ。聖遺物を返し、またそのことを公にするのであれば、対価を支払う用意がある」とあったこと。

「俺はその手紙がエリアの手によるものだと推測した。そうだとすると、エリアが望んでいるのは聖フランチェスコの遺体が大聖堂にあることと、世間の人がそのように思うことだ。つまりエリアにとっては、フランチェスコの遺体とこの大聖堂は、切っても切れない関係にある。だから間違いなく、エリアはフランチェスコの遺体を大聖堂のどこかに置いたのだろうと考えた」

「それで、納骨堂に忍び込んだのか？　フランチェスコの遺体を探すために？」

「そうだ。納骨堂のどこかにあると思ったんだ」

「なぜ、あの石棺にもともとフランチェスコの遺体が入っていて、それを俺たちが盗んだとは考えなかったんだ？」

ピエトロは口をつぐんだ。本当の理由は、ベネディクトが石棺に対して何の異変も示さなかったことだが、それを言うわけにはいかない。代わりに彼は、こう答える。

「それは……勘のようなものだ。あの石棺は、他人の目を欺《あざむ》くための見せかけだろうと思った。あんたはそれを、父親——ブルーノから聞いて知っていたんじゃないのか？」

ニコロは無表情を装《よそお》いながらも、否定はしなかった。ピエトロは続ける。

「それで俺は、あの地下納骨堂のどこかに、真の石棺が隠されていると踏んだんだ」

「で……見つけたのか？」

「壁の裏に、隠された空間を見つけた」

ニコロはにわかに色めき立ち、続きを促す。

「あの納骨堂に物置きがあるのは、知っているだろう。その横に取り外せる壁石がいくつかあって、奥に空洞があったんだ。高さは俺の膝《ひざ》ぐらいで、幅は、大人の頭の横幅ぐらい」

「それは、人が通れる幅じゃないな」

「ああ。実際、そこにあったのは、聖ペトロの像だけだった」

「聖フランチェスコの遺体はなかったのか？」

「俺が見た限りでは、なかった。もっとも、あんたたちが来たせいで、じっくり調べられなかったが」

「ふーむ」

ニコロはいぶかしげな顔をした後、「今から行ってみるか」と言った。手下の一人――ミケーレがピエトロを、部屋の隅の床穴の方へ連れて行く。穴の中には螺旋《らせん》状の下り階段があった。

「降りろ」

言われたとおりにピエトロは階段を降り、その後にミケーレ、そしてランプを持ったニコロが続く。螺旋階段は長く、相当な深さがあると思われた。ようやく下り切ったところで、ニコロが壁にランプをかざす。坑道のような横穴が見える。

――なるほど、この地下通路が地下納骨堂と繋《つな》がっていたんだな。

ニコロが先導し、ピエトロはミケーレに腕を摑まれて横穴に入る。横穴は下り気味に続いており、その突き当たりには扉があった。ニコロがそれを慎重に開けると、林のように立ち並ぶ柱と、開いたままの石棺が見え、地下納骨堂に出た。納骨堂に出るなり、ニコロは物置きの近くの壁を調べ、取り外せる壁石の一つを見つける。

「本当だ、この壁石、取り外せる……」

ニコロはミケーレに言う。

「なあミケーレ、お前、地下通路がつながってから、ここに何度も来たんだろう？　それなのに、これに気づかなかったのか？」

責められたミケーレが、不満げに返す。

「何度もって、どういうことですか、ニコロさん。この地下通路がつながったのは、ほんの数日前ですよ？　俺たちは修道士たちの目を盗みながら横穴を隠す作業にかかりっきりで、他に何も出来ませんでしたよ。それに、こんな暗いところに取り外せる壁石があるなんて、分かりっこないですよ。ニコロさんだって、一昨日戻ってきてからずっとここに入り浸っていたくせに……」

「黙れ」

ニコロが低い声でそう言うと、ミケーレは黙った。ニコロは壁際《かべぎわ》にしゃがみ込み、ナイフを使いながら壁石を外していく。そして、奥の空間のペトロ像を発見する。

「これが、お前が言っていた聖ペトロ像だな」

「そうだ」

ニコロはランプをかざしながら狭い空間を調べていたが、その背中がぴたりと動きを止めた。

「ニコロさん！　見つかったんですか？」

ピエトロの腕を押さえながら、ミケーレが声をかける。

「……ない」

ニコロはため息をついて、ゆっくりと立ち上がる。その顔には失望が見えた。そして据わった目でピエトロを見て、低い声で脅す。

「おい、貴様。まさかお前が知っていることというのは、このペトロ像のことだけじゃないだろうな？　もしこれだけなら俺は、今すぐベネディクトを追いかけていって殺すぞ」

ピエトロはそれに対抗するように、腹の底から唸《うな》るような声で反論した。

「何言ってやがるんだ。俺はさっき、ペトロ像の近くに遺体はなかったと言ったはずだ。勝手に期待したのはあんただろ」

ミケーレはピエトロの言葉が気に障《さわ》ったのか、「こいつ！」と言ってピエトロを殴ろうとした。ニコロはそれを一喝する。

「だったらもったいぶらずに言え。聖フランチェスコの遺体はどこだ？」

「いいか？　俺の情報が必要なら、話の腰を折るな。順を追って話してやる。まず、俺がそのペトロ像を見て、はっきり分かったことがある」

ニコロも、手下のミケーレも固唾《かたず》を飲んでピエトロの次の言葉を待つ。ピエトロはニコロの顔をじっと見て、こう言った。

「この地下納骨堂が、単なる見せかけの墓所ではないということだ。エリアは大聖堂の設計上、この場所に特別な意味を与えているんだ」

「何だ、それは？」

◇

セバスティアーノの小屋で巡礼風の服を着せられたベネディクトは、同じような扮《ふん》装《そう》をしたセバスティアーノと、もう一人の男――色白で貧相な男ガスパーレと、大聖堂の敷地を出た。このまま目立たぬようにアッシジの街を抜け、夜が明ける前にカルチェリまで行くのだという。セバスティアーノとガスパーレは、それぞれベネディクトの腰に巻きつけた紐《ひも》を手にしていた。夜になっても、アッシジの街にはまだ人通りがある。もっとも、たいていは酔っ払った巡礼者で、同じく巡礼の格好をして歩くこちらのことを気に留める様子はない。

ベネディクトはただ茫然《ぼうぜん》と、連れて行かれるままに歩いていた。彼は、まるで頭の中に靄《もや》がかかったように感じていた。その奥では様々な思いがうごめいていたが、実際のところ、あまり正視したくなかった。ただ、自分がひどく失望していて、無気力になっていることは分かった。

——あんな奴らと、取引をしてしまった。

後悔にさいなまれ、ベネディクトは目を強く閉じて立ち止まった。セバスティアーノが手にした紐が伸び切って後方に引っ張られ、ガスパーレは慌ててベネディクトの肘《ひじ》を摑む。

「ベネディクトさん。逃げようとしても無駄ですよ。そんなことをしたらどうなるか、分かっているでしょう?」

セバスティアーノの言葉は、ベネディクトの胸に突き刺さるようだった。ベネディクトはセバスティアーノを見る。彼は冷ややかに、ベネディクトを眺めていた。

——さっき私は、セバスティアーノさんを責めた。彼があんな奴らと取引をしていることが、清貧に反していると言って。

自分がなぜそう言ったか。あのときは、自分は正しい道にいたからだ。レオーネのおかげで、自分は聖フランチェスコの説く清貧——真の清貧の何たるかを知ることができた。そして自分は、それに従って生きるつもりでいた。

しかし、今はどうだ。レオーネと別れてアッシジに戻ってきたら、もうこのざまだ。——私は……私の命を、あいつらに支配された。そして取引に同意した。「真実を語らない」と約束することで、あいつらと互いに支配し合う関係に入った。つまり私は、自分の「真実に対する誠意」を売り渡したのだ。自分の身の安全を買い戻すために。

「ああっ！」

ベネディクトはガスパーレに摑まれていない方の手で顔を押さえ、叫んだ。ガスパーレは慌てて、ベネディクトの腕をねじ上げて押さえ込もうとするが、セバスティアーノが止める。

「ガスパーレ、やめなさい。そんなことをしたら、余計に目立つ。とにかく、先を急ぎましょう」

ガスパーレとセバスティアーノは二人でベネディクトを引っ張る。しかし、ベネディクトはなかなか動こうとしない。ベネディクトの頭の中には、自分を責め、運命を呪《のろ》う声が響く。

——私は……やはり、ここに戻ってくるべきではなかったのだ。ピエトロがどうなろうと、もう彼に関わるべきではなかった。レオーネさんに付いて行けば良かったのだ。ピエトロのような、罪深い金の亡者《もうじゃ》のせいで、私はまた、罪を……いや、待てよ。前にも確か、こんなことを考えなかったか？

ベネディクトは突然、我に返った。力が入った瞬間、セバスティアーノたちに引っ張られたベネディクトの体は、急に前のめりに進んだ。ガスパーレが小声で悪態をつく。

「ちくしょう、何なんだ、こいつは！」

「いいから早く、もっと暗い方へ」

二人に引っ張られながら、ベネディクトは思った。

——自分はまた、同じ過《あやま》ちを繰り返している。

モンテ＝ファビオ修道院からセッテラーネ村へ下りてきたとき、今とまったく同じことを考えた。そして今も私は、他人のせいで——いや、現実世界の乱雑さに触れたせいで、神に向かう道を邪魔されたと思い込んでいる。

そうだ、自分は世界のせいで傷ついている。世界の複雑さのために。他人が自分の期待に応《こた》えないことに。思ったとおりに事が進まないことに。しかしそれは、正しいのだろうか。他人だけではなくて、自分ですら、自分の期待にはなかなか応えられないというのに。あのレオーネだって、魂の問題に悩んでいたではないか。

——何もかも思いどおりにできるのは、神様だけですもの！

これは、セッテラーネ村でピエトロが説教したときに、信徒の女性が言った言葉だ。私はあの言葉を今、実感として嚙《か》みしめている。あの罪深いピエトロ——私を騙《だま》し、真実の僕《しもべ》たるよりも、金銭の僕たることを選んだ男。私は、彼を助けようと思った。だが、私が助けたかったのは、私が勝手に理想化したピエトロだ。私は彼のことを、金の亡者でもなく、冷血な蛇でもないと、思い込んでいたのだ。そして私は、私の勝手な理想が破れたことに失望して、奴らと取引をしてしまった。今、それをしてしまった自分にも失望している。「理想の自分」が破れてしまったから。

暗く狭い路地に引きずり込まれながら、ベネディクトは後悔のあまり涙を流した。涙があとからあとから頰を伝って落ちる。彼の異変に驚いたセバスティアーノが声をかけると、ベネディクトの口から、とめどなく言葉が流れ始める。

「セバスティアーノさん……私には、あなたを責める資格はありません。私は、何もかもが自分の思いどおりにならないこと——そんな当たり前のことに、絶望して……」

「ちょっと、何を言っているのです？」

「せっかく……せっかく、レオーネさんが私に大切なことを教えてくださったというのに……それなのに、私は何も、変わっていない。むしろ、さらに罪深い人間になってしまった……」

レオーネの名前を出した途端、セバスティアーノの顔色が変わった。

「待ってください、ベネディクトさん。まさか、兄弟レオーネに会ったのですか？」

セバスティアーノは立ち止まり、ベネディクトの服の胸元を両手で摑みながら道端の建物の壁に押し付ける。ベネディクトは涙をこぼしながら、半分上の空で話し続ける。

「レオーネさんは……私に、ご自分のことを包み隠さず話してくださった。清貧とは何か、真の喜びとは何かを、教えてくださった。それなのに……」

そこまで言ったとき、ベネディクトはめまいを感じた。あの若い絵師を何時間も引きずってアッシジに戻り、それから何も食べていないのだ。頭が朦朧《もうろう》とする。セバスティアーノは、気を失いかけているベネディクトの体を揺さぶり、興奮した様子で言う。

「ベネディクトさん！　答えてください！　兄弟レオーネは、どこにいるのです？」

「おい、お前ら静かにしないか！　こんなところで立ち止まってる場合じゃねえだろ！　早くアッシジを離れねえと……」

ガスパーレが苛立つと、セバスティアーノは恐ろしい剣幕で怒鳴った。

「うるさい！　あなたのように地獄行きの決まった愚かな人間は、黙っていなさい！　さあ、ベネディクトさん！　兄弟レオーネの居場所を教えてください！　あの人は、私にとって……私の作る新しい修道会にとって、なくてはならない人なのです！」

セバスティアーノは必死で問いただす。しかしベネディクトの意識は遠のき、その体は力なく壁に寄りかかり、膝から崩れ落ちていく。彼を無理矢理起こそうとするセバスティアーノの首に、顔を真っ赤にしたガスパーレが背後から右肘を巻き付ける。

「……な、何をする！」

「このクソ坊主《ぼうず》が！　黙って聞いてりゃいい気になりやがって。貴様はもう生かしておけねえ。貴様は最初っから、俺たちの足手まといだったからな！　地下納骨堂を見せた日も急に一人で騒ぎ出しやがって。貴様の叫び声のせいで、俺たちがどんなに焦《あせ》ったか分かってるのか？　もう少しで何もかもぶち壊しになるところだったんだぜ」

「こ……こんなことをしたら……ニ、ニコロ、が」

「ニコロさんが黙っていないってか？　残念だがな、あんたのことも殺すように、ニコロさんから言われているんだ。俺たちのここでの仕事は、あのチビの助祭に秘密を吐かせて、聖フランチェスコの遺体を手に入れたら終わりだ。つまりあんたはもう、用なしってことだ。

それにな、あんたはこれから先、生きていても何の得もないぞ。あんたは新しい修道会を作るつもりだったようだが、それは無理だ。コレメッツォ枢機卿《すうききょう》に口利《くちき》きしてやるってのも、所詮《しょせん》ニコロさんがあんたを釣るために使った餌《えさ》にすぎないからな」

ガスパーレに絞め上げられながら、セバスティアーノは喉《のど》から絞り出すように言った。

「嘘だ……」

「嘘なもんか。それからな、俺たちは近いうちに、あんたの思想をくわしく書いた手紙をパリ大学に送ることになってる。あの教授どもは、それをすぐさまコレメッツォ枢機卿に送って、あんたの一派を『異端』として認めるように迫るだろうよ。つまり、あんたと仲間が信じてる考え――『一二六〇年に聖霊の時代が来る。清貧を守る自分たちはその時代の使徒となる』だったっけか？　それは、フランチェスコ会を潰《つぶ》すのにうってつけの材料になるってことだ。まあ、ある意味あんたのおかげで、あんたの大っ嫌いなフランチェスコ会が潰れるわけだ。あんたの願いも、半分叶《かな》うようなもんだ。だから、安心してあの世へ行きな。あんたの死体はそこのベネディクト会士と一緒に、そこらへんに埋めてやるから」

　セバスティアーノは驚きと怒りで震えた。しかしついにその体から力が抜け、両腕はだらりと垂れた。その片手がベネディクトの頭に当たり、ベネディクトは意識を取り戻した。鮮明になった彼の視界に入ったのは、月明かりに照らされた、赤黒いセバスティアーノの顔。そしてその首に回した腕にさらに力を込めようとするガスパーレ。

　ベネディクトはガスパーレを止めるために立ち上がろうとした。しかしそれよりも一瞬早く、ガスパーレの背後に現れた人影があった。その影は拳《こぶし》を振り上げ、ガスパーレの後頭部に叩《たた》きつける。鈍い音と共にガスパーレは声も上げず、絞め上げていたセバスティアーノもろとも、道の上に崩れ落ちた。

　ただ呆気《あっけ》にとられて二人を見つめていたベネディクトが見上げると、髭面《ひげづら》の男が立っていた。酒場の店主、マルコだ。彼が、ガスパーレを殴り倒したのだ。その後ろには、数人の男たちがいる。ベネディクトが声も出せないでいると、マルコの背後から、女の声が聞こえてきた。

「ベネディクトさん！　ああ、やっぱり！」

　ベネディクトは信じられない思いで、その名を口にする。

「テオドラさん……！」

「エリアがこの場所に、特別な意味を与えているだと？　どういうことだ！」

◇

ニコロの口調に苛立ちが混ざり始めたのを感じながら、ピエトロは何から話し始めるべきかを決める。そしてニコロにこう尋ねた。

「あんた、トゥールーズにいたことがあるんだろう？」

「それがどうした？　お前、時間稼ぎのつもりじゃないだろうな？」

「あんたに納得してもらうためには、どうしてもトゥールーズのことを話さなくてはならないんだ。あそこにある聖セルナン教会は知ってるか？」

「知っている。貴様、いい加減に本題に入れ」

「あの教会の外壁の扉口に、『キリストの昇天』が彫刻されているんだが……」

ピエトロは、何年か前にトゥールーズを訪れたおり、その扉口装飾を見た。扉口の上部を塞《ふさ》ぐため、横に細長く渡される「まぐさ石《リンテル》」。そしてその上の壁面にしつらえられた、半円形の「ティンパヌム」。多くの教区教会や大聖堂に見られる扉口の様式だ。それらに彫刻されている「キリストの昇天」という題材も、ありふれたものだ。

しかし、聖セルナン教会のその扉口には、特筆すべき点が一つある。それは、まぐさ石とその上に重なるティンパヌムが、「地」と「天」を表しているということだ。

「その扉口装飾では、水平に渡されたまぐさ石に、上を見上げる十二使徒たちが彫り込まれており、そしてその上の半円形のティンパヌムには、昇天するキリストと、それを助ける天使たちが彫りつけられている。まぐさ石は横に平たく、あまり高さがないので、そこに描かれた使徒たちは小さい。そのぶん、ティンパヌムの中央に描かれた主イエスは大きい。主が天球の支配者であるということが、ティンパヌムの半円の中央で、存分に表現されているというわけだ。そして、天と比べたときの、地の小ささと狭さもな」

「それが聖フランチェスコの遺体と、どうつながるんだ？」

苛立ちを露《あら》わにするニコロにピエトロは冷ややかに返す。

「分からないのか？　その聖セルナン教会の扉口の設計理念と、この聖フランチェスコ大聖堂の構造に、共通点があると言っているんだ。ティンパヌムとまぐさ石。上堂と下堂」

「つまり、『天と地』だって言いたいのか？」

「そうだ。エリアが聖セルナン教会のことを知っていたかどうかは分からないが、あの男のことだから、間違いなく、この大聖堂の設計にその手の意味合いを込めているだろう。暗くて狭苦しい下堂が『地』で、天井が高く、明るい上堂が『天』」

ニコロは不愉快そうに鼻からフンッと息を出す。

「実につまらん発想だ。くだらねえ」

ピエトロはその様子を横目に見ながら続ける。

「それで、だ。エリアは地上の大聖堂については、訪れた人々が暗い下堂から明るい上堂へ進むことで、地から天への上昇を擬似体験できるようにしている。それは同時に、地上において人として生き、死して天に上げられた聖フランチェスコその人を巡礼者たちに想起させることでもあるんだ。つまり聖フランチェスコは間違いなく、主イエス・キリストの再来なのだ、と」

「それで、この地下納骨堂の意味は何だ？」

「エリアは地下の納骨堂についても、地上の聖堂と同じ構造を与えている。つまり地上の聖堂に『天と地』があるのと同様に、地下の納骨堂にもそれがある。そして俺たちが今いる、ここ——この息苦しい納骨堂は、『地』だ。その証拠が、この聖ペトロ像だ。この聖ペトロは、キリストに託された鍵《かぎ》を手にして、天に上げられるキリストを見上げている」

ニコロは眉《まゆ》をひそめて、ピエトロに問う。

「ということは……この納骨堂のすぐ上に、もう一つ納骨堂があるということか？『地』であることに対して、『天』に相当する場所が」

ピエトロはうなずく。

「そうだ。ただし、地上の大聖堂の『天と地』が万人に開かれたものであるのに対して、地下の『天と地』は違う。それらは、エリアが自分のためだけに作った場所だ。いや、自分と聖フランチェスコ、二人だけのために」

ピエトロがそう言うと、ニコロの頬がピクピクと動き始めた。怒りが抑えられなくなっているのだ。ピエトロは、自分の次の言葉がニコロのエリアに対する憎悪《ぞうお》にさらに油を注ぐことを確信しつつ、口を開く。

「つまりエリアは、死ぬときにここに戻ってくるつもりだ。そしてこの『地』たる納骨堂から、聖フランチェスコの待つ『天』へ上り、聖者のとりなしによって永遠の安息を得る。エリアにとってこの聖堂の地下は、そのための場所なんだ」

◇

テオドラはこちらに駆け寄ってきて、ベネディクトに抱きつこうとした。

「うわっ！」

ベネディクトは反射的に身を翻《ひるがえ》して、テオドラの抱擁をかわした。自分でもなぜそれほど速く動けたのか分からないほどだ。しかしその反動でよろけ、地面に再び尻餅《しりもち》をつく。テオドラは半ば呆《あき》れながら、ベネディクトを見る。

「何よ、せっかく助けてあげたのに！」

どうして……。ベネディクトがそう問う前に、マルコが答える。

「ピエトロは相変わらず帰って来る気配がないし、奴を探しに行ったあんたも戻らないんで、さすがに何かあったんじゃないかと思ってな。それでテオドラと一緒に街の若い連中に声をかけて、大聖堂に行こうとしていたんだ。そうしたら、何か変な奴らがいるのに気づいて、それで……」

マルコがまだ言葉を継ごうとしているのに、それに構わずテオドラが話し始める。

「そいつらに近づいたら、ベネディクトさんの声がするじゃない？　あたし、一度聞いた人の声は絶対忘れないのよね。そして残りの奴らの声を聞いたら……ぴんと来たわ。こいつら、ろくな奴らじゃないでしょ？　なんで、こんな奴らとベネディクトさんが一緒にいるの？　いったい、何があったの？　ベネディクトさん、見ないうちに髭も髪も伸びて——ずいぶん精悍《せいかん》で男らしくなったけど」

早口でまくし立てるテオドラに、ベネディクトはどこから話せばいいのか分からない。彼女を見ると、あの罪の記憶と羞恥心《しゅうちしん》が湧《わ》き上がってきて、うまくものを考えられない。彼は口をぱくぱくさせながら、やっとの思いでこう言った。

「ピ、ピエトロ、が……」

「ピエトロが、どうかしたの？」

「カルロ修道士に、捕まって……」

「カルロ？」

テオドラの顔色が変わった。テオドラは身をかがめてベネディクトの両肩を摑み、彼を揺さぶる。ベネディクトは思わずヒィッと悲鳴を上げるが、テオドラはおかまいなしに尋ねる。

「カルロって言ったわね？　あいつにピエトロが捕まってるっていうの？　どういうこと？」

テオドラの言葉に、混乱したベネディクトの意識は少し集中し始める。

「あいつ、って……テオドラさん、あいつを知ってるんですか？」

「色が浅黒くて目のぎょろっとした、いかつい商人のことならね！　そいつ、こいつらの仲間でしょう。そいつはあたしの宿にしばらくいたから、知ってるのよ。そして、約束した金を払わずに、その上あたしの宝物まで盗んで出て行ったの！ それで、ピエトロは？」

ベネディクトは説明しかけて、はたと気づいた。自分は今、ニコロたちとの取引を破りかけているのではないか？ ベネディクトは、口から出かけていた言葉を引っ込めて、こう言い直す。

「あの……やっぱり言えません」

「えっ？ 言えないって、どういうことよ、ベネディクトさん！」

驚くテオドラに、マルコが声をかける。

「テオドラ。ひょっとしたらベネディクトさんは、本当のことを言わないよう脅されてるんじゃねえか？ まずは、安全な場所へ連れて行こう。そうしたら、ベネディクトさんも安心して、話してくれるだろう」

テオドラは了解し、「私の宿へ行きましょう」と言ってベネディクトを立ち上がらせる。テオドラは男たちに指示を出し、気を失っているセバスティアーノとガスパーレを拘束させ、一緒に宿へ運ばせた。宿に着いてすぐ、テオドラはベネディクトに豆の粥《かゆ》を食べさせ、彼にさっきの話の続きを促す。

「ベネディクトさん。あなたを捕まえてた二人は、うちの宿の一番奥の部屋に閉じ込めてるわ。あなたが何を私に話しても、それをカルロに告げ口する奴はいない。だからお願い、話して」

ベネディクトはなおも迷っていたが、テオドラの真剣な眼差《まなざ》しに押されるように、ぽつりぽつりと説明を始める。

カルロ修道士、つまりニコロがここアッシジでフランチェスコ会を弱体化させる陰謀に関わっていたことを話すと、テオドラは怒りを見せた。そして、今、何がどうなっているのか話すよう、ベネディクトを急《せ》かす。

「それで、ピエトロを助けに行ったら……ピエトロは、あいつら――ニコロたちと取引をしたと言って……。その方が、たくさん金が入るからって。私は、ひどくがっかりしてしまって……」

「ちょっと待って。その取引でベネディクトさんは解放されたということ？　で、ピエトロはどうなってるの？」

「彼はまだ拘束されています。托鉢修道会の会議が終わるまではそのままで、終わったら解放される、とか……」

彼がそう言うと、テオドラは険しい顔をした。

「違う。それは違うわよ、ベネディクトさん」

「え？」

「分からないの？　ピエトロは、あなたを助けるために、そういうことを言ったのよ」

ベネディクトは絶句した。

「ま、まさか」

「ああ、馬鹿ね！　ベネディクトさん、あなたはとても素直な人だから、何でも真に受けてしまうのよね！　いい？　ピエトロの言うことの半分は、絶対に真に受けちゃあ駄目なの！」

「ええと……分かりません。どういうことなんですか？」

「ああ、もう！　分かった、手短に言うわ。きっとピエトロはね、ベネディクトさんを解放することを条件に、奴らと取引をしたに違いないわ。何と交換したのか分からないけれど、あなたを解放することを優先して、自分の命は二の次にしているはずよ。いい？　ピエトロが、金がどうのとか、あなたを失望させるようなことを言ったのはね、あなたが自分を助けに戻ってこないようにするためなのよ！」

「ええっ？」

ベネディクトは驚きのあまり、言葉も出ない。

「あなたには分かりにくいでしょうね。でも、ピエトロはそういう奴なの。ああ、こうなったら、すぐに助けに行かなきゃ！　さあ、行くわよ、ベネディクトさん！」

◇

エリアがこの「地」たる納骨堂から、聖フランチェスコの待つ「天」へと上り、聖者のとりなしを受けようとしている——。それを聞いたニコロの反応は、ピエトロにとっても予想外のものだった。ニコロはピエトロに背を向けたかと思うと、壁から聖ペトロ像を取り出し、それを床に打ち付けた。けたたましい音を立てたペトロ像は、首から上が折れ、頭がころころと床を転がった。

「……！」

ピエトロも、ピエトロを押さえているミケーレも、それを見て言葉を失った。ニコロは荒い息をして壊れたペトロ像を眺めていたが、低い声で言った。

「あの野郎……絶対に……！」

ピエトロはニコロに問う。

「あんたがエリアを憎んでいるのは、あんたの父親と関係があるのか？」

ニコロは血走った目を動かしてピエトロを見た後、彼の方につかつかと歩み寄り、胸ぐらを掴む。

「……貴様には関係ないだろう」

「あんたの父親、ブルーノは、エリアに長年仕えていたんだってな。最後は皇帝の軍に入って戦死したそうじゃないか」

「黙れ貴様！　ぶっ殺すぞ！」

ニコロはピエトロの喉元を右手で強く掴んだ。しかしピエトロはふてぶてしい態度で続ける。

「どうせ俺はあんたたちに殺されるんだろ。だったら、いつ殺されたって同じだ。殺《や》りたきゃ、やれよ。まあ、俺なんかは長生きすればするほど、破門される危険が増すからな。キリスト教徒である今のまま死んだ方が、あの世での扱いも、いくぶんましになるってもんだ。だが、あんたの父親については……残念だったとしか言いようがない」

ピエトロがこう言うと、ニコロは一瞬目を大きく見開き、ため息をつきながらピエトロの喉元に当てた手を離した。

「貴様……。分かってやがるんだな、何もかも」

エリアがフランチェスコ会から追放され、教皇から破門されたとき、エリアの手下だったブルーノ——ニコロの父親も破門されたと考えるのが自然だ。ブルーノはその後もエリアに忠実に付き従い、皇帝軍に入り、そして破門されたまま戦死した。ニコロは、父親を破門と戦死に追いやったエリアを恨んでいるのだ。

破門されたまま死ぬこと。ピエトロのような人間であっても、それに対しては底知れない恐怖を覚える。ニコロも同じだろう。異教徒でない限り、みな同じだ。これは仕方のないことだ。その恐怖がキリスト教世界を覆《おお》っているからこそ、教皇は破門を武器に、凶暴で信用のおけない王侯貴族たちとも渡り合えるのだ。

「あんたの目的は、二つだな。一つは、エリアの建てた大聖堂からフランチェスコの遺体を遠ざけ、エリアに絶望を味わわせること。俺の推測が正しければ、それはエリアに対するこの上ない復讐《ふくしゅう》になるだろうな」

ピエトロはいったん言葉を切り、ニコロの反応を見る。彼はうつむいて、ピエトロの次の言葉を待っている。

「そしてもう一つは、聖フランチェスコの遺体を、あんたの父親の墓の近くに置くことだろう。最後の審判の日に、聖者があんたの父親のことを『主イエスにとりなして』くれるように」

聖者の遺物を欲しがる者の動機は、病気の治癒といった「生きる上での困難の解決」か、最後の審判を受けるときに聖者のとりなしを得たいという「死後の懸念《けねん》」のどちらかだ。ましてや、ニコロの父親のように破門されたまま死んだとなれば、死後の不安と恐怖はいくらにも膨れあがるだろう。そして予想どおり、ニコロはピエトロの言葉を否定しなかった。彼は両の拳をぐっと握ったまま、何も言わない。

そのとき、ピエトロの両肩を押さえつけていたミケーレの手が震えだした。ピエトロの頭上で、震える声が響く。

「ちょっと、ニコロさん……今こいつが言ったこと、本当なんすか？　聖フランチェスコの遺体を、あんたの父親の近くに埋める、って……？　俺ら、フランチェスコの遺体を持ってくるように、パリの教授たちから言われてますよね？　それはどうするんですか？」

「お前は黙ってろ」

「いや、でも……フランチェスコの骨、丸ごと持っていかないと、教授たちから報酬をもらえないでしょう？」

「黙ってろと言ったはずだ！」

ニコロが強く言うと、ミケーレは黙り込んだ。ニコロはピエトロの方を向く。

「お前の話はだいたい分かった。ここのすぐ上に、聖フランチェスコの墓所があるってこともな。だが、どうやってそこへ行くんだ？ 隠し通路があるのか？」

「俺には、だいたいの見当は付いている。だが、確認はしていない」

「言え。どう考えているんだ」

「物置きだ。物置きの天井から入れるんだと思う」

「天井からか？」

ニコロは物置きへ向かう。ミケーレもピエトロを立たせて、物置きの方へ連れて行く。ニコロは物置きの扉を開け、ランプを高く掲げ、天井のアーチを観察する。ピエトロが横から言う。

「天井のアーチのへりに、不自然な窪《くぼ》みが二つあるだろう」

「ああ、確かにある」

「そのアーチの上の方をよく見ろ。周囲よりも黒っぽい、楕円《だえん》状の部分が見えないか？」

ニコロは目をこらす。

「確かに、それらしきものが見える。これが、上にのぼる通路の入り口だっていうのか？　だが、上には届かんぞ、いくら何でも」

「たぶん、二つの窪みに梯子《はしご》をかけるんだ」

「梯子だと？」

「すぐそこにあるだろう」

ニコロはすぐさま背後を見て、そちらに立てかけられた梯子を見る。

「そうか、だから、ここに梯子が……」

ニコロはさっそく、梯子を動かす。ピエトロは、自分の両肩を押さえつけるミケーレの手に力が入ったのを感じた。ピエトロはミケーレに小声で囁《ささや》く。

「お前、これでいいのか？」

ミケーレは両手をびくりとさせ、小声で返事をする。

「何の話だ？」

「このままだと、ニコロが聖フランチェスコの遺体を見つけて、自分の好きなところへ持っていくぞ。そうしたら、報酬が入らないんじゃないのか？」

ミケーレの両手に、さらに力が入った。ピエトロは追い打ちをかける。

「なあ、お前が俺の腕の縄を解いてくれたら、お前と二人でニコロを殺れる。俺は自分の命が助かればそれでいい。お前は聖フランチェスコの遺体を見つけて、予定どおり、パリの教授連中から報酬をもらえばいいじゃないか」

「馬鹿を言うな。誰が貴様の口車になど乗るか」

ミケーレはにべもなく却下したが、ピエトロは確信した。

──もちろん、お前は俺と手を組んだりはしないだろうよ。だが、お前をけしかけるのには、今の言葉で十分だ。

ニコロは、物置きの天井のアーチのへりの窪みに、梯子の上部を立てかけた。梯子の上部は二つの窪みにぴったりとはまり、下部は床との間に隙間《すきま》なく、安定して立っている。

「あの野郎、これを使うことまで計算に入れてやがったのか……」

ニコロはぶつぶつとつぶやきながら、梯子を登り始める。梯子が何回か軋《きし》む音を立てたところで、ピエトロの肩からミケーレの手が離れた。ミケーレはニコロの方へ駆け出し、梯子の下部に手をかけて思い切り持ち上げた。梯子の上部の片方が天井のアーチの窪みから外れ、ニコロは物置きの床に投げ出された。

ニコロは乱雑に積まれた道具類の上に落ち、痛みに悶絶《もんぜつ》している。そこにミケーレは馬乗りになり、懐《ふところ》からナイフを取り出した。

「あんたに勝手な真似《まね》はさせねえからな！」

ミケーレはナイフを振り上げてニコロを刺そうとするが、ニコロはすんでのところでその腕を掴んだ。ニコロはミケーレからナイフを取り上げようとし、二人は揉《も》み合いになった。

ピエトロは、すでに立ち上がっていた。彼はよろけながら、階段へ――大聖堂下堂へと続く階段へ走り出す。

「ちくしょう、逃げるな、貴様！」

背後からニコロの叫びが追ってくるが、彼はまだミケーレと揉み合っている。

――奴らより早く下堂に出られれば、逃げ切れる。

ミケーレが金に汚いであろうことは、あの作業小屋でニコロに尋問されたときから薄々気づいていた。たとえ仲間がいても、目的が食い違っていれば、仲間がいない場合よりもむしろ危険だ。ピエトロは、そこに賭《か》けてみたのだ。

しかしピエトロの予想よりも早く、ニコロとミケーレの揉み合いには決着が付いてしまった。背後から聞こえてきた断末魔の叫びは、間違いなくミケーレのものだった。

そして自分を追ってくるニコロの足音がする。

――ちくしょう、思うように、足が動かない！

両腕が使えないことと、また足が少し萎《な》えていることが災いして、思うように動くことができない。それでもピエトロは踊り場を抜け、下堂への戸を目指して駆け上がる。

──見えた！

落とし戸を頭だけで押し上げるのは時間がかかる。昨日の経験からそれを知っていたピエトロは、背中も一緒に使おうとして、一度階段の下の方を向いた。すると下の踊り場の暗がりの中に、ニコロの影が見えた。ピエトロは後頭部と背を天井の戸につけて押し上げる。戸が動く手応えを感じたとき、ニコロの右手が自分の左足を摑んだ。

「ああっ！」

ピエトロはニコロに引きずり下ろされた。石造りの階段に背と肘を打ち付けた痛みを感じる間もなく、ニコロが覆い被《かぶ》さってくる。

「貴様！　逃がさねえ、絶対に！」

明かりのない階段では、ほとんど何も見えない。しかしそれは相手も同じはずだ。ピエトロはニコロの動きに意識を集中させる。ニコロが一度上体を上げたとき、ナイフが振り下ろされることを察知したピエトロは、体を素早くひねった。階段の横壁にニコロの頭がぶつかる音がし、次いでナイフが階段を落ちていく音がした。

しかし、その次の攻撃を、ピエトロは読み取ることができなかった。額と後頭部に鈍い衝撃を感じ、ピエトロは一瞬気を失いかけた。頭突きをされたのだ。ぐったりとしたピエトロの首に、ニコロの腕が絡《から》みつく。このまま、絞め殺す気だ。逃げようにも、ニコロの体を撥《は》ねのけられない。ピエトロの視界は真っ白になり、体から力が抜けていく。

ニコロはピエトロがぐったりしたのを確認して、その首から腕を放した。ニコロはピエトロの足を持って階段をずるずると引きずり、踊り場まで下ろす。そこにピエトロを寝かせたところで、地下が騒がしくなった。ニコロを呼ぶ男たちの声がする。どうやら、作業小屋の見張りに残していた手下二人らしい。

「ニコロさん！　どこにいるんですか！　たいへんなことが！」

「うわっ、ミケーレが死んでやがる！　どうしたんだ！」

「おい、それよりこっちだ！　早く横穴を閉めろ！」

ニコロは踊り場にピエトロを残し、地下に走って下りる。

「お前ら、どうした！　なぜここへ来た！」

「あっ、ニコロさん！　あの女です！　あの女が街のやつらを連れて、作業小屋に押し入ってきて、『ピエトロはどこだ』って！」

「何だと！」

「もう、この横穴の向こう側まで来ています！　どうしたら……」

「とにかく横穴を塞げ！　石棺の蓋《ふた》でも何でもいい！　ミケーレの死体も使おう。わずかな時間でいいから、時間を稼ぐんだ！」

「分かりました……あっ！」

戸を押さえていた二人が後方へ吹っ飛んだかと思うと、屈強な男たちが横穴から納骨堂になだれ込んできた。彼らが二人の手下を押さえつけたところで、背の高い女──テオドラが入ってきた。彼女はニコロに気づく。

「あんたたち！　あいつよ！　あいつを捕まえて！」

「よおし、俺たちに任せろ、テオドラ！」

ニコロはすぐに身を翻して階段に向かった。彼は、逃げるという判断を頭の中で下すのを一瞬遅らせてしまったことを後悔した。

あと少し時間が稼げれば、聖フランチェスコの墓所に入れたのに。

しかし彼の背後に迫る男たちの足音と、彼らが持ついくつものランプの光は、もうそんな余裕はないことを示していた。逃げられるかどうかも怪しい。こうなったら……。

ニコロは踊り場で倒れているピエトロの胴体に腕を回し、持ち上げた。足下に落ちているナイフを拾い上げ、踊り場に迫ろうとする男たちとテオドラに向かって叫ぶ。

「それ以上近づくと、こいつを殺すぞ！」

テオドラと男たちは、ピエトロが捕まっているのに気がつくと足を止めた。テオドラが言い返す。

「この卑怯者！　ピエトロを放しなさい！」

「いいから離れろ！　そうしないとこいつを殺す！」

ニコロがナイフを振り上げて凄《すご》むと、テオドラも男たちも怯《ひる》んで後ずさった。ニコロは階段の下の方に注意を向けつつ、踊り場からじりじりと上っていく。テオドラと男たちも少しずつ近づいてくるが、ピエトロを人質に取られているため、距離を詰めることができないでいる。

――もう少し、もう少しだ。落とし戸の真下に来たら、こいつの体を奴らの上に投げ落とす。その隙に俺は下堂に出て逃げる！

ニコロは踊り場に顔を出した敵たちを見下ろしながら、背中で這《は》うようにして、階段を上へ上へと移動した。落とし戸の真下にたどりついたところで、ニコロは右手のナイフを振り上げた。ほぼ同時に、左腕で抱えていたピエトロが動いた。彼は頭を動かし、顔をこちらに向けた。彼の目が開く。

生きていやがったか。だが、こっちを向いてくれるのは好都合だ。

ニコロはピエトロの喉めがけてナイフを振り下ろそうとした。しかしそのとき、ピエトロの顔がぼんやりと輝き始めたように見えた。ニコロはすぐに彼の顔が光を放っているわけではないことを悟った。

――後ろか！

ニコロが見上げると、そこにはランプの光と、こちらを覗《のぞ》き込んでいる人影があった。逆光で見えないが、それが誰であるかを理解するのに時間はかからなかった。あの修道士――ベネディクトだ。

「貴様！　戻ってきやがっ……」

すべて言い終わらないうちに、ベネディクトは階段に飛び込むようにしてニコロに飛びかかってきた。あまりの無謀さに、ニコロは混乱する。しかしベネディクトは、背後からニコロの体を摑んで放さず、強引にピエトロから引きはがした。ピエトロは階段の上でよろけたが、転ばずに踏みとどまった。片やニコロはベネディクトを背中から剝《は》がそうとしているうちに、階段を踏み外した。二人はもつれあったまま、階段を転げ落ちる。

踊り場付近にいた男たちは、落ちてくる彼らから身をかわすのが精一杯だった。ニコロとベネディクトは踊り場に落ち、さらにその勢いで転がり、壁に激突して止まった。

◇

——また、この感覚……なぜだ？

ニコロと揉み合って踊り場に転げ落ち、意識を失うまでのほんのわずかの間、ベネディクトは確かにあの感覚を覚えた。彼の頭は一瞬明瞭《めいりょう》になり、状況を冷静に分析する。

そうだ。自分はテオドラに連れられて、大聖堂の敷地に戻ったのだ。事情を知ったテオドラの行動は素早かった。彼女はすぐにマルコたちに話をし、宿の使用人らを連れ出した。ピエトロが危険にさらされていることを知ったマルコたちは、ひどく憤《いきどお》った。それまではただ混乱していたベネディクトも、あの作業小屋に向かうにつれて、状況をはっきりと理解した。

——ピエトロは、私のために犠牲になるつもりだったのだ。

彼が私を失望させるようなことを言ったのも、私を救うためだったのだ。そんなことも分からず、私は……。

――彼を助けなくては。何が何でも。

作業小屋に残っていたのは、ニコロの手下二人だった。彼らは床穴から地下へ逃げ込んだ。男たちとテオドラは彼らを追って地下通路へ入ったが、彼らは突き当たりの戸を閉じてしまった。男たちは必死でこじ開けようとするが、なかなか開かない。

――どうすればいい？　それに、あの扉はそもそも、どこにつながっている？

地下通路の後ろの方で見ていたベネディクトは、すぐに答えに思い当たった。そして、目の前にいるテオドラに言う。

「あの扉は、地下納骨堂につながっているんだ！　下堂に行けば、反対側から入れる！」

「本当に？　それなら、二手に分かれましょう。マルコと、あんたとあんた、ベネディクトさんと一緒に、下堂へ行って！」

ベネディクトとマルコ、そしてあと二人の男はその場を離れ、螺旋階段を上って作業小屋を出た。下堂の正面玄関は裏から閂《かんぬき》がかけられているらしく、開かなかった。

しかしマルコは「こっちだ」と言って、修道院の勝手口へ急ぐ。何でも「修道院にワインを搬入するために何度も出入りしている」のだそうだ。

修道院に入ると、マルコは他の二人に「修道士たちを起こして、下堂に集めるように」と指示を出した。ベネディクトはマルコと共に大聖堂の下堂に駆け込む。ベネディクトは袖廊《そでろう》の左側へ走り、地下納骨堂への入り口を開けた。

本当は、ベネディクトが落とし戸を引き上げたら、マルコが先に入ることになっていた。しかし、落とし戸を開いてピエトロの顔を見た瞬間、ベネディクトの思考は停止した。彼は、ピエトロに向かって振り下ろされようとしているナイフを止め、彼を捉《とら》えているニコロの腕を引きはがすことしか考えなかった。

――それで私は、ニコロと一緒に転がり落ちて、ここにいるのだ。

つまりここは、地下納骨堂の踊り場だということになる。ベネディクトは踊り場の壁に頭をぶつけて、仰向けに倒れていた。自分の膝の上に折り重なるように、ニコロが倒れている。あちこちの打撲の痛み。しかしそれとは別に、ベネディクトは確かに、あの感覚を覚えていた。

――おかしい。こんなところに聖遺物などあるはずがないのに。

しかし徐々に悪寒《おかん》は広がり、意識が遠のいていく。この過程に、少し慣れたのだろうか。ベネディクトは怯《おび》えることなく、自分の変化を冷静に観察していた。薄らいでいく意識の向こうに、新たな視界が開ける。ベネディクトは自分の中から疑問を排除し、その世界に身を委《ゆだ》ね始める。
清冽《せいれつ》で、冷たい空気の匂《にお》い。朝だ。おそらく、季節は秋。視界はおぼつかなかった。ほとんど何も見えない。自分の周囲に人が数人いることは分かるが、判別できない。そのかわり、耳はいくぶんはっきりしており、歌声を聴いていた。周囲の人間が歌っている。いや、自分も歌っている。

おお　たたえられよ　わが主
すべての　被造物によって
わけても　兄弟なる　太陽によって
太陽は昼をつくり
主は　かれによって　われらを照らす

自分は木の寝台に仰向けに寝たまま、声を出して歌っていた。それは周囲の男たちの声と溶け合い、薄暗い小屋に響き渡る。なんという、美しい歌だろうか。それに割り込むように、小屋の扉が軋む音がした。扉から誰かが入ってきて、自分も、周囲の者たちも歌をやめる。入ってきた人物は、自分に向かって、半ば責めるような口調で問いただす。

「なぜ、歌っているのです？」

自分はそれに答える。

――エリアよ。聡《さと》いあなたなら分かっているでしょう。歌うことに理由はありません。私も小鳥たちと同じように、歌いたいから歌うのです。

その言葉に、エリアと呼びかけられた人物は困惑しているように見えた。

「このあたりの者はみな、あなたがここで死の床にあることを知っています。それなのに、この小屋から楽しげな歌が聞こえることを不審がっている。このままでは、『フランチェスコ様は今静かに死について考えるべきときであろうに、あれほど陽気にしておられるとはどういうことだ』と、噂《うわさ》になってしまいます」

自分はエリアの影に向かって目を細める。エリアの影の輪郭がゆらゆらと揺らめく。

――エリア。私はもう長いこと、自分の死について考えてきました。ですから死を前にしたこのときぐらい、主を讃《たた》えるために歌い、自らが主のうちにある喜びを感じることを許してください。主のうちにいれば、生きていることが嬉《うれ》しいのと同じように、死ぬことも嬉しく、また死ぬことと同じくらい、生きることも嬉しいのです。

エリアはそれを聞いて少し黙ったが、またすぐに口を開く。

「あなたがそのように感じておられることは、私にとっては喜ばしいことです。しかし、人々の目が……」

——ええ、あなたが何を気にしているか、私には分かっています。あなたは、私の死後も人々が私を忘れず、気に留め続けてくれるよう、願っているのでしょう。そしてそうなるように、熱心に働きかけてくれている。それは有り難いことです。しかしエリア、これだけは忘れないでください。私は、私以上のものではありません。ですから、私は私が感じていることを「私が感じていること」として表に出すことはありません。逆に、私が感じていることを、無理に隠すつもりもないのです。

エリアは、今度は長く沈黙した。返す言葉が見つからないのかもしれない。そんなエリアに、自分は優しく声をかけ、もっと近くに寄るように言う。自分は力を振り絞り、やっとの思いで片方の腕を上げ、エリアの頭に触れる。それだけのことに、自分の肉体がいかに大きな困難と疲労を覚えているか。それを実感したベネディクトは、ただただ驚愕《きょうがく》せずにはいられなかった。しかしその肉体の苦痛をものともせず、自分は穏やかに話す。

——大切な兄弟エリア。私には、すべて分かっています。どうか、来たるべき私の死を、あまり悲しまないでください。願わくは、あなたの私に対する愛が……深すぎるその悲しみが、あなたを迷子にすることがないように。エリアよ、いいですか？ 私は、あなたのすべてではありません。もしも私があなたのすべてになってしまったら、あなたはどこに行けばいいのでしょうか？ 私はあなたの愛を喜んで受けますが、けっして、あなたに迷子になって欲しくはないのです。ただただ、私があなたのほんの一部となり、これからもあなたの人生と共に在ることを許してくれればいいと思っています。

話している間、自分の手を伝って、エリアが震えているのが分かった。彼は泣いていた。声はまったく上げなかったが、それでも彼が泣いているのが分かった。底知れない不安と孤独感。そして、やりきれなさ。それは広い意味では、ベネディクトが自覚した「思いどおりにならないことに対する憤り」と同種のものだった。何もかも思いどおりにすること。それは人の領域ではなく、神の領域だ。それでも割り切ることのできない、人間の悲しさ。

ふと、自分がエリアに問うた。

――エリアよ。外に待たせているのは、誰ですか？

外など見ていないのに、なぜそのようなことが分かるのか。ベネディクトには分からなかったが、はっと顔を上げたエリアも、同じことを尋ねた。自分はその理由には触れず、ただこう言う。

――その人を、ここへ連れてきてください。

「いや、しかし……その者は、あなたに会わせるような者では……」

エリアは渋ったが、自分は譲らなかった。エリアは気が乗らない様子だったが、外に出て、誰かを連れて戻ってきた。小屋の床に響く足音から、大きな男であることが分かる。エリアに促されて、大きな影が自分に向かって、訥々《とつとつ》と挨拶する。

「あの……俺は、その、学も何もないただの助修士《じょしゅうし》で……聖者様にお会いできるような身分では、その、なくて……」

男のひどく恥じ入るような様子に、自分は優しく声をかける。

――身分など、気にすることはありません。それに私は聖者ではありません。私の手を握ってごらんなさい。私がただの人間だということが分かるはずです。

自分は男の方に手を差し出す。男はおずおずとその手に触れ、感激のあまり震え始める。

「ああ、俺なんかにこんな……ありがたい」

――お若い人よ。見てのとおり、私は死にかけています。しかしこんなときでも、新しい出会いがあることを神に感謝します。私のこの世での未来は、あと数日には違いありません。しかし、神は私につねに、新しく貴い今を注いでくださいます。さあ、新しい今に出会った、新しい兄弟よ。あなたの名を聞かせてください。

「……ブルーノ、です」

――ブルーノ。あなたの中に芽生えた信仰を、大切に育ててください。そしてエリア。この人のことをしっかりと見てあげてください。今日出会ったこの人は、私の大切な兄弟なのですから。

視界は相変わらず不鮮明だが、エリアがうなずいたのが分かった。それを讃えるかのように、他の兄弟たちが再び歌い始めた。彼らは涙声ながら、しっかりと歌い、太陽を始め、神が創造したあらゆるものを讃えた。歌が終わりにさしかかったとき、自分はただ一人、次のような即興の歌詞を口にした。

たたえられよ　わが主
姉妹なる肉体の死によって
この世に生を受けたもの　ひとりとして
この姉妹から　のがれることはできない
災いなこと　大罪のうちに死ぬ者

幸いなこと　おん身のとうときみ旨《むね》を果たしつつ逝《ゆ》く者
もはや第二の死も　その人をそこない得ない

第十四章　偽証の罪、消えた証人

膝《ひざ》のあたりに動きを感じて、ベネディクトは目を開けた。ぼやけた視界に入るのは、暗い階段と、自分の膝に重なるようにして倒れている男、ニコロ。こちらに向けられた彼の目からは、涙がこぼれていた。ベネディクトは直感する。

——この人は、自分と同じものを見ていたのだ、今。

なぜそう思ったのかは分からない。ベネディクトはニコロに向かって、何か言おうとした。ベネディクトの動きを感じたのか、ニコロは弾《はじ》かれたように上体を起こした。彼が動くと、周囲からいくつもの手が伸びて、彼を摑《つか》んだ。ベネディクトは、止まっていた世界が突然動き出したかのように錯覚する。

実際のところ、ベネディクトが意識を失ってから回復するまで、わずかな時間しか経《た》っていなかった。ニコロはすぐさま男たちに拘束され、ベネディクトとピエトロはテオドラのてきぱきとした指示によって介抱された。テオドラとマルコは、集まってきた修道士たちに話を通して、ベネディクトとピエトロを修道院の一室に運び込ませた。

二つの寝台に寝かせた彼らを、医術の知識のある修道士が診察し、命に関わるようなことはなさそうだと言った。テオドラたちは安心した様子で部屋を出て行った。部屋にはランプが一つだけ、ぽつんと残されている。ベネディクトはしばらくぼんやりとしていたが、隣の寝台にピエトロがいることを思い出し、話しかけた。

「ピエトロ！　起きているか？」

ベネディクトから、ピエトロの顔はよく見えない。だが、くぐもった声で「ああ」という返事が聞こえた。ベネディクトはピエトロの返事の、どことなく気まずそうな響きは感じ取ったものの、それを気にかけることはなかった。ピエトロが起きていることが分かった途端、言いたいことと言わなくてはならないことが、怒濤《どとう》のように押し寄せたのだ。

「聞いてくれ、ピエトロ！　さっき、あの踊り場で一瞬気を失ったとき、夢を見たんだ。その中に、ええと、エリア！　そう、エリアが出てきた！　あれは確かにエリアだ。あと、ブルーノっていう男も出てきた。で、奇妙なのは、目を開けているのにほとんど何も見えないんだ。でもあれは、聖フランチェスコの夢だ。間違いない。それから、ええと、あの、その、フランチェスコの夢は、君と離れている間にも見たんだ。レオーネさんが、フランチェスコの骨を持っていて、それを見せられたときに……」

「ベネディクト、ちょっと落ち着いてくれ！」

堰《せき》を切ったようにしゃべるベネディクトを止めるピエトロの声は、さっきよりもはっきりしていた。ピエトロはうめき声を上げながら上体を起こし、こちらを向いた。

「順を追って聞かせてくれないか。まず、そのエリアが出てきた夢っていうのは、さっき見たんだな？　あの踊り場で？」

「ああ」

ベネディクトは頭を整理しながら、改めてあの夢の内容を話す。途中でピエトロから、ブルーノがあのニコロの父親だということを知らされ、ベネディクトは驚いた。

「ええと、聖フランチェスコはエリアに、ブルーノのことを託したんだ。彼の信仰を育ててやるように、って」

「そうか……ブルーノの信仰は、聖フランチェスコに認められていたのだな」

ピエトロはぽつりとそう言って、黙り込む。

「しかし、なぜ私はあのような夢を見たのだろうか。あの踊り場には聖遺物などなかったのに」

ベネディクトの疑問に、ピエトロはこう答えた。

「あの場に目に見える形ではなかったかもしれないが、きっとすぐ近くにあったんだ……あの踊り場の壁の向こうに」

「踊り場の壁の向こう？　どういうことだ？」

「長くなるので、後で話す。その前に、一つ確認させてくれ。あんたはさっきの夢の中で、聖フランチェスコの視点で物事を見ていたんだな？　それは確かか？」

「そうだと思う。前に同じことが起こったときと、ほぼ同じ感覚だったから」

「前に同じことが起こったとき、っていうのは、レオーネにフランチェスコの骨の一部を見せられたときのことだな」

「うん。そのときも、フランチェスコの視点で、若い頃のレオーネさんを見た。そのときは、もっと視界ははっきりしていたが」

「あんたはセッテラーネ村で倒れたときも、フランチェスコの夢を見たよな？　あのモンテ＝ファビオの聖遺物のかけらのせいであんたが倒れたときのことだ。俺の記憶が正しければ、あのときのあんたの視点は、フランチェスコの視点ではなかったと思うが」

ピエトロに指摘されて、ベネディクトは初めてそのことに気がついた。

「そうだ……確かに。あのとき、私は自分の視点で、フランチェスコの姿を見たんだ。だから、フランチェスコ本人の視点ではない」

「もし、聖遺物があんたに見せる夢が、聖遺物の本来の持ち主の記憶なのだとしたら……」

ピエトロはベネディクトをじっと見る。

「あんたがセッテラーネ村で見た夢は、誰の記憶だったんだろうな」

◇

地下納骨堂で拘束されたニコロと手下二人、そしてテオドラの宿に残されていたガスパーレは、そのまま修道院内の僧房の一つに入れられ、フランチェスコ会による尋問を受けていた。セバスティアーノは、修道院に身柄を移された直後に意識を失って倒れ、未《いま》だ尋問を受けられない状態にあるという話だった。ベネディクトは、セバスティアーノが絶望に打ちひしがれ、茫然《ぼうぜん》自失の状態にあるのではないかと言った。ピエトロには信じがたかったが、ベネディクトから「ニコロたちがセバスティアーノの思想を『異端』として報告しようとしていた」という話を聞くと、その可能性もあるかもしれないと思った。

三日後、ベネディクトとピエトロは、ニコロの側から二人に面会の申し出があったことを知らされた。「二人だけで話がしたい」というその申し出に、イルミナート管区長を始めとするフランチェスコ会の面々はいい顔をしなかった。しかしピエトロはニコロの話はすべて報告するという誓いを立てて、管区長たちを説得し、面会に応じた。

通された明るい部屋で、腕と足を縛られて椅子《いす》に座っているニコロは、三日前よりもいくぶん痩《や》せたように見えた。人を食ったような態度も、激しい怒りも見せず、ただ静かにそこにいた。彼は二人を前にすると、ベネディクトに向かっておもむろに尋ねた。

「あんた……。あのとき、あんたも見たんだろ。あの幻を」

ピエトロには何のことか分からなかったが、ベネディクトは落ち着き払って「ああ、見た」と返事した。まるで、そう聞かれることを予想していたかのようだ。

「やっぱりな……。あんた、何か特別な力を持ってるのか？」

ベネディクトは少し迷ったが、正直に答えた。

「実は、まだ分からないんだ。だが、たまに、ああいうことが起こる」

「そうか。俺は直感的に、あの幻はあんたが俺に見せたと思った。だが、あんたにもよく分からないんだな。それはともかく、俺が聞きたいのは、あのときに見たあれは、本当に起こったことなのか、ということだ」

ピエトロにも少しずつ、話が見えてきた。ベネディクトは慎重に答える。

「あれが本当に起こったかどうかは、私には分からない。ただ、以前似たようなことがあったとき、そのとき私が見た幻は、過去に実際に起こったことだということが確認できた。今回も、あの場にいた人の証言があれば、それに越したことはないんだが」

「あんた自身は、どう考えているんだ？」

「私は……あれは、実際に起こったことだと思う。……私はああいうことを誰から聞いたこともないし、夢にしてはあまりに現実的だ」

「……そうか。あんたがそう思うなら、俺は満足だ」

ニコロはベネディクトと同じ夢を見たのだとピエトロは理解し、ニコロに問う。

「あんたは、自分の父親が聖フランチェスコから祝福を受けたと聞いたことがあったのか？」

ニコロは首を振る。

「俺から見た親父《おやじ》は……ただの実直な男だった。それに、あの幻のとおりに親父が聖フランチェスコから祝福を受けたのだとしても、それを安易に口にするような人間ではなかった」

ニコロによれば、父親ブルーノはコルトナの下層民の生まれで、ほとんど教育を受けず、若い頃は悪い仲間の言いなりになり、牢《ろう》に入れられたこともあったという。しかしニコロが生まれてからは聖堂建築の人足や染色の手伝いなど、まっとうな仕事をするようになった。そしてニコロが五歳を超えた頃に、エリアに出会ったのだという。

「初めて見たときから、俺はなんとなく、あの野郎が気に入らなかった。聖フランチェスコの友人だか何だか知らないが、やけにお高く止まってやがったからな。だが、親父はあいつに頭を下げて、あいつの下で働くために、家を——コルトナを出て行った。

その後二年ほど経って、俺はコルトナのフランチェスコ会修道院に呼ばれて、教育を受けるようになった。エリアはたまに、親父を連れてそこにやってきた。俺が見ているとも知らずに、偉そうにあれこれ指図して親父をこき使ってやがった。俺は何度も親父のところへ飛び出して行こうとしたが、修道士たちに止められた。奴《やっ》らが言うには、『誤解してはなりません。あなたのお父さんは、兄弟エリアに信仰を育ててもらっているのです。それに、お父さんが兄弟エリアに従っているからこそ、あなたはここで学べるのですよ』と……。それでよくよく見たら、確かに親父はエリアに従いながら、満ち足りた顔をしていたんだ」

ニコロは目を閉じる。

「だから俺はひとまず納得したんだ。親父はあれでいいんだ、ってな。その数年後に母親が死んで、親父は俺にフランチェスコ会に入るよう勧めたが、俺は修道士になんてなりたくなかったから、コルトナを出て働き始めた。しばらくは勝手気ままに暮らしていたが、一二四〇年に親父が教皇から破門されたことを知った。破門されたエリアの巻き添えを食ったのだ、と。俺は、信じられなかった。エリアは、親父の信仰を育てていたのではなかったのか？　親父は信仰を深めるために、エリアに付き従っていたはずだ。それなのに、エリアのせいで破門されてしまうなんて。こんなことがあっていいのか、と思ったよ。

俺の怒りの矛先は、当然エリアに向いた。だが、俺にはどうすることもできない。

それにその頃から、親父と連絡が取れなくなってしまった。親父はエリアと一緒に皇帝の軍に入り、あちこちを転々としていたそうだ。そして一二四四年、親父は戦場で、エリアを守って死んだ。破門されたままの身で、な」

ピエトロが問う。

「あんたがドミニコ会に入ったのは、どういう経緯だったんだ？」

「半分は成り行きだ。ドミニコ会が異端審問のために人手を必要としてるって話は前から聞いていた。俺の方は、もしドミニコ会でのし上がることができれば、いずれ教皇庁に働きかけて親父の破門を解いてもらえるんじゃないかっていう期待があった。だから、親父が破門されてすぐに、ドミニコ会に入ったんだ。

だが数年過ごしてみて、それは無理だということが分かった。ドミニコ会でのし上がれるのは学のあるやつだけで、俺みたいなのはどうあがいても上には行けない。それに、俺はドミニコ会にも嫌悪《けんお》感を持つようになっていた。開祖の聖ドミニコは偉大な聖者には違いないが、その後継者たちは教皇庁《クーリア》の権力を笠《かさ》に着て、暴虐《ぼうぎゃく》の限りを尽くしている。俺はもともと乱暴者だし、それまでにも生き延びるために何人か殺したことはあった。だが、奴らが神の名の下で異端者たちに働く暴力には、心底吐き気がした。そして、その片棒を担《かつ》いでいる俺自身にもな。それでドミニコ会をやめたんだ」

「大聖堂の地下納骨堂の入り口の場所と、そこの石棺に聖フランチェスコの遺体がないっていうことは、親父さんから聞かされていたのか？」

「いいや、親父からは何も聞いていなかった。俺にそれを教えてくれたのは、親父と一緒にエリアの下で働いていたウーゴっていう奴だ。そいつもエリアの追放に伴ってフランチェスコ会を追われたが、その後はエリアに従わず、故郷のミラノに帰っていた。ちょうど俺はドミニコ会をやめたあとミラノにいたことがあって、昔の親父の手紙にそいつの名があったのを思い出して、一度会ってみたんだ。

ウーゴは、破門されて地獄に落ちる恐怖から酒に溺《おぼ》れていた。会いに行ったときは、酒で頭をやられて、廃人同然だったよ。まともに話すらできない状態だったが、酒代を与えて飲ませてやったら、聖フランチェスコの移葬の日のことを話し始めたんだ。

フランチェスコの遺体は移葬の日の二日前の夜に、聖ジョルジョ教会から大聖堂に運ばれ、移葬の日に運ばれた棺は空だった、とな。そして、大聖堂にはエリアと自分とブルーノしか知らない地下納骨堂があるが、そこの石棺も見せかけで、フランチェスコの遺体は入っていないんだ、と。『エリアは自分しか知らないところにフランチェスコを隠している。エリアは最初から、フランチェスコを独り占めするつもりだったんだ。エリアはずるい奴だ。あいつはフランチェスコの聖遺物にすがれば神にとりなしてもらえるから、教皇に破門されようと取り乱すことなく、平気でいられるんだ。それなのに、あいつに従っていた俺は地獄行きだ』。そう言いながら、ウーゴはコップを持つ手をひどく震わせていたよ。そして、充血して黄色く濁った目を俺に向けて言った。お前の親父、ブルーノは今、地獄にいるんだぞ……ってな。

俺は、エリアが自分だけ救われようとしているのが許せなかった。だから、エリアの野望を打ち砕いて、親父の魂の安息のために聖フランチェスコの聖遺物を手に入れなければと考えたんだ。その後、ドミニコ会にいるときにしばらく過ごしたパリに戻って、いろいろ汚い仕事をしているうちに、パリ大学の関係者と知り合い、奴らが托《たく》鉢《はつ》修道会を潰《つぶ》したがっていることを知った」

「それは、サンタムールのグリエルモの一派か？」

「グリエルモは、托鉢修道会を排斥しようとする動きの急先鋒《きゅうせんぽう》には違いない。だが、あいつはあくまで表の人間だ。あいつは托鉢修道会を嫌っているが、俺のような裏の人間も同じくらい毛嫌いしてる。俺に話をもちかけてきたのは、グリエルモの同僚の一部だ。奴らが俺と直接やりとりし、報酬を約束した。奴らは俺の仕事の上澄みだけをグリエルモに報告し、さらにグリエルモがピエトロ・ダ・コレメッツォ枢機卿《すうききょう》に知らせることになっていたんだ。グリエルモもコレメッツォ枢機卿も、俺のことは知らないし、今回の計画の詳細もほとんど知らないはずだ」

「モンテ＝ファビオ修道院に聖遺物を送りつけるということを計画したのは、あんたなんだろう？　大聖堂の地下納骨堂にフランチェスコの遺体がないことを知っていたあんたは、その状況を利用して、ドミニコ会士による盗難を演出することにしたんだな？　そしてそのために、フランチェスコ会の主流派に不満を持つセバスティアーノを仲間に入れたのか？」

ニコロはうなずく。

「セバスティアーノのおかげで、大聖堂の外に俺たちの隠れ家を手配してもらうことができたし、職人のなりで怪しまれずに出入りできるようになった。それに、地下通路も掘ることができた。あの地下通路はもともと、エリアが総長時代に納骨堂へ出入りするために使っていたんだ。だが、エリアは総長をやめさせられた時点で、地下通路をすべて埋めてしまった。俺たちはその地下通路跡の上に作業小屋を建てて、修道士たちや他の職人たちに隠れ、通路を元通りにする作業をしていたんだ。それは、セバスティアーノがいなければ不可能なことだった。

だが、セバスティアーノはとんだ食わせものだった。肝心のあの日――盗難を演出する一番大切な日に、突然裏切るんだからな」

ニコロによれば、セバスティアーノは空の石棺を見た途端に狂ったように叫び、泣き、その場にひれ伏したという。ニコロたちが黙らせようとしても、どうすることもできなかった。気が動転したニコロたちは、セバスティアーノを残したまま外に出ることにした。一度仲間を集めて、セバスティアーノを納骨堂から引きずり出し、盗難の偽装は改めてやり直す予定だったという。

「残念ながら、その頃はまだ地下通路が完成していなかった。だから俺たちは下堂に出るしかなかったんだ。しかし、そうしたら……」

偶然セバスティアーノの声を聞きつけて下堂に入ってきたシモン修道士に目撃され、結果的に盗難の偽装はどうにか成功したのだという。

「だが、単なる盗難の偽装だけでは、フランチェスコ会にもドミニコ会にも決定的な打撃を与えられない。そこで、托鉢修道会の会議が開催されるモンテ＝ファビオ修道院を巻き込んで、会議を妨害することにしたんだ。

もともとは、地下納骨堂のどこかにある本当の隠し場所を突き止めて、聖フランチェスコの遺体を盗み出し、一部をモンテ＝ファビオに送りつけようと考えていた。だが、時間的な問題があった。納骨堂に自由に出入りするための地下通路はなかなか開通しなかったし、盗難の偽装の後しばらくは、夜中に下堂に忍び込むのも難しくなった。そうしている間にも、会議の日は近くなってくる。それで俺は、時間切れになる前に、考えていた別の案を実行することにしたんだ」

「別の案？」

「ああ。その少し前にフィレンツェで羽振りのいい商人と酒を飲んだことがあった。そいつが言っていたことを思い出したんだ。『アッシジに、美しい女がいる。自分はアッシジに滞在していたとき、その女を妾《コンクビーナ》にする契約を結んでいた。その女は聖フランチェスコの聖遺物を持っている。それで美しさを保っているんだってな』

「その女って……」

「テオドラだよ」

ピエトロは驚いたが、ベネディクトはあることを思い出す。

「そう言えばテオドラさんは『宝物を盗まれた』って言ってた。もしかして、それが……」

「そうだ。俺はあの女と契約した。信頼を得るために、一年間の契約にして、あの女の宿を拠点の一つにした。あいつは確かに、小さい骨のかけらをいくつか持ってた。アッシジを一度出ることになったとき、俺はそれらを盗んだ。そしてモンテ＝ファビオ修道院に持って行ったんだ」

ピエトロが口を挟む。

「盗んだ骨のかけらは全部、モンテ＝ファビオに贈ったのか？　それとも、一つぐらい、自分の父親のために取っておいたのか？」

ピエトロの問いに、ニコロは軽く息をついた。

「もともとは、俺の親父の魂の救いのために、一部を取っておくつもりだったんだ。だが、結局はそうしなかった。あの聖遺物を手に入れたとき、なんとなく感じたんだ。これは違う、と」

「違う？」

「ああ。あの聖遺物から、何も感じないわけではなかった。きっと、誰か聖人のものだろうとは思った。だが、これが聖フランチェスコの骨だとは、なぜか思えなかった。だから、手に入れたぶんは全部モンテ＝ファビオに贈ったんだ」

「そうか……」

そういうことなら、テオドラに話を聞いてみなければならない。

「あなたはこれから、どうなるんですか？」

ベネディクトの問いに、ニコロは答える。

「分からない。フランチェスコ会が自分たちの有利になるように決めるんだろう」

「あんたはそれでいいのか？」

ピエトロが問うと、ニコロはため息をついた。

「まあな。なんだか……あの幻を見たら、何もかもがどうでもよくなっちまった。エリアのことも、フランチェスコの聖遺物のことも」

◇

その夜、ピエトロとベネディクトはテオドラの宿を訪れた。彼女を前にして、すぐに本題――彼女が持っていたという聖遺物の話に入ろうとしたピエトロは、テオドラに一喝された。

「あんた！　あたし、こないだあんたのこと助けたわよね？　それなのに、感謝の言葉もなく、さっそく情報収集？　まったく、呆《あき》れるわ」

「え？　俺、礼、言わなかったか？」

「言ってないわよ。あんたって本当に、あたしに対して失礼よね。あのときだって、自分から結婚の約束を破っておいて、言い訳が『テオドラは強い人間だから、俺と一緒にならなくても大丈夫』って、何よそれ？　ふざけるんじゃないわよ」

ピエトロはうんざりするが、隣で固まっていたベネディクトは、おずおずとテオドラに礼を言う。

「あ、あの、テオドラさん。遅くなってすみませんが、この前は助けていただき……本当にありがとうございました」

ピエトロに怖い顔を見せていたテオドラは、ベネディクトの方を向くと優しい顔になり、猫なで声で語りかける。

「いいのよ、ベネディクトさんは。あなたが危ない目に遭ったのは、こいつがしくじったからでしょ。あなたはこんな奴を助けに行こうとして、とんだとばっちりを受けたのよね。あなたは全然悪くないから。本当に、ピエトロには困ったもんだわ。あんた、もういい大人なんだから、きちんと礼ぐらい言いなさいよ」

また矛先を向けられたピエトロは、仏頂面《ぶっちょうづら》でテオドラに礼を言う。

「どうも……ありがとうございました」

「全然心がこもってないわね！」

しばらくそういったやりとりが続いた後、ようやくピエトロは本題に入ることができた。

「じゃあ何？　あの男、最初っからあたしの宝物を狙《ねら》っていたっていうの？」

事情を聞いたテオドラは憤慨する。

「しかも何よ？　それをモンテ＝ファビオ修道院に贈った、ですって？　勝手なことを！」

声を荒らげるテオドラを落ちつかせながら、ピエトロは問う。

「なあ、テオドラ。お前が持ってた骨って、聖フランチェスコの骨に違いないのか？」

「ええ、そうよ。だって、ジャコマおばさんにもらったんだもの」

「おばさんに？」

「そう。何年か前、おばさんの部屋の整理を手伝ってるときに、偶然見つけたの。木箱に小さいかけらが、いくつか入ってたわ。あたし、それを見て、直感的に思ったのよね。何ていうか、力を感じたっていうのかしら。それで、ついつい、おばさんに『欲しい』って言っちゃったのよ」

「おばさんは、それを聖フランチェスコの骨だって言ってたのか？」

「どうだったかしら……。よく覚えてないけど、おばさんが持ってる骨なら、フランチェスコ様のに決まってるでしょ？　それに実際、その骨には力があったのよ。自分で言うのも何なんだけど、その頃、宿の仕事が忙しくなって、あたしもだんだんやつれてきてたのよね。疲れはひどいし、肌は荒れるし、皺《しわ》もできるし、あたしもさすがにもう歳《とし》かなって思ってたの。でも、その骨を身近に置くようになったら急に、肌荒れが治っちゃって、皺も伸びて、疲れも取れて……さすが、フランチェスコ様の骨だと思ったわ」

「あのー……」

変わらず緊張気味に座っていたベネディクトがおどおどしながら尋ねる。

「テオドラさんが持ってた骨は、全部、ニコロに盗《と》られたんでしょうか？」

ベネディクトがなぜそのようなことを聞くのか、ピエトロには明らかだった。

「いいえ。さいわい、ほんの小さいかけらが、いくつか残ってたわ」

「それは、どこに……」

「今も持ってるわよ。文字どおり、肌身離さず。もう絶対に、誰にも盗られたくないんだもの」

「まさかとは思うが……」

ピエトロはテオドラをじっと見る。

「肌着の裏に、縫い付けているとかではないよな？」

テオドラは動きを止め、目をこれ以上ないほど見開いた。

「どうして分かったの！」

ピエトロは「図星か」とつぶやきながら、ベネディクトの方をちらりと見た。ベネディクトは真っ赤になったが、これでさまざまなことが分かった。

ベネディクトは少し前にピエトロから、彼がセッテラーネ村を出る前にこっそり行った実験について聞いていた。ピエトロによれば、自分と聖遺物の間が布で隔てられていれば、自分への影響は大幅に軽減する。あの夜、テオドラが服を脱いだ瞬間に自分が倒れたのは、テオドラの肌着の裏側が自分の側に向き、そこに縫い付けられた聖遺物の小片が視界に入ったからに違いない。ベネディクトは小片の存在にまったく気づかなかったが、体の方は影響を受けてしまったのだ。

「とにかく、ニコロに会ったら、金払えって言っといて。逃げても地の果てまで追いかけるから、って」

「そういえば、マルコが『テオドラは、好きな男に逃げられて落ち込んでいた』みたいなことを言っていたが……それ、ニコロのことじゃなかったのか？」

「はあっ？　そんなことあるわけないじゃない！」

テオドラはまた興奮する。

「あたしが落ち込んでたのはね、宝物を盗られた上に、契約破られて、約束していた金を取りっぱぐれたからよ！　今まで何があっても、契約した男にはきっちり払わせていたんだから。母とか、宿のみんなの人生を支えるには、まだまだ金が要るのよ！」

「ああ、うん、分かった」

ピエトロはやや気まずそうに黙った。そして、ぽつりと言う。

「テオドラ……その、悪かったな。約束、守れなくて」

ピエトロの言葉に、テオドラは片方の眉《まゆ》を上げ、ため息をついた。

「もういいわよ。あんたにはついいろいろ言っちゃったけど、あれから何年か経ってみて、やっぱりあたし、結婚しなくて正解だったってことがよく分かったもの。あたしは何だかんだ言っていろんな男が好きだし、しかも一人の男とずっと一緒に暮らすなんて、無理。つまり今の生活が合ってるの。だからあんたももう、罪悪感を感じる必要はないわ。……あ、そういえばピエトロ、あんたさあ……」

「何だ？」

「あの石のこと、何か分かったわけ？　あんた、それを知りたいから、私との結婚を反故《ほご》にして今の道を選んだんでしょ？　アッシジであたしと一緒になるより、今の立場の方が、あの石のことを調べやすいものね」

「ああ、うん。だが、石のことはまだ分からない」

「そう。何か分かったら、あたしにも教えて」

そしてテオドラはベネディクトの方を向く。

「それから、ベネディクトさん。この前はごめんなさいね。あなたがレオーネさんに付いて出て行ったって聞いたときは、さすがに悪かったと思ったわ。でも、あなたのこと助けたんだから、許してくれるわよね？」

「え、あ、はい……」

硬くなって返事するベネディクトに、テオドラは言った。

「でもね、ベネディクトさん。あたしがあのとき『あなたのことが心配』って言ったのは、本心だったのよ。今だって、そう。だってあなた、結構いい歳なのに、子供みたいに騙《だま》されちゃうんだもの。だから、ベネディクトさん。もしこれからの人生でひどい目に遭って路頭に迷うことがあったら、あたしを頼ってきて。一生面倒見てあげるから」

「えっ？」

「おいテオドラ、そんな安請けあいしていいのか？」

「うるさいわね。ベネディクトさんみたいなかわいい男を守りたいって思うのは、女としては当たり前のことでしょ。それにあたしには、それができるのよ」

ベネディクトは戸惑う。男を守りたい？　女としては当たり前のこと？　彼は、やはり自分には女性のことは分からないのだと思った。

◇

その夜、テオドラの宿を出てから、ピエトロとベネディクトはモンテ＝ファビオ修道院に届いた聖遺物の身元について話し合った。テオドラは「自分が持っていたのは聖フランチェスコの骨だ」と言っていたが、それは確かなことなのか。もともとジャコマが持っていたのであれば、フランチェスコの骨である可能性は高い。しかしピエトロもベネディクトも、ベネディクトの見る夢の視点の違いが気に掛かって、納得することができなかった。しかし、もしフランチェスコの骨ではないとしたら、誰のものなのか？

翌日、ジャコマの家に向かいながら、ベネディクトはレオーネが言っていたことをピエトロに話した。

「レオーネさんは『聖フランチェスコと同じ祝福を受けた兄弟がいる。『モンテ＝ファビオに届いた聖遺物がフランチェスコのものでないのであれば、その兄弟のものかもしれない』と話していた。レオーネさんに近しい兄弟の骨だったら、ジャコマさんがその一部を持っていても不思議はないんじゃないか？」

「なるほどな。しかし、『フランチェスコと同じ祝福』っていうのは、具体的には何のことだ？」

「それが、くわしいことは教えてもらえなかったんだ。その兄弟が誰なのかも分からない」

「そうか……だが、真っ先に考えられるのは、パドヴァのアントニオだな。彼もフランチェスコと同じく聖人だし、生前は奇蹟《きせき》を起こしていたそうだ。それを『フランチェスコと同じ祝福』と考えれば、つじつまは合うような気がする」

「私も同じように考えたんだ。だが、よく考えたらおかしいと思う。だって、アントニオが奇蹟を起こしていたことは、すでに多くの人に知られているんだろう？　レオーネさんが秘密にするようなことではないと思うんだが」

「うーん……確かにな。だとしたら、他の古い兄弟だろうか。その中ですでに故人になっている人は、クインタヴァレのベルナルドを始め、何人かいるな。ああでも、待てよ……」

「どうしたんだ？」

「もし、兄弟レオーネの言う『フランチェスコと同じ祝福』が、『聖痕《スティグマ》を受けた』ってことだったら……故人である必要はないかもしれないな」

「ああ、そうか！」

ベネディクトは、カルチェリの洞窟《どうくつ》で倒れたときのことを思い出す。あのときレオーネに見せられた聖フランチェスコの足の骨は、彼が「生きている間に」取り出されたものだ。しかも、聖痕を受けたことによって。

「だが、もしそうだとしたら選択肢が広がるばかりで、ますます絞り込めなくなるな」

二人の話し合いでは結論は出ず、結局、ジャコマに直接答えを聞いてみることにした。

ピエトロから一連の話を聞きながら、ジャコマは見るからに動揺していた。彼女がテオドラに与えた聖遺物が事件の発端になったことに衝撃を受けたようだ。ピエトロが彼女に聖遺物の身元について尋ねたとき、彼女は心を決めたように、しっかりと答えた。

「あの骨は、フランチェスコのものではありません」

「じゃあ、誰のなんだ？　パドヴァのアントニオか？」

「いいえ。あれは……私のものです」

ピエトロもベネディクトも耳を疑った。しかしピエトロはすぐに悟った。ピエトロは、布が巻かれたジャコマの右足に目を落とす。

「おばさん……おばさんが急に足を悪くしたのは、七年ほど前だったよな。まさか……」

ジャコマは目を閉じて、静かに言う。

「ええ。そこに、聖痕を受けたのです。そのとき、レオーネも一緒にいました。このことを知っているのは、彼だけです」

ジャコマによれば、七年前にレオーネがしばらく家に滞在したことがあり、ある夜二人で夜通し祈っていた。そのとき彼女は大天使の幻を見て、右足に聖痕を受けたという。ジャコマは二人の前で体をかがめて、右足から布を取り外した。右足の甲の中心あたりに、痛々しい傷があった。ピエトロも、ベネディクトも息を呑《の》む。ベネディクトは思わずつぶやく。

「そうか……レオーネさんが兄弟《フラーテ》と言っていたから、男だとばかり思っていた……でも、兄弟《フラーテ》ジャコマのことだったんですね」

「なるほど……ということは、ベネディクト。あんたがセッテラーネ村で見た夢は……ジャコマおばさんの記憶だったということになるか？」

右足の布を元に戻していたジャコマは顔を上げて、怪訝《けげん》な顔をした。

「私の記憶？　それはどういうこと？」

「実は……」

ベネディクトが説明をしている間、ジャコマはそれをじっと聞いていたが、やがて目頭を押さえ始めた。

「それは、フランチェスコが亡《な》くなる少し前……私が二人の息子とポルツィウンコラを訪ねていったときに、実際に起こったことです。フランチェスコはもう、ほとんど目が見えなくなっていて……でも、私が来たことをとても喜んでくれて……『あのお菓子を食べたい』と言ってくれたの。そして、最期《さいご》の日まで付き添うことを許してくださいました。それほどの幸福にあずかった上に、フランチェスコの受けた聖痕の一部を得るなんて、私には身に余ることです」

彼女はあくまで謙虚にそう言った。しかしベネディクトは、ジャコマの骨が——まだ生きている彼女の聖遺物が、モンテ＝ファビオでさまざまな奇蹟を起こしていることとを思い起こし、彼女の聖性の大きさに思いを馳《は》せずにはいられなかった。

ジャコマは二人に少し待つように言い、杖《つえ》をつきながら席を外した。彼女が部屋を出た直後、ピエトロはベネディクトに囁《ささや》いた。

「なあ。あの聖遺物がジャコマおばさんの骨だってことは、フランチェスコ会にも、モンテ゠ファビオにも伏せておこう」

「え？　なぜ伏せておくんだ……？」

「俺は決めた。あの聖遺物の身元を尋ねられたら、『聖フランチェスコのものだ』と答えることにする」

「何だって！　虚偽の報告をするってことか？」

驚くベネディクトに、ピエトロは平然と「そうだ」と答える。

「そんな……真実を知り得たのに、嘘をつくなんて……偽証は罪だぞ！」

「偽証の罪なら、俺は今までもさんざん犯している。それにもう一つ加わるだけのことだ。それよりも俺は、ジャコマおばさんを守る方を選ぶ」

「ジャコマさんを、守る？」

「考えてもみろ。おばさんは、まだ生きている。おばさんの骨があれほどの奇蹟を起こしていることが広まってしまったら、よからぬ輩《やから》につけ狙われるかもしれない。たとえそこまでいかなくとも、間違いなく、おばさんは静かな生活を送れなくなるだろう。俺はおばさんを危険にさらすのも、煩《わずら》わせるのも御免だ」

「……」

うつむいて黙り込んだベネディクトを見つめながら、ピエトロは気まずそうに言う。

「……あんたには悪いと思ってる。もしあんたが俺に話を合わせれば、あんたも偽証の罪を負うことになるからな。あんたにはきっと、耐えられないことだろう。だが……」

「分かったよ。私も、君に話を合わせる」

ベネディクトがあっさりと承諾したことに、ピエトロは驚いた。

「本当に、いいのか？」

ベネディクトはうなずく。

「ああ。私は、自分が罪を犯すことを恐れてきたし、今でも恐れている。だが……少し考えが変わってきたんだ。何というか……何かを守るためには、何かを犠牲にしないといけないこともあるってことに気づいた、というか……。別の言い方をすれば、物事には表と裏があることが分かった、というか……」

ベネディクトはもどかしそうに顔を歪《ゆが》めたまま、ピエトロを見る。

「うまく言えないが……少しだけ、君のことが分かってきた気がするんだ」

ピエトロは思う。そんなことを口に出すなんて、やはりこの男は素直すぎて、危うい。だが同時に、自分の中にも湧《わ》き上がってくる感情がある。これは間違いなく、喜びだ。自分とは異質な者から理解される喜び——。

ピエトロがベネディクトにかける言葉を探しているうちに、ジャコマが戻ってきた。

彼女は手紙を携えていた。

「待たせてごめんなさいね。どうしても、二人に知らせないといけないことがあって。私、ここ数日、サン＝ダミアーノのキアラのところに行ってたの」

「うん、テオドラから聞いた。キアラさんが倒れたんだって？」

「ええ。彼女のところにエリアの近況を聞きに行ったら、『昨晩倒れた』って言われて、私たち、びっくりして……。その日から私はサン＝ダミアーノに泊まり込んで、看病を手伝ったの。テオドラには、アッシジとサン＝ダミアーノを何度も往復してもらって、必要なものを持ってきてもらったわ」

「で、キアラさんは回復したの？」

「まだ、ベッドから起き上がれずにいるわ。話ができるようになったのが、やっと三日前。そのとき、これを渡されたの」

ジャコマから手紙を受け取ったピエトロは、ベネディクトにも見えるように広げ、読み始めた。

親愛なる友、キアラ

前回あなたに手紙をいただいてから、ずいぶんと間が開いてしまって申し訳ありません。また前の手紙では私の体調がすぐれないことを延々と書いてしまったので、あなたにご心配をおかけしたことと思います。できることならば、この手紙で「回復した」とお伝えしたいところですが、あなたに嘘《うそ》をつくことはできません。正直に言うと、私の体の回復は、もう望めないでしょう。日を追うごとに私は、自分の体が朽ちつつあることを痛感しています。

おそらくあなたに手紙を書くのは、これが最後になるでしょう。本当は、あなたへのお別れはもう少し先になる予定でした。しかし、とある問題が起こり、予定を早めざるを得なくなりました。私は、フランチェスコのもとへ行きます。その日は、あなたにこの手紙が届いてから少し後になるでしょう。できればサン＝ダミアーノに寄って、最後に一目、あなたにお目にかかって感謝の気持ちを伝えたかったのですが、それはかなわないことと思います。よって、この手紙で、あなたへの別れの挨拶《あいさつ》をさせていただきたいと思います。

あなたが長年にわたって私に示してくださった友情は、私の宝です。しかし私は、あなたの友情にろくに応《こた》えぬまま、この世を去ることになるでしょう。どうかあなたが、それを許してくださいますように。

私の魂については、心配をしないでください。私はフランチェスコと共に在ります。フランチェスコの身体《からだ》については、今良からぬ噂《うわさ》が流れていますが、それらはみなでたらめです。誰が何を言おうと、フランチェスコは私が造った大聖堂の下で、未来永劫《えいごう》、私と共に在ります。ですから、どうかキアラ、あなたが今後も心安らかに、聖なる祈りと観想の日々を過ごされますように。

「これは……」

「エリアの手紙です。これを受け取ったキアラは、驚きと悲しみのあまり、倒れてしまったの」

◇

　ジャコマの家を出たピエトロとベネディクトは、その足で大聖堂へ移動した。修道院に入るなり、回廊の方から何者かの絶叫が聞こえてきた。異常を感じた二人がそちらへ駆けていくと、中庭で数人の修道士たちが、血まみれの服を着た男を取り押さえていた。男は地面に強く体を押し付けられながら、獣のような叫び声を上げている。薄汚れたその顔を見て、ベネディクトもピエトロも目を疑った。

「セバスティアーノさん！」

　セバスティアーノは後ろ手に縛られ、回廊の向こうへ引っ張られていく。二人はしばらく呆気《あっけ》にとられていたが、やがてアレッサンドロ修道士が現れたので、彼に何があったのかを尋ねた。

「ああ、ピエトロさん、実は……」

　アレッサンドロは憔悴《しょうすい》しきった顔で説明した。今朝方、修道院の一室で、ニコロの仲間三人が死んでいるのが見つかったという。彼らはみな、刃物で刺し殺されていたらしい。

「まさか……セバスティアーノさんが、ニコロの仲間たちを刺したのですか？」

　ベネディクトがそう尋ねると、アレッサンドロはこの上なく悲しそうな顔をして、目を閉じた。それは肯定の返事だった。

「それで、ニコロは……？」

「ニコロは行方不明です。彼が寝ていた僧房から修道院の外に向かって、血の跡が点々と残っていました。彼だけは逃げおおせたようです」

アレッサンドロ修道士は、青白い顔でため息をつく。

「どうか、ニコロだけでも見つかってくれればいいんですが。我々は、彼らをモンテ＝ファビオの会議に連れて行き、冒頭で今回の事件の顛末《てんまつ》を証言させるつもりでした。そうすれば、ドミニコ会とのわだかまりも解けると期待していたんです。しかし、証人を誰も連れて行けなくなって、その上……証人たちを殺したのが我が兄弟会の者とあっては、ドミニコ会側に何を言われるか……」

「フランチェスコ会の代表が経緯を説明すれば、誤解は解けるのではないでしょうか？　私やピエトロが証言することもできますが」

ベネディクトの提案に、アレッサンドロは首を振る。

「難しいと思います。今回のことで、各地のフランチェスコ会とドミニコ会の修道士たちの間で、さまざまな騒動やいがみ合いが起こりました。その数は多すぎて、私たちにも把握できていないほどです。私たちや、モンテ＝ファビオの関係者であるあなた方が証言したところで、ドミニコ会側が納得するとは思えません。できれば、犯人たちと当事者の証言が欲しかったのです。ピエトロさん、あなたの尽力のおかげで会議は開催されますが、まともに話し合いができるかどうか……」

話し合いが成立するかどうかは、双方の意志にかかっている。いくら場所や機会を与えても、これぱかりはどうしようもない。部外者の力の及ばないこともある。

ピエトロはアレッサンドロに尋ねる。

「ところで聖フランチェスコの真の墓所は、見つかったんですか？」

「いいえ、まだ見つかっていません。あなたが言っていた『入り口』――地下納骨堂の物置きの天井も調べました。梯子《はしご》を使って上ったら、確かにそこには、隠れた入り口がありました。そこから斜め上に向かってしばらく這《は》って上れる通路らしきものもあったのですが……その先は行き止まりで。一応、踊り場の壁も調べたのですが、こちらもとくに何もなく」

「そうですか……」

ピエトロはそう言った後、何か思案している様子で黙り込んだ。アレッサンドロが他の修道士に呼ばれて慌《あわ》ただしく離れて行っても、ピエトロはその場でまだ考え込んでいる。

「ピエトロ、どうかしたのか？　何か、気になることでも？」

ベネディクトに問われて、ピエトロはうなずく。

「ああ、ちょっとな。もしかしたら何か、見落としていることがあるのかもしれないと思ってな。それがいったい何なのか、自分でもまだよく分かっていないんだが」

その後、二人はイルミナート管区長に会い、いくつか報告をした。ピエトロはモンテ゠ファビオの聖遺物について、聖フランチェスコのものであることが確かめられたと言い、管区長はそれを何の疑問も持たずに受け入れた。

「君たちのここでの仕事も、もう終わりだな。ちょうど昨夜、モンテ゠ファビオ修道院のマッシミリアーノ院長から、ベネディクト修道士を帰すようにとの手紙が届いたところだ。ピエトロ殿も、セッテラーネ村に帰る頃合いだ」

それに対して、ピエトロはこう申し出た。

「管区長。ほんの数日でいいんですが、私だけ、もう少しここに滞在させてもらえないでしょうか。修道士の方々の邪魔はしません。ただ、もう少し調べたいことがあって。きっと、フランチェスコ会のためになると思います」

管区長は怪訝な顔をしたが、とくに反対する理由もないらしく、あっさりと承諾した。管区長室を出るなり、ベネディクトはピエトロに問う。

「もう少し滞在するって、何をするんだ？」

「さっき管区長に言ったとおりだ。もう少し調べてみたくてな。で、あんたはモンテ＝ファビオ修道院に戻るのか？　それとも、レオーネを探して、また彼に付いて行くのか？」

ベネディクトは、神妙な面持ちで答える。

「……そのことは、ずっと考えていたんだ。自分はどうしたらいいのかと。まだ答えは出ていない。ただ……」

「ただ？」

「今回の事件の始末をつけるために、一度モンテ＝ファビオに戻らないといけないと思う。そして、戻りながら、レオーネさんを探そうと思う」

「戻りながら、レオーネを探す？　どういうことだ？」

「さっき、アレッサンドロ修道士が言っていただろう？　モンテ＝ファビオの会議で、まともな話し合いができるかどうか分からない、って。それで、思いついたんだが……」

ベネディクトは計画を語る。説明を聞きながら、ピエトロは驚くと同時に、いたく感心した。

「……なるほど、そういう手があったのか。それは有効かもしれない。あんた、思ったよりも、なかなか策士だな」

ベネディクトははにかみながら言う。

「君にそう言われることが良いことなのかどうか、分からないけどね」

◇

マルコの「上の酒場」に到着すると、二人は大きな影に出迎えられた。大ジョヴァンニだった。

「ピエトロ様！ ベネディクト様！ よくご無事で！」

彼は、マルコから事の顚末を聞いたらしく、自分がここに留まっていれば良かったとか、そんな奴らはまとめて締め上げたのにとか、悔しそうに言った。大ジョヴァンニの声を聞くと、ベネディクトは心が安らいだ。ようやく緊張が解けたような気がした。

「大ジョヴァンニ。とりあえず、ベネディクトと二人で帰ってくれないか。ベネディクトを必ず、モンテ＝ファビオ修道院まで無事に送り届けてくれ。そして……いろいろ頼んで悪いが、ついでにレオーネを探してくれないだろうか」

「レオーネさんを？」

「ああ。ベネディクトによれば、レオーネはちょうど四日前にカルチェリからヴェルナ山に向かったそうだ。そして、いずれカルチェリに戻ると話していたらしい。そのあたりを探せば会えるだろう。必要ならば、バルバたちの力も借りるといい」

「分かりました。でも、ピエトロ様は？」

「俺は、もう少しここに残る。おっさんとアンドレアによろしくな。フィエスキ枢機卿への根回しの件、くれぐれも、礼を言っておいてくれ」

「分かりました」

第十五章　真の信仰

その日のモンテ＝ファビオ修道院は、いつにも増して強い風が吹いていた。まさに夏の嵐《あらし》の前触れを思わせるような風で、その音はまるで不安を煽《あお》るかのように、会議用の広間の中にもごうごうと響いてくる。

広間の奥に向かって、右側にはフランチェスコ会の代表団、左側にはドミニコ会の代表団が座っていた。彼らを隔てる空気には、並々ならぬ緊張感がみなぎっている。

――これは……まずいな。

議長役を務めるモンテ＝ファビオ修道院マッシミリアーノ院長は、びっしょりと冷や汗をかいていた。いったんは中止になりかけたものの、二週間前にどうにか予定どおりの開催にこぎつけられるという知らせを得てから、彼はすっかり安心しきっていた。しかし当日になって、両会の関係がここまで険悪になっているとは、予想だにしていなかった。実際のところ、山の上の修道院にいる身では、下界で起こっていることをつぶさに知るのは不可能だ。

院長は緊張のあまり、ときおり声を裏返らせながら挨拶《あいさつ》をして、会議の開始を宣言した。しかし院長が最初の議題の提議を促しても、どちらの代表団もうんともすんとも言わない。双方とも相手の出方を窺《うかが》っているようだ。ただ一人、フランチェスコ会ウンブリア管区のイルミナート管区長が発言する。彼は、どうにか会議を成功させたいと考えている代表の一人だ。きっと、彼がどうにかしてくれる――マッシミリアーノ院長は期待したが、彼が発言を始めるやいなや、ドミニコ会側から遮られた。

「フランチェスコ会の皆様は、例の件についてこちらへの謝罪もなく、会議を進められるおつもりか？」

ドミニコ会代表の一人がそう言うと、フランチェスコ会側の代表の一人が切り返す。

「謝罪？　なぜ我々が謝罪をしなくてはならないのですか？　すでに書面で説明したように、あの事件で被害を受けたのは、我々も同じなのですよ？」

「ふん。我々があの件でどれほどの汚名を被《こうむ》ったか、あなた方には想像もできないでしょう。我ら説教者兄弟会の活動は、以前よりもひどく妨害されるようになりました。街に出た兄弟たちが、人々から『盗人《ぬすっと》』『卑怯者《ひきょうもの》』呼ばわりされて、ときには暴力すら振るわれるのです。中には、あなた方フランチェスコ会の修道士が暴行に加担していることもあったとか」

イルミナート管区長が焦《あせ》って反論する。

「そ、それについては、我々も報告を受けています。我が小さき兄弟会の者たちが先に手を出したと思われる事例については、当事者に厳重に注意し、しかるべき罰も与えています。しかし我々の方も、そちらの兄弟たちから妨害を受けた事例があることを、どうかお忘れなく」

管区長のこの発言は、ドミニコ会側を落ち着かせることを意図したものだったが、彼らの怒りにさらに油を注いでしまった。

「なるほど。そちらはあくまで被害者面《づら》を決め込むつもりなのですな。しかし、あの盗難偽装事件には、フランチェスコ会の修道士が加担していたというではありませんか。しかも、その修道士が共謀者たちを殺害したとか。我々は独自の調査でそのことを突き止めましたが、あなた方から送られてきた書面やその他の説明では、この二点は伏せられていた。こんな不誠実な方々と、実りある話し合いができるでしょうか?」

セバスティアーノのことを指摘されたフランチェスコ会代表団は言葉に詰まった。

マッシミリアーノ院長は動揺する。

——何ということだ! フランチェスコ会側が、都合の悪いことを隠していたとは……。

ドミニコ会代表たちはさらに詰め寄る。

「フランチェスコ会の皆様。勘違いしないでいただきたいが、我々説教者兄弟会はもともと、今パリを中心に広がっている問題を独自に解決しようとしていたのです。本来であれば、あなた方の協力など得なくても、我々だけの力で解決することが可能なのです。あなた方に声をかけたのは、あくまでこちらの親切心であったことをお忘れなく。聖フランチェスコの聖性だけに頼り、学問の追究も、異端との戦いもできずに弱体化していくあなた方を憐《あわ》れんでのことです。それなのに……」

「何だと! 言わせておけば!」

フランチェスコ会の代表団は、イルミナート管区長以外、みな立ち上がった。彼らの一人がドミニコ会側を指さして言う。

「よく聞け! そもそも事の発端は、パリ大学における托鉢《たくはつ》修道会士の教授就任問題だ。しかし、教授候補がもし、我らの誇る天使のごとき兄弟ボナヴェントゥラただ一人であれば、あの頑固な聖職者教授連中もあっさり認めたはずだ！　それを、何だ？　お前たちのところのトマス・アクィナスとかいう若造がしゃしゃり出てきたおかげで、教授連中の怒りを買い、我らがボナヴェントゥラまで巻き添えを食ったのではないか！」

ドミニコ会士たちも一斉に立ち上がった。

「お前たち、我らが兄弟トマスを侮辱するのか！　その上、あの悪魔の手先のごとき教授連中の肩を持つとは！　許しがたいことだ！」

「ふん、お前たちに我らが許される必要があるか？　托鉢修道会としての歴史は、我々、小さき兄弟会の方が古いのだぞ！　ドミニコは、我らのフランチェスコを模倣したのだ！」

「何だと！　我らのドミニコを侮辱するのか！」

そこから先は、ただただ罵詈《ばり》雑言《ぞうごん》が飛び交うだけになった。マッシミリアーノ院長は必死で双方を止めようとするが、彼らは口論に夢中で、院長の声など耳に入らない。

——ああ、もう、駄目だ！　会議がうまくいかなければ、開催できなかったのと同じではないか！　いや、それより悪い。

院長は、あのピエトロに約束の金をすでに支払ってしまったことを後悔した。しかも、会議が無事開催できた場合の成功報酬として追加の支払いまで約束している。ああ、あんな約束、しなければよかった。いや、それよりも恐ろしいのは、ベネディクト会および教皇庁《クーリア》から自分に寄せられている信頼が崩れてしまうことだ。

――しかし、どうにも手の打ちようがない。

院長が絶望しかけたとき、広間の両開きの扉が開いた。日光と強い山風が部屋に流れ込み、院長も代表団の面々もそちらに目を向けた。見ると、黒服の、背の高い修道士が立っている。

――偽《にせ》ベネディクト！　どういうつもりだ！

ベネディクトは昼の光を背に、風に吹かれながら静かに立っているだけだったが、マッシミリアーノ院長は一瞬、あれが自分のよく知っている偽ベネディクトなのかどうか、自信がなくなった。院長の知るかぎり、ベネディクトは信仰の強い美青年だが、臆病《おくびょう》で、つねにおどおどしている男だった。それなのに他罰的で、何かにつけて戒律がどうのと融通がきかず、院長も他の修道士たちも手を焼いていた。しかし、今そこにいる彼は、妙に落ち着いていた。そして、これだけ大勢の人間の視線を一身に受けても、堂々としている。

ベネディクトは部屋にいる全員に向かって、場違いなほど穏やかな声で語りかけた。

「代表団の皆様、そしてマッシミリアーノ院長。会議中のところ申し訳ございませんが、ドミニコ会とフランチェスコ会の皆様方に話をしたいという方をお連れしました」

「話だと？　いったい、誰だ？」

ベネディクトが扉の脇《わき》に向かって恭《うやうや》しく合図をすると、一人の老人が扉口に姿を現した。フランチェスコ会の代表団が驚きの声を上げる。

「兄弟レオーネ！」

老人はまるで杖《つえ》のように痩《や》せており、つぎはぎだらけの襤褸《ぼろ》を着ていたが、なぜかまったくみすぼらしく見えなかった。老人が会議室に足を踏み入れた途端、それまで敵意と嫌悪《けんお》が渦巻いていた部屋に、早朝のミサのような厳かな空気が満ちた。そこにいる誰もがレオーネに注目する。

レオーネは部屋の中央まで来てフランチェスコ会の面々を一瞥《いちべつ》すると、マッシミリアーノ院長とドミニコ会の代表団の方を向いてひざまずいた。

「モンテ＝ファビオ修道院長殿、そしてドミニコ会代表団の皆様。私はレオーネと申します。アッシジの生まれで、聖フランチェスコが小さき兄弟会を創設した直後から彼が亡《な》くなるまで、彼に付き従うという光栄にあずかった者です」

レオーネがそう言うと、呆気《あっけ》にとられていたドミニコ会代表の一人が、警戒した様子で尋ねた。

「……と、いうことは、あなたはフランチェスコ会側の人間というわけですね？　フランチェスコ会に有利に事を運ぶために何をしようとしているのですか？　言っておきますが、我々には最早、いかなる茶番も通じませぬぞ」

レオーネに投げかけられた言葉に、フランチェスコ会の代表団は憤慨し、再び騒ぎ出す。しかしレオーネは軽く手を上げただけで、兄弟たちの騒ぎを制した。静かになったところで、彼はドミニコ会士たちに向かって語りかける。

「皆様の疑念はごもっともです。まずは、私の立場を明確にしておきましょう。私はフランチェスコ亡き後、小さき兄弟会には属さずに独りで各地を托鉢して歩いています。今でも兄弟会にはときおり顔を出していますが、私自身は兄弟会にとっても、また誰にとっても、とくに価値のない人間です。

ではなぜそのような人間が皆様の前に姿を現したか、きっと疑問に思っていらっしゃることでしょう。発端は、我が友人であるこのベネディクト修道士から、会議について聞いたことにあります。私はかつて、フランチェスコと共に過ごし、彼に起こったしるしを数多く見てきました。その多くは、私と同じような立場にある兄弟ルフィーノ、アンジェロらと共に、小さき兄弟会に報告しています。しかし、まだ一つ、報告していないことがあるのです」

彼がそう言うと、フランチェスコ会士たちはざわつき、戸惑いの表情を見せる。レオーネはそちらに目を向けて言う。

「小さき兄弟の皆様、私が報告を怠ってきたことをお許しください。しかしながら、私がそれを口にしなかったのは、私個人の魂の問題のためです。その場に居合わせた者で今この世にいるのは、私ただ一人です。もし私がそれを秘密にしたまま死んだら、証言をする者がいなくなってしまいます。それはたいへん罪深いことであると気づいたのです。

勝手ながら、私は今日この日、この場所を、告白の場とさせていただきたく参上しました。皆様にはぜひ、これから私が話すことを聞いていただき、新たな証人となって、次の世代の方々に語り継いでいただきたいのです」

レオーネがそう言うと、ドミニコ会士たちも、フランチェスコ会士たちも沈黙した。

◇

一二一五年の冬のことです。私はフランチェスコと共に、ローマに滞在していました。当時ラテラノ宮で行われていた公会議に出席するためです。ある夜、フランチェスコは私を伴い、ラテラノ宮近くの小さな教会で祈っていました。そこには私とフランチェスコ以外誰もおらず、その場の静けさは、あたかも神の息吹《いぶき》がこの世からすべての音を消し去ったかのようでした。フランチェスコは祭壇の正面に座り、私はその左に座って、祈りに没頭していました。何時間か経《た》った頃、ふと瞼《まぶた》の向こうに光とぬくもりを感じ、私は目を開けました。顔を上げると、祭壇の真上に、大いなる光が浮かんでいるのが見えました。

私は恐怖を感じて後ずさりました。祈り続けるフランチェスコに声をかけようとしましたが、声が出ず、また、体も動かなくなってしまいました。私はただただ、その光を見つめることしかできませんでした。光はますます大きくなり、その中央にはっきりと、主イエス・キリストのお姿が浮かび上がりました。主は玉座《ぎょくざ》に座り、その右手には三本の槍《やり》を持っておられました。主のお顔は……ああ、今思い出しても、恐ろしさで体が震えます。あれほどの憤怒《ふんぬ》を表した顔は、天地が造られて以来、誰も見たことがないでしょう。主はその手にある三本の槍を高く上げ、地上に向かって投げようとしておられました。私は絶望しました。間違いなく、自分の生命が……いいえ、この世界が終わると確信したのです。主は、罪深き我らを残らず、この地上ごと滅ぼされるおつもりだと、はっきり分かったのです。

主の手から槍が放たれようとしたそのとき、主の足下《あしもと》に聖母マリアが現れました。聖母は御子《おんこ》である主に向かってひざまずき、どうか思いとどまってくださるようにと懇願されました。聖母はこう言われました。

「我が主よ。あなたは、人々の罪深さに怒っておられるのでしょう。人々が御言葉《みことば》を忘れ、神を忘れたように振る舞い続けることに、憤《いきどお》っておられるのですね？　しかし我が主よ。そこで祈っているあなたの僕《しもべ》を顧みてください。彼は、あなたの言葉を広め、世界をあなたの元へ引き戻すために働く者です」

聖母がそう言われると、主は槍を持つ手を止め、聖母の指さす先にいる僕《しもべ》——フランチェスコを見つめられました。主は、祈るフランチェスコに向かって手招きをされました。すると、フランチェスコは、自分の体を——ひざまずいて祈ったままの体を残したまま、ふわりと立ち上がったのです。私は、フランチェスコの霊が主に招かれ、体を離れたのだと理解しました。フランチェスコは聖母に手を取られ、主の御前《おんまえ》へ連れて行かれました。

フランチェスコを前にした主のお顔からは怒りが消え、かわりに穏やかな笑みがありました。それを見た聖母は、主にこう言われました。「我が主よ。この僕《しもべ》、フランチェスコは、一人ではありません。私はこの僕に、もう一人の僕を仲間として贈りたいと思います」。すると、聖母の隣に、見知らぬ男性の姿が浮かび上がりました。フランチェスコよりもやや年長で、白の修道服に黒のマントを羽織ったその人は、聖母に手を取られ、フランチェスコの隣に立ちました。主は二人を御覧になると、微笑《ほほえ》んでこう言われました。「私の言葉を、より良く、より力強く行いなさい」。そしてフランチェスコともう一人の修道士に祝福を与えました。

やがて光は消え、そこに残っているのは、変わらずひざまずいて祈り続けるフランチェスコの姿だけになりました。彼は顔を上げ、しばらく祭壇の方……光があった方を見つめて、私に言いました。

「主イエス・キリストと聖母マリアの導きにより、私は、得がたき仲間を得ました。彼はもう、そこまで来ています」

フランチェスコがそう言い終わらないうちに、教会の外に足音が聞こえ、扉が軋《きし》みながら開きました。見ると、白い修道服に黒いマントを身につけた修道士が立っていました。彼の吐く息が、夜の教会の空気の中に白く浮かび上がっていました。彼が身《しん》廊《ろう》を歩いてくるのを感じ取ったフランチェスコは、立ち上がって振り返り、彼の方へと歩み寄りました。彼らは身廊の中央で向き合い、そのまま何も言わず、どちらからともなく、かたく抱擁を交わしました。まるで生き別れた兄弟に再会したかのように、彼らは涙を流していました。彼らは、互いに相手が誰であるのかを問うようなことはしませんでした。彼らにとって、そんなことは不要であるように見えました。私にすら、あの見知らぬ修道士が、フランチェスコと同じく主の御前に導かれたその人だということが、はっきりと分かったのですから。

私は気がつくと、涙を流していました。私は自分がなぜ泣いているのか分かりませんでした。私は……たまらずその場を離れました。自分がその場にいてはならないと、直感的に思ったのです。私は今でも、そのことを悔やんでいます。なぜそのような、つまらないことを考えたのか。なぜ、彼らの奇《き》蹟《せき》を――主に導かれた彼らの出会いを、最後まで見届けなかったのか。

私が、あの修道士の素性――ドミニコ会の創設者、ドミニコ・デ・グスマンその人であることを知ったのは、後日のことです。フランチェスコは、あの奇蹟のことを誰にも話しませんでした。もともと、自分に起こったしるしのことを、軽々しく口にするような方ではありませんでした。しかしあの日以来、フランチェスコの中には確かに、ドミニコとの絆《きずな》がしっかりと息づいていました。彼らは人前で言葉を交わすようなことはありませんでしたが、それは、彼ら二人の魂が主と聖母の導きによって、すでに一つになっていたからです。フランチェスコと共にいた私は、それをつねに痛いほど感じ、また自らの未熟さのゆえに、それによって長く傷ついていました。そのために、この尊き主の御業《みわざ》を世に知らしめることを、長い間怠ってきたのです。

ああ、どうかここにいる皆様が、私をお許しくださいますように。そして、二人の偉大な聖人の絆を皆様の後継者たちに伝え、世の終わりまで保ってくださいますように！

◇

レオーネは、涙ながらに話を終えた。マッシミリアーノ院長はすっかり魅了されて、顔を真っ赤にしながら大量の涙と鼻水を流していた。フランチェスコ会代表団の面々も、一人の例外なく涙を流し、レオーネの方へ歩み寄った。

「……よくぞ、よくぞ話してくださった！　感謝いたしますぞ！」

ドミニコ会代表団は、無言のままその場に立ちすくんで、フランチェスコ会士たちに囲まれるレオーネを見つめていた。彼らは明らかにレオーネの話に心を動かされていたが、フランチェスコ会の関係者から語られる話を本当に信じてよいのか、判断しかねていたのだ。そのとき、ドミニコ会代表団の中で最長老の修道士が、震える声でレオーネに尋ねた。

「レオーネ殿……一つ、聞かせていただきたい。あなたの話はもしや、一二一五年の、聖ニコラウスの日のことではありませんか？」

レオーネははっきりと答える。

「ええ、間違いありません。あれは、聖ニコラウスの日の夜でした」

「ああ！　なんということだ！　これで長年の謎《なぞ》が……解けた！」

老修道士は両手を顔に当て、さらに天を仰いだ。皆が注視する中で、彼は言う。

「あの日私も、ドミニコと数人の兄弟たちと共に、ローマに滞在していました。あの夜、ドミニコは何の前触れもなく姿を消して……そして数時間後に戻ってきました。なぜか、光り輝くような、満ち足りた顔をして。何があったのかと尋ねると、彼は言いました。『神が私を、私自身と出会わせてくださった。私は一人ではないのだ』と」

老修道士はそこまで話すと、おぼつかない足取りで前に出て、レオーネに歩み寄った。

「兄弟レオーネ、よくぞ話してくださいました」

老修道士はレオーネと抱擁を交わす。彼らを見たドミニコ会代表団たちは、堰《せき》を切ったように涙を流し、レオーネに対して心からの感謝を口にした。そしてフランチェスコ会代表団と一緒になって、聖ドミニコと聖フランチェスコを讃《たた》えた。

◇

モンテ＝ファビオ修道院の会議と同じ日、アッシジに一人の老人が到着した。巡礼の姿をしたその老人は、そこまでの道中で出会った親切な巡礼たちに助けられながら大聖堂に至り、その敷地に入ったところで彼らに別れを告げ、一人立ち止まった。彼は完成間近の大聖堂を見上げる。足場の上と下で大勢の職人たちが働いているが、上堂の外壁も屋根も、すでに仕上げの段階に入っていると言ってよかった。最近めっきり視力が落ちてきた両目には、日光に輝く上堂とその背景の空が痛いほど眩《まぶ》しい。しかし老人はほとんど瞬《まばた》きをすることなく、長い間そこに立っていた。彼の周囲を、後から来た巡礼たちが何人も通り過ぎ、下堂の入り口へと吸い込まれていく。

老人が再び動き出したとき、陽はすでに傾いていた。老人は杖をつきながら、他の巡礼たちに紛れ、下堂、上堂を見て歩く。巡礼たちは、下堂に入るとその厳かな暗さにおののき、上堂に上がるとその神聖な光の空間に心を弾ませる。老人には分かっている。彼らがいかにこの聖堂に心を動かされようと、その真の意味を知ることはない。同時に、彼は満足する。それでよいのだ、と。

老人は心ゆくまで上下の聖堂を眺めたあと、一度外に出て、再び新たな巡礼の集団に混じって下堂へ入った。日没が近く、下堂の暗さは増している。老人は巡礼たちと修道士たちの目を盗んで、壁際《かべぎわ》の目立たないところに身を潜め、戸の隙間《すきま》をぎこちなくすり抜けるようにして祭具室へ入った。体の動きはひどくおぼつかないものの、老人は誰にも見られていない自信があった。そして、今このときを選んだのは正しかったと確信する。もう少し来るのが遅ければ、この体は今よりももっと、言うことを聞かなくなっていたはずだ。実質的に、今日こそが最後の機会だったのだ。

祭具室の壁の向こうで、修道士たちが下堂の扉を閉じるのが聞こえる。その日の巡礼の受け入れは終わりだ。老人は祭具室の中で少しだけ眠り、修道院の方から聞こえてくる祈りの声で目を覚ます。夜は十分に更《ふ》けた。老人は、杖をここに置いていくこと決めた。夜の無人の聖堂内では、杖の音は響いてしまう。それに、今後、自分が杖を必要とする機会は、もうないのだから。

老人は赤子のように這《は》いながら、祭具室の闇《やみ》から下堂の闇へと冷たい床の感触を味わいつつ移動する。ランプなどつけなくても、目指すべき場所と手を触れるべきものははっきりと分かる。老人は床石を上げ、太い鉄の棒を押し下げる。ほとんど音を立てずにせり上がる落とし戸。ただ、下への階段は、記憶よりも急だった。彼は崖《がけ》を降りるような気持ちで、両手両足の感覚を頼りに、慎重に降りる。ようやく踊り場に到着し、深く息を吐いた。老人は、踊り場から下の空間に目を凝らす。

下の階段も、納骨堂も、闇の中でほとんど見えない。それでも彼はしばらくそのまま、下を見ていた。そしてため息をつく。当初の計画どおりにできなくなってしまったのは、きわめて無念だ。だが、仕方がない。今となってはむしろ、彼の居場所が兄弟会の修道士たちに見つからなかったという幸運に感謝すべきだ。

老人は一度大きく深呼吸する。そして踊り場の壁の一角を慎重に探り、床すれすれの場所から、自分の腰のあたりまで、狙《ねら》った壁石を九つ、指で押していく。

それらの壁石はモルタルで固定されておらず、上下の壁石から伸びる鉄の棒に中央を貫かれている。それらを強く押すと、回転して裏返る。裏返る勢いで、裏側にある掛けがねが一つ外れる仕組みだ。九つの壁石をすべて回すと、九つの掛けがねが外れ、壁に隠された扉が開くようになっている。ただ、押すべき壁石の場所がまちまちである上、押す順番が正しくなければ、壁石は一切動かない。つまり、すべての壁石の場所と、押すべき順番を知っていなければ、扉を開けることはできないのだ。これは、彼がシリアにいたときに知った、アラビア式の仕掛けだ。

彼は壁にもたれかかりながら、難なくすべての掛けがねを外すことができた。そして、壁の一角をそっと押す。暗闇の中でも、自分の前に新たな空間が開けつつあることが分かる。一二三〇年のあの日と同じ空気が、踊り場と鼻腔《びこう》に流れ込んでくる。心は弾み、その疲れ切った体にも、新たな力がみなぎるようだ。老人は、折れそうなほどに痩せた腕を前に出し、その空間へと這って進む。中に入ると、老人は慎重に扉を閉じ、仕掛けの掛けがねをすべて元通りにする。これで誰も、ここを見つけることも、入ることもできなくなった。永遠に。

老人は安堵《あんど》の息をつき、手探りで、その空間の中央を目指して進む。手が床に触れるかすかな音ですら、周囲の壁にこだまする。そうだ、ここは、天球。見えないはずのドーム型の天井と、それを取り囲む円形の壁、壁際に据えられた主イエス像が、老人にははっきりと感じられる。そして円の中央には、彼がいる。最後の審判の日に、自分を連れて行ってくれる彼。生者と死者が永遠に分けられるその日に、自分を導いてくれる彼。

老人は思い出す。初めて出会った酒場で、上質のルッカの絹を身に纏《まと》い、浴びるように酒を飲み、仲間とふざけ合い、湯水のように金を使っていた彼。彼はまるで王のようだった。だが、けっして奢《おご》ることなく、コルトナから出てきたばかりの自分に温かく声をかけ、仲間に入れてくれた。

彼は楽しい若者だった。皆に愛され、人生を謳歌《おうか》していた。しかし彼が心の内に苦しみを抱えていることを、自分は見抜いていた。彼の苦悩は、病に伏したことで大きくなった。自分と二人だけのとき、彼はその胸の内を吐露した。彼は街から離れて祈るとき、自分だけを連れて行った。洞窟《どうくつ》に入って祈る彼を、外で何時間も待った。そうやって徐々に変わっていく彼を、他の仲間は不審がっていた。彼は自分に言った。「君は、私を理解してくれる唯一《ゆいいつ》の友だ」。そうだ、自分だけが彼を理解していたのだ。自分だけが。

それなのに、自分が仕事でボローニャに行き、アッシジを離れている数年の間に、彼はすべてを捨ててしまった。そして、同じようにすべてを捨てた仲間たちと共に、理解しがたい人生を歩み始めていた。

老人は思う。もしあのとき、自分がアッシジを離れなければ——彼とずっと一緒にいたならば、少しは違ったかもしれない。もしそうであれば、すべてを捨てるという極端な選択を彼に思いとどまらせ、より柔軟な道に導いてやることができたかもしれない。だが実際は、アッシジに戻った自分と、すでに放浪生活を始めていた彼との間には、埋めがたい溝があった。そして何よりも——自分にはすべてを捨てるということが、最後までできなかった。

当然ながら彼は、教えに忠実な弟子たちをそばに置いた。クインタヴァレのベルナルド、ピエトロ・カッターニ、ジネプロ。レオーネに、ルフィーノに、アンジェロに、エジディオに、パドヴァのアントニオ。あの者たちの存在が、彼の極端さに拍車をかけた。そして自分がいかに彼に尽くそうとも、彼はそれを理解しなかった。彼は自分を変わらず愛してくれていた。それは分かっている。だが、彼が自分を「唯一の理解者」として認めてくれることは、もう二度となかったのだ。

——それでも……それでも今、彼の近くにいるのは私一人だ。

そして未来永劫《えいごう》、自分が彼の一番近くにいるのだ。ベルナルドよりも、エジディオよりも、レオーネよりも近くに。老人は息を切らしながら、天球の中央へ進む。伸ばした手が、柔らかい布に触れ、さらにその上に置かれた冷たい棺《ひつぎ》に触れる。その瞬間、彼の全身はしびれるような歓喜に包まれた。

ああ、確かに、彼がいる。彼はここにいる。私が造った墓所に。

老人は棺に覆《おお》い被《かぶ》さる。彼はその深い感慨を声に出した。

「フランチェスコ……ここが、私とあなたの安息の場所だ」

そして私は永遠に、あなたとともに在るのだ。誰よりも、あなたの近くに……。

「それは真実ではありません、エリア・ボンバローネ」

突然暗闇の中から呼びかけられ、老人は弾《はじ》かれたように上体を起こした。あたりを見渡すが、何も見えない。しかし、すぐに火打ち石を鳴らす音がし、蠟燭《ろうそく》に火がともった。そして、聖職者の平服を着た、小柄な若い男の姿が現れた。

「『隠されているもので、あらわにされないものはない』。主の御言葉《みことば》のとおりです」

そう言いながら、男は灯りを高く掲げた。その背後に、壁のイエス像が浮かび上がる。

老人は、信じられない思いで男を見た。なぜここに、自分以外の者がいるのだ！　こいつは人間なのか？　それとも、天使なのか、悪魔なのか。

蠟燭の明かりに照らされた男は、亡霊のように無表情にこちらを見据え、低い声で語りかけてくる。

「私はセッテラーネ村教会の助祭、ピエトロです。父のグイドはアッシジの商人でしたが、一二二八年にフランチェスコ会に入り、総長となったあなたの命で東方に赴き、一二三四年に死にました」

彼が出した名――グイドには覚えがあった。老人の脳裏に、優しげで、どこか哀《かな》しい目をした男の姿が浮かぶ。ああ、そうだ。あの男もすべてを捨てていた人間の一人だった。あの男の息子だということは、こいつは天使でも悪魔でもない。つまり、人間だ。この墓所に、フランチェスコと自分以外の人間がいること。その事実は、老人を戦《せん》慄《りつ》させた。老人の弱った体内に、怒りと絶望が駆け巡る。それでも彼は、自分が取り乱したところを他人に悟らせるようなことはしない。これまでの長い人生で、いくたびも困難に直面し、深刻な問題を解決し、様々な苦況をくぐり抜けてきたのだ。それを可能にしたのは、ひとえに自分の能力だった。フランチェスコのように神の声を聞くことができず、レオーネたちやキアラのようにすべてを捨ててフランチェスコに従うこともできず、ジャコマのように一市民の身で信仰に身を委《ゆだ》ねることもできない自分。そんな自分が頼みにできるのは、自分自身しかないのだ。

老人は男を観察しながら考える。自分にとって最大の困難――破門されたままの身で死ぬという問題をまさに解決しようとしている矢先に現れた、この男。こいつをここから追い出すには、こいつのことをまず知らなければなるまい。

「お前はどうやって、ここを見つけたのだ」

そう問うとき、老人はできるだけゆっくりと、低い声を出すように努めた。年老いて弱った自分に対して、若い相手が肉体的にも精神的にも優位に立つのは仕方のないことだ。しかし、相手の思うように事を進められてはならない。そういうときのために最適な振る舞い方を、老人は熟知していた。実際、老人の声を聞いて、男はほんの少し呼吸を乱したように見えた。だが男はすぐに、こう切り返してきた。

「鍵《かぎ》を持つ使徒が教えてくれたのですよ」

男の返答を聞いて、老人は自分の中に、可笑《おか》しみのようなものが込み上げてくるのを感じた。そうか、この若造には分かったのか。私がこの地下の二つの墓所に込めた、本当の意味が。老人の喉《のど》は、自然と笑い声を発した。弱った体から出るぎこちない笑いが、ドーム型の墓所にこだまする。ひとしきり笑ったあと、老人は男に言った。

「ペトロ像か。お前にすべてを悟らせたのは」

男はうなずく。

「ええ。しかし私は当初、あのペトロ像の意味を完全には理解できていませんでした」

男の説明によれば、男はあのペトロ像が「キリストの昇天」の場面であることから、下の納骨堂が「地」で、その上に「天」――つまりもう一つの納骨堂があると推測したのだという。

「その推測自体は間違っていない。実際、お前はここを見つけているではないか」

「ええ、そうです。しかし私はしばらくの間、下の納骨堂については、上の納骨堂に上るための中継点――つまり、死を前にしたあなたが『地から天に上る』ための象徴的な場所だとしか思っていなかったのです」

「なるほどな。そういう考え方もあるかもしれないが、それは私の本来の意図とは違う」

「私があなたの意図を考え直すきっかけになったのは、物置きの上部の通路が塞《ふさ》がれていたことです。もし、下の納骨堂が上に行くための中継点なのだとしたら、あなたがそのための通路を塞ぐわけがない。いえ、それ以前に、エリア、あなたが死ぬ前に下の納骨堂から上の納骨堂に入ることを考えているのだとしたら、下の物置きの天井からしか入れないような構造にしているとは思えない。つねに周到なあなたが、老後の衰えた自分を計算に入れないとは考えられませんから」

老人は男の言葉を聞きながら思った。どうやらこいつは、自分ときわめて近い部類の人間らしい、と。

「ではなぜお前はそこで、下の納骨堂から上に行くための、もっと便利な隠し通路があるとは考えなかったのか？」

「もちろん考えました。しかしその時点で、私は自分の最初の考えに不備があることを感じていました。というのは、他にもいくつか気になることがあったからです。一つは、物置きの中身。あなたが何の意味もなく、下の物置きに雑多な道具を置いたままにしているわけがない。さらにもう一つは、下の納骨堂の石棺。あの空の石棺はいったい、あなたにとってどんな意味があるのだろうか、と。

そのようにさまざまな可能性を考えながら、あちこちを調べました。踊り場の壁に『アラビアの仕掛け』を見つけ、ここに入ったのがちょうど二日前です。入ってみて、私はまず、物置きの上部の通路の役割についての考えを改めました。アラビアの仕掛けは、ここを内側からしか封印できない。よって、あなたはここを封印したあと、別の出口から外に出たはずです。あの通路は本来、そのための出口だったのではないでしょうか。

さらに私は、ここにあるものが欠けていることに気づきました。『天』を象徴するこの墓所には、当初の予想通り、イエス像があり、聖フランチェスコのための石棺があった。だが、あなたのための石棺がない」

男は老人の反応を見るように、一度言葉を切る。老人は無言のまま目線だけを動かし、男に続きを促す。

「私はそのときに確信したのです。あなたには当初、下の納骨堂から上の納骨堂に上ってきてフランチェスコと共に永遠の眠りにつくという意図はなかった。下の納骨堂の石棺——すなわち『地』を象徴する場所に置かれた石棺こそが、あなたのものだったのだ、と。下の石棺が空なのは、本来そこにあなたが入る予定だったからでしょう？　下の納骨堂は、上と隔てられているとはいえ、フランチェスコのすぐそばであることに変わりはない。下の納骨堂にいても、あなたは永遠にフランチェスコのそばにいることができ、最後の審判のときにはフランチェスコによってとりなしを受けることができる。そしてさらに……」

男は老人をまっすぐに見る。

「フランチェスコのいる『天』に対して、あなた自身を『地』として位置付けることができる。さらに言えば、フランチェスコを主イエス・キリストの再来として位置付け、あなたをその第一の使徒……彼の教会の礎《いしずえ》となる聖ペトロになぞらえることができる。それが、あなたがこの地下の構造、およびあのペトロ像に込めた、本来の意図ですね？」

そこまで聞いた老人は、一度大きく息を吐いた。そしておもむろに数回、手を叩《たた》いてみせる。

「見事なものだ。そこまで分かったのなら、私が今日、下へは行かず、踊り場からこへ入ってくると読んだのも自然なことだな。下の納骨堂の存在は、すでに多くの人間に知られてしまったからな」

「ええ。もはやあそこは、あなたにとっての安息の場所とはなりえない。当初の予定では、あなたはまず下まで降り、物置きに入れておいた道具を手にとって再び階段を上り、下堂からの入り口を内側から完全に封印するつもりだったのでしょう？　そうやって、下の納骨堂の封印を確実にした後、下の石棺に入る予定だったはずです。しかし今や、それをする意味がなくなった」

「そのとおりだ。下の納骨堂の存在が兄弟会の連中に知られたと聞いたとき、もう少しうまく落とし戸を隠しておけばよかったと後悔したよ。だが、すぐに諦《あきら》めた。死ぬ直前にここを訪れる以上、偽装を巧妙にしすぎると、老い先短い自分が入れなくなる可能性もあったからな。だがなぜ、私が今日、ここに来ることが分かったのだ？」

「あなたがキアラさんに出した手紙を読んで、近いうちに巡礼に混ざって来るだろうと予想していました。それでアッシジの仲間に広く声をかけて、あなたを見かけたら知らせるように頼んでおいたのです」

「そうか。だがよく、私を見つけられたものだ。アッシジにいた頃よりも、ずいぶん老《ふ》けたというのに」

「アッシジの人間なら、あなたの顔は忘れない。歳《とし》を取ったとしても、すぐに分かります」

老人は男の言葉に、自分に対する敬意を感じ取る。だが老人は警戒を緩めることなく、次の一手を考える。もちろん、こいつをここから排除するための一手だ。二人の間に、しばしの沈黙が流れる。先に口を開いたのは、男の方だった。

「エリア。あなたがしようとしていることは、自死です。それが許されないことは、あなたもご存じのはず」

老人はその言葉に失望したことを相手に知らせるように、鼻から軽く息を吐く。

「これは自死ではない。私はロープで首をくくるわけでも、短刀で心臓を突き刺すわけでもなく、ここに横たわって静かに死を迎えようとしているだけだ。いいか？　私にとっての主は、フランチェスコだ。私が教皇に破門されようと、フランチェスコは必ず私を救ってくれる。私はフランチェスコのために……彼の名を世界に知らしめ、後世に残すために、人生を捧《ささ》げたのだからな。彼がそれに応《こた》えてくれないはずがないのだ。それでもお前は、私にここから出ていけと言うのか？　それとも、兄弟会の連中をここに呼んで、私を力ずくで外に追い出すのか？」

老人は「力ずくで」という部分に力を込める。年老いた人間に対するそのような仕打ちが罪深いものであるということを強調するために。老人はこれまでの観察から、この不敵で抜け目なく見える男の中にも、確かな良心があることを見て取っていた。

老人はそこに付け込むことにしたのだ。男は老人の言葉を聞いて、ほんの一瞬、眉《まゆ》をぴくりと動かした。それはまさに、老人が期待していたとおりの反応だった。男はこう答える。

「いいえ、そんな手荒な真似《まね》はしません。それに、この墓所のことと、踊り場の入り口を発見したことは、まだ誰にも言っていませんから」

老人は男の表情を注意深く見ながら、男の言うことはおそらく真実であろうと判断した。そうであれば、この男一人を言いくるめればいい。もちろん、ただ追い出すだけでは不十分で、この男が一生、ここのことを口外しないようにする必要がある。問題はどうやって、この男の心に鍵をかけるかだ。老人の頭脳は、すぐに最適な言葉を見つけ出す。

「ではなぜお前は、私の邪魔をしようとするのだ？　お前は悪魔の手先となって私を地獄に落とそうと言うのか？」

それを聞いた男の右肩に力が入ったのを、老人は見逃さない。そしてさらに畳みかけるように言う。

「お前は、セッテラーネ村の助祭だと言ったな。つまり、兄弟会の人間ではない。それなのに、なぜここまでのことを知り得たのだ？　さしずめ、兄弟会から金をもらって調査をしているといったところだろう。そうだとしたら、お前が私のことを兄弟会に報告し、私をフランチェスコから無理に引き離したら、お前は金のために私を地獄に落とすことになる」

老人は、この言葉で男を完全に打ち負かすことができると確信していた。しかし男の次の返答は、老人の想定していないものだった。

「私は、あなたを地獄に落とすつもりはありません。それに、もしあなたが強く望むのであれば、この納骨堂への入り方を兄弟会には報告しないでおくつもりです。ただ、私が気にかけているのは……あなたが望みどおりにここで死んだとして、死後までがあなたの望みどおりになるのか、ということです」

どういうことだ？　老人が問う前に、男は続ける。

「私も当然、あなたの功績は知っています。今の小さき兄弟会を実質的に創《つく》ったのは、間違いなくあなたです。しかし、晩年のフランチェスコは兄弟会から距離を置き、数少ない兄弟たちと放浪する生活を選びましたね。あなたの兄弟会に身を落ち着けることなく」

男の声が、急に冷ややかになった。あたかも、尖《とが》った氷で老人の心を刺そうとしているかのように。つまりこの男は反撃を開始したのだ。だがその一手は、老人にとってはあまりに古臭いものだった。老人はため息をついてみせる。

「失望したぞ。お前が今、口にしたような下らぬ批判を、この私が今までどれだけ耳にしてきたと思っているのだ。お前も結局、他の連中と同じで、何も分かっていない愚か者なのだな。いいか？　私がいなければ、フランチェスコの名と功績はすぐに忘れ去られたはずだ。人に知られぬ聖者に、いったい何の価値がある？　誰の記憶にも残らぬ聖者に、他人が救えるか？　あのレオーネやルフィーノやアンジェロは、結局のところ、自分自身を救うことにしか興味がないのだ。だからこそ、フランチェスコの真似をし続けるだけで満足している。だが、私はあの者たちとは違う。私は小さき兄弟会を大きくして、フランチェスコの名を広めた。そうしなければ、兄弟会はドミニコ会の勢いに押されて弱体化し、フランチェスコの名も聖ドミニコの陰に隠れて消えてしまったはずだ」

老人はそう言いながら、男の反応を窺う。しかし男は動揺した様子もなく、淡々と応える。

「ええ、あなたの偉業によって、フランチェスコの名は世界に広がりました。それは確かです。また、同じくあなたの偉業によって、フランチェスコは未来の人々にも知られることでしょう。彼の名、彼の人生、彼の存在によって救われる人は、今後も大勢現れるはずです。しかし……」

男は老人をじっと見据えた。

「フランチェスコの存在によって、あなた自身は救われたのですか？」

老人は目を見開く。男は間髪を容《い》れず、次々に問いを発する。

「フランチェスコの清貧によって、あなた自身の魂は一瞬でも、安らぎを得たことがありましたか？　あなた自身は、彼のように、あらゆる被造物に神の愛を見いだすことがあったのでしょうか？　そして今、死を前にしたあなたは、あのフランチェスコのように、死ぬことも楽しいと感じているのですか？」

老人はそこで初めて、言葉に詰まった。老人には当然、男の問いに対して単に肯定の返事をすれば事足りると分かっている。つまり、「もちろんだ」と答えれば済む。

しかし、老人はつい、自分自身に問いかけてしまった。それは真実なのか、と。そして考え始めたが最後、言葉が出なくなった。老人が黙っていると、男が言葉を継ぐ。

「エリア。あなたがフランチェスコの近くで死のうとしているのは、死後の救いに望みをかけているからだと推測します。しかしそれは、裏を返せば、生きている今に希望を持てないからではないでしょうか？　つまりあなたは、フランチェスコの近くにいながら、今まで魂の安らぎを得られたことがないのでは？」

不意に脈拍が乱れ、胸に締め付けるような痛みが走った。老人は異変を男から隠すように顔をそらし、胸を押さえながらも努めて冷静に、自分の状態を分析した。さいわい、胸の痛みはまもなく和らいだ。この前、倒れたときとは違う、だからきっと、大丈夫だ。ただ、そう確信しても、全身のこわばりは解けず、息がうまく体に入っていかない。

老人は思う。この若造のせいだ。不本意ながら自分は、こいつの言うことに揺さぶられて、自らの正しさを疑い始めているのだ。必要なのは、自分の正しさをもう一度確認することだ。老人は呼吸を整え、再び男に向かって言う。

「……お前は、何が言いたいのだ。仮に私がこれまでフランチェスコによって救われたことがなかったとしても、それは取るに足らないことだ。地において救われなかった者が、天で救われることに望みをかけて、何が悪い？」

唸《うな》るように発せられる老人の問いに、男は落ち着いた声で答える。

「私は別に、それを悪いとは思っていません。しかし、もしあなたが、生きている今に絶望し、死後の未来にしか望みをかけられないのであれば、死後の世界でもあなたとフランチェスコは永遠にすれ違い続けるのではないかと心配しているのです」

永遠にすれ違い続ける？　私と、フランチェスコが？

「私の考えはこうです。エリア、あなたはつねに、未来のことを気にかけてきた。これまでも、フランチェスコの聖性がどのように広がっていくかを気にして、前もってさまざまな手を打ってきましたね？　兄弟会を大きくするために、フランチェスコ本人の意に反して、ウゴリーノ枢機卿《すうききょう》と共に清貧の解釈を緩めた戒律を押し通した。フランチェスコが亡くなったその日のうちに、秘密であった聖痕の奇蹟を公表した。フランチェスコの列聖に尽力し、彼のために大聖堂を建てた。各地に管区を広げ、ドミニコ会の台頭に対抗した。その手腕は見事であったとしか言いようがありません。

しかし、フランチェスコ本人は、自分の名がどう広がるか、また死後に名が残るかをまったく気に留めなかった。あなたはきっと、フランチェスコがあなたの仕事を過小評価していると、不満だったことでしょう。だが、フランチェスコがそのようであったのは、彼がつねに、現在のみを見つめて生きていたからではないでしょうか」

「なん……だと……？」

「フランチェスコにとってはいつも、今がすべてだった。明日のこと、未来のことは考えなかった。私の考えでは、彼の清貧は、その自然な結果だったのだと思います。けっして、魂を浄化するための苦行でも、神に認めてもらうための方便でもなく」

老人の脳裏にフランチェスコの言葉が蘇《よみがえ》る。

――神は私につねに、新しく貴い今を注いでくださいます。

ああ、そうだ。確かに彼は、いつもそのように言っていた。ただ、自分には、それが良いとは思えなかった。なぜなら……。

「未来のことを一切考えないのは、無責任だ」

そうだ。自分はいつも、フランチェスコの無責任さに苛立《いらだ》っていたのだ。

「フランチェスコは神に愛され、大きな役割を担《にな》っていた。彼は、救世主としてこの世に遣わされた。その証拠に、主イエスと同じ聖痕を受けたではないか。それなのに……彼は救世主らしく振る舞うことを重視しなかった。それは、あまりにも無責任なことだ。だからこそ、私が彼の無責任さを……彼の足りない部分を、補ってやらなくてはならなかったのだ」

話しながら、老人は自分の言葉を噛《か》みしめる。やはり、私は正しい。主イエスの教えは、聖ペトロを始めとする使徒たちによって広められ、そしてペトロの名の下に教会が築かれた。私はフランチェスコに対して、主に対するペトロの役割を果たしたのだ。老人の心は力を取り戻しつつあった。だが、男はまた水を差す。

「私は、フランチェスコに足りないところがあったとは思いません」

老人は男の顔を睨《にら》みつけるが、男は平然と続ける。

「フランチェスコは確かに、救世主として世に遣わされたのかもしれませんし、人々も、あなたも、そのように彼を見たでしょう。しかし彼本人は、救世主という役割を自らに課すことはなかったのではないでしょうか。それは意識してそうしたのか、意識せずともそうなったのかは分かりません。しかし重要なことは、彼が救世主という役割に完全に染まることなく、自らをあるがままに保ち続けたということです」

自らをあるがままに保ち続ける……？　老人が眉間《みけん》に皺《しわ》を寄せたのを見て取った男は、さらに続ける。

「どんな役割であれ、それに染まりすぎると、人は本来の自分を見失ってしまいます。なぜなら役割というのは、他人との関係においてのみ生じるものだからです。自分の役割を果たすことは大切ですが、気をつけていなければ、自分というものが他人の中にしか存在できなくなってしまう。たとえ、その役割が救世主のような尊いものであっても同じことです。フランチェスコにはきっと、それが分かっていたのでしょう。彼は、自分以外の何者でもない自分を保ち、自分のすべてと共に生きることを重視していたのだと思います。そして……」

男は老人を見つめる。

「フランチェスコは、あなたにもそのことを伝えようとしていたのではないですか？あなたはご自分を、聖ペトロになぞらえていましたね？　自分は、フランチェスコにとっての聖ペトロなのだと。しかし、そんなあなたの中に、エリアの居場所はあるのですか？」

男の言葉を聞きながら、老人はまるで、魂が土台から揺さぶられているかのように感じた。老人はまた思い出す。

――エリアよ、いいですか？　私は、あなたのすべてではありません。もしも私があなたのすべてになってしまったら、あなたはどこに行けばいいのでしょうか？

「……ああ」

老人の全身から力が抜け、両手がだらりと床に垂れる。彼は目を閉じる。息が静かに、鼻、喉、胸を行き来する。これは、間違いなく、「私」。

しかしそこには、何の価値もない。フランチェスコにとっての聖ペトロになれなければ、私はただの、取るに足らない人間にすぎない。教会から破門され、フランチェスコの清貧に倣《なら》うこともできなかった、弱い人間。だから……だから私は、自分を見たくなかったのだ。本当の自分があまりにも小さいから、他人という鏡——フランチェスコという完全なる鏡に不完全な自分を大きく映して、安心したかったのだ。

「……私は、ちっぽけだ」

ため息と共に、言葉が口をついて出た。それを聞いた男は目を細め、こう言った。

「フランチェスコは、今のあなたと同じように感じたからこそ、『小さき兄弟会』という名をつけたのではないでしょうか」

その言葉に、老人は思わず顔を上げる。男はさらに言う。

「エリア。あなたの病のことは知っています。しかし、あなたにはまだ生きる時間が残されている。ここを出ましょう」

「……」

老人はしばし考えたが、すぐに首を振った。それは無理だ。老人は再び、自分の胸を押さえずにはいられない。なぜなら……。

——恐ろしいからだ。

自分は近いうちに死ぬ。それは確実なことだ。だが、なぜ、私は死ななければならないのだ。なぜ神は、私に一度生命を与えておいて、もっと生きたいと思わせておいて、最後にそれを奪うのか。私にはそれが理解できないし、納得できない。そしてその事実が、この上なく恐ろしい。

私にとっての頼みは、フランチェスコだけだ。フランチェスコと共に在る未来があるからこそ、死の恐怖にも耐えられる。ここから離れて死を待つことなど、考えることができない。

だが、もし、この男がさっき言ったとおりだったとしたら？

もし、死後が自分の望みどおりにならないとしたら？　死後においても、自分がフランチェスコと永遠にすれ違い続けるのだとしたら？　そう考えだすと、老人の体は小刻みに震え始めた。男がこちらをじっと見ているが、もはや、震えを隠すことすらできない。今この瞬間も、芯《しん》から冷えたこの体が、死の暗い手に内側から握られ、潰《つぶ》されていくのが分かる。力が、命が、自分からこぼれ落ちていく。怖い……怖い！

「エリア」

男は老人に近寄り、震える背中を撫《な》でながら、なだめるように言った。

「私には、あなたの恐怖を取り除くことはできません。しかし、これだけは言えます。

あなたが今、ここで肉体を失えば、フランチェスコが生前感じていたことをあなたが感じる機会も、永遠に失われます。聖者のすぐ近くで死ぬよりも、たとえ短い間でも聖者に近い生き方をする方が、ずっと良いのではないでしょうか」

「無理だ。私はもう、老いさらばえた、死を待つだけの人間だ。それに私は、若い頃ですら、すべてを捨てることができなかった。今になって、そんなことができるわけがない」

そう言う老人と目線を合わせるように、男はかがみこんだ。男の目には、先ほどまでの冷ややかな光とは打って変わって、憐れみがこもっているように見える。

「私は別に、あなたに『すべてを捨てろ』と言っているのではありません。私自身も、そんなことができる人間ではありませんから。しかしそのような人間に、フランチェスコの教えが無力だとは思いません。フランチェスコは、『今現在、自分が生きていることと』を、全身で感じながら生きていた。それこそが、彼の清貧の本質ではなかったかと思うのです。たとえ文字どおりにすべてを捨てることができなくても、そのような生き方をしてみることは可能ではないでしょうか？　あなたも……そして私も」

老人は、男がこちらに向けている感情が憐れみではなく、むしろ同情であることを悟った。そしてそれだけに、今の言葉には無視できないものがあった。文字どおりにすべてを捨てるのではなく、自分が今生きていることを全身で感じながら生きる。それが、フランチェスコの真意なのか？ もしそうだとしたら、自分もそれを、行ってみるべきなのではないか？ まだ、命があるうちに。

しかし、視線を落として自分のやせ細った腕を見た瞬間、逆の考えが忍び寄ってくる。もし……もし、この男が間違っていたらどうするのだ？ ああ、駄目だ、恐ろしい。そんな先の見えないことが、私にできるわけがない。老人の心はまた、恐怖に囚《とら》われる。

「駄目だ……無理だ……そんなことをしてみたところで、救われる保証がどこにあるというのだ。私は、ただでさえ、破門、されて……」

そう言いながら呼吸を乱す老人をいたわりながら、男はしばらく黙っていたが、やがて意を決したように口を開いた。

「そうですか。あなたの意志が揺るがないことは分かりました。しかし、もう一つだけ言わせてください。サン＝ダミアーノのキアラさんのことです」

体の震えが、不意に止まった。再び顔を上げた老人に、男はこう言う。

「キアラさんは、今、病に伏せっています。彼女は少し前に倒れました。意識こそ回復しましたが、まだ起き上がれずにいます」

「倒れた？　彼女が？」

「ええ。そして彼女が倒れたのは、エリア、あなたからの別れの手紙を読んだ直後だったそうです。彼女はあなたのために心を痛めています。彼女はそれ以来、こう言っているそうです。『もう少しで破門が解けるのに、エリアが生きるのをやめてしまう』と」

「ど、どういうことだ？」

「ご存じありませんでしたか？　キアラさんは、あなたの破門を解くために長い間、教皇庁《クーリア》に働きかけてきたのです。そしてようやく最近になって、希望が見えてきたそうです。しかし、その矢先にあなたの手紙を読んでしまい……」

老人は自分の胸から手を放す。心臓が激しく動いているが、これは、さっきの動悸《どうき》とは明らかに違う。冷え切った体の芯に、熱いものが湧《わ》き上がってくるからだ。

「キアラが……？」

キアラが、私のために？　彼女にとって、今の私に何の価値があろう。彼女とは長年手紙を交わしてきたが、それは彼女の律儀《りちぎ》な性格によるものだとしか思わなかった。しかし彼女は、私の知らぬところで、私のために大きな力を割いてくれていたというのか？

老人の脳裏に、最後に見たキアラの姿が浮かぶ。小さく、少女のように可憐《かれん》で細く、弱々しいキアラ。あの小さきキアラが、小さき私のために……。

「エリア。キアラさんのために生きてくれ、とは言いません。しかし、もしあなたがここで死ぬことをやめ、残りの時間を生き抜くと決意すれば、きっと、彼女は……」

男がすべて言い終わらないうちに、老人はフランチェスコの棺に向き直った。そして、その蓋《ふた》に静かに触れる。触れただけで、フランチェスコのそばにいたときの感覚が、はっきりと心と体に蘇る。

しかしこのとき、老人は初めて思った。この感覚は安心感に似ているが、おそらく魂の安らぎとは違うのだろう、と。これは……たとえて言うならば、大金を手にしたときの感覚に近い。安心はするが、新たな苦しみの始まりでもある。なぜなら、失うことが怖くなるし、さらにもっとたくさん、欲しくなるから。実際のところ、老人は今、確かに苦しみを感じていた。ここで死んだとしても、未来のどこかの時点で、フランチェスコのそばから引き離される恐れ。死後にフランチェスコに会えたとしても、生きていたときと同じように、彼とすれ違い続ける不安。

もしかするとフランチェスコは……こういう類《たぐ》いの苦しみから完全に自由になろうとして、すべてを捨てたのではないだろうか。

老人はしばらく動かずにいたが、ついに意を決して棺の蓋をずらした。老人は棺の中を見つめる。フランチェスコは、確かにそこにいた。生きていたときと同じように、何も持たぬままで。だがそれでいて、何も欠けたところはなく、彼は完全だった。きっと彼は、今いる場所が豪勢な大聖堂の地下であろうと、荒れ野の吹きさらしの地面の上であろうと、完全なままなのだろう。地にあろうと、天にあろうと、彼は小さきフランチェスコとして生きている。己に何かを足すことなく、そのままで。

エリアは懐《ふところ》に手を入れ、ぎこちない手つきで数枚の銀貨を取り出す。そして、心の中でフランチェスコに語りかける。

——フランチェスコ。私があなたのためだと思ってしたことは、あなたには必要なかったのかもしれない。あなたにとっての私はきっと、この数枚の銀貨のようなものだったのだ。私は、あなたに必要とされなかった自分と一緒に、この銀貨を、ここに捨てていこう。あなたがいつか、あなたの前で私がこれらを捨て、またこれまでの自分を捨てたことを、神に証《あか》ししてくれることを願って。

老人は手の中の銀貨をすべて、棺の中に入れた。そして名残を惜しむように、蓋を閉じる。老人は一度ぎこちなく、しかし深く息を吸った後、こう言った。

「グイドの息子。ピエトロと言ったな。あいにく私には、杖がないのだが……」

自分でも不思議なほど、力強い声が出た。老人の意図を察したピエトロは、ひざまずいて手を差し伸べてきた。老人は、両手でピエトロの肩と腕を摑《つか》むと、細い手足を震わせながら立ち上がった。ピエトロは、老人をしっかりと支える。

ピエトロと共に一歩を踏み出しながら、老人は考える。

――今さら外に出て、何になる？　今さら立ち上がって、どこへ行く？

「これから」を心配するいくつもの声が、彼の心をかき乱す。しかし、ただ前に踏み出したこの一歩の感覚の、いかに豊かなことか。未来を考えるゆえの不安よりも、今だけを見つめる恐怖の方が、いかに力と喜びに満ちているか。

老人は生まれて初めて感じるそれらに驚きながら、ピエトロと共に墓所の出口へと向かった。

◇

じりじりと照りつける八月の太陽の下、ベネディクトは暑さと疲労に息を荒くしながら、司祭館の木の扉を叩いた。しばらく待ったが返事がないので、もう一度叩く。

しかし、やはり返事はない。しびれを切らしたベネディクトは、扉に手をかけて開く。

中は外よりもひんやりしている。そして、誰もいない。ベネディクトは構わず中へ進み、勝手知ったる食堂へと入っていく。食堂に入るなり、大きないびきが聞こえてきた。見ると、「おっさん」ことエンツォ神父が、食卓の手前の長椅子《ながいす》でだらしなく寝ているのが目に入った。食卓の向こう側の長椅子にも、小さな寝息を立てて寝ている者がいた。ピエトロの弟、アンドレアだ。ベネディクトはどうしたものかと迷ったが、アンドレアに声をかけることにした。名前を呼ぶと、アンドレアはしばらく寝ぼけた様子だったが、ベネディクトに気がつくと驚いて飛び起きる。

「いつからいたの？」

「今、来たところだ」

「兄さんに会いに来たんでしょ？　ちょっと待ってて」

アンドレアはひょいと長椅子を飛び降りて、食卓の向こうに寝ているエンツォを揺さぶる。

「おっさん、ここ、兄さんが使うから別の部屋に行くよ！」

「ん……？　ああ？」

アンドレアは寝ぼけているエンツォを無理矢理起こし、彼を引きずるようにしながら、そそくさと扉の向こうへ消えていった。ベネディクトは長椅子に腰を下ろす。

ここへ来るのは二回目だ。前回と違い、今回は迷わずに来ることができた。もっとも、本来ならば一日で来られるところ、大事を取ってわざわざ途中の村で一泊したのだが。ベネディクトがそうしたいと言ったとき、マッシミリアーノ院長は意外にも快く了承してくれた。会議が終わって三週間近く経つが、院長はずっと機嫌がいい。

ベネディクトは顔や首の汗を拭《ふ》き取りながら、大きく息をつく。ふと、食卓に置かれた、書きかけの手紙が目に留まった。

「ジョヴァンニ＝ガエタノ・オルシーニ枢機卿殿……？」

その手紙をなんとなく眺めていると、扉が開いて、ピエトロが姿を現した。ピエトロはこちらを見るなりにやりと笑い、挨拶もせずに言う。

「例の会議、大成功だったそうじゃないか。あんたの作戦が大当たりだったとか」

ベネディクトも、挨拶抜きでこう返す。

「全部、レオーネさんと、彼を見つけてくれた大ジョヴァンニさんのおかげだよ。私はただ、レオーネさんを会議の場に案内しただけだ」

「でも、会議直後の院長の手紙では、あんたのことがべた褒めされていたぞ。あんたは結局、レオーネに付いて行かずに、モンテ＝ファビオに残ったんだな。院長に引き留められたのか？」

正面の椅子に腰掛けながら尋ねるピエトロに、ベネディクトは首を振る。

「いいや。どうするか悩んだんだが、もう一度、今まで自分がいた場所をきちんと見つめ直してみたいと思ったんだ。この選択が正しかったのかどうかは分からない。しばらく過ごしてみると、自分が全然変わっていないように思えてきて、がっかりしているよ。変わったことと言えば、ここへ一人で迷わずに来られるようになったことぐらいだ。

今日は君にこれを渡しに来たんだ。院長からの追加の謝礼だ。君があの後もしばらくアッシジに留まって、フランチェスコの墓所を突き止めたっていう話をしたら、その間の経費も上乗せしてやる、って」

ベネディクトは荷物から袋を取り出し、食卓の上に置く。ピエトロは袋を引き寄せて中身を確認した。

「これは驚いた。あのケチなマッシミリアーノ院長がこれほど謝礼をはずむとは、よほど喜んでいるんだな」

「うん。でも、君も墓所を突き止めるのにかなり苦労したんだろう？ こっちの会議の日よりも後までかかったそうじゃないか」

そう言うベネディクトにピエトロは、それよりも前に墓所を見つけていたこと、そしてエリアに会ったことを話した。ベネディクトは怪訝《けげん》な顔をする。

「君はなぜ、エリアに会ったんだ？　フランチェスコ会から報酬をもらうだけなら、聖フランチェスコの遺体が見つかった時点で報告すればよかったのに。それなのになぜ、わざわざエリアに会って説得を？」

ベネディクトの問いに、ピエトロは少し思案した様子を見せながら答えた。

「……まあ、キアラさんのため、かな。実際、ジャコマおばさん経由でキアラさんに、エリアが生きることを選んでくれたと伝えたら、死の床につきかけていた彼女が起き上がれるようになったらしい。本当に安心したよ。キアラさんが死んだら、ジャコマおばさんが悲しむし」

「そうか」

きっとピエトロは本当のことを話しているのだろうが、これが理由のすべてではないような気がする。だが、無理に追及する必要もないだろう。

「エリアの破門を解くという話も、教皇庁ではかなり進んでいるらしい。きっと近いうちに正式に決まるだろう。願わくは、エリアが死んでしまう前に決まればいいのだが。まあ、死んだ後になって慌《あわ》てて対処するのも、教皇庁では珍しいことではないが」

ベネディクトは食卓の上の書きかけの手紙に目を遣《や》る。

「この手紙……」

「読んだのか？」

「ちょっとだけ、目に入ったんだ。オルシーニ枢機卿の名前と、『エリアと同時に破門になり、一二四四年に死んだコルトナのブルーノなる人物についても、破門の取り消しの手続きを』っていう部分が。ブルーノって、あのニコロの父親のことだろう？なぜ、君は……」

「ああ、うん」

ピエトロは少し間を置いて、こう答えた。

「まあ、なんというか……死んだ父親にとらわれている人間は、奴《やっ》一人じゃないってことかな」

ベネディクトは、ピエトロの口から初めて父親の話が出たことに気がついた。前にピエトロの父親のことを聞いたことはあったが、話をしてくれたのは本人ではなく、レオーネだった。レオーネによれば、ピエトロの父親は彼が幼い頃にフランチェスコ会士になり、旅先で亡くなったということだった。ピエトロが言うのは、自分も亡き父親にとらわれている、ということなのだろうか。そして、似たような境遇のニコロに同情しているということだろうか？　ピエトロはしばらく黙っていたが、やがておもむろに口を開いた。

「ベネディクト。今だから言うが、あんたに謝らないといけないことがある」

「えっ？　何だ？」

「ニコロに捕まったとき、俺が、あんたの奇蹟の力について立てた仮説はでっち上げだったって言ったの、覚えているか？」

「ああ、うん」

あれは、自分をわざと失望させて、ピエトロを見捨てて逃げるように仕向けるためではなかったか。しかしピエトロは言う。

「あれは、本当だったんだ。俺はあんたを利用するために、あんたの奇蹟の力についての仮説をでっち上げた。あんたは自分が呪《のろ》われていると信じていたから、そうでない可能性を示せば、あんたの信頼を得られると思ったんだ。俺にとって想定外だったのは、あんたを騙《だま》すための話が真実だったってことだ。初めて会った日の夜、あんたが倒れた場所の下から聖ベアトリクスの頭蓋骨《ずがいこつ》が出てきたとき、もしやとは思ったんだがな」

「そう……だったのか」

ベネディクトが淡泊に反応すると、ピエトロはやや驚いたような顔を見せた。

「驚かないのか？」

「いや、驚いてはいる。でも、そう言われてみれば、最初からそうだったような気もして……」

ベネディクトが表情も変えずにそう言うと、ピエトロは少し気まずそうな顔をする。

「こっちとしては、腹を立ててくれたほうが気が楽なんだがな」

「腹を立てる？　なぜ？」

「なぜって……俺はあんたを利用するつもりで、モンテ＝ファビオから引っ張り出したんだぞ。結果、あんたをいろいろ、ひどい目に遭わせた。あんたは俺のために、命まで危険にさらしたんだ」

「まあ、確かに」

しかし、不思議と腹が立ってこない。それよりもベネディクトには、なぜピエトロが自分を利用しようとしたのかが気になった。前にアッシジでバルトロメオに言われたことと、関係があるのだろうか？　ベネディクトは思い切って、聞いてみることにした。本人に聞くなら、向こうが負い目を感じている今しかない。

「ピエトロ。もし君が私に対して悪いと思っているなら、なぜ私を利用しようとしたか、本当の理由を教えてくれないか？　もしかして、私の生家にある聖遺物と、関係があるのか？」

　ピエトロは目を丸くする。

「……知ってたのか？」

「アッシジでバルトロメオからそう忠告されたんだ。院長が、君が私の家にある『司祭ヨハネの聖遺物』を狙っていると言っていた、と。だから、君を信用するなと忠告された」

「なるほど……」

　ピエトロは椅子の背もたれに体重を預けて、片手を両目の上にかざす。やがて、意を決したように姿勢を正し、口を開いた。

「その話は本当だ。俺はもう長い間、司祭ヨハネの聖遺物を探している」

「しかし、なぜ……？　金のためか？」

　ピエトロは首を振る。

「父親の遺言のためだ」

「お父さんの遺言？」

「ああ。俺の父親はフランチェスコ会士だった。俺が小さい頃に家を出て行ったので、ほとんど記憶に残っていないが、温かく純粋な人だったことは、はっきりと覚えている。とにかく、俺とはまったく似ていなかった。まあ、俺よりもむしろあんたに似ているな。

父は、よく兄弟レオーネや兄弟エジディオと行動を共にしていたそうなんだが、二人の話では、父は真の信仰はどうあるべきかという問題を突きつめようとしていたらしい。そしてそのうち、総長になったエリアから、東方へ行くよう命じられた」

「東方って、どこだ？　スルタンのところか？」

「いや、エリアは父をモンゴル帝国に送るつもりだったそうだ。しかし旅先で行方不明になった。その後フランチェスコ会は父を探したが見つからず、一二三四年にエジディオが偶然アレクサンドリアで見つけたときには、すでに病で死にかけていたらしい。父は旅先からそこまで戻ってきていたんだが、もうアッシジに戻ることを諦めなくてはならないほど、衰弱していた。それで、エジディオに遺言を託した。エジディオによれば、父はインドのあたりを放浪し、そこで司祭ヨハネの墓所を見つけたと話していたそうだ」

「それはつまり、君のお父さんが、あの伝説の『司祭ヨハネの国』へ行ったということなのか？　私が聞いたところでは、司祭ヨハネも、その国も、実在するのか疑わしいということだったが」

「俺にも、本当のところは分からない。ただ、父はエジディオに『司祭ヨハネの遺骨と一緒に入っていた石だ』と言って、小さな石を託した。そして、『それは自分が見つけた真の信仰の象徴だから、死んだ息子の墓を見つけて、一緒に埋めてやって欲しい』と言い残した。つまり父は、俺が死んだものと思っていたんだな。

エジディオは父を看取《みと》ったあと、アッシジに戻ったが、俺の墓を見つけることができなかった。まあ、俺は生きていたから当たり前なんだが。それから三年ほど経って、俺は聖ジョルジョ教会の司祭の手から、ジャコマおばさんに預けられた。そこでようやく俺は、生きて父の形見の石を受け取れたわけだ」

「でも君は、その石を受け取っただけでは満足できなかったわけだな？」

「満足できなかったというか……父がなぜその石を『真の信仰の象徴』と考えていたのか、知らなければならないと思ったんだ。だが、司祭ヨハネの伝説について書かれた書物をいくら調べても、父の言葉の意味が分からなかった」

「それで、司祭ヨハネの聖遺物を探し始めたのか？」

「ああ。ただし、聖遺物そのものよりも、それの出所の情報の方が欲しかった。いずれは、父の足取りをたどって東方に行こうと考えている。でも、それまでにできるだけ、情報を集めたい。調べてみると、過去に十字軍で遠征した者が司祭ヨハネの聖遺物を持ち帰ったっていう話がいくつかあったんだが、残念ながら、検証してみるとどれもあてにならない話だった。そんなとき、マッシミリアーノ院長からあんたの生家の話を聞いたわけだ」

「それで、私に近づこうとしたのか？」

「そうだ。あわよくば、聖遺物そのものを持ち出してもらいたいという気もあった」

「そうだったのか。実は……」

ベネディクトは例の会議が終わった後、生家の母親に手紙を書き、司祭ヨハネの聖遺物について問い合わせたが、返事はかんばしくなかった。すでに三年前に、金策のために父がどこかへ売ったのだという。

ベネディクトは、ピエトロががっかりするだろうと思ったが、彼は平然と「そうか」と言った。

「いずれにしても、あんたを騙した俺のために、わざわざ生家に問い合わせてくれたことに感謝するよ」

「いや、でも……もし私の生家に司祭ヨハネの聖遺物があって、私がそれに近づくことができれば……もしかすると、と思ったんだが」

「ああ……それは俺も、考えていた。だが今は、そういうことはしない方がいいと思ってる。たとえ司祭ヨハネの聖遺物を俺が手に入れたとしても、あんたにそこまでしてもらう理由はない。もちろん、あんたに起こる奇蹟は本物だが、それは多かれ少なかれ、あんたの身体《からだ》に悪い影響を及ぼす。だから、あんたを危険にさらすような真似は、もうしたくない」

「いや、聞いてくれ、ピエトロ。その、なんていうか……確かに気分は悪くなるんだが、回数を重ねるごとに、少し平気になってきたように思うんだ。気分の悪さも軽くなってきたし、そのぶん、夢の内容も細かく思い出せるようになったし」

実はピエトロも、なんとなく同じことを考えていた。ベネディクトは、聖遺物の影響を受けることに慣れてきているのではないか、と。しかし、そのことと、彼を自分に協力させることの正当性は、別の話だ。それに、いくら慣れてきたといっても、思いがけなくひどい目に遭わないとも限らない。ピエトロがそのように諭すと、ベネディクトは黙り込んだが、すぐに口を開く。

「……例の石、ここにあるのか？」

「え？」

「君のお父さんの形見の石だ」

「ここの地下室に置いてあるが」

「それを、見てみたい。ほら、君が前に、言っていたじゃないか。私は聖者の持ち物に触れると、骨に近づいたときほど気分は悪くならないけど、わずかに反応する、って」

ベネディクトが聖人の遺体の一部だけでなく、聖人の持ち物や、聖人の体と長く触れていた物体にもわずかに影響を受けるのは事実だ。そのことを考えると、ベネディクトは例の石にも何らかの反応を示すかもしれない。だがベネディクトが自分から、それを提案するとは……。

「なあ、ベネディクト。あんた、俺の話を聞いてなかったのか？　いくら奇蹟の力だとしても、あんたの体を蝕《むしば》むかもしれないんだぞ。それに、奇蹟の力なんだったら、それを試すのは神を試みるようなものだ。まあ、俺にそれを言う資格はないけどな」

しかし、ベネディクトは譲らない。

「とにかく試してみたいんだ。君だって本当は、興味あるんだろう？」

◇

　結局、ベネディクトに強く押し切られる形で、ピエトロは石を見せることを承諾した。ピエトロはベネディクトを地下室へ連れて行く。書物や地図のある薄暗い書斎にベネディクトを待たせて、ピエトロは奥の部屋への扉をくぐり、さらにその奥の階段を下る。下った先が、彼の宝物庫だ。その一番奥にある棚から、布の包みを手に取り、ベネディクトの待つ書斎に戻る。そしてベネディクトに近寄る前に遠くから声をかけ、彼に長椅子に横になるように言う。

「いきなり倒れたりしたら危険だから、最初から寝ていた方がいい」

　ベネディクトが長椅子に横たわると、ピエトロは慎重に近づく。少し離れたところで、ピエトロは包みの中身を取り出す。石を見たベネディクトが言う。

「変わった石だな。何て言うか……雲を内側に閉じ込めた水晶みたいだ」

　確かにそれは、白っぽい色をした、変わった形の石だった。少し緑がかっているようにも見える。ピエトロは長年調べているが、まだその正体を摑めていない。分かっているのは、なめらかに丸みを帯びた部分があることから、人工的に成形されたものの一部であるということだ。

　石を直接目にしても、ベネディクトにとくに変化はなかった。ピエトロは近づき、ベネディクトのすぐ目の前に石をかざす。

「どうだ？　気分は悪くならないか？」

「うん、とくに。だから、じかに触らせてほしい」

ピエトロが石をベネディクトの手に置こうとしたとき、ベネディクトはこう言った。

「そうだ、ピエトロ。私が石に触れている間、君は私に触れていたらどうだろう？」

ピエトロは怪訝な顔をする。

「なぜだ？」

「ニコロのことを思い出したんだ。彼は私の膝《ひざ》の上に倒れていたから、私と同じ夢を見ることができた。君も、もし私に触れていれば、同じ夢を見ることができるかもしれない」

ピエトロは、にわかに心臓の鼓動が速くなるのを感じた。もし、ベネディクトが夢を見て、自分にもそれが見られるとしたら……。ピエトロははやる気持ちを抑えて、ベネディクトに問う。

「じゃあ、本当にいいんだな？　石を渡すぞ？」

「いいから、早く」

急《せ》かすように差し出されたベネディクトの右手に、ピエトロは石を置く。ベネディクトは目を閉じた。手のひらの上の石に、感覚を集中しているようだ。ピエトロはすぐさま、ベネディクトの肩のあたりに自分の手を置く。

彼らはしばらくそのままじっとしていた。しかし、ピエトロが見るかぎり、ベネディクトにも、そして彼に触れている自分にも、変化はない。やがてベネディクトは目を開け、残念そうにつぶやく。

「うーん、とくに何も感じないなあ。気分も悪くならないし」

「……そうか。まあ、それならそれで……」

ピエトロがそう言ったとき、ベネディクトは小さく「あ」と声を発した。

「どうした？」

ピエトロがベネディクトの顔を見ると、彼は目を開けたまま気を失っていた。しかも、様子がおかしい。

——息を、していない！

ピエトロは慌ててベネディクトに声をかける。

「ベネディクト。ベネディクト！」

ピエトロは急いでベネディクトの手に載っている石を取り去り、声をかけながらベネディクトを揺り動かした。しかし、ベネディクトの意識も、呼吸も戻らない。ああ、なんということだ！ やはり、やめておけばよかった！ 奇蹟を試すようなことを……神を試みるような真似を、すべきではなかったのだ！

慌てたピエトロが助けを呼ぼうとしたとき、ベネディクトの身体がぴくりと動いた。見開いたままだったベネディクトの目が、一度閉じて、また開く。そうしたかと思うと、ものすごい音を立てて、ベネディクトは息を吸い込んだ。

「ベネディクト！」

彼は何度か大きく息をした後、眼球を動かして、こちらを見る。

「ピエトロ……。私は、どれくらい……」

ああ、気がついた！　ピエトロは安堵のため息をつく。

「ええと、そうだな、ほんの少しだ。だが、あんた、気を失っていただけでなく、息も止まっていたんだぞ！」

「そうか……」

ベネディクトはゆっくりと起き上がる。

「大丈夫なのか？　もう少し、寝ていた方がいいんじゃないか？」

「いいや、平気だ。別に、気分も悪くないし。それより、思い出さないと……」

彼は神妙な顔で黙り込む。

「思い出すって……？」

「うん。君は、何も見なかったのか？　私に触っていなかったのか？」

「あんたの様子が急におかしくなって、それどころじゃなかった。だが、あんた、何か見たんだな？」

「ああ、夢を見た。でも……何と表現したらいいのか」

ピエトロは固唾《かたず》を呑《の》んで、ベネディクトの言葉を待つ。ベネディクトは眉をひそめたり目を見開いたり、表情をあれこれ変えながら、ぽつぽつと話し始める。

「……見たことのない場所だった。まあ、当然のことだが。この辺とは、景色とか、植物とかが、全然違ってて……かなり暑くて、湿気が多かった」

「それで？　あんたは外にいたのか？　時間帯は？」

「ええと……外で、昼間で、たぶん、丘の上のようなところにいたと思うんだ。目の前は緩やかな斜面になっていて、大勢の人が地面に直接座ってて、こっちを見てて……こっちの言うことを、一生懸命聞いてる感じだった」

「それは……もしや」

ピエトロは、聖書にある主イエスの「山上の垂訓」を思い起こした。まさか、ベネディクトはその場面をじかに見たのだろうか？　しかし、ベネディクトはこう言う。

「その……目の前の人たちは浅黒い肌をしていて、見たことのない格好をしているんだ。ぼろぼろのつぎはぎの服を着てるんだが、修道服とかではないし、絵画に描かれているようなものでもない。肌の上にじかに、こう、肩からかけている感じで。あと、変わってるなと思ったのは……みんな、髪の毛を全部剃《そ》ってるんだ。男だけでなく女もいたと思うんだけど、全員、髪の毛がなかった。ええと、それから……座り方！　そうだ、全員、妙な座り方をしていた」

ベネディクトは「こんな感じだった」と言いながら、長椅子に腰掛けたまま、修道服の下の左足を両手で引っ張り上げる。どうやら左足の先を右の太ももに乗せようとしているようだったが、体が硬いようでうまくいかず、危うく後ろに転がりそうになった。ピエトロは慌ててベネディクトを支える。ベネディクトは息を弾ませて言う。

「ええと……私にはうまくできないみたいだが、とにかく両脚を交差させて、つま先を反対側の太ももに載せるんだ」

ピエトロはベネディクトの隣に腰掛けて、その座り方を試してみる。何度か試した後で、ベネディクトが「そう、その座り方！」と言う。しかしピエトロは、そんな座り方をする人々を見たことも聞いたこともない。ベネディクトが見たのは、どこか遠い異国の風景なのだろう。そういう習俗を持った者たちがいる場所を、調べてみなければ。

「悪いが、覚えているのはそれだけだ」

すまなさそうに言うベネディクトに、ピエトロは首を振って見せた。

「いや、十分だ。こっちこそ、無理をさせてすまなかった。こういうのは、今後はもうなしにしよう」

◇

その夜、ベネディクトはセッテラーネ村教会に泊まり、翌朝、モンテ＝ファビオ修道院に向けて出発した。朝靄《あさもや》の中、村の境界まで見送りに来たピエトロに、ベネディクトはぽつりと言った。

「近いうちに、どこかの大学に行くかもしれない」

「大学に？ マッシミリアーノ院長の言いつけか？」

「うん。学位を取らせるつもりらしい」

「そうか」

それはきっと、院長に期待されているということだろう。しかし、ベネディクトは不安げだ。

「どこの大学かはまだ決まってないんだ。まあ、どこになっても、行ったことのない場所だってことに変わりはないんだが……」

不安になるのは、無理もない。だが、ピエトロは思う。ベネディクトは見た目より、ずっとしっかりした人間だ。きっと、どうにかうまくやっていけるだろう。ピエトロがそれをそのまま言うと、ベネディクトは彼に聞き返す。

「本当に？　本当に、そう思ってるのか？」

そう言いながらも、ベネディクトは心底嬉《うれ》しそうな表情を見せている。つくづく、嘘《うそ》のつけない人間だ。

「ああ、本当だ。今さらあんたに嘘を言って何になる。あんたから引き出したいことは、もう引き出したからな」

「……ありがとう。あ、そうだ。向こうで何か嫌な目に遭ったら、君のように振る舞うようにするよ」

「それは勧めないぞ。もっとひどい目に遭わないとも限らない」

ピエトロがそう言うと、ベネディクトは軽く笑った。そして少しの沈黙の後、こう言った。

「じゃあ、行くよ」

「ああ、またな」

ベネディクトはピエトロに背を向けて歩き出す。ピエトロも教会に引き返そうと、ベネディクトに背を向けた。そのとき、何を思ったか、ベネディクトが「あっ」と声を発し、ピエトロの方へ駆け戻ってきた。

「どうした？」

ベネディクトは息を弾ませながら、興奮した様子でピエトロに言う。

「思い出した！　昨日、聖遺物を触ったときに見た夢のことだ」

「いったい、何を？」

「ええと、その、夢の中で自分が大勢の人に何か話してるって言っただろう？」

「ああ」

「今、一つだけ、思い出したんだ。自分が言った言葉を」

「本当か！」

ベネディクトはかしこまった顔をし、ピエトロをまっすぐに見て、こう言った。

「『苦しみには、終わりがある』」

苦しみには、終わりがある……。

「確かに、そう言ったんだな？」

ベネディクトはうなずく。ピエトロは考える。それは、主の言葉だろうか？　聖書にそのような言葉があっただろうか？　司祭ヨハネがそれを言ったのであれば、それはいったいどういう意味か。そしてそれは、父の「真の信仰」と、どのように関係するのか……。

思考が頭の中を、ぐるぐると駆けめぐる。そんなピエトロの耳に、ベネディクトのつぶやきが聞こえた。

「いい言葉だな、とても」

……ああ、そうだな。

ピエトロは、考えるのをやめた。そして、その言葉を噛みしめるように、何度も反《はん》芻《すう》する。「苦しみには、終わりがある」。短い言葉だ。しかし、そこには救いが溢《あふ》れている。ベネディクトの言うとおり、いい言葉だ。この言葉が誰のもので、どこから来たのかは、大きな問題ではないのかもしれない。自分もこのベネディクトのように、あるいは聖フランチェスコの説教に耳を傾ける小鳥たちのように、ただこの言葉を味わえばいいのだ、きっと。

「じゃあ、行くよ」

ベネディクトはにこやかに二度目の別れの挨拶をして、ピエトロに背を向けた。ピエトロも、ベネディクトの背中に向かって、「じゃあ、また」と二度目の挨拶をする。

しかし今度は、ピエトロはしばらくその場に留まり、ベネディクトの姿が見えなくなるまで見送る。

「……ありがとう」

視界から消えていくベネディクトに向かって、自分にすら聞こえないような声でそう言ったあと、ピエトロは教会に向かって歩き出した。

参考文献

G. Bonsanti, G. Roli, *The Basilica of St. Francis of Assisi: Glory and Destruction*, Harry N. Abrams Inc., 1998

D. Cooper "In loco tutissimo et firmissimo: The Tomb of St. Francis in History, Legend and Art," W. R. Cook (ed.) *The Art of The Franciscan Order in Italy*, Brill, 2005

L. D. Gordon, *The Story of Assisi*, HardPress, 2016

C. F. Stephany "The Meeting of Saints Francis and Dominic," *Franciscan Studies* Vol.47, pp.218-233, 1987

J. M. Sweeney, *The Enthusiast: How the Best Friend of Francis of Assisi Almost Destroyed What He Started*, Ave Maria Press, 2016

青山吉信『聖遺物の世界――中世ヨーロッパの心象風景』(山川出版社　一九九九年)

秋山聰『聖遺物崇敬の心性史――西洋中世の聖性と造形』(講談社選書メチエ　二〇〇九年)

阿部謹也『中世を旅する人びと――ヨーロッパ庶民生活点描』(平凡社　一九七八年)

石井美樹子『中世の食卓から』(ちくま文庫　一九九七年)

石鍋真澄『アッシジの聖堂壁画よ、よみがえれ』(小学館　二〇〇〇年)

稲垣良典『トマス＝アクィナス』（清水書院　一九九二年）
今橋朗『よくわかるキリスト教の暦』（キリスト新聞社　二〇〇三年）
T・ウイルキンソン／矢口誠訳『バチカン・エクソシスト』（文春文庫　二〇一〇年）
U・エーコ／河島英昭訳『薔薇の名前（上下）』（東京創元社　一九九〇年）
U・エーコ編著／三谷武司訳『異世界の書――幻想領国地誌集成』（東洋書林　二〇一五年）
N・オーラー／藤代幸一訳『中世の旅』（法政大学出版局　一九八九年）
I・オリーゴ／篠田綾子訳、徳橋曜監修『プラートの商人――中世イタリアの日常生活』（白水社　二〇〇八年）
門脇佳吉『道の形而上学――芭蕉・道元・イエス』（岩波書店　一九九〇年）
金沢百枝『ロマネスク美術革命』（新潮選書　二〇一五年）
金沢百枝、小澤実『イタリア古寺巡礼――フィレンツェ→アッシジ』（新潮社　二〇一一年）
亀長洋子『イタリアの中世都市』（山川出版社　二〇一一年）
川下勝『フランシスカニズムの流れ――小さき兄弟会の歴史（1210〜1517）』（聖母文庫　一九八八年）
J・ギース、F・ギース／栗原泉訳『中世ヨーロッパの城の生活』（講談社学術文庫　二〇〇五年）
J・ギース、F・ギース／青島淑子訳『中世ヨーロッパの農村の生活』（講談社学術文庫　二〇〇八年）

J・ギース、F・ギース／栗原泉訳『大聖堂・製鉄・水車――中世ヨーロッパのテクノロジー』（講談社学術文庫　二〇一二年）
今野國雄編訳『聖フランチェスコ――万物への愛と福音の説教者』（平凡社　一九七八年）
斉藤寛海「中世後期の商業郵便――イタリアを中心とする考察」（イタリア学会編『イタリア學會誌』34、pp. 27-49　一九八五年）
坂口昂吉『中世キリスト教文化紀行――ヨーロッパ文化の源流をもとめて』（南窓社　一九九五年）
佐藤賢一『オクシタニア（上下）』（集英社文庫　二〇〇六年）
佐藤彰一『贖罪のヨーロッパ――中世修道院の祈りと書物』（中公新書　二〇一六年）
佐藤彰一『剣と清貧のヨーロッパ――中世の騎士修道会と托鉢修道会』（中公新書　二〇一七年）
佐藤達生、木俣元一『図説　大聖堂物語――ゴシックの建築と美術』（河出書房新社　二〇〇〇年）
佐藤翔子、渡辺義行訳、小さき兄弟会監修『フランシスコと共にいたわたしたちは――レオネ、ルフィーノ、アンジェロ兄弟たちの報告記』（あかし書房　一九八五年）
G・ザッカニーニ／児玉善仁訳『中世イタリアの大学生活』（平凡社　一九九〇年）
G・ザンク／岡田真知夫訳『古仏語　[11 - 13世紀]』（白水社　一九九四年）
鹿野嘉昭「中近世欧州諸国における貨幣供給、小額貨幣と経済発展」（「經濟學論叢」63（2）、pp. 199-257、同志社大学経済学会　二〇一一年）

清水廣一郎『中世イタリア商人の世界――ルネサンス前夜の年代記』（平凡社ライブラリー　一九九三年）
B・シンメルペニッヒ／甚野尚志、成川岳大、小林亜沙美訳『ローマ教皇庁の歴史――古代からルネサンスまで』（刀水書房　二〇一七年）
須賀敦子、松山巖、A・ジェレヴィーニ、芸術新潮編集部『須賀敦子が歩いた道』（新潮社　二〇〇九年）
須賀敦子、中山エツコ、G・アミトラーノほか『須賀敦子　静かなる魂の旅――永久保存ボックス／DVD＋愛蔵本』（河出書房新社　二〇一〇年）
高橋進、村上義和編著『イタリアの歴史を知るための50章』（明石書店　二〇一七年）
田中英明「商人的機構の『原型』――中世ヨーロッパの為替契約と商人銀行家」（『彦根論叢』391、pp. 152-167、滋賀大学経済学会　二〇一一年）
ダンテ・アリギエリ／原基晶訳『神曲　地獄篇』（講談社学術文庫　二〇一四年）
ダンテ・アリギエリ／原基晶訳『神曲　煉獄篇』（講談社学術文庫　二〇一四年）
E・チオル／白崎容子訳『アッシジ――エリオ・チオル写真集』（岩波書店　一九九三年）
辻本敬子、ダーリング益代『図説　ロマネスクの教会堂』（河出書房新社　二〇〇三年）
P・ディンツェルバッハー、J・L・ホッグ編／朝倉文市監訳『修道院文化史事典（普及版）』（八坂書房　二〇一四年）
中沢洽樹訳『旧約聖書』（中公クラシックス　二〇〇四年）

西川杉子『ヴァルド派の谷へ──近代ヨーロッパを生きぬいた異端者たち』(山川出版社　二〇〇三年)
F・ニール／渡邊昌美訳『異端カタリ派』(白水社　一九七九年)
ヒロ・ヒライ、小澤実編『知のミクロコスモス──中世・ルネサンスのインテレクチュアル・ヒストリー』(中央公論新社　二〇一四年)
藤崎衛『中世教皇庁の成立と展開』(八坂書房　二〇一三年)
フランシスコ会聖書研究所訳注『新約聖書』(サンパウロ　二〇一一年)
C・フルゴーニ／三森のぞみ訳『アッシジのフランチェスコ──ひとりの人間の生涯』(白水社　二〇〇四年)
M・D・ポアンスネ／岳野慶作訳『聖ドミニコ』(サンパウロ　一九九九年)
堀田善衞『路上の人』(新潮文庫　一九九五年)
L・J・R・ミリス／武内信一訳『天使のような修道士たち──修道院と中世社会に対するその意味』(新評論　二〇〇一年)
山川紘矢、山川亜希子(文)、北原教隆(撮影)『アシジの丘──聖フランチェスコの愛と光』(日本教文社　一九九九年)
山本芳久『トマス・アクィナス　肯定の哲学』(慶應義塾大学出版会　二〇一四年)
J・J・ヨルゲンセン／永野藤夫訳『アシジの聖フランシスコ』(平凡社ライブラリー　一九九七年)

F・ルノワール／今枝由郎、富樫瓔子訳『仏教と西洋の出会い』（トランスビュー　二〇一〇年）
L・ローゼンバーグ／井上ウィマラ訳『呼吸による癒し——実践ヴィパッサナー瞑想』（春秋社　二〇〇一年）

＊本作品に登場する実在の人物や団体、事件、教義などについては参考文献の記述をベースにしていますが、歴史的事実や学術的見解とは異なる箇所もあります。
また脱稿後、教会組織やキリスト教をとりまく状況については東京大学の藤崎衛先生に、当時の世相や風俗については東海大学の原基晶先生にご監修いただきました。両先生に心より御礼申し上げるとともに、本作品の記述はすべて著者の責任に帰することをお断りしておきます。

＊人名の表記は原則としてイタリア語読みに従っていますが、一部、日本で一般的と思われる表記を採用しています。

＊以下の箇所は、下記の文献からの直接引用です。
●エピグラフ：『聖書』（フランシスコ会聖書研究所訳注　二〇一三年）
●第九章、レオーネが語るフランチェスコの言葉：J・J・ヨルゲンセン著／永野藤夫訳『アシジの聖フランシスコ』p.133より引用（筆者による変更、省略あり）
●第十三章、フランチェスコの歌：佐藤翔子・渡辺義行訳／小さき兄弟会監修『フランシスコと共にいたわたしたちは』p.215およびp.58より引用（ただし、一部の表現を変更しています）

解説

佐藤賢一

川添愛の『聖者のかけら』は、まさに日本人離れした傑作である。世界水準といおうか、ヨーロッパ水準といおうか、イタリア人作家が書いた小説の翻訳だといわれても、ほとんどの読者は首を傾《かし》げることはないだろう。が、そこが日本人が楽しむに際しての、ハードルの高さになっていたりもする。一般的なレベルで考えると、物語の背景、場合によっては肝となるような歴史や文化についての共通認識からして、十全に持ち得ていないように思われるからである。

聖遺物というものが出てくる。読後の向きには、何となくでも理解できたか。いや、普通の日本人の感覚では、「ああ、あれか、あれのことか」などと、やはり、簡単に腑《ふ》に落ちるものではないと思う。

聖遺物――ラテン語でレリキアエ、英語でレリック――とは、『キリスト教用語辞典』（東京堂出版）によれば、「聖人と関連した物。聖人遺骸《いがい》の一部又は全部、あるいは聖人が触れたもの（衣服の如《ごと》き）で、教会の認可を得て、崇敬される」ものである。その聖人——ラテン語でサンクトゥス、英語でセイント——とは、「聖なる地上生活を送ったが故《ゆえ》に公衆の崇敬のため教会が正式認可を与えた人、即《すなわ》ち教会から列聖された者をいう」。聖人はプロテスタントの教義にはないので、この教会とは自《おの》ずからカトリックのことになる。

何だか凄《すご》い物のように聞こえるし、また凄い物とされているが、聖遺物は滅多《めった》にみられない訳ではない。実際、ヨーロッパの教会などを訪ねると、割合よくある。「聖遺物匣《こう》」と呼ばれる容器——現今は上下や枠に金色に輝く装飾が施された硝子《ガラス》の容器が多いように思うが、それに収められて、信者が拝観できるようにしてあるのだ。なかには「宝物庫」の案内を掲げながら、拝観料を取る教会もある。料金を払うと、往々左右の壁に肩がぶつかるような狭い通路に通される。空気ひんやりした地下に、聖器、祭具、宝冠などなど、光り輝く品々が陳列されている。そうか、そうかと拝観するうち、聖遺物に対面するのだ。やはり輝く容器の硝子越しに、みえるのは茶色に変色してカサカサに乾いた物体——ほとんどの場合は掌《てのひら》に載るような小さな物体である。聖人某の骨とか指とか、説明書きも付されていて、よくよくみると、爪《つめ》らしきものが認められたり、毛が残っていたり。これは人間の身体の一部なのだと、少しギョッとしたりもする。頭蓋骨《ずがいこつ》や腕そのもの、いや、聖人だから腐敗しないと、生前の姿を留めるような遺体を、まるごと展示している教会まである。おどろおどろしいというか何というか、異文化のなせる業だと痛感するが、これこそカトリック信仰の現実なのだ。

聖フランシスコ・ザビエル（一五〇六―一五五二）なら、日本人にも馴染《なじ》みがあるか。その遺体も実は聖遺物になっている。遺体そのものはインドのゴアにあるボム・ジェズ教会に安置されているが、右足の指の一本はスペインのナバラ地方に残る生家のザビエル城に、もう一本はポルトガルのノヴァ・ゴア伯爵家《はくしゃくけ》に保管されている。この二本の足指だが、そもそもはザビエルの死後間もなく、その遺体が三日間だけ一般に公開されたとき、イサベル・カロムという女性信者が噛《か》みちぎり、こっそり家に持ち帰ったものだという。

一六一四年にはイエズス会総長の命令で、右腕の肘《ひじ》から先が切断された。死後六十年もたつのに切り口から鮮血があり、聖人に不可欠の奇蹟《きせき》と認定されているが、さておき、この聖遺物はローマのイエズス教会に収められた。ザビエルの聖遺物なら日本でも欲しいということになり、一六一九年には右腕の残る肘から肩までが切り取られた。マカオ経由で日本に運ばれたが、幕府の禁教が厳しくなるおり、保管が難しいとなった。やむなくマカオに戻されたものが、今も聖ヨセフ修道院にある。

それでも欲しいものは欲しい。現在、カトリック神田教会にはザビエルの聖遺骨が、山口カトリック教会サビエル記念聖堂には右手の指が、鹿児島カテドラル・ザビエル教会には聖遺骨が、大分トラピスト修道院には右腕の皮膚が、それぞれ収蔵されている。異文化といいながら、日本にもカトリック教会はあり、実は近くで拝観できたりする。

お守りになる、病気を治す、奇蹟を起こすと信じられた聖遺物――それを軸に紡《つむ》がれていく本作だが、もうひとつ、日本人に馴染みがないといえば、聖フランチェスコ――アッシジのフランチェスコ（一一八二―一二二六）についても触れておくべきか。

イタリアのアッシジ生まれで、本名はジョヴァンニ・ディ・ピエトロ・ディ・ベルナルドーネ。「フランチェスコ（フランス人）」の呼び名は、商人だった父がフランスと取り引きしていたからとか、母がフランス人だったからとか、本人がよくフランス語で歌っていたからとか。ごく普通の若者だったが、あるときを境に回心して出家した。始めたのが托鉢《たくはつ》修道会――ラテン語でオルド・メンディカンス、英語でメンディカント・オーダー――の運動だった。

文字通りメンディコ（托鉢する）で生活の糧《かて》を得ると、あとは何も持たない清貧を貫いて、ひたすら祈りの日々を送る——特に首を傾げる態度でもないが、この托鉢修道士が当時は革命的だった。ベネディクト会だったり、シトー会だったり、それまでの修道会は、そういう言い方をすれば荘園《しょうえん》修道会だった。世俗の領主に匹敵する、修道院の規模によっては凌駕《りょうが》する広大な荘園を持ち、そこから年貢《ねんぐ》を取り立てたのだ。おかげで修道士は祈りの日々に専念できた。自ら働き、開墾に乗り出す場合もあったが、いずれにせよ生活には困らない、というより豊かに暮らせた。贅沢三昧《ぜいたくざんまい》さえ許され、ここから修道士の腐敗堕落が揶揄《やゆ》され、あるいは非難される状況が生まれる。

実をいえば、十三世紀はキリスト教の危機の時代だった。それこそ十六世紀、宗教改革の時代に比べられる危機、その前触れともされる。例えば、カタリ派をはじめとする異端が非常な勢いを示したが、それも聖なる信仰を渇望《かつぼう》するがゆえの動きだった。その意味で十六世紀のプロテスタント（新教徒）と同じく、既存のカトリックに対する異議申し立てと解釈できる。イエズス会の「反宗教改革」のように、カトリックの内側から改革する試みも現れた。十三世紀のそれが使徒の清貧に立ち帰る托鉢修道会運動だったわけで、その旗手となったのが聖フランチェスコと、スペイン生まれのドミンゴ・デ・グスマンこと、聖ドミニコ（一一七〇－一二二一）だったのである。

おかげでカトリック教会は聖性を回復し、その命脈を保つことができた。托鉢修道士が圧倒的な支持を獲得したのも、「小さな兄弟団（オルド・フラトルム・ミノールム）」ことフランチェスコ会、「説教者修道会（オルド・プラエディカトールム）」ことドミニコ会、ともにめざましい発展を示したのも宜《むべ》なるかなだが、めざましすぎた憾《うら》みもある。あれだけ避けたはずの富が集まってきたからだ。托鉢するにも、施しを受けるにも、人間が集まる場所にいたほうがいい。托鉢修道会の拠点は多く都市に置かれた。旧来の修道院を田園型というなら、それは都市型の修道院だった。かえって有利というのは、ヨーロッパでも貨幣経済が発達する時代であり、都市にこそ富が集中したからだ。托鉢、施し、寄付も膨大な額に上る。托鉢修道会は、あれよという間に富裕になる。アッシジ市内に巨大な聖フランチェスコ大聖堂が建つわけだ。

弟子たちのなかでも、富を受け入れ、修道会の発展を願う人々、例えばフランチェスコ会の総長エリア・ボンバローネのような者たちがいた。と思えば、フランチェスコの志ではないとして、あくまで清貧を貫いた弟子、レオーネのような者たちもいた。どちらも実在の人物である。

さらに史実を付言すれば、聖フランチェスコの遺体は長らく行方不明だった。ようやく一八一八年になって、聖フランチェスコ大聖堂の地下聖堂で石棺が発見されたのだ。まさに異例、すでに歴史の謎《なぞ》であるが、アッシジのフランチェスコほど生前から高名であれば、あるいは当然だったかもしれない。ザビエルの例を挙げるまでもなく、その遺体には聖遺物を求める人々が群がる。守りたいと隠そうとする者がいたとしても不思議でなく、エリア・ボンバローネの仕業だったのではないかという説も事実ある。

かくて歴史のピースは並べられた。そのなかに修道士ベネディクト、助祭ピエトロというような作中人物を投じながら、ある聖遺物の謎を追わせる――この『聖者のかけら』を紡いだのが、川添愛である。この作者に驚かされる。これが初めての小説、本格的な小説としては第一作だというからである。

初めての著作というわけではない。むしろ旺盛《おうせい》な執筆活動を展開していて、本書の前にも『白と黒のとびら　オートマトンと形式言語をめぐる冒険』（東京大学出版会、二〇一三年）、『精霊の箱　チューリングマシンをめぐる冒険（上・下）』（同、二〇一六年）、『自動人形《オートマトン》の城　人工知能の意図理解をめぐる物語』（同、二〇一七年）、『働きたくないイタチと言葉がわかるロボット　人工知能から考える「人と言葉」』（朝日出版社、二〇一七年）、『コンピュータ、どうやってつくったんですか？　はじめて学ぶコンピュータの歴史としくみ』（東京書籍、二〇一八年）、『数の女王』（東京書籍、二〇一九年）と、数多く上梓《じょうし》している。が、そのタイトルにだけ目を通しても、あれと思う。

明らかに小説ではないからだ。それは言語学、情報科学の本なのだ。

川添愛は九州大学文学部、同大学院文学研究科、さらに南カリフォルニア大学、京都大学大学院でも学んでいる。理論言語学を修めて、九州大学大学院に博士号を授与された学究の徒、バリバリの学者、研究者なのである。著作はもちろん研究論文でなく、一般の読者向けで、わかりやすく書かれているが、やはり小説ではない。なかにはファンタジーの体裁を取るものもあり、厳密に分類すればフィクションということになるが、それらも扱われる内容をみれば、やはり研究の延長といった感が強い。『聖者のかけら』（新潮社、二〇一九年）を書いたあとも『ヒトの言葉　機械の言葉「人工知能と話す」以前の言語学』（KADOKAWA、二〇二〇年）、『ふだん使いの言語学「ことばの基礎力」を鍛えるヒント』（新潮社、二〇二一年）、『言語学バーリ・トゥードRound 1　AIは「絶対に押すなよ」を理解できるか』（東京大学出版会、二〇二一年）と、並ぶのはやはり研究の本なのである。『聖者のかけら』は川添愛の、いわゆる小説としては初めての作品であるのみならず、今のところ唯一《ゆいいつ》の作品ということにもなる。だから、驚かされる。

初めてにして、この完成度かと、舌を巻いているわけでない。いや、完成度は高い。中世ヨーロッパ史の調べは正確であり、キリスト教の思想、聖フランチェスコの信仰について理解、そして洞察も深い。プロットも最後まで破綻《はたん》することなく、まさに新人離れしているが、そこは土台が知的素養に優れる作者である。特に驚くものではないし、また実際それだけで小説が書けるわけでもない。

一口に作家的才能といっても様々だが、ひとつには作中人物に命を与えられることがある。何だ、そんなことかと思われるかもしれないが、意外や誰にでもできるわけではない。どういった加減なのか、作家自身にもわからないが、とにかく書けば、作中人物に命が宿る。裏を返せば、どう工夫して書いてみても、人物が生きている感じがしないというのが、作家ならざる人間の枷《かせ》であり、なかでも学者、研究者が「小説を書いてみました」という場合に多いように思う。小説を書くにも知的素養は必要で、それを擁する一定の作業までは共通しながら、やはり根本は別物であり、それは当然の結果である。驚かされるというのはその弊が川添愛の『聖者のかけら』には、全く見受けられないからだ。実在であれ、架空であれ、作中人物は常に生き生きとして、だから全くのフィクションを嘘《うそ》とも思わず、夢中に読めてしまうのだ。

その作家的才能は疑いない。『聖者のかけら』に終わらず、次作、また次作と書かれることを、強く期待する所以《ゆえん》である。

（二〇二三年九月、作家）

この作品は二〇一九年十月新潮社より刊行された。

逢坂剛著
鏡影劇場（上・下）
この〈大迷宮〉には巧みな謎が多すぎる！不思議な古文書、秘密めいた人間たち。虚実入れ子のミステリーは、脱出不能の〈結末〉へ。

恩田陸著
ライオンハート
17世紀のロンドン、19世紀のシェルブール、20世紀のパナマ、フロリダ……。時空を越えて邂逅する男と女。異色のラブストーリー。

京極夏彦著
ヒトでなし
―金剛界の章―
仏も神も人間ではない。ヒトでなしこそが悩める衆生を救う？ 罪、欲望、執着、救済の螺旋を描く、超・宗教エンタテインメント！

須賀しのぶ著
神の棘（Ⅰ・Ⅱ）
苦悩しつつも修道士となった男。ナチス親衛隊に属し冷徹な殺戮者と化した男。旧友ふたりが火花を散らす。壮大な歴史オデッセイ。

帚木蓬生著
守教（上・下）
吉川英治文学賞・中山義秀文学賞受賞
人間には命より大切なものがあるとです――。農民たちの視線で、崇高な史実を描き切る。信仰とは、救いとは。涙こみあげる歴史巨編。

原田マハ著
暗幕のゲルニカ
「ゲルニカ」を消したのは、誰だ？ 世紀の衝撃作を巡る陰謀とピカソが筆に託したただ一つの真実とは。怒濤のアートサスペンス！

聖《せい》者《じゃ》のかけら

新潮文庫　か－100－1

令和五年十二月一日発行

著者　川《かわ》添《ぞえ》愛《あい》

発行者　佐藤隆信

発行所　株式会社　新潮社

郵便番号　一六二－八七一一
東京都新宿区矢来町七一
電話　編集部(〇三)三二六六－五四四〇
　　　読者係(〇三)三二六六－五一一一
https://www.shinchosha.co.jp

価格はカバーに表示してあります。

乱丁・落丁本は、ご面倒ですが小社読者係宛ご送付ください。送料小社負担にてお取替えいたします。

印刷・大日本印刷株式会社　製本・株式会社植木製本所

ISBN978-4-10-104761-4　C0193